대산세계문학총서 004

페리키요 사르니엔토 1
─자식들을 위한 페리키요 사르니엔토의 자서전

El Periquillo Sarniento

José Joaguín Fernández De Lizardi

페리키요 사르니엔토 1
—자식들을 위한 페리키요 사르니엔토의 자서전

호세 호아킨 페르난데스 데 리사르디 지음
김현철 옮김

문학과지성사
2001

대산세계문학총서 **004**
페리키요 사르니엔토 1

지은이 / 호세 호아킨 페르난데스 데 리사르디
옮긴이 / 김현철
펴낸이 / 채호기
펴낸곳 / 문학과지성사

등록 / 1993년 12월 16일 등록 제10-918호
주소 / 서울 마포구 서교동 363-12호 무원빌딩 4층 (121-838)
전화 / 편집부 338)7224~5 팩스 / 323)4180
영업부 338)7222~3 팩스 / 338)7221
홈페이지 / www.moonji.com

제1판 제1쇄 / 2001년 6월 5일

ISBN 89-320-1250-4
ISBN 89-320-1246-6(세트)

ⓒ 김현철

옮긴이와 협의하여 인지는 생략합니다.
이 책의 판권은 옮긴이와 문학과지성사에 있습니다.
양측의 서면 동의 없는 무단 전재 및 복제를 금합니다.

잘못된 책은 바꾸어드립니다.

* 이 책은 대산문화재단의 외국 문학 번역 지원 사업을 통해 발간되었습니다.
* 대산문화재단은 大山 愼鏞虎 선생의 뜻에 따라 교보생명의 출연으로 창립되어 우리 문학의 창달과 세계화를 위해 다양한 공익 문화 사업을 펼치고 있습니다.

페리키요 사르니엔토 1
―자식들을 위한 페리키요 사르니엔토의 자서전

그 초상화의 주인공이 바로 자기 자신이라는 사실을 아무도 믿지 않는다. 단지 엇비슷한 사람들도 꽤 많다고 생각할 뿐이다. 더러운 사람은 씻을지어다. 내 작품에 나타난 내 생각, 내 연설, 내 사상에 있어서의 결점들을 요리조리 따져보는 것보다는 그것이 더 요긴한 일일지니.
― 토레스 비야로엘, 『구천을 떠도는 나룻배 *Barca de Agueronte*』 서문

머리말

내가 내 삶에 대해 글을 쓰는 이유는 내가 들려줄 이야기에서 내 자식들이 그저 뭐라도 깨닫는 바가 있었으면 해서다.

나는 이 공책이 자식들 손에서 벗어나지 않기를 바라 마지않으며, 그래서 각별히 그 점을 당부하는 바이다. 그러나 자식들이 내 말을 그대로 따를지, 아니면 이 사람 저 사람에게 빌려줄 생각을 할지 모르기 때문에, 나는 아무에게도 부탁하지 않고 내 자신이 직접 '머리말'이라는 글을 써넣기로 작정했다(나중에 내 썩어가는 해골을 갉아대지 못하도록, 또한 나에 대한 중상모략을 하지 못하도록 하기 위해서라도 말이다). 왜인고 하니 머리말이라는 것은 바보들이나 말쟁이들의 주둥이를 채우는 데 적격일 뿐만 아니라, 누가 한 말인지는 몰라도, 책이 갖는 사전 예방책이기도 하기 때문이다. 따라서 한마디 감히 적어본다. 이 하잘것없는 책은 잘나빠진 위인들을 위한 책은 아니다. 그 양반들에게는 내 충고가 필요 없기 때문이리라. 그러나 배울 만한 책이 부족한 청춘들에게나 소설 나부랭이라도 읽기를 즐기는 청춘(혹은 청춘이 아니라도)들에게는 유익할 수도 있겠다. 언젠가 읽을거리가 떨어지는 날에는 내 허랑방탕한 삶이나마 읽으면서 시간을 보낼 수 있을 테니까.

나는 이 책을 통해 내 자식들에게 수많은 인생의 암초에 대해 말해줄 것인데, 이 암초들이란 가야 할 방향을 모르거나 능숙한 조타수의 경고를 무시할 때, 젊은 인생들이 수시로 걸려 넘어지는 것들이다.

내가 내 자신의 결점조차도 고스란히 드러내보이는 이유는 내가 그 결점을 용케도 숨겨왔다고 자랑하려는 것이 아니라, 그 실수를 생생하게 그려보임으로써 자식들이 실수에서 벗어나도록 훈수라도 하려는 것이다. 마찬가지로 나의 착한 행실을 언급하는 이유도 자식들로부터 무슨 찬사를 받으려는 것이 아니라, 자식들이 그 착한 행실을 본받게끔 하려는 것이다.

똑같은 이유로 나는 내가 다루려는 여러 사람들의 착한 행실과 악한 행실도 자식들에게 그대로 보여줄 것이다. 내가 하는 거의 모든 이야기가 사실 그대로임을 자식들에게 납득시켜야 하겠기 때문이다. 아무것도 감추지 않았고, 어느 것도 꾸며낸 것이 아니다. 다만 아직까지 삶을 꾸려가고 있는 그들 가문의 명예를 위하여 이름만은 그대로 사용하지 않았다.

그러나 그렇다고 해서 내가 다루는 인물들이 가공의 인물이라고 판단하지는 말지어다. 내 얘기가 전혀 허튼소리고, 모든 것이 지어낸 것임이 언젠가는 밝혀질 거라고 장담하지도 말지어다. 내 얘기의 진실성을 의심하는 사람들을 나는 기꺼이 용납하겠노라. 단 나를 악질적인 풍자꾼이라고 헐뜯지만 않는다면 말이다. 내 글에 신랄한 풍자가 있다 해도 그 의도는 사람을 해치려는 것이 아니라 그 사람의 나쁜 행실을 비난하려는 것일 뿐이다. 마르티알리스도 다음과 같이 읊지 않았던가.

    여기 이 보잘것없는 글로 우리 꼴을 그리는바
    칭찬한답시고 욕질이네그려
    Hunc servare modum nostri novere libelli

Parcere personis, dicere de vitiis.

따라서 내가 무슨 악한 행동을 얘기할 때 누군가를 빗대어서 하는 것일 거라고는 생각지도 말라. 나는 오로지 악한 행동을 하는 사람이 아니라 그 사람이 행하는 악을 미워할 뿐이다. 그 어떤 사람에게도 마찬가지다. 나는 여태껏 이런 관례가, 이런 바람이 나쁘다고 생각한 적이 없다. 더구나 나는 다른 사람들을 위해 이 글을 쓰는 것이 아니다. 나는 단지 내가 가장 염려하는 내 자식들을 위해 이 글을 쓰는 것이다. 자식들을 올바르게 가르쳐야 하겠기에 말이다.

설사 세상 모든 사람들이 내 글을 읽게 되었다 치자. 그래도 자신이 저지른 죄악이 생생하게 묘사된 것을 보고 화를 낸다거나 그 죄를 내게 덤터기 씌워서는 못쓴다. 삐딱하게 보는 것 자체가 잘못이다.

작가에 대한 이런 식의 비난, 아니 더 정확히 말해 이런 식의 푸념은 역사와 전통을 자랑하는 것으로 매번 악질적인 인사들에 의해 저질러져왔다. 산 헤로니모 신부도 이런 짓거리를 한탄했다. 그는 오나소의 중상모략에 대해 다음과 같이 대답했다. "그래 내가 코가 막혀 코맹맹이 소리를 내는 작자들에 대해 얘기한 것일진대, 왜 그대는 그 얘기가 바로 그대 얘기임을 굳이 밝히려는고?"

나도 흉내를 좀 내보자. 내가 글에서 '더러운' 판사, '뇌물 먹은' 서기, '일을 꼬는' 변호사, '돌팔이' 의사, '게을러빠진' 가장(家長), 기타 등등에 대해 말할진대, 판사·서기·의사 기타 등등 여러분께서는 내가 그대들을, 그대들의 능력을 욕한다고 나를 즉시로 고발하시겠나이까? 그것은 터무니없는 바보짓일 것이다. 불만이 있거나 마음에 찔리는 구석이 있는 사람은 이 경우 드러내기보다는 그냥 묻어두는 게 상책일 것이다. 긁어 부스럼 만들 필요가 뭐 있는가?

나는 격언과 라틴어 구절을 적당히 섞어 글을 쓰기 시작했다. 비록 우리말로 옮겨서 쓰긴 했지만 말이다. 이후로는 라틴어 구절은 최대한 자제하여 사용하겠다. 나는 라틴어 구절 사용에 대해 무라토리 씨에게 자문을 구했는데, 라틴어란 라틴어를 모르는 사람들에게는 읽는 데 장애물이 된다는 대답을 들었다.

내가 글을 쓰는 방식과 형식은 내 나름대로의 것이며 최대한 편하게 작업했다. 설득력이 강한 것이 가장 훌륭한 웅변이라는 것과 자기가 하는 일에 가장 적절하게 들어맞는 방법이 가장 효과적이라는 사실은 충분히 알고 있기 때문이다.

재주가 메주인 데다가 부랴부랴 쓰는 글이기에 실수도 엄청날 것임이 틀림없다. 그래서 건성으로 읽는 독자에게라도 책잡힐 건더기가 많을 것이다. 나는 현명한 독자들의 충고에 귀 기울일 것을 약속하는 바이다. '누구라도 칭찬할 만한 최고의 작품이 아니면 펴내지 않겠노라' 는 내 알량한 자존심에도 불구하고 그들의 가르침에 감사할 것이다. 문학에 있어서는, 그 찬란한 아름다움에도 불구하고, 한 점 흠 없는 작품이란 별로 없다는 사실로 씁쓸한 입맛을 달래볼 뿐이다. 우리에게 생명을 불어넣어주는 그 가장 찬란한 태양에서조차 천문학자는 흠집을 찾아내는 바에야.

어쨌든 나는 만족한다. 틀림없이 내 글은 내가 우선적으로 고려한 자식들에게는 맞을 것이다. 혹시 내 글이 다른 사람들 마음에 들지 않는다면 그것은 내 글재주가 내 욕심을 따르지 못했기 때문이리라. 나는 독자 여러분 한분 한분께 오비디우스가 친구 피손에게 들려준 얘기를 들려주고 싶다. "내 글이 자네 칭찬을 받지 못하나, 칭찬받았으면 하고 얼마나 원했는지." 나는 이 순진한 바람으로 만족하는 것이지 내 작품에 만족하는 것은 결코 아니다.

내 글을 칭찬하기를 그대 저어한다 해도

내 글 자랑은 못 해도 나는 만족하나니, 그것으로 그만.

Quod si digna tua minus est mea pagina laude

At voluisse sat est: animum, non carmina, jacto.

머리말 • 7

제1부

1. 페리키요가 왜 자식들에게 글을 써 남기고자 하는지를 밝히며, 아울러 부모, 조국, 출생 및 유년기에 대한 이야기를 들려주는 장 • 21
2. 페리키요가 학교에 들어간 일, 학교에서의 교육 과정, 그 밖에 읽어서 알 수 있고 들어서 알 수 있고 캐물어 알 수 있는 여러 가지 사건을 이야기하는 장 • 34
3. 페리키요가 세번째 학교에 대한 일, 장래 직업에 대한 부모의 말다툼을 이야기하는 장 • 49
4. 페리키요가 앞 장에서 중단한 부모의 말다툼, 거기서 얻은 결론, 다시 학교에 다니게 된 사연 및 학교에서의 생활을 이야기하는 장 • 63
5. 페리키요가 예과 과정에 입학한 일, 그 기간에 배운 것, 처신, 성적 및 알고 싶은 사람은 알 수 있는 몇 가지 궁금증을 이야기하는 장 • 76
6. 우리의 학사 양반이 농장에서 있었던 일을 이야기하는 장. 흥미롭고 재미있는 이야기 • 86
7. 우리 작가 양반이 농장에서 있었던 일을 계속해서 이야기하는 장 • 101
8. 우리 페리키요가 농장에서 겪었던 일, 귀가길에 겪었던 모험을 이야기하는 장 • 117
9. 집에 도착한 페리키요가 이상하고도 재미있는 것에 대해 아버지와 오랜

시간 이야기를 나누는 장 • 128

IO. 페리키요의 아버지가 설교를 끝내다. 페리키요는 신학을 공부하기로 결심. 그러나 신학을 포기. 아버지는 직업을 구하라고 재촉. 페리키요의 반항. 그 밖에 자잘한 사건을 다루는 장 • 145

II. 페리키요는 수도사의 옷을 입는 바로 그날 후회막심하게 된다. 왜 후회막심인지 이런저런 이야기가 펼쳐지는 장 • 162

I2. 좋은 충고와 나쁜 충고를 다루는 장. 페리키요의 아버지가 죽고 페리키요는 수도원을 나온다 • 181

I3. 페리키요가 상복을 벗기 위해 애쓰며 장례식, 조문, 매장, 상복 등의 폐단에 대해 논하는 장 • 192

I4. 페리키요의 춤에 대한 비평, 많은 부모가 자식을 잘못 가르치는 것에 대한 지루하지만 유용한 여담, 부모 속을 썩이는 못된 자식에 대한 이야기가 펼쳐지는 장 • 211

I5. 페리키요가 어머니의 죽음을 이야기하는 장. 다른 자잘한 사건도 이야기되는데 그리 불쾌한 내용은 아니다 • 230

I6. 외로운 거지 고아가 된 페리키요가 후안 라르고를 만나다. 페리키요는 그의 말에 넘어가 노름판에서 바람잡이로 건달 생활을 꾸려간다 • 250

I7. 페리키요가 노름꾼으로서의 일과 거기서 얻은 노다지에 대해 이야기한다. 노름에 대한 신랄한 비판이 행해지고, 전혀 예상치 못했던 위험한 순간이 페리키요에게 닥친다 • 268

I8. 페리키요가 정신을 차려보니 병원이었다. 병원에 대해 한바탕 늘어놓는다. 하누아리오가 찾아온다. 몸이 회복된다. 다시 거리로 진출. 직업에 대한 궁리. 사부는 도둑질을 추천하지만 페리키요는 거부. 이어 도둑질에 대한 열띤 토론이 벌어지는 장 • 287

I9. 우리 주인공이 자신이 겪은 감옥살이를 이야기하는 장. 주인공은 감옥에서 멋진 친구를 하나 사귀게 되는데 그 친구 이야기가 이어진다 • 306

20. 페리키요가 서기와 있었던 일을 이야기하고 난 뒤 안토니오 씨가 자신

의 삶을 페리키요에게 계속 들려준다 • 327

21. 페리키요가 감방에서 죄수들에게 호되게 당한 일을 이야기하고 안토니오 씨는 자기 이야기를 마무리짓는다 • 347

22. 안토니오는 출옥한다. 페리키요는 동료 건달들과 우정을 다지면서 새끼 독수리를 만나게 된다 • 368

23. 페리키요가 감옥 안에서 도둑맞은 이야기, 안토니오 씨와 헤어지는 이야기, 그가 겪었던 일 등 독자들이 언짢아하지 않을 일들에 대해 이야기를 늘어놓는다 • 385

24. 페리키요가 감옥에서 나오게 된 경위를 밝히고, 사악한 서기들에 대해 혹평하며, 찬파이나 집을 나오게 된 경위에 대해 이야기하는 장 • 406

25. 페리키요가 이발사를 만나게 된 일과 그 집에서 나오게 된 사연, 약방에 취직하여 그만두게 된 사연 등 재미있는 모험담을 이야기하는 장 • 429

머리말을 대신하는 이야기 한 토막 • 7

제2부

1. 페리키요가 설사약 의사를 만나게 된 사연을 이야기한다. 페리키요는 의사로부터 한 수 배운 후에 한몫 챙겨 달아난다. 페리키요는 툴라로 도망하여 그곳에서 의사 행세를 한다 • 21
2. 페리키요가 툴라에서 있었던 여러 가지 사건과 신부로부터 당한 일을 이야기한다 • 49
3. 우리 페리키요가 신부가 어떤 결론을 내렸는지 들려준다. 페리키요는 흑사병으로 실패를 경험하고 꼴사납게 마을을 떠난다. 이야기 중간에 반주처럼 재미있는 이야기가 끼어든다 • 67
4. 그릇 장수와의 어처구니없는 모험과 누더기 거지와의 만남이 이야기되는 장 • 82
5. 페리키요는 뜻밖의 횡재를 만난다. 서기 찬파이나의 종말, 루이사와의 재결합 등 독자들의 구미에 맞는 이야기가 펼쳐진다 • 104
6. 페리키요가 어떻게 루이사를 집에서 쫓아냈으며, 마리아나 아가씨와 어떻게 결혼하게 되었는지에 대해 이야기하는 장 • 127
7. 페리키요가 루이사에 대해, 피 튀기는 모험에 대해, 그 밖에 심심풀이로 즐길 수 있는 일들에 대해 이야기하는 장 • 151
8. 페리키요가 성구 담당자가 된 과정, 시체로 인한 소동, 거지 조합에의 가

입 등 재미있고도 진지한 사건에 대해 이야기하는 장 • 160

9. 페리키요가 판사와 겪은 사연, 판사의 성격과 그 못된 행동거지, 교구 신부의 심술, 판사의 몰락, 재판일을 맡게 된 과정, 마을에서 쫓겨나는 과정을 이야기하는 장 • 184

10. 페리키요가 대령 부관으로 있으면서 누린 행운, 대령의 인간성, 마닐라로의 출항 및 기타 재미있는 일들을 이야기하는 장 • 202

11. 페리키요가 어느 이기주의자의 정나미 떨어지는 언동, 배가 좌초되면서 빚어진 이기주의자의 불행한 결말, 이 일에 대한 대령의 충고, 흥겨운 마닐라 입항에 대해 이야기하는 장 • 220

12. 페리키요가 마닐라에서의 처신, 영국인과 흑인 사이에 벌어진 결투, 가볍게 볼 수 없는 난상 토론을 이야기하는 장 • 239

13. 우리 작가 양반이 마닐라에서 착실하게 굴어 행운을 잡은 일, 제대, 대령의 죽음, 그 장례 등과 심심풀이로 읽을 수 있는 사건을 이야기하는 장 • 256

14. 우리 작가 양반이 아카풀코까지 배를 타고 오면서 겪은 일, 조난당한 일, 어느 섬에 표류하여 환대받은 일, 그 밖에 재미있는 사건을 이야기하는 장 • 265

15. 우리 페리키요가 섬에서 백작 노릇을 한 일, 즐거웠던 나날, 섬에서 목격한 일, 식사 중에 이방인들과 나눈 이야기, 깡그리 무시할 수만은 없는 사건을 이야기하는 장 • 285

16. 우리 페리키요가 그 도시에서 목격한 몇 가지 처형 장면, 형법에 대해 중국인과 에스파냐인 사이에 있었던 재미있는 대화 한 토막을 이야기하는 장 • 303

17. 우리 페리키요가 중국인에게서 얻은 신망, 멕시코까지의 동행, 백작 노릇을 하며 중국인과 함께 흥청망청 돈을 써가며 지낸 행복한 나날에 대해 이야기하는 장 • 318

18. 우리 페리키요가 꼴사나운 모습으로 중국인 집에서 쫓겨나게 된 사

연, 괴상망측하지만 반드시 읽어 알아둘 필요가 있는 것들을 이야기하는 장 • 335

19. 우리 페리키요가 목을 매는 장면, 목매기를 포기하게 된 동기, 친구놈의 배은망덕, 상가에서의 유령 소동, 도시를 떠나게 된 사연 등을 이야기하는 장 • 353

20. 우리 페리키요가 도적떼를 만난 일, 도적떼의 정체, 도적떼로부터 받은 선물, 도적떼와 동행하며 겪은 일들을 이야기하는 장 • 368

21. 우리 페리키요가 도적떼와 함께 겪은 일, 어느 사형수의 시체를 보고 느낀 비감, 개과천선하게 된 동기에 대해 이야기하는 장 • 387

22. 우리 페리키요가 프로페사 수도원에서 겪은 수련 과정, 로케와의 재회, 과거에 신세 진 친구와의 해후, 어느 여관에서 일자리를 구한 일 등에 대해 이야기하는 장 • 404

23. 우리 페리키요가 산아구스틴 데 라스쿠에바스에서의 생활, 친구 안셀모의 인생, 그 밖에 결코 따분하지 않은 이야기를 들려주는 장 • 414

24. 우리 페리키요가 어느 염세가의 인생 역정, 그저 재미로만은 볼 수 없는 누더기 차림 친구의 인생 종착역에 대해 이야기하는 장 • 430

25. 우리 페리키요가 자신의 재혼, 그리고 이 진실한 이야기에 의미를 더해주는 여러 가지 재미있는 사건에 대해 이야기하는 장 • 450

26. 우리 페리키요가 주인의 죽음, 중국인과의 이별, 죽음으로 이어지는 병마와 싸운 일을 이야기하는 장, 그리고 편집자가 나서서 우리 주인공이 죽기까지의 과정을 이야기해주는 장 • 470

27. 우리 '생각하는 사람'이 페리코의 장례식과 이 사실적 이야기를 마무리 짓는 몇 가지 사항을 이야기하는 장 • 492

옮긴이 해설: 어느 천덕꾸러기가 고발하는 격동기의 멕시코 • 505
작가 연보 • 516
기획의 말 • 518

제1부

1. 페리키요가 왜 자식들에게 글을 써 남기고자 하는지를 밝히며, 아울러 부모, 조국, 출생 및 유년기에 대한 이야기를 들려주는 장

사랑하는 아이들아, 수개월 전부터 침대에 누워 의사와 다투고 병마와 싸우며 하나님의 섭리에 따라 두 눈이 감기는 그날만을 허탈하게 기다리는 나는 내 생애에 벌어졌던 특이할 것 하나 없는 일들을 너희에게 남기고자 생각했노라. 이는 너희로 하여금 깊이 마음에 새겨 너희를 위협하고 또한 일생 동안 한 남자를 괴롭혔던 수많은 위험을 미리 조심하게끔 하려는 것이니라.

원하거니와 너희는 이 교훈을 통해 내 미리 경고하는바 나 그리고 다른 사람들이 저질렀던 수많은 실수를 살펴 이로부터 벗어날 것이며, 내 잘못으로 인하여 겪어야 했던 부당한 대접을 너희는 겪지 않도록 할지니라. 너희 스스로가 아니라 다른 사람들이 겪은 인생의 고통을 교훈으로 삼는 것이 더 마땅하지 않겠느냐.

간곡히 당부하거니와, 내 솔직하나 어수선하게 털어놓는 내 청춘의 방종으로 너희를 욕되게 하지 말지니라. 나의 바람은 너희를 인도하여 내 청춘을 좌초시켰던 암초로부터 너희를 멀리 벗어나게 하는 것이니 너희도 그와 같은 위험에 놓여 있음이라.

내 삶의 교훈을 너희는 지겨운 것으로 여기지 말지니라. 나도 익히 알거니와 다채로움이 마음에 즐거운 것일지니, 대개 독자를 지루하게 만드는 천편일률적인 방법은 피하겠노라. 때로는 나를 카톤과 같이 지나치게 엄격하고 근엄하다고 여길 것이고, 때로는 베르톨도와 같이 도를 넘게 상투적이며 익살스럽다고도 여길 것이고, 또한 내 글에서 학자의 면모도 볼 것이고 웅변가의 자취도 읽을 것이며, 곧 이어 너희는 속담과 시정잡배의 헛소리가 뒤섞인 통속적인 글귀도 보게 될 것이니라.

내 다시 다짐하거니와 이 모든 것은 속이려는 것도 아니요 잘난 체하려는 것도 아니니라. 그저 내 기억에 떠오르는 대로 종이에 옮겨진 것으로, 그 방법은 우리 타고난 변덕스러움과 견줄 것이라.

마지막으로 너희에게 명하여 당부하는바 이 공책이 너희 손에서 벗어나지 않게 하라. 그리하여 미욱한 자들이나 방만한 자들의 말거리가 되지 않게 하라. 그러나 당부하거니와, 누군가에게 빌려줄 마음이 생기더라도, 노회한 위선자, 이해타산에 밝은 성직자나 살아 있거나 죽은 신자들을 등쳐먹는 성직자, 의사와 못돼먹은 변호사, 서기, 대리인, 재판소 서기 및 도둑 심보를 가진 검사, 고리대금업자, 유언 집행인, 미신에 빠진 여자, 돈이라면 깜빡 죽는 판사, 엉큼한 경찰, 포악한 간수, 나같이 조잡한 시인과 작가, 뻬기기 좋아하며 호들갑스러운 장교나 사병, 인색한 부자, 미욱한 자, 거만하거나 사람을 함부로 부리는 자, 게으르거나 재주 없거나 행실이 바르지 못하여 빌어먹는 자, 사기꾼 거지······이런 사람들에게는 빌려주지 말지니라. 또한 삯일을 하는 처녀, 달음질 잘 치는 여인, 면도질을 자주 하는 노파에게도 빌려주지 말지니라. 한도 끝도 없구나. 단적으로 말하거니와 책을 읽으면서 바로 내 얘기라고 말할 사람 같으면 단 1분이라도 빌려주지 말지니라. 내가 머리말에서 밝힌 바와 같이, 내 붓이 묘사한 내용을 읽을 때, 새롭게 느껴지거나 아니거나 간에, 그들의 삐뚤어지거나 사악한 생각을 꼭 집어내는 글을 읽을 때, 그들은 나를 나쁜 놈이라고 몰아세울 것이며, 내 글을 가지고 난리를 피울 것이며, 어쩌면 나를 이단자라고 몰아붙여 내가 진토가 되어도 그 사실을 밝히려 야단법석을 피우는 사람도 있을 것이라. 저주와 격정과 무지의 힘은 그 얼마나 막강한 것이냐!

그러니 이 공책은 너희만 읽을 것이며, 빌려주더라도 진정 선량한 사람에게만 빌려줄 것이라. 이 사람들은 의지가 박약하여 실수를 저지를지라도 내 글로 모욕을 느끼기보다는 진리의 무게를 인식할 것이라. 그들은 내가 어느 것 하나도 독단적으로 말하지 않았음을 알리라. 오히려 정의의 경계선을 무너뜨린 모든 것을 이야기한 것임을 알리라. 마침내 내가 금했던 사람들이 내 글을 읽게 되어 언짢아하거나 내 글을 험담하면 너희는 그들이 하는 대로 그냥 내버려두고 다만 이렇게 대답할지어다.

"왜 그리 놀라는가? 이 방탕한 사람의 일생을 네가 아닌 다른 이름으로 이야기하는 바에야 왜 그리 야단법석인가?"

아이들아, 내가 죽은 후에 너희는 처음으로 이 글을 읽을 것이라. 그러니 너희는 하나님 앞에서 나를 위해 맹세할지니라. 나의 미친 짓을 거울 삼아 자중하며, 사람들의 거짓에 유혹되지 말며, 내가 이르는 가르침은 내가 비싼 대가를 치르고 얻은 것임을 기억하여 배울 것이니라. 그리고 내 원하는 것은 단지 너희가 이로 가르침을 받는 것이니, 내 글을 결코 자랑하지 말며, 이 모든 점을 명심하고 글을 읽을지어다.

조국, 부모, 출생과 첫번째 교육에 대하여

나는 북미 누에바에스파냐의 수도 멕시코에서 태어났다. 나는 내 입의 어떠한 말로도 내 사랑하는 조국에 합당한 찬사를 드릴 수 없다.

내가 어떤 찬사를 늘어놓더라도 과장은 아니리라. 내 조국에 이주해온 사람과 내 조국을 방문한 외국인들이라면 편협한 애국심에 구애받지 않고 가장 믿을 만한 찬사를 쏟아낼 것이다. 애국심이란 확대경은 때로는 원주민에게까지 조국의 결점을 가리거나 장점을 확대시키기 때문이다. 따라서 나는 멕시코에 대한 세부적인 묘사는 공명정대한 관찰자에게 맡기기로 하겠다. 나는 이 풍요로운 대도시에서 1771년에서 1773년 사이에, 그리 넉넉하지는 않지만 그렇다고 그렇게 가난하지도 않은 부모 사이에서 태어났다. 부모는 혈통이 깨끗한 집안 사람이었으며 덕행으로 가문을 빛내 명성을 얻었다. 아, 자식들이 부모의 미덕을 그대로 이어받을 수만 있다면!

내가 태어나자, 나를 씻기는 등 그때 필요한 조치를 끝내고 난 후에, 고모들이랄지 할머니들이랄지 다른 구식의 노인네들이 팔을 잡아당긴다, 베로 팔을 묶는다 하며, 행여 팔이 빠질세라 입씨름으로 법석을 떨었다. 나는 정신이 없는 채 팔이 길쭉이 늘어나는 줄 알았다. 결국 가장 그럴듯한 이유로 의견 일치를 보았다. 그네들도 이와 똑같은 방법으로 키워졌다는 것이었다. 이게 가장 좋은 방법이니 반드시 따라야 한다는 것이었다. 이 문제에 있어서는 토론의 여지가 없었다. 옛날 노인네들이 요즘 사람보다 더 현명했으니 자식들의 팔을 잡아맸을 것이고 그러니 눈 딱 감고 그 본보기를 따라야 한다는 것이었다.

그리고는 바구니에서 비단끈을 하나 꺼냈다. 이는 '장식끈'이라는 것으로 곤줄박이의 다리, 사슴의 눈, 악어의 송곳니와 같은 잡동사니로 장식된 것이었다. 말인즉슨 내가 대부의 입을 통해 예수 그리스도에 대한 믿음과 신앙을 고백해야 하는 바로 그날에 미신으로 가득한 우상 숭배의 부적 덩어리로 나를 장식하겠다는 것이었다.

내 아버지가 그 마음씨 착한 노인네들의 주장에 얼마나 시달렸는지 하나님께서는 아실 것이다. 갓난아이의 팔을 묶는 짓이란 헛된 망상에 불과할 뿐만 아니라 터무니없이 해로운 짓이라는 걸 이해시키는 데 침이 다 마를 지경이었다. 곤줄박이의 뼈다귀와 돌멩이와 그 어떤 종류의 부적 따위도 감기와 열병과 눈병과 기타 공갈 사기와는 전혀 상관없음을 그 순진한 노인네들에게 이해시키는 데는 또 얼마나 힘이 들었던가!

아버지는 여러 번에 걸쳐 이 이야기를 들려주었다. 그리고 어떻게 그 노인네들과 싸워 이겼는지를. 아버지는 힘으로, 때로는 살살 달래서, 끈으로 나를 잡아묶지 않고 묵주와 십자가와 성자들의 유골함과 네 권의 복음서로만 나를 장식하도록 하여 세례식을 거행했다.

내 부모는 진작부터 대부를 가난하지 않은 사람들로 정해놓고 있었다. 그들은 내가 고아가 될 경우 나를 보살펴줄 것이었다.

가엾은 부모는 내가 살아갈 세상에 대해서는 잘 모르고 있었다. 대부분의 대부들은 그들이 맡은 아이들에 대해 책임감이 희박하다는 사실을 나는 절실히 경험했다. 그들은 아이들을 만나면 돈 한 푼이나 집어주는 것을 대단한 일쯤으로 여기며, 친부모들이 죽기라도 하면 생판 몰랐던 사람처럼 외면해버린다. 물론 철저하게 책임을 완수하며 친부모보다 앞서 아이들의 보호와 교육에 힘쓰는 대부들도 있기는 하다. 그런 대부들에게는 영원한 영광이 있을지어다!

사실 내 대부들은 부자들이었다. 그러나 그들은 나를 생판 모르는 사람처럼 대했다. 내가 그들을 기억하고 싶지 않은 데는 충분한 이유가 있다. 정말이지 그들은 너무 인색했고 비정했고 어리석었다. 나는 어려서나 커서나 그들에게 빚진 것이라고는 조금도 없다. 내 부모는 빈민 구호소에서도 가장 비참한 사람 중에서 그들을 선택한 것 같았다. 나는 그 따위 대부들을 증오한다. 세례식을 무슨 돈벌이 구실로나 생각해서, 성실한 사람들은 제쳐두고 세례식 때 한 푼이라도 보탬이 될까 하는 거지

근성으로, 혹은 자기들이 죽고 난 후에 이 혼란한 사회에서 어쩌면 자식들에게 도움이 될지도 모르겠다는 막연한 믿음으로, 재산이 있거나 사회적 지위가 높은 패거리를 뽑는 부모들을 나는 더더욱 증오한다. 아이들아, 나를 용서해라. 이야기가 옆길로 새고 말았다. 앞으로의 이야기에서는 이런 곁다리가 흔치 않을 것이다.

결국 나는 세례를 받았다. 내게는 페드로라는 이름이 붙여졌고 아버지의 성을 따라 사르미엔토라는 성씨가 당연히 따라붙었다.

어머니는 예뻤다. 아버지는 어머니를 극진히 사랑했다. 그런 이유에다가 또 자상한 아주머니들의 충고도 있고 해서 그들은 만장일치로 유모를, 그러니까 우리 식으로 말하자면 '젖어미'를 두기로 했다.

아아, 아이들아! 너희도 언젠가 결혼해서 아이를 갖게 되면 돈으로 산 사람에게는 아이를 맡기지 말 것이라. 그 이유인즉슨 아이들이 대개 보살핌을 받지 못하기 때문이니라. 조금만 부주의해도 아이들이 병에 걸릴 것이라. 그들은 아이들을 사랑하지 않고 오직 돈만 바라고 아이를 먹이는 것이니 쉽게 화를 내고, 몸에 해로운 수천 가지를 함부로 먹으며 또한 믿고 따르는 아이들에게도 먹이고, 이외에도 해로운 짓을 거침없이 행하기 때문이라. 너희 체면을 생각해서 자세히 말하지는 않겠노라. 또 다른 이유는 이것이니, 나귀·고양이·개 등 생각이 없는 진짜 미물 암컷조차도 하지 않는 짓을 사람의 어미가 함은 자연 섭리를 욕되게 하는 것이라.

이 짐승 중 어느 누가 다른 짐승에게, 하물며 사람에게라도 자식을 맡기느냐? 그럼에도 이성을 부여받았다는 사람이 자연의 섭리를 짓밟고 부모가 누구인지도 알아보지 않고 돈으로 산 사람 손에, 인디언이건 흑인이건 백인이건, 건강하건 병들었건, 행실이 바르건 그르건 간에, 오로지 젖을 먹일 수 있다는 이유로 자식을 내맡겨버리니, 개나 고양이나 나귀 등 다른 모든 짐승의 암컷들로부터 비웃음을 받아 마땅하지 않겠느냐?

아아! 내가 말하는 이 아이들에게 조금이라도 분별력이 있다면, 부모들의 그 순진한 생각으로 버림을 받을 때 이렇게 고통과 절망 속에서 부르짖지 아니하겠느냐!

"오 잔인한 여인이여, 그대들이 어머니라 불림은 그 얼마나 뻔뻔하고도 오만 방자한 일입니까? 그대들은 현모가 갖추어야 할 품위를 알고 있습니까? 무엇으로 현모를 알아보는지 알고는 있습니까? 암탉이 병아리를 지키기 위해 얼마나 많은 수고를 아끼지 않는지 알고 있기나 합니까? 아아! 아니올시다. 그대들은 욕정으로 우리를 잉태하였고, 어쩔 수 없이 출산했으며, 누구라도 그러하듯이 자식으로 인정했으며, 대개는 마지못해 가슴에 품었으며, 몸매가 망가질세라, 혹은 가증스러운 육욕을 위해 우리를 저버렸나이다. 그렇습니다. 말하기조차 부끄럽습니다. 좋습니다, 왜 우리가 귀찮은 존재인지 꼭 집어서 얘기해보십시오. 현명하고 선량하여 여인네의 입바른 소리 따위에는 아랑곳 않는 의사 선생이 확실한 증거로 장담하는 건강에 치명적인 이유가 아니라면 말 좀 해보십시오. 병에 걸려 아름다운 모습을 잃기 싫다는 것 외에 다른 꿍꿍이셈으로 우리를 저버린 것은 아닙니까?

냉혹한 어머니들이여, 정말이지 '어머니'라는 그 고귀한 이름과는 전혀 상관없는 가증스런 핑계에 지나지 않습니다. 우리는 당신들이 우리를 사랑하고 있음을 알고 있습니다. 우리를 뱃속에 품고 당해야 했던 고통도 알고 있습니다. 그러나 우리는 감사드릴 필요가 없다고 판단합니다. 당신들은 할 수만 있다면 우리를 낯선 여인네의 품속으로 내던져버리니, 이는 가장 잔인한 짐승조차 하지 않는 짓입니다."

그 가엾은 아이들이 마음먹은 대로 생각하고 혀를 놀릴 수 있었다면 아마 이렇게 말했을 것이니라.

그래서 나는 '젖어미'의 보살핌 내지는 무관심 속에 방치되었다. 분명 '젖어미'는 성질이 고약한 사람이었을 것이다. 다시 말해 제대로 교육받지 못한 여자였던 모양이다. 그러니까, 우리가 처음으로 입에 대는 음식을 통해 우리는 우리를 먹이는 사람의 품성을 부분적으로 받아들인다는 것이 사실이라면 말이다. 양젖으로 키운 아이는 머지않아 버릇없이 마구 날뛰게 될 것이니 이는 우리가 익히 보아온 바가 아닌가. 그럴 수도 있다는 말이다. 내 첫번째 유모는 성질이 고약한 여자였다. 그래서 내 성질도 고약하게 되었다. 더구나 내게 젖가슴을 열어준 사람은 하나가 아니었다. 오늘은 이 여자, 내일은 저 여자, 모레는 또 저 여자, 그래 모든 여자가, 아니 거의 모든 여자가 갈수록 태산이었다. 술꾼이 아니면 먹보였고, 먹보가 아니면 매독 환자였고, 매독에 걸리지 않은 여자는 다른 병에 걸려 있었다. 건강한 여자는 대번에 임신했고, 이것으로 몸에 병이 들었고, 또 몸에 병이 듦으로 정신에도 병이 들었고, 병에서 회복되는 경우란 아주 드물었다. 만일 무관심에 따른 이러한 결과를 어미들이 적어도 알기만 했더라도 자식들에게 그렇게 비정하게 굴지는 않았을 것이다.

내 부모는 나를 저버림으로써 내 성질을 고약하게 만들었고, 나를 돌본다고 해서 나를 병약하게 만들었다. 내 유모들은 내 건강을 해치기 시작했으며, 그들의 방탕과 무관심으로 나를 버릇없고 심통 사나운 철부지로 만들었다. 게다가 내 부모는 그들의 두서없고도 잘못된 애정으로 내 건강을 끝장내고 말았다. 힘들게 젖을 떼게 한 후에는 나를 응석받이 약골로 키웠던 것이다. 그리고 거기에 일관성이란 전혀 없었다.

아이들아, 비록 내가 얘기하진 않았지만 이 사실은 알아야 하느니라. 내 아버지는 보통 사람과 달리 아주 현명한 사람이었다. 그래서 어머니의 그 모든 철부지 짓을 이겨낼 수 있었겠으나, 그렇다 해도 자주는 아니었지만 때때로 어머니가 괴로워하거나 심히 불안해하면 마음이 약해지곤 했다. 아버지는 내가 올바르게, 때로는 그릇되게 키워지고 있다고 보고 이는 내 정신 교육뿐만 아니라 신체 발달에도 해가 된다고 생각했다.

내가 터무니없는 생떼를 부릴라치면 어머니는 내가 원하던 걸 손에 쥐여주었다. 한번 생각해보라. 내가 어머니의 묵주나 바느질 골무나 집안 어떤 아이 손에 들린 사탕과 같은 것들을 달랬다 하자. 그러면 즉시 내 손에 들어와야 했다. 아무도 거절할 수 없었으니, 동네가 떠나가도록 울어댔기 때문이다. 나를 울리지 않기 위해서라도 내가 원하는 것이면 무엇이든지 손에 쥐여주는 것이 습관이 되어버렸기 때문에, 나는 원하는 것을 즉시 손에 넣기 위해 울음보를 터뜨렸다.

하녀가 나를 불편하게라도 할라치면 어머니에게 고자질하여 혼쭐을 내주었다. 나는 그런 짓에 신이 났고, 바로 이런 짓거리들로 인해 나는 오만 방자한 심술꾸러기가 되고 말았던 것이다.

나는 시도 때도 없이 먹고 싶은 것을 먹을 수 있었고, 음식의 양이나 질에 대해 순서도 기준도 없었다. 이런 깜찍한 방법으로 나는 몇 개월 만에 설사를 질질 해대는 희멀건 배불뚝이가 되고 말았다.

게다가 나는 엄청난 잠꾸러기이기도 했다. 내가 잠에서 깨면 무슨 보따리처럼 머리끝에서 발끝까지 옷으로 꽁꽁 싸맸다. 내가 들은 바로는 나는 신을 신지 않고는 침대에서 내려갈 수 없고 수건으로 머리를 싸지 않고는 방에서 나갈 수 없다는 것이었다. 게다가 부모는 가난했지만 창문도 못 달 정도로 가난했던 것은 아니었다. 나는 아주 별스런 경우가 아니면 복도나 발코니로 나갈 입장이 아니었으므로 겨우 창문을 통해 해바라기를 할 수는 있었다. 부모는 나를 목욕시키는 일도 극도로 삼갔다. 가물에 콩 나듯 목욕이라도 할라치면 꼭꼭 틀어막은 방에서 엄청 뜨거운 물로 씻기는 것이었다.

　내 기초 체력 단련은 이런 식이었다. 그토록 애지중지 다루었으니 내가 약골이 된 것이 오히려 당연한 일이었다. 나는 바깥 나들이를 거의 할 수 없었다. 그러다 보니 내 몸은 상쾌한 바깥 공기에 익숙해질 수도 없었고, 체질상 그런 것과는 인연이 없었던지 2, 3년 간은 자주 감기 몸살에 시달려야 했다. 그런 이유로 나는 거의 꼽추가 되고 말았다. 아아! 그런 식으로 아이들을 키우면 어떤 해를 가져올지 어머니들은 모른다. 아이들을 양껏 먹여서는 안 될 뿐만 아니라, 먹이더라도 아이들의 약한 위를 생각해서 소화가 잘되는 것을 먹여야 한다. 아이들에게 바깥 나들이도 시키고 이런저런 기후에도 적응시켜야 한다. 정해진 시간에 일어나게 하고, 머리에 수건이나 보자기를 두르지 않고 맨발로도 다니게 하고, 피가 막히지 않고 잘 통하도록 헐렁한 옷을 입혀야 하며, 놀고 싶어 할 때면 반드시 공기가 신선한 바깥에서 뛰놀게 하여 용감하고 씩씩하게 키워야 한다. 거기에다 목욕도 자주 시켜야 한다. 가능하면 찬물로 시킬 것이며 부득이한 경우에는 미지근한, 그러니까 '적당히 뜨듯미지근한' 물로 씻겨야 한다. 이런 양육 계획을 세워 아이를 키우면 그 결과는 실로 놀라운 것이리라. 현명한 의사라면 누구라도 이 방법을 추천할 것이다. 이미 멕시코에서도 우리같이 생각이 있고 머리가 깬 사람들은 상당수가 이 방법을 쓰고 있다. 거리에 나가보면 많은 아이들이 남녀를 불문하고 간편한 복장을 하고 있음을 보게 된다. 그 아이들은 무릎까지 내려오는 외투는 벗어버리고 맨머리에 헐렁한 겉옷이나 가벼운 반바지 차림으로 다닌다. 이런 복장이 유행이 되어야 할 것이다. 그러면 아이들은 건장한 어른으로 자라나 이 사회에 보탬이 될 것이다.

　내 가엾은 어머니의 또 다른 엉뚱함은 '도깨비'와 '넝마 할아범'과

'귀신' 등과 같은 터무니없는 생각을 내게 심어준 것이다. 내가 입을 다물지 않거나 잠을 자려 하지 않는다고 해서 화가 날 때면 어머니는 그런 터무니없는 이름을 들먹이며 나를 주눅들게 했다. 이러한 공갈 협박으로 나는 계집애와 같은 겁쟁이가 되고 말았다. 그러다 보니 나는 여덟 살 내지는 열 살이 될 때까지 한밤중에 들리는 자그마한 소리에도 놀랐고, 속을 모르는 상자 속은 들여다보지도 못했으며, 무덤조차 쳐다볼 수 없었고, 어두운 방에도 들어가지 못했다. 그 모든 것에 겁을 집어먹었기 때문이었다. 나는 그 당시 '도깨비'란 존재를 고스란히 믿은 건 아니었지만 죽은 사람들이 매순간 산 사람들에게 나타난다든지, 귀신들은 마음만 먹으면 나타나 우리를 할퀴고 꼬리로 목덜미를 조른다든지, 우리를 내리덮치는 상자가 있다든지, 우리 기도를 구걸하는 유령이 떠돌아다닌다든지 한다는 생각에 사로잡혀 성경 구절보다도 그 따위 못난 생각을 더 믿고 있었다. 그것은 하녀나 품팔이꾼과 같은 그 어쭙잖은 한 줌의 노인네들이 어처구니없는 유령과 도깨비와 헛것에 대한 얘기로 아이를 으르려들었기 때문이었다. 아, 그 노인네들은 나를 얼마나 버려놓았던가! 얼마나 많은 미신을 내 머리 속에 집어넣었던가! 그때 나는 얼마나 참담한 생각을 품게 되었던가! 그 얼마나 귀신이나 죽은 사람들을 부러워하고 우러러보았던가! 아이들아, 너희는 결혼할지라도 아이들이 그런 미신에 미친 노인네들과 사귀지 못하게 하라. 내 살아생전 그 노인네들이 자신들의 모든 거짓말로 인하여 불구덩이에 떨어지기를 원하는 바이다. 그리고 너희 아이들로 하여금 바보들과는 사귀지도 말고 말도 붙이지 못하게 하라. 그들은 무슨 도움 되는 것을 가르치기는커녕 진드기보다 더 우리 마음에 파고드는 수많은 엉터리 짓거리로 아이들을 망치고 말 것이다. 철부지 아이들은 좋은 것이건 나쁜 것이건 열심히 받아들이는바, 어른이 되어 책으로나 선생으로나 그 어린 시절을 살찌운 엉터리 짓거리를 숨아내려 해도 소용없을 것이다.

권위로나 성격으로 존경받는 사람들과 능력이나 학식을 충분히 인정받는 사람들을 우리가 날마다 만나보지만 그들에게서조차 어떤 묘한 천박함에 물든 행동도 가끔 보게 되는 이유가 바로 여기에 있다. 더욱 좋지 않은 것은 그들이 부자가 재물을 탐내는 것보다 더 심하게 천박함에 매달린다는 것이다. 그들은 그 케케묵은 무지를 꼭 보듬고 죽어가는 경우가 태반이다. 그것은 아주 당연한 일이다. 호라티우스도 이렇게 말하지 않았던가.

"그릇이란 처음 담아 밴 냄새를 오래도록 간직하는 법이다."

이미 얘기했듯이 아버지는 아주 현명하고 매우 신중한 사람이었다. 아버지는 언제나 그 바보 짓거리를 못마땅해했다. 아버지는 그 바보 짓거리에 엄격히 맞섰다. 그러나 어머니를 너무 사랑했기에, 지나치게 사랑했기에, 어머니에게 고통을 안겨줄 수는 없었다. 그래서 아버지는 별수없이 어머니의 거의 모든 엉뚱한 생각을 고통스럽지만 따라야 했으며, 어머니와 아주머니들이 힘을 합하여 나를 망치는 것을 어쩔 수 없이 묵인해야 했다. 세상에, 나는 정말이지 개망나니로 키워졌던 것이다! 내가 나이로도 어울리지 않고 건강에도 해로운 것을 요구했을 때 그 누가 감히 거부할 수 있었던가? 불가능한 일이었다. 내가 일찍이 버릇없이 굴었을 때 그 누가 감히 나를 혼낼 수 있었던가? 천만의 말씀. 내가 생떼를 썼을 때 그 누가 나를 막을 수 있었던가? 어림없는 소리. 정반대였다. 복수, 게걸스러움, 옹고집 등 내 모든 바보 짓거리는 바로 어릴 때 형성된 것이었다. 마치 어린 시절은 미덕과 염치를 기르는 것과는 전혀 상관없는 시절이기나 한 듯이 말이다.

모두가 내 못된 행동을 너그러이 봐주었고 내 막돼먹은 실수를 다음과 같은 케케묵은 상투어로 감싸주었다.

"내버려두시오, 어린애 아니오. 그 나이 땐 다 그래요. 무슨 짓을 하는지도 몰라요. 어쩔 수 없는 일 아니겠소?"

이와 같은 못된 성질머리는 대부분 내 어머니가 너그러웠기 때문이었다. 아버지 또한 그 헤픈 애정을 삼가야 했다. 모든 것, 특히 자식들의 양육과 교육을 부인들 손에 맡겨버리는 남자들은 실로 큰 잘못을 저지르는 것이다.

결국 나는 세상에 태어나서 여섯 해를 이런 식으로 집에서 지냈다. 다시 말해, 알았어야 했던 것은 몰랐고, 몰랐어야 했던 것은 착실히 배우며 진짜 짐승처럼 살았단 말이다.

마침내 잠시 집을 떠나야 할 때가 왔다. 학교에 다닐 때가 되었던 것이다. 학교에서도 마찬가지로 배웠어야 했던 것은 배우지 못하고, 결코 배우지 말았어야 했던 것은 배우고 말았다. 이 또한 사랑하는 어머니의 자발머리없는 성질머리 때문이었다. 이 시절에 있었던 일들은 다음 장에 쓰기로 하자.

2. 페리키요가 학교에 들어간 일, 학교에서의 교육 과정, 그 밖에 읽어서 알 수 있고 들어서 알 수 있고 캐물어 알 수 있는 여러 가지 사건을 이야기하는 장

아버지는 엄격한 표정을 지었고 어머니는 울상이 되었다. 나는 징징거리면서 있는 투정을 다 부렸다. 그러나 아버지의 결정을 번복하기에는 모든 것이 역부족이었다. 부모는 내 의지와는 상관없이 나를 억지로 학교에 집어넣었다.

선생은 마음씨는 착했으나 선생으로서의 자격 요건은 충분치 못했다. 우선 그는 가난뱅이였다. 그는 관심이나 능력이 있어서가 아니라 단지 먹고 살기 위해 이 직업을 택했던 것이다. 그는 자신의 처지에 불만이 많았고 심지어 선생이라는 직업을 부끄럽게 여기고 있었다.

자고로 아이들이란 어른들의 대화는 귓전으로도 들으려 하지 않거니와 이해도 못 한다고 어른들은 생각한다(왜 그런지는 도대체 모르겠다). 이런 잘못된 생각 때문에 어른들은 아이들 앞에서 생각나는 대로 함부로 말들을 한다. 그리고는 아이들이 호기심이 강하고 탐구심이 강하며 관찰력이 뛰어나다는 사실을 뒤늦게 알아차리게 된다.

나도 그런 아이들 중의 하나였으므로 내 임무에 충실했다. 선생은 자기와 가까운 자리에 나를 앉혔다. 아버지의 특별한 부탁 때문이었거나 자기 학생들 중에 내 옷차림이 가장 근사해서 그랬을 것이다.

아이들까지도 외모로 대접받는 사실을 나는 이해할 수 없다.

이렇게 나는 선생 곁에 붙어 있었기 때문에 선생이 친구들과 나누는 대화를 한 마디도 놓치지 않았다. 언젠가 나는 선생이 친구 한 사람과 나누는 대화를 엿들었다.

"찢어지게 가난하다는 이유 하나로 선생질이나 해먹게 되었지. 저 악마 새끼 같은 놈들 때문에 인생 조진 거야. 얼마나 심술궂고 또 얼마나 멍청한 놈들인지 원! 아무리 애써도 쓸 만한 놈은 하나 없다니까. 정말이지 빌어먹을 짓거리야! 학교 선생질이란 것은 말이지 막판 인생이란 것이거든!"

내 착한 선생은 이렇게 열변을 토해냈다. 선생의 이 말로 선생의 솔직 담백함과 변변치 않은 재주와 선생이라는 직업에 대한 천박한 생각을 알 수 있을 것이다. 선생이라는 직업은 그 자체로는 고상하고 권할 만한 직업이다. 젊은이들을 가르치고 이끈다는 것은 매우 품위가 있는 직업이기 때문이다. 그래서 역대 제왕이나 통치자들은 현명한 스승들에게 영광과 특전을 부여해왔던 것이다. 그러나 내 가엾은 선생은 이 모든 것에 전혀 무식했다. 그러다 보니 그 영광스러운 직업에 대해 그토록 천박한 생각을 가지게 되었던 것이다.

둘째로 선생에게는 이미 말한 것처럼 선생이라는 직업에 대한 소질 혹은 기질이라는 것이 전혀 부족했다. 선생은 매우 예민한 성격의 소유자였다. 그는 다른 사람을 해치는 일이라면 정색을 했다. 그렇게 소심한 사람이다 보니 학생들에 대해 지나치게 너그럽게 굴었다. 엄하게 꾸짖는 경우도 드물었고 벌주는 경우는 더욱 드물었다. 회초리나 몽둥이는 선생 생각에 별 소용이 없는 것이었다. 그래서 아이들에게는 살맛 나는 세상이었고 내게도 마찬가지였다. 우리는 하고 싶은 일은 무엇이나 마음대로 할 수 있었다.

　아이들아, 이제 알겠느냐. 이 선생이라는 작자는 인간 자체로는 괜찮은 사람이었지만 선생으로나 한 집안의 가장으로는 형편없는 위인이었단 말이다. 배 젓는 죄수들을 지휘하는 간수처럼 손에 회초리를 들고 하루 종일 아이들을 다스려야 할지니라. 그렇게 하지 않으면 아이들을 감당할 수 없게 되는 것이다. 절제도 있고, 어느 모로 보나 앙갚음으로도 보이지 않으며, 또한 죄에 합당한 징벌은 때때로 필요한 것이다. 잘못을 바로잡기 위해 부드럽고 다정한 모든 방법을 다 동원했음에도 불구하고 소용이 없을 때면 아이들의 나이, 그 죄과, 조건에 따라 엄격히 다루어야 하는 것이다. 부모나 선생들이 독재자가 되어야 한다는 얘기가 아니다. 그렇다고 아이들 역성만 들고 책임을 떠맡아야 한다는 얘기도 아니다. 플라톤도 "아이들을 항상 엄하게만 다스려도 안 되고, 그렇다고 항상 응석을 받아들여도 안 된다"고 말하지 않았던가.

　분별력이란 극단에 치우치지 않고 중도를 취하는 것이니라.

　또한 내 선생은 선생이라는 직업이 요구하는 재능도 전혀 없었다. 그는 읽을 줄도 쓸 줄도 알았고 이해력도 뛰어났고 남들에게 자신을 이해시킬 수도 있었다. 그러나 가르치는 법은 몰랐다. 글을 읽는다고 다 읽는 것은 아니다. 글은 쓰어진 형식에 따라 읽는 방법도 다양하다. 키케로의 웅변을 타키투스의 연대기처럼 읽을 수 없고, 플리니우스의 찬가를 모레토의 희곡처럼 읽을 수도 없는 법이다. 그러니까 읽는 사람은 글이 쓰어진 방식에 따라 구별하여 분위기에 맞춰 읽어야 한다는 말이다. 그렇게 해야 그 글을 이해하면서 읽는다는 사실이 드러나 진짜 읽을 줄 아는구나 하고 인정을 받게 된다.

　많은 사람들이 빨리 읽는 것이 잘 읽는 것이라고 생각한다. 그리고 그런 식으로 쓸데없는 말들을 요령부득으로 지껄이기도 한다. 그보다 많은 사람들은 쓰어진 글자 하나하나를 충실히 읽고는 완벽하게 읽었노라고 자부한다. 또 어떤 사람들은 주변 일에 한눈을 팔면서 시도 때도 없이 끊어 읽는 바람에 듣는 사람들을 짜증나게 만들기도 한다. 마지막으로 모든 종류의 글을 잔뜩 폼을 잡고 읽는 사람들이 있다. 그러나 언제나 읽는 목소리는 두루뭉실하여 피곤하게 만든다. 사람들은 대개 이런 식으로 책을 읽는다. 너희도 내 말이 사실임을 경험하게 될 것이지만, 그 따위 글읽기가 보기와는 달리 좋은 글읽기가 아님을 알게 될 것이다.

설교읽기를 마치 설교하는 것처럼 하고, 이야기읽기를 마치 이야기하는 것처럼 하고, 희곡읽기를 마치 연극하는 것처럼 하는 것을 들을 때면 너희는 눈을 감고 설교대에 선 웅변가, 응접실에 앉은 이야기꾼, 연극 무대에 오른 배우를 상상할 수 있을 것이다. 그러면 "이 친구 참 잘 읽는구먼" 하고 말해주어라. 반면에 주절거리거나 웅얼거리거나 더듬거리거나 『청춘의 밤』을 교리 문답의 『신실한 기독교인』과 똑같은 방법으로 읽는 것처럼, 모든 것을 천편일률적으로 읽거나 하면 너희는 가차없이 "이 친구 읽는 게 아주 형편없어"라고 해주어라. 내가 첫번째 선생을 가리켜 말하듯 말이다. 그러니까 이 선생은 '나'를 'ㄴ' 'ㅏ', '너'를 'ㄴ' 'ㅓ,' '그'를 'ㄱ' 'ㅡ' 따위로 조각조각 읽는 사람이었단 말이다. 그러니 기대할 게 뭐 있었겠느냐?

읽는 게 이 정도였으니 쓰기 또한 어떠했겠느냐? 정말이지 지독했단다. 어쩔 수 없는 일이었지. 기초가 부실했으니 제대로 된 게 나올 리 없었지.

그는 정말이지 '습자'라는 것에 있어서는 일가견이 있기는 했다. 획이랄지 마무리랄지 윤곽이랄지 거리랄지 분배랄지 하는 것에는 박식했으니까. 한마디로 그는 아주 예쁜 글자를 그렸단 말이다. 그러나 '철자법'에 있어서는 젬병이었다. 그는 마침표·쉼표·의문부호 등 온갖 문장부호로 글을 멋지게 꾸미기는 했다. 그렇지만 글에 조리도 안 서고, 일정한 방식도 없고, 무슨 내용도 없었다. 그러다 보니 글이라는 게 해괴했지. 쉼표라도 없었더라면 그래도 봐줄 만했을 것이다. 장님 문고리 잡듯 멋모르고 달려들어도 한 번쯤은 맞추는 때가 있는 법이다. 그래도 대부분은 실패하는 법이지. 이 점에 있어 내 선생이 그러했다. 선생은 콜론을 써야 할 자리에는 쉼표를 쓰고, 쉼표를 써야 할 자리는 빼먹곤 했고, 콜론을 써야 할 자리에는 마침표를 찍곤 했다. 이것만으로도 그가 쓴 모든 것이 엉망이라는 사실을 알 수 있을 것이다. 게다가 문장부호를 잘못 사용하는 것은 그것 자체로 끝나는 문제가 아니었다. 문장부호를 잘못 사용하다 보니 망측스런 욕지거리가 튀어나오는 경우도 종종 있었다.

　선생에게는 아름다운 성모상이 있었다. 선생은 그 발치에 네 줄로 된 시 하나를 써 붙였는데 아마도 이런 의미로 썼던 모양이다.

　　　　천상의 하나님으로부터
　　　　사랑받는 딸 마리아,
　　　　원죄 없이
　　　　잉태하지 않았던가?

　그런데 이 가엾은 양반이 생전 버릇대로 문장부호를 완전히 뒤집어 사용하는 바람에 마귀 들린 망발을 하고 말았으니 조금만 더 부주의했어도 교수형에 처해졌을 것이다. 그가 써놓은 글이라는 것이 바로 이랬단 말이다.

천상의 하나님으로부터
사랑받는 딸이 마리아인가?
아니올시다, 원죄가 없이
잉태했느니라.

'철자법'을 모르면 얼마나 많은 실수를 범하게 되는지, 이 점에 있어서 너희 아이들을 얼마나 세심히 돌보아야 하는지 이제 알았으리라.

우리나라에서 이 점을 등한시하는 것은 안타까운 일이다. 우리는 수많은 엉터리 글들이 공공연하게 양초 가게, 제과점, 담배 가게, 길모퉁이 담벼락, 심지어 극장 포스터에 씌어진 것을 매일 보게 된다. 맞춤법 및 띄어쓰기는 아예 무시하고 쓸데없이 외국어를 남용하는 사례가 한두 개가 아니다. '유명쵸코레토' '정통쿨런씨가' '쎄비야의 헤어디자이너' '프라이드 센 여자' '엄격한 딕테이토' 따위의 상식 이하의 표현은 글쟁이들의 무식을 고스란히 드러내는 것일 뿐 아니라 이 분야에 대한 시 당국의 정책 포기를 드러내는 것이기도 하다.

우리 모두가 당연시하는 그와 같은 엉터리 표현을 외국 사람이 와서 본다면 우리 교육 수준을 얼마나 형편없다고 여길 것인가? 그것도 시골 마을이 아니라 이 누에바에스파냐의 수도인 멕시코에서 말이다. 또 그 고명한 정부의 인내심과 모든 분야에서 뛰어난 수많은 지식인들에 대해서는 어떻게 생각하겠는가? 그래도 인사치레한답시고 보통 사람들은 수준 이하이며 책임 있는 사람들의 전적인 부주의 때문이라고만 생각해주겠는가?

모름지기 망신살이 뻗치는 그런 노골적인 무식함을 제대로 단속해야 할 것이다.

유별나게 형편없는 것은 이게 다가 아니다. 엉터리 철자법이 교육 수준이 높은 사람에게나 재능이 뛰어난 사람들 사이에, 청춘을 단과대학이나 종합대학에서 보낸 사람들 사이에 번져 있다는 사실은 서글픈 현실이다. 그리하여 아무개 연사의 아름다운 연설을 들을 때 그 연사가 손수 쓴 원고에서 수많은 철자 오류를 그리 드물지 않게 발견하기도 한다. 나는 이것을 초등학교 선생들의 잘못으로 돌리고 싶다. 이런 선생들은 글쓰기에서 가장 중요한 철자법을 겉치레 내지는 공연한 짓거리로 여긴다. 그래서 학생들을 건성으로 가르치거나, 내 선생이었던 작자처럼 완전히 무시해버린다. 그러니 철자법을 제대로 가르칠 수 없는 것이다.

그렇게 잘난 선생에게서 내가 뭐라도 제대로 배울 수 있었겠느냐? 정말이지 아무것도 없었다. 나는 1년 동안 그 선생의 반에 있었는데 그 동안 유창하게 읽는 법은 배웠다. 그 멍청한 선생 말에 의하자면 마치 입에 기관차가 달린 듯했다나. 선생은 끊어 읽기는 유치하다고 해서 우리에게 가르치지 않았기 때문에 우리는 고양이보다도 더 날렵하게 마침표랄지 괄호랄지 감탄부호랄지 하는 것들을 건너뛰었다. 선생과 그 패거리들은 그런 우리를 칭찬해주었다.

어머니의 물렁한 보살핌 속에서도 아버지가 기어이 가르쳐준 그 알량한 바른 생활 교육도 며칠 만에 깡그리 잊어먹고 말았다. 잊어버린 것은 알량했던 반면에 얼씨구나 받아들인 것은 풍족했다. 뻔뻔스럽게 굴기, 망나니짓하기, 시비걸기, 사기치기, 수선떨기, 장난치기 등등.

그 학교는 가난했을 뿐만 아니라 관리도 엉망이었다. 그러다 보니 다니는 아이들도 그저 그런 놈들이었다. 내 선생이란 작자는 이미 포기한 터였고, 또 나는 나쁜 짓이라면 워낙 타고난 터라 앞서 말한 그런 분야에 반에서 단연 두각을 나타냈다. 나는 사람들에게 못된 별명을 붙이는 데 재주가 있었다. 내 반 아이들에게뿐만 아니라 점잖은 노인들도 하나 빼지 않고 동네 사람들에게 별명을 붙였다. 점잖은 사람에게는 전혀 있을 수 없는 짓거리였다. 그러나 거의 모든 학교나 대학이나 군대나 이런저런 모임에 퍼진 짓거리이기도 했다. 너무나 광범위한 일이었기에 어느 누구도 별명을 꼬리표로 달고 다니지 않을 수 없었다. 우리 학교에서는 서로가 붙인 별명으로만 불렸기 때문에 진짜 이름은 사라지고 말았다. 어떤 놈은 애꾸로, 또 어떤 놈은 곰배팔이로, 이놈은 눈곱쟁이로, 저놈은 거지 새끼로 불렀다. 어떤 놈은 미친놈이라 해야 알아들었고, 어떤 놈은 쪼다, 또 어떤 놈은 미련퉁이라고 해야 알 수 있었다. 모두가 그랬다.

그런 와중에 나라고 별명이 없을 수는 없었다. 입학할 당시 나는 녹색 윗도리와 노란색 반바지를 입고 있었다. 그 색깔로 인하여, 또한 선생이 때때로 나를 페드리요라고 은근하게 불렀기 때문에, 친구놈들은 이내 나를 페리키요(앵무새 새끼)라고 부르기 시작했다. 그런데 우리 반에 다른 페리코라는 놈이 있어 그놈과 나를 구분지을 다른 호칭이 필요하게 되었다. 그 호칭이라는 것도 이내 갖출 수 있었다. 나는 옴을 앓은 적이 있었다. 친구놈들은 이 사실과 사르미엔토라는 내 성씨를 알아내고는 사르니엔토(옴쟁이)라는 찬란한 별명을 붙여주었다. 이리하여 나는 초등학교 시절뿐만 아니라 어른이 되어서도 어디서나 페리키요 사르니엔토(옴쟁이 앵무새 새끼)로 알려지게 된 것이다.

어쨌든 상관없는 일이었다. 나는 재주껏 놈들에게 별명을 붙여주는 것으로 만족했다. 그러나 살다 보니 더러운 별명을 달고 다니는 것이 얼마나 혐오스럽고 가소로운 것인지를 깨닫게 되었다. 놈들은 나를 바라바라고도 불렀다. 나는 그것은 정말 참을 수 없어 놈들에게 욕을 바가지로 퍼부어주었다. 그러나 이미 엎질러진 물이었다.

그럼에도 이러한 교훈은 우리에게 일깨우는 바가 있으니, 너희는 너희 자식들이 별명을 붙이지 못하게 하라. 그 따위 짓거리는 적어도 자신의 평범한 태생과 저속한 교육 수준을 드러내는 것임을 자식들에게 일깨워주어라. 내가 '적어도'라고 한 이유는, 그런 별명 붙이기가 가벼운 농담이나 장난기에서 우러난 것이 아니라, 당사자에게 심한 모욕을 안겨주는 것으로 상대방을 욕보이려는 심보에서 나온 것이라면, 그것은 못났거나 더러운 인생들이나 하는 짓거리임을 증명하는 것이기 때문이다. 그런고로 별명을 붙이는 짓은 그 별명을 부르는 사람의 마음에 따라 크고 작은 죄를 짓는 것이다.

로마인들은 보통 신체의 결함을 빗댄 별명을 붙였다. 그래서 '비틀이' '장팔이' '말쟁이' '주먹코' 따위의 인물들이 전해져 내려온다. 그 당시에는 영웅을 영원히 기리기 위해 사용되었던 관습을 오늘날 우리는 너무 함부로 사용하는 것이다. 에스파냐의 카스티야 법은 다른 사람을 욕하는 사람에게 중형을 내린다. 바로 예수님께서도 "형제에게 〔……〕 미련한 놈이라 하는 자는 지옥불에 들어가게 되리라"고 하셨던 것이다.

우리는 동료 간에도 그 따위 별명붙이기를 삼가야 마땅하거늘 나이로 보나 지식으로 보나 권위로 보나 우리보다 나은 사람들에 대해서는 또 어떤 형편인가? 우리 마을 내지는 나라를 다스리는 고관 중 이런저런 악질적인 별명이 붙지 않은 사람이 하나라도 있단 말인가? 실로 대담한 일이 아닐 수 없다. 우리 모두는 그들을 공적으로나 사적으로 존경해야만 할 텐데 말이다.

우리는 오로지 노인이라는 이유 하나만으로도 노인을 존경해야 한다. 백발은 젊은이에 대한 노인들의 권위를 나타낸다. 구약「레위기」에도 "너는 센머리 앞에 일어서고 노인의 얼굴을 공경하며"와 같은 구절이 있는 것으로 보아 이는 상당히 오래 전부터 잘 알려진 진리인 것이다. 이교도에게서도 이런 점을 찾아볼 수 있다. 유베날리스는 이런 글을 남겼다. "젊은이가 노인 앞에서 일어서지 않거나 어린아이가 수염 난 사람 앞에서 일어서지 않으면 사형에 처한 시대도 있었다." 라세데모니 아인들 사이에서는 "어린아이들은 노인들을 길에서 만나면 절을 해야 하며 어떤 경우라도 노인에게 길을 비켜주어야 한다"는 규정이 있었다.

늙어 쪼글쪼글해졌다는 이유로 가엾은 노인네들을 놀리는 요즘 아이들을 보고 옛날 노인들은 무슨 말을 하겠느냐? 마흔두 명의 아이들이 두 마리 곰의 발톱과 이빨에 죽어갔다. 왜냐고? 선지자 엘리사를 대머리라고 놀렸기 때문이었다. 한 쌍의 곰이 내 손 안에 있어 요즘의 그 버르장머리 없고 시건방지고 철딱서니 없는 애녀석들을 혼내줄 수 있다면 얼마나 속 시원하겠느냐?

노인뿐만 아니라 좀 모자란 사람이나 미친 사람일지라도 결코 놀려서는 안 된다. 그 불행한 사람들의 정신적 결함은 창조주께 영광 돌리는데 사용되어야 한다. 우리를 그와 같은 운명으로부터 자유롭게 하셨으니 말이다. 우리는 우리의 교만함을 꺾어야 한다. 우리도 그들과 같은 흙덩이로 빚어졌으니 내일 당장이라도 그 같은 고통을 당하지 않을까 염려해야 하고, 폐일언하고 그들에게 동정을 베풀어야 한단 말이다. 불행한 인생은 그 불행 속에 하나님께서 우리에게 보내시는 추천서를 간직하고 있기 때문이다. 우리가 그 가엾은 사람들을 동정하고 도와주어야 할 터인데 그들을 조롱한다면 그 얼마나 잔혹한 짓거리일지 생각해보아라. 이 모든 것을 마음에 새겨 자식들을 일깨워주어라. 이 본줄기에서 벗어난 내 이야기를 엉뚱하다 여기지 마라.

이제 학교에서의 내 발전상으로 되돌아가자. 전혀 진전이 없었다. 나를 선생에게서 벗어날 수 있도록 해준 그 뜻밖의 사건이 없었다면 평생 그랬을 것이다. 일인즉 이런 것이었다. 어느 날 신부 한 사람이 아이

하나를 맡기기 위해 선생을 찾아왔다. 잠시 선생과 이야기를 나눈 신부는 헤어질 즈음에 내가 앞서 말한 시구를 발견하고는 유심히 살펴보더니 안경을 꺼내 들고는 다시 읽어보았다. 신부는 의문사와 '아니올시다' 다음에 있는 쉼표를 마치 파리똥이 묻은 양 닦아내려 했다. 그러나 그것이 세심히 그려진 글자의 일부라는 것이 확인되자 선생에게 물었다.

"이걸 누가 썼지요?"

그러자 잘난 내 선생은 그것이 자기가 직접 지어서 손수 쓴 글씨라고 대답했다. 신부는 화가 나서 말했다.

"그럼 선생은 이렇게 쓴 것으로 뭘 말할 생각이었소?"

"저는 말이죠, 신부님, 제가 의도했던 바는 그러니까 성모 마리아께서 은혜를 입어 잉태하셨다는 겁니다. 하나님 아버지의 총애받던 따님이셨으니 말입니다."

"그렇지만 형제여, 설령 당신이 그런 의미로 썼다고 해도, 여기 이 내용은 상당히 문제가 있는 것입니다. 단지 철자법을 잘 몰라서 그런 것이라면 제가 떠나기 전에 잉크나 헝겊으로 이 사악한 글귀를 지우도록 하시오. 그리고 문장부호를 제대로 사용할 수 없거든 다시는 사용하지 마시오. 그러면 글도 나아질 것이고 무엇을 쓰든 당신의 글을 읽는 사람들도 덜 헷갈릴 게요. 마침표조차 찍지 마시오. 제대로 알지 못한 채 쓰면 이것과 같은 상스럽고 참람한 글을 쓰게 되는 거요."

그 가련한 선생은 너무나 창피하여 신부와 우리들 앞에서 그 어쭙잖은 시를 지웠다. 선생이 묵묵히 시를 지우고 나자 신부가 말을 이었다.

"조카놈을 데리고 가겠소. 조카놈도 나이에 비해 장님이나 마찬가지지만, 선생도 무식하기는 장님과 마찬가지요. '소경이 소경을 인도할 수 있느냐. 둘이 다 구덩이에 빠지지 아니하겠느냐'는 말은 선생도 들어 알 것이오. 선생은 마음도 곱고 행실도 바르오. 그러나 그것만으로는 좋은 부모도, 좋은 보모도, 애들을 가르치는 좋은 선생도 될 수 없소. 그런 이름에 합당한 자질은 지식과 분별함과 덕성과 소질일진대, 선생에게는 덕성밖에 없으니 그것만으로는 수녀나 수사들을 섬기기에는 좋을지 모르나 아이들 지도자로는 아니올시다. 그러니 다른 직업을 찾아보시오. 내 다시 이 학교 문이 열린 것을 볼진대 교육감에게 이야기하여 선생의 자격증을 압류하도록 하겠소. 자격증이라도 있기나 한지 원. 잘 있으시오."

선생이 그와 같은 찬사에 어떠했을지 상상해보라. 신부가 가고 나자 선생은 주저앉아 두 손으로 머리를 싸쥐고는 망연자실 깊은 침묵으로 빠져들었다.

그날은 습자 시간도 강독 시간도 기도 시간도 교리 시간도 없었다. 이렇다 할 아무것도 없었다. 우리도 선생의 고통에 동참했다. 우리는 우리 나름대로 선생의 슬픔을 고통스러워했다. 우리는 습자판과 책을 한쪽 구석에 쌓아두고 찍소리도 낼 수 없었다. 그래도 제 버릇 개 주랴 싶게 12시를 치기까지 종알종알 수군거렸다. 첫번째 종소리에 선생은 정신을 차렸다. 선생은 우리와 함께 기도를 올렸다. 우리에게 축도를 내린 다음에 아주 죽어가는 목소리로 말했다.

"얘들아, 먹을거리를 마련해주기는커녕 고통만 늘리는 이 운명을 더 이상 추려나갈 수가 없구나. 방금 신부와 있었던 일을 보았을 것이다. 내가 겪었던 그 시련의 순간에 대해 하나님께서 신부를 용서하시리라. 그러나 다시는 그런 꼴을 당하고 싶지 않다. 오후에는 오지 마라. 아파서 수업을 할 수 없노라고 부모님께 말씀드려라. 이제 돌아가서 나를 위해 기도해주려무나."

우리는 잠시도 슬픈 표정을 지우지 않았고 눈에는 연민을 가득 담고 있었다. 정말이지 우리는 선생에게 동정을 금할 수 없었고, 비록 어리다고는 해도, 우리가 마음대로 주무를 수 있는 그런 물렁한 선생을 다시는 만나지 못할 것이라는 점을 알고 있었기 때문이었다. 그러나 결국 우리는 물러났다.

누구라도 집에 가서 나와 똑같이 하였을 것이다. 즉 모든 것을 있는 그대로 고스란히 일러바쳤을 거란 말이다. 그리고 다시는 수업을 하지 않겠다는 선생의 결심도.

이 소식을 전해 들은 아버지는 새로운 선생을 붙여주었다. 그것도 닷새 만에. 아버지는 나를 학교로 데려가서는 그 엄격한 몽둥이 밑에 맡겼다.

인생이란 우여곡절의 연속! 수많은 세월을 째려보다가 어느 날 잠깐 웃어보인다. 오 하나님, 저는 학교를 옮기면서 비로소 이 진리를 깨닫게 되었나이다! 나는 눈 깜짝할 사이에 천국에서 지옥으로 떨어졌다. 천사의 품에서 몸서리쳐지는 악마의 품으로! 천지가 뒤집힌 꼴이었다.

새 선생은 키가 후리후리하고 머리가 반쯤 센 말라깽이로 깐깐한 데다 심한 우울증 증상까지 있었다. 고상한 책을 읽고 글씨체도 훌륭했으며 수학에 도가 텄고 방정한 학생이기도 했다. 한마디로 팔방미인이었단 말이다. 그러나 이 모든 재주도 그 우울하고도 깐깐한 성격으로 빛을 잃었다.

선생은 능력도 넘치는 데다 지나치게 철두철미했다. 학생도 몇 명 없어 학생 하나하나에 최선을 다했다. 조금만이라도 중용을 지켰더라면 정말이지 기막힌 교육 철학이었을 것이다. 사람들은 이 중용이라는 덕을 몰라 극단으로 치달음으로써 실수를 저지르게 된다. 내 첫번째 선생은 지나치게 정이 헤픈 데다 녹록한 사람이었다. 두번째 선생은 또 지나치게 엄격한 데다 철두철미한 사람이었다. 한 사람은 우리를 감싸 안으려고만 들었고, 또 한 사람은 우리를 조금도 눈감아주는 법이 없었다. 한 사람은 우리를 분별없이 사랑했고, 또 한 사람은 우리를 가차 없이 학대했다.

새로운 선생이란 작자가 바로 그런 사람이었다. 그 입에서 미소는 영원히 추방당했고, 그 음울한 표정에서 살벌한 재판장이 여지없이 드러났다. 그는 '피를 봐야 맛을 안다' 라는 그 지독한 세상 이치를 항상 일깨우고 다니는 그런 사람이었다. 그러다 보니 하루라도 편하게 지내는 것은 생각할 수조차 없었다. 회초리, 몽둥이, 당나귀 귀로 만든 채찍 등 모든 형벌 기구가 우리 위에서 쉴새없이 춤을 추었다. 특히 장난꾸러기였던 나는 같은 반 그 누구보다도 뻔질나게 그에 상응하는 대가를 치러야 했다.

내 첫번째 선생이 용서에 이골이 난 사람이었다면 두번째 선생은 포악한 군주에 못지않았다. 첫번째 선생이 수녀들의 심부름꾼으로 안성맞춤이었다면 두번째 선생은 마차꾼이나 공장 십장으로 타고난 사람이었다.

겁을 줘서 아이들을 가르칠 수 있다는 생각은 터무니없는 망발이다. 지나치게 겁을 준다면 말이다. 플리니우스가 "두려움은 불성실한 선생이다"라고 한 말은 옳다. 공갈과 협박으로 일을 꾸며 성공하기란 기적을 바라는 것과 같다. 키케로는 말하기를 쫓기는 마음으로는 일을 맡기에 적합하지 않다고 했다. 내가 그런 경우였다. 내가 학교에 갔을 때, 아니 나를 학교로 끌고 갔을 때, 나는 헤아릴 수 없는 두려움에 휩싸여 있었다. 손은 떨리고 혀는 더듬거리고, 나는 모양새 있게 말하기는커녕 한 마디도 제대로 발음조차 할 수 없었다. 모든 게 엉망이었다. 애는 썼지만 너무 무서웠던 것이다. 실수에 매가 따랐고, 매에 더 겁이 났고, 더 겁이 나니 손과 혀는 더 주눅들고, 더 주눅들다 보니 더 많은 매를 맞게 되었다.

 이 실수와 응징이 곤혹스럽게 되풀이되는 가운데 나는 그 지옥에서 온 능구렁이와 두 달을 보냈다. 그 시절, 내 불평 불만에 떠밀린 어머니는 학교를 옮겨달라고 또 얼마나 아버지를 들볶았던가! 얼마나 마음이 상했던가! 얼마나 많은 눈물을 흘렸던가! 그러나 아버지는 눈도 깜짝하지 않았다. 아버지는 모든 게 어머니의 막무가내식 사랑 때문이라고 믿었으므로 어머니의 청을 거절했다. 그러나 천우신조였던가! 어느 날 한 신부가 그 선생 양반을 지지고 볶을 만한 소식을 갖고 집을 찾아왔다. 선생의 잔인함에 대해 열변을 토했다. 어머니도 부지런히 말을 보탰다. 신부는 내게 유리한 여러 가지 증거를 들이밀었다. 마침내 설득당한 아버지는 나를 다른 학교에 보내기로 결정했다. 그 이야기는 다음 장에서 보게 될 것이다.

3. 페리키요가 세번째 학교에 대한 일, 장래 직업에 대한 부모의 말다툼을 이야기하는 장

결국 그 미루고미뤄오던 날에 이르렀으니 아버지가 그 믿음 좋은 신부의 말에 넘어가 나를 세번째 학교로 보내기로 결정한 것이다. 나는 고개를 떨구고 울먹이며 겁을 잔뜩 집어먹은 채 그 간악한 늙은이의 두번째 음모를 마지못해 겪어야 하나 보다 했다. 그러나 아버지와 그 신부로 인해 내 마음이 날이 갈수록 당돌해진 것도 사실이었다.

결국 나는 새 학교에 들어갔다. 그러나 나는 꿈도 꿔보지 못한 상황에 기절초풍하고 말았다. 그곳은 널찍하고 깔끔한 곳으로, 아름다운 유리창도 끼워져 있고 해서 채광도 좋았고 통풍도 잘되는 곳이었다. 왼손에 아름다운 장미꽃 다발을 든 진짜 우스꽝스럽게 생긴 조각품과 그럴듯한 그림들이 일정한 간격으로 줄을 맞춰 늘어서 있었다. 아마도 선생은 박학다식한 블랑샤르의 『관습 학교』를 읽고는 그 사람이 제안한 계획을 실현시키고자 했음에 틀림없어 보였다. 그 교실에는 빛과 청결함과 호기심과 기쁨이 넘쳐흘렀으니 말이다.

나는 단번에 학교가 그럴듯한 모양새를 갖추고 있음을 알아채고는 처음 들어올 때의 두려움을 한결 누그러뜨릴 수 있었고, 장차 같은 반이 될 아이들의 얼굴에 나타난 밝은 표정을 보고는 마음을 완전히 진정시킬 수 있었다.

내가 찬찬히 살펴본 바에 의하면 새 선생은 엄격하거나 침울한 늙은이는 아니었다. 오히려 정반대였다. 선생은 서른둘 내지 셋쯤으로 보이는 늙지도 젊지도 않은 사람이었다. 좀 여윈 편에 키는 보통이었다. 유행을 따른 옷맵시는 깔끔하고도 얌전했다. 얼굴 표정으로 보아 마음씨도 부드러울 것 같았다. 입가에는 온화한 미소가 서려 있었고, 초롱초롱한 눈매는 신뢰와 존경을 불러일으켰다. 한마디로 말해서 이 친근감 넘치는 양반은 아이들을 가르치기 위해 태어난 사람이었다.

아버지와 신부가 돌아가고 난 다음에 선생은 나를 복도로 데리고 나갔다. 선생은 죽 늘어선 화분을 가리키며 내가 무슨 꽃을 알고 있는지를 물었다. 선생은 꽃들의 그 아름답고 현란한 색깔, 그 부드러운 향기, 자연이 땅의 정기를 식물의 가지를 통해 발산시키는 그 오묘한 이치에 대해 생각해보라고 했다.

다음에는 작은 새장 안에 매달려 있는 오색찬란한 새들의 감미로운 노랫소리를 감상해보라고 했다(교실 안에도 새들이 있었다). 그리고는 말을 이었다.

"얘야, 알겠느냐? 여기 있는 이 네 개의 식물과 이 작은 미물 속에 보이는 자연이란 그 얼마나 정교한 것이냐? 자연이란 우리가 믿고 경배하는 하나님의 사자니라. 네가 탄복해 마지않는 자연의 가장 경이로운 기적은 창조주 하나님이 오직 임의로 행하신 것이다. 우리 머리 위에서 타오르는 저 불꽃은 결코 사그라지지 않는 불로서 그 어떤 장작을 더하지 않아도 끊임없이 타오르니, 사람과 짐승과 식물과 돌멩이에게라도 기쁨뿐 아니라 생명까지 주는 것이다. 얘야, 저 태양, 저 한낮의 횃불, 저 하늘의 눈동자, 저 자연의 영혼은 그 은혜로운 빛으로 신의 영광을 구현하며 수많은 민족을 밝히나, 이는 내가 이해하는 바로는 우리 지고의 전능자의 한낱 노리개일 뿐이다. 이제 네 위대하신 하나님의 권능과 지혜와 사랑이 과연 어떠하실지 상상해보아라. 너를 탄복케 하는 저 태양, 너를 즐겁게 하는 저 하늘, 너를 기쁘게 하는 저 새들, 너를 희락케 하는 저 꽃들, 너를 가르치는 이 사람, 너를 둘러싼 자연의 그 모든 것은 하나님께서 아무런 수고도 없이 너를 위하여 완벽하게 손수 지으신 것이니라. 이 모든 것을 알기에 네가 너무 어리단 말이냐? 알기는 알아도 하나님께서 값없이 주신 그 벅찬 은혜에 감사하지 않을 만큼 네가 완악하단 말이냐? 도저히 그럴 수는 없느니라. 보라, 은인에게 고마움을 표시하는 가장 좋은 방법은 힘껏 섬기는 것이니, 뜻을 거스르지 않고 모든 명령에 따르는 것이라. 하나님은 참으로 선하신 분이시니, 너도 네 하나님께 이와 같이 행하여야 하느니라. 네게 명하시는 그분을 사랑하고 그의 계명을 지킬지니라. 넷째 계명은 네 부모를 공경하라는 것이니, 부모를 공경한다면 웃어른도 공경할지니라. 웃어른들 중에서도 선생은 으뜸 자리를 차지하느니라. 이제 내가 네 선생이 되었으니 너도 착한 학생으로 나를 따라야 하느니라. 나는 너를 자식처럼 사랑하며 사랑으로 가르쳐야 할 것이고, 너도 나를 네 아버지처럼 사랑하고 존경하고 순종해야 할 것이다.

나를 두려워하지 말지니 네 회초리가 아님이라. 내게 경의도 표하고 동시에 믿어야 하느니라. 나를 아버지나 친구인 양 여기려무나.

이곳엔 살점을 도려내는 굵은 철사로 만든 회초리가 있다. 이곳에도 몽둥이, 당나귀 귀로 만든 채찍, 족쇄, 고삐 등 수많은 끔찍스러운 것들이 있다. 그러해도 쉽게 눈에 띠지는 않을 것이다. 모두 깊이 감춰져 있기 때문이다. 고난과 망신살을 의미하는 그 섬뜩한 물건들은 너나 네 눈에 보이는 저 아이들을 위한 것은 아니다. 너희는 비범한 가정에서 자랐고 선량한 부모를 두었으니 너희를 올바르게 가르쳤을 것이고 미덕

과 명예와 염치라는 최고의 심성을 길러주었을 것이라. 너희가 그 혐오
스러운 징벌을 내릴 지경에 나를 빠뜨리지 않을 것을 내 믿어 의심치 않
느니라.

애야, 회초리란 말이다, 사람들에게 수치심을 주기 위해 발명된 형
벌 기구니라. 또한 생각이 모자라고 게을러빠진 망나니를 재촉하기 위
한 것이기도 하니라. 엄한 벌로 다스리지 않아도 교훈과 바른 사리 판단
으로 자신이 해야 할 것과 결코 해서는 안 되는 것을 구별할 줄 아는 단
정하고 염치 있는 아이들에게는 소용없는 것이니라.

미물일지라도 때리지 않고도 꾸준히 가르쳐 깨달아 배우게 할 수
있느니라. 네가 듣는 이 노랫소리를 얻기 위해 내 얼마나 많은 매로 이
천진난만한 새들을 다스렸다고 보느냐? 한 대도 필요 없었음을 알리라.
내 그런 횡포를 부릴 능력도 없고 새들 또한 그것을 견뎌낼 수 없음이니
라. 가르치겠다는 내 열성과 배우겠다는 새들의 노력이 네가 듣는 이 조
화로운 노랫가락을 이루었느니라.

새조차 배우는 데 회초리가 필요 없거늘, 너와 같은 아이에게 당키
나 한 얘기냐? 세상에, 생각도 못 할 일이다. 어떠냐? 내 생각이 틀렸느
냐? 나를 사랑할 수 있겠느냐? 내 명령에 순종할 수 있겠느냐?"

"예, 선생님."

나는 감격에 겨워 대답했다. 그 부드러운 성품에 완전히 녹아 선생
손에 입을 맞추었다. 그때 선생은 나를 얼싸안았다. 선생은 나를 방으로
데려가 과자 몇 개를 주고 침대에 앉히더니 그대로 있으라고 했다.

마음이 온통 감미롭고 상냥한 성품으로 가득한 사람을 본다는 것은
기적과 같은 일이다. 그것도 어른이 그렇다면 더욱 그렇다. 선생은 그
첫번째 교훈으로 나를 완전히 사로잡았다. 나는 내내 그 가르침을 사랑
했고 가슴이 미어지도록 선생을 존경했다. 그 당연한 결과, 선생의 말에

기꺼이 순종했다.

12시를 쳤다. 선생은 나를 교실로 불러 아이들과 함께 기도하도록 했다. 기도가 끝나자 우리 모두 끼리끼리 모여 마음껏 뛰놀도록 허락했다. 선생이 보기에는, 우리의 놀이는 그저 천진난만한 것이었다. 그러는 동안 아이들을 데리러 하인과 하녀들이 속속 도착했고 마침내 우리집 하녀도 와서 나를 데려갔다. 그런데 내가 읽기 위해 가져갔던 책을 선생이 하녀에게 돌려주며 아버지에게 보내는 쪽지를 건네주는 장면을 목격했다. 그 내용을 요약하자면 이렇다. 나는 우선 플레리나 핀톤의 요약문을 읽어야 한다. 그 기본적인 것을 충분히 익히고 나면 『행복한 남자』『천재들』『민감한 남자의 심심파적』혹은 그와 비슷한 책을 읽어야 한다. 그러나 『삶의 고독』, 사야스의 소설류,『그라나다 내전』『샤를마뉴 대제』따위, 그러니까 교육에 도움이 되기는커녕 어린아이들의 영혼을 망치거나, 음탕한 것에 마음을 쏠리게 하거나, 터무니없는 망상과 공연한 허세와 얼토당토않은 허풍을 머릿속에 심어주는 그런 잡동사니를 읽는 것은 결코 이롭지 않을 것이다.

아버지는 선생이 원하던 대로 따랐을 뿐만 아니라 한술 더 떠 이전에는 전혀 천박하지 않다고 알고 있던 것들까지도 싸잡아 매도해버렸다.

나는 그 선한 양반과 2년 간을 함께 지냈다. 그 2년이 끝나갈 무렵 나는 읽고 쓰고 말하는 데 있어서 기본기를 어정쩡하게나마 익힐 수 있었다. 아버지는 내가 학년말 고사를 치르는 날 점잖은 옷을 입혔다. 아버지는 선생에게 상당한 답례를 하고 싶어했다. 사실 넉넉히 받아 마땅했다. 선생은 아버지에게 당연히 감사를 표했고, 나 또한 선생과 여러 번 포옹했다. 그리고 우리는 헤어졌다.

아이들아, 너희로서는 이해하기 힘들 것이다. 내 잘못은 아니지만 어머니의 그 과도한 애정으로 인한 허약한 체질과 못된 성질머리에도 불구하고, 그리고 내 첫번째 학교 친구놈들의 그 삐뚤어진 본을 받아 내 썩어 문드러졌음에도 불구하고, 참된 스승의 지도 아래 내가 한순간 악에서 정상으로 돌아온 사실을 말이다(나는 결코 착해본 역사가 없었느니라). 그러나 이상하게 볼 것만도 아니다. 뛰어난 자질과 세심한 배려에 따른 참교육이라면 이런 일도 이룰 수 있느니라. 또한 모범이란 아이들이 항상 자신의 행동을 바르게 잡아가는 척도가 되기 때문이니라.

그러니 너희도 아이를 가지게 되면 좋은 말로 타이르기도 해야 하거니와 모범을 보여 본받도록 신경 써야 할 일이다. 아이들은 노인네들의 노리갯감일지 모르나 생생히 살아 있는 노리개니, 어른들의 하는 짓을 곧장 따라하느니라. 불행하게도 좋은 면보다는 나쁜 면을 더 빨리 더 솜씨 있게 따라하느니라. 너희가 기도하는 모습을 보면 아이도 기도할 것이다. 그래도 대개는 지루해하다가 잠에 빠지고 만다. 그러나 너희가 거친 상소리를 하는 것을 듣거나 화를 내거나 복수심에 불타거나 음탕함에 사로잡히거나 술에 취하거나 노름하는 꼴을 볼라치면 그렇지 않으니라. 이런 것은 그냥 그대로 배워 익혀 그 속에서 어떤 재미를 발견할 것이다. 안 하고는 못 배기는 그 성질상 너희 그 방종한 행실을 곧이곧대로 따라할 것이다. 그때 너희는 무슨 체면으로 아이들을 나무랄 수 있겠느냐? 아이들은 이럴 것이다. 이거 우리에게 가르쳤잖아요. 우리 선생님들 아니세요. 우린 배운 것만 한단 말이에요.

게란 모로 기는 짐승이다. 눈이 트인 게가 있어 그 결점을 알아채고는 고치려 노력했다. 그런데 생각이 깊은 게 한 마리가 이렇게 말했다.

"여러분, 우리가 나면서부터 지금까지 같이한 그 잘못을 우리더러 고치라는 것은 터무니없는 것이오. 확실히 해야 할 것은 우리 아이들에게 바르게 걷는 법을 가르치는 것이오. 아이들이 이 굼벵이 걸음을 고쳐

나가면서 그 자식들에게 가르칠 것이고, 그리하여 우리 후손들은 이 형편없는 걸음걸이를 영원히 추방할 수 있을 것이오."

모든 게들이 만장일치로 그 의견에 찬성했다. 그 실행은 각각의 부모 게들에게 위임되었고, 부모 게들은 그럴듯한 이유를 들어 바르게 걷도록 자식들을 설득했다. 그런데 새끼 게들이 이렇게 말하는 것이었다.

"시범을 보여주세요, 아빠."

바로 그것이었다. 부모 게들은 걷기 시작했으나 여전히 게걸음이었다. 그들 입으로 방금 토해낸 그 모든 말에 위배되는 것이었다. 새끼 게들은 당연하게도 들은 대로가 아니라 본 대로 따라했다. 그랬으니 게들의 걸음걸이는 여전히 그런 것이다. 이 이야기는 게들에 대한 것이긴 하지만 사람에게 있어서도 분명한 진리를 말해준다. 세네카 말마따나, "교훈을 따라 진리에 이르는 길은 멀고도 험하나, 모범을 따르는 길은 가깝고도 수월하다."

그러니 아이들아, 너희는 아이들 앞에서 신중에 신중을 기해야 하느니라. 너희 궁핍함으로 때로 나쁜 짓을 저지를 것이나 아이들 눈에 띄게 해서는 못쓰느니라. 사실 말이지, 나는 너희가 어쩔 수 없이 악에 빠질지라도(하나님께서는 허락지 아니하실 것이나) 내 손자들 앞에서 수치를 당하느니 차라리 위선자가 되었으면 한다. 노골적인 악행을 배우기보다는 거짓 덕성을 배우는 게 덜 해롭겠기 때문이다. 그렇다고 위선이 좋다거나 용서받을 수 있다는 이야기는 아니다. 그래도 악행보다야 괜찮지 않겠느냐.

자식들에게 좋은 모범을 보여야 한다는 것은 우리 기독교인들만의 의무는 아니다. 이교도들도 바로 이 진리를 터득하고 있다. 여러 가지가 있지만 특히 유베날리스의 풍자시 중 제14편이 그중 읽을 만한 것으로 우리말로는 다음과 같은 뜻으로 옮길 수 있겠다.

자식이 집에서 보고 듣는 것에
한 점 부끄러움이 없게 하라.
가녀린 아가씨는 유혹을 이겨내야 하리니
유혹으로 정절을 버리느니라.
바람둥이의 속삭임에 귀를 막을지니
호시탐탐 범할 기회를 노리느니라.
자식을 크게 두려워할지라.
너희가 죄의 유혹에 빠질 때
나이가 적다 하여 자식을 무시하지 말지니
죄에 있어서 너희를 능가할 것이라.
너희가 죄를 범하려 할 때
말 못하는 자식 때문에라도 자제할지라.
너희 아이는 너희 거울이니, 너희 화냄으로
내일 너희를 본받을 것이라.
(너희는 명심할지니, 너희 얼굴을 닮음같이
너희 행실을 따라하리라.)
너희 발자취를 고스란히 따라
큰 잘못을 범할진대
너희는 바로잡기 위해 매를 들지니
온 동네가 야단이리라.
너희는 있는 힘껏 패고 또 패고
모질게 마음먹고 내쫓으리라.
해서, 그게 무슨 꼴불견이냐?
아비란 그래도 되는 것이더냐?

나이 먹은 너희가 자식 앞에서
보다 큰 너희 잘못을 감출 수 있겠느냐?

며칠 간의 화려한 휴가 기간을 집에서 보낸 후에 결정적인 운명의 날이 왔다.

내 이미 말했듯 아버지는 신중한 양반으로 사물의 심층을 헤아려 볼 줄 아는 사람이었다. 그래서 이미 자신이 나이도 들고 가진 것도 없음을 고려하여 내게 직업을 찾아주고자 했다. 아버지는 늘 내가 날건달로 지내느니보다는 어쭙잖은 것이나마 직업이 있는 편이 나을 것이라고 했다. 그러나 어머니에게 그런 의사를 내비치려 하자마자, 맙소사, 어머니의 그 호들갑스러움이란! 어머니가 나를 무척이나 사랑했던 것은 사실이었지만 그 사랑은 분별없는 것이었다. 어머니는 마음씨도 착하고 분별력도 있었지만 지극히 통속적인 사람이기도 했다. 어머니가 아버지에게 말했다.

"애한테 직업이라뇨? 하나님도 원치 않으실 거예요. 아니, 마누엘 사르미엔토 양반의 아들이 재단질이나 칠질이나 세공질이나 뭐 그런 일을 배우는 꼴을 본다면 사람들이 뭐라고들 하겠어요?"

아버지가 맞받아쳤다.

"뭐라고 하기는. 마누엘 사르미엔토는 가난하지만 점잖고 나무랄 데 없는 사람으로 자식에게 물려줄 재산이 없으니 쓸모 있고 정직한 기상이라도 키워 밥벌이라도 하게 하려는 거로군. 나라에 놈팡이를 하나 더 늘리지 않고 말이야. 이 기상이란 게 바로 직업이 아니겠어. 이러겠지 뭐, 달리 뭐라고들 하겠소?"

어머니는 몸서리를 치며 대들었다.

"천만의 말씀. 당신이 페드로에게 무슨 기술직이라도 갖게 한다면 그건 운명을 거역하는 짓이에요. 나는 비록 가난해도, 내 몸 속에 그리고 내 아들 몸 속에 폰세와 타글레와 핀토와 벨라스코와 수말라카레기와 분디부리 가문의 고귀한 피가 흐르고 있음은 알아요."

아버지가 말했다.

"하지만 여보, 폰세와 타글레와 핀토 가문의 혈통이나 이 세상 모든 고귀한 가문과 당신 아들이 정직하게 살기 위해 직업을 갖는 것과 무슨 상관이란 말이오. 그것들이 자식놈 살아가는 데 무슨 보증이라도 서 준답디까?"

어머니는 물고늘어졌다.

"그럼 당신은 귀한 집 자식이 재봉사나 칠장이나 세공사나 직물공 따위가 되는 게 좋다는 얘기예요?"

"그래요 여보, 좋아도 아주 좋아 보이오. 귀한 집 자식이라도 가난하고 의지할 데 없다면 기술자가 되든 어떻든 직업을 배워야지. 끼니를 구걸하지 않기 위해서라도 말이오. 내 보기 역겨운 것은 귀한 집 자식이 직업도 재산도 없이 땡전 한 푼 없는 알거지로 배를 곯는 꼴이오. 뭔가 좀 먹을 게 없나 하고 노름판을 전전하며 누군가 돈을 슬쩍하는 것이나 살피고, 내기판이라도 벌어지면 거기 붙어 개평이라도 뜯어내려드는 꼴은 정말이지 못 볼 것이오. 귀한 집 자식이 대낮에 전도사들마냥, 사람들 말마따나, 문전걸식이나 하고 돌아다니는 꼴은 더더욱 가관이지. 내 말은 남에게 빈대 붙어 사는 철면피들에 대한 거요. 전도사들이란 간곡한 청을 받은 후에나 남의 집에 가서 먹는 법인데, 그 날건달들은 청하지 않아도 몰려들 가거든. 배는 채울 수 있을지 몰라도 뭇사람들로부터 빈축도 사고 업신여김도 당하는데, 그러다 보면 거머리보다 더 악착같이 달라붙을 게요. 그러니 때로는 아주 따끔하게 타이르는 것도 필요한 법이오. 귀한 집 자식이 그런 꼴을 당하는 것이 내 못마땅하다는 거요.

우리가 상상할 수 있는 가장 형편없는 것보다 더 형편없는 것이 바로, 게으르고 추잡스럽고 알거지인 젊은 놈이 이놈에게 가서 사기 치고 저 놈에게 가서 등쳐먹고 온갖 수를 다 써서 사람들을 알겨먹다 급기야 본색을 드러내어 유명짜한 도둑이 되었다가, 얼굴을 들 수 없을 정도로 곤장을 맞거나 옥에 갇히는 꼬락서니지. 당신도 그런 놈들 얘기는 여럿 들었을 거고, 이 멕시코 광장에서 사형 집행인의 손에 죽은 귀한 집 자식들의 시체도 여럿 보았을 거요. 당신도 그 귀하디귀한 양반집 자식을 알고 있겠지. 명문가의 자손으로 바로 그 우리나라 총리 각하의 조카 녀석 말이오. 하지만 그 녀석 추잡한 데다 경박하고 직장도 없었지(그만큼 허랑방탕했으니 말이오). 그 녀석 아카풀코로 가는 플라타니요 언덕에서 어떤 곡예사 하나를 죽이는 것으로 끝장을 보고 말았지. 그 곡예사가 애써 모은 잡동사니를 훔치려고 말이야. 교회 경찰에 잡혀 사형을 선고받고 교회에 갇혔는데 어떤 주지사가 삼촌을 존경해서 놈을 꺼내주었지. 지금 수년 전부터 그곳 감옥에 갇혀 있다오. 이것이 귀한 집 자식이나 추잡하고 직업도 없는 놈들이 보여주는 한 폭의 그림이오. 상놈의 피를 이어받은 그 망나니로 인해 그 집안의 명예는 하나 떨어지지 않았소. 녀석이 교수형을 당했다 해도 그 삼촌은 그냥 그대로 그 직에 남았을 거요. 아비가 똑똑하다고 해서 자식도 똑똑하단 법 없고, 아비가 훈장을 받았다 해서 자식도 용감하단 법 없듯, 자식들 잘못으로 인해 체면을 구기거나 얼굴에 똥칠하는 경우는 없는 법이거든.

나는 이 끔찍한 경우를 깊이 명심하고 들려주는 것이니, 그런 경우는 다시는 없어야지! 가난뱅이인 주제에 그 체면 때문에 일하기를 싫어하는 귀한 집 자식 얘기가 뭘 의미하는지 당신은 살펴보도록 하오."

"하지만 만약 병신이라도 되면요? 우리 페드로가 거시기 아무개처럼 사납고 거칠어진다면요?"

"그래요, 여보, 같은 경우에 처한다면 말이오, 페드로나 후안이나 마찬가지지. 아주 당연한 일이오. 기적이라는 것도 상황에 따라 다르게 나타나는 게요. 우리 페드로가 가난한 데다 능력도 없다고 칩시다. 페드로가 후안이나 이 세상의 모든 후안 같은 놈들처럼 추잡하거나 도둑이 안 된다는 보장이 어디 있단 말이오? 우리가 영원하신 하나님 아버지께 확신이라도 구할 수 있겠소? 우리 자식이 악에 물들지 않기를, 다른 친구들처럼 불행을 겪지 않도록 말이오. 대개 궁핍함에 쫓기다 보면 눈이 멀어 극히 부끄러운 죄악에라도 몸을 팔게 되는 것 아니오."

"모두 아주 그럴듯하군요. 그래도 우리 아이가 직장에 다니는 것을 보면 친척들은 뭐라고들 하겠어요?"

"아무 말도. 대체 뭐란다는 거요? 적어도 이러기는 하겠지. 내 사촌 재단사, 내 사촌 세공사, 뭐 이런 것. 우리 친척 중에는 재단사 따위는 없다고 하는 사람도 있을 거야. 그리고 다시는 우리 애한테 말도 걸지 않겠지. 하지만 이제 당신이 말해보오. 우리 애가 직업도 없고 뱃가죽이 말라붙어 늘어진 꼴을 보면 친척들이 뭐라고들 하겠소? 자, 내가 예를 들어 그들이 뭐라 할까 얘기했으니 이제 당신이 반대의 경우 그들이 뭐라 할까 얘기해보오."

마음이 여린 어머니가 말했다.

"돕자고, 하다못해 체면치레를 위해서라도 돕자고 하, 하겠죠."

"여보, 당찮은 소리 마오. 우리 자식이 그들에게서 돈을 우려내지 않는다면 그들은 체면 따위는 거들떠보지도 않을 거요. 보통 부자들은 가난한 친척들로 인해 체면 구기는 일을 방지하기 위해 갈고닦은 방법을 갖고 있지. 그 방법이란 일절 그들을 외면해버리는 거라오. 정신 차려요. 우리 페드로가 운이 좋거나 세상에 이름을 날리기라도 하면 그들은 페드로를 진짜 친척이라고 떠들고 다닐 것이고, 또 여기저기서 알지도 못하는 것들이 친척이랍시고 썩은 생선에 파리 꾀듯 몰려들 것이오. 또 친구라는 것들이 시도 때도 없이 몰려들어 옴짝달싹하기조차 힘들게 될 것이오. 그리고 우리 아이가 거렁뱅이라도 되는 날엔 오로지 스스로 빌어먹을 수밖에 없을 거요. 이게 진리라는 것이오. 아주 오래 전부터 우리가 세상을 살며 겪은 것이오. 그래서 우리 조상들은 현명하게도 이런 말을 남겼던 것이오. '하나님 이외의 친구란 없고, 돈 이외의 친척이란 없다.' 자 보시오. 지금은 당신 숙부 대위 양반, 내 조카 신부, 델가도 집안의 사촌 계집애들, 리베라 아주머니, 마누엘라 아줌마 등이 우리 집에도 찾아오고 말도 걸고 하지 않소? 그건 비록 우리가 가난해도, 하나님의 은혜로 밥술이라도 뜨고 나도 내 힘껏 그들을 돕기 때문이오. 바로 그래서 우리집에 오는 것이지 다른 이유로 드나드는 것은 아니란 말이오. 그걸 인정해야 하오. 어떤 사람은 돈을 빌리러 오고, 또 어떤 사람은 이런저런 보증을 서달라고 오고, 그저 잠시 들르는 사람도 있고, 집 안 구석구석을 뒤지는 사람도 있고, 점심을 먹으러 오는 사람도 있고, 차를 마시러 오는 사람도 있소. 하지만 내가 죽고 당신은 가난뱅이가 된다면 친구도 친척 나부랭이도 순식간에 사라지고 말 것이오. 마치 연기를 피해 달아나는 모기떼처럼 말이오. 사실이 이러하고 가진 것도 없으니 우리 페드로가 직업 교육을 받아야 한다는 거요. 내 죽고 나서 친척이나 생판 모르는 남들에게 기대지 않게 하기 위해서라도 말이오. 내 당신에게 한 가지 일러두겠는데, 대개 사람들은 친척보다는 생판 모르는 남들에게 더 의지하려고 들지. 그야 어쨌든, 사람은 누구나 남들에게 부담을 주지 않고 자기 직업과 자기 능력에 의지해야 하는 거요."

"당신 그 장광설에 어지러워 죽겠어요. 내가 아는 바로는 신사는 직업이 없더라도 점잖은 자리에서는 어디라도 재봉사, 세공사, 칠장이보다는 융숭한 대접을 받는다는 거예요."

"그게 바로 편견과 무지라는 거요. 직업은 없을 수도 있지. 하지만 신념 내지는 신실한 능력도 없다면 문제는 달라. 사무실 직원이나 군인 등을 재봉사나 뭐 그런 기능공보다는 잘 대접하겠지. 그건 기정사실이오. 그런 사람들이 더 빼어나 보이니까. 그러나 게으르고 후줄근하고 사기꾼 날건달, 내 자식은 그러지 말았으면 하는 그런 놈들보다야 어디라도 재봉사나 심지어 구두장이를 더 좋게 볼 것이오. 게다가 직업이 사람 품위를 떨어뜨린다고 누가 그럽디까? 품위를 떨어뜨리는 것은 나쁜 행실과 어긋난 품성과 그릇된 교육이오. 세상에 돼지치기보다 더 수치스러운 직업이 있겠소? 식스투스 5세는 비록 돼지치기였지만 가톨릭 교회의 대주교가 되는 데 아무 방해가 되지 않았소."

이제 이 논쟁을 여기서 잠시 접으니 제4장에서 이어 보도록 하라.

4. 페리키요가 앞 장에서 중단한 부모의 말다툼, 거기서 얻은 결론, 다시 학교에 다니게 된 사연 및 학교에서의 생활을 이야기하는 장

앞 장에서 얘기한 그 모든 것에도 불구하고, 어머니는 내게 직업을 구해준다는 것에 악착같이 맞서며 나를 상급 학교에 넣어야 한다고 아버지를 계속 졸라댔다. 그러자 남편 되는 양반이 말했다.

"제발 철없이 굴지 마오. 페드로가 공부할 생각이 없거나 또 그 방면에 소질도 없다면 억지로 시키는 것도 무리 아니겠소? 많은 부모들이 천성적으로 어울리지도 않고 공부에는 소질도 없는 자식들을 우격다짐으로 변호사나 성직자로 만들려고 드는데 그건 정말이지 바보짓이오. 우리 보는바 사기나 쳐먹는 변호사, 환자나 죽이는 의사, 무식하고 게을러터진 성직자 나부랭이들이 날이면 날마다 저지르는 그 해악이 얼마나 요란한지, 정말 서글픈 일이오.

자식놈에게 직업을 정해주기 위해서는 자식놈의 재능이나 체격도 고려해야 하는 거요. 왜고 하니 재봉사나 칠장이에 맞는 놈은 대장장이나 목수나, 뭘 하고 싶은 마음 외에 체력이나 강한 근육을 필요로 하는 직업에는 맞지 않기 때문이오.

누구나 아무 일이나 할 수 있게끔 타고나는 건 아니오. 공부하기 위해 태어나는 사람들이 있어도, 그게 또 다 똑같은 건 아니오. 신학자로 타고난 사람은 또 의사와는 인연이 없거든. 의사로 클 사람은 십중팔구 변호사로는 아니오. 기질로 살펴 그렇단 말이오. 먹물을 먹는다는 게 다 그런 거요. 군인으로는 타고났어도 장사에는 젬병인 사람도 있소. 장사에는 수완이 있어도 공부라면 장님인 사람도 있지. 예술 분야에 타고난 사람은 기계라면 또 깜깜하지. 대부분 다 그렇다오.

정말이지 과학과 예술 모든 면에서 뛰어난 팔방미인이란 이 대자연의 불가사의이거나 전지전능하신 하나님의 그 전능하심을 드러내는 자일 거요.

나는 한두 차례 이 세상에서 이름을 날린 만물 박사라는 사람들도 단지 이해하고 적용하고 기억하는 데 도가 튼 사람들일 뿐이라고 굳게 믿고 있소. 이렇게 말해 어떨지 모르지만 말이오. 자신과 같은 시대를 살았던 보통 학자들보다 훨씬 뛰어난 과학 지식으로 사람들을 탄복시켰던 사람들이 있긴 있었지. 그야말로 뛰어난 지식의 소유자도 있었단 말이오. 그러나 내 보기에는 그 뛰어난 지식이라는 것도 전체로 볼 때는 아주 사소한 것에 지나지 않았지. 그 사람들 역시 아는 것보다 모르는 것이 더 많다 보니 전지전능자라는 명예를 얻기에는 당치도 않았고 또 앞으로도 그럴 경우란 없을 것이오. 모든 것을 알고 있는 사람을 가리켜 전지전능자라 한다면 말이오. 전우주를 통틀어 전지전능하신 분은 오직 한 분이시니 바로 하나님이시란 말이오. 오로지 지존하신 하나님만이 유일하고 진정 전지전능하신 분이오. 하나님만이 알 수 있는 온갖 것을 홀로 진정으로 아시는 것이오. 그러니 사람을 가리켜 전지전능하다 하는 것은 그를 신이라 이름하는 것과 같은 것이오. 아무리 학식이 깊다 해도 라이프니츠를 그런 명예로운 이름으로 부르는 것은 정말이지 얼토당토않은 짓이오.

아마도 그 거물도 구두를 깁는다거나, 옷소매에 수를 놓는다거나, 우리 보기에 자잘한 일들, 그저 단순한 기계적인 일들은 못할 거요. 그 천재가 이제 다시 살아난다 해도 자신이 세운 법칙이나 공리조차 대부분 버려야 할 거요. 이미 새로운 발견으로 무용지물이 됐으니 말이오.

여보, 내가 왜 이런 말을 하는가 하면, 우리 모두는 능력에 한계가 있으니 겨우 한두 가지 일에서나 능력을 보일 수 있을 뿐이며, 천재란 아주 드물 뿐만 아니라 언제 어디서나 천재로 받아들여지는 것도 아니라는 사실을 당신도 알아야 하겠기 때문이오. 모든 것을 할 수 있는 것은 하나님만의 특권이오. 그러니 우린 자식놈을 위해 그놈의 기질이나 능력을 세심히 살펴야 하는 것이오.

어디서 읽은 것인지는 기억에 없지만, 라세데모니아 사람들은 자식들에게 알맞은 직업을 구해주기 위해 이런 방법을 이용했다더구먼. 큰 방에다 당시의 학문이나 예술에 사용됐던 기구를 여럿 갖춰뒀다더군. 음악 · 미술 · 조각 · 건축 · 천문학 · 지리학 등등에 관련된 여러 기구가 전시된 방을 상상해보라고. 물론 무기와 책도 빠질 수 없었지. 그리고는 시치미를 뚝 떼고는 아이들만 그 방에 모이게 하여 아이들이 원하는 기구를 마음껏 가지고 놀게 했다더군. 그 동안에 부모들은 숨어서 자식들의 행동을 관찰하며 놈들이 관심을 보이는 것을 알아냈다는 거야. 아이들이 무기나 책이나, 척 보기에도 무슨 학문이나 무슨 예술에 쓰일 물건임이 분명한 어떤 것에 꾸준한 관심을 보이는 것으로 판정나면 주저 없이 그것으로 자식들 직업을 삼았는데, 거의 대부분 그 세심한 관찰로 성공했다더군.

나는 자식들의 성향을 떠보기 위해 사용한 이 근사한 방법이 마음에 들었지. 그래 자식놈들이 공부에 뜻이 있는지 어떤지는 손톱만큼도 고려하지 않고 다짜고짜 자식놈들을 대학으로 몰아대는 많은 부모들의 한심스런 꼴을 나무라는 것이지.

　여보, 이건 뿌리 깊은 병폐라오. 이해력이 굼뜨고 조잡한 아이는 학문 분야라면 어디라도, 아무리 강의를 듣네 책을 쥐어짜네 해도 성공할 수 없소. 강의도 책도 대학조차도 타고나기를 그른 애한테 능력을 주지는 못해요. 당나귀들은 날이면 날마다 석탄이나 돌멩이를 등짐 지고 대학을 들락거려도 여전히 당나귀인 것이오. 학문이라는 것이 대학 경내에서 이루어지는 것이긴 하지만, 대학 경내에 들어간다고 해서 배울 능력이 없는 놈에게 땡전 한 푼어치라도 학문이 전달되는 것은 아니란 말이오.

　이 밖에도 내가 자식놈을 대학에 넣지 않기로 결심한 데는 충분히 그럴 만한 이유가 또 있지. 우리 아이가 공부에 충분한 자질을 보인다 해도 내 경제 사정이 허락지 않는 거요. 그 알량한 봉급으로 겨우 입에 풀칠이나 하는 판에, 매달 하숙비며 대학생으로서의 그럴듯한 차림새를 위한 돈을 어디서 충당한단 말이오? 이게 당신 보다시피 그 어쩔 수 없는 한계라오."

　이때껏 한 마디 없이 입을 앙다물고 있던 어머니가 입을 열었다.

　"아니 그렇지 않아요. 그건 이유도 뭐도 아니에요. 좀더 바지런 떨면 해결할 수 있어요."

　"그럴듯한 처방이오. 하지만 그 다음에 또 무슨 문제가 있는지 봅시다. 나는 이미 늙은이요. 가진 것도 없고, 또 당신에게 남겨줄 것도 없소. 내가 내일이라도 죽으면 당신은 집도 절도 없는 과부로 남는 거요. 그리고 당신 곁에는, 잘해야 어쭙잖은 라틴어나 씨부렁거리며, 무슨 말을 하는지도 모른 채 남들 말꼬리나 잡거나 이런저런 허풍으로 사람들의 혼을 쏙 잡아빼는 어린 놈만 남게 되겠지. 그래도 그 모든 것은 사실상 쓸데없는 거요. 자식놈이 계속 공부하도록 도와주는 사람이 없을

진대 어중간하게 학업을 중단하면 그 따위 학식으로는 신부도, 변호사도, 의사는 물론, 제 생활비는커녕 당신 용돈도 제대로 마련할 직업 구하기는 틀린 일일 거요. 그럴 경우, 예술은 배워도 아무짝에도 소용없을 뿐더러 더 황당한 일도 벌어질 거요. 세 가지 아주 힘겨운 이유로 일을 배우지 못할 것이오. 첫째, 대학에서 아이들에게 심어주는 그 가당찮은 허세로 말이오. 누구라도 일단 대학에 들어갔다는 이유만으로(장학금이라도 얻을 수 있었다면 더 가관이겠지), 또 키케로나 기도서를 읊조릴 수 있다는 그 이유만으로 진열장 뒤에 서 있다거나 공장일을 배우는 짓을 큰 수치로 여길 것이오. 먹물이랍시고 어설프게라도 물들면 그런 꼴이니 휘황찬란한 학위라도 따면 어떤 꼴이겠소? 천지가 좁다고 날뛸 것이오. 한심한 놈들이지.

이것이 바로 예술이라는 것이 아이들을 버려놓는다는 것에 대한 첫째 이유요. 둘째, 이건 좀더 큰 애들한테 해당되는 것인데, 이놈들은 육체 노동을 감당하지도 못한다는 거요. 남들은 관리가 될 나이에 견습생이 된다는 것은 부끄러운 일일 뿐만 아니라 그 덩치만 큰 애어른들을 지도 편달할 책임 있는 선생 구하기도 만만치 않은 일이오.

셋째, 이건 머리가 좀 큰 아이들, 그러니까 자유라는 것을 일단 맛을 좀 본 아이들 경우인데, 대부분의 아이들이 쉽게 따르는 것을 이놈들은 죽어도 싫어한다는 거요. 당신 페드로가 바로 그렇다는 것을 알아야 하오. 그 아이를 공부시키다가, 알만 하다시피 내가 중간에 죽어버린다면 진짜 빼도 박도 못하는 꼴이 되고 말지. 당신 노년에 의지할 것 하나 없이 당신에게 아무짝에도 쓸모없는 놈팡이 하나만 남았다 칩시다. 점원 뽑는 데 삼단 논법이나 라틴어를 보고 뽑지는 않는 거거든. 당신은 자식놈 가르쳐 학위 딴 것 후회막급이겠지. 그러니 여보, 내 죽은 다음에 어쩔 수 없이 하게 될 일이라면 지금 당장 합시다. 페드로에게 직업을 갖게 합시다. 어떻소?"

"내가 뭐라겠어요? 당신 나를 꼴사납게, 우리 가엾은 자식놈을 비참하게 만들기로 작정하셨구려. 자식놈을 그저 그런 기술자로 만들지 못해 그 안달이니 원. 아니, 우리 애가 바보란 말이에요? 당신이 애 공부하는 도중에 죽을 걸 어떻게 알아요? 당신이 죽으면 모든 길이 막힌답디까? 하나님께서는 살아 계십니다. 친척도 있고 애 대부들도 도울 거예요. 멕시코엔 부자도 많고 아이를 돌봐줄 인정 많은 사람도 쌔고쌨어요. 나 또한 어미로서 우리 애가 성공하기까지 구걸이라도 해서 돕겠어요. 당신은 그 가엾은 놈을 사랑하지도 않고 나도 사랑하지 않는 거죠. 그러니 이런 고통을 안기는 거죠. 어찌할거나? 나도 박복한 년이지만, 애녀석마저도……"

여기서 어머니는 울음보를 터뜨렸다. 어머니의 그 눈물에 아버지의 그 고집불통도 무너져내렸다. 어머니를 너무나 사랑했던 아버지는 어머니가 우는 모습을 보고는 얼싸안고 말했다.

"울지 말아요, 여보. 그렇게 울 일이 아니오. 내 당신에게 한 말은 깊은 생각과 경험에서 나온 것이오. 하나 당신이 페드로가 공부하기를 원한다면 까짓 공부시킵시다. 내 반대 않으리다. 하나님께서 놈이 졸업할 때까지 내 목숨을 늘여주시겠지. 그렇지 않다 해도 당신 고운 심성을 살피시니 길을 열어주시겠지."

이 처방전에 어머니는 진정되었다. 그후 어머니는 오로지 내 공부에 매달렸고, 나는 법복과 라틴어 솜씨와 그 밖에 필요한 자잘한 것에 온통 휘둘리게 되었다.

아버지의 말이 모두 이루어진 것으로 보아 아버지는 선지자였음에 틀림없다. 사실 아버지는 세상사에 대한 지식이 풍부했고 통찰력도 매서웠다. 그러나 이런 능력도 어머니의 그 변덕을 고스란히 따르다 보면 번번이 맥을 놓고 말았다.

    남편들이 그 아내를 사랑하고, 사리에 어긋나지 않는 경우라면 모두 아내의 비위를 맞춰주는 것은 극히 당연하고도 옳은 일이다. 그러나 아내의 비위를 건드리지 않기 위해 아내를 따라 사리를 그르치면서까지 스스로 자발머리없는 애정의 열매를 따먹거나, 혹은 내게 벌어진 것처럼, 자식들을 내모는 짓은 그렇지 않다. 그래서 내 너희에게 신중을 기하라고 주의시키는 것이다. 너희 아내를 자상하게 사랑하되 하나님께서 이르신 대로, 자연 섭리로 깨친 바대로 그러할지니라. 그러나 저 용감무쌍한 헤라클레스와 같이 계집에게 녹아나지 말지니, 그는 사자·멧돼지·히드라 및 앞길을 가로막는 모든 것을 쳐부수고 나서는 온팔라라는 계집과 사랑에 빠졌느니라. 그 계집은 헤라클레스에게서 네메오 사자 가죽옷을 벗기고, 계집의 옷을 입혀 실을 잣게 하였으며, 실패를 부러뜨리거나 시킨 일을 못하면 욕질에 패기까지 하였느니라. 이게 한갓 꾸며낸 이야기일지라도 이처럼 계집에 녹아나는 꼴이 그 얼마나 가관이냐? 계집들이란 사내의 그 철없는 열정을 다루는 데는 도통하여 사내를 마치 가루 반죽하듯 다루려 드느니라.

    남편으로서의 품위와 존엄성을 지켜내기는커녕 존엄성이 있는지조차도 모르는 그런 놈들이 꼬리를 내리고 계집 앞에서 벌벌 기는 꼴이란 울화통이 터지는 일이다. 그놈들은 아무리 중요한 비밀이라도 계집에게 미주알고주알 일러바치고, 무슨 일을 할라치면 계집의 눈치를 살피고, 계집의 허락이 없으면 꼼짝도 않는다. 계집들이란 그렇게 다뤄서는 못쓰느니라. 그러면 버릇만 고약해지지. 계집들이란 제 얼굴이 반반하여 사내들이 녹아난다 싶으면 대번에 사내를 움키려드는 법이다. 그런 계집이라면 누구나 다 온팔라 같은 년이고, 계집에 녹아난 사내라면 누구나 다 저 치마 두른 얼빠진 헤라클레스 같은 놈이니라. 이런 경우, 계집들이 저들 마음대로 가지고 놀려 하고, 사내를 아무렇지도 않게 대하고, 사내 상투를 휘어잡고, 사내에게 명령하고 욕질하고 심지어 두들겨 패는 것은, 내 그런 꼴을 수없이 보았던바, 계집의 천성이기도 하거니와 또한 아둔하고 못나빠진 그 남편 내지 애인을 혼내주기 위한 것이기도 하니라.

하나님께서도 우릴 공처가의 처지에서 구해내실 것이라. 공처가란 무슨 일을 할라치면 계집의 눈치를 살피고, 어디 가고 어디서 오는지 꼬치꼬치 고해 바쳐야 하고, 계집이 고함이라도 치고 성질이라도 부리면 계집을 달래기 위해 갖은 아양을 다 떠는 수밖에 없느니라. 이런 사내놈들은 사내라는 고상한 이름으로 불릴 자격도 없는 놈들이지만, 대대로 줏대 없는 사내놈들을 내리 양산할 것이니라. 사내가 아니라 계집들이 자식들을 가르칠 것이므로. 그 자식들도 일찍이 어미의 주도권을 파악하고는 아비에게는 눈길조차 주지 않느니라. 또한 이놈들은 무슨 잘못을 저질러 아비가 매라도 들라치면 어미 품으로 달아날 것이고, 어미는 애놈들을 감싸려고만 들 것이고, 그래도 아비가 주장하면 싸움이 벌어질 것이니, 잘못은 잘못대로 남고 벌은 벌대로 사라질 것이라.

"어미란 자식들 잘못을 키우고 아비가 고치려드는 것을 방해할 뿐이다"라는 테렌티우스의 말은 다 이유가 있는 것이니라. 내 짤막한 시 한 수 지어 이르는 말을 너희는 명심할지어다.

어미란 자식들 잘못을
키우기 일쑤,
아비의 당연한 회초리를
가로막기 선수.

물론 아버지는 치마 두른 사내도 아니었으며 어머니 또한 앞서 애기한 고약한 계집도 아니었다. 아버지는 때로는 고집도 피웠고, 어머니 또한 그러니까 시도 때도 없이 성질을 부린다거나 대들거나 한 것은 아니었다. 아버지의 의도를 꺾기 위해 아무리 아부하고 애원해도 소용없을 때 어머니는 눈물로 호소했고, 그러면 아무리 해도 소용없던 기적이 일어나곤 했다. 아름답고 사랑스러운 여인의 눈물은 아무리 엄한 사내라도 무너뜨릴 수 있는 강력한 무기이기 때문이다.

그러나 아버지도 때로는 막무가내식으로 버티고는 했다. 일관성이 있다는 것은 좋은 일이다. 그러나 우리 사내들이란 한결같이 심지를 굳게 지키지 못한다. 반드시 그러해야 함에도 불구하고.

결국 나를 학교에 넣을 날이 되었다. 이 학교는 멕시코에서는 널리 알려진 돈 마누엘 엔리케스의 학교였다. 돈 마누엘 엔리케스는 품행이 방정할 뿐만 아니라 라틴어 문법 수업에 있어서 천재적 소질과 노련한 실력으로 유명했다. 그 당시에는 그 어느 누구도 그를 멕시코의 대다수 훌륭한 라틴어 교사 중 최고로 꼽는 데 이의가 없었던 것이다. 그러나 그는 아직까지도 그런 모양이지만 무슨 이유에선지 고집스럽게도 문법은 엄청나게 가르쳤으나 라틴어는 별로 가르치지 않았다. 보통 선생들은 '지도봉'이라고도 불리는 잡다한 규칙들을 학생들에게 가르치는 것으로 만족한다. 그 규칙을 기도문처럼 외우게도 하고, 기도서, 트리엔트 종교 회의, 교황 피우스 5세의 『교리 문답서』, 때로는 『아이네이스』나 키케로의 글을 번역하게 한다. 칼라산스 신부가 『천재 판별법』이라는 책에서 "그 따위 방법에 의존하기 때문에 아이들은 제대로 된 라틴어를 못하고 말만 느는 것이다"라고 지적한 것과 같다는 이야기다. 나 또한 그 꼴이었지 더 나을 수 없었다. 내 머리는 잡다한 라틴어 규칙, 애매모호한 문장들로 터질 지경이었다. 그러나 라틴어의 그 순수하고 독특한 지식으로는 단어 하나 제대로 익히지 못했다. 나는 기도서의 잔소리나 신부들의 교리 문답서는 그런대로 수월하게 번역할 수 있었지만 베르길리우스, 호라티우스, 유베날리스, 페르시우스, 루카누스, 타키투스나 그 밖에 내게 접할 수 있는 기회가 주어졌다면 내 지성을 활짝 꽃피웠을 그런 작가들은 읽을 수 없었다. 예외라면 첫번째로 거명한 시인으로, 내 유식한 선생이 번역하는 것을 옆에서 주워들어 조금은 알 수 있었다. 또한 나는 압운이랄지 갑운이랄지, 시를 지을 때 운은 맞출 수 있었지만 모양새 나는 시를 짓기란 도무지 불가능했다.

그럼에도 3년 후에는 그 첫번째 과정을 만족스럽게 마칠 수 있었다. 사람들은 내가 훌륭한 문법 학자가 될 것이라고 다짐했고, 나 또한 그 사실을 눈으로 보듯 확신했다. 오호 통재라! 자만심과 허황한 겉모습에 우리는 그 얼마나 눈속임을 당하는가! 나는 모든 문법 시험에 통과했고, 구름 위에 뜬 기분이었고, 선생과 손님들은 대만족이었고, 사랑하는 부모님은 마치 내가 멕시코 사법 시험을 치러 합격이나 한 것처럼 우쭐거렸다.

축하연 말미에 내 선생에게는 사례금과 입맞춤과 상찬의 말들이 따랐다. 그리고 나는 학교를 떠났다. 물론 그 3년 동안 배우고 익힌 자잘한 것들을 이야기하기 전에는 학교를 아주 떠나버릴 수는 없겠지. 이전의 그 괜찮았던 학교에는 아이들이 몇 명 없었던 데 반해 그곳은 기숙사고 어디고 학생들로 넘쳐났다. 머리 좋은 놈 나쁜 놈, 참한 놈 버릇없는 놈, 별의별 놈이 다 있었다. 나는 여전히 으뜸가는 망나니였다. 나는 형편없는 놈들을 친구로 골라내는 데 천부적인 소질이 있었다. 놈들도 즉각 반응했고 우리는 쉽게 어울려 들었다. 뭐는 뭐가 알아보고 끼리끼리 모인다는 것은 지당한 말씀이다. 당나귀는 늑대와 놀지 않고, 비둘기는 까마귀와 상종 않는 법. 누구나 다 어울리는 짝이 있는 것이다. 그래서 나는 고상하고 젠체하고 똑똑한 놈들은 거들떠보지도 않고 심술궂고 삐뚤어진 놈들과만 어울렸다. 나는 놈들과 어울려 다니면서 점점 깊은 수렁으로 빠져들어갔다. 너희나 너희 자식들도 내 말을 헛듣고 조심하지 않으면 같은 꼴을 당할 것이다. 자식놈들이 좋은 친구를 사귀지 못할 바에야 아예 친구 없이 지내게 해라. "성자와 사귀면 성자가 되고, 망나니와 사귀면 망나니가 된다"는 명언은 절대적으로 진리니라. 내 경우가 꼭 그런 꼴이었다. 물론 그때 이미 나는 충분히 망나니 기질이 있었다. 그런데 그 못돼 처먹은 놈들과 어울리면서부터 내 인생은 완전히 종 치고 말았던 것이다.

이 부분을 읽으면서 깜짝 놀랄 너희 모습이 눈앞에 선하구나. 아니, 어떻게 그렇게 급작스럽게 아버지가 변할 수 있었지? 첫번 학교에서 배운 못된 성질을 마지막 학교에서 다 내버린 것 아니었던가? 아니, 어떻게 이렇게 급변할 수 있단 말인가? 얘들아, 어린 시절에 몸에 밴 좋거나 나쁜 행실은 뿌리가 깊은 법, 그래서 유년기 교육이 중요하다는 거란다. 내 어린 시절에 익힌 나쁜 행실은 바로 어머니의 그 자발머리없는 사랑, 친척 노인네들의 그 알량한 보살핌, 내 선생의 그 인정머리 없는 태도, 형편없는 친구 떼거리와 어울려 저지른 그 극악무도한 짓거리에 기인한 것이기도 하지만, 무엇보다 내 천성적으로 타고난 망나니 기질로 아주 인이 박여, 내 훌륭한 선생의 적지 않은 제재와 사랑에도 불구하고, 다른 아이들이 지속적으로 보여준 모범에도 불구하고, 거기에서 떨쳐 벗어나기란 무척이나 힘겨운 일이었다. 선생의 교훈과 친구들의 격려가 내게 끊이지 않았다면 나도 삐뚤게 나가지 않고 참하고 신앙 깊은 품행을 유지했을 것이다. 오호라, 억지로도 가물에 콩 나듯 해서도 고쳐지지 않는 것이니, 자발적으로 꾸준히 노력하지 않는 한 아무 소용 없음이니라. 우리는 그저 여전한 채이거나 더욱 나빠질 뿐이지.

나는 이러한 사실을 몸소 충분히 체험했다. 내 기질은 잠복기로 들어간 것이지 결코 죽어버린 것은 아니었다. 내 망나니 기질은 일시적으로는 퇴각한 듯했으나 내 속에 여전히 살아 있었던 것이다. 내 못된 성질은 결코 사그라지지 않았다. 잿더미 밑에 감추어진 불씨마냥 살아 있었던 것이다. 한마디로 말해 내 신중한 선생을 사랑했고 존경했기 때문에, 다른 놈들의 착실한 행동으로 부끄러움을 느꼈기 때문에 이전처럼 그렇게 뻔뻔스럽고 형편없이 굴지는 않았다는 것이지 그럴 생각을 품거나 결심이 서서는 아니었단 말이다.

사실 나는 내가 존경했던 그 좋은 사람들과 헤어지자마자 다시 나와 똑같은 망나니들과 어울리게 되어 다시 한번 내 기질을 유감없이 발휘하게 되었다. 내 망나니 기질은 나이에 걸맞게 아무 거리낌 없이 함부로 터져나왔던 것이다. 마치 무너진 제방을 넘어 쏟아져 내리는 강물 같았다.

틀림없이 나는 가장 형편없는 학생 중에서도 최고 악질이었다. 나는 망나니짓과 욕질에 있어서 '끝장을 보고야 마는' 놈이었던 것이다. 이 하나만 보아도 내 기질이 착하다는 것과는 전혀 거리가 멀다는 사실을 알 수 있다. 위대한 파스칼의 말로 하자면 '불한당' '철면피'였던 것이다. 대학가에서는 '공을 세우다' '연을 띄우다' '지저귀다' 따위의 말이 의미하는 것은 수단 방법 가리지 않고 어느 한 놈을 '골리다' '욕보이다' '집적거리다' '비꼬다' '꼬나 바치다' '애먹이다' '쪽팔리게 하다' 라는 것임을 너희도 알 것이다. 우리 도덕과 예절과 친절에 대한 도리에 비추어 도저히 용납할 수 없는 것은 이 한심한 놈들이 이제 갓 대학에 입학한 순진한 어린 학생들에게 그 못난 짓거리를 뽐낸다는 것이다. 그러니 그 형편없는 망나니들이 다른 아이들을 괴롭힐 때마다 잡아서는 학교 기둥에 묶어 따끔하게 매질을 해야 한다고 주장하는 것이다. 그러나 교수니 조교니 신부니 하는 학교 당국자 양반들은 그런 짓거리가 분명히 심각한 것인데도 시치미를 뚝 떼고, 피해 학생들이 아무리 호소해도 그저 어린애 장난이겠거니 하여, 그들의 묵인 하에 그런 몹쓸 짓거리가 공공연하게 자행되며, 또한 나와 같은 불량배들의 잔악한 심보를 만들어낸다는 사실은 전혀 안중에도 없는 것이다. 나란 놈은 내 욕을 얻어먹고 삐쭉거리는 놈을 보거나, 내 심한 욕질과 공갈에 아주 넋이 빠져 급기야 울음보라도 터뜨리는 놈들을 보면, 그 눈물이 불쌍한 인생의 감정의 토로일진대 그저 그만 욕질을 멈추었어야 했음에도, 그 꼴이 더 신나고 웃기는 일이라 의기충천하여 곱빼기로 욕을 퍼부었던 것이다.

내가 학교 전체를 통해 최고 '욕쟁이'라는 명성을 날릴 때, 친구놈들이 나더러 무슨 공이라도 멈추게 할 놈이라고 불렀을 때, 그러니까 이 말은 놈들 중에 내가 최고 악당이라는 얘기로, 착한 놈이든 나쁜 놈이든 어느 놈도 내 욕질 앞에서는 맘 편할 수 없다는 뜻인데, 내 양심이라는 것이 어떤 꼴이었을지 상상들 해보아라. 너희에게는 그런 상황에서 내 양심이라는 것이 살아남을 수 있었을 것 같으냐? 그 상황 하나만으로도 내가 얼마나 타락했었는지 눈치채지 못하겠느냐? 친구를 놀리는 것을 낙으로 삼는 놈이란 심령이 썩어 문드러진 놈이니라. 아이들만 그렇다는 얘기는 말도 안 되는 소리다. 싹수가 노란 놈은 커서는 더할 것은 자명한 이치니라. 하나님이 도우시거나 이내 정신을 차린다면 또 모르지만 그 또한 아주 드문 일이니라. 내겐 친구놈들이 아주 많았다. 그러나 아무리 살펴보아도 그 철두철미한 망나니 기질에서 벗어나 착실하게 변한 놈은 별로 찾아볼 수 없었다. 지금도 우리 학교가 계속 그런 꼴이란 것은 참으로 한심한 일이다.

이치가 이러하니 내가 철두철미 망나니였다는 사실을 너희도 알 수 있을 것이다. 어쨌든 나는 철학을 공부하기 시작했다.

5. 페리키요가 예과 과정에 입학한 일, 그 기간에 배운 것, 처신, 성적 및 알고 싶은 사람은 알 수 있는 몇 가지 궁금증을 이야기하는 장

앞에서 이야기했듯 내 문법 수업은 끝났다. 그래서 나는 마누엘 산체스 이 고메스 박사의 수하에서 철학을 공부하기 위해 최대의 권위와 최대의 역사를 지닌 산 일데폰소 대학에 입학했다. 그 양반은 지금껏 살아 제자들의 추앙을 받고 있지만 그 당시에는 아직 그 고명한 대학에, 그 도시가 추구하는 지배적인 학문 분야와 과학 만능주의에 적응하지 못하고 있었다. 무슨 말인고 하니, 그 양반은 모든 분야에서 현대 철학이라는 것을 가르치는 것과는 전혀 상관없었던 것이다. 그 양반 강의실에서는 여전히 아리스토텔레스의 궤변만 울릴 따름이었다. 여전히 '이성적 존재'랄지, '감춰진 자질'이랄지, '기본 물질'이랄지 하는 것에 대한 토론이 울려 퍼졌고, '기본 물질'이라는 것도 아무것도 아니라거나, 또는 '핵심에서 벗어나는 것' 따위로 정의되었다. 실험 물리학이라는 것은 그 양반 안중에도 없었고, 포르티요와 같은 전무후무한 천재들의 이름은 벽에 가득했어도 데카르트, 뉴턴, 뮈셈브레크 같은 위대한 이름은 찾아볼 수 없었다. 한마디로 그 양반은 수백 년 동안 유럽 최고 지식을 좌지우지해온 아리스토텔레스 계통 학풍을 여전히 고수하고 있었다는 얘기다. 내 그 위대한 선생이 처음으로 우리에게 진리의 길을 보여주려고 작정했을 때도 전혀 특이하게 보이지 않도록 조심하여 아리스토텔레스 논리학 중에서도 최고만을 엄선했으며, 기초 과학을 가르치는 데 있어서도 자기가 보기에 가장 그럴싸한 현대 저자들의 것을 엄선했다. 그러다 보니 우리는 진짜 어정쩡한 놈들이 되고 말았다. 어떤 의견에도 요령 없이 달려들지 않았고, 다양한 학설의 차이도 구분하지 못했고, 오로지 글쓴이가 이끄는 그대로 따라갈 뿐이었다.

그 양반이 그렇게나 조심했음에도 불구하고 우리는 세상살이가 가르치는 온갖 조잡한 지식을 충분히 익힐 수 있었다. 제대로 된 판단이나 페이후라는 똑똑한 양반이 『요지경 세상』이라는 책의 제7장 열번째, 열한번째, 열두번째 글에서 이야기한 것으로 볼 때 도려내야 마땅할 그런 지식을 말이다.

내 앞서 얘기한 것처럼, 나는 문법을 배우면서 "엿이나 드실지라" "못된 신부 돌멩이도 마다 않는다" "나라를 팔아먹어도 죽일 죄는 아니로다" 따위의 상스러운 말을 여럿 배워 익혔고, 기초 논리학을 배우면서도 또 그와 유사한 우스갯소리를 배워 익혔고, 그후로도 수많은 객쩍은 소리를 배워 익혀, 이것으로 순진해빠진 동급생들 앞에서 폼을 재고 다녔다. 그러니까, "땅에 입맞춤은 겸손의 표시니라. 여자는 땅으로 지어졌으니, 그런즉" "사도는 열둘이니라. 성 베드로도 사도이니, 그런즉" 따위로 말이다. 나는 '그런즉'이라는 말이 국립 아카데미의 최고 박사님의 논리보다 훨씬 우아하게 들릴 수 있도록 애를 쓰고는, 그 뒤에 즉각적으로 자명한 진리를 둘러엎는 말을 토해냈다. 나는 온갖 것을, 내가 이해하지도 못하는 모든 것을, 줄기차게 씹어댔다. 이슬라 신부의 말을 빌리자면, 나는 내가 숨 쉬고 있다는 것만 진리로 인정했다. 친구놈들이 아무리 말려도 나는 멈추지 않았다. 나는 놈들에게 이렇게 쏘아붙였다. "지식으로는 나를 이길지 몰라도 악다구니로는 어림도 없다"라고. '구실은 없어도 목소리 큰 놈이 이긴다'는 자명한 이치가 매순간 내 속에서 소기의 목적을 달성했다.

그러니 언변, 주변, 말 돌려치기, 그 밖에 잡다한 것들, 특히 분별없는 말장난을 배워 익힌 후에 내가 얼마나 더 고집불통 멍청이가 됐는가 하는 것은 뻔할 뻔자였다. 글깨나 익혔다는 놈들이 결국 어떤 꼴로 끝날지 보여주기 위해서라도 하나 인용해보겠다. 읽어보면 입이 딱 벌어질 것이다.

바르바라, 셀라렌트, 다릴, 페리오, 바라립톤,
셀란테스, 다비티스, 파페스모, 프리세소모룸,
세사레, 카메스트레스, 페스티노, 바로코, 다랍티,
펠랍톤, 디사미스, 다티시, 보카르도, 페리손.

어떤가? 굉장하지 않으냔 말이다. 엄격 유용한 규칙을 가르치는 것이라기보다는 약을 넣어두는 병 모가지나 꾸미는 것으로 더 어울리지 않겠는가? 그리고 아이들아, 나는 곧바로 이 신발명품의 열매를 만끽할 수 있었다. 아무 말이나 둘러붙여도 어느 것이나 엉뚱하기는 마찬가지였으니까 말이다. 나는 엉터리 궤변의 뜻을 밝혀내기에 앞서 엉터리 궤변을 지어냈고, 진실을 드러내기에 앞서 더욱 아리송하게 만들어버렸다. 학교라는 부담감과 철없는 아이들의 잘난 척하기 등이 만들어낸 당연한 결과였지.

나는 그 요란한 말장난과 괴이한 단어의 홍수 속에서 삼단 논법과 이단 논법과 연쇄 논법과 양도 논법이 무엇인지를 알 수 있었다. 이 마지막 것은 많은 기혼자들에게는 당혹스런 것이었다. 부부가 서로 날뛰는 것이니 한심할밖에. 그래서 쌍뿔 논법이라고도 하는 모양이다.

너희가 지겨워할 것 같아 자국도 없이 허공을 가르는 번갯불 정도의 속도로 내 논리 수업 과정을 대충 훑어보았다. 판단력의 작용, 자연 논리학과 비자연 논리학, 논리학의 형식 대상과 물질 대상, 지식의 형태, 아담은 죄를 범함으로 지식을 잃었는지 아닌지(사탄은 어찌 되었는지 전혀 언급이 없는 사항이다), 논리학은 과학인가 예술인가, 그외에도 수만 가지 잡다한 것에 열을 올리다 보니 내 자신 정말이지 날카로운 논객이 되고 말았다. 그 덕에 마치 아리스토텔레스라도 된 듯 '그리하여' 라고 말을 맺을 수 있게 된 것에는 정말이지 만족이다. 나는 '그 열매로 나무를 알 수 있다' 는 사실은 외면했다. 이 말에 의할 것 같으면 나는 온갖 것에 휘말리게 될 것이고, 그래서 이 세상에 내 부족함을 드러내게 될 테니까. 어쨌든 나는 허점투성이였다. 분명히 말하거니와 나는 내 거의 모든 동년배들만큼은 논리적이었다.

하지만 물리학에서는 젬병이었다. 나는 보편적인 것에서 개별적인 것을 분리해내는 것 따위에는 전혀 끌리지 않았다. 보편적인 것이란 물체의 전체적인 면을 다루는 것이고, 개별적인 것이란 특정 종류의 것을 다루는 것이라는 사실에는 관심도 없었다. 실험 물리학이 무엇이며 이론 물리학은 무엇인지 알려고도 하지 않았고, 원인 불명의 이상 현상의 지속적인 경험이 무엇인지 관심도 없었고, 기계라는 것이 무엇인지, 운동과 정지의 법칙이 무엇인지, 에너지와 영향이라는 단어가 무엇을 의미하는지, 그것들이 어떻게 결합 내지는 분해되는지 도통 관심이 없었다. 구심력 · 원심력 · 탄젠트 · 인력 · 중력 · 무게 · 동력 · 항력 등 물리학 수업에 나오는 그 따위 허섭스레기들은 더욱더 요령부득이었다. 내가 이런 것을 전혀 몰랐으니 정력학, 액체 정력학, 수력학, 기계 밀도 측정학, 광학 등 이 분야의 골치 덩어리들에는 더더욱 깜깜했음은 충분히 짐작이 갈 것이다. 그러나 그 반면에, 나는 물질의 핵심이 알려졌는지 아닌지에 대해서는, 유한 삼차원이 그 핵심인지 아니면 물이 그 핵심인지에 대해서는, 자연에는 빈 공간이 들어설 자리가 없는 것인지에 대해서는, 무한이라는 것은 분할이 가능한지에 대해서는, 이 분야의 그 수많은 골치 덩어리가 그것을 알고 모르는 것에 따라 우리에게 어떤 덕을 끼치며 혹은 해를 입히는지 알고자 정열적으로 달려들었다. 분명한 사실은 우리 존경하는 선생이 기하학, 대수, 현대 물리학의 몇몇 원리를 우리에게 가르쳐주었다는 것이다. 그러나 시간도 워낙 짧았고, 선생의 지식도 일천하였고, 게다가 내 자신 노력도 하지 않았으니, 꼭 그래서일 테지만, 나는 이 분야에서는 한 마디도 알아먹을 수 없었다. 그렇다고는 하지만 이 물리학이라는 과정을 마감할 때 사람들은 나보고 진짜 물리적인 놈이라고 했던 것이다. 그야말로 헛똑똑이였다. 외고외어서 그럭저럭 물리학 시험도 치러낼 수 있었고, 어느 자리에 가서도 그 엄청난 과학에 대해 자신 있게 말할 수 있었다고는 하지만, 초콜릿은 왜 가는 도중에 거품이 이는지, 불꽃은 왜 하필이면 원추 모양인지, 왜 후후 불면 국이나 술이 식는지 등 우리가 일상적으로 대하는 그 모든 것을 어느 것 하나 설명할 줄 모른다는 것을 알면 사람들은 내 목을 조르려고 달려들 것이다.

형이상학이나 윤리학도 꼭 그만큼 알았다. 내가 그 과정을 마쳤을 때 나는 새내기 솔로몬이었다는 점은 말하기 부끄럽지만 말이다. 그와 함께 예과 과정도 끝났다.

그러는 동안 2년하고도 반이 흘렀다. 초보 논리학 이론은 좀 등한히하고, 본격 논리학의 유용한 문제와 형이상학의 기본적인 가르침에 좀더 귀기울이고, 이론 물리학과 실험 물리학에 집중했으면 아주 유용했을 그런 시간이었다.

우리 선생이 괜한 곁멋에 한눈을 팔지 않았더라면 그렇게 되었을 것이다. 만일 선생이 그 케케묵은 방법에서 조금이라도 벗어났더라면 질투심 강한 말쟁이들의 입에 오를 수 있었을 텐데.

사실이 그렇다. 이것이 항상 우리 선생의 명성을 이야기할 때 걸림돌이 되었다. 이미 이야기했듯 우리는 이성의 실체, 감추어진 덕목, 형식, 요점, 의도 따위, 즉 아리스토텔레스 추종자들이 인식 범위를 넘어서는 모든 것을 설명할 때 사용하는 그 뜻도 뭣도 없는 요란스런 말들은 전혀 다루지 않았다. 후안 부차르도 메키니오의 말을 들어보자.

"우리 학교에서 이러한 문제들이 과거와 같이 자주 다루어지지 않는 것은 사실입니다. 그렇다고 모두 사라졌다는 것일까요? 대학이 야만의 찌꺼기를 말끔히 씻어냈단 말인가요? 과거의 문제가 아직 완강하게 버티고 있다고 봅니다. 전부는 아니라 하더라도 진정한 지혜의 진보에 딴죽을 걸 만큼은 남아 있다는 겁니다."

사실 말이지 이 비평가의 발언은 아직 우리 멕시코에서 통하는 말이다.

마침내 예과 과정 수료증을 받는 날이 왔다. 시험은 만족할 만했고 원수 같은 문법에서도 그럭저럭 견뎌냈다. 토론 자체가 빛을 발할 수는 없는 법, 학생들이 단연 두각을 나타냈다. 학생들은 토론에 열을 올리기보다는 얼렁뚱땅 대충대충 만족해했다. 우리는 마당에 핀 채송화보다 더 늘어진 채 우리 앞에 거칠 것이 없노라고 굳게 믿었다. 자기 기만이란 얼마나 황당한 것이냐.

그러니까 이리 볶이고 저리 볶인 끝에 나는 완벽하게 치러냈다. 아니 그렇다고 내 자신을 위로했다. 내게 우수상을 주었다. 낭랑하고 청아하게 울리는 학사라는 소리. 만장일치로 통과. 감사할진저. 찬양해 마지 않을 그날이여, 기뻐 경배할 그 시간이여. 내가 학교의 선언문을 낭독했을 때, 강단 앞, 어깨에 창을 걸친 두 명의 수위 가운데 자리잡고 있던 그때, 전체 회중 위로 울려 퍼지던 학사라는 소리를 들었다. 그 거만한 장군 위로, 박사님의 가운과 모자의 깨끗하고 휘황찬란한 비단 술 위로 그 소리가 울려 퍼질 때 나는 너무 좋아 꼭 죽는 줄 알았다. 아니 적어도 미쳐버리는 줄 알았다. 그 당시에는 학사라는 것이 그만큼 가치가 있는 것이었다. 그 순간에는 학사라는 내 직분을 육군 준장이나 육군 원수라는 직분과 전혀 바꾸고 싶지 않았을 정도였다는 점을 확실히 밝혀둔다. 내 말을 무슨 호들갑스러운 과장으로 여기지 말아라. 내 직분이 라틴어로, 그것도 정식으로 인정되었을 때 내 심정이 얼마나 달아올랐느냐 하면, 아버지와 나를 위해 찾아온 손님들에 대한 존경심이 없었다면 막시밀리안 1세가 아리오스토를 계관 시인으로 임명했을 때처럼 온 거리를 싸질러 다녔을 것이다. 우리는 한번 열정에 사로잡혔다 하면 무엇에 대한 것이건 상관없이 혼이 쏙 빠지고 홱까닥해서는 열병 환자나 미친놈처럼 날뛰게 된단 말이다.

　우리는 집에 도착했다. 집은 노인네들, 젊은이들, 친척들, 손님을 따라온 하인들로 하나 가득이었다. 사람들은 내가 들어가자 인사를 한다 선물을 준다 야단이었다. 나는 진짜 어깨에 잔뜩 힘을 넣었다. 나는 그렇게까지 허영심이 강했던 것이다. 순진한 어머니는 기꺼워 어쩔 줄 몰라했다. 그 눈에 기꺼움이 그대로 나타났다.

　나는 교복을 벗어 던졌다. 그리고 우리는 점심 식사가 준비되어 있는 방으로 들어갔다. 바로 그곳에서 아주 정중한 축하연이나 훌륭한 잔치가 벌어지는 광경이 그대로 연출되었다. 애들아, 내 말을 믿어라. 결혼식·세례식·예배 등 너희들이 치르는 모든 잔치에서 먹을거리만큼 매력적인 것은 없단다. 그래, 코카를 보자. 코카는 많은 사람을 불러 모을 수 있는 종이요, 일시에 친구들을 떼거리로 모이게 할 수 있는 깃발이란다. 먹을 것 없는 잔치, 그야말로 파리만 날리기 십상이지.
 멕시코 사람만이 공짜라면 사족을 못 쓴다고 생각해선 못쓴다. 세상 어디나 다 마찬가지란다. 그러니까 예를 들라치면, 에스파냐도 아주 심하다고 할 수 있지. 에스파냐에는 공짜를 찬양하는 이런 노래까지 있느니라.

    우리는 먹으러 왔다네,
    이예스카의 성녀야,
    우리는 먹으러 왔다네,
    축제에 온 것이 아닐세.

 이런 식이란다, 애들아. 모두 한 건 올릴까 해서 몰려들 다닌단 말이다. 축하하러 간다고 생각하면 큰 오산이다. 그거면 충분하지 않으냐. 장례식에서조차 그런 꼴을 보게 된단다. 일단 한숨과 절규로 시작한다 해도 언제나 빵과 치즈와 술과 초콜릿, 경우에 따라서는 점심 식사로 마감되는 것이다. 너희도 익히 들어 알고 있듯이 고통도 배가 차면 덜한 법, 배만 부르면 만사형통이지.
 이야기가 엇나갔다고 불평하지 말아라. 우선 내가 하는 이야기를 교훈 삼아 명심해두면 너희에게 살이 되고 피가 될뿐더러, 애초부터 내 이야기 가닥이 그렇지 않았느냐. 내가 침대에 누워 꼼짝도 못하니 이것저것 연구해볼 수 없어 그러려니 하거라. 이 처량한 처지에서 생각나는 것에다 교훈도 주고 비평도 하고 멋도 좀 부리자니 이 모양이구나. 내 진심으로 다짐하건대 잘난 척하려는 것은 절대로 아니다. 단지 아버지로서 너희에게 도움이 되고자 해서, 내 일대기를 읽음으로써 너희가 교훈도 받고 즐거움도 얻도록, 재미있고도 박식한 황금 잔에 진리라는 몸에 좋지만 입에는 쓴 약을 담아 마셔보라고 이러는 것이다. 그렇게만 된다면 지조 있는 글쟁이의 의무라는 것을 에누리 없이 완수했다는 것으로 만족할 텐데 말이다. 그 임무란 원래 호라티우스의 것인데 내 나름대로 해석해보자면 이렇다.

> 작가가 마땅히 해야 할 바,
> 웃기기도 하고 질책도 하는 것.

어쨌든 원하는 대로는 힘들어도 내 깜냥껏은 해야지.
우리는 식탁에 둘러앉아 즐겁게 점심을 먹었다. 그리고 내가 그 잔치의 주인공이었기 때문에 모든 사람들이 내게 말을 걸어왔다. 꼬마 학사가 들어가지 않고는 말이 되질 않았다. 내 부모가 얼마나 신이 나 있었는지는 충분히 알 수 있었고, 내가 그 칭호로 얼마나 뻐기고 있는지도 알 수 있었던바, 모두 우리 아픈 데는 쏙 빼고 마음에 드는 이야기만 하는 것이었다. 오로지 이런 이야기뿐이었지. "들게나, 학사 양반." "마시게나, 학사 양반." "이것 좀 보게나, 학사 양반." 이리 봐도 학사 양반 저리 봐도 학사 양반, 온통 그랬단 말이다.
점심 식사가 끝났다. 곧이어 저녁 식사. 밤에는 춤판도 벌어졌다. 그러는 동안 내리 학사 타령이었다. 정신 사납게도 하루 종일 학사 타령이라니 원. 노인네와 하녀들조차 시도 때도 없이 학사 타령. 결국에 가서는 천주께서 그 야단법석 잔치에 종지부를 찍으셨지. 잔치와 함께 학사 타령도 끝이었다. 모두 집으로 돌아갔다. 60 내지 70페소가 아버지로부터 날아갔다. 잔치에 든 비용 말이다. 나는 또 한 번 우쭐할 수 있었지. 우리는 잠자리에 들었다. 남은 일이란 그것밖에 없었다.
다음날 우리는 일찍 자리에서 일어났다. 잠시 전까지만 해도 내 귓

전에서 살랑거리던 칭호에 우쭐해하고 만족해하던 나는 더 이상 만족할 수 없게 되었다. 정말이지 사람의 욕심이란 한도 끝도 없는가 보다. 인간의 욕심은 최고선으로나 채울 수 있는 것인지!

내가 이제 와서 착한 척하면서 내가 선한 인간이 되었노라 믿어달라고 이런 얘길 한다고는 생각지 마라. 그건 아니다. 나는 그런 혐오스러운 위선과는 거리가 먼 사람이다. 내 이미 얘기했듯 나는 시종일관 망나니였다. 그리고 지금 침대에 엎어져 있는 이 순간도 나는 마땅치 않은 놈인 것이다. 이 고백으로 내가 진실을 이야기하고 있음을 믿어주기 바란다. 이 고백은 내 속에 있는 양심에 떠밀려 하는 것이 아니라 그저 내가 양심이라는 것을 알고 있어 하는 것이기 때문이다. 알고 있는 바를 어찌 숨길 수 있겠느냐. 운이 좋아 내가 이 병상을 떨치고 일어나 왕년의 그 망나니짓으로 돌아갈 수 있다 해도(주님께서 허락하실 리 없지만) 지금 너희에게 쓰고 있는 이 글을 바꾸지는 않을 것이다. 먼저 고백하건대 나는 악한 짓을 많이 했다. 하지만 선이라는 것도 알고 있다. 오비디우스가 그렇게 말했지.

다시 내 이야기로 돌아와서, 기분좋은 2,3일이 지난 후 부모님은 농장에 가서 낙인찍기 놀이나 구경하라고 나를 친구 농장에 보내기로 결정했다. 그 농장은 이 도시의 바로 교외에 있었다. 그래서 갔다.

6. 우리의 학사 양반이 농장에서 있었던 일을 이야기하는 장. 흥미롭고 재미있는 이야기

나는 아버지 친구를 따라 농장에 도착했다. 아버지 친구가 바로 농장의 주인이었다. 마차에서 내리자 모두가 반갑게 맞아주었다.

낙인찍기 놀이라는 볼거리가 있다는 이유로 집은 사람들로 흥청거렸다. 다른 이웃 마을과 마찬가지로 멕시코 교외 역시 그랬다.

우리는 거실로 들어갔다. 나는 응접실의 좋은 자리를 차지했다. 나는 결코 여자들로부터 멀리 떨어져 있고 싶지 않았던 것이다. 농장에 대해 이것저것 얘기가 오갔지만 나로서는 이해할 수 없는 것이었다. 그러다가 이 농장 주인의 부인이 내게 말을 걸어왔다.

"그래, 젊은이, 농장을 둘러보니 어떠신가? 좀 새로울 테지. 듣자니 멕시코 밖으로 나와보긴 이번이 처음이라던데."

"그렇습니다, 아주머니. 농장이 아주 마음에 듭니다."

"그래도 도시 같지는 않겠지, 그렇지?"

나는 정중하게 대답했다.

"아닙니다, 마음에 듭니다. 솔직히 도시도 싫지는 않지만요. 모든 게 나름대로의 장점이 있지요. 시골에서는 시골대로 만족하고, 도시에서는 또 그런대로 즐기는 거죠."

무슨 굉장한 선언이라도 되는 듯 모두 내 대답에 열광했다. 부인이 말을 이었다.

"그래요, 그래. 이 학생 정말 뛰어나. 장난기만 없다면 훨씬 나을 텐데. 하누아리오가 그러더군요."

이 하누아리오란 작자는 부인의 조카로 18, 19세 정도의 청년이었다. 어릴 적부터 학교를 같이 다닌고로 내 절친한 친구이기도 했다. 내가 그렇게 알려진 이유는 아마 그 역시 대단한 욕쟁이인 데다 싸움꾼이어서 내가 놈을 항상 졸졸 따라다니며 그 수법을 배우고 익혔기 때문이리라. 놈은 내가 처음으로 학교에 들어갔을 때부터 죽이 맞는 친구가 되었다. 놈은 나의 영원한 수호신이었고 어디를 가나 떨어질 수 없는 그림자였다. 내 부모님이 억지로 집어넣은 두번째, 세번째 학교에 놈도 역시 다녔던 것이다. 놈과 함께 졸업하고 놈과 함께 입학하여 엔리케스 선생 밑에서 문법을 공부했다. 내가 그 학교를 졸업했을 때 놈도 역시 졸업했고, 내가 산 일데폰소에 입학했을 때 놈도 역시 입학했다. 내가 졸업했던 그날 놈도 역시 졸업했다.

덩치도 있고 키도 크고 잘빠진 몸매였다. 그리고 내가 다닌 그 유명한 학교에서는 놈의 이름을 모르면 간첩으로 몰릴 지경이었다. 우리는 놈에게 이런저런 별명을 붙여주었지만 놈은 과연 나르시스나 아도니스 같은 놈이었다. 그래서 우리는 하누아리오에게 후안 라르고(잘빠진 후안)라는 이름을 붙여주었다. 그 길게 빼는 듯한 목소리도 그렇지만 그 완벽하게 잘빠진 몸매 때문이기도 했다. 어쨌거나 간에 놈은 내 사부였고 둘도 없는 친구였다. 놈은 사부와 친구라는 신성한 의무를 완수했음은 물론 나를 사로잡는 두 가지 사항을 언제나 잊지 않았다. 그리고 그것들은 내 삶의 여정에 지대한 역할을 했다. 그것이 뭔고 하니, 그 기막힌 솜씨를 내게 전수해주는 것이 하나이고, 내 업적을 세상에 증거하는 것, 특히 페리키요 사르니엔토라는 내 별명을 온 세상에 알리는 것이었다. 놈의 열정적인 도움에 힘입어 나는 문법에서도 철학에서도, 그리고 때에 따라 나라 전체를 통해 내 명성을 유지할 수 있었다. 보아라, 얘들아. 내 삶을 이야기하면서 놈을 빠뜨린다면 나는 그야말로 배은망덕한 놈이 될 것이다. 나는 그토록 많은 도움을 준 친구에게, 그렇게나 똑똑했던 사부에게, 내 영광을 전파한 대변인에게 진심에서 우러나는 감사를 표하는 바이다. 이 모든 찬사를 위대하고도 상찬할 만한 후안 라르고는 받아 마땅하니라.

그럼에도 나는 몰랐다. 그 여자들과 내가 그렇게 아련한 관계가 있었는지, 그들이 내 찬란한 명성을 들어 알고 있었는지는 전혀 생각지도 못했던 일이었다. 나는 응접실에서 부인과 여러 아가씨들에 둘러싸여, 흔히 하는 말로 수다를 떨고 있었다. 잔뜩 뻐기면서 말이다. 아가씨들 가운데 내 열렬한 팬인 주인집 딸도 다른 아가씨 못지않게 발랄한 수다쟁이였다. 그녀는 군계일학이랄까, 보통 계집애 열다섯 살이면 별 볼일 없을 텐데, 열다섯 살인 계집애가 기막히게 예쁜 데다 아주 매력적이었던 것이다. 그 아가씨에게 잘 보이기 위해서라면 최대한 상냥하고도 신중하게 처신해야겠노라 다짐하기까지 했을 정도였다. 살펴보건대, 내가 학생들 사이에 유행하는 우스갯소리를 할라치면 그녀는 방긋 웃고는 내 기발함을 기꺼이 칭찬해주는 것이었다.

나는 느긋하게 최상의 기분에 빠져 있었다. 바로 그때 농장 마당에서 말 울음 소리가 들렸다. 누구일까 생각할 사이도 없이 놈이 방 가운데 나타났다. 멋진 망토를 걸치고, 챙 넓은 모자를 쓰고, 구슬 장식 말 장화를 신고, 멋들어진 카우보이 복장…… 그가 과연 누굴까? 누군 누구, 재수 사납게도, 바로 그 후안 라르고, 내 친애하는 친구놈이었던 것이다! 놈은 들어서자마자 나를 보았다. 놈은 그 자리에 있던 모든 사람에게 한꺼번에 인사를 던지고는 곧바로 팔을 활짝 편 채 내게 다가왔다. 그리고는 이렇게 입에 발린 소리를 지껄였다.

"오, 친애하는 페리키요 사르니엔토! 여기서 자넬 만나다니! 어떤 가, 형제여? 뭘 하고 지내나? 자, 앉게나……"

나는 그 따위 놈을 만나게 된 것에 대해 화를 삭일 수가 없었다. 한 순간에 내 옴자국(사르니엔토)과 주접스러움(페리키요)이 그 많은 점 잖은 사람들 앞에서 들통이 나고 말았던 것이다. 정말이지 유감천만이 었다. 그 수다쟁이 노인네와 아가씨들 앞에서. 여자들은 내 별명을 듣자 마자 대놓고 낄낄거리기 시작했으며 내 체면 따위는 전혀 안중에도 없 는 듯했다. 내 얼굴이 샛노랗게 변했는지, 푸르뎅뎅하게 변했는지, 새빨 간 홍당무가 되었는지 나는 알 수 없다. 기억할 수 있는 것은 단지 너무 화가 나는 바람에 방이 캄캄해지고, 매운 고추를 씹었을 때보다 더 지독 하게 턱 언저리와 귓불이 얼얼했다는 것뿐이다. 나는 그 망나니 후안 라 르고를 쳐다보면서 무슨 소린지 모르겠노라고 했다. 경멸하는 투로 침 착하게 말이다. 이런 투로 말하면 아가씨들의 조롱과 친구놈의 무례함 을 시정할 수 있겠거니 싶었던 것이다. 그런데 여전한 꼴이었다. 내가 진지해지자 아가씨들은 더 호들갑스럽게 웃어댔다. 마치 누가 간지럼이 라도 태우는 듯 말이다. 그런 데다 장난기 심한 후안 라르고의 우스갯소 리 한마디가 더해지자 아가씨들의 배꼽은 마침내 빠지고 말았다. 그런 허망한 꼴에 처하고도 나는 성미를 죽이고 마음을 다독이지 않을 수 없 었다. 따라 웃으면서 말이다. 사실을 말하자면 내 웃음은 자연스러운 것 은 아니었고 억지로 짜낸 것이었다.

마침내 내게 실컷 주접을 떨고 옴으로 썩어 문드러진 시체를 난도 질하고 나니 더 이상 웃을 만한 건더기도, 나를 더 이상 놀려댈 구실도 사라지고 말았다. 장면 끝. 제발 덕분으로 폭풍이 그쳤던 것이다.

나는 그때 생전 처음 못마땅한 이름이 얼마나 혐오스러운 것인지를 알 수 있었다. 망나니와 어릿광대라는 놈들이 얼마나 추접스러운 놈들인지도 알 수 있었다. 놈들에겐 의리도 체면도 없는 것이다. 놈들은 때맞추어 떠오르는 우스갯소리 하나 제대로 간수하지 못함으로써 가장 친한 친구마저 간수하지 못하는 것도 가능한 놈들이다. 놈들은 더러운 주둥이로 아무나 치고 받아 욕질하는 데는 선수들이다. 그것도 절묘한 순간에 말이다. 진드기 같은 놈들. 내 절친한 동창생이라는 놈이 내게 한 짓과 마찬가지다. 놈의 사촌 아가씨와 좀 사귀어보려는 바로 그 순간에 내게 물을 먹이는 놈이니. 애들아, 너희는 같은 반 친구놈들하고는 절대로 사귀지 말지니라.

식사 때가 되었다. 상을 차렸다. 우리는 끼리끼리 모여 앉았다. 나는 틀랄네판틀라의 보좌 신부 앞에 앉게 되었다. 보좌 신부 옆에는 멕시코에서 약 70리 떨어진 쿠아우티틀란의 신부가 자리했는데 살집 좋은 노인네로 아주 진지한 양반이었다.

모두가 신이 나서 먹었다. 나도 마찬가지였다. 결국 어린아이처럼 나는 더 이상 삐친 채 있을 순 없었다. 게다가 풍성하게 차려진 맛있는 음식과 감칠맛 나는 마실 것으로 달래려드는 데야. 주인 마르틴 씨는 호방한 성격에다 돈도 있는 양반이었던 것이다.

식사 중에 많은 얘기를 나누었지만 나로서는 이해할 수 없었다. 식사가 어느 정도 끝났을 때 어느 부인이 살별을 본 적이 있는지를 물었다.

"혜성이겠죠, 부인." 보좌 신부가 말했다.

"네, 그거요." 부인이 대답했다.

"네, 요즘 밤마다 저희 교회 옥상에서 볼 수 있었습니다. 아주 멋지더군요."

"어머나! 얄궂은 취미네요!" 부인이 말했다.

"왜 그렇습니까, 부인?"

"왜냐고요? 그 혜성은 이곳에 닥칠 재앙의 표적이기 때문이죠."

"그냥 웃어넘기세요." 보좌 신부가 말했다. "혜성도 다른 별과 같은 겁니다. 혜성이 때때로 보이는 것은 천천히 움직이기 때문입니다. 게으름뱅이이긴 하지만 심술궂지는 않습니다. 제 말을 믿지 못하신다면, 여기 우리 하누아리오 씨가 계십니다. 혜성이 무엇인지 또 왜 우리 눈에 자주 띄는지 자세히 아실 것이니 충분히 납득이 가도록 상세히 설명해주는 호의를 베푸실 줄 압니다."

"그래, 하누아리오. 자, 그게 뭔지 말해봐." 사촌 아가씨가 말했다.

그 능구렁이 같은 놈은 혜성이라면 화약만큼도 쥐뿔도 몰랐지만 그렇게 어수룩한 놈도 아니었다. 놈은 태연히 대답했다.

"아, 이 임무는 두 가지 이유에서 우리 친구 페리코에게 넘겨야 하지. 첫째, 이 친구는 재주가 뛰어나다는 거고, 둘째, 이건 내가 하는 부탁인바, 혜성에 대한 상세한 설명은 자랑해보일 만한 일이니만큼, 예의범절에 비추어 그 영광을 손님들에게 돌려야 도리지. 그러니 사르니엔토에게 설명해달라고 하자꾸나. 여러분, 이 친구가 얼마나 달변가인지 모두 아시게 될 겁니다. 그리고 얘야, 이 친구가 여기 없었다면 내가 설명해주겠지. 혜성이 무엇이며 어디로 흘러다니는지, 신부님께서 지적하신 것처럼 말이야. 그뿐만 아니라 혜성이 모두 몇 개인지, 하나하나의 이름은 무엇인지, 어디로 흘러다니는지, 하는 작용은 무엇인지, 얼마나 시간이 걸리는지 등 네가 알고자 하는 바를 하나하나 설명해주고 아무리 시간이 걸리든지 간에 네 호기심을 충분히 채워주겠어. 네가 믿거나 말거나 말야. 케베도도 이런 말을 남겼지.

별에 대한 속임수는
완벽한 속임수,
그 누구도 찾아가
물어보지 않을 테니까."

폰시아니타, 이제 우리 친구 페루초(페리코의 별명)가 혜성에 대해 속속들이 설명해줄 거다. 그 동안 여러분께 실례가 안 된다면 저는 나가 말 안장이나 올리겠습니다."

놈은 이렇게 장광설을 늘어놓고는 내가 하는 말에는 귀도 기울이지 않고 방을 나가버렸다. 나는 여기 계신 신부님들께서 나보다 더 아가씨를 만족시킬 수 있을 것이라고 말했다. 그러나 아무 소용 없었다. 틀랄네판틀라의 보좌 신부도 장난기가 있던 양반인 터라 내가 설명해야 한다고 우겼다.

"아닙니다, 어르신들. 어르신들께서 계신 자리에서 제가 영광을 누린다면 그건 버릇없는 짓일 겁니다."

진지한 만큼 속도 시커먼 신부는 내 겸손한 발언을 듣고는 교활한 미소를 띠며 말했다.

"아실 만한 분들은 아시겠지만, 한때 우리 교구에 상당히 멍청하고 아둔한 신부가 하나 있었지요. 바보들 중에서도 바보였더란 말입니다. 그이가 하루는 머리에 떠오르는 대로 두서없는 이야기를 한껏 설교랍시고 하고 있었지요, 그 가엾은 원주민들에게 말입니다. 그 원주민들만이 용케 그 설교를 참고 들을 수 있었습니다그려. 그의 설교가 결정적인 부분에 이르렀을 때 대주교 각하께서 교회로 들어오셨습니다. 교구를 순방하고 계셨던 겁니다. 대주교 각하께서 들어오시는 순간 청중 속에서 소란이 일어나자 그 설교자 양반도 당황하게 되었는데, 놀라는 꼴이 마치 사탄이라도 본 듯했습니다. 그이는 입을 다물고 모자를 벗어들고는 연방 각하를 주워대며 외쳤습니다.

'어찌 이런 일이! 각하께서 이런 자리에 납시다니! 비천한 저로서는 더 이상 설교를 할 수 없나이다. 아니 되옵니다. 각하, 이리 오르셔서 마무리를 지어주시옵소서. 저는 이만 마치겠나이다.'

대주교 각하께서는 그 무식한 신부의 지나칠 정도의 겸손함에 웃음을 금치 못하셨습니다. 그래서 그이를 강단에서도 사제직에서도 내려오게 하셨습니다. 무슨 뜻이겠습니까."

그 살집 좋은 신부는 이렇게 말을 맺었다. 보좌 신부와 아가씨들이 웃음보를 터뜨렸다. 나는 계속 버틸 수밖에 없었다. 그것이 내 겸손을 가리키는 것인지 후안 라르고의 겸손함을 가리키는 것인지 헷갈리기도 했지만 말이다. 그러나 그 어정쩡한 시간이 오래가지는 않았다. 장난기 심한 보좌 신부가 훌륭한 중재자 역할을 단번에 해냈던 것이다. 보좌 신부는 폰시아니타에게 이렇게 말했다.

"아가씨, 누가 혜성에 대해 설명할지 아가씨가 선택하시죠. 이 학생입니까, 아니면 접니까? 제가 선택된다면 기꺼이 설명해드리겠습니다. 저는 공연히 빼는 것도 싫어하는 성격이지만 아가씨들을 실망시킬 줄도 모르기 때문입니다."

분명히 그녀에게 눈짓을 보냈을 것이다. 그와 동시에 라르고의 사촌 아가씨가 내게 말했던 것으로 보면 말이다.

"선생님께서 제게 호의를 베풀어주셨으면 합니다."

달아날 수가 없었다. 원하는 대로 해주자고 결심했다. 그러나 어디서부터 시작해야 할지도 알 수 없었다. 운 사납게도 혜성이고 유성이고 그런 말은 생전 듣도 보도 못했으니까. 그래도 자존심(모든 바보들의 핵심적인 성질)은 있어서 이렇게 말했다.

"여러분, 그러니까 혜성 또는 살별이라는 것은…… 그러니까 사람들 얘기로는 별들 중에서도 가장 큰 별이라고 합니다. 크기만 할 뿐 아니라 많이 긴 꼬리도 있는 별로서……"

"많이 길다고?" 보좌 신부가 끼어들었다.

나는 그 보좌 신부가 잘못된 표현을 꼬투리 잡고 있다는 사실을 전혀 몰랐기 때문에 자신만만하게 대답했다.

"네, 신부님. 많이 길죠. 왜 보지 못하셨습니까?"

"뭐 그렇다고 합시다." 보좌 신부의 대답이었다.

나는 계속했다.

"이 꼬리는 두 가지 색인데, 흰색이거나 붉은색이죠. 흰색은 마을에 평화나 행운이 있을 것을 말하고, 피칠한 것같이 붉은 색은 전쟁이나 재앙을 의미합니다. 그러니 동방 박사들이 본 혜성은 흰색 꼬리를 지닌 것이었죠. 왜냐하면 그것은 그리스도의 탄생과 온 세상의 평화를 예고한 것이니까요. 그래서 우리 평화의 사도 옥타비아누스 왕도 흰색 꼬리 혜성이 나타났을 때 태어난 것입니다. 이건 부정할 수 없는 일입니다. 흰색 꼬리를 가진 혜성이 없는 밤에 성인이 태어나지는 않기 때문이죠. 우리가 날마다 혜성을 볼 수 없는 이유는 주님께서 따로 예비해두셨기 때문입니다. 그 혜성이 우리 눈에 띄는 때는 오직 왕의 죽음이나 성인의 탄생이나 어느 도시의 전쟁이나 평화를 알리기 위해서일 때뿐입니다. 그래서 혜성이란 우리가 날마다 볼 수 있는 것이 아니죠. 주님께서는 쓸데없이 기적을 베푸시지는 않기 때문입니다. 요즘 보이는 혜성은 흰색 꼬리 혜성입니다. 그리고 분명코 평화를 의미하는 겁니다. 이것이, 이것이 바로 혜성의 정체입니다. 아가씨, 만족하십니까?"

나는 자신 있게 말했다.

"대단히 감사합니다." 아가씨가 말했다.

"아니, 대단히가 아니지." 보좌 신부가 끼어들었다. "왜고 하니, 이 젊은 친구, 실례하겠네, 설명을 제대로 못 했군. 엉터리 수작일 뿐이야. 이 친구가 천문학에 대해서는 전혀 문외한이라는 게 분명하오. 그러니 항성이 뭔지, 유성, 혜성, 성좌, 식분, 월식, 일식이 뭔지 알 턱이 없으시지. 이보시게, 나도 천문학자는 아니네만 이 방면에 대해서 어느 정도는 알고 있네. 비록 아주 어설프기는 해도 자네보다야 훨씬 낫다네. 자네 설명은 형편없어요. 더 안 좋은 건 자네가 아는 척한다는 거지. 자네가 하는 말이 뭔지 알고 있다 해도 그건 자네 생각일 뿐일세. 다시는 그렇게 어수룩하게 놀지 말게나. 혜성이 별이 아니라는 사실을 알아야지. 기적을 전하는 것도 아니고, 전쟁이나 평화를 알리는 것도 아닐세. 우리 구주께서 나셨을 때 동방 박사들이 본 별도 혜성이 아니었고, 옥타비아누스도 왕이 아니라 로마의 카이사르, 그러니까 황제였다네. 그리고 그이가 성스럽게 태어났기 때문에 전세계에 평화를 가져온 것도 아닐세. 우리 평화의 근본이신 예수 그리스도께서 온 우주에 평화가 충만할 때 태어나실 것을 원하셨기 때문이고, 그때가 바로 아우구스투스 황제, 옥타비아누스가 군림하던 때였네. 어쨌든 혜성에 대한 이런저런 헛소리들은 도통 믿지 말게나. 내 말이 그냥 헛소리는 아니라고 생각한다면 내 혜성이 무엇인지 간단히 설명하겠네. 잘 들어보시게. 혜성은 다른 모든 유성과 마찬가지네. 그건 맞아. 달이랄지, 수성이랄지, 금성이랄지, 지구랄지, 화성이랄지, 목성이랄지, 토성이랄지, 천왕성이랄지 모두 같은 것이란 말일세. 이것들은 모두 둥근 모양이지(이것은 완전히 둥근 것인데 우리가 흔히 말하듯 공 같단 말일세). 불투명한 데다 스스로는 빛을 발할 수 없어. 지구도 그렇지 않은가. 그것들이 빛을 내는 것처럼 보이는 것은 태양과 관계가 있어요. 우리가 그것들을 볼 수도 있고 또 볼 수 없는 이유는 별에 따라 그 궤도가 다르기 때문이야. 무슨 말인고 하니,

별들이 둥근 태양 주위를 돈다는 얘기야. 어떤 것은 타원형으로, 어떤 것은 둥글게, 특히 혜성 같은 것은 아주 긴 타원형으로 돌지. 그래서 혜성의 항적은 길 수밖에 없으니 우리가 그것들을 자주 볼 수 없는 거야. 과테말라에서 왔다 갔다 하는 사람보다 여기 멕시코에서 왔다 갔다 하는 사람을 더 자주 볼 수 있는 것과 마찬가지야. 그건 멕시코에서 왔다 갔다 하는 사람이 다른 사람보다 걷는 거리가 짧기 때문이지. 혜성에 붙어 다니는 꼬리라는 것도, 학자들에 의할 것 같으면, 그냥 수증기일 뿐인데 태양 빛에 의해 빛나 보이는 거야. 창문으로 들어오는 먼지가 반짝 빛나 보이는 것과 같은 이치지. 그리고 이 태양 빛이 수증기에 비치는 상태에 따라 혜성 꼬리가 우리 눈에 희게도 붉게도 보이는 거야. 이걸 이해하는 데 골치 썩일 필요는 없어. 태양의 위치에 따라 구름이 희게도 붉게도 보이는 것은 일상사가 아닌가. 그러니 혜성 꼬리가 희다고 해서 기대할 것도 없고, 반대로 붉다고 해서 실망해서도 안 되는 거지. 이건 이 분야의 물리학자들에 의해 충분히 검증된 사실이야. 더 이상의 것은 무시해도 좋을 헛소리에 불과해. 이것에 대해 더 자세히 알고 싶다면 알메이다 신부나 브리손의 책이나 그 밖에 우리말로 번역된 책들을 읽어 보시게나. 광범위한 연구서가 많아요. 내가 이 설명을 위해 인용한 자료는 너무 장황하고 또 사실 현학적인 면도 있었지. 뭐, 이것은 여러분들에게는 상관도 없고 알기도 어려운 것이긴 할 거야. 물론 신부님을 제외하고는 말입니다. 그래도 자네의 그 무식과 방자함 때문에 내 이런 유별난 일에 끼어들고 말았네. 그래, 그래서 예의범절이라는 것도 해치고 말았지만 사려 깊으신 분들이니 용서해주시리라 믿습니다. 내 선의로 한 일이지만, 자네가 감사하든 말든, 요약하자면 이거야. 잘 알지 못하는 일을 함부로 입에 올리지 말라는 것일세."

이와 같은 장중한 응답에 내 꼴이 어떠했을지 생각해보시라. 순간 나는 그 보좌 신부가 기막힌 발언을 했고 또 그 의도가 무엇인지 분명히 알아차렸다. 나는 무식하기는 했지만 바보는 아니었고 돌대가리는 더더욱 아니었던 것이다. 나는 이내 이성을 회복할 수 있었다. 현실 세계에는 우리의 자존심에도 불구하고 우리의 눈을 찔러대는 명확한 진리가 존재하기 때문이다. 확고부동한 진리조차도 받아들이지 못할 정도로 아둔한 사람들은 불행할진저! 진리의 빛을 외면하기 위해 눈을 감아버리는 옹고집들은 더더욱 불행하도다. 한시도 이성에 순순히 따르지 못할진대 무슨 희망이 있겠는가! 이미 이야기했듯 나는 혼란스러웠다. 부끄러움이 옷 밖으로 스며나오는 듯했다. 나는 입을 열 수도 없었고 무슨 말을 해야 할지도 알 수 없었다. 아가씨들과 신부 그리고 식탁에 앉아 있던 모든 사람들이 그저 서로 쳐다보며 나를 힐끔거리기도 했다. 그런 꼬락서니가 나를 더 미치게 했다.

그래도 바로 그 보좌 신부가 매우 사려 깊은 양반인지라 은근 슬쩍 나를 그 어처구니없는 상황에서 구해주었다.

"여러분, 얘기는 이것으로 충분합니다. 저는 오후 기도를 드리러 가야겠습니다. 아가씨들께서도 잠시 쉬셔야 나중에 투우를 즐기실 것 아니겠습니까?"

그리고는 자리에서 일어났다. 모두 일어났다. 아가씨들은 모두 집 안으로 물러갔다. 남자들은 의자에 몸을 던지는 사람도 있었고, 책을 집어드는 사람도 있었고, 카드놀이를 하는 사람도 있었다. 나머지 사람들은 엽총을 챙겨 과수원으로 바람을 쐬러 나갔다.

나만 외톨이로 남았다. 자기들 팀으로 오라고 청하는 사람들도 있긴 있었지만 나는 그저 고맙다고 하고는 여로에 피곤하여 낮잠이나 좀 자야겠다는 구실로 빠져나왔다. 모두 잠이 들거나 놀이에 열중해 있을 때 나는 복도로 나왔다. 나는 벤치에 드러누워 방금 나를 휩쓸고 지나간 그 재앙을 곰곰이 되새겨보았다.

분명히, 그래, 분명히 그 신부가 나를 골탕 먹인 거야. 그렇지만 잘 알지도 못하는 것에 입을 나불댄 것은 내 실수였다. 분명하다. 나는 바보요 멍청이요 시건방진 놈이다. 내가 무슨 유성이나 항성이나 혜성이나 일식이나, 신부가 들려준 것에 대해 읽어보기나 했나? 내가 언제 신부가 추천한 책을 껍데기라도 본 적이 있으며, 이전에 그 따위를 귀동냥이라도 한 적이 있었나? 아니, 뭐에 홀려 알지도 못하는 것을 설명하려 든 것일까? 그것도 있는 폼 없는 폼 다 잡아가며 말이다. 도대체 내가 무슨 생각을 했단 말인가? 알다시피 나는 철학 학사이며 물리학자이다. 내가 물리학자라는 게 싫다. 나처럼 허풍선이라면 이 세상은 온통 물리학자로 넘칠 것이다. 정말 내 실수에 침이라도 뱉고 싶다. 그 보좌 신부가 뭐랄 것인가? 그 신부는 또 어찌 생각하겠는가? 또 다른 사람들은 뭐라고 지껄일 것인가? 당연히 바보 멍청이라고 하겠지. 나는 그렇다 치고, 그 후안 라르고란 놈은 무식을 드러내지 않고 잘도 빠져나갔다. 방법이 없어. 입을 다무는 것이 배움의 시작이요, 침묵은 무식을 잘도 가려준다. 후안 라르고는 한 마디도 않고 혜성에 대해 아는지 모르는지 아리송하게 만들었다. 그런데 나는 그렇게 많이 지껄이고도 무식을 드러내고 창피를 당했다. 이왕 쏟아진 물, 방도가 없다. 이제 더 이상 당하지 않기 위해서는 그 보좌 신부를 구워삶아야 한다. 내가 무식하다는 것을 어느 누구보다 잘 알고 있는 양반이니까. 내가 읽을 수 있는 물리학자들의 책을 적어달라고 해야지. 왜냐하면 물리학이란 단순한 과학이 아니라 아주 유용하고 재미있기 때문이야. 그걸 배워야겠어.

이런 결론을 내리고 의자에서 일어났다. 그리고 그 보좌 신부를 찾아 나섰다. 신부는 이미 기도를 마쳤다. 나는 에둘러대며 앞서 한 말을 바꾸었다.

"신부님, 저, 혜성에 대해 이미 말씀하신 것 외에 새로운 것은 없습니까? 식사 중에 너무 의외였던 것 같지만, 사실 제가 우둔한 놈이라는 것은 저도 인정하는 바입니다. 제가 학교에서 기초 물리학과 물질의 구성 요소에 대해 개괄적으로 공부할 때는 그게 바로 물리학이라는 것을 철두철미하게 믿어 이 분야에서는 더 이상 배울 것이 없다고 생각했습니다. 시험 성적도 우수하게 나와 손님들까지 초대해 선물을 받는다 하는 바람에 그런 생각이 더욱 굳어졌습니다. 게다가 철학 학사 학위를 받은 지도 겨우 1주일밖에 안 됐고, 전반적으로 우수하다는 판정을 받는 바람에, 내가 진짜 철학자다, 이 학위가 내 지식을 보장한다, 성적이 우수하다는 이 증명서가 모든 것을 논할 자격을 주었다, 나는 솔로몬과 같이 지혜로운 자다 하는 망상에 빠지게 되었습니다. 그러나 이제 신부님께서 오늘 주신 교훈을 살리고 싶습니다. 물리학이 저를 사로잡았으므로 물리학을 배울 수 있는 책을 좀 읽었으면 합니다. 신부님의 지혜로운 지도를 바라는 바입니다."

"이것이 바로 자네가 보통 사람과 다른 재능을 가졌다는 증거라네. 사람이 실수를 깨닫게 되면 그것을 고백하고 그것에서 벗어나고 싶어할 때 더 좋은 기회가 오게 되는 거라네. 실수를 하고 그것을 깨달았지만 자존심 때문에 그걸 고백하지 못한다면 지식을 구할 수는 없는 걸세. 그들 스스로 배움의 빛을 차단하는 것이지. 자존심 강한 환자가 의사에게 그 환부를 드러내지 않는다면 치료는 요원하고 더 악화되는 것과 마찬가지라네. 그건 그렇고, 혜성에 대해 자네가 한 그 얼토당토않은 얘기들은 어디서 배운 건가? 학교에서는 분명히 가르치지 않았을 텐데."

"물론 아닙니다. 제가 털어놓은 그 엉뚱한 얘기들은 모두 제 집 노인네들과 가정부에게서 들은 겁니다."

"처음 젖을 빨았던 이에게서 엉뚱한 것을 배우기로는 자네가 처음은 아닐세. 사실 말이지 그 모든 엉터리들은 노인네들 입에서 나온단 말야. 자네가 할 일이란 열심히 노력하는 걸세. 아직 젊으니 진전이 있을 걸세. 이 분야에 대해 자네가 재미있게 읽을 수 있는 작가들을 원한다니 내 적어줌세. 그리고 여기 함께 있는 동안 짬짬이 설명도 해주겠네."

    나는 고맙다고 했다. 나는 신부의 그 친절한 마음씨에 완전히 반해 버렸다. 내가 신부에게 축복을 해달라고 하는 순간 낙인찍기 놀이를 즐기러 가자며 사람들이 우리를 데리러 왔다.

7. 우리 작가 양반이 농장에서 있었던 일을 계속해서 이야기하는 장

사람들이 우리를 부르러 왔음에도 보좌 신부는 얘기를 계속했다.

"그러니까 자네는 훌륭한 물리학자들 목록을 좀 적어달라는 모양이지만, 뭐, 목차를 적고 말고 할 필요는 없네. 자네에게 읽어보라고 추천하고 싶은 사람들이 매우 적으니 쉽게 외울 수 있을 걸세. 자네 파라 신부와 놀레트 신부가 쓴『실험 물리학』, 테오도로 데 알메이다 신부가 쓴『철학적 재창조』, 그리고 브리손이 쓴『물리학 사전』과『물리학 이론』을 읽어보게나. 이 책들을 찬찬히 읽으면 어느 장소에 가서도 이 분야만큼은 정확히 말할 수 있을 걸세. 그리고 여기에 자연사 지식을 더하고 싶다면, 뭐, 물리학과 거의 같은 것이네만, 플루체의『자연 경관』이 읽어 유용할 것이고, 저 유명한 뷔퐁 백작의『자연사』도 읽기에 재미있고 남는 것도 많지. 뷔퐁 백작은 프랑스의 플리니우스라고도 불리는 양반이라네. 이 친구야, 이 책들은 유용하면서도 재미 또한 그만이야. 신학에서처럼 추상적인 것으로나, 의학에서처럼 불확실한 것으로나, 법학에서처럼 복잡 미묘한 것으로나, 수학에서처럼 난잡한 것으로 골치 썩일 필요도 없다네. 모든 것이 충만하고, 모든 것이 재미있고, 모든 것이 황홀하고, 모든 것이 본받을 만한 것이 바로 물리학이며 자연사라는 거야. 지겨울 수 없는 학문이며 지칠 줄 모르는 작업인 거지. 그 관장하는 원리는 감미로운 술이며, 그 담은 잔은 황금 잔일세. 저 밖에서 우주를 바라보는 자마다 그 정교한 경관에 넋을 잃고 말지. 그 놀라움이란 어린 아이들이 신기한 것을 처음으로 봤을 때의 그것과 비교될 수 있지. 색다른 눈으로 우주를 바라보는 철학자는 단지 놀라는 것으로 그치지 않는다네. 그는 자연 속에 있는 모든 것을 인식하고 관찰하고 따지고 찬양하게 된다네. 그 지식이 천체에 이르면 그 지고지순한 위엄에 가득한 공간의 무한함 속에 빠져들고 말지. 태양을 생각해보세나. 찬란하고 꺼질 줄 모르는 살아 있는 불꽃으로 치장한 무한한 덩어리로서 이 온 세상에 얼마나 은혜롭고도 자상한 것인가. 달을 생각해보세나. 달에는 우리가 발을 딛고 있는 이 지구와 같이 산도 있고 바다도 있고 계곡도 있고 강도 있다네. 달은 찬란한 태양의 빛을 반사하는 거울로서 그 영향을 받고 있는 거지. 이제 금성, 수성, 화성 등 나머지 별들을 보세나. 제자리에 있는 것도 있고 떠돌아다니는 것도 있고, 그 모두 찬란한 천체의 무한 광대함을 보여주는 것들일세. 지혜로우신 천주께서 태초로부터 예정하신 그대로 끊임없이 움직이는 빛이요 태양이요 달인 것일세. 이제 눈을 내려 우리가 살고 있는 이 지구를 보세나. 그 정교한 조화를 보게나. 한 줌 힘없는 모래에 둘려 땅 위로 흐르는 물을 보게나. 치솟아오른 산, 웅장한 폭포, 고즈넉한 샘물, 부드러운 실개천, 도도히 흐르는 강 줄기, 나무, 풀, 꽃, 과실, 밀림, 계곡, 언덕, 새, 맹수, 물고기, 우리 인생 그리고 땅을 기어다니는 그 보잘것없는 미물들. 이 모두가 우리 호기심을 자극하고 연구할 마당을 펼쳐준다네. 공기, 구름, 비, 이슬, 우박, 도깨비불, 북극광, 천둥, 번개, 섬광과 기타 모든 자연 현상. 모두 헤아릴 수 없는 연구 과제를 안겨주는 것들이지. 알 수 없기에 경외스러운 그 다양한 것들이 이루는 광대한 혼돈을 바라보고 관찰하고 시험하고 숙고하고 궁리하고 갈고닦으며 골치를 썩인 이후에, 이것들에 대한 자신의 지식 여부를 반성도 해보고, 부지런한 손작업을 통해 창조주의 면류관을 얻어 쓰기에까지 이른다네. 진정한 철학자란 우리 주님의 옥좌 앞에서 기죽어 수그러들지 않을 수 없다네. 그 전지전능하심을 고백하고, 그 섭리를 찬양하고, 그 광대한 지혜를 조용히 인정하고, 피조물들에게 부어주신 그 무한한 은혜에 끝없는 감사를 드리게 된다네. 지구상의 모든 피조물 중에서 가장 고귀하며 가장 숭고하며 가장 많은 은혜를 입었으면서도 가장 배은망덕한 우리 인생에게 주신 은혜에 말일세. '만물을 그 발 아래 복종케 하셨느니라.' 바로 이것이 성경의 말씀이라네. 이 말은 그 지엄하고도 필요 불가결한 지식을 통해 철학자에게도 해당되는 말일세. 처음에는 명상하는 신학자로 출발하지. 바퀴살이 중심 축에서부터 퍼져 나가듯 모든 피조물은 우리 주님 안에서 그 중심점을 찾는다네. 불경한 무신론자들이 우주를 창조하시고 다스리시는 우리 주님의 존재를 부인하는 것은 온 세상이 인정하는 증거를 외면하기 때문이지. 진짜 야만인들도 이 지고한 원리는 알고 있는데 말일세. 이 세상 모든 하늘이 주님의 영광을 선포하고, 이 세상 모든 땅이 주님의 역사하심을 공표하고 있단 말일세. 우리 눈에 띄는 모든 피조물은 우리 눈에 띄지 않는 또 다른 기적으로 이끌어 우리는 또다시 찬양하게 된다네. 이보게나, 무신론자들이란 비록 사람의 형상을 가졌으나 짐승이나 다름없네. 아니면 스스로 짐승만도 못한 꼴로 타락한 사람일 테지. 확신하건대……"

이때 우리가 지체하자 농장에 모여 있던 아가씨들과 신사 분들이 다시 우리를 부르러 왔다. 농장 감독과 촌놈들의 짓거리를 구경하자는 것이었다. 그래서 우리는 중단할 수밖에 없었다. 정확히 말해서 내게는 그렇게나 감미롭던 대화가 끝장나고 말았던 것이다. 사실 말이지 낙인찍기 놀이 따위보다는 훨씬 재미있었던 것이다.

사람들은 신부와 내가 그렇게 잘 어울리는 것을 보고는 놀라 자빠졌다. 식탁에서 내게 물먹인 것에 대해 내가 무슨 앙심이라도 품고 있는 줄 알았던 모양이었다. 지분거리는 걸로 보아 그 속셈을 알 수 있었다. 내 비록 망나니짓을 좀 하기는 해도 주님께서는 내게는 과분한 두 가지 덕목을 주셨다. 하나는 이성에 순종하는 마음이며 다른 하나는 고상하고 민감한 심성이다. 그래서 쉽사리 기분에 휩싸이지 않는 것이다. 이런 이야기를 하는 이유는 내가 도에 지나치는 짓을 범하게 되면 고깃덩어리에 정신을 팔아먹는 아픔을 당해야 하기 때문이다. 나는 이것을 알면서도 죄를 범했고, 내 양심의 절규와 정의의 경고에 귀를 막았다. 사람들이 죄악에 빠져들 때는 누구나 마찬가지다. 내 마음 속에서 빛나는 이 두 가지 덕목 덕택에 나는 결코 앙심이라고는 품어본 적이 없다. 심지어 내 원수에게까지도. 하물며 내게 가혹하지만 좋은 충고를 해준 사람에게야. 쉬운 일은 아니다. 자존심이란 진짜 자애로운 충고에도 거부감을 갖게 마련이니까. 그것도 질책이라면 질책이니까 말이다. 그래서 농장 사람들은 신부와 나 사이의 그 절절한 우애에 그만 넋을 잃고 만 것이었다.

어쨌든 우리는 판이 벌어지는 장소로 몰려갔다. 아주 넓은 마당이었다. 안락한 나무 의자도 몇 개 갖춰져 있었다. 보좌 신부와 나는 나란히 앉아 송아지, 말, 나귀에 낙인을 찍어대는 꼴을 보며 오후를 즐겁게 보냈다. 구경꾼들은 송아지로 투우를 한다거나 망아지를 길들인다거나 하는 것에서만큼 동물을 불로 지지는 것에는 그리 신이 나지 않는 것 같았다. 그러나 송아지가 아이들 중 하나를 받아 넘겼을 때와 노새란 놈이 타고 앉은 다른 놈을 차버렸을 때는 너무들 좋아했다. 웃음 소리가 끊이질 않았던 것이다. 걷어차인 놈이 면상을 온통 찡그리며 하소연해왔을 때에는 숨이 넘어가는 듯했다.

그런 장면을 생전 처음 보는 나로서는 노새 발에 깔린 놈이나 쇠뿔에 받힌 놈이 절뚝거리는 꼴을 보고는 연민을 금할 수 없었다. 그때는 오직 나만이 그 불쌍한 놈이 겪었을 고통을 생각했다. 그 연민의 정 때문에 나는 모두가 웃어젖힐 때 웃을 수가 없었다. 내 평생의 사부님이라고 할 사려 깊은 보좌 신부는 내가 침울하고 말도 없는 것을 알아차리고는 내 마음 속을 읽었는지 이렇게 말했다.

"멕시코에서 투우를 본 적이 있으신가?"

"아닙니다, 신부님. 이런 볼거리는 이번이 처음입니다. 가엾은 짐승에게 상처를 입힌다거나 그 짐승들이 사람들에게 복수하도록 놔두는 따위는 말입니다. 사람들의 악한 기질과 야만성에 어울리는 짓이지 싶습니다."

"그렇다네, 젊은이. 더 나쁜 꼴을 보지 못한 모양이군. 도시에서 벌어지는 투우를 보면 자네가 뭐라고 할까? 특히 정식 축제에서 벌어지는 것이라면 말일세. 거기서 벌어지는 것은 모두가 아주 노골적인 것이라네. 여기 소들이나 말이나 노새가 아이들을 받아 넘기고 하는 것은 새 발의 피야. 몰이꾼들은 일상적으로 받히고 깔리고는 하지만 부상도 없고 죽지도 않아. 그러나 내가 얘기한 도시에서 벌어지는 축제는 사정이 달라. 가장 거센 놈을 뽑아 하는 투우인 데다 게다가 굶기기까지 하니, 말들은 짓밟혀 내장이 터져 나오지, 사람들은 치명상을 입거나 죽거나 하지…… 그런 꼴을 자주 볼 수 있다네."

"신부님, 아니, 이성을 지닌 사람들이 그 짐승의 성난 뿔에 목숨을 내던진단 말입니까? 짐승이나 사람들이 피 흘리는 꼴을 보고 즐기기 위해 그 많은 사람들이 떼를 지어 모인단 말입니까?"

"그런 꼴일세. 에스파냐 제국에서는 언제나 그럴 거야. 자연의 이치에 반하는, 우리가 살고 있는 이 계몽주의 시대에 반하는 그런 습성을 완전히 떨쳐버리는 날까지 말일세."

우리는 이 점에 대해 한동안 얘기를 나누었다. 얘깃거리가 풍부한 소재였다. 친구처럼 가까워진 보좌 신부가 결론에 이르렀을 때 내가 말했다.

"신부님, 저는 하누아리오인지 후안 라르고인지 그 빌어먹을 동창생 놈에 대해 생각해보았습니다. 놈은 제가 혜성에 대해 무슨 헛소리를 지껄일지 알고 있었기 때문에, 물론 신부님의 마땅한 질책이 있었습니다만, 식탁에서 모든 사람 앞에서 저를 잔뜩 물먹이기 위해 일을 꾸몄습니다. 진짜 교활한 짓입니다. 놈은 절묘한 때에 사람들을 놀려먹는 짓을 취미로 하는 놈입니다. 저는 정말이지 아까 낮에 있었던 것과 같은 꼴불견이 일어나지 않기를 바랍니다만, 놈은 정말이지 나쁜 친구요 경솔한 놈이니, 제가 당한 것과 같은 꼴을 좀 당하게 하고 싶습니다. 신부님께서 물리학에 대해 하나라도 물어보시면 좋을 것 같은데요. 놈은 물리학이라면 구두 만드는 것만큼 아는 게 쥐뿔도 없으니까요. 부디 제 소원을 들어주시는 셈 치고 놈의 상통에 똥칠을 해주십시오."

"이보게, 자네 청을 들어주기는 식은 죽 먹기네. 하나 이것은 일종의 복수야. 그 하찮은 정염이 자네 인생을 온통 붙잡고 늘어질 걸세. 복수란 조그만 모욕도 용서할 수 없고 또 용서할 줄도 모르는 좁은 속을 드러내는 것일세. 모욕을 당해도 용서할 줄 아는 것은 선한 기독교인의 징표일 뿐만 아니라 고귀하고 담대한 심성을 입증하는 것이기도 하다네. 가난하거나 나약하거나 겁 많은 사람일지라도 누구나 모욕에 대해 복수는 할 수 있다네. 복수를 하기 위해서라면 종교도, 능력도, 분별도, 고상함도, 가문도, 교육도…… 즉 선한 것은 도통 필요하지 않다네. 앙심만 품으면 충분해. 그래서 분노가 멋대로 흘러가서 피에 굶주린 감정을 건드리면 끝나는 거지. 그러나 모욕을 잊자면, 우릴 모욕한 사람을 용서하자면, 악을 은혜로 갚기 위해서는 예수님께 대한 복음을 알아야 할 뿐 아니라, 그걸로도 충분하겠지만, 영웅심과 연민도 갖추어야 한다네. 물론 쉽지는 않지. 트라하노와 같은 영웅조차도 그러지 못했지.

트라하노에 대해 이런 얘기가 있다네. 그가 연설을 하고 있을 때 어느 구두장이가 정의의 심판을 구하며 권좌로 다가왔지. 놈은 황제에게 다가가 방심한 틈을 이용해 따귀를 한 대 올려붙였지. 군중은 경악했고 시위대는 당장 죽이겠다고 달려들었지. 그런데 트라하노는 그들을 말리고는 손수 처형하러 들었어. 만인지하에 모욕을 당한 피해자가 물었지. '내가 네게 무슨 몹쓸 짓을 했다고 네가 내게 이런 모욕을 안기느뇨?'

그러자 바보 멍청이 구두장이가 대답했어.

'폐하, 온 백성이 폐하의 자애로운 덕성을 찬양하더이다. 소인은 폐하께 어떤 유감도 없나이다. 소인은 죽을 줄 뻔히 알면서도 신성을 모독하는 대죄를 범하였나이다. 구두장이 하나가 트라하노 황제를 한 대 올려붙일 만한 용기를 지녔었노라고 후세에 회자되게끔 하자는 바람일 뿐이옵니다.'

'그래 좋도다. 그런 이유에서라면 너는 정말이지 용감무쌍하도다. 짐 또한 원하나니, 어느 구두장이가 감히 트라하노 황제를 한 대 올려붙였으나 트라하노는 그 구두장이를 용서해줄 정도의 용기를 지녔었노라고 후세에 회자되기를 원하노라. 너는 자유다.'

이 소동은 더 이상 따질 게 없는 것이네. 아주 자명한 얘기야. 이 이야기뿐 아니라 이와 유사한 많은 이야기에서 자넨 교훈을 얻을 수 있을 걸세. 복수를 하기 위해서는 비열한 겁쟁이가 되어야 한다네. 복수를 잊기 위해서는 고상하고도 용감해야지. 자신을 이기고 성질을 죽이는 것이야말로 가장 어려운 복수인 게야. 가장 명예로운 승리란 말일세. 대범하고 자애로운 성품을 고스란히 보여주는 거지. 이 모든 것을 고려해 볼 때 하누아리오 군이 주었던 모욕은 그만 잊고 무시하는 게 좋겠네."

"그럼 신부님, 모욕을 용서하는 것이 모욕을 주는 것보다 더 큰 용기를 필요로 한다면, 저는 이제부터 후안 라르고나 제 삶에 있어서 제게 모욕을 안겨주는 모든 사람에게 복수하지 않겠다고 맹세하는 바입니다."

"아, 페드로 군. 그런 맹세가 끝까지 지켜진다면 얼마나 좋겠는가! 그러나 이 세상에서는 그렇게 함부로 맹세할 수가 없다네. 우리 모두 나약하고 허약하기 때문이지. 우리 자신의 덕성에 의지할 수도 없고 우리 자신이 한 약속도 제대로 지키지 못한다네. 폭풍이 몰아닥치면 뱃사람들은 수만 가지를 맹세하지만 항구에 도착하면 싹 잊어버리지. 맹세란 나 몰라라 해버린단 말일세. 땅이 흔들리면 온통 기도 소리뿐이네. 회개한다고 모이고 회심한다고 난리야. 그러나 진동이 그치면 술꾼은 술잔으로, 바람둥이는 여자에게로, 노름꾼은 노름판으로, 고리대금업자는 돈벌이에 달려든단 말일세. 모두 과거 행적으로 되돌아가는 거야. 사람에게 가장 치명적인 것은 바로 자신감이라네. 바로 자신감으로 인해 젊은이들이 몸을 팔게 되고, 신실한 사람이 낙심하게 되고, 법을 수호한다는 자들이 타락하게 되고, 지혜가 넘치는 사람과 아주 성스러운 사람이 범죄에 빠지게도 된다네. 솔로몬은 왕의 의무를 소홀히했고, 사도들 중 가장 용감하다던 성 베드로는 그 스승을 부인한 최초이며 유일한 인물이었네. 그러니 우리 자신의 능력을 그리 신용할 수 없다네. 그리고 약속도 함부로 하는 게 아닐세. 위기가 닥치기 전에는 우리 모두 바위처럼 굳건하지. 그러나 위기가 닥치면 처음 맞는 한줄기 바람에도 몸을 숙이는 갈대와 같은 존재가 바로 우리 인간이란 말일세."

오후가 저물고 놀이도 끝나 농장의 집 안으로 자리를 옮겨야 할 때까지 우리의 대화는 계속되었다.

잠시 시간을 보내야 했기 때문에 모두 자기 하고 싶은 것에 매달렸다. 카드놀이를 하는 사람, 만돌린을 연주하는 사람, 모두 끼리끼리 어울렸다. 나는 카드를 할 줄도(정말이지 어떻게 하는지도 몰랐다) 만돌린을 연주할 줄도 몰랐기 때문에 아가씨들의 노래나 듣자고 거실 한구석으로 자리를 옮겼다. 그러자 이 아가씨들이 제멋대로 나를 가지고 놀았다. 아가씨 두셋이 내게 다가오더니 하나가 이러는 것이었다.

"얘, 말 좀 해봐. 페리키요 사르니엔토 얘기는 빼고 말야."

다른 아가씨는 또 이랬다.

"선생님, 배우신 분이니까 얘기 좀 해주세요. 앵무새는 어떻게 사람과 같이 말을 해요?"

또 다른 아가씨도 말했다.

"아이 참, 왜 이리 겨드랑이가 가려울까! 혹시 옴이 아닐까?"

이 아가씨들은 저녁 식사 시간까지 내내 나를 놀려댔다.

상이 차려졌다. 우리 모두 자리에 앉았다. 그때까지 카드놀이인지 뭔지 하고 있던 내 불알 친구 후안 라르고도 함께였다.

식사 중에 여러 가지 이야기가 나왔다. 나도 이것저것에 말참견을 했다. 신중히 말을 골라가면서. "제가 보기에는" "잘은 모르겠습니다만" "사람들이 장담하는 바로는"...... 이런 식이었다. 그리고 낮에 있었던 것처럼 장담하지도 않았다. 보좌 신부의 그 신랄한 질책에 기가 죽어도 단단히 죽은 모양이었다. 정말이지 그 가르침을 제때에 제대로 써먹었던 것이다!

식사가 끝났다. 내 친구 후안 라르고가 나를 향해 입을 열더니 그 걸쭉한 입담을 거침없이 토해냈다. 내가 짐작했던 대로였다.

"그러니까 페리키요, 혜성이라는 것이 나팔 같은 것이란 말인가? 이런, 자네 낮에 폼 한번 잡았겠구먼! 그래, 내 자네 재주를 알지. 내 동기 중에 훌륭한 물리학자님이 계시다는 걸 난 전혀 몰랐네. 물리학자를 넘어 천문학자일세그려. 잠시 후면 자네 확실히 우리나라 최고의 천문학자도 되겠는걸. 혜성에 대해 그렇게 지식이 풍부하니 이 천체의 모든 별이 낱낱이 밝혀지겠는걸."

아가씨들은 거의 언제나 선입견이라는 것에서 헤어나지 못하는고로, 이런 농담도 조롱이라고 받아들여 웃음을 터트리며 무안하리만치 나를 뜯어보는 것이었다. 그러나 나를 사랑하고 내가 얼마나 부끄러워하고 있는지를 아는 보좌 신부는 그 위기에서 나를 구해주기로 했다. 그래서 신부는 마르틴 씨(얘기했듯 이 농장의 주인이다)에게 말했다.

"저, 모레가 일식이죠?"

"그렇습니다, 신부님. 저는 무섭습니다."

"아니 왜요?"

"왜라뇨? 일식은 악마 같은 것입니다. 벌써 2년째입니다. 잊지 못할 겁니다. 일식만 일어나면 농사가 그야말로 엉망이에요. 그뿐만이 아니죠. 그 즈음 태어난 가축도 모두 병신인 데다 상당수 죽어버렸습니다. 그러니 일식이 두려운 것이 당연하지요."

"친애하는 마르틴 씨, 사자란 흔히 얘기하는 것만큼 사납지 않다고 저는 믿습니다. 무슨 말인고 하니 한갓 일식이란 것은 주인장 생각만큼 그리 사악한 것은 아니라는 겁니다."

"아니라니요, 신부님. 신부님께서는 많이 아실지는 몰라도 경험은 없으시죠. 경험이 과학의 어머니인 겁니다. 의심할 바 없어요. 일식은 농사에도 가축에도 건강에도 심지어 임신부들에게도 아주 해로운 것입니다. 지금도 생각나는데, 믿기 어렵겠지만, 5년 전에 제 마누라가 애를 뺐을 때 일식이 있었어요. 그때 태어난 놈이 폴리나리오라는 언청이 아들놈입니다."

"왜 그 때문이라고 생각하십니까?"

"왜라뇨? 일식이 잡아먹었으니까 그런 거죠, 신부님."

"잘못된 생각이에요. 일식은 괜찮은 거예요. 잡아먹지도 해를 끼치지도 않아요. 하누아리오 군도 동감일 거요. 학사 양반, 자네 생각은 어떤가?"

"그럴 수 없습니다." 놈은 자신 있게 대답했다. 모두 그를 살피고 있었으니까. "물론입니다, 그럴 수 없습니다. 일식은 어미 뱃속에 들어 있는 태아의 살을 먹을 수는 없습니다. 그래도 태아에게 해로운 영향은 끼칠 수 있습니다. 그래서 언청이나 곱사등이로 태어나는 겁니다. 가축을 죽이거나 농사를 망치는 것은 훨씬 쉬운 일이죠. 실제 경험한 제 숙부님 말씀에 따르면 말입니다. 신부님, 이런 말이 있지 않습니까. '쿠오드 아브 엑스페리엔티아 파테트 논 인디제트 프로바티오네.' 즉, 경험으로 나타난 사실을 증명할 필요는 없다는 것이지요."

"자네 숙부께서 그렇게 생각하시는 것이 이상할 건 없네. 달리 배운 게 없으시니 말일세. 하지만 자네같이 배운 사람이 그런 식으로 말하는 것은 보아 넘기기 힘들군. 그렇다면 말해보게나. 일식이나 월식이란 도대체 뭐란 말인가?"

"제 생각으로 저 태양과 달이 서로 겹치는 현상은 하나가 다른 하나에 완전히 가려지는 것으로서, 그러니까 서로 힘 자랑을 하는 것인데, 태양이 힘이 세면 월식이 되고 달이 힘이 세면 일식이 되는 겁니다. 여기까지는 분명합니다. 쟁반에 물을 담아 비춰보면 태양과 달이 싸우는 모습이 고스란히 드러나죠. 서로 다투며 잡아먹는 모습을 볼 수 있단 말입니다. 그 둘이 그렇게 완강하게 서로 잡아먹으려 드는데 이 세상의 나약한 씨앗이나 허약한 짐승을 그냥 놔두겠습니까?"

"내 말이 바로 그 말이야." 순진한 마르틴 씨가 맞장구쳤다. "신부님, 제 말이 맞는지 틀리는지 말씀해보세요. 이것으로 끝입니다. 제 조카, 정말 똑똑한 놈입니다. 바로 조카놈 말처럼 저 애 아버지, 그러니까 돌아가신 제 형님도 그렇게 말했죠. 그 양반도 상당히 배운 사람이었습니다. 우리 고향 와스테카 사람 모두가 그 양반을 만물 박사라고 불렀단 말입니다. 아이고, 형님께서 그저 살아 계셨더라면…… 자식놈인 하누아리오가 이렇게 성장한 모습을 보셨으면 좋으련만!"

"별로일 겁니다. 이거 실례했습니다." 보좌 신부가 말했다. "저 친구는 자신이 무슨 말을 하는지 몰라요. 그건 철학적인 농담일 뿐입니다. 도대체 일식 월식이라는 것이 무슨 소동이나 충격이나 치명적인 영향을 준단 말입니까? 마르틴 씨, 잘 들으세요. 일식이라는 것은 당신에게나 농작물에게나 가축에게 아무 해도 끼치지 않습니다. 잠시 빛만 사라질 뿐입니다. 태양과 달이 싸운다니, 당최 헛소리입니다. 당신은 여기서 저 멀리 멕시코에 있는 사람하고 주먹다짐을 할 수 있습니까?"

"물론 할 수 없죠." 마르틴 씨가 말했다.

"태양과 달도 마찬가집니다." 보좌 신부가 말을 이었다. "서로 멀리 떨어져 있기 때문이랍니다."

"그렇다면 한마디로 일식이 뭡니까?" 마르틴 씨가 물었다.

"그건 단지 달이 우리 눈과 태양 사이에 끼어드는 것입니다. 그걸 일식이라 하죠. 이 지구가 태양과 달 사이에 끼어들면 그걸 월식이라고 하는 겁니다." 보좌 신부가 대답했다.

"대단하시군요. 전 도통 모르겠습니다." 그 촌 양반이 말했다.

"그럼 당신이 확실히 알 수 있도록 설명하겠습니다. 불투명한 물체가 우리 시선과 빛을 내는 물체 사이에 끼어들면 그 물체의 크기만큼 빛이 가려진다는 사실은 아시겠죠."

"그래도 모르겠는데요."

"알 수 있을 텐데요. 당신이 손으로 눈을 가리고 촛불을 보면 당연히 불꽃이 안 보일 테죠."

"그건 압니다."

"그렇다면 일식도 아시는 겁니다."

"그게 가능한가요, 신부님?" 마르틴 씨는 놀라서 말했다. "일식을 그렇게 간단히 알 수 있단 말입니까?"

"그렇습니다. 이런 겁니다. 당신 손이 촛불보다 크기 때문에 그 앞에 손을 놓으면 완전히 가려지는데 그게 바로 개기 일식입니다. 그런데 그 손을 장작불 앞에 놓으면 전부는 못 가리고 한 부분만 가리게 됩니다. 장작불이 손보다 크기 때문이죠. 그걸 부분 일식이라고 할 수 있는 거죠. 빛의 한 부분만 가렸다는 겁니다. 아시겠습니까?"

"잘 알겠습니다. 그래도 일식이나 월식을 이렇게 간단히 알 수 있는 겁니까?"

"그렇습니다. 태양과 달은 아주 멀리 떨어져 있다고 말씀드렸죠. 태양은 달보다 훨씬 큽니다. 장작불이 당신 손보다 무척 크듯 말입니다. 그래서 달이 태양과 우리 눈 사이로 끼어들면 태양의 한 부분만 가리게 됩니다. 그 부분은 우리가 볼 수 없습니다. 하누아리오 군이나 다른 사람들 눈에는 잡아먹힌 꼴로 보이겠지만 손이 장작불 앞에 있는 것과 마찬가지랍니다. 아시겠습니까?"

"완벽합니다. 그래서 개기 일식이란 없는 거군요. 달이 훨씬 작으니까, 다 가리지 못하니까."

"바로 그렇습니다. 달이 태양과 우리 눈 사이에서 항상 일정한 거리로 돌면 말입니다. 그런데 때로는 우리와 아주 가까운 거리까지 다가와서는 태양을 완전히 가리기도 합니다. 그렇게 되면 손으로 눈을 완전히 가리는 것과 같이 전혀 빛을 볼 수 없게 되지요. 손이 불보다 작아도 말입니다. 이제 아셨으리라 싶습니다."

"그렇다면 월식은 어떤가요?"

"같은 식입니다. 달이 태양과 우리 사이에 끼어들면 태양의 한 부분을 가리거나 어둡게 하는 것과 마찬가지로, 지구가 태양과 달 사이에 끼어들면 달의 한 부분을 가리거나 어둡게 하는 것입니다."

"그렇겠군요. 이제 신부님 말씀처럼 개기 일식이나 개기 월식을 본 기억이 나는군요. 아예 완전히 가려져서 그렇게 완전히 캄캄했던 거로군요. 빛이 손보다 크든 말든 말입니다. 일식이란 바로 그런 거죠?"

"그렇습니다. 바로 그겁니다. 1년이 365일 내지 윤년을 감안한다면 366일이니, 일식이나 월식이 많을 수밖에요. 아주 재미있죠."

"그렇군요, 신부님."

"그렇다면 밤에 태양을 보신 적은 있습니까?"

"아뇨, 전혀요."

"태양이 완전히 가려지면 당신은 저를 볼 수 없습니다. 제가 방으로 들어가버리든지 당신이 눈을 감아버리면 그렇듯 말입니다."

"그건 그렇습니다. 그래도 전에도 말씀하셨고 지금도 말씀하시지만, 제가 보기에는 지구가 태양보다 훨씬 큰데요. 지구가 작을 리가 없죠. 그렇게 보이지 않습니까?"

"지구가 작습니다. 사실 태양에 비하면 지구는 아주 조그마해요. 수박 앞에 도토리 꼴입니다."

"그렇다면 이제 알겠습니다. 제 손이 장작불보다 훨씬 작아도 제 눈에 가까이 가져가면 완전히 가려지는 것과 같겠군요."

"그렇습니다. 손을 눈에 얼마나 가까이 가져가느냐에 따라 완전히 가려지기도 하고 아니기도 하죠. 손을 눈에서 멀리 놓으면 완전히 가려지지 않아 어느 정도 볼 수 있습니다. 그러나 딱 갖다 붙이면 아무것도 볼 수 없습니다."

"그건 그렇겠군요. 장작불은커녕 그보다 훨씬 큰 농장 문도 볼 수 없겠지요. 아무것도 말입니다. 그건 손으로 눈을 완전히 가렸기 때문이겠죠."

"이제 그 이유를 아셨군요. 왜 달에 의한 개기 일식을 때때로 보게 되느냐 하면, 달이 태양에 비해 훨씬 작아도 우리 가까이 지나가기 때문입니다. 정말이지 때때로 아주 가까이 지나갑니다. 손으로 장작불을 가리는 것처럼 말입니다. 마찬가지로 지구도 아주 작지만 밤마다 태양을 완전히 가려버리는 것입니다."

"이제 일식에 대해서는 완전히 통달했습니다, 신부님. 누구나 틀림없이 다 이해했으리라 여겨집니다. 애, 알겠지? 아가씨들도 다 알겠지?"

모두 한목소리로 그렇다고 대답했다. 아주 잘 알았다고, 일식이든 월식이든 장작불이든 나오는 족족 알아들었다고. 그런데 순진한 마르틴 씨가 다시 물었다.

"그렇다면 신부님, 일식이라는 것이 요것밖에 안 되는 것이라면, 왜 농사를 망치고 가축을 잃고 병이 나고 병신들이 태어나는 것입니까?"

"그건 헛소리입니다. 일식은 그런 재앙과는 관계도 없고 책임도 없어요. 농사를 망치는 것은 제때에 갈아주지 못하거나, 물이 부족하거나, 씨가 썩거나 상한 것이거나, 토지에 영양분이 부족하거나 너무 오래 경작했거나 하기 때문입니다. 가축이 생산을 못 한다거나 병신 새끼들이 태어나는 것도 암컷을 학대하거나, 우리가 모르는 병에 걸리거나, 해로운 풀을 먹기 때문이죠. 끝으로, 우리가 병에 걸리는 것은 과로하거나, 음식을 함부로 먹거나, 함부로 바람을 쐬어 체온을 유지하지 못하거나 그외 몸에 해로운 고약한 습관들 때문입니다. 갓난아이들이 불구이거나 허약하거나 병들거나 심지어 죽은 채 태어나는 것도 산모들이 부주의하게 몸에 해로운 것을 먹거나, 함부로 몸을 놀리거나, 오래 돌아다니거나, 무거운 짐을 들거나, 일을 많이 하거나, 격하게 화를 내거나, 배에 충격을 받기 때문입니다. 일식이란 이런 것에 전혀 책임이 없다는 사실을 아실 수 있을 겁니다."

"좋습니다. 하지만 왜 이런 재앙이 꼭 일식이 있을 때 일어나는 겁니까?"

"일식이 있을 때 꼭 무슨 일이 벌어진다는 사실이 일식에게 재앙입니다. 아무것도 모르는 순진한 사람들은 이 땅의 모든 재앙을 일식 탓으로 돌려버리죠. 병이 들면 우선 그 병에 대한 핑곗거리를 찾게 됩니다. 그리고 아무 책임 없는 그 일식을 끌어들인단 말입니다. 그러니 그런 헛소리는 이제 떨쳐버리고 그 가엾은 일식을 미워하지 맙시다."

모두 보좌 신부에게 감사해하며 내 친구 후안 라르고에게 곱지 않은 시선을 던졌다. 놈은 발끈하여 자리를 박차고 나갔다. 잠시 후 우리는 잠자리에 들었다.

8. 우리 페리키요가 농장에서 겪었던 일, 귀가 길에 겪었던 모험을 이야기하는 장

다음날 우리는 아주 기분좋게 자리에서 일어났다. 신부는 마차를 준비하라 일렀고, 보좌 신부는 말 안장을 얹으라고 일렀다. 각자의 길로 떠나기 위해서였다. 보좌 신부는 나와 아쉬운 작별을 나누었다. 나 또한 아쉬움을 표했다. 보좌 신부는 다정하고 은혜로웠으며, 거만하지도 미련하지도 않았던 것이다.

결국 그들은 떠났고 나는 외톨이로 남았다. 시종일관 멍청하면서도 뻔뻔스러운 후안 라르고(내 생전 전혀 도움이 안 되었던 그 미련한 놈의 성품이 그랬다)는 점심 시간에 다시 혜성으로 나를 놀려댔다. 나 또한 일식에 대한 놈의 터무니없던 수작을 들먹이며 놈과 맞섰다. 나는 줄줄이 외어댔다. 놈은 알아야 했을 것이다. 남의 집 지붕에 돌을 던지면 자기 집 유리창이 깨진다는 사실을.

꼭 그랬다. 나는 그 집에 처음 온 사람이었고, 놈보다 신중하고 영악한 구석이 있었던 것이다. 부인들도 아가씨들도, 그리고 모든 사람들이 후안 라르고보다 나를 더 좋아하게 되었다. 놈은 자발머리없이 우쭐거리기만 했으니까. 내가 한마디 했다 하면 사람들은 한없이 즐거워했다. 이것으로 내 적수 하누아리오를 완전히 벌거벗겨버렸다. 놈은 호시탐탐 복수할 기회를 노렸고, 나는 그놈의 해코지에서 벗어날 수 없었다. 놈은 교묘하게도 그걸 우정이라고 몰아갔던 것이다. 정말 구역질이 날 정도로 치사한 놈이었다. 놈은 온화한 웃음 뒤로 호박씨를 까는 놈이었다.

한때 내가 좋아했던 놈인 데다 또 호박씨 까는 데도 명수인지라 속셈을 은근히 감추었고, 그래서 나는 또 놈의 수작에 말려들고 말았다.

우리는 오후 내내 말을 타고 다녔다. 멕시코에서는 싸구려 말밖에 타본 적이 없는 내가 꽤 말을 잘 탄다는 사실을 알 수 있었다. 내가 그때까지 타본 말들은 비쩍 말랐거나 짐이나 끌던 것이거나 지극히 멍청하거나 얌전한 놈들뿐이었던 것이다. 농장에 있는 말은 그렇지 않았다. 거의 모두 생생하고 당당했다. 내가 겁을 집어먹을 만큼 말이다. 그래서 나는 농장 부인과 그 딸이 타는 말을 타게 되었다. 이야기한 대로 나는 하누아리오와 농장 관리인의 두 아들과 오후 내내 말을 타고 돌아다녔다. 그놈들도 말을 다루는 데는 귀재들이었다.

넷 중에서 내 말 타는 솜씨가 가장 형편없었다. 말마따나 풋내기 티가 줄줄 흘렀다. 그런 꼴을 보고 놈들이 내게 장난질을 쳐댔다. 말들로 위협하고, 옴짝달싹 못하게 하고, 놀라게 하는 등 온갖 수단을 다 동원해 원래 온순한 말을 놀라게 함으로써 나를 땅바닥에 내동댕이치게 했다. 놈들은 매번 수월하게 일을 치렀다. 충격은 가벼웠고 또 풀밭이나 모래밭에서 일어난 일이라 위험도 없었으나 겁을 집어먹기에는 충분했다. 그래도 양심은 있었는지 나를 실컷 골려주고 난 후에는 그들 자신도 처음 말타기를 배우면서 얼마나 자주 떨어졌는지를 이야기하며 나를 달래기도 했다. 그리고 덧붙였다. "야, 너무 서두르지 마라. 이건 아무것도 아냐. 떨어질 때마다 다리가 부러지고 갈비뼈가 어긋나도 그건 운이 좋다는 거야. 이런 교훈을 통해 말에 능통하게 되는 거야. 이 친구야,

다른 방도가 없어. 수많은 상처가 승마꾼을 만드는 거야. 너 자신 예전보다 훨씬 나아졌다고 느낄걸. 그렇지. 당한 만큼 나아지는 거야. 농장에 며칠만 더 묵으면 엉덩이에 불깨나 날걸."

이런 종잡을 수 없는 입바른 소리가 그 깡패 같은 놈들이 내 찢어지고 피멍 든 상처에 발라준 고약이라면 누가 믿을까? 그리고 내가 그 소리에 그만 마음이 풀어져 곤두박질치면서 느꼈던 분노와 겨우겨우 일어나며 느꼈던 치욕을 잊을 수 있었다면 또 누가 믿을까? 사람의 마음이란 아침에 형편없이 약하고, 설사 그것이 바로 우리의 적이 토하는 것이라 해도 기꺼워한다는 사실을 아는 자만이 내 심정을 이해할 수 있을 것이다.

하누아리오의 장난기는 온갖 수를 써서 나를 골탕 먹이는 것으로 그치지 않았다. 항상 친한 친구인 척하면서 말이다. 어느 주일날 오후 송아지로 투우가 벌어졌다. 놈이 함께 마당에 나가 투우를 해보자고 나를 꼬드겼다. 아주 작은 송아지다, 뿔도 잘라버린 놈이다, 내가 한 수 가르쳐주겠다, 아주 재미있는 놀이다, 사내란 모든 것에 특히 농장일에 능통해야 한다, 계집들이나 겁내는 것이다…… 하면서 말이다. 나는 사람과 짐승이 벌이는 그 광란을 처음 보았을 때 보좌 신부에게 고백했듯 그런 소동이라면 정말 취미가 없었다. 그 이상의 미친 짓을 모른단 말이다. 그런데 그런 짓거리가 처음 안겨주었던 공포가 사라졌다. 나는 내 본래의 신중함을 상실하고, 모든 것을 제쳐놓고, 마당에 들어가 섰다. 안전하리라 확신했기 때문이었다.

처음에는 8 내지 10미터 정도 떨어져서 송아지를 놀렸다. 그 정도 거리면 쉽게 울타리 위로 도망갈 수 있었기 때문이었다. 자주 하다 보면 겁대가리를 상실하는 것이 세상일인지라, 점점 송아지가 만만하게 보이기 시작했다. 쉽사리 도망갈 여유도 있겠다, 친구 동료들의 열띤 응원도 한몫했다. 놈들은 계속 외쳤다. "풋내기, 가까이. 용감하군, 더 가까이. 겁쟁이는 안 돼. 기운 내, 샌님아." 그런 식으로 나를 부추겼다. 나는 서서히 그 커다란 대가리를 향해 다가갔다. 후안 라르고를 향하고 있던 소 대가리 하나가 갑자기 나를 향해 돌아섰다. 나는 달아나고 싶었지만 그럴 수 없었다. 후안 라르고라는 놈이 나와 부딪히면서 내 길을 막아버렸던 것이다. 그 시기 적절한 도움으로 송아지가 내게 달려들어 대가리로 나를 허공으로 날려버렸다. 나는 나무 쪼가리처럼 속절없이 땅바닥에 나가떨어졌다. 그것도 3, 4미터를 날아서. 나는 놀라기도 하고 충격도 받은고로 완전히 늘어져버렸다. 그러나 그럼에도 불구하고 겁이란 아무 것도 아닌 것이다. 난 또 한번 나가떨어지지 않나 두려웠다. 송아지는 아직 제 승리를 마무리 지으려 기다리고 있었던 것이다. 나는 단추가 떨어져 나간 것도, 바지끈이 끊어진 것도 모르고 벌떡 일어섰다. 그때 바지가 발뒤꿈치까지 흘러내리는 바람에 나는 옴짝달싹할 수도 없게 되어 버렸다. 한 발도 내딛지 못했을 뿐 아니라 꼬라지 또한 가관이었다. 그러자 그놈의 송아지가 내가 달아나지 못한 틈을 이용해 다시 한번 나를 들이받았다. 얼마나 지독하게 받았는지 교회 탑 하나가 떨어져 내려 갈비뼈를 으스러뜨리는 것 같았고 달나라 훨씬 너머로 날아가는 것 같았다. 다시 어마어마한 충격으로 땅바닥에 내리꽂히면서 나는 이 세상사를 완전히 까먹고 말았다.

　　나는 정신을 잃었다. 사람들은 나를 자루로 싸서 옮겼다. 모두 놀라 놀이도 끝장나고 말았다. 아가씨들은 모두 뇌를 심하게 다쳤으리라고 생각했다.

　　주님께 감사해야겠지만 의식 불명 상태는 오래가지 않았다. 검붉은 양털이니, 암모니아수니, 붕대니 기타 등등의 도움으로 반시간 정도 후에 나는 정신을 차렸다. 꽁무니뼈가 저려 몸을 마음대로 움직일 수 없었다는 것이 전혀 새로운 사실은 아니었다.

정신을 완전히 차리고 보니 농장에 있던 사람들이 모두 나를 둘러싸고 있었다. 나는 침대에 누워 두툼한 이불을 덮고 있었다. 모두 대경실색한 상태였다. 몇 사람이 내게 물었다. 좀 어떠세요? 또 몇 사람은 왜 그래요 하기도 했다. 그리고 이구동성으로 물었다. 어디가 아파요? 그 혼란 중에 나는 내가 바지를 벗고 있음을 알아차렸다. 허리띠가 끊어졌을 테지. 나는 내 윗도리 자락을 알아보았다. 그리고 방금 전에 있었던 그 공중제비도 기억해냈다. 나는 너무 창피했다(내게 넘치고넘치는 심정). 그리고 브루투스의 칼에 맞아 쓰러지는 카이사르처럼 당당하게 쓰러졌더라면 싶었다.

나는 돌봐줘서 고맙다고 했다. 그렇게 심하지는 않다고 대답했다. 그래도 농장 주인 마나님은 물 탄 식초를 마시게 했다. 잠시 후에는 칼라왈라 한 모금. 그 덕에 다음날 완전히 회복될 수 있었다.

내 친구 하누아리오란 놈은 내가 처음 정신을 잃고 사람들이 모두 큰일이 아니었으면 하고 염려하고 있을 때 온갖 사기술을 짜내 짐짓 비통한 표정을 지어냈다. 그러나 다음날 내가 한고비를 넘긴 것을 보고는 내게 달라붙어서 갖은 익살을 부리기 시작했다. 매번 아가씨들 앞에서 내 지난 부끄러운 기억을 떠올리게 하여 얼굴을 붉히게 만들었고, 내 벌거벗은 아랫도리와 풀어헤쳐진 윗도리와 꼴사나운 공중제비를 떠들어댔다.

놈은 온갖 익살로 아가씨들의 웃음보를 터뜨렸고, 아무것도 항변할 수 없었던 나는 창피해 죽을 지경이었다. 나는 그런 이야기로 나를 더 이상 애먹이지 말라고 부탁하는 도리밖에 없었지만 내 부탁은 오히려 놈의 그 더러운 입놀림을 더 활발하게 만들었을 뿐이었다. 그로 해서 나는 더 창피했고 더 화가 치밀었다.

놈은 나를 달랜답시고 이렇게 말했다.

"바보같이 굴지 말게나, 그냥 농담일 뿐일세. 오후에 콰마틀라에 가보세. 아주 멋진 농장이 있어. 어떤 말에 안장을 올려줄까? 알멘드리요가 좋아, 숙모님의 종마가 좋아?"

그래 나는 처음으로 대꾸해주었다.

"친구, 자네 호의에 감사하네. 말 안장 올리는 건 그만두게나. 종마든 색마든 다신 말 탈 생각 없네. 소 앞에 나서는 것도 물론. 투우들 앞에는 두말하면 잔소리."

"이런, 그렇게 겁낼 필요 없어. 떨어지지 않는 놈은 승마꾼이 아냐. 훌륭한 투우사도 쇠뿔에 죽는 거야."

"자네나 경사스럽게 죽게나. 그리고 원하는 만큼 떨어지게나. 난 목숨으로 도박하지 않아. 내가 갈비뼈를 하나 떼어놓거나 아니면 다리가 부러진 채 집으로 돌아가야 할 이유가 도대체 뭔가? 그럴 이유 없네, 후안 라르고. 난 소몰이 팔자가 아닐세."

두 가지로 요약하자면, 나는 다시 놈과 말을 타지 않았고 투우라면 다시 보지 않았다. 그날부터 나는 놈을 조금씩 의심하기 시작했다. 행복하여라, 한 번의 위험으로 몸을 사릴 줄 아는 사람들! 옛말마따나 "펠리스 쿠엠 파치운트 알리에나 페리쿨라 카우툼," 다시 말해 "남의 위험으로 몸을 사릴 줄 아는 사람은 더욱 행복하여라!" 뭔 말인고 하니 바로 타산지석이라는 것이렷다.

그 일이 벌어진 지 3일 후 놀이도 모두 끝났다. 손님들은 모두 집으로 돌아갔다. 하누아리오란 놈은 내가 자기 사촌에게 마음을 두고 있고 그 아가씨도 별로 부담스러워하지 않는다는 사실을 눈치 챘다. 그래서 송아지에 떠받친 것보다 훨씬 사나운 또 다른 함정을 준비했다.

어느 날, 마르틴 씨가 이웃 농장에 가고 집에 없는 틈을 이용해 놈이 말을 걸었다.

"폰시아나가 마음에 있는 것 같은데, 걔도 자넬 좋아하는 모양이야. 자, 사실대로 털어봐. 내 자네 친구인 데다 또 우리 사이에 비밀은 없잖은가. 걔는 예쁘고 자네도 상당히 마음을 두는 것 같아 물어보는 거야. 자네들을 도울 수 있을 것 같은데 말야. 걔는 내 사촌이니 내가 걔와 결혼할 순 없지. 자네같이 내가 좋아하는 친구가 걔와 맺어진다면 정말 좋겠는데 말야."

이것이 놈이 내 얼굴에 똥칠하기 위해 준비한 함정이었다고 누가 상상이나 할 수 있었겠는가? 그렇게 되고야 말았다. 나는 언제나 그렇듯 놈의 말을 곧이곧대로 믿고 이렇게 말했다.

"그래, 자네 사촌 정말 멋있어, 사실이야. 그래, 그녀를 좋아해. 부정하지 않아. 그런데 그녀가 날 좋아하는지 어떤지는 모르겠어. 알 방도가 없잖아."

"모른다니? 그렇다면 말야, 자네 마음을 말하지 않았단 말야?"

"그런 말은 전혀 못 했어."

"아니 왜?"

"왜라니! 창피하니까. 날 건방진 놈이라 하겠지. 어머니에게 알려 날 그냥 내쫓을 거야. 게다가 자네 숙모께서는 질투가 심하신 양반이니 말할 기회는커녕 잠시도 혼자 두지 않으셔. 그런데 어떻게 내가 그런 얘기를 그 아가씨와 나눌 기회를 얻었으리라 생각하는 거지?"

하누아리오는 호탕하게 웃어젖혔다. 놈은 내 우유부단함을 비웃고는 이렇게 말했다.

"자네 정말 단순하군. 난 자네가 그리 등신 같다고는 보지 않았는데. 자네 정말 넘어야 할 산이 태산이로군. 떨치고 일어나, 이 겁쟁이 양반아. 여자란 모두 좋아해주는 사람에게 빠지게 돼 있어. 대답은 안

해도 사랑을 고백하면 고마워한다고. 아무 말 않는데 어찌 그 속을 알겠나? 과감하게 고백해. 성공할 거야. 내 늙으신 숙모가 겁난다면, 내 약속하지. 자네가 원하는 만큼 둘이서 느긋하게 속닥일 수 있는 기회를 만들어보겠네. 어때? 좋아? 고백해. 나만이 진정한 친구란 걸 알게 될 걸세."

이런 충고를 들으니 내가 염원하던 기회가 올 것도 같았다. 나는 이내 놈의 그 정중한 제의를 수락하고 넘치는 호의를 베푼 것에 대해 거듭 감사했다.

그 건달놈은 잠시 내 곁을 떠났다가 이내 기분좋게 돌아와서는 이렇게 말했다.

"준비 끝. 구토제를 먹였더니 모조리 토해내더군. 자넬 아주 좋아한다고 고백했단 말일세. 자네가 개 때문에 죽을 지경이고 단둘이 얘기하고 싶어한다고 전했지. 개도 원하는 바래. 하루 종일 목에 건 자물통처럼 따라다니는 어머니가 문제라고 하더군. 대단히 곤란한 문제 같아. 그래도 머리를 이리저리 굴려 자네들이 안전빵으로 즐길 수 있는 방법을 찾아냈지. 바로 이거야. 내일까지 숙부는 돌아오지 않아. 자네는 개가 자기 어머니와 함께 자는 방을 알고 있고, 개 침대가 방으로 들어가서 오른편에 있다는 사실도 알고 있어. 오늘 밤 11시에서 자정 사이에 자네는 방에 들어가 실컷 얘기를 나누는 거야. 그 시간에 노인은 누가 업어가도 모를 정도로 잠에 빠진다니까. 폰시아나는 모르는 게 없어. 조심해서 소리내지 말고 들어오라고만 하더군. 잠들어 있다면 베개를 두드리래. 잠귀가 밝다니까. 페리키요 군, 이것으로 자네가 겁먹은 그 위험이 순식간에 사라졌네. 그러니 바보같이 굴지 말고 늦기 전에 기회를 잡게나. 자넬 위해 내 힘껏 다했네."

나는 이 기막힌 친구가 보여준 호의에 거듭 감사했다. 그리고 예행 연습에 들어갔다. 그 아가씨에게 무슨 얘길 할 것인가를 궁리하며(사실상 말주변머리는 별로 없었으니까) 어서 시간이 흘러 부엉이의 방문 시간이 오기를 학수고대했다.

그 동안에 배신자 후안 라르고라는 놈은 내 간절한 심정에 대해서는 사촌에게 한 마디도 않고 숙모를 찾아가서는 나란 놈은 진짜 불량한 놈이니 딸자식을 잘 간수하라고 일렀던 것이다. 내가 식탁에서 온갖 눈짓을 다 보냈고 딸자식도 그에 응답하는 꼴을 지켜보았다. 밤마다 침대로 나를 찾아가보면 침대에 없었다. 그러니 하녀 하나를 딸려 폰시아나를 다른 방으로 옮겨야 한다. 오늘 밤 사촌이 쓰던 침대에 숙모님이 있어보라, 그리고 내가 무슨 짓을 저지르는지 주의해서 살펴보라고 했던 것이다. 마나님에게는 모든 것이 그럴듯해 보였을 것이다. 마나님은 눈으로 직접 본 것처럼 그 말을 믿고는 그렇게 열심히 집안의 명예를 지켜준 하누아리오에게 감사했다. 또 방금 전해준 충고를 따르겠노라고 약속했다. 그리고는 더 이상 알아볼 것도 없이 아무것도 모르는 폰시아나를 방에 가두고는 욕을 퍼부어댔다. 이것은 두 달 후 그 집 하녀 하나가 우리집에 일하러 와서 들려준 이야기다. 하녀는 그 망나니 사촌에 대한 험담을 듣고는 폰시아나가 터무니없는 벌을 받았다는 사실을 알게 되었던 것이다.

얘들아, 이 일로 우리는 두 가지 교훈을 얻을 수 있단다. 너희도 살아 나가면서 이 교훈을 참작해야 할 것이다. 첫째 교훈은 너희 비밀은 어떠한 것이든 친구에게 함부로 털어놓지 말라는 것이다. 그 이유는 첫째로 하누아리오 같은 배신자는 너희를 망치기 위해 반드시 너희의 순진함을 이용해먹기 때문이다. 둘째, 친구라 할지라도 언젠가는 등을 돌리게 되는 법. 그렇게 되면 그놈이 다른 놈들과 마찬가지로 아주 비열한 놈이라면, 앙갚음으로 너희가 비밀스럽게 털어놓은 너희 약점을 만천하에 폭로하게 된단다. 어쨌든 위험을 감수하지 않으려면 비밀을 털어놓지 않는 게 좋다. 세네카도 말했듯, "네 비밀을 지키고자 하면 아무에게도 말하지 마라. 너 자신이 떠벌리는데 다른 놈이 입 다물기를 바라겠느냐?"

이 이야기가 주는 두번째 교훈은 어떤 것이든 처음 생각에 좌우되지 말라는 것이다. 가능성도 고려해보지 않고 처음 생각에 매달리는 것은, 처음 도착한 소식을 곧이곧대로 믿는다는 것은 용서할 수 없는 경박함의 증거니라. 바보짓은 이제 졸업해야지. 바보짓은 거의 언제나 돌이킬 수 없는 상처를 안겨준단다. 하만의 심술궂은 농담 한마디에 아하수에로 왕이 속아 넘어가는 바람에 모든 유태인이 욕을 보았느니라. 그 못돼먹은 후안 라르고의 농담과 중상모략으로 그 사촌 아가씨는 벌을 받고 어처구니없게 욕을 먹었던 것이다.

그날 내내 마나님은 얼굴을 찡그리고 불안해했다. 어린 나로서는 그게 나 때문이라는 사실을 알 수 없었다. 병이 났거나 하인들 잘못 때문이겠거니 싶었다. 아가씨가 식탁에 나타나지 않은 게 이상하긴 했지만 그리 신경 쓰지도 않았다.

밤이 왔다. 우리는 저녁을 먹었다. 나는 자리에 들어 그 중요한 약속을 까맣게 잊어버리고 잠들고 말았다. 약속 시간이 되자 나를 골려주기 위해 밤을 새우던 그 개놈 같은 하누아리오가 유쾌하게 코를 고는 나를 보고 자리에서 일어나 나를 깨우고는 이렇게 말했다.

"야, 이 바보놈아, 뭐 하는 짓이야? 자, 11시야. 폰시아나가 기다려."

음흉한 심보보다는 졸음이 더 힘이 세다. 그래서 마지못해 자리를 털고 일어나 맨발로 한기와 두려움에 몸을 떨며 내 사랑하는 이의 방으로 갔다. 그 위대하고 은혜로운 친구놈이 파놓은 함정이라고는 꿈도 꾸지 않고 아주 조용히 들어갔다. 그리고 그 순진 무구한 아가씨가 잠들어 있으리라 짐작되는 침대로 다가갔다. 나는 베개를 두드렸다. 그런데 느닷없이 골이 잔뜩 난 늙은 어머니가 신발짝으로 내 뺨을 호되게 후려치는 것이었다. 한밤에 해가 번쩍했다. 누구인지 몰라도 아무튼 조용해야 한다고 누가 일렀지만 얻어맞은 고통으로 신발짝보다 더 큰 비명 소리가 터지고 말았다. 착실하신 마나님은 내 윗도리를 단단히 움켜잡았다. 그리고 자기 옆에 앉히더니 이렇게 말했다.

"조용히 해, 이 풋내기 건달아. 여긴 뭐 하러 왔어? 자네 속 뻔히 알아. 부모님 얼굴에 먹칠하고 싶어? 이게 우리 호의에 대한 답례인가? 이게 잘 낳아서 잘 키운 자식이 할 짓이야? 이게 무슨 못 배운 촌놈과 같은 짓이야? 망나니, 철면피, 무뢰한 같으니. 어떻게 은혜를 베푼 사람들 귀한 딸의 침대에 뛰어들 생각을 했을까? 선량하신 당신 부모님을 생각해서 하인들 몽둥이질에 내놓진 않을 테니 고맙게 생각해. 내일 남편이 돌아오면 곧바로 멕시코로 돌려보내라고 하겠어. 내 집에 망나니는 필요 없으니까."

나는 두렵기도 하고 뭐가 뭔지도 알 수 없어 무릎을 꿇고 울며불며 마르틴 씨에게 알리지 말아달라고 애원했다. 결국 약속을 받아냈다. 나는 침대로 돌아가 담요를 뒤집어쓰고 킥킥대고 있는 야비한 하누아리오란 놈을 쳐다보았다. 왜 그러는지 알 수 없었다.

다음날 마르틴 씨가 돌아왔다. 마나님은 도시에 무슨 급한 볼일이 있다며 마차를 준비하게 하고는 그 가엾은 아가씨를 다시 볼 기회도 주지 않고 나를 집으로 돌려보냈다. 마나님은 약속대로 그 일을 남편에게 일러바치지는 않았다.

9. 집에 도착한 페리키요가 이상하고도 재미있는 것에 대해 아버지와 오랜 시간 이야기를 나누는 장

집에 도착하자 부모님이 반갑게 맞아주었다. 특히 어머니가 심하여 질리도록 나를 감싸 안았다. 아주 먼 곳에서 거친 모험을 겪고 돌아온 자식을 대하는 것 같았다. 마르틴 씨는 일을 마치기까지 2, 3일 우리집에 머물렀다. 일이 끝나고 마르틴 씨는 농장으로 돌아갔다. 이제 좀 어수선하던 마음이 가라앉아 안심할 수 있었다.

하루는 아버지가 나를 조용히 불러 이렇게 말했다.

"페드로야, 어느덧 어린아이에서 벗어나 어엿한 젊은이가 되었구나. 이제 곧 장년, 그러니까 세상에 자리 잡을 나이가 될 게다. 언제 젊었던 때가 있었나 싶게 말이다. 무슨 말인고 하니, 지금은 아이일지라도 훌쩍 어른이 된다는 게다. 지금은 길도 잡아주고 충고도 해주고 생계도 돌봐줄 아버지가 있지만, 이제 곧 내가 죽고 나면 네 자신의 땀과 의지로 생계를 유지하며 헤쳐 나가야 한다는 게다. 그렇게 하지 않으면 살아갈 수가 없단다. 너도 알다시피 나는 가난한고로 네게 시켜준 공부 이외에는 남길 것이 없구나. 그런데 너는 그 공부라는 것도 내가 원하는 대로 써먹지 못하는구나.

이 점에 대해 앞으로 어떻게 해야 할지 오늘 생각해보자꾸나. 너는 이미 문법과 철학을 공부했다. 그래서 계속 공부할 수 있는 바탕은 마련된 거지. 신학이나 교회법, 혹은 법률이나 의학도 할 수 있겠지. 처음 두 가지는 적성이 있고 열심히 노력하면 명예와 생활은 보장해줄 게다. 그리고 노력의 결실을 얻고 그 분야에서 쓰이기 위해서는 성직자가 되어야 할 테지. 평신도로서는 아무리 뛰어난 신학자나 교회법 전문가가 된다고 해도 설교대에 서서 설교할 수도 없고 고해실에 앉아 영혼을 구원할 수도 없을 게다. 그러니 그 두 가지는 평신도에게는 아무 소용 없는 거다. 물론 제 잘난 맛에 공부하는 수는 있겠지. 책만 뜯어 먹고 살지 않아도 된다면 말이다.

의학이나 법률은 평신도에게 유용한 분야다. 그것 자체로도 좋고 또 쓸모도 있단다. 직업으로 삼을 만하단 말이다. 공부한 보람이 있다고나 할까. 이름 없는 신학자, 무식한 의사, 엉터리 돌팔이 변호사 따위가 남들이 자기 분야를 신용하지 않는다고 불평하며 그래서 손님이 없다고 둘러대는 짓은 정말이지 어처구니없는 일이다. 어느 누가 그들을 믿고 그들의 엉터리 손재주에 영혼이나 건강이나 재산을 맡기겠느냐.

아들아, 내 말은 이렇다. 우리나라에서 살아가기 가장 알맞은 분야가 네 앞에 네 가지가 열려 있다. 다른 방도도 물론 있지만 권하지는 않겠다. 우리나라에서는 쓸모없기 때문이지. 이름은 날릴지 몰라도 네게 크게 도움이 되지는 않을 것이다. 물리학, 천문학, 화학, 식물학 따위 말이다. 앞서 말한 것들에 비하자면 그렇다.

예술이라고 불리는 공부도 하라고 권하고 싶지 않다. 신나게 할 수 있을진 몰라도 주머니를 불려주지는 못해. 네가 데모스테네스보다 언변 좋은 뛰어난 웅변가가 된다고 치자. 네가 신부나 변호사가 아닌바, 교회 설교대나 강단이 주어지지 않아 네 웅변을 빛낼 수 없을진대 무슨 소용이 있겠느냐? 네가 현대어나 이미 죽어버린 말을 연구하는 데 몸을 바친다 치자. 네가 그리스어, 희랍어, 프랑스어, 영어, 이탈리아어 등에 능통하게 되었다고 하자. 그것만으로는 살아갈 수 없단다.

네가 재능이 넘친다 할지라도 시 쓰는 일이라면 점심을 싸들고 다니면서라도 말리고 싶다. 뮤즈 신들과 노닥거리는 짓은 미친 짓일 뿐만 아니라 전혀 쓰잘 데 없는 짓인 것이야. 흔히 말하지 않더냐. 누가 찢어지게 가난한 사람이 있으면 "그놈 시 쓰고 자빠졌네"라고 하지 않더냐. '시인'과 '가난'은 같은 말인 것 같구나. 시인 기질을 타고난다는 것은 고생문이 훤하다는 말인 게다. 핀토 같은 몇몇 집안은 시로 한몫 잡기는 했지. 그래도 아주 희귀한 경우일 뿐이다. 베르길리우스도 그 경우지만 아우구스투스의 도움이 있었던 거다. 아우구스투스나 메디치 가와 같이 베르길리우스와 같은 시인을 후원했던 사람들을 찾기는 그리 쉽지 않다. 예전에 많은 시인들은 호라티우스가 시만 쓰고도 먹고 살 수 있었던 두 가지 조건을 갖추고 있었다. '영감'과 '기술'이 그것이란다. 누구라도 이 두 가지만 갖추면 동냥이라도 해서 먹고 살았다. 그리고 영악한 장사꾼들은 그것들을 사서 쟁이기도 했다. 에스테반 마누엘 비예가스를 보자. 그 사람이 지은 『사랑 타령』은 우리집에도 있다. 보칸젤의 말을 빌려 내 네게 충고하겠다.

　　시를 지으려면 적당히 하게.
　　아무리 재능이 있다 해도,
　　기분은 삼삼하다 해도,
　　굶기는 여반장.

내 말이 이 말이다. 네가 시를 짓고 싶어도, 또 좋은 시를 지어 칭찬을 받게 되더라도, 적당히 하거라. 다른 일을 다 팽개칠 정도로 미친 듯이 빠져들지는 말라는 얘기다. 네가 부자가 아닌 바에야 굶기가 여반장 아니겠느냐. 호주머니가 안타까워하고 돈은 달아만 날 것이다. 다른 모든 시인과 마찬가지로 말이다. 그 유명한 오비디우스의 부친도 자식에게 시를 쓰지 말라고 했단다. 시를 쓰면 가난해질 것이 뻔했기 때문이니까. 그래 호메로스 얘기를 해준 거지. 그렇게나 뛰어난 시인이었지만 가난으로 죽었던 거지. 모든 것이 덧없는 거야.

시나 그 밖에 얘기한 것들이 전혀 쓸모없다는 얘기는 아니다. 게다가 많은 것들이 쓸모도 있고 몇몇 분야에서는 필요하기도 하지. 예를 들어볼까. 변증법·수사학·교회사는 신학자에게 필요한 것이다. 화학·식물학·물리학 전 분야는 의사에게 중요하다. 논리학·웅변학·세속사에 대한 지식은 일반 교양일 뿐만 아니라 괜찮은 변호사가 되기 위해서는 절대적으로 필요한 지팡이란다. 끝으로, 언어를 공부하는 것도 문필가에게는 그 분야에 대한 박학다식을 빛내주지. 원서를 그대로 흡수할 수 있으니 말이다. 입맛을 돋우는 가벼운 먹을거리처럼, 감미로운 시도 심각하고 지겨운 일에 종사하느라 흐트러진 집중력과 피로해진 심신을 부드럽게 달래주기도 한단다. 그러나 이런 것들은 근본적인 것과 따로 떼어 생각하면(당연히 구별되어야 한다) 단순한 장식품일 뿐이다. 때로 벌이가 되기는 하겠지만 항상 그런 것은 아니다. 적어도 아메리카에서는, 학문에 종사하는 사람들을 위한 자리도 부족하고 격려도 변변찮고 훈장 따위도 없는 이곳에서는 말이다.

그러니 이제 결론을 내자꾸나. 너와 같이 가난한 청년이 생계를 위한 공부를 계속하자면 신학 신부나 교회법 전문가가 되거나, 평신도로 살고 싶다면 의사나 변호사가 되어야겠지. 그러니 네 맘에 드는 것을 골라보아라. 선택의 폭은 네가 삶을 살아가면서 행복해할 수 있는 좋은 돈벌이가 우선 고려되어야 한다.

아무 생각 없이 즉흥적으로 선택을 하라는 것이 아니다. 그건 아니다, 얘야. 겁쟁이가 뒤통수를 치는 식은 아니다. 일주일 여유를 줄 테니 잘 생각해봐라. 똑똑하고 덕스러운 친구가 있다면 의심나는 점은 같이 얘기해봐라. 같이 의논하여 가르침을 받되 무엇보다 너 자신이 진지하게 생각해야 한다. 네 재능과 성벽을 잘 살펴보면서 말이다. 열심히 연구해보면 앞으로 취해야 할 길을 신중히 가릴 수 있을 것이다. 미리 말해두지만, 네가 열심히 연구하고 나서 종교적인 것이든 세속적인 것이든 학문에 자신이 없다는 결론에 이르더라도, 그 얘길 하길 주저하거나 부끄러워하지 마라. 주님께 감사드려야 하겠지만 나는 네가 생각에 생각을 거듭해 절망적인 결론에 이를지라도 그것으로 불편해하거나 할 속좁은 아버지는 아니다. 절대 그렇지 않으니, 내 아들 페드로야, 네 솔직한 생각을 말해보아라. 네 어미의 말을 듣고 너를 공부시키기는 했다만, 이제 너도 컸으니 네 말을 듣고 싶구나. 이 점에서는 네가 주인공이니까 말이다. 네 할 일에 대해서는 네가 가장 관심을 가질 것 아니냐. 이러니저러니 해도 네 성벽과 적성이 고려되어야지, 네 어미도 나도 문제가 아니다.

나는 자기 자식들에게 신부니 사제니 박사니 학사 따위가 돼라고 강요하는 아버지가 아니다. 그런 직업이 자식들에게 어울리지도 않고 또 자식들이 싫어하는데도 말이다. 아니다. 중요한 것은 자식들이 게으름뱅이 백수건달이 되지 않고 자신과 이 나라에 이바지하게 되는 것임을, 무위도식하며 이 사회에 부담을 주지 않는 것임을 나는 잘 알고 있단다. 학문만이 능히 그렇게 할 수 있는 것이 아님도 알고 있다. 당당하게 밥벌이할 수 있는 다른 자유로운 직업과 기술직에 대해서도 알고 있다.

그러니 아들아, 학문이 싫으면, 학문하는 길이 그리 힘들어 보이고,

아무리 애써도 진전이 없을 것 같고, 생계를 위해 붙잡은 직업에서 성공을 못 할 것 같아도, 다시 말하지만 그리 슬퍼하지 마라. 그러면 그림이나 음악에 눈을 돌려보아라. 아니면 네가 좋아하는 직업에 말이다. 세상에는 재단사, 금 세공사, 직물공, 대장장이, 목수, 금박 기술자, 수레 목수, 석공, 가죽 직공, 구두장이 등 손으로 일해 벌어먹고 사는 사람들로 넘친단다. 얘기해보렴. 너는 뭐가 되고 싶으냐. 어디에 마음이 쏠리고 무엇으로 호강하며 살 것 같으냐. 내 기꺼이 배우게 해주마. 주님께서 살게 하시는 동안 내 도와주마. 사람이 착하면 그만이지, 천한 직업이란 없는 것이다. 천한 기술도 없단다. 세상을 살아가면서 기술도 직업도 없이 사는 것이 가장 비열한 짓이란다. 그래, 페드로야, 게을러터져 아무 쓸모 없는 것이 사람으로서 가장 고약한 운명이란다. 살아가긴 해야 하는데 뭘 어떻게 할 줄 모른다면 정말이지 부끄러운 죄에 빠질 수밖에 없다. 빚으로 사는 사람이 얼마나 많으며, 딸자식과 마누라를 팔아먹는 뚜쟁이는 또 얼마나 많으며, 도둑은 또 어떠냐. 그러니 예나 지금이나 죄수로 감옥은 넘쳐나고, 노 젓는 죄수도 한이 없고, 교수대도 만원인 것이란다.

그러니 아들아, 천천히 네 재능과 성벽을 점검해보고 하늘이 네게 준 날들을 살아갈 수 있다 싶은 직업을 신중히 선택해라. 그리고 다른 사람들을 미워한다거나 부담스러워하지 마라. 너도 할 수만 있으면 그들에게 은혜를 베풀어야 한다. 그것은 우리가 사는 이 사회의 정당한 요구란다.

하지만 이건 알아야 한다. 비록 네 스스로 자신에 대한 심판관이 되어야 하지만, 바로 그 이유로 너는 솔직해야 한다. 너 자신 비위를 맞추어서는 못쓴다. 그렇게 되면 공연히 시간만 낭비하는 꼴이다. 아무리 궁리해도 헛것일 뿐이야. 남을 판단하듯 네 능력을 시험하고 네 재능을 연구하지 않으면 네 자신을 속이는 짓이 될 것이다. 그러니 네 자신에게 조금도 유리하게 생각하지 마라. 그 위대한 호라티우스도 『시학』이란 책에서 작가들에게 이렇게 충고하고 있느니라. '글을 쓰려거든 능력에 합당한 소재를 구할 것이라. 어깨에 올려놓아 참고 견딜 수 있는 무게여야 할지니.'

짊어진 짐보다 힘이 세면 이겨낼 것은 확실하다. 그러나 짐이 버티는 힘보다 세다면 사람을 이겨 누를 것이고 그 사람은 창피하게도 그 짐 밑에 깔리고 말 것이다.

'우리는 모든 것에 능통하지는 않다'는 말은 우리가 별 충격 없이 받아들이는 진리인 것이란다. 그러나 유감스럽게도, 우리는 그 진리를 명확히 알고 있으면서도, 남들 얘기이겠거니 하며 우리 자신에게는 해당하지 않는다고 생각한다. 우리는 이것저것 하다 신통치 않으면 이러는 거지. '아하, 잘 모르는 것이니 실수도 있는 법이지!' 그래도 우리가 뭔가를 시작할 때는 할 수 있다는 자신감이 있어서일 텐데 실수라니 가당키나 한 일이냐? 아아! 우리는 그 어설프고도 경박한 짓을 감추기 위해 얼마나 많은 이유를 갖다 대며 우리 자신을 감싸는 것이냐?

이 말은 하고 또 해도 질리지 않는다. 이런저런 학문을 하건, 이런저런 기술을 익히건, 우선 잘 생각해보아야 한다. 그것에 어울리는지 아닌지를 말이다. 하고는 싶어도 재주가 없으면 하는 일에 실수가 있을 것이다. 그도 저도 아니면 정말이지 고약한 욕을 면치 못할 것이다.

키케로는 로마의 뛰어난 웅변가였다. 시를 쓰고 싶어했지. 그러나 우리가 '영감'이라고 부르는 시에 필요한 재능은 없었던 모양이다. 그러다 보니 시를 썼지만 조화도 형편없고 듣기도 난해했던 거야. 그래서 퀸틸리아누스가 이런 혹평을 했지.

나는 로마에 태어난 것을 행운으로 여기노라.

유베날리스도 이렇게 말했단다. '안토니우스를 화나게 했던 그 중상모략도 어지간한 시로 했더라면 목매달려 죽지는 않았을 텐데' 라고.
   그 위대한 세르반테스는 진짜 천재였다. 그러나 시인으로서는 운이 없었지. 그가 쓴 산문은 불멸의 명성을 안겨주었지만(그뿐 아니라 돈도 안겨주었지만 그래도 그는 동냥질이나 하다 죽었다. 작가라는 작자들이 다 그 꼴이지) 그 사람의 시나 특히 희곡은 아무도 기억하지 못해. 그의 위대한 작품 『돈 키호테』도 그 형편없는 시인을 난도질하는 데 충분한 방패막이가 되진 못했다. 비예가스는 그의 일곱번째 애가에서 친구에게 이렇게 말하고 있단다.

   시의 낙원을 정복하기란
   못난이 시인 세르반테스보다 나으리니
   『돈 키호테』를 썼어도 무슨 소용.

이 두 가지 것이 내가 들려준 진리를 확인시켜줄 것이다. 그러니 얘야, 잘 생각해보고 네가 장차 이 세상에 무엇이 되어야 할지 결정하여라. 결국 아무 하는 일도 없이 생각도 없이 살 수는 없지 않으냐."
   아버지가 떠난 뒤 나는 오후 내내 멍청히 남아 있었다. 그때는 그 가르침을 정확히 알 수 없었던 것이다. 그렇지만 아버지가 내 생전 벌어먹을 수 있는 직업이나 직장을 구하기를 바랐다는 것은 알 수 있었다. 그래도 그 깊은 속내는 도무지 알 수 없었다.
   결정하라고 준 일주일 기간 중 엿새가 지나도록 나는 아무것도 모르는 어머니의 허락을 얻어 여느 때와 같이 친구를 찾아다니고 싸돌아다니기만 했다. 마지막 날 아버지는 다음과 같은 말로 일깨워주었다. "페드로야, 일주일 전에 물어봤던 것에 대해 오늘 밤 어떻게 답할지 잘 준비하고 있겠지." 그때야 나는 약속을 기억해내고 내 일을 상의하기 위해 친구를 찾아갔다.

사실 친구를 만나기는 했다. 하지만 친구라고 별수 있나! 내 친구가 모두 그랬다. 나처럼 형편없는 놈들이 사귀는 친구란 다 그렇지 뭐. 이 친구는 마르틴 펠라요라는 친구였는데 망나니이긴 해도 후안 라르고보다는 조금 나은 편이었다. 나이는 열아홉이나 스물 정도였으리라. 장난기로는 도깨비 뺨치고, 연애질에는 박사요, 전문 춤꾼 이상 가는 춤솜씨에다, 미련하기로는 나를 이기고, 게으르기로는 당할 자가 없는 놈이었다. 이렇게 쓸모라고는 하나 없는 놈이었지만 '신부님'이 된답시고 공부 중이었다. 들은즉슨 그 당시 성직자가 되기 위해 아주 열심이라는 것이었다. 내가 골치 덩어리가 되기 위해 열심이던 것만큼. 그래도 놈은 머리도 밀고 옷도 사제복을 입고 있었다. 그놈의 부모가 억지로 그런 상태로 처박았다는 것이다. 마치 벽에 못을 쳐 박듯이 말이다. 대대로 물려 내려오는 사제직으로 얻는 수입을 하나라도 놓치지 않으려고 그랬다나. 나는 내 생전에 장자 상속이랄지 세습 사제랄지 하는 것에는 물리고도 물렸다.

어쨌든 놈은 내 일을 상의하기 위해 내가 뽑은 뛰어난 박사였고, 노련한 어른이었으며, 덕망 있는 학자였다. 내 아버지의 그 선한 의도가 어떤 꼴을 당하게 될지 이제 보게 될 것이다. 이렇게 되었던 것이다.

내가 의심스럽게 생각하는 바와 아버지의 말씀을 들려주자 놈은 호탕하게 웃으며 이렇게 말했다.

"물을 것도 없어. 나처럼 눈 딱 감고 성직자 공부를 하라고. 으뜸가는 직업이지. 이봐, 성직자란 어느 곳에서나 눈에 잘 띄지. 바보라 할지라도 성직자라면 모두 존경해 마지않는다고. 어느 누구도 감히 욕을 한다거나 대들지 못해. 좋은 춤판에도 낄 수 있고 좋은 노름판에도 낄 수 있고 부인네들 안방까지 들어갈 수 있지. 그래도 욕먹지 않아요. 그런 데다 결정적으로, 돈도 떨어질 날이 없어. 미사를 변변히 올리지 못해도 말일세. 그러니 성직자 공부나 하고 더 이상 바보짓은 말게나. 이것 보게, 언젠가 도박장에 갔는데 돈을 잃지 않겠구나 하는 생각이 드는 거야. 내 패 앞에 에이스가 뒤집어졌는데도 말야. 그래서 내 돈과 또 남의 돈으로 판돈을 올렸지. 주인장이 열심히 따라오더군. 이유가 있었지. 주인장이 이겼던 거야. 그래도 나는 소리치며, 핏대를 세우고, 하나님을 들먹거리며 내 돈을 도로 집어들고는 거리로 나와버렸지. 어느 누구도 내가 그런 쌍소리를 했다고 보지 못하도록 말이야. 다 나를 부사제로 알고 있으니까. 알겠나 자네. 내가 의사나 세속적인 변호사로 그런 일을 당했다면 돈을 몽땅 빼앗겼거나 싸움판이라도 벌어져 갈비뼈가 몽땅 부러졌을 걸세. 그래 다시 얘기하는데 성직자 공부를 하게. 다른 것은 생각지 말고."

나는 대답했다.

"그 모두 마음에 들고 충분히 납득이 되는군. 그런데 우리 아버지는 신학이나 교회법이나 법률이나 의학을 공부하는 것이 좋다던데. 사실 나는 그런 것에 능력이 충분하다고 보지 않거든."

"엉뚱하게 놀지 마. 성직자가 되기 위해서라면 그렇게 공부하거나 노력하지 않아도 된다네. 사제 자격증이 있나?"

"없어."

"그게 없다면, 우선 보좌 서품이라도 받으려면 원주민 말을 배우게나. 귀찮기는 하겠지만. 그리고 불쌍한 보좌 신부들은 주임 신부들의 따까리이기도 하지. 잠자리에서까지 그런 경우도 있다고 하더군. 그러나 그로 해서 얻는 이익에 비하면 아무것도 아냐. 자네 아버지 말로는 성직자가 되기 위해서는 신학과 교회법을 공부해야 한다지만 믿지 말게. 페레르나 라라가에 대한 개념 몇 개만 공부하면 충분해. 클리켓이나 살마티센세에 대해 조금 공부하면 완벽한 윤리 신학자가 될 걸세. 고해실의 세네카요 강단에서의 키케로가 되겠지. 이미 있었거나 앞으로 있을 수 있는 곤란한 신앙 문제를 다 처리할 수 있겠지. 마시요네스나 부르달루에스보다 더 칭찬받는 설교를 할 것이야. 내 교수 얘기에 따르면 가장 위대한 설교자들이었다고 하나, 나는 그들의 책을 읽기는커녕 책 껍데기도 보지 못했다네."

"하지만 이보게, 사실 말이지, 나는 성직자로 어울리지 않아. 여자들이 너무 좋거든. 그런 걸로 보아 나는 결혼해야 할 거 같은데."

"이보게, 자네 정말 바보로군. 그것들이 자넬 성스러운 지위로부터 끌어내리기 위한 악마의 유혹이라는 걸 모르는가? 자넨 오로지 성직자만이 그 따위 죄를 범한다고 생각하는 건가? 아닐세, 이 친구야. 평신도도 유부남도 같은 죄를 범한다네. 게다가…… 거 뭐더라?…… 그래 그 쪽으로 자네 눈을 돌리게 하고 싶지는 않아. 서품을 받게나, 친구여, 잡생각 치우고 서품을 받아. 언젠가 내 충고에 고마워할 거야."

나는 친구와 헤어져 집으로 향했다. 죽이 되든 밥이 되든 성직자가 되자고 결심했다. 마르틴이란 놈이 멋들어지게 그려보인 세계가 너무나 마음에 들었기 때문이었다.

밤이 되었다. 내 장래 일로 노심초사하던 아버지는 서재로 나를 부르더니 이렇게 말했다.

"오늘로 기한이 찼다, 애야. 장차 네가 종사할 학문이든 기술이든 직업에 대해 숙고해 결정하라고 내가 준 기한 말이다. 그 긴 시간이 헛되지 않았기를 바란다. 자, 말해보렴. 무슨 생각으로 어떤 결론에 이르렀느냐?"

"아버지, 저는 성직자가 될 생각입니다."

"아주 좋을 것 같구나. 그래도 자격증이 없지 않으냐. 그러려면 원주민 말을 배워야겠지. 멕시코, 오토미, 타라스코, 마차과 등의 말을 말이다. 그래야 보좌 신부라도 해서 가난한 시골 사람들 미사라도 올릴 수 있지. 이 점을 알고 있느냐?"

"예, 아버지."

나는 대답했다. 내가 보좌 사제의 임무가 무엇인지를 알아서가 아니라 그냥 그렇다고 대답하기는 그다지 힘들지 않아서였다.

"그럼 이제 이것도 알아야 한다. 주임 신부가 어디로 보내든 아무 소리 말고 따라야 하는 거란다. 아주 무더운 지역의 가난한 마을일지라도, 그리고 네 마음에 들지 않고 건강을 상한다 해도 말이다. 열심히 보좌 신부직을 수행하면서 많은 공로를 쌓아야 언젠가 정식 신부가 될 수 있을 게다. 내가 말한 지역은 무척 더울 뿐만 아니라 점잖은 사람들도 거의 없단다. 투박한 원주민들뿐이지. 말 타느라 고생하랴, 종일 고해 듣느라 시달리랴, 태양은 달아오르지, 소나기는 억수 같지, 게다가 끊임없이 밤샘도 해야 할 거다. 그리고 전갈, 지네, 송충이, 진드기, 파리, 모기 따위 독충에 시달려야 한다. 잠깐 사이에 네 피를 몽땅 빨아먹고 말 테지. 열병에 걸려 신열에 시달리지 않는다면 그건 기적이겠지. 그후에는 매번 황달이 따라 아주 거덜난단다더라. 또한 일을 하면서 항상 찡그리고 옹고집에 악다구니만 지르는 신부라도 만나면 인내력을 키우기에는 아주 그만이겠지. 게을러터지고 돈만 밝히는 신부라면 네게 모든 책임을 떠넘기고 월급만 꼬박꼬박 챙길 테지. 이게 성직자로 보좌 신부가 해야 할 일이다. 마음에 드느냐?"

"예, 아버지."

나는 조심스레 대답했다. 사실상 보좌 신부들이 맡게 될 일과 겪게 될 서글픈 운명이 너무 생생해서 나는 숨조차 쉬기 힘들었다. 그래서 나는 속으로 중얼거렸다. 뭣이라? 고생바가지라? 뜨거운 지역에, 형편없는 마을로 가야 한다? 아버지가 말한 그 전갈, 모기 따위 더러운 벌레에 시달려야 한다? 열병에도 걸리고, 섬겨야 할 신부들이 게으름뱅이에다 고함질쟁이라? 설마 그럴 리가. 살기 좋은 마을과 착한 신부를 만나 잘 지낼 수 있을 거야. 돈도 챙기고. 한 2년 후면 수입 좋은 교구로 옮겨 보좌직을 쉬엄쉬엄 해가며 지내겠지 뭐. 입을 크게 벌리고 넙죽넙죽 받아 넘기며 잘도 살아갈 테지.

나 혼자 이런 생각에 빠져 있는 동안 아버지는 문을 열고 하녀에게 담배를 가져오게 했다. 아버지는 자리로 돌아와서 앉고는 다음과 같이 얘기를 계속했다.

"그래, 페드로야, 네가 성직자가 되겠다 결심했다 치고, 뭘 공부하려느냐? 교회법이냐, 신학이냐?"

나는 깜짝 놀랐다. 어영부영 배나 쓸면서 돈벌기는 그렇게나 좋아 보였지만 공부랄지 온갖 수고는 또 그렇게나 지겨웠기 때문이다.

나는 잠시 할 말을 잃었다. 아버지는 내 당혹해하는 꼴을 보고는 이렇게 말했다.

"교회에 헌신하기로 결심했다면 네가 떠맡아야 할 공부도 미리 생각했을 것 아니냐. 대답을 망설일 필요 없다. 그래, 뭘 공부할 거냐? 교회법이냐, 신학이냐?"

나는 주저주저하며 대답했다.

"사실은, 아버지, 그 두 가지 다 싫습니다. 제가 배워낼 수 없을 것 같아서요. 너무 어렵거든요. 제가 배우고 싶은 건 윤리학입니다. 듣기로는 보좌 신부, 그러니까 어영부영 신부 노릇을 때우려면 그걸로 충분하다던데요."

아버지는 이 말을 듣고 화가 좀 치미는지 자리에서 벌떡 일어나 방 안을 서성이며 이렇게 말했다.

"이것 봐라! 그 따위 허튼 생각이 애들을 망치는 거야! 그렇게 학문에 대한 애정도 잃고, 그렇게 삐뚤어져 나쁜 길로 빠지고, 그렇게 야비한 생각에 빠져서 성직자가 되겠다고 달려들다니. 가장 배우기 쉬워 보이고, 불편 없어 보이고, 별로 배우지 않아도 된다고 생각하는 모양이지. 윤리에 대한 가장 상식적인 네 가지 개념과 네 가지 사례만 공부했다 하면 교회 회의에 끼어들고는, 운만 좋다면 단번에 장로라도 한자리 차지하는 거야. 그러니 아무리 뜯어봐도 믿을 수 없는 멍청이들만 넘쳐나는 거지."

여기서 아버지는 내게 코를 디밀고는 말했다.

"사실 말이다, 애야. 나도 더할 나위 없이 혐오스러운 보좌 신부들을 좀 알고 있단다. 성직자가 되기 위해서는 많이 알 필요가 없다고 너를 꼬드기는 그런 치들 말이다. 불행히도 나는 보았단다. 호리병을 성배라고 쓰는 놈도 보았고, 제의로 입는답시고 마부들 가슴받이를 벗겨내는 놈도 보았고, 게으름 피우는 놈, 초대받지 않은 자리에 억지로 끼어드는 놈도 보았다. 그러나 너는 믿지 마라, 페드로야. 문법은 대충 넘기고 윤리는 살짝 삼키면 충분히 좋은 신부가 되어 영혼 치료자라는 그 숭엄한 직분을 수행할 수 있다고 하는 말을 말이다. 나는 잘 알고 있다. 오래 전에 유럽에서 학문이 형편없이 무너졌을 때, 읽고 쓸 줄만 알면 누구나 신부가 될 수 있었던 그런 때가 있긴 있었다(이것은 안드레스 신부가 자신의 『문학사』에서 밝히는 내용이다). 그때는 다행히 시라도 몇 줄 긁적거릴 수 있으면 박사까지 될 수 있었지. 그래도 성스러운 교회가 그런 철저한 무식으로 고통당하리라고 그 누가 생각이나 했겠느냐? 시대가 암담했으니 그런 자격 없는 성직자를 관용할 수밖에 없었을 테지. 아무리 교리에 무지해도 사람들에게 영혼의 양식은 부족하지 않았을 테지. 그래도 자식들이 굶어 죽지 않은 대가로, 예수 그리스도의 은혜로 빵은 넘쳐났으니까, 무식한 놈들과 빵을 나누어 먹는다는 사실은 고통이었을 것이고, 주님의 포도원을 어설픈 일꾼에게 도리 없이 맡길 수밖에 없었을 게다. 그러나 그런 시대라 해도 성스러운 임무를 수행하기 위해서는 읽을 줄 아는 것으로 충분하다고 한다면 그건 큰 잘못이었을 게다. 그럴진대 하물며 오늘날까지 문법 좀 하고 윤리 좀 하면 고위 성직에 오를 수 있다고 떠들어대고, 대다수가 서품을 받을 때 일자무식이니, 세상 참. 교회가 그걸 용납한다는 증거는 뚜렷하지만 교회가 그걸 원하는 것은 아니란다. 그와 정반대다. 교회는 언제나 제단에 서는 성직자는 학문이 깊고 덕이 풍성하기를 원해왔다. 트리엔트 공의회는 이렇게 명령했다. '서품을 받는 자는 라틴어와 학문에 조예가 깊어야 한다. 그 속에서 나날이 공적을 쌓고 양육되기를 원한다. 미사를 집전하고 회중을 교육시키기 위해 적절한 인물이어야 한다. 끝으로, 신학교를 세울지니 이곳에서 일정 수의 젊은이들이 교리를 배우고 또한 문법, 찬양, 교회 회계, 그 밖에 유용하고 정직한 능력을 배양할지니라. 성경, 교리서, 성인들의 설교, 미사 집전 형식을 외우고, 특히 고해를 듣는 법을 비롯하여 제사, 행사에 관한 사항을 익힐지니라. 이 학교가 영원히 주님의 사자를 양육하는 기관이 될지어다'(23부 11, 13, 14, 18장). 알겠느냐, 내 아들아. 성스러운 교회는 지금도 그렇지만 과거로부터 계속해서 원해왔다. 그 사제는 풍성한 지혜를 구비해야 함을 말이다. 이건 정당한 일이다. 너는 사제가 누구며 어떠해야 하는지 아느냐? 틀림없이 모를 테지. 들어봐라. 사제란 법에 능통하고, 믿음에는 박사이며, 이 땅의 소금이요, 온 세상의 빛이다. 그러니 이제 보아라. 그럴 만하거나 어쨌거나, 문법이나 윤리를 대충 아는 것으로 만족스러워하는 놈이 그런 직무를 감당할 수 있을 것 같으냐? 숭고한 직분을 숭고하게 맡기 위해서는 많은 학문이 필요한 법인데 조금 알아서 차고 넘치겠느냐? 누구라도 알 수 있는 일 아니냐? 대충 넘긴 문법과 어설프게 배운 윤리로 서품을 받아 어쩌겠다는 거냐?

또한 우리는 현명하고 덕망 있는 노사제들을 많이 알고 있다. 그들은 세월로 인해, 공부로 인해 병들거나 지쳐도, 머리가 흔들리고 머리카락이 파뿌리가 되어도 손에서 책을 놓지 않는다. 신학의 신비는 충분히 알 수 있는 것이 아니요, 성경의 많은 부분은 통찰이라는 것을 허용하지 않으며, 교회의 성자와 박사들에게 항상 가르침을 바라야 하며, 그들이 덧입은 영광에 겸손해야 하는 것이다. 그래, 그 지고한 성직을 어떻게 판단해야 하겠느냐? 우리가 누구일진대 어떻게 그 지고한 경지에 이르기 위해서 꼭 필요한 그 성스러움의 깊은 속과 지혜에 도달할 수 있겠느냐?

그럼 이제 심각한 문제를 떠나 정반대의 경우로 시선을 돌려보자. 얼마나 많은 젊은이들이 문법이나 윤리를 얼마나 많이 배우고 익혀 얼마나 흡족 만족해서 성소로 들어가느냐. 많은 놈들이 장로직에 오르자마자 그 같잖은 문법 윤리 따위뿐만 아니라 기도서마저 작별하고 마는 꼴을 보지 않느냐. 그래, 마지막으로 이 도시를 떠나 주교나 대주교가 있는 도시로 가보자. 그 주님의 나라를 보잔 말이다. 도저히 믿어지지 않는 용감무쌍한 무식이 판을 치고 있다. 글로 정리도 되지 않는 그 엉터리 허튼수작을 설교랍시고 듣는다면 그 주님의 사자들을 어떻게 보겠느냐? 그 덕성이 뭐냐? 자기 수중에 맡겨진 불쌍한 회중들의 영혼 구제를 올바르게 수행하고 있다고 보겠느냐? 아이고나, 그로 인해 발생할 해악을 생각하면! 아이네아스가 디도에게 트로이의 참극을 전할 때 했던 말이 어울리겠구나. 그 같은 얘기를 듣고 그 누가 흐르는 눈물을 억제할 수 있겠는가?"

여기서 아버지는 시계를 꺼내보고는 이렇게 말했다.

"오늘 밤 회담이 상당히 길어졌구나. 그래도 이렇게 재미나는 일에 대해 네게 필요한 것을 다 말한 것은 아니다. 하지만 그건 내일로 넘기자꾸나. 벌써 10시니 네 어미가 저녁 먹기를 기다리겠다. 가자."

10. 페리키요의 아버지가 설교를 끝내다. 페리키요는 신학을 공부하기로 결심. 그러나 신학을 포기. 아버지는 직업을 구하라고 재촉. 페리키요의 반항. 그 밖에 자잘한 사건을 다루는 장

우리는 여느 때와 마찬가지로 즐겁게 저녁을 먹었다. 그리고 매일 밤 그렇듯이 잠자리에 들었다. 나는 방금 전에 아버지가 말한 내용을 이리저리 궁리해보지 않을 수 없었다. 아버지가 내게 한 말들이 사라지지 않았다. 원하지 않아도 눈을 파고드는 진리가 거기에 있었던 것이다. 내가 들었던 내용은 충분히 이해가 되는 것이었지만, 그래도 교회법이나 신학을 공부하자고 결정을 내릴 수는 없었다. 아버지의 원처럼 말이다. 나는 자유롭고 태만한 삶이 마음에 들지 일은 정말 하기 싫었다. 결국 나는 잠이 들었다. 어떻게 하면 성직자가 되어 놀고 먹으며 돈을 벌 수 있을까, 어떻게 하면 아버지의 그 온당한 의도에서 벗어날 수 있을까 궁리하면서. 많은 아이들이 그것이 모래탑을 쌓는 것이라는 사실도 모른 채 이런 생각으로 밤을 지새우곤 한다.
    다음날, 예배를 마치고 돌아온 아버지는 나를 자기 방으로 불러 이렇게 말했다.
    "어젯밤 나눈 이야기를 잊지 않았기를 바란다. 페드로야, 어제 내

말했지. 신부나 보좌 신부가 무식하거나 비윤리적이면 사람들은 고생이 심하단다. 무지하고 태만한 양치기 밑에서라면 양들은 안전할 수 없고 제대로 보호받을 수도 없는 것과 같단다. 이 얘기를 왜 하는고 하니, 성직자, 게다가 사람들을 가르쳐야 할 책임을 진 자에게 지혜란 결코 넘쳐 나는 것이 아님을 네게 보여주기 위해서다. 내 이론을 더 확실히 보여줄 테니 들어보아라. 어느 마을이나 이런 사람이 있을 거다. 아니 아주 많을 것이다. 일상적인 길을 따라 거룩함에 이르려는 그런 신비주의에 빠진 영혼들 말이다. 길이란 바로 영혼의 기도를 말하는 것이다. 그럼 배운 것도 없는 보좌 신부가 그들을 어떻게 가르치겠느냐? 태만하고 무능하여 신학도 공부해본 적 없고, 성녀 테레사의 책도, 에스케라 신부의 『신비한 빛』도, 오르비올 신부의 『신비주의의 환상』도, 켐피스나 바야카스틴의 책도 구경한 적 없다면 말이다. 길을 헤매는 정결하고 순수한 영혼을 어떻게 이끌겠느냐? 그 영혼이 겉치레한 것인지 진정 은혜받은 영혼인지 어떻게 구별하여 가려낼 수 있겠느냐? 연옥, 조명, 관조, 결합 등의 길도 모른다면 말이다. 계시, 황홀경, 환희, 혼수 상태 등이 무엇인지 모른다면 말이야. 위로와 냉담이 무엇인지 다시 가르쳐야 할 판이라면? 성자의 입맞춤과 성령의 포옹과 영혼의 결혼이라는 소리에 어리둥절해한다면? (네가 알지도 못하는 것으로 피곤케 하고 싶지는 않다만) 신실하고 믿음이 충만한 영혼 속에서 역사하시는 정교한 주님의 은혜에 대해 도통 모른다면? 그렇지 않으냐? 너는 모르느냐? 네가 배를 몰고 카디스나 카비테나 무슨 다른 항구로 전혀 쓸모없는 여행 지도에만 의지해 간다고 하자. 틀림없이 고단한 뱃길이 될 게다. 모래톱에 걸린다거나, 암초에 깨진다거나, 어느 해협으로 빠져 결코 목표했던 항구에 도달하지 못할 게다. 이건 이해할 수 있을 게다. 간단한 비교니까. 이런 일은 그저 생각 없이 라라가 따위의 책만 읽은 보좌 신부에게 일어날 수 있는 일이다. 그래가지고는 평범한 죄라도 용서해줄 수 없는 게다 (원주민들은 카누로만 익스타칼코에 갈 수 있는 것처럼). 그 변변치 못한 놈들은 장님인 게야. 거룩함의 길로 들어가려고 기를 쓰는 영혼들도 장님이기 때문에 길을 인도할 선한 안내자가 필요한 게다. 멍청이 안내자로는 길을 찾을 수 없어, 종종(특별한 은혜를 입지 못하면) 믿음이 식고 낙심하게 되는 거란다. 안내자도 신도들의 이야기들에 정신을 못 차리고 허망한 실수에 빠지게 되는 게지. 이것은 무시무시한 진실이야. 어떤 현명한 성직자도 거역하지 못할 진실인 것이다. 나 또한 그렇게 생각한다(이것으로 내 의견이 확실해진다). 후덕하고 성스럽고 박식한 성직자는 고해를 하는 데나 수녀나 다른 영혼을 지도하는 데 세심하단다. 아주 효과적으로 지도하기 때문에 교리나 신중함을 손에서 떨쳐버리지 않는다. 게다가 기도하는 순간에도 근본이 되는 학자이신 우리 주님께 의뢰하지. 다 알 듯이 정확을 기하기 위해 사람으로서 모든 노력을 경주해야 하며, 의심나는 점이 있으면 다른 현명한 사람과 의논도 해야 한다. 이 점으로 보아 나는 이걸 믿는단 말이다. 배운 것 없는 변변치 않은 성직자들을 의지하는 신비주의에 빠진 영혼이 제대로 길을 찾기란 우연을 바라는 것과 같은 게다. 미사를 집전하고 예수 그리스도의 언약에 힘입어 죄인을 용서하는 것도 제대로 알지 못하는 그런 놈들에게 말이다. 어쨌든지 애야, 나는 성스러운 교회가 주님의 모든 사자들이 신학자이거나 성자이게 할 수 있다는 사실을 굳게 믿고 있다. 그를 위해 어떠한 희생이라도 마다하지 않을 것이다. 그런데 필요한 만큼 능력 있는 사람이 부족하니 간단한 성사를 치르는 데 쓸모 있는 사람들을 신자 중에서 찾아 쓰게 하는 것이란다.

아직 많이 남았다. 성직자들이란 법률에도 능통하다고 내 말하지 않더냐. 모든 것은 제쳐두고 성직자들은 교리를 설명하고 성경을 해석해야 한다. 성직자들은 우리 믿음의 기초가 되는 계시와 전통에 대해 많이 알고 있어야 한다. 그리고 마지막으로 우리 성스러운 종교와 믿음을 명명백백하게 굳건히 힘차게 지켜나가야 한다.

자, 이제 그럴듯하진 않지만 그래도 꼭 불가능하지만은 않은 경우를 생각해보자. 주일날만 일하는 성직자나 부엌데기 신부와 같이 변변찮은 보좌 신부 하나가, 이단자와 우리 종교의 확실성, 교리의 정당성, 신비의 신성, 예언 성취의 현실성, 구세주 재림의 확실성, 「다니엘서」에 나타난 최후의 심판 날을 따지는 주간 문제나 그 밖의 주제에 대해 토론을 벌인다 치자(믿음에는 장님이어도 학문에는 눈을 뜬 이단자들이란 이런 토론에 잘도 뛰어든단다. 내 바닷가 근처에 살면서 그런 사람 많이 만나보았다). 그들의 궤변을 어떻게 알아먹을 수 있겠느냐? 그런 논쟁에서 어떻게 빠져나오겠느냐? 이성의 힘으로 밀어붙이는 그 악의를 어떻게 구별해낼 수 있겠느냐? 어떻게 그 입술로 모든 것을 이겨낼 수 있는 진리의 말을 유창하게 토할 수 있겠느냐? 이건 분명하다. 페레르나 클리켓이나 라라가 따위의 윤리 요약문이 이단자들의 입을 틀어막는 데 유용하다 치면, 성 아우구스티누스가 마니교와, 성 제롬이 도나투스파와, 그 밖의 다른 성인들이 다른 이단이나 사교와 어떻게 싸웠을지 알 수 없다. 우리 성인들은 그 이단들을 놀라운 통찰력과 확고한 논설로 이겨내고 혼내주었던 것이다.

그러니 애야, 내 이 모든 말로 너는 결론을 내릴 수 있을 것이다. 품위 있는 성직자가 되기 위해서는 꼭 필요한 것만 아는 것으로 충분하지 않단다. 확고한 신학에 푹 잠겨야 하고 교회의 법칙인 규약이나 규칙에 정통해야 한단다.

한 가지 더할 것은, 성직자에겐 문필도 대단히 중요한 거란다. 13세기 중반에는 성직보다는 문필업이 더 괜찮은 것이었다(후스티니아노 6

세의 소설 4, 12, 123장에 의하면 그렇다). 그 전임자 줄리아노도 이렇게 썼다. '글을 모르는 자는 성직자가 될 수 없다.' 박식하고 글을 아는 사람을 일컫기 위해 성직자라는 단어가 쓰이기 시작했던 게지. 평신도라는 말은 무식하거나 글을 모르는 사람에게 쓰였는데 글을 아는 평신도에게도 성직자라는 말을 쓸 수 있었다. 그 반면, 글을 모르는 성직자는 평신도라 불렸지. '글을 알고 다른 기술도 익히고 있는바 이를 성직자로 명명하노라' 라는 것이 오데리코 비탈이 그의 세번째 책에서 한 말이다. 『안드렌세 연대기』에서도 다음과 같은 글을 볼 수 있다. '몇몇 로마인의 동의 하에 부르디노라 불리는 에스파냐 사람을 매우 성직스럽다고 칭하노라.' 에이스텟 주교 역사에서도 이런 글이 보인다. '후안 주교는 교회법에 있어서 매우 성직스러운 인물이었다.' 무슨 말이고 하니 글에 능통했다는 것이다. 프랑스어도 옛날부터 같은 의미의 말이 사용되었다. 성직이라는 말은 박식하다는 뜻이었고, 성직자는 학문에 조예가 깊은 사람이었다는 것이야.

이 모든 것은 무라토리 씨가 『취미에 대한 고찰』(7장 70~72절)이라는 저서에 긁어모아놓은 내용이다. 이 책을 보면 성직자가 되기 위해서는 박식해야 한다는 점을 잘 확인할 수 있을 게다. 반면에 박식하지 못하면 성직자다운 신부가 아니라 평신도다운 신부가 되는 게지.

말하기도 지치는구나. 그래 성직자가 되겠다니 무엇을 공부할 작정이냐?"

그런 공격을 받으니 빠져나갈 구멍이 없었다. 그래서 아버지에게 신학을 공부하겠노라 대답했다. 이틀 만에 나는 신학생으로 등록하고 옷도 성직자답게 입고 다녔다.

대학교에서 내 친구 펠라요를 만나기까지는 그리 오랜 시간이 걸리지 않았다. 나는 놈에게 아버지와 있었던 이야기를 모조리 실토하고 아버지의 청을 거역하지 못해 신학을 공부하게 되었다고 했다.
"네가 공부하기를 싫어한다면 그건 시간 낭비일 뿐이야. 그래도 어쩔 도리 없으니 별수 있겠어? 때때로 미치광이 같은 노인네 비위도 맞출 필요가 있지. 원치 않지만 눈속임을 위해서라도 말이야. 그러면서 우리 계획을 실현시켜가는 거지. 내 아버지 역시 이런 식이야. 막무가내로 교회법을 공부하라는 거야. 원하든 말든 말이야. 벌써부터 학위니 학사모니 주위대며 말야. 난 체면만 가리는 놈이 아니고 그럴 생각도 없지만, 그래도 나는 잘하건 못하건 교회법을 끝내고, 학위를 따고, 서품을 받음으로써 책이라는 골치 덩어리에서 어서 벗어나기만을 바라고 있지. 너도 그럴 수 있어. 대학 과정을 진득하게 참아내면 어느새인가 싶게 신학 학위를 받게 되겠지. 누가 뭐라고 해도 그걸로 충분해. 책을 붙들고 골머리를 썩이면서 고생스럽게 살 필요가 없는 거지. 지도 교수가 시키는 대로만 하면 그만이야. 그런 척하는 법을 배워야 할 테지. 학교는 빼먹지 말고. 출석은 중요하니까, 이 친구야. 배우는 내용보다 출석이 훨씬 중요해. 학위를 따려면 말야. 너도 나도 잘 알잖니. 많은 학생들이 학교에 다니는 것은 뭘 배우기 위해서가 아니라 끼리끼리 모여 놀이나 지껄이자는 것이 아닌가. 그래도 분명한 것은, 학칙에 규정된 출석 일수를 채우지 못하면 졸업을 못 한다는 거야. 성 도마보다 더 뛰어난 신학자라 해도 말야. 출석 일수만 채우면 학위는 따놓은 당상이지. 주님이 누군지 몰라도 말야. 그렇게 해서 졸업하는 거야. 너도 그렇고 나도 그렇게 편하게 하는 거지 뭐.
나는 학교를 거의 빼먹지 않지만 수업은 종종 빠지기도 해. 일요일, 목요일, 축제일 등에는 수업이 없어. 게다가 일주일에 한두 번 땡땡이쳐도 전혀 아쉬울 거 없지.
너도 그렇게 하는 거야. 신학 공부로 골머리 썩기 싫으면 말야. 날 따라해. 재주껏 아버지에게서 돈도 뜯어내고. 그리고 날 믿어. 멋지게 살게 해줄 뿐만 아니라 교양이라는 것도 가르쳐주지. 보아하니 멕시코 촌놈 같은데 때 좀 빼줘야겠어. 그래. 우리 패거리에 있는 잘빠진 아가씨들 집에도 좀 데려다 주지. 춤도 배우고 점잖은 사람들과 얘기하는 법도 배우게 될 거야. 거기다 응접실에 앉아 귀부인들과 얘기도 나누게 해줄게. 부인네들 다루는 거, 그거 끝내주거든. 끝으로, 당구나 여러 가지 카드 노는 법도 내 가르쳐줄게. 잘 나가는 청년이라면 이걸 모두 익혀야 하거든. 이런 식으로 신나게 지내는 거지. 한 1년 지나면 너 자신도 못 알아볼걸. 내 우정 어린 호의에 감사께나 하게 되겠지."

펠라요가 제안한 인생 계획으로 하늘이 활짝 열리는 것을 보았다. 한가롭게 즐기는 것 외에는 바랄 것이 없었으니까. 그래서 내 장래에 신경 써준 것에 대해 놈에게 감사했다. 그리고 그날부터 놈의 지도 편달하에 들게 되었다.

놈은 즉시 약속을 실천에 옮기기 시작했다. 어중간히 점잖은 집을 방문하는 패거리에 나를 넣어주었고, 소위 기생, 색시, 작부 따위로 불리는 여자들이 사는 집에도 데려다 주었다.

나는 망토를 걸치고 연미복을 입고 성장을 하고 모이는 패거리란 것들이 입이 걸기로 첫째가는 처녀 총각이라는 사실을 알게 되었다. 아주 전문적으로 난잡하고 방탕한 처녀 총각이었던 것이다.

그런 친구들과 지혜가 철철 넘치는 친구의 지도 밑에 있다 보니 수개월 만에 나도 훌륭한 만돌린 연주자요, 지칠 줄 모르는 춤꾼이요, 나돌아다니기 선수요, 달변가요, 익살꾼이요, 대담 무쌍한 자요, 모든 것에 도통한 악당이 되어 있었다.

내 사부는 나를 모든 점에서 첨단 유행의 신사로서 때 빼고 광내기 위해 당구 치는 법과 각종 카드놀이를 가르쳐주었다. 속임수 도박을 가르치는 것도 잊지 않았고, 교묘하게 카드를 속이는 법도 빼먹지 않았으며, "깨끗하게 놀면 빈손으로 돌아간다"고 하면서 열심히 가르쳤다. 결코 태만히 하거나 건성으로 하지 않았던 것이다.

나는 꼬박 1년을 그 책략을 배우는 데 허비했다. 그래도 나는 속임수에는 귀재요 천박함에는 천재가 될 수 있었다. 건달에도 두 가지 종류가 있다. 그 하나는 길모퉁이에서 돌차기 놀이나 잡담이나 하는 술에 취한 어중이떠중이들이다. 놈들은 길거리에서 치고 받고, 추잡한 상소리나 즐기고, 옷을 벗는다거나 찢는 것으로 행패를 부리고, 주점이나 선술집에서 내놓고 술에 취하기도 한다. 이놈들은 그저 악당 내지는 불한당으로 불린다.

또 다른 종류의 고상한 건달은 망토를 걸치고 연미복을 입고 심지어 향수까지 뿌려대는 좀 엇나가긴 했지만 예의 바른 젊은이들이다. 세상살이에 있어서는 게으름뱅이요, 패거리 모임에는 빠지지 않고 쫓아다니며, 미녀라면 꽁무니에서 벗어나지 않고, 기회만 닿으면 유부녀도 홀리며, 카드놀이에서는 재주껏 속임수도 쓴다. 춤판에서는 잔소리꾼이요, 손님들에게는 골치 덩어리요, 주책바가지요, 철면피요, 뺀질이요, 타고난 고집쟁이에다 끊임없이 재잘거리기는 옷 입혀놓은 기계요, 말썽쟁이요, 그놈이 살아가는 그 불행한 사회에 해충이다. 이런 놈들은 고상한 악당 내지는 불한당으로 불린다. 이런 종류의 건달에 내가 공식적으로 가입할 수 있었던 이유는 1년이라는 짧은 기간 안에 내 사부의 가르침과 패거리들의 모범을 충실히 따를 수 있었기 때문이었다.

가엾은 아버지는 내 이 천박한 성장은 전혀 모른 채 마르틴 펠라요가 우리집을 뻔질나게 드나드는 것에 아주 만족스러워했다. 내 이미 이야기했듯이 너희 할아버지는 마음씨도 좋았지만 이해심도 좋은 양반이었다. 사실 아버지는 착하고 덕이 많은 분이었다. 그런 양반들은 못된 놈들의 사기술에 잘도 넘어가는 거지. 그래서 나와 내 친구놈은 내 착한 아버지를 잘도 속여 넘겼던 것이다. 나도 상당한 망나니였지만 펠라요란 놈은 나보다 더한 놈이었다. 그래서 우리 둘이서 잘도 속아 넘어가는 아버지를 구워삶아 마르틴 같은 건달에 비해 빈틈없고 올바르고 착한 학생을 자식으로 두었다고 믿게 만들었던 것이다. 친구놈은 내 부탁을 받아 부모님 앞에서 내 재능과 열심을 열광적으로 칭찬했다. 이것으로 침을 놓듯 아버지에게 확신을 심을 수 있었다. 어머니에게는 그 따위는 필요도 없는 것이었다. 어머니는 무조건 나를 사랑했고, 아무리 잘못해도 어려서 그러려니 하며 거의 대부분 용서했고, 또 재롱이나 장난질이겠거니 하며 그냥 넘어갔다.

위조한 돈이 이런저런 잘못으로 곧바로 들통나듯이 망나니짓도 위선의 가면으로 그 추접스러움을 오래 감추어둘 수는 없다. 꼭 그런 일이 내게 벌어졌다. 어느 날 느닷없이 아버지가 내게 물었다. 시험이 언제인지, 시험에 통과할 자신이 있는지 말이다. 정말이지 그런 질문이 아니라, 쌍쌍 춤을 출 준비가 되어 있는지, 아가씨 하나를 호릴 준비가 되어 있는지, 카드놀이를 한판 벌일 준비가 되어 있는지를 물었다면 나는 즉시 그렇다고 대답했을 것이다. 그런데 아버지는 내게 너무 어려운 질문을 던진 것이었다. 나는 내 할 일로 바빠 공부에 전념할 수 없었다. 내 공책은 거의 손대지 않아 깨끗했던 것이다.

그래도 뭐라고 대답해야 할 것 같아 이렇게 대답했다. 지도 교수가 아무 말 없으니 물어봐야겠다고.

"아니다. 그럴 필요 없다. 내가 여쭤볼 테니."

정말이지 곤란한 순간에 아버지는 그와 같은 임무를 수행했다. 아버지는 다음날 학교에 가서 내 지도 교수에게 내 학업 상태에 대해 물어보았다. 시험 볼 수 있는지 알려달라고, 비용을 준비해야겠다고.

진지한 만큼 솔직 담백한 지도 교수는 이렇게 대답했다.

"그렇지 않아도 만나 뵙고 말씀드리고 싶었습니다만, 댁의 아드님은 성공할 가능성이 조금도 없습니다. 재능이 없어서가 아니라 열심히 하지 않아서 말입니다. 성의가 전혀 없습니다. 매주 하루 이틀씩 수업을 빼먹기 일쑤고, 수업에 들어와도 장난질로 다른 학생들 시간이나 잡아먹는답니다. 그걸 보면 아드님 소질이 어떤지, 그 앞날이 어떨지 알 수 있지 않습니까. 게다가 몇몇 친구들과 나쁜 짓을 하고 다니는 것 같은데, 자기 자신을 곧 망치지 않을까 염려스럽습니다. 그러니 부친으로서 아드님 행동을 잘 살피시고, 어떤 짓을 하고 다니는지 알아보십시오. 그렇지 않으면 아이는 망치고 댁은 주님께 그에 대한 책임을 느껴야 할 것입니다."

아버지는 부끄러워 쩔쩔매며 교수와 헤어졌다(나중에 그렇게 말했다). 내게도 단단히 화가 나 있었다. 가엾은 부모들! 돼먹지 못한 자식들은 부모에게 얼마나 쓰라린 순간들을 안기는가! 아버지는 대낮에 집으로 돌아와 아주 언짢아하며 내 인사를 받았다. 아버지는 어머니와 함께 방으로 들어갔다. 두어 시간 후, 어머니는 눈물 가득한 눈으로 나와 상을 차리라고 일렀다.

아버지는 거의 먹지 않았고 어머니도 마찬가지였다. 나는 뻔뻔스럽게도 왜 저렇게 화가 났을까 전혀 신경 쓰지 않고 열심히 접시를 비워냈다. 뻔뻔스러운 놈들은 먹는 것에도 게걸스러운 법이니까. 식사 중에 아버지는 한 마디도 꺼내지 않았다. 그런 식으로 식사가 끝나고 감사 기도도 드렸다. 아버지는 낮잠을 자러 방으로 들어가며 아주 쌀쌀맞게 이렇게 말했다.

"오늘 오후에 학교에 가지 말아라. 너와 얘기 좀 해야겠다."

잘못한 게 있으면 찔리는 법, 나는 더럭 겁이 났다. 아버지가 내 잘난 장난질을 눈치 챈 건 아닐까. 그에 대한 상으로 몽둥이찜질이라도 하겠단 말인가.

그리고 아버지가 화를 낸 이유, 식사 시간이 그렇게 썰렁했던 까닭, 어머니가 눈물을 흘린 원인이 내게 있다는 것을 알아차렸다. 그러나 어머니는 나를 사랑하는 것이 지나쳐 숭배하고 있음을 넉넉히 알고 있었기 때문에 부끄럼도 모르고 어머니에게 이렇게 물었다.

"엄마, 아빠 왜 저러시죠?"

가엾은 어머니는 눈물로 내게 대답했다. 그리고 아버지와 교수 사이에 있었던 일을 미주알고주알 털어놓았다. 그리고 나를 취직시킬 결심을 했노라고. 직업? (나는 외쳤다) 직업이라니? 그렇게는 안 돼요, 엄마. 아니, 문학 학사에 신학교 수료생이 어떻게 하루아침에 재봉사나 목수가 될 수 있는가? 동창생 놈들은 얼마나 나를 놀릴 것인가? 친척들은 뭐랄 것인가? 뭐라고 떠들어댈 것인가?

"그래도 얘야, 어쩌겠니. 네 아버지에게 충분히 호소했다. 말도 하고 울며 매달렸다. 그래도 고집불통이다. 이길 방법이 없구나. 나를 기쁘게 하기 위해 널 악마의 손에 넘길 수 없다고 하더라. 어떻게 해야 할지 모르겠다."

"울지 마세요, 엄마. 어떻게 할지 난 알아요. 아버지도 내가 양철공이나 재봉사가 되는 것을 기뻐하지 않을 것은 확실해요. 군대가 문을 닫았나요? 군복이나 군대 식량이 떨어지기라도 했나요?"

"얘야, 도대체 그게 무슨 말이냐?"

"아무것도 아니에요, 엄마. 직장을 구하기 전에 우선 군에 가겠어요. 몸도 좋으니까 어딜 가나 환영받을 거예요."

여기서 어머니는 곡성을 내며 이렇게 말했다.

"아이고, 내 새끼! 무슨 말을 하는 거냐? 군대? 군인? 그럴 순 없다! 서두를 것 없다. 포기해선 안 돼. 오늘 오후에 다시 아버지에게 매달려보겠다. 네가 공부에 마땅치 않다 하더라도 그건 숙명이니 어쩔 수 없다고, 어디 가게에나 자리를 알아보자고."

"그만 하세요, 엄마. 그건 더 안 좋아요. 아니 학사가 먹물 덩어리에 기름때투성이라면 어떤 꼴이겠어요? 아니 신학자가 식초 판 돈을 세고나 있으라고요? 아니, 아니에요. 군인밖에 다른 것은 없어요. 아버지가 나를 먹여 살리시느라 고생하셨다면 국왕은 우리 모두의 아버지이니 입고 먹는 게 쌔고쌨겠죠. 오늘 저녁 신병 모집소에 가서 등록하고 내일 신병 복장을 하고 엄마를 보러 올게요."

나는 이것을 생각할 때마다, 그리고 가엾은 어머니를 고통스럽게 했던 순간을 생각할 때마다, 나로 인해 흘린 그 눈물을 생각할 때마다, 마음이 고통으로 찢어지는 듯하다. 이제는 후회해도 너무 늦었다. 오로지 이런 교훈만 남았으니, 애들아, 너희 어미를 항상 사랑하고 진정으로 존경하길 바란다. 나와 같은 못된 자식을 본받지 말고 말이다. 우선 주님께 내 젊은 날의 잘못에 합당한 벌을 주시지 말기를 간구하고 다음과 같은 선인의 말씀을 기억해라. "네 어머니를 공경하라. 네 어머니의 한숨을 잊지 마라. 어머니로 말미암아 태어났음을 기억하고 받은 만큼 갚도록 하라."

결국 이 장면은 어머니가 내게 애원하고, 간청하고, 군인은 안 된다고 울부짖고, 아버지에게 매달려 고집을 거두고 내게 일자리 구해주는 일을 포기토록 하겠다고 맹세하는 것으로 끝났다. 어머니의 약속으로 나는 마음을 놓을 수 있었다. 그렇게 되기를 은근히 원했던 것이니까. 그래도 어머니의 배려에 가슴이 아팠다. 군대 경력이, 군인이라는 것이 싫어서가 아니라 일이라면 도대체 무서웠기 때문이었다.

아, 어머니가 방 안에 있던 그 많은 의자로 내 머리를 박살내버렸더라면! 마음을 단단히 먹고 나를 군대로 쫓아내버렸다면. 신병 군복에 몸을 맞추게 되었더라면 얼마나 좋았을 것인가! 그래서 내 공부도 끝장내고 어머니의 염려도 끝장이 났더라면. 그러나 어머니는 그렇게 하지 않았고 그래서 그 이후 주님만이 알 수 있는 고통에 시달리게 되었다.

잠시 후 아버지는 모자를 쓰고 지팡이를 들고 방에서 나왔다. 그리고 내게 말했다.

"망토를 걸쳐라. 가자."

나는 망토를 걸치고 겁먹은 채 아버지를 따라나섰다. 어머니는 걱정스러워하며 뒤에 남았다.

아버지는 조금 걷다 어느 집 현관 앞에 발걸음을 멈추고 이렇게 말했다.

"이놈아, 네놈이 그렇게 못된 놈이라니 정말 실망이로구나. 나는 네놈이 망가지는 꼴을 볼 수 없다. 교수 얘기가 네놈이 게으르고 흐릿하고 부도덕해서 공부에는 맞지 않는다더라. 그러다가 도둑질이라도 해서 목매달려 죽는 꼴은 도저히 볼 수 없다. 지금 당장 무슨 직업을 익힐 것인지 골라. 그렇지 않으면 신병 모집소에나 끌고 가 처넣어버리겠다."

어머니, 아버지에게 저질렀던 그 모든 망나니짓이 이젠 순종으로 바뀌었다. 나는 나 자신 거짓말을 못하고 단호한 점이 있다는 것도 알고 있었다. 그래서 나는 고분고분 굴 수밖에 없어 내게 적당한 직업이 무엇일지 생각해볼 여유를 달라고 애원했다. 아버지는 3일 기한을 줬다. 목이 졸리는 기분이었다. 우리는 집으로 돌아왔다. 어머니는 내가 준 충격으로 놀라는 바람에 혈압이 올라 몸져누워 있었다.

이미 말했듯 아버지는 어머니를 끔찍이도 사랑했다. 그래서 애가 달아 약국으로 쫓아갔다. 다행히 어머니는 다음날 회복되었다. 그래도 시시때때로 울음보를 터뜨렸다. 나는 아버지의 결정을 어머니에게 이야기하지 않았던 것이다. 그러니 어머니는 고통 중에서도 끈질기게 아버지를 졸라댔다. 아들 직업은 그만두자고. 이에 아버지는 스스로 알아서 정할 것이니 장차 어떻게 될지 두고 볼 일이라고 대답했다.

이 대답이 어머니를 애타게 했고 그래서 나도 도대체 어찌할 바를 모르게 되었다. 자기 의견에 그렇게 단호했던 아버지와, 어머니에게 그렇게 냉정했던 아버지를 본 적이 없었으니까. 보아하니 이번에야말로 내가 어떤 일이라도 배우고 익혀야 한다는 사실을 가르치려는 것 같았다.

나는 그 기술 선생들의 혹독한 가르침에서 벗어날 방도를 구할 수 없어 수시로 몸서리치며 그렇게 곤궁한 처지에서 할 수 있는 가장 지독한 짓을 궁리하기에 이르렀다. 그래서 나는 내 자상한 사부이며 현명한 친구인 저 유명한 마르틴 펠라요를 찾아 나섰다. 나는 놈을 굳게 믿고 그놈 방까지 부리나케 쳐들어갔다. 놈은 천장에 매달아놓은 줄로 그네를 타고 있었다. 볼레로를 콧노래로 흥얼거리며, 바닥을 차가면서.

놈은 자신의 노래에 흠뻑 빠져 있어 내가 들어가도 몰랐다. 놈은 내가 이렇게 말할 때까지 사슴 새끼마냥 깡충거리고 있었다.

"뭐 하는 짓이야, 마르틴? 머리가 어떻게 된 거야, 곡예를 배우기라도 하는 거야?"

그러자 놈은 나를 발견하고는 이랬다.

"미친 것도 아니요, 곡예사가 되려는 것도 아닐세. 볼레로에 쓰이는 운율을 익혀보려고 이 짓이라네."

그러면서 깡충거리는 짓도 계속했다.

나는 그 꼴을 지켜보며 이랬다.

"잠시 연습을 멈추지. 네게 가르쳐주어야 할 중요한 문제를 가져왔어. 너만이 날 구해줄 수 있는 문제야."

그러자 놈은 날렵하게 줄에서 뛰어내렸다. 우리는 놈의 침대에 나란히 앉았다. 놈이 말했다.

"네게 문제가 있는지 몰랐어. 뭔지 말해. 내가 널 얼마나 좋아하는지 알지?"

나는 내 모든 근심 걱정을 조목조목 일러바쳤다. 직업을 갖기 위해 일을 배우면서 당해야 할 수모에서 벗어나기 위해서라면 수도사라도 되어야 할 판이라며 말을 맺었다. 놈은 내 말을 심각하게 경청하고는 이렇게 말했다.

"페리코, 네 아버지의 그 쓸데없는 걱정으로 시달린다니 참 안됐구나. 그래도 직공이나 군인이 될 수밖에 없거나, 그 둘도 싫어 수도사가 되는 길밖에 남은 게 없다면, 나라도 너처럼 할 거야. 장님보다는 애꾸가 나으니까. 재봉사 페리코, 일등병 페리코, 정말 꼴불견이다. 수도사 페드로, 거 좋지. 그 사람들 진짜야. 물론 수도사의 삶이란 참을 수 없는 불편이 따르는 거지. 공부, 모임 참석, 규칙 엄수, 상관에 대한 절대복종, 자유 박탈, 너나 내게 참 잘 어울리겠다. 그래도 모든 건 하기 나름이야. 이런 불편함이 있는 반면에 상당히 좋은 점도 많거든. 일자무식이라 해도 종교의 명예가 모두에게 고루 퍼지니까. 성스러운 의복이 불러일으키는 존경심도 있지. 뭐니 뭐니 해도, 이 친구야, 밥을 굶지 않는다는 점이 어디야. 공돌이나 군바리라면 이런 편리는 전혀 없어. 그러니 네 생각대로 밀고 나가는 게 좋겠군."

"그래서 온 거야. 내 생각을 너와 의논하고, 네 아버지에게 졸라 추천장이라도 받아 네 삼촌이 나를 산디에고 수도원에 받아들이도록 해달라고 부탁하러 왔지. 급해. 늦어지면 위험하거든. 수도원 허가서라도 손에 쥐어야 아버지도 화를 풀고 나를 다시 볼 것 아냐."

"그건 일도 아냐. 내일 아침 일찍 와라. 오늘 밤 아버지에게서 추천장을 받아낼게."

 나는 이런 위로의 말에 흡족하여 마르틴과 헤어져 집으로 돌아왔다.

 집에 들어서니 농장 주인 마르틴 씨가 신발짝으로 내 뺨을 때린 부인과 함께 집에 와 있었다. 그 딸과, 그 유명한 후안 라르고인지 하누아리오인지까지 전 가족이 멕시코로 놀러 왔던 것이다. 세상을 살다 보면 싫증나게 마련, 도시에 사는 사람들은 시골에서 놀거리를 찾고 시골에 사는 사람들은 도시에서 볼거리를 찾는 법이다. 누구 하나라도 진득이 만족스러워하는 법이 없다. 문제는 시골이나 도시에 있는 것이 아니라 우리 마음에 있기 때문이다. 우리 마음 가는 대로 싫증도 내고 걱정도 하고 그러는 것이다.

 나는 손님들에게 인사를 했다. 그리고 이런저런 이야기를 나누고 나서 나는 하누아리오와 복도로 나와 여러 가지 이야기를 오래 주고받았다. 내 이야기가 대부분이었다. 나는 각종 모험담을 늘어놓고 마지막으로 수도사가 될 결심을 이야기했다. 그러자 후안 라르고가 잽싸게 대답했다.

 "그래그래, 페리키요. 수도사가 되는 거야. 수도사 말야. 더 나을 수는 없을 거야. 모두 자기 할 바를 다하는 것은 아냐. 저마다 자기 목적에 가장 합당한 것을 한단 말이야. 서품을 받는 사람은 다른 일을 모르기 때문이거나 성직을 잃고 싶지 않아서지. 첫사랑과 결혼하는 사람은 더 이상의 사랑이 없어서도, 여자를 먹여 살릴 재산이 있어서도 아니라 그저 어디로부터 빠져나가기 위해서야. 군바리가 되는 것도 법으로 강요해서가 아니라 잘못 걸려들었거나 자기가 저지른 잘못 때문에 거기서 달아나려고 그러는 거야. 그리고 끝으로, 하고 싶지 않은 것을 곧잘 하는 사람도 더 나쁜 것을 이것저것 피하다 보니 그러는 거지. 공돌이가 싫어서, 군바리가 싫어서 수도사가 되겠다는 게 별스러운 일이겠냐? 그래, 페리코. 잘했어. 네 결심에 찬사를 보낸다. 그래도, 이보게, 일을 신중히 처리하게. 서두르면 후회하네."

그 잘난 놈은 이렇게 장광설을 끝맺었다. 놈의 말은 분명 대부분 사실이었지만 그래도 부족한 점이 많았다. 놈은 그 말에 이런 말을 더했어야 했다. 만일 사람들이 그렇게 한다면 그건 점잖은 사람으로서 옳지도 않고 체통도 잃는 일이라고. 모두가 벌을 피하기 위해, 일하기 싫어, 윗사람을 속이거나 절박한 위험 상황을 피하기 위해 지름길로 달려드는 꼴로 그 따위 속임수나 수작을 부린다면 그건 땜질하는 것밖에 되지 않는다. 나중에 들통나면 진짜 빼도 박도 못하게 될 것이다. 그 결과 남은 인생 내내 울며불며 할 것이라고 말이다. 다시 말하거니와 정말 이런 말을 해주었더라면, 진짜 내 눈을 뜨게 하여 수도사가 되겠다던 내 결심을 포기하게 했더라면, 나는 그쪽으로 재주도 소명도 없음을 일깨워주었더라면 얼마나 좋았을까. 불행하게도 내 초창기 친구놈들은 하나같이 못된 놈들이었다. 그러다 보니 그 충고라는 것도 고약하기 그지없었다.

다음날 나는 펠라요의 집을 찾아갔다. 놈은 내 손에 자기 아버지의 추천장을 쥐여주었다. 그놈 아버지는 추천장을 주는 것으로 만족하지 않았다. 나를 성실한 청년으로 알고 있었던 탓으로 수도원까지 동생을 찾아가 내 이야기를 해주겠노라 약속했다. 그래서 그런 엄격한 종파에 입문하기 위해 치러야 하는 시험 등 여러 가지 고통을 면제시켜주겠다고 했다.

그 양반도 망나니라는 내 운명에 한몫 거들었던 것이다. 모든 것이 내 뜻대로 쉬 풀려갔으니까.

나는 추천장을 기분좋게 받았다. 나는 수고해준 친구에게 감사를 표하고 집으로 돌아왔다.

11. 페리키요는 수도사의 옷을 입는 바로 그날 후회막심하게 된다. 왜 후회막심인지 이런저런 이야기가 펼쳐지는 장

나는 그날 하루 내내 어서 새날이 와서 수도원에 가볼 수 있기를 학수고대하며 들뜬 마음으로 보냈다. 그날 오후에는 가고 싶지 않았다. 펠라요의 아버지가 제안한 대로, 나를 위한 수고를 행할 수 있는 여지를 마련해주어야 했으니까.

그날은 아무 일도 일어나지 않았다. 다음날, 나는 때맞추어 산디에고 수도원으로 향했다. 외로이 서 있는 포플러나무를 지날 때 나는 나무 앞에 서서 수도원 광장을 지나는 내 모습을 상상해보았다. 고개를 떨구고, 눈을 내리깔고, 두 손을 모자챙으로 가리고 고분고분하게 말하는 것도 연습해보기 시작했다.

그렇게 겸손한 티를 연습하여 어느 정도 폼이 잡히자 나는 수도원을 향했다.

수도원에 도착한 나는 여기저기 돌아다니며 수도원장 방을 묻고 다녔다. 수도원 사람들이 가르쳐주었다. 나는 문을 두드리고 들어가 책상 앞에 앉아 있는 수도원장을 발견했다. 책상 위에는 책 한 권이 펼쳐져 있었다. 분명 책을 읽으며 나를 기다린 모양이었다.

나는 절을 하고는 방금 전에 연습한 대로 온갖 예의를 다해 손에 입을 맞추었다. 그리고 수도원장의 형이 준 추천장을 건네주었다. 수도원장은 추천장을 읽고 나를 위아래로 훑어보고 나서는 이 수도원의 수도사가 되기 원하느냐고 물었다.

"그렇습니다, 원장님."

"자네는 아는가, 수도사가 무엇이며 우리 스승 성 프란체스코의 엄격한 규율은 무엇인지? 잘 생각해보았는가?"

"그렇습니다, 원장님."

"무엇이 자네로 하여금 여기 이 수도원에 은둔하도록 하였는가, 꽃다운 청춘에 세상을 버리고?"

"원장님, 주님을 섬기는 것이 소원입니다."

"그 소원, 아주 좋아 보이는군. 그런데, 왜 세상에서 주님을 섬길 순 없는가? 모든 의인과 모든 성자가 수도원에서 주님을 섬기는 것은 아니네. 우리 주님께서 거하시는 곳은 아주 넓다네. 그리고 아주 다양한 방도로 택하신 자를 부르시지. 주님의 은혜에 힘입어 세상의 모든 사람, 모든 자리가 주님을 섬기기 위해 존재하는 것이라네. 결혼한 성자, 독신 성자, 상처한 성자, 은둔 성자, 궁중 성자, 박식한 성자, 의사, 변호사, 기술자, 거지, 군인, 부자 성자도 있다네. 한마디로 모든 사람 속에 성자가 있다는 걸세. 그러니 주님을 섬기기 위해 굳이 수도사가 될 필요는 없다네. 그 신성한 율법을 지키면 된다네. 율법은 궁중에서도, 사무실에서도, 거리에서도, 공장에서도, 상점에서도, 시골에서도, 도시에서도, 군대에서도, 항해 중에도, 심지어 유대인의 회당에서도, 회교 사원에서도 지킬 수 있다네. 종교 생활을 직업으로 삼는 것이 가장 완벽한 것이지. 그러나 진정한 소명이 없으면 안전한 것이 못 된다네. 많은 형제들이 수도원에서조차 심판을 받는다네. 한 백 년 살아야 구원받을까. 훌륭하게 시작하는 게 문제가 아닐세. 참아내는 것이 필요하네. 아무나 승리의 면류관을 쓰는 게 아닐세. 사나이답게 끝까지 싸워야지. 자네 나이 때면 충동이나 뜨거운 심령을 의심해보아야 하네. 보통 화들짝 피어나는 잿불에 불과할 때가 많아. 확 일어났다가 금세 사그라진다네. 많은 형제들이 또 서원이라는 문제에서 넘어진다네. 서원을 해도 남들이 흉볼까 두려워 마지못해 하는 경우도 많다네. 마지못해 서원한 형제는 사악하고 순종하지 못하고 방탕하기 쉽지. 방종과 배신으로 윗사람을 대하고, 평신도에게 문제를 일으킴으로써 우리 종교의 신용을 떨어뜨린다네. 성녀 테레사의 말씀대로 문제는 절조라네. 세상은 덕을 추구하는 사람들이 완벽하기를 바라지. 아무것도 용서되지 않아. 모두 살피고 알아차리고 꼬치꼬치 따진다네. 세상 사람들은 다른 세상 사람들이 저지르는 잘못은 아무리 악한 것도 쉬 용서한다네. 그런데 종교인으로 헌신하는 사람이 누구 하나 잘못했다 하면 큰 소동이 벌어지는 거라네. 큰 소리로 외쳐대고, 문제를 일으킨 당사자뿐만 아니라 우리 신앙 전체를 싸잡아 욕을 퍼붓는다네. 같은 종교, 같은 수도원에 있는 형제들이 모두 선하고 방정하다 해도 그 차이는 있을 것이 아닌가.

　수도사란 자리는 잔치를 벌이는 자리가 아니라 인내를 요하는 자리이며 규율과 함께 윗사람에게 절대 복종해야 하는 자리일세. 그래서 이 자리를 위해 소명도 없이 달려든 젊은이가 넘어지지 않게 하기 위해, 또 잘못된 자로 인해 우리 종교의 평판이 떨어지게 하지 않기 위해, 우리는 지원자들의 영혼을 매우 신중하고도 효과적으로 시험해보아야 하네. 그래서 정식으로 입문하기 전에 수련 기간을 두어 그 동안 종교를 경험하게 하고 있다네. 그리고 수도원장은 수도사를 받아들이기 전에 그들의 영혼을 먼저 시험해보아야 한다네. 자네가 이곳에서 주님을 섬기기를 원한다니, 이곳에서 우선적으로 버려야 할 것은 자기 의지라는 것을 아는가? 이곳에서는 자네가 맹목적으로 순종해야 하는 윗사람들의 의지 외의 것은 필요 없으니 말일세."

"알겠습니다, 원장님."

"자네는 세례 때 맹세한 대로 세상의 사치와 자만을 영원히 버려야 함을 아는가?"

"알겠습니다, 원장님."

"이곳은 쉬거나 놀기 위해 온 것이 아니오, 종일 열심히 일하기 위해서라는 것을 아는가?"

"알겠습니다, 원장님."

알겠습니다, 원장님, 알겠습니다, 원장님. 나는 수없이 물어오는 '아는가' 라는 다짐에 꼬박꼬박 대꾸했다. 나는 이 짓이 내 때가 이르러 내게 성례를 행한다고 생각했던 것이다. 이 모든 시험은 바로 그 자리에서 내게 허가증을 주는 것으로 끝났다. 수도원장은 내 아버지를 직접 만나보았으면 한다고 했다.

내 모든 대답은 내가 연구하여 꾸며낸 것이었다. 이 말을 곧이곧대로 알아먹은 수도원장은 내게서 좋은 인상을 받았다. 수도원장은 착한 사람이었고 나는 망나니였다. 망나니들이 착한 사람을 속여먹기는 누워서 떡 먹기라 하지 않더냐. 아무것도 모르는 사람이라면 더 쉽지.

착한 수도원장은 헤어질 때 나를 얼싸안고는 이렇게 말했다.

"좋네, 형제여. 주님이 함께하시기를. 선한 의도를 끝까지 지켜내 주님의 영광과 영혼의 안식에 참예할 수 있도록 기도하게나. 날마다 뜨거운 심령으로 기도하게나. '오, 주여! 저와 함께하심을 보장하옵소서.' 그리고 성령의 은혜가 충만하고 풍성한 열매를 맺을 수 있도록 날마다 더욱 열심히 자네 영혼을 주께 받들게나."

여기서 나는 그 손에 입 맞추고 집으로 돌아왔다.

수도원을 나설 때 내 자신으로부터 뭔가 선한 것을 느꼈다고 한다면, 내가 진짜로 수도사로서의 소명이 있는 것이 아닐까 하고 생각했다면 누가 믿어줄까? 늙은 수도원장의 그 존경할 만한 모습, 내 마음이 울릴 정도로 경건하고 투명했던 그 목소리, 그 신중함, 그 자애로운 성격, 나 같은 못된 놈도 빠져버릴 것 같은 정말 매력적인 그 성품이 잊혀지지 않는다.

사실상 나는 속으로 이렇게 중얼거리기도 했다. 내가 그걸 모르고 있었을 뿐이지 혹시 수도사가 될 팔자로 태어난 건 아닐까? 이 일을 통해 주님께서 나를 이끄시어 내 가야 할 바른길로 인도하시는 건 아닐까? 틀림없어. 그래야 해. 주님께서는 불의의 재물로도 옳은 경영을 하신다고 했잖아. 이것도 그런 것이라면 어쩔 수 없지. 수도원에서 집으로 돌아오는 길 내내 이 따위 생각이 머리에서 떠나지 않았다.

나는 집에 도착해 어머니를 만나 그 동안 있었던 일을 이야기하고 산디에고 수도원에 들어갈 허가증을 보여주었다. 어머니가 허가증을 보고는 너무 좋아하는 바람에 혹시 이러다 미치지나 않을까 염려스러울 지경이었다. 어머니는 내가 착한 청년이라고 믿고, 잘하면 예수님의 제자 중 빌립보와 같은 인물도 되지 않을까 하는 모양이었다.

어머니가 그렇게 놀라는 것에 의아해한다거나 놀랄 필요는 없다. 내 못된 짓거리가 아주 똑똑한 사람에게도 은혜요 덕으로 비쳤다면 어머니에게는 어땠겠는가?

아버지가 외출에서 돌아왔다. 어머니는 기쁨에 넘쳐 아버지에게 내 일을 미주알고주알 이야기하고는 수도원장의 허가서까지 내보였다.

"보여요, 여보? 그림 속 사자가 그리 사납지 않다는 걸 아시겠어요? 당신 말처럼 우리 페드리토가 그렇게 못돼먹진 않다는 걸 아시겠어요? 걔가 애니까 장난질이 심하긴 했어요. 그래도 이젠 얼마나 반듯해요? 당신은 걔가 성인이 되기를 어려서부터 간절히 원했잖아요. 그래도, 여보, 그건 성급한 거예요. 어떻게 애들이 우리가 원하는 대로 그때그때 따라오겠어요? 지그시 기다릴 필요가 있는 거예요. 얼마나 놀라운 변화예요? 당신 기대나 했어요? 어제는 페드로가 망나니라 했지만 오늘 보기로는 성인이죠. 어제는 가문의 혹이라고 했지만 오늘 보기로는 가문을 빛낼 만하죠. 집에 수도사 친척이라도 있으면 앞날이 캄캄하진 않아요. 나는 적어도 그렇게 생각해요. 저는 그런 믿음과 신념으로 살아요. 이건 다른 지역보다는 아메리카에 뿌리 깊은 편견이라고 아무리 남들이 떠들어도 말예요. 나는 그렇게 보지 않아요. 어느 집에 수도사 친척이 있으면, 귀족들이 자랑 삼아 내세우는 공적이나 족보나 그 따위가 없어도 아비시니아 왕과 당당히 견줄 수 있는 거예요. 그 따위야 가족이나 친지나 알아줄 뿐, 다른 사람들이야 눈으로 볼 수 없으니 귀족인지 아닌지 모르는 거죠. 그런데 수도사 친척이 있으면 그렇지 않아요. 세상 모든 사람이 알아보고 수도사나 그 부모나 그 조부모나 그 증조 부모나 그 고조 부모가 귀인이라는 것을 누구도 의심치 않아요. 그 수도사가 결혼이라도 할라치면 그 부부나 자식이나 손자나 증손자나 고손자도 다 고귀해지는 거예요. 왜냐하면 수도사는 걸어다니는 귀족 증명이니까요. 내 말이 옳은지 어떤지 생각해봐요. 당신도 우리 페드리토의 새로운 결심을 인정해야 해요."

나는 문틈으로 이 모든 장면을 훔쳐 듣고 훔쳐보았다. 아버지가 그 허가증을 읽고 또 읽고, 한 번, 두 번, 세 번에 걸쳐 어루만지는 모습이 보였다. 눈곱이 낀 것도 아닐진대 몇 번이나 눈가를 훔치는 모습도 보였다. 내 진심을 의심하고 있는 것은 아닌가! 방금 읽은 것을 도대체 믿기나 하는 것인가?

아버지는 어안이 벙벙했지만 어머니의 그 장광설에 귀를 기울였다.

어머니가 말을 마치자 아버지가 말했다.

"맙소사! 여보, 당신 정말 순진해빠졌군! 참 짧은 시간에 어지간히도 떠들어대는군! 누군가 우리 얘길 엿듣기라도 했다면 정말 창피한 노릇이겠군. 당신 집과 같이 진짜 고귀한 집안은 티를 내기 위해 성직자 자식을 욕심내지도 않고, 설사 그런 자식이 있다 해도 그걸 자랑 삼지도 않아. 그 따위 욕심과 자랑이야말로 바로 고귀하다는 것이 뭔지 모른다는 명백한 증거야. 적어도 달리는 고귀함을 드러낼 수 없다는 얘기겠지. 그건 정말이지 위험한 짓이야. 사기나 당하기 꼭 알맞지. 지금 중요한 건 그게 아냐. 진정한 고귀함이란 그 덕성에 있다는 거야. 이것이 그 시금석이요 올바른 증거야. 종교적인 것이든 세속적인 것이든 그 빛나는 자리가 아니란 말이야. 그런 자리는 양심 불량이나 그 밖의 것으로 자격이 없는 사람들도 많이 차지하니까 말이야. 지금 중요한 것은 이 허가증이야. 그저 어안이 벙벙할 뿐 어찌 된 영문인지 모르겠어. 페드로란 놈은 어제까지만 해도 허랑방탕하고 친구들하고 어울려 못된 짓거리나 하러 다니며 학교를 땡땡이친 놈이었어. 그런데 오늘 그 엄격하고 고지식한 종파에 수도사로 들어갈 정도로 고분고분하고 착한 놈이 되어 있는 거라. 어제까지만 해도 게을러터져 신학 공부는 제쳐두고 멋만 부리던 놈이 오늘 수도원에서 일을 하겠다며 굳은 결심을 했다고? 어제까지 함부로 놀던 놈이 오늘은 경건한 수도사라? 어제 이랬던 놈이 오늘은 전혀 딴판이라? 어떻게 된 것인지 도무지 모르겠어.

주님께서는 전지전능하셔서 원하시는 일이면 뭐든지 하신다는 것을 모르지는 않아. 막달레나와 같은 한갓 시골 처녀를 성녀로 만드신 것도, 디마와 같은 촌부를 신부로 만드신 것도, 아우렐리우스와 같은 사람을 황제로 만드신 것도, 그리고 수많은 죄인을 종으로 사용하셔서 교회를 세우게 하신 것도 잘 알아. 그래도 이건 자주 있는 일이 아냐. 죄인이 은혜를 입는다는 것은 드문 일이니까. 죄인은 매순간 무시당하기 일쑤고, 그래서 세상이 이렇게 엉망인 거야. 잘은 몰라도 이것도 페드로란 놈의 장난질인 것 같은데……"

"그만 해요. 당신이 그 불쌍한 애를 싫어하니까 기적이 일어나도 나쁘게만 보이는 거예요. 그래요, 당신은 보지도 못하면서 그 애의 결점만 들추는 거예요. 지금도 눈으로 뻔히 보면서도 그 애를 의심하는 거죠. 참 말도 잘 지었지, 의심으로 사람을 죽인다고."

"무슨 말이야? 페드로에게 무슨 착한 구석이 있다고 나더러 보내마네 하는 거야?"

"이 허가증보다 더 확실한 증거가 어디 있어요?"

"아냐, 이 허가증으로 그 애가 착하다고 할 수는 없어. 이건 그놈이 자기 목적을 위해 수도원장까지 속여 빼낼 수 있을 정도로 영악하다는 증거야."

"당신은 옷을 사네 뭐네 하는 데 돈 쓰기 싫어 이러는 거예요. 내 자식을 위해 당신은 한 푼도 낼 필요 없어요. 아직 삼촌들도 있고, 아니면 내가 구걸이라도 하겠어요."

어머니는 이렇게까지 투지를 나타냈고 아버지는 신중에 신중을 기해 이렇게 말했다.

"바보같이 굴지 말아요. 비용 때문이 아냐. 그 동안 쭉 페드로란 놈이 믿지 못하게 만들었기 때문이지. 나는 그놈의 속셈을 알아. 그놈 성격을 살펴두었다고. 그래서 그놈이 부르심을 받았다는 것이 확실한 건지 의심스러운 거지. 그놈은 내 자식이야. 나도 그놈을 사랑해. 무척 사랑한다고. 내가 사랑한다고 해서 그놈에 대해 모른 체할 수 없어. 그놈은 일하기 싫어하고 친구를 좋아하고 허세나 떨며 놀기만 좋아해. 그리고 생각하는 것도 종잡을 수 없어. 게다가 너무 어려. 사물을 제대로 분별하기 위해선 더 많이 배워야 해. 이 모든 것으로 볼 때 놈은 두세 달도 수도원에서 견디지 못할 것 같아. 수도사 생활이 얼마나 힘든지 알면 뛰쳐나오겠지. 이걸 염려하는 거지 비용 때문이 아냐. 나도 그놈이 잘하는 짓을 보면 칭찬해줄 준비가 항상 돼 있단 말야. 그렇지만 다른 때와 마찬가지로 이번에도 기꺼이 필요한 만큼 비용을 대도록 하지. 나도 그놈이 원하는 대로 되기를 바라니까."

여기서 회담은 끝났다. 마음씨 착한 두 양반은 식사를 하러 방을 나왔다.

밤에 아버지는 나를 조용히 불러 갖가지 질문을 해댔다. 나는 수도원장에게 했던 꼭 그대로 '아멘' '아멘' 하고 대답했다. 아버지는 설교를 늘어놓으며 수도사의 생활이 어떤지를 설명했다. 어떻게 해야 완전한 것인지, 그 맡아야 하는 임무가 무엇인지, 소명도 없이 그런 일에 뛰어들었을 때 겪어야 할 결과가 얼마나 끔찍스러운지, 그 밖에 듣도 보도 못한 온갖 확실하고 옳은 것을 나를 위한 것이라며 이야기하고 또 이야기했다. 그러나 아이들이란 그런 이야기라면 귓등으로도 듣지 않는 법, 한 귀로 듣고 한 귀로 흘리고 만다. 나는 눈을 내리깔고 그 설교를 듣고 있었다. 아주 겸손을 떨었기 때문에 아마 견습 수도사로 보였을지도 모른다. 나는 내 역할을 너무나 훌륭하게 해냈다. 그래서 아버지는 이거 진짜로구나 하고 믿었다. 그리고 내일 수도원장을 만나러 가겠노라고 했다. 아버지는 내게 축복해주고 손에 입을 맞췄다. 그리고 우리는 잠자리에 들었다.

나는 푹 잘 수 있었다. 모두를 속여먹었으니까. 공돌이가 되거나 군바리가 될 지경에서 용케도 빠져나온 것이다.

다음날, 내가 자리에서 일어났을 때 아버지는 벌써 외출하고 없었다. 정오에 집으로 돌아온 아버지는 어머니 앞에서 내게 이렇게 말했다.

"페드리토, 수도원장을 만나보았다. 모든 게 순탄하게 되었다. 주님께서 허락하신다면 지금으로부터 일주일 안에 수도사 복장을 하게 될 게다."

그 소식에 어머니는 기뻐했다. 나는 더 기쁜 척했다.

점심을 먹고 나서 나는 펠라요를 찾아가 내 사업이 척척 풀려나간다고 전했다. 놈은 다음과 같이 축하해주었다.

"어이, 모든 게 수월했다니 기분좋은데 그래. 문제는 네가 수도사들의 별스러움을 참아내는 거야. 신출내기로 지낼 때는 더하겠지만. 내 확신하건대 수도사들은 진짜 별스럽다고 할 수 있지. 한밤중에 일어나고, 하루 종일 기도하고, 눈을 내리깔고 걷고, 말은 거의 없고, 밥 먹듯 금식하고, 몸에 채찍질을 해대고, 수도원을 쓸고 닦고, 공부하고, 고지식한 수도사라면 평생이 고생이지. 끝없는 일이요, 한없는 우려요, 영원한 종살이, 죽음만이 자유케 할 수 있는 중단 없는 노동의 연속. 결국 네가 그렇게 결정했으니 팔뚝이라도 물어뜯어야겠지. 이제 그만두겠다면 네 아버지가 뭐랄까? 네 어머니가 뭐랄까? 네 친척들은 뭐랄까? 수도원장은 뭐랄까? 네 집안을 아는 사람들은 뭐랄까? 내 아버지는 뭐랄까? 모두 어떻게 볼까 말이야. 지금 후회한다면 모두 웃어대겠지. 네겐 불명예요 네 부모님에겐 지독한 수치야. 그러니 이젠 도리가 없어, 이 친구야. 속담에도 있듯, 이젠 빼도 박도 못하게 됐단 말씀이지. 이젠 원하든 말든 수도사가 되는 수밖에 없어."

성질이 워낙 더럽다 보면 좋은 일 한다면서 남에게 피해만 입히는 놈들이 있다. 꼭 고양이 같은 놈들로 재롱을 피운다며 할퀴는 것이다. 펠라요도 꼭 그런 놈이었다. 나를 칭찬해놓고는 대뜸 기를 죽이고 다리를 거는 것이다. 처음에는 수도원 생활을 요정 나라나 되는 듯 그려내더니 이제 내가 작정을 하고 나니까 지옥 구덩이라며 빼도 박도 못하게 하는 것이다.

나는 잔뜩 풀이 죽어 놈과 헤어졌다. 나는 거의, 진짜 거의 내 계획을 철회할 뻔했다. 그러나 거의 언제나 우리 양심을 찌르는 그 창피함, 그 '뭐랄까'와 '어떻게 볼까' 하는 것이 걱정은 일단 접어두고 내 결심을 굳혀 그 어처구니없는 무모한 계획을 밀고 나가게 만들었다.

그 일주일 동안 수도원에 들어가기 위해 필요한 것들이 모두 준비되었다. 내 친구 모두, 친척들, 착한 사람이든 망나니들이든 모두가 그 일에 일조했다. 그들 모두에게서 아버지는 수많은 축하를 받았고 어머니는 수많은 인사를 받았다. 두 양반도 저마다 그에 대해 예의상, 격식상, 의리상 수없는 수다를 떨었다. 모두 쓸모 있는 것도 아니었고 겹치는 것도 무수했으니까.

부모님은 그 일주일 동안 손님을 맞는다, 수도원에 들어가는 데 필요한 것을 준비한다 하는 것으로 바빴다. 나도 펠라요와 함께 내 패거리들에게 작별 인사를 하러 다니기 바빴다. 마음이 아프지 않은 것도 아니었다. 그 죄 많은 환락에서 떨어져나간다 생각하니 가슴이 찢어지는 듯했다.

그 잘난 펠라요 놈은 우리가 가는 곳마다 내가 새로운 결심을 했다, 이제 곧 수련 수도사가 된다고 떠벌렸다. 나는 제발 입 좀 닥치라고 애원했지만 놈에게는 그 소식을 입 속에만 넣고 있는 것이 불안하고 짐이 되는 것이었다. 우리가 찾아다녔던 집이라는 것도 하나같이 그렇고 그런 곳인지라 내 결심에 찬물을 끼얹게 마련이었다. 특히 여자들이 심했다. 어떤 여자는 내게 이랬다.

"아이고나! 어쩜 좋아, 저렇게 어린데 처박히다니!"

다른 여자는,

"우와! 진짜 사낸데!"

다른 여자는,

"뭐? 내 생각은 하겠지?"

또 다른 여자는,

"진작부터 그러지 않았어요?"

이 여자는,

"그렇게 어린 나이에 얼굴도 괜찮고 재주도 많은 사람이 수도사가 되는 것은 좋다고 생각하지 않아요."

저 여자는,

"춤꾼이 수도사라? 웃기지 말아요. 못 믿겠어."

모두 이런 식이었다. 무슨 이야깃거리나 추잡한 말이나 나오면(하는 말이 다 그랬지만) 넉살 좋은 아가씨가 대뜸 나서기도 했다.

"어머, 얘! 무슨 얘기야? 입 닥치고 주님의 종을 귀찮게 하지 마."

그 모든 빈정거림에도 불구하고 나는 이별을 구실로 즐길 수 있을 만큼 즐겼다. 못 들은 척하며 춤도 추고, 만돌린도 켜고, 수다도 떨고, 꼬시기도 하고, 입 다물고 있는 것보다 나은 짓이라면 뭐든지 했다.

이런 짓거리가 내가 수도사가 되기 전 일주일 동안의 준비 작업이었다. 꼭 그랬다.

나는 8시까지 나돌아다닐 수 있는 자유로 만족할 수 없었다(그 시간이 예비 수도사에게 주어진 시간이었다). 내 사부 펠라요가 안겨다 주는 그 소란으로는 만족할 수 없었다. 내 불타는 정열은 쉽게 찾아갈 수 있는 아가씨들로 만족하지 않았다. 나는 날마다 우리집을 찾아오는 농장 주인 마르틴 씨의 딸 폰시아니타를 어떻게 해보고 싶어 안달이었다. 그러나 그 아가씨는 정숙하고 신중한 장난꾸러기였다. 그 아가씨는 나를 속속들이 알고 있었다. 있는 그대로의 나, 즉 방자하고 파렴치한이지만 실제로는 바보라는 사실을. 그래서 내가 아양을 떨고 어리광을 피우는 족족 다정하게 대해줬다. 그 방법도 여러 가지라 나는 매번 그 아가씨가 날 좋아한다고 여기게 되었다. 그래서 그 아가씨보다 더 굼뜨고 못된 나는 언젠가는 그 아가씨를 정복할 수 있으리라 생각했다. 그러나 나보다 발랄하고 착한 그 아가씨는 결단코 그런 날은 없으리라 생각했다. 사실 그런 날은 없었다.

어느 날 나는 유치하고 치졸한 연애 편지를 써서 그 아가씨에게 직접 건네주었다. 나는 편지 끝에 내 진심을 다짐했다. 내가 만일 수도사가 되지 않는다면 내가 결혼할 사람은 당신밖에 없노라. 이것으로 내가 어떤 놈인지 잘 알 수 있으리라. 단순 무식 외에는 절대 악과 맞설 수 없는 법. 내 편지에 대한 그 아가씨의 재기 넘치는 답장은 상 받아 마땅하리. 그 답장은 이랬다. "안녕하세요. 당신의 호의에 감사드립니다. 저도 그에 응하고는 싶지만 저는 다른 신사 분을 사랑하고 있답니다. 만일 그렇지 않다면 저는 어떠한 희생이 따르더라도 오로지 당신하고만 결혼하겠지요. 주님께서 선한 수도사가 되게 하시며 싸움에서 승리하게 하시기를. 당신이 아는 이로부터."

나는 이 편지에서 느낀 흥분을 도저히 설명할 수 없다. 아가씨는 나를 질투하게 만들었다. 아가씨는 나를 사랑한다고 했다. 아가씨는 그 밤이 수도원에 들어가기 전날이라는 말로 나를 화나게 만들었다. 나는 잠을 이룰 수 없었다. 내 열정이 얼마나 소란을 떨었겠는가? 그래도 결국 날은 밝았다. 사물들이 보이기 시작하자 그 격정도 조금 가라앉았다.

오후가 되었다. 나는 어머니와 아주머니들과 친지들과 헤어졌다. 나는 애타게 그들을 얼싸안았다. 내 공주인 폰시아니타와의 포옹도 빼먹지 않았다. 내 포옹에 그 아가씨는 냉담하게 대했다. 자기 어머니 앞이라 그랬는지 나를 좋아하지 않는다는 표시인지.

포옹과 눈물과 찡그린 얼굴이 번갈아 끝나고, 아버지와 나와 아저씨들과 손님 중 몇몇이 내 사기극의 증인이 되기 위해 수도원으로 향했다.

내가 보기에 운이라는 것이(이건 내 원수다) 좋지 않은 낌새를 풍기는 것 같았다. 말없이 길을 가는 사람들, 우리 마차 뒤를 따르는 긴 마차 행렬이 마치 장례 행렬 같았다. 길거리에서 쳐다보는 사람 모두 그렇게밖에 생각할 수 없었다. 사실 말이지 나나 내 부모님은 그런 꼴이었다.

산디에고에 도착했다. 그 소식이 수도원장에게 알려지자 수도원장은 몸에 익은 온화한 태도로 우리를 맞아주었다. 아버지와 나는 같이 타고 온 마차에 다시 올라 산디에고 수련 수도원이 있는 타쿠바야로 향했다.

수도원 문 앞에 마차를 세우고 나서 물건을 제자리로 옮겼다. 우리는 입회식이 열리는 성가대석으로 갔다. 나는 수도사복을 입었다. 그러나 내 못된 자질을 벗어버리지는 못했다. 나는 수도사복을 입고 수도사들 틈에 끼였다. 그러나 내 속에서 조금의 변화도 느낄 수 없었다. 나는 여느 때와 마찬가지로 악당이었다. 그때 나는 '옷이 수도사를 만들지는 않는다'는 것을 체험했다.

아버지는 나와 헤어져 그 고상한 수도원을 떠났다. 다른 사람들도 그랬다. 후안 라르고는 나를 한동안 얼싸안았다. 헤어질 때 나는 말했다. "계속 나를 찾아와줘." 놈은 그러겠다고 약속했다. 모두 떠났다. 나는 홀로 남아 수도사들 사이에서 꿔다 놓은 보릿자루 신세가 되었다. 흔히 말하듯, 남의 동네 똥강아지처럼 꼬리를 감추고.

즉시 나는 쓴맛을 단단히 보게 되었다. 식사 시간이 되었다. 나는 그 형편없는 저녁 식사에 질리고 말았다. 우리는 자러 갔다. 몸을 누일 곳이 없었다. 나무 침대는 온몸을 결리게 만들었다. 나는 이런 고통과 이런 꼴같잖은 일이 있으리라고는 전혀 생각도 못 했기에 정통으로 얻어맞은 꼴이었다.

이리 뒤척 저리 뒤척 해도 폰시아니타 생각, 색시 생각, 기생 생각, 이런저런 추잡한 생각에 잠을 이룰 수 없었다. 그리고 나는 내 결정을 진심으로 후회했다. 펠라요란 놈에게 의지했던 것이 몸서리쳐졌다. 추천서 하나로 그렇게 단시일 내에 그렇게 쉽게 도형수 꼴(나는 내 새로운 처지를 그렇게 불렀다)이 된 것에 절망했다. 그래도 잘못은 내게 있었던 것이지 그놈 잘못은 아니었다.

나는 혼자 주절거렸다. "이 무서운 감옥으로, 이 고통스러운 삶으로 스스로 뛰어든 것은 이 야만족 바보 멍청이 나 자신이 아닌가? 나는 얼마나 많은 것을 탕진한 것인가? 얼마나 많은 못난이짓을 저질렀는가? 얼마나 많은 악담을 토해냈는가? 얼마나 많은 집에 불을 질렀던가? 얼마나 많은 잘못을 저질러 지금 이 모양 이 꼴인가? 도대체 어떤 마귀가 공돌이나 군바리에서 벗어나기 위해서 수도사가 되라고 꼬드겼는가? 그 둘 중에 어느 것에서라도 틀림없이 더 잘해낼 텐데. 질리도록 먹고, 하고 싶은 것은 다 할 수 있을 텐데. 망토가 아닌 제대로 된 윗도리도 입고, 언제나처럼 요 위에서 자고, 하루 온종일 신나게 놀고, 게다가 친구놈들이나 얼굴 아는 아가씨들과 춤판을 돌아다니며 기타 따위나 치면서 자유를 구가할 수 있을 텐데. 그런데 이곳에서는 거친 가죽에 투박한 짚방석, 맨발, 형편없는 식사, 딱딱한 판자 위에서의 불편한 잠자리. 갇힌 채 일만 하고, 아가씨라고는 눈을 씻고 찾아봐도 없으니. 아아! 내가 싫다. 수도사가 되려 했다니. 악몽이로다."

나는 그렇게 주절거렸다. 남자든 여자든 모두 이런 식이다. 특히 주님의 부르심 없이, 완전한 소명 의식 없이 신성하고 성스럽고 조용하고 달콤하고 천상적인 위치, 소위 은혜로 택하심을 입은 자들이 이야기하는 이런 위치로 달려든 가엾은 처녀들은 더할 것이다. 소명 없이 뛰어든 자들에게 이런 위치는 혹독하고 어렵고 지옥과 같은 것이다. 도대체 얼마나 많은 사람들이 그런 소명의 순간을, 피할 수 없는 그런 순간을 경험한단 말인가! 조심하여라, 애들아. 무엇이 됐든지 소명이라고 하여 실수하지 마라. 자존심에만 의지하여 함부로 뛰어들지 마라. 그리고 너희가 감당할 수 없는 짐을 지지 않도록 조심해라. 그 짐에 깔리고 말 것이다.

이미 이야기했듯 나는 불평 불만으로 11시부터 자정까지 잠을 못 이루고 있었다. 그런데 겨우 눈을 좀 붙이려는 순간, 잠을 깨우러 다니는 수련 수도사가 내 방으로 들어와서 이렇게 말하는 것이었다. "형제님, 형제님, 어서 일어나 새벽 근행 갑시다."

나는 눈을 떴다. 그리고 순종이 의무임을 깨달았다. 나는 욕지거리를 속으로 잠재우며 자리에서 일어났다.

나는 비몽사몽간에 직업에 대한 불평을 늘어놓으며 성가대석으로 갔다. 나는 내 임무를 마치고 방으로 돌아와 그 시간이면 간절해지는 한 잔의 초콜릿을 아쉬워했다. 정말이지 배가 고팠던 것이다. 그러나 달랠 사람이 하나 없었다.

깊은 침묵이 기숙사를 짓누르고 있었다. 나는 섬뜩한 중에도 배고픔과 조바심과 절망감을 달래기 위해 난잡하고도 처연한 생각으로 돌아갔다. 나는 그런 생각에 푹 빠져 분노와 후회의 눈물을 하염없이 흘렸다. 그러나 새벽 4시, 나는 잠을 이겨내지 못했다. 잠에 빠지고 말았다. 오오! 게을러빠진 자의 불행이여! 코를 막 골기 시작하자 다시 그 수련 수도사가 와서 깨우더니 아침 과제를 드리러 가자고 했다.

나는 다시 화가 잔뜩 나 일어났다. 사형장에 끌려가는 것처럼 내 자신을 저주했다. 그러나 마음속으로 그랬지 한 마디도 밖으로 드러내진 않았다. 정말 지독한 생활이 아닌가? 이 꼬마 수도사는 날 자지 못하게 하기 위해 안달이라도 난 모양이야. 이놈이 내 잔소리꾼이로군. 또 다른 페드로 레시오 박사가 틀림없어. 『돈 키호테』에서 산초 판사가 숟가락을 대자마자 그릇을 치웠던 놈처럼 이놈은 내가 막 잠들려는 순간 꿈을 치우는 놈이로군.

나는 이런 억지 소리를 시부렁거리며 성가대석으로 갔다. 나는 두 눈 감은 장님보다 더 열심히 기도했다. 찬송가를 부를 때면 힘껏 입을 벌렸다. 그러나 지난밤 저녁 식사는 간에 기별도 안 가는 것이어서 너무 배가 고팠다. 뱃가죽이 등가죽인지라, 어서 아침 과제가 끝나 초콜릿으로 배를 채웠으면 하는 생각뿐이었다. 들은 바로는 수도사들도 한때는 실컷 초콜릿을 먹었다는 말을 들은 적이 있어서 나도 좋은 것으로 실컷 먹을 줄 알았던 것이다. 집에는 커다란 항아리가 있었는데 "저런 항아리야말로 수도사의 것이지"라고들 했으니까. 그래서 나는 중얼거렸다. 적어도 저녁이 형편없었으니 아침은 푸짐하겠지. 그래, 틀림없어. 이제 곧 맛있는 초콜릿으로 병나발을 불면서, 따라나오는 카스텔라도 먹고, 그게 없으면 못해도 치즈 바른 빵조각이라도 얻어걸리겠지.

그런 찬란한 꿈을 꾸는 중에 기도가 끝나 우리는 성가대석에서 나왔다. 6시, 6시 반, 7시. 이렇게 시간이 지나갈 때마다 나는 넋이 빠지고 울화가 치밀었다. 초콜릿은커녕 아침 내내 국물 하나 없을 듯싶었다. 듣자 하니 그날이 금식일이라나! 그래 나는 헛된 꿈을 버렸다. 수도사가 되겠다던 그 망측한 생각보다 두 배가 넘게 내 자신에게 욕을 퍼부었다. 그리고 다른 두 명의 수련 수도사가 와서 가죽통 두 개를 주면서 이렇게 말했을 때는 꼭 미치는 줄 알았다.

"형제님, 이리 오시지요. 성가대석에 갈 때까지 이 통을 들고 가서 수도원 청소를 합시다."

이건 너무하다, 나는 속으로 외쳤다. 자지도 못하고 먹지도 못하고 뺑뺑이로 일만 한다! 이게 수련 수도사인가? 이게 수도사가 되는 길인가? 아이고, 내 오도방정과 펠라요와 후안 라르고의 그 야비한 충고 때문이라고는 하지만 해도 너무하다. 별수없어, 나는 수도사가 아냐, 나가는 거야. 여기 일주일만 있다가는 졸리고 배고프고 피곤에 지쳐 골로 가고 말겠어. 나는 나간다. 그래 나는 나간다. 하지만 이렇게 빨리? 앉자마자 곧 떠나겠다? 그럴 순 없지. 뭐라고 할까? 턱주가리에 털 난 놈이라면 적어도 2, 3개월은 견뎌야지. 그리고 나서 탈출구를 찾는 거야. 아프다고 하는 거지. 이러니저러니 토를 달 필요는 없겠지만, 다른 사람과 비교하면 내 병은 사실이고 진실한 이야기거든. 나는 이런 성스러운 울타리 안에서 피골이 상접하여 죽을 수는 없노라고 주님께 매달리는 거지. 누군들 어쩌겠어.

나는 물을 길러 간다. 길에 물을 뿌린다 하는 동안 내내 우울하게 고개를 빠뜨리고 이렇게 중얼거렸다. 그러나 다른 두 수련 수도사가 즐겁게 청소하는 모습을 보고는 감탄하지 않을 수 없었다. 놈들은 나보다 어리거나 나와 같은 또래였다. 보아하니 선량하고 진짜 소명에 이끌려 들어온 것 같았다. 나처럼 빈둥거리지도, 일을 피하려고 하지도 않았.

둘 중 하나는 그러니까 막내인 셈이었는데, 아주 발랄했다. 흰 피부에 주홍빛 머리카락, 그리고 눈은 파랬으며 생기가 넘쳤고 입에는 미소가 가득했다. 일에 지쳐서인지 홍조를 띤 것이 너무 아름다워 마치 성 안토니오를 보는 듯했다. 이 순진한 놈은 내 쓸쓸하고 우울한 표정을 살피고는, 내가 너무 이곳이 엄격해서 놀라고 걱정하기 때문에 그런다 싶었는지, 내게 다가와서는 정을 뚝뚝 흘리며 이렇게 말했다.

"형제님, 무슨 일이에요? 왜 그리 슬퍼하세요? 즐거워하셔야죠. 즐거움은 주님을 섬기는 데 방해가 되지 않아요. 주님께서는 정말 선하신 분이시지요. 저희는 주님의 자녀이지 종이 아니에요. 주님께서는 저희가 주님을 아버지로서 사랑하고 절대자로서 경배하기를 원하세요. 종과 같이 두려워해서는 안 돼요. 그분께서는 저희들의 폭군이 아니시죠. 그분께서는 자비가 넘치는 분이시지 이교도들의 사투르누스 신처럼 자기 자식을 죽이는 그런 신이 아니에요. 그 눈빛만 보아도 성도는 즐거워하고 그 눈빛 하나로 천국의 모든 행복을 지으시죠. 주님께서는 그 자녀들에게 믿음과 기쁨을 충만하게 하시지요.

성왕 다윗도 우리에게 명백하게 말씀하셨습니다. '주님을 기쁨으로 섬기라.' 집회서에서도 이르시기를 '슬픔을 멀리 던져버려라. 슬픔은 많은 생명을 앗아가는 것이라. 그 속에 유익이 없노라'라고 했어요. 더 있어요. 우리 주 예수 그리스도께서도 '금식할 때에 너희는 외식하는 자들과 같이 슬픈 기색을 내지 말라'고 하셨죠. 그러니 형제님, 즐거워하세요. 주님께 영광이 가지 않고 우리 영혼에게 유익이 되지 않는 근심 걱정과 같은 그런 생각일랑 떨쳐버리세요."

나는 그 신실한 놈의 충고에 감사했다. 나는 놈의 덕성, 차분함, 기쁨에 시기가 났다. 나는 나같이 못돼먹은 놈들도 사랑스럽게 만들 만한 그런 확고한 덕성이라는 것은 전혀 몰랐으니까.

미사 시간이 왔다. 우리는 성가대석으로 갔다. 나는 수도원 경내에서 보았던 몇몇 신부가 참석하지 않았음을 알아챘다. 나는 그 이유를 물었다. 그 신부들은 미사에 참석하기에는 너무 서열이 높거나 나이가 많아 열외라는 대답이었다. 그 말을 듣고 나는 조금 위안을 얻을 수 있었다. 나는 이렇게 생각했던 것이다. 미심쩍지만 이 일을 계속해서 서열이 높아지면 이 짓에서 벗어날 수도 있겠구나. 우리는 성가대석으로 갔다.

12. 좋은 충고와 나쁜 충고를 다루는 장. 페리키요의 아버지가 죽고 페리키요는 수도원을 나온다

나는 제3시과와 미사 내내 성가대석에 있었다. 그렇지만 악보대에 머리를 처박고 있었다고나 할까. 축 늘어진 눈까풀로 찢어지게 하품하며 끄덕끄덕하다 보니 훌쩍 시간이 지났다. 저녁도 못 먹고 잠도 못 잤으니 오죽했을까.

사회를 보던 자가 그것을 눈치 채고는 밖으로 나오자 이렇게 말했다.

"형제여, 형제는 심히 게으른 듯하오. 시정하도록 하오. 이곳은 잠자는 장소가 아니오."

나는 마음을 다스릴 수가 없었다. 그렇게 심하게 질책하는 것에 익숙하지 않았으니까. 그러나 감히 한 마디도 대꾸할 수 없었다. 나는 두건을 뒤집어쓰고 자리를 떠나 그 성스런 방을 계속 청소했다.

행복한 식사 시간이 되었다. 전과 같은 음식이었지만 내게는 하늘에서 떨어진 것 같았다. 시장이 반찬이니까.

결국 나는 수련사로서의 감금 생활과 노동에 서서히 적응해가기 시작했다. 주린 배를 움켜쥐고, 졸음에 겨운 눈을 다독이며, 노동으로 파김치가 된 육신을 구슬리며, 수도원의 온갖 고통을 참아가며. 6개월만 지나면 병을 핑계 삼아 내가 저 바깥에 내버려두고 온 그 흥미진진한 세계로 되돌아가겠다는 희망을 품고 말이다.

이 희망은 때때로 찾아오는 아버지에 의해 고무되었다. 내 두 지도자 하누아리오와 펠라요의 여전히 기독교적이고 신중하고 자애로운 충고는 한몫 더했다. 놈들은 내 아버지가 소개시켜준 수련사 주임 신부의 허가를 받아 뻔질나게 나를 찾아왔다.

한 놈이 말했다.

"그래, 페리코. 여기서 벗어나는 길밖에 없어. 아니 겨우 이틀 만에 그 꼴이 뭔가. 비쩍 말라 시들어빠지고 누르퉁퉁해졌으니. 수의만 입혀놓으면 갖다 묻겠다고 들겠군. 이 선량한 수도사들이 머지않아 널 그렇게 만들 거야. 고결한 품성을 지닌 사람이라 해도 엄하고 경솔한 면도 있거든. 그리고 또 이들은 가엾은 수련사를 모두 성자로 만들려 든단 말이야. 꼬치꼬치 캐고, 빼지 않고 벌을 주고, 눈감아준다거나 용서란 없지. 자신이 수련사였던 때를 기억하는 주임 신부란 없어."

이 말은 내 친구들 중에서 그래도 좀 괜찮은 펠라요가 해준 것이다. 후안 라르고야말로 가장 못된 놈이었다. 놈은 세상의 모든 수도사와 성직자를 싸잡아 욕했다. 내가 바라바보다 더 악한 놈이라도 된다면 이놈은 나중에 나를 또 얼마나 욕하고 다닐 것인가?

사실 말이지 놈이 말한 모든 것을 글로 쓸 수는 없는 노릇이다. 특히 그 자비로운 종교에 대한 것이라면 말이다. 오로지 자기 아버지의 올바른 주장을 피하기 위해 소명도 없이 덕성도 없이 뛰어든 나 같은 망나니에 대한 책임을 종교가 질 수는 없는 노릇이다. 그래도 놈의 충고를 들어보면 놈이 품고 있는 그 시커먼 속내를 짐작할 수는 있으리라.

"바보같이 굴지 마. 나가, 밖으로 나가. 여기서 우쭐대면서 도나 닦을 생각 마. 그럼 인생 끝이야. 너는 젊고 야성미가 넘치니 세상을 즐겨. 네가 아는 아가씨들이 매번 너에 대해 묻는단 말이다. 내 사촌도 하염없이 울며 너를 그리워해. 네가 수도사만 되지 않았어도 너와 결혼했을 거라나. 그러니 나가, 페리키요 이놈아. 나가서 폰시아니타와 결혼해. 마르틴 씨의 고명딸이니 돈도 꽤 있어. 지금 널 좋아한다니까 기회를 잡아야 해. 그 애가 네가 나오리란 희망을 잃고 다른 놈을 사랑하게라도 된다면 말짱 헛일이야. 내가 그 애 사촌만 아니어도 다짐하건대 이런 얘기 안 해. 내가 차지할 테니까. 그렇지만 내가 그 애와 결혼할 수 없어도 결국 누군가와는 해야겠지. 그 누군가가 네가 돼야 한단 말이야. 내 친구니까. 회교도에게 보내느니 기독교인에게 보내는 게 좋지 않겠어? 어때? 뭐라고 전할까? 언제 나올 거야?"

나는 망나니였다. 또 이 건달놈의 잦은 방문과 감언이설로 나는 점점 더 악마가 되어갔다. 그러다 보니 내게 순종을 강요하는 모든 것을 깡그리 무시해버리는 지경에 이르게 되었다. 미사를 수행해도 제단 위에서조차 마음을 종잡을 수 없었고 머릿속에서는 맷돌이 구르는 것 같았다. 내 눈은 교회에 있던 모든 여자들을 훔쳐보는 데 여념이 없었다. 수도원을 쓸어도 건성건성, 식당일을 도와도 접시나 그릇을 깨뜨리기 일쑤, 성가대석에서 일이 있어도 졸기 여반장, 결국 모든 게 엉망이었다. 마지못해 하는 것이었으니까. 그래서 베개나 빗자루나 기타 잡동사니를 뒤에 달지 않고 식당에 들어가는 날이 드물었고, 눈을 감은 채 독기를 잔뜩 품고 수도사들을 깔보며 들어가지 않는 날도 드물었다.

처음 며칠 동안은 마음을 다잡기 힘들었다. 나는 참회라는 정식 이름이 있었지만 그 짓거리를 어릿광대짓이라고 했는데 그게 참을 수 없었다. 그래도 시간이 갈수록 참회라는 것에도 익숙해져갔다. 나는 무슨 예루살렘의 염주라도 된다는 듯 돌멩이를 줄줄이 꿰어 목에 걸고 성가대석이나 식당으로 들어가게 되었던 것이다.

그렇게 엎어졌다 자빠졌다 하면서, 그 축복받은 수도사들을 실망시키면서, 수련사로 6개월을 채우기에 이르렀다. 세상으로 나가 속세를 주름잡기 위해 내가 첫날부터 정해놓은 그 기간을 말이다. 나는 어떤 병을 앓으면 좋을까, 즉 어떤 병으로 핑계를 삼을까 궁리했다. 어떻게 이 꿍꿍이속을 숨길까 궁리하다 마침내 간질병을 선택했다. 나는 심장이 약한 아버지에게 치명적인 충격을 주지 않기 위해, 나가겠다는 결심을 편지로 썼다. 그때 하누아리오가 나타나서 아버지가 중병에 걸려 의사들도 치료를 포기했다는 슬픈 소식을 전해주었다.

그 소식에 나는 절망했다. 그래서 나가기를 서둘러야겠다고 말했다. 그러자 하누아리오는 다음과 같은 말로 나를 말렸다. 아직 나가기는 이르다. 지금은 결심을 연기해야 한다. 별로 도움이 못 된다. 특히 아버지에게 무슨 일이 벌어질지 모른다. 내가 서둘러 나가면 병이 심해져 그나마 남아 있는 목숨을 단축할 수도 있다. 그러니 자제하라. 아버지가 죽든 살든 그후에는 일이 더 확실하고 덜 불편하게 진행될 것이다.

나는 그렇게 했다. 놈이 나를 이겼음을 인정한다. 나쁜 놈이었지만 그때는 선량한 사람인 양 충고했던 것이다.

아이들아, 사람이란 책과 같은 것이다. 아무리 나쁜 책이라도 좋은 점도 있게 마련이라는 사실은 알고 있을 것이다. 사람도 마찬가지로 양심이란 조금도 없는 그렇게 전적으로 나쁜 놈이란 없다. 이 점으로 보아 가장 큰 죄인도, 게으름뱅이로 허랑방탕하는 놈도 살이 되고 뼈가 되는 충고를 하는 법이다.

하누아리오로부터 이야기를 들은 날로부터 5일이 지난 후에 마르틴 씨가 나를 보러 왔다. 마르틴 씨는 아버지의 사망 소식을 전해주었고 진심에서 우러나오는 위로로 날 달래주고 나서 봉인된 아버지의 편지를 건네주었다.

천지가 무너지는 듯했다. 눈물이 내 감정을 넉넉히 보여주었다. 마르틴 씨는 위로의 말을 되풀이했다. 마르틴 씨는 수도원장을 만나 망자를 위해 기도해달라며 헌금을 조금 했다. 보좌 신부와 성가대 수도사와 수련 수도사들이 내 방에 밀어닥쳤다. 그리고 이 종교에서 통용되는 모든 위로의 말을 건네었다. 내 고통이 어느 정도 가라앉자 나를 홀로 내버려두고 각자의 일을 찾아갔다. 나는 이틀이 지나도록 감히 편지를 열어볼 수 없었다. 열어보고 싶을 때마다 봉투에 쓰여진 글이 먼저 눈에 띄었다. "사랑하는 아들 페드로 사르미엔토에게. 주님께서 은혜 안에서 오래도록 보호하시기를." 그 글을 읽을 때마다 내 마음은 걷잡을 수 없이 조여들었다. 그러면 편지에 입을 맞추고 눈물로 편지를 적실 수밖에 없었다. 그 몇 글자 안 되는 것이 항상 내게 가졌던 그 사랑과 언제나 나를 격려해주던 그 마음을 일깨웠던 것이다.

아아, 얘들아! 자상한 아버지, 자상한 어머니, 자상한 친구는 죽음이 눈을 감길 때야 겨우 알아볼 수 있음이 확실하다. 나도 아버지가 자상한 분이었던 걸 알고 있었다. 그러나 아버지가 죽었다는 소식을 듣기까지 그걸 깨닫지 못했던 것이다. 나는 단번에 아버지의 자상함, 아버지의 사랑, 아버지의 판단력, 아버지의 상냥함, 아버지의 모든 좋은 점을 알아볼 수 있었다. 그리고 내가 잃어버린 것이 스승이요 형제요 친구요 아버지였다는 것을 깨달았다.

3일 만에 나는 편지를 열었다. 너무 여러 번 읽어서 그 내용을 훤히 꿰고 있을 정도다. 이게 너희 할아버지의 귀중한 유산이라 생각하여 여기 그 내용을 적어두는 바이다.

사랑하는 아들아. 죽음의 문턱에서 이 편지를 쓴다. 이 편지는 내 유언에 의해 내 몸이 묻히고 난 다음에 너에게 전달될 것이다.
나는 네 가여운 어미에게 남겨줄 게 별로 없다. 돈 몇 푼과 가구 몇 점, 그 쓸쓸한 과부 생활을 겨우 며칠 견딜 정도다. 내 아들아, 네게는 이 죽어가는 떨리는 손으로 겨우 몇 자 적어 내 생전 네게 들려주고자 했던 그 충고를 다시 전해주는 것 외에 무엇이 또 있겠느냐? 이 충고를 명심하고 종종 기억하도록 해라. 이 충고를 지켜라. 이 충고를 지키면 결코 후회 없으리라.

주님을 사랑하라. 주님을 경외하고 아버지로 받아들여라. 네게 은혜를 끼치시는 네 주님을.

나라에 충성하고 정부를 존경하라.

남에게 바라는 대로 너도 남을 대하라.

아무에게도 해를 끼치지 말고, 네가 할 수 있는 선행은 결코 회피하지 마라.

네 어미를 실망시키지 말고 어머니 눈에서 눈물이 흐르게 하지 마라. 못난 자식으로 인해 흘리는 어머니의 눈물은 주님 앞에서 복수를 부르짖느니라.

가난한 자들의 하소연은 결코 외면하지 마라. 그들의 불행이 네 마음 속에서 위안을 찾으리라.

사람을 외양으로 판단하지 마라. 외양은 대부분 눈속임이니라.

어느 자리에서도 절대 자신을 높이지 마라.

신성한 신앙에 복무하려면 한시라도 주님께 헌신하겠노라고 한 서원을 잊지 마라.

신앙의 영광스런 자리를 차지하기 위해 애쓰지 마라. 그 자리에 오르지 못한다 하여 슬퍼하지도 마라. 세상과 세상의 영예를 버린 진정한 신앙인으로서 할 바가 아니니라.

신부나 주임 신부나 주교가 되어도 규율을 잊지 않고 순종해야 한다. 복장을 단정히 하고 미사에도 반드시 참석해야 한다. 모든 일에 모범이 되어야 한다. 네가 모범을 보이지 않으면 엄격한 규율 순종을 아랫사람에게 강요할 수 없음이라.

세상의 사업이나 모임에 들어가지 마라. 너의 방자함으로 세상의 비웃음을 사지 마라. 미사에서, 수도원에서, 제단에서, 설교대에서 그리고 고해실에서는 아무리 유능한 성직자라 해도 길에서, 응접실에서, 놀이에서, 춤판에서, 경기장에서, 사교 모임에서는 형편없느니라.

꿩이나 칠면조처럼 앞머리로 멋을 부리지 마라. 이것은 믿음이 없음을 드러내는 것이라. 하고 있는 모양으로 세상과 그 유행에 집착하고 있음을 공공연히 알리는 것이니라.

마지막으로, 신앙에 전념하지 않는다면 네 삶이 어떠하든지 십계명은 지켜라. 이는 수도 적고 쉽고 유용하고 필수적이며, 유익한 것이라. 십계명은 자연과 주님의 권리에 의한 것이라. 우리에게 명하는 바가 옳도다. 우리에게 금지시키는 것은 우리와 우리 이웃의 유익을 위함이라. 난폭한 것은 없나니 그것은 버림받은 자나 허랑방탕한 자의 몫이라. 결국 십계명을 따르지 않으면 이 세상에서의 심령의 평안을 구할 수도 없고 저 세상에서의 영원한 행복도 구할 수 없음이라.

그러니 이걸 명심하라. 너도 곧 네 아비가 걸어들어간 길을 따르리라. 주님의 은혜가 항상 네게 넘치기를. 잘 있거라, 사랑하는 아들아. 영원의 끝자락에서, 사랑하는 아비가. 마누엘.

이 편지는 잠시 나를 슬프게 했을 뿐이다. 그 진심이 내 마음을 파고들지도 않았다. 내 마음은 그 좋은 씨앗을 받아들일 준비가 돼 있지 않았기 때문이었다.

15일이 지났다. 그 짧은 기간에 아버지의 죽음으로 인한 슬픔은 거의 사라져버렸다(편지를 처음 읽었을 때는 정말 안쓰럽긴 했지만). 아버지 편지에 씌어진 충고도 거의 잊혀져버렸다. 오로지 감칠맛 나는 자유만이 생각날 뿐이었다.

그때쯤 하누아리오가 찾아와 어머니의 말을 전했다. 놈은 어머니가 외로워서 큰 슬픔에 잠겨 있다고 했다. 그리고 이제 내 계획을 실천에 옮길 때라고도 했다. 아버지도 죽었겠다, 내가 나가는 데 아무런 방해물도 없으며 내가 나가면 어머니에게 위로가 될 것이라 했고, 나도 결정을 내렸다.

나는 하누아리오에게 아버지의 편지를 보여주었다. 놈은 편지를 읽고 나서 웃음을 터뜨리며 이렇게 말했다.

"이봐, 네 아버지는 인생 완전히 실수하신 것 같아. 결혼하기보다는 선교사가 어울렸겠어. 부뚜막 소금도 넣어야 맛. 훌륭한 유산을 남기셨군. 나라면 그런 것에 한 푼도 못 내. 네 아버지가 충고를 남기셨듯 돈이라도 남기셨으면 더욱 감사해야겠지. 왜냐하면, 이 친구야, 돈 한 푼이 열 충고보다 나으니까. 편지는 접어두고 네 아버지가 남기신 것으로 뭘 할 수 있을지 나가 알아봐. 네 어머니가 뭘 하시겠어? 나흘 안으로 바닥나고 말 거야. 너도 네 어머니도 볼 장 다 보는 거야."

나는 그 충고가 마음에 들어 놈에게 감사했다. 병도 핑계 대고 내가 어머니 곁에 있으면 무엇이 좋을지도 이야기해서 내가 나갈 수 있도록 어머니를 설득해달라고 부탁했다. 하누아리오는 일을 처리하고 다음날 확답을 얻어오겠다고 다짐했다.

나는 어머니의 결정을 기다리며 불안 초조했다. 어머니의 허락을 의심해서가 아니었다. 어머니의 허가는 필요할 것 같지도 않았다. 그런 연극을 꾸미면 아버지가 물려준 모든 것을 하나 남김없이 내게 물려줄 생각을 안 하지 않을까 하는 것이 불안했던 것이다. 나를 믿고 착한 자식으로 알아주어야 했다.

모든 것이 내가 생각했던 대로 풀려나갔다. 다음날 하누아리오가 와서 모든 것이 순조롭다고 전했다. 놈은 어머니에게 내 꾀병을 뻥튀기해서 말하고, 내가 어머니 때문에 하염없이 울고 있으며, 내 건강 때문이 아니라 어머니를 모시고 함께 살기 위해 나오고자 한다는 뜻을 전했다고 했다. 그래도 어머니의 허락을 기다린다고, 착한 자식으로서 어머니의 허락 없이는 한 발자국도 뗄 수 없다는 것까지 덧붙였다고 했다. 이에 어머니는 어서 나오라고, 내 건강이 가장 중요하다고, 어디서나 주님을 섬길 수 있다고 대답했다는 것이다.

"귀가 있는 자는 들을지어다." 나는 놈의 말을 듣고 말했다. "내일 같이 식사하지, 하누아리오……"

"그리고 즉각 폰시아니타를 찾아가는 거야. 날마다 점점 더 예뻐지는 것이 정말 꼬마 요정이야."

우리는 종이 울리기까지 이런 건설적인 대화를 잠시 나누었다. 종이 울리자 하누아리오는 떠났다. 나는 혼자 남아 수련사 주임 신부에게 내 결심을 통고하기 위해 밤이 오기를 기다렸다.

드디어 밤이 왔다. 내 보기에는 다른 때보다 훨씬 느려터진 것 같았다. 기회를 잡아 나는 신부 방으로 들어가 말했다. 몸이 아프다, 그것보다 어머니가 홀몸이 되셨다, 가난한 어머니는 나 외에 자식이 없다, 내가 속세로 나오기를 원하신다, 그러니 옷을 벗을 수 있게 허락해주기 바란다.

마음씨 착한 신부는 진득하게 내 이야기를 듣더니 이렇게 말했다. 지금 무슨 짓을 하는지 생각해보라, 그것은 마귀의 유혹이다, 몸이 아프다면 수도원에 의사도 약사도 있다, 집에서와 같이 치료해줄 것이다, 어머니가 홀몸으로 남아 가난하다 해도 주님께서 계신다, 만물의 아버지께서 그 피조물을 돌보실 것이다, 그러니 잘 생각해보라.

"잘 생각해보았습니다, 주임 신부님. 제가 나가는 것 외에 다른 방도가 없습니다. 종교가 제게 맞지 않고 저도 종교에 맞지 않습니다."

이 말에 신부는 화를 벌컥 내며 이렇게 말했다.

"종교란 모두를 위한 것이고 모두 종교를 따르는 것이네. 그래 자네 말 잘했어. 자네가 종교에 맞지 않는다는 말. 내게도 때때로 그렇게 보였으니. 잘 가게. 내일 아침 일찍 수도원장께 보고하도록 지시하지. 집으로든 어디로든 가버리게나."

나는 물러나왔다. 그날 밤에는 미사에도 식당에도 가기 싫었다(시간도 없었다). 다음날 오전 9시에서 10시 사이에 수련사 주임 신부가 나를 불렀다. 신부는 엄숙하게 내 법의를 벗기고는 세속 옷을 주었다. 나는 거리로 나왔다. 나는 곧바로 멕시코로 길을 잡았다.

나는 포플러나무 밑에 잠시 앉아 쉰 다음 타쿠바야에서부터 걸어오면서 뒤집어쓴 먼지를 털어내고 집으로 향했다. 나는 손수건을 머리에 동여매고 망토를 뒤집어쓰고 있었는데 모든 게 헷갈렸다. 마치 주님의 종이었다가 파문을 당해 쫓겨나온 것 같았다. 고개를 돌려 덕성과 정숙의 보좌요 내가 물러나온 곳인 산디에고의 그 성스러운 담장을 쳐다볼 때마다 내 심장이 얼마나 떨렸는지 모른다.

나는 속으로 중얼거렸다. 틀림없다. 나는 그 천사의 피난처를 막 저버렸다. 나는 이 죄 많은 세상에서 난파당하여 유일하게 붙잡을 수 있는 판자를 놓쳐버렸다. 주님께서는 나를 은혜를 모르는 놈으로 여기실 것이다. 사람들은 내가 의지가 약하다고 깔볼 것이다…… 아, 다시 돌아갈 수만 있다면!

이런 생각으로 넋을 잃고 길을 걷고 있는데 나를 잘 아는 옛날 동료

패거리 중 하나가 내 망토를 잡아당겼다. 놈은 수도원에 들어가기 전에 내가 좇아다니던 자유 분방한 아가씨 하나를 끼고 있었다.

    우리 셋은 서로 알아보고 인사를 나누었다. 놈이 물었다. 언제, 왜 나왔느냐? 나는 대답했다. 바로 오늘, 아버지가 죽은 데다 몸까지 아파서. 그 둘은 잘 대해주었다. 그들은 음식점으로 나를 데려가 점심을 샀다. 나는 게걸스럽게 먹고 또 그만큼 마셨다. 음식이 들어가니 슬픔도 수그러들었다.

    나는 그들과 헤어져 집으로 향했다. 어머니는 나를 보자 얼싸안고 사무치게 울기 시작했다. 그런 와중에서도 다시 함께 있게 되어 기쁘다고 했다. 그날로부터 어머니의 수고가 시작되었다. 나라는 놈은 다짐한 것처럼 위로나 도움이 되기는커녕 징글맞은 골치 덩어리라고 누가 어머니에게 이야기할 수 있었겠는가? 다음 장에서 보게 되듯 사실이 그렇게 나타났다.

13. 페리키요가 상복을 벗기 위해 애쓰며 장례식, 조문, 매장, 상복 등의 폐단에 대해 논하는 장

이제 우리는 내 생애에 있어서 가장 문란했던 시기로 접어들었다. 지금까지 내가 언급해온 망나니 짓거리는 지금부터 이야기되는 죄악에 비하면 그야말로 새 발의 피다. 사실상 나 자신도 섬뜩할 정도다. 내 그 욕스런 짓거리를 쓰자니, 매번 내 명예와 내 삶과 내 영혼을 위협하던 그 무시무시한 위험과 모험을 떠올리자니, 펜조차 제대로 쥐고 있을 수가 없구나. 진짜 사악한 놈일수록 큰 위험에 떨어질 것은 당연한 노릇일 테니까 말이다. 누구나 알고 있듯, 우리 삶이란 언제 어디서 닥칠지 모르는 불안과 고난과 위험과 괴로움의 연속이다. 그래도 선한 사람이라면 올바른 행실로 이런 것들을 대부분 피할 수 있다. 또한 이런 불행한 지경에 떨어져도 행복할 수도 있다. 그와 반대로 악하고 막돼먹은 놈들은 숙명적으로 달려드는 악으로부터 헤어나지 못할 뿐만 아니라 자발적으로 새로운 소동에 뛰어들기도 한다. 도리대로 살아간다면 전혀 알지 못할 그런 위험과 모험 속으로 한없이 빠져든다는 이야기다. 이런 간단한 원리로, 어찌하여 사악한 사람일수록 수없는 모험에 직면하게 되는지 알 수 있으리라. 설상가상, 갈수록 태산이랄까. 내가 꼭 그런 놈이었다.

나는 철저하게 꾸민 태도로 6개월을 집에 머물렀다. 고인이 된 아버지를 흉내내어 매일 밤 로사리오 기도를 올렸고, 밖에도 잘 나가지 않았고, 놀이판에는 전혀 끼지 않았고, 덕이랄지 주님의 사업이랄지를 자주 입에 담았다. 한마디로 말해 선한 사람의 역할을 너무 훌륭히 치러낸 바람에 가엾은 어머니는 그걸 믿고 아주 흡족해했다. 얼마나 그럴싸했던지! 망나니 짓거리라면 도가 튼 하누아리오란 놈도 내 태도를 곧이곧대로 믿고 어느 날 이러는 것이었다. "페리키요, 이거 사람 놀라겠군. 틀림없이 넌 수도사 팔자야. 수도원에서 나와 완전한 자유를 만끽하며 첫 수확을 거둘 줄 기대했었는데. 우리 둘이서 그럴듯한 연애질이나 벌일 줄 알았는데 말이야. 집구석에 처박혀 도사 폼이나 잡고 있으니 원." 불쌍한 하누아리오! 가엾은 어머니! 내 속에 갈고닦은 악마가 숨어 있는 줄도 모르고 그걸 덕이라고 속아 넘어간 사람들이여, 가련하도다!

나는 어머니에게 잘 보이기 위해 노력했다. 나를 완전히 신용하게 되면 아버지가 남긴 유산으로 내게 쩨쩨하게 굴지 않을 테니까. 그 시커먼 계략은 어렵지 않게 성과를 거두었다.

사실상 어머니는 나를 찬찬히 살피더니 남아 있는 재산을 관리하라고 내게 맡겼다. 재산은 현찰로 1,600페소, 받을 수 있는 빚이 5백 페소, 보석 나부랭이와 가구가 근 1천 페소였다. 부자라고 하기에는 좀 뭣한 것이었다. 그래도 가난한 일꾼이 선량하게 살아가기에는 충분한 돈이었다. 그러나 내게 부족한 것은 바로 그것이었다. 그래서, 이제 곧 알게 되겠지만, 나는 단시일 내에 재산을 깡그리 바닥내고 말았다.

웬만한 돈은 품행이 방정하고 일을 열심히 하는 사람 손에서라면 꽃을 피울 수 있다. 그러나 나 같은 허랑방탕한 젊은 놈 손에서는 아무리 갖다 부어도 자라지를 못한다.

부도덕하고 게을러터진 젊은 놈 수중에 있는 돈은 성질 사나운 미친놈 손에 들린 칼과 같다. 제대로 쓸 줄을 모르다 보니 매사에 자신에게나 남에게 해만 입히고 만다. 꼴리는 대로 문을 열어젖히고, 나쁜 짓거리를 손쉽게 해치우며, 그 당연한 결과로 병과 고난과 위험과 불행을 수없이 끌어들이는 것이다.

허랑방탕한 놈들을 완전한 파멸로 이끄는 이 장자 상속에 의한 낭비를 방지하기 위해서는 정부가 개입해야 한다. 놈들에게서 재산 운영권을 박탈하여 후견인을 지명하고 그들로 하여금 보호 관리하도록 해야 한다. 마치 미성년자나 금치산자를 보호하듯 말이다. 그렇게 하지 않으면 놈들은 런던 은행이라도 손에 쥐여주기만 하면 금세 날리고 말 것이다.

정신 지체라는 불행도 없이 정상적으로 태어난 사람들에게 법으로 후견인을 세워 마치 미친놈이나 어린아이이기나 한 듯 피후견인으로 자격을 제한한다는 것은 얼마나 수치스러운 일인가! 그래도 그런 꼴이 벌어지는 것이다. 나도 그런 꼴을 당한 상속인을 몇 알고 있다.

나도 장자로서 상속을 받았더라면 2주 만에 모두 날려버리는 재주를 부렸을 것이다. 게으르고 사악하고 불량했으니까. 이 세 가지 자격만 갖추면 아무리 풍부하고 풍요로운 것일지라도 바닥내는 데는 오래 걸리지 않는다.

다시 내 이야기로 돌아와야지. 나는 생전 보도 못한 덕이라는 것으로 위장하는 데 진력이 났다. 나는 단번에 명분도 버리고 가면도 벗기 위해 하루는 어머니에게 이렇게 말했다.

"어머니, 성 베드로의 날이 멀지 않았어요."

"그래, 하고 싶은 말이 뭐지?"

"내 말의 뜻은 그러니까 그날이 내 수호 성인의 날이라 상복을 벗기에 안성맞춤일 것 같아서요."

"뭐! 주님께서 허락지 않으셔. 이렇게 빨리 상복을 벗는다? 생각조차 할 수 없다. 난 네 아버지를 무척 사랑했단다. 이렇게 서둘러 상복을 벗는다면 그분을 욕보이는 거야."

"서두르는 것이라뇨, 어머니? 벌써 6개월이 지나지 않았어요?"

"그래서?" 어머니는 온통 흥분하여 말했다. "한 사람의 아버지를, 한 사람의 남편을 추억하면서 6개월 동안 상복을 입고 있는 것이 길어 보이냐? 아니다, 얘야. 그런 사람을 위해서라면 1년 간은 착실히 입어야 한다."

너희들도 보는 바지만, 어머니는 상복이 죽은 사람에 대한 추억을 나타내는 것이며, 상복을 오래 입을수록 고인에 대한 추억도 커진다고 배워온 구식 여자 가운데 하나였다. 하지만 이런 이야기는 우리가 어머니의 젖을 처음 빨면서부터 들어온 허무맹랑한 이야기 중의 하나일 뿐이다.

물론 우리는 우리가 사랑했던 사람들을 죽은 후에도 추억해야 마땅하다. 우리와 그들과의 관계가 우정이든 친인척 관계든 사이가 가까울수록 더 많이 추억해야 한다. 이런 추억은 당연한 것이고 역사가 깊은 것이다. 그리스와 로마와 같이 이 세상에 존재했던 가장 문명화된 나라에서도 상복을 입었을 뿐만 아니라 우리보다 열심히 죽은 자를 위해 애통해했다는 사실을 우리는 알고 있다. 그걸 알아보는 것도 나쁘진 않겠지.

그리스에서는 병자가 숨을 거두면 찾아온 일가친척이나 친구들은 고통의 표시로 머리를 가렸다. 자신의 고통을 드러내지 않기 위해서였다. 그들은 죽은 이의 머리카락을 자르고 이별의 고통을 표하기 위해 손으로 죽은 이의 몸을 만지기도 했다.

사람이 죽으면 그 주검을 대문에 놓아두고 주위에 촛불을 켜놓았다. 그릇에 깨끗한 물을 담아 그 옆에 두어 그 물을 장례식에 참석한 사람들에게 뿌렸다. 매장지까지 가는 사람들과 친지들은 상복을 입었다. 장례는 9일이 걸렸다. 7일 동안 주검을 집에 두었다가 8일째 화장하고 9일째 그 재를 묻었다.

로마인들도 그와 엇비슷했다. 병자가 숨을 거두면 사람들은 슬픔을 나타내기 위해 두세 번 곡을 했다. 바닥에 주검을 놓고 따뜻한 물로 씻기고 기름을 발랐다. 그리고는 옷을 입히고 망자가 생전에 맡았던 최고로 높은 직위의 표지를 달아주었다.

그 이교도들은 이렇게 믿고 있었다. 모든 영혼은 황천에 도달하기 위해서 아케론이라는 지옥의 강을 건너야 한다. 이 강에는 배가 한 척밖에 없다. 배 주인은 카론이라는 자인데 욕심 많은 사공이다. 그는 운임을 받지 못하면 아무도 태워주지 않는다. 그래서 로마인들은 망자의 입에 동전을 넣어주었다.

매장을 할 때가 되면 주검을 어깨로 짊어지거나 들것에 실어(이전에 우리가 마차를 이용했듯이) 장지로 옮겼다. 주검 뒤로 침울한 음악이 흘렀다. 프라에피카에라고 불렸고 에스파냐어로는 플라니데라라고 부르는 돈 주고 산 곡비들이 쥐어짜낸 곡소리를 구성지게 했고 있어야 할 자리에 어김없이 끼어들었다.

유언으로 자유를 얻은 망자의 종들은 모자를 쓰고 횃불을 들고 따랐다. 사내 자식들과 친지들은 얼굴을 가리고 머리를 풀어헤쳤다. 여식들은 머리를 가리고, 다른 모든 친구들은 머리를 풀어헤치고 상복을 입었다.

망자가 저명한 인사라면 주검은 우선 광장으로 간다. 그리고 모인 사람들 앞에서 자식이나 친지가 망자의 덕을 기리는 추도 연설을 한다. 추도사는 이토록 역사가 깊은 것이다.

그런 다음 주검은 장지로 옮겨지는데 여러 가지 경우가 있었다. 한때는 주검이 자식들의 집에 안치되기도 했다. 그 경우 피해가 심했기 때문에 그후에는 현명한 정부에 의해 법으로 사람들이 살지 않는 곳에 묻도록 했다. 그때로부터 각자가 자신을 위해서나 가족을 위해서 돌무덤을 쓰기 시작했다. 스파르타를 제외한 그리스 사람들도 이와 같이 지켰다. 그런 사치를 부릴 수 없었던 서민들은 어느 곳에서나 그렇듯 맨땅에 묻혔다.

그후에 주검을 화장시키는 것이 유행했다. 마른 장작으로 높은 대를 쌓아 올리고 그 위에 주검을 올려놓았다. 거기에 술이나 향수를 뿌리고 친지들이 횃불을 이용해 불을 놓았다. 불을 놓을 때는 고개를 뒤로 돌렸다.

주검이 타오르면 친지들이 불 속으로 망자의 옷가지나 무기를 던져 넣었다. 그리고 자기의 슬픔을 표시하기 위해 머리카락을 뽑아 던지는 사람도 있었다.

주검이 다 타면 물과 포도주로 불을 껐다. 친지들이 유골을 추려 납골함에 담고 꽃과 향료로 치장했다. 그후에 사제가 모든 사람들에게 물을 뿌려 정화시켰다. 돌아오는 길에 모두들 큰 소리로 외쳤다. "영원히 행복할지어다." 이 말의 진정한 의미는 우리가 '편히 쉬소서' 하는 것과 같다. 이 일이 끝나면 납골함을 무덤에 안치시키고 S.T.T.L. 네 글자를 써서 묘라는 것을 나타냈다. 그 글자는 '부드러운 흙으로 돌아가소서'라는 뜻이다. 나그네들이 편히 쉬도록 말이다. 우리 사이에서도 길바닥에서 십자가를 본다거나 길에서 횡사한 자를 위한 작은 판자를 볼 수 있는데 이는 죽은 영혼을 위한 작은 기원으로 볼 수 있다.

모든 일이 끝나면 망자의 집을 폐쇄하고 9일 동안 열지 않는다. 그 기간이 망자를 추도하는 기간이다.

그리스 사람들은 장작불 근처에 꽃·꿀·빵·무기·음식 같은 것을 놓아두었다. 아! 야만족의 제물! 그 기원이란 것이 얼마나 케케묵고 미신적인 것인가? 모든 일이 어느 친지 집에서 제공하는 음식으로 끝났다. 이것까지 우리는 닮아 있는 것이다. 기억해봐라. 배가 부르면 슬픔도 덜하다.

그렇다면 친지나 친구의 죽음에 그리스 사람과 로마 사람들만이 이토록 극단적으로 슬픔을 나타냈을까? 아니란다, 얘들아. 어느 나라나 어느 시대나 사람들은 죽음으로 인한 고통을 표현해왔다. 히브리 사람들, 시리아 사람들, 칼데아 사람들, 아주 멀고도 먼 옛날 사람들도 망자에 대한 감정을 이런저런 식으로 표현해왔다. 야만 국가도 문명 국가처럼 느끼기도 하고 표현하기도 하는 것이다.

망자를 추도하는 것은 마땅한 일이다. 성경에서조차 이런 말씀을 읽을 수 있다. "죽은 사람을 위해 눈물을 흘려라. 빛을 떠났기 때문이다"(집회서 22장 11절 상). 예수 그리스도께서도 사랑하는 라자로의 죽음을 슬퍼하셨다. 그러니 본성적으로 우러나오는 그 감정에 대해, 겉으로 드러난 사람들의 슬픔에 대해 악담하는 짓은 가공할 일일 것이다.

그러니 내가 지금 슬픔이나 그 표시를 비난하고 있는 것은 전혀 아니다. 그렇다고 우리가 보는바 그로 인한 폐단을 정당하다고 하는 것도 전혀 아니다. 지각이 있는 사람이라면 모두 나와 같이 생각할 것을 확신한다. 로마 사람들이 돈 주고 사는 곡비나 망자의 입에 넣어주는 동전을 그럴 수도 있는 것으로 여길 사람이 어디 있겠느냐? 장례라도 있으면 호곡꾼을 달고, 얼굴에는 진흙을 처바르고, 머리는 풀어헤친 채 몸뚱이를 치고 할퀴며, 마치 성질난 미친놈들처럼 마구잡이로 굴며 거리거리 소리치며 다니는 콥트족을 비웃지 않을 사람이 어디 있겠느냐? 왕이나 귀족이 죽었다고 그 미망인들을 산 채로 땅에 묻는 그런 야만족의 잔혹함에 경악하지 않을 사람이 어디 있겠느냐?

사실 말이지 우리 모두는 외국의 폐단에 대해서는 비난하고 힐난하고 조롱하면서도, 우리 자신의 폐단은 인식하든지 말든지 간에 감히 떨쳐버리려 하지 않는다. 오히려 조상을 공경한다는 명목으로 숭배하여 보존하려든다. 조상들이 그렇게 해놓은 것이니까 말이다.

이런 폐단들이 오늘날까지 조문이랄지 장례랄지 상복이랄지 하는 것에 남아 있다. 우리들 중에 누군가가 죽으면 조의를 표하기 위해 상투적으로 곡을 해댄다. 그 집이 부자라면 대부분 주검을 시체 안치소에서 처리하겠지만, 가난하면 밤샘 정도는 피할 수 없다. 수의를 입힌 주검을 바닥에 누인다. 네 귀퉁이에 촛불을 켠다. 참회 기도나 로사리오 기도를 드린다. 초콜릿을 마신다. (잠을 쫓기 위해) 이야기를 나눈다. 농담이나 혹은 도박으로 졸음을 달래기도 한다는 정도로 그치겠지만 말이다. 나 자신이 직접 돈을 빌려서까지 상을 당한 집을 찾아다니는 놈들을 보기도 했다. 이게 상을 당한 놈들이 할 짓이냐?

사람이 죽은 때로부터 장지에 묻히기 위해 나오기까지 고함 소리, 울부짖음, 한숨이 잠시 쉬는 때도 있다. 그럴 때는 우리가 그 주검 덕을 잠시라도 봤다는 듯이, 그 주검이 아니었으면 우리는 그저 집구석에나 처박혀 있지 않았겠느냐는 듯이, 우리가 그 주검을 산 채로 토막이라도 냈다는 듯이, 친지들의 고통은 배가되어 소리를 지르고, 곡소리는 하늘을 찌르고, 눈물은 하염없이 흘러내리고, 경우에 따라 몸부림을 치다 졸도까지 하기도 하는데 이런 일은 특히 얼굴이 반반한 여자일수록 더 심하게 나타난다. 진짜 슬퍼서 그러는 애들도 있겠지만 대부분 공주병에 빠져 그렇다. 그러니 조심해라. 솜씨가 좋은 처녀들은 진짜처럼 보이게끔 발작증을 일으키기도 한단다. 그 처녀들의 정신을 되찾게 하기 위해서는 그 처녀들이 좋아하는 사람들의 위로와 아부가 직방이다.

상제들이야 소리를 지르든 넘어져 거품을 물든 저들 마음대로 하라고 놔두고 매장에 대해 알아보자.

망자가 부자라면 호화 찬란한 허영기가 무덤에까지 따라다닌다. 양로원, 고아원의 가난뱅이조차 장지로 초대되는데 이들은 횃불을 들고 따라나선다. 징그러울 정도로 자주 말이다! 살아서는 그렇게나 따라다니는 것을 싫어했던 그 사람들의 주검을 말이다.

가난한 사람들이 죽어버린 부자를 따라다니는 것이 그리 나빠 보이지는 않는다. 그래도 부자들이 살아 있는 가난한 사람들을 좇아다니는 것이 분명 좋은 일이 아니겠느냐. 감옥으로, 병원으로, 그 초가삼간으로 말이다. 일에 쫓겨 개인적으로 좇아다니거나 위로해줄 수 없다면 돈으로라도 그들의 불행을 덜어줄 수 있지 않겠느냐. 사치 부리는 데나 푼수 없이 탕진되고 마는 그런 돈으로 말이다. 만일 그렇게 했더라면 그 가난한 사람들은 돈에 팔려서가 아니라 은혜를 갚으려고 장례식에 참석할 것이다. 부르지 않아도 찾아가서 은인의 주검을 따라가며 진정으로 울음을 터뜨릴 것이다. 그들은 슬픔에 잠겨 이렇게 말할 것이다. 우리 아버지, 우리 형제, 우리 친구, 우리 후견인, 아니 우리 모두가 죽었다. 누가 우릴 위로할 것인가? 누가 저 은혜로운 분을 대신할 것인가?

이것이야말로 떳떳하게 장례에 참석하는 것이다. 수많은 찬사가 친지들의 심정을 달래줄 것이다. 죽은 부자를 위해 흘리는 가난한 사람들의 눈물은 망자의 유골을 영예롭게 하고, 그 이름을 영원히 기억하게 하고, 그 자비와 은혜를 보증하고, 그 내세의 행복을 엄격하고 진실하고 힘에 넘치게 보장하고 또 보장할 것이다. 장례에 쓰인 그 모든 호화스러움, 허영, 광채보다 훨씬 더. 죽어 가난한 사람들의 눈물이 앞뒤로 따르지 않는 부자들은 불행할진저!

매장 문제로 돌아가자. 장례 행렬에는 색깔 있는 저고리나 '삼위일체'라고 부르는 낡은 저고리를 입은 사람들의 행렬이 있다. 그 뒤를 몇몇 성직자들이 따르고 그들과 함께 수도사 복장을 입힌 인형들이 따른다. 이 행렬 뒤를 주검이, 또 그 뒤를 한 떼의 마차가 따른다.

장례가 치러지는 교회는 초를 꽂은 촛대로 가득하고, 무덤은 찬란하고 품위 있다. 음악은 장례식답게 엄숙하다.

철야를 하고 미사를 올리는 동안, 이 미사라는 것은 상속인에게는 장엄 미사가 아니라 축복 미사일진대, 종은 계속 애절하게 지겹게 울려 우리 혼을 온통 빼놓고 만다. 우리는 이렇게 노래할 지경이다.

지금 울리는 이 종소리
죽은 자를 위한 것이 아니라네,
내게 알려주네
내 내일 죽어야 함을.

이런 추억은 참 쓸모가 있을 것이다. 특히 부자에게 말이다. 이런 종은 오로지 부자만을 위해 울린다. 부자도 가난한 사람처럼 죽어야 한다는 점을 일깨운다. 종은 가난한 사람들을 위해 울리지 않는다. 간혹 울린다 할지라도 잠깐, 그것도 마지못해. 그래서 가난한 사람들은 죽은 사람처럼 이 세상에서 소리를 내지 않는 사람들이다.

매장은 할 수 있는 만큼 혹은 원하는 만큼 호화롭게 끝난다. 징을 박네, 비단을 씌우네, 금박을 입히네(나도 본 적이 있다) 해놓은 화려한 관에 주검을 조심스럽게 안치시킨다. 때로는 특별히 주문한 묘실에 두기도 한다. 귀족들을 위한 개인 묘소도 있지 않은가. 우리는 죽어서도 평등해질 수 없다는 듯이 말이다. "한 줌의 뼛조각으로 모두가 평등해진다"는 세네카의 증언이 거짓이란 말인가. 어느 누가 카이사르나 폼페

이우스의 뼛조각과 동시대 가난한 천민의 뼛조각을 구별해낼 수 있단 말인가?

이런 겉치레에는 상당한 돈이 든다. 때로는 이런 쓸데없는 낭비가 비난받아 마땅한 폐단으로 드러나 지배자로 하여금 법령으로 제재하도록 하기까지 한다. 그러니까 과소비적인 장례가 있다 하면 해당 지역 판사가 망자의 재산 상태나 지위를 고려하여 법령에 따라 한도를 정하도록 말이다.

그런데 어느 정도가 과소비인지 아닌지를 결정하기가 곤란하다는 점이 문제다. 고백하건대 판사가 정확한 기준을 정하기는 매우 힘들 것이다. 망자의 재산 상태에 대해 속속들이 알기란 거의 대부분 힘들 테니까. 그러니 망자의 지위만을 고려하여 판단을 하게 될 것이다. 예를 들어보자. 좀 유명한 평민이 백작과 같이 화려한 장례를 치르고자 하는데 그럴 만한 돈도 있다면 법을 우습게 여길 것이다. 호라티우스도 이렇게 말한 것으로 보아 이 점을 알고 있었다. "알지니, 덕을 찬양하기란 당연지사. 명예와 영광은 많은 재산에 머리 숙인다. 재산을 모으면 영예와 용기와 정의와 지혜 등 원하는 모든 것을 얻을 수 있다."

기독교인에 대해서라면, 장례식이 과소비적인지 아닌지 가늠하는 기준을 굳이 정하지 않겠다.

지나치게 용의주도하다고 할 수도 있을 것이다. 그러나 그것이 필수 불가결하고 아주 간단한 것임은 내 확신한다. 기독교식 장례식에 드는 비용은 빚쟁이나 거지나 다 감당할 수 있는 정도다.

빚쟁이도 빚을 받고 거지도 동냥을 좀 받는데 망자를 위해 자기 재산 중 5분의 1 정도는 쓰지 않겠는가? 그래, 그럴 것이라는 대답이다. 그럼 또다시 물어보자. 그럼 그 사치스러운 장례에 드는 비용을 가난한 사람들을 위해 쓰는 것이 더 좋지 않겠느냐? 그건 분명한 것이다. 그렇다면 이 경우 기독교인 사이에 정당하게 쓰일 수 있는 비용의 한계는 무엇인가? 그런 것은 전혀 없다. 나는 지금 기독교인들에게 이야기하고 있다. 내 말이 이교도들에게 기독교로 개종하라는 것처럼 보일지라도 별로 상관없을 것이다. 다른 문제를 보자.

부자들의 장례에서 드러나는 폐단만큼 가난한 사람들의 장례에도 거의 그만큼의 폐단은 있다. 가난한 사람들에게도 허영심은 있는 법이라, 할 수 있는 만큼 부자 흉내를 내려 한다. 양로원, 고아원 사람들이나 수도사를 초대하지도 않고, 인형을 많이 세우지도 않고, 수도원을 장지로 삼지도, 좋은 관을 쓰지도 못하고, 부자들이 하는 것을 모두 따라 하지는 못하지만 말이다. 그건 하기 싫어서가 아니라 돈이 없기 때문이다. 그래도 깜냥껏 한다. 아주 덕이 넘친다는 남루한 불구 노인네를 부르기도 한다. 장례를 따라와준 사람, 키 높은 십자가, 평범한 관 등에 든 비용도 지불한다. 이런 돈을 쓰다 보면 9일 간의 장례 기간이 끝나기도 전에 상제들에게는 빵 사 먹을 돈도 없게 되는 경우가 종종 있다.

망자들에게 성 프란체스코가 입었던 것과 같은 올 굵은 수의를 입히는 것은 하나의 관습이다. 처음에는 자비심에서 생겼을 테지만 이제는 아주 타락하고 말았다.

나는 진정한 자비심이니 헌신이니 하는 것에 대해 이래라저래라 할 자격은 없다. 내가 지금 문제삼고 있는 것은 오로지 수의를 둘러싼 더러운 상술뿐이다. 많은 세상 사람들이 많은 비용을 들여 망자를 퍼런 천으로 입히고자 하는 그 터무니없는 짓거리 말이다.

수의는 엄청나게 비싼 값에 팔린다. 남자용은 12페소 반이고 여자용은 6페소 2레알이나 한다. 가난한 사람들은 병자가 죽은 후에야 서둘러 수의를 구한다. 그런데 돈이 없다면? 빚을 내거나 심지어 구걸이라도 할 것이고, 자식들에게 먹일 빵 값까지 그 쓸모도 없고 보기도 좋지 않은 천 조각을 사는 데 쓸 것이다. 아무리 좋은 수의라도 다 그렇지 않으냐. 망자에게 수의를 입힌다고 이미 죽은 몸이 무슨 혜택을 누릴 수 있겠느냐. 그런 영혼의 은혜를 입기 위해서는 마땅한 위치에 있어야 한다. 살아서는 변변히 입히지 못하다가 죽은 다음에 중국 황제의 용포를 입힌들 무슨 소용인가.

애들아, 너희 사는 동안에 친지가 있어 너희 빈궁할 때 죽기라도 하면 장례니 수의니 해서 괴로워 말아라. 다음과 같이 하면 장례라는 것도 3페소 4레알이면 수월하게 치르리라. 관을 사는 데 12레알, 짐꾼에 1페소, 나머지는 공동 묘지 문을 열어주는 묘지기에게 주면 된다.

너희의 빈궁함을 감안한다면 수의도 아주 싼 것으로 할 수 있다. 유대인들은 수다리오라 불리는 붕대로 주검을 묶었다. 그런 후에 깨끗한 천으로 주검을 덮었다. 너희도 그렇게 하면 망자에게 최상의 수의를 입히는 것이다. 예수 그리스도의 수의도 바로 그런 것이었음이 확실하다.

매장이 끝나면 조문객을 받는다. 조문객을 받기 위해 문을 닫고 여자들은 늘어서고 남자들은 의자에 앉는다. 모두 상복을 입고 조문이 거행되는 동안 입을 꼭 다물고 있다. 조문이 끝나도 소곤소곤 말한다. 상제들에게 자극을 주지 않기 위해. 그런 자제와 존경은 망자가 병상에 누워 있는 동안에는 전혀 볼 수 없는 것이다.

이 경우에서조차 나는 여러 폐단을 목격했다. 상제들과 나누는 대화란 망자의 덕을 기리는 것이 되어야겠지만, 망자가 고생했던 병의 원인, 그에 대한 처방, 죽는 데 얼마나 걸렸나 등등 듣기 좀 무례한 이야기로 흐르게 되고 또 그런 이야기들은 망자 가족들의 어수선한 심정을 더 들볶아대게 마련이다.

조문이라는 관습을 두 가지로 정리할 수 있다. 우선 조문이란 우리가 조문하는 사람들을 안타까워한다는 마음의 표시다. 우리와 망자의 관계가 친척이나 친구이거나 해서 말이다. 둘째, 조문이란 가능한 대로 상제들을 위로하는 것이다. 시간을 내서 손을 빌려준다거나, 상제들과 합심 기도하여 망자에게 필요한 기도를 풍부하게 해준다거나 하면서 말이다.

보다시피 이 모든 예식은 거의 언제나 말짱 속임수에 불과하다. 그저 형식적인 것이고 대대로 전해 내려오는 습관일 뿐이다.

다음 사실을 이해할 수 있는 사람에게는 이 말이 그리 당돌하게 들리지는 않을 것이다. 나는 먼 일가붙이나 그저 그런 친구 이야기를 하는 것이 아니다. 가장 가까운 친척이나 망자와 가장 절친했던 친구들조차 조금 시간이 지나면 망자에 대해 다시 생각하지 않는다. 시간이 지나갈수록 마음은 진정되고, 눈물은 마르고, 허전함은 채워지고, 은혜는 잊혀지고, 모든 것이 지워져버린다. 죽음으로 인한 그 서글픈 장면에서 아무리 큰 소리를 지르고, 호들갑을 떨고, 눈물을 흘리고, 발버둥을 치고, 거품을 물고 넘어졌어도 말이다.

이런 망각은 자식이나 마누라나 형제도 마찬가지다. 초콜릿을 마시러, 초대했으니까 마지못해 조문이나 하자고, 겨우 밤샘이나 하러 온 사람들이 아무리 열렬한 기도를 한다 해도, 헤어지며 "악한 자라도 기도에서 잊지 말라"고 하는 그런 사람들에게 죽은 사람이 무슨 희망을 걸 수 있겠느냐?

이건 아주 심각한 문제다. 이 문제는 일단 접어두고, 우선은 조문 가서 망자들에 대해 이야기할 때 드러나는 폐단에 대해 끝까지 한번 따져보자. 앞서 말한 것처럼 조문의 목적은 상제들의 심정을 위로하는 것이다. 그래서 우리가 위로한답시고 망자 친지들의 고통을 새삼스레 일깨우는 짓을 무례한 것으로 처분하는 것이 잘못인지도 모른다.

망자의 자식이나 부인이 이런 말을 들으면 가슴만 찢어질 것이다.

얼마나 선량한 분이었던가요! 얼마나 예의 바른 분이셨는데! 얼마나 인자한 분이셨는데!

또 이러는 여자도 있다. 가엾기도 해라. 그래 충분히 울 만하죠. 돌아가신 분만한 남편은 다시 없을 거예요. 위로한답시고 이런저런 엉터리 수작으로 그 심정을 볶아대는 것이다. 어쨌든 이런 예의 바른 아부가 무너진 심정을 함부로 할퀴고 만다.

조문이랍시고 하는 이 따위 뻔뻔스럽고 입에 발린 소리를 대신할 수 있는 것이 얼마나 많은가! 즐거운 일을 이야기할 수도 있고 별로 상관없는 이야기를 할 수도 있지 않은가! 필요하다면 성심성의를 다해 상제의 뜻을 받들어 노력 봉사하는 것으로 예의를 갖출 수도 있지 않은가! 진심으로, 입에 발린 소리는 빼고 말이다. 상제들도 그 진심에 감복한다면 오늘날 우리가 조문 가서 늘어놓는 그 모든 말 잔치로부터 받는 것보다 더 큰 위로를 얻을 것이 틀림없다.

어쨌든 다시 돌아와서, 그러니까 자식이나 친구나 유언 집행인에 의지해 살면서 살아생전 살길을 제대로 찾지 못했던 가난한 사람이 죽었다고 치자.

우리가 보는바(그것도 빈번히), 많은 사람들이 살아생전 재산이 있어도 동냥도 베풀지 않고, 미사도 한번 올리지 않고, 빚도 갚지 않고, 잘못을 뉘우치지도 않고, 종교나 우리 자신의 양심이 요구하는 의무 사항을 전혀 행하지도 않는다. 그러나 우리 귀가 오로지 진실만을 듣게 되는 순간이 닥친다. 의사가 우리 귀에 죽음을 선포한다. 우리 귀는 그 예측이 잘못일 리 없다는 사실을 안다. 갈수록 몸은 허약해지고, 자기 앞에 놓인 영원에 대한 두려움으로 마음이 좁아들면, 고해 신부와 서기를 부른다. 이 두 사람은 항상 붙어 다닌다. 아무도 알 수 없는 내용의 고해가 서둘러 진행되고, 유언장이 작성되고, 모든 것이 정리되고, 빚이 드러나고, 지불 명령이 밝혀지고, 유언 집행인이 선임되고, 억지 자선이라는 형식으로 헌금도 결정된다. 일부는 가난한 사람에게, 일부는 그 자신을 위한 미사 몫으로 정해진다. 이 모든 것이 결정나면 임종 성체를 받고, 종유를 바르고, 병자는 흡족한 기분으로 죽는다. 그러나, 아아! 무덤 문턱에 가서야 이 짓이라면 그 따위 마지못한 선행을 믿을 사람이 얼마나 될까!

죽어가는 순간에 헌금도 내고 지불 명령에 따라 빚도 갚고 하는 것은 그건 무덤까지 돈 보따리를 가지고 갈 수 없기 때문이다. 사람들은 유언 집행인이 유언대로 처리해주겠거니 안심하고 죽는다. 그러나 그 유언은 또 얼마나 자주 배신을 당하는가? 얼마나 자주 유언 집행인이 상속인으로 나서며, 또 얼마나 빈번히 금치산자 후견인이라는 놈들이 재산을 가로채는가? 셀 수도 없을 정도다. 사람을 잘못 믿어, 인간 관리를 허술히 해 문밖으로 쫓겨난 어린 놈들이 울어대는 꼴이 날이면 날마다 심심치 않게 눈에 띄는 것이다.

이 모든 이야기의 교훈은 너희가 재산을 쓰는 데 폼잡을 수 있는 기회를 기다리지 말라는 것이다. 불안하여 서두르게 되면 과녁 맞힐 확률이 떨어지니까.

이제 상복에 대해 알아보자. 내 어머니와 같이 상복을 입게 되면 그것도 일종의 폐단이 되고 만다. 상복이란 우리 친척이나 친구의 죽음에 슬픔을 나타내기 위해 검은색 옷을 입는 풍습일 뿐이다. 이 검은색이라는 것도 풍습에 따라 그저 일종의 표시일 뿐이지 감정 그 자체는 아니다. 그토록 사랑하는 사람이 죽으면 아무리 서글퍼도 상복이 없다 보니 상복을 입지 못하는 불쌍한 사람들이 얼마나 많으냐? 재산이나 바라고서 죽었으면 학수고대했던 젊디젊은 과부와 자식과 생질들이 그 거추장스러운 상복을 입을 생각이나 하겠느냐? 그저 풍습에 따라, 전혀 생각지도 않았다가 이런 커다란 슬픔에 빠져 있다고 하며 우리에게 잘 보이려고?

물리학자에 따르면 색이란 사물의 본질을 바꿀 수 없는 한때의 거죽에 불과한 것이다. 그러니 검은색을 입든 푸른색을 입든 갈색을 입든 그 무슨 색의 옷을 입든, 착한 아들이라면 아버지를, 착한 지어미라면 지아비를, 착한 친구라면 친구를 그리워할 것이다. 그와 반대로 친척을 좋아하지 않았던 친척이나, 유산이나 받아보자고 기대했던 놈들은, 이 세상의 상점을 깡그리 털어 상복이란 상복을 모조리 거덜낸다 해도 슬픔이라고는 개코도 느끼지 못할 것이다.

아시아 일부 지역에서는 흰색이 상복으로 사용된다. 성 금요일이나 장례가 있는 날 검은색을 입는 것에 익숙한 우리에게는 그것이 슬픔을 나타내는 것이라기보다는 사치로 보인다.

어쨌든 나는 그와 유사한 경우에서까지 검은색 옷을 폐단이라고 보지는 않는다. 그렇지만 망자와의 관계 정도에 따라 우리의 크고 작은 슬픔을 나타내기 위해 상복을 입어야 하는 날짜까지 정하는 것은 폐단으로 본다.

너희들도 알고 있듯이 우리 어머니 세대에서는 부모나 자식 그리고 배우자를 위해서는 상복을 1년 간 입어야 한다고 정해져 있었다. 형제의 경우는 6개월, 생질의 경우는 3개월 등. 이건 그야말로 바보 짓거리다. 진정 망자를 사랑했다면, 상복이 그 슬픔의 증거라면, 언제까지나 상복을 벗지 말아야 할 것이다. 그 슬픔이 시간을 정해놓고 그치지는 않으니까. 사랑하지 않았다면 상복을 오래 입든 짧게 입든 차이가 없다. 검은색 옷이 그 슬픔을 입증하는 것이 아니니까.

나는 이런 이야기로 어머니를 구워삶아 드디어 어머니의 고집을 꺾을 수 있었다. 어머니는 성 베드로 기일에 상복을 벗자고 했다. 나도 고

대하던 날이었다. 나는 그날 내 꾸며낸 태도를 완전히 벗어내고 고삐 풀린 망아지처럼 온갖 망나니 짓거리를 섭렵하고 싶었다. 내 자유를 완전히 꽃피우며, 가엾은 어머니의 생계를 위해 아버지가 아끼고아껴 남겨둔 그 잘난 재산을 친구들과 진탕 써가면서.

이런 결정에 따라 그날을 위해 멋쟁이 옷도 마련했고 점심과 저녁은 물론 한밤의 춤판까지 준비해놓았다.

학수고대하던 6월 29일이 드디어 왔다. 나는 그 당시까지 학생복과 같았던 검은색 누더기를 벗어던지고 최신식으로 쫙 빼입었다. 안면이 있는 친척과 친구들이 그날 다 모인 것 같았다. 아버지를 매장하고는 집에 들르지도 않았던 사람들이, 어머니를 위해 조문도 오지 않았던 사람들이 뻔뻔스럽게도 환한 얼굴로 그날 떼거리로 몰려들었다.

짐작하겠거니와 절친한 하누아리오, 펠라요, 그리고 꼭 그렇고 그런 친구놈들이 첫자리를 차지했다. 놈들은 또 애인이랍시고 여자들도 춤판으로 끌고 왔는데 물론 내 애인이기도 한 여자들이었다. 한마디로, 칠면조 굽는 냄새와 솔방울술 냄새가 그날 우리집으로 내 친구와 어머니의 친지들을 떼거리로 불러들였던 것이다. 그들 모두 내게 아양을 떨었다. 주님께서 갚으시기를.

점심 식사는 말끔히 핥아졌고 저녁 식사는 깡그리 비워졌다. 때맞추어 춤판도 질펀하게 벌어졌다. 노래하고, 춤추고, 시시덕거리고, 취해 자빠지고, 온 집을 엉망으로 만들었다. 마침내 어떤 놈은 점심 식사를 주워섬기고, 어떤 놈은 저녁 식사를 씨부리고, 어떤 놈은 춤판에 대해 떠드는 등 저마다 한껏 즐긴 것을 외워댔다.

공공연하게 놀이판을 펼치는 짓은 정말 멍청한 짓이다! 돈은 새고, 골치는 아프고, 없어지는 물건도 있고, 잘 대해주려다 마지막에 가서는 꼭 사이가 틀어지고 만다. 감사의 말을 들으려다 불평과 불만만 얻어듣게 되는 것이다.

　이 모든 꼴에도 불구하고 나는 그때 전혀 생각이 없었다. 걱정도 하나 없었다. 오로지 돈을 뿌리며 그저 즐기고 쉬고만 싶었다. 사실 말이지 그때는 모두 내게 꼬리 치느라 바빴다. 특히 아가씨들이 심했다. 그런 꼬드김에 빠져 돈이 나가도 잘 쓰는 것 같았고 어머니가 당하는 불편도 당연한 것으로 여겼다.

14. 페리키요의 춤에 대한 비평, 많은 부모가 자식을 잘못 가르치는 것에 대한 지루하지만 유용한 여담, 부모 속을 썩이는 못된 자식에 대한 이야기가 펼쳐지는 장

춤추고 마시는 데 진력이 나자 춤판과 함께 모든 것이 끝났다. 밤 12시 조금 넘어 좀 분별이 있는 사람들이나 밤샘을 하고 싶지 않았던 그리 멍청하지 않은 사람들은 먼저 자리를 떴다. 대부분은 그대로 남았지만 이전과 같이 소란을 피우지도 않았고 너무 지쳐 일어나 춤출 기운도 없는 것 같았다. 초는 한껏 키가 작아져 갈아주기를 기대하고 있었다. 연주자들은(그런 자리에서는 주저 없이 함부로 마셔댄다) 신청하는 음악을 제대로 연주해내지 못했다. 악기 등을 긁고 있는 놈도 있었다.

이런 분야라면 도가 튼 하누아리오가 내게 말했다.

"이봐, 춤판이 청승맞게도 너무 일찍 파했는데!"

"그래 어째야 한다는 거야?"

"뭐긴 뭐야? 불을 댕기는 거지!"

"뭘로 불을 댕겨?"

"아주 간단한 걸로. 소주 있어?"

"물론."

"설탕이나 레몬은?"

"그 역시."

"그럼 모조리 방으로 가져오라고 그래."

나는 하누아리오 말대로 했다. 놈은 즉석에서 소주와 설탕과 레몬을 섞어 펀치라는 것을 만들고는 새로 초를 갈라고 했다. 그리고 그 맛대가리 없는 술을 연주자들과 우리 모두에게 계속해서 마구 퍼주었다. 그런 부지런을 떨다 보니 그야말로 난장판이 되고 말았다.

처음에는 제대로 춤을 추었다. 무엇을 연주하는지도 알았고 박자도 맞출 수 있었다. 그러나 그 달짝지근한 소주가 슬슬 오르기 시작하자 머리들이 휙 돌고 말았다. 지금까지 지니고 있던 사려 분별이라는 것이 한순간에 사라지고 말았다. 계집들은 부끄러움을 감췄고 사내들은 예의를 치웠다.

펀치 잔이 두세 순배 돌자 인간이 이미 인간이 아니었다. 그건 춤도 뭣도 아닌 광란의 도가니, 죄받아 마땅할 난장판이었다.

춤판에 끼어드는 사람들, 지금 여기 있는 그런 작자들이라면(이 축에 끼지 않은 작자는 거의 없다) 무슨 추잡스러운 얘깃거리라면 사족을 못 쓰고 달려들게 마련이다. 어쩌면 입에 담기조차 어렵고 혐오스럽고 민망스럽다고 여길지도 모른다. 그렇다고 해서 거기에 참가하기 꺼리거나 그 외설 잡담의 주요 동기를 입막음할 수 있는 사람은 없다. 그럴듯한 인생 철학에서도 "원인의 원인이 되는 것은 결과의 원인도 된다"고 가르치는 바에야. 따라서 춤판에 끼어드는 사람들은 이 천방지축 난장판을 피하기 위해서는 여러 가지를 조심해야 한다. 그렇지 않으면 세상의 눈에 고스란히 드러나게 된다. 주님 눈에는 아무리 은밀하게 저지른 죄도 바로 드러나고 마는 것이다.

춤판을 벌이는 사람이 명심해야 할 주요 원칙은 다음과 같이 정리

될 수 있을 것 같다.

첫째, 모이는 여자들은 정직하고 정숙한 여자여야 한다. 혼자 지내거나 자유 분방한 여자는 안 된다. 점잖은 집안의 딸이거나 유부녀로서 부모나 남편과 함께 참석해야 한다. 부모나 남편에 대한 체면으로 여자들은 자제하고 천방지축 젊은 사내들도 자제하게 된다.

둘째, 세심히 살펴서 아무리 춤 솜씨가 좋다고 해도 천방지축 젊은 사내들은 초대하지 않는다. 춤이 서투른 것이 매력적이지 않은 것보다 덜 섭섭한 것이다. 우리가 제비라고 칭하는 이 춤쟁이 사내들은 대개가 상당한 망나니들이다. 이놈들은 단 두 가지 이유로 춤판을 기웃거린다. 즐기며 재미 보는 것(놈들이 쓰는 말이다). 이 재미 본다는 말이 바로 놈들의 야비함 내지는 단순함을 드러내는 말이다. 놈들은 할 수만 있으면 처녀를 욕보이고 유부녀를 바람피우게 만든다. 이 모두는 사랑해서가 아니라 단순한 장난질이거나 심심풀이를 위해서다.

놈들은 때때로 소기의 목적을 달성한다. 제발 이런 경우가 많지 않았으면! 그 육욕을 채우자마자 여자를 걷어차고 다른 대상을 물색한다. 윤리 도덕도 모르고 음탕하고 멍청하지만 춤 하나는 끝내주는 그런 놈들의 사탕발림 사기술에 명예도 지조도 팔아치운 여자들은 불쌍하지만 미친년들임이 틀림없다.

놈들은 단단한 벽에 부딪힌다 해도, 무슨 말인고 하니 다행히 춤판에 낀 여자들이 모두 현명하고 정직하고 신중하여 놈들의 계획을 비웃으며 불꽃 속에서도 그을음 하나 없이 명예를 지킬 줄 안다 해도, 그러니까 틀림없이 이건 기적이 분명한데, 모세가 목격한 불꽃 가운데서도 어디 하나 다치지 않은 떨기나무처럼 그런 가능성이 요원한 경우에라도 놈들은 사업을 벌인다.

놈들은 도저히 어찌해볼 수 없을 정도로 아가씨들이 귀를 꽉 막아버려도 주눅들거나 슬퍼하지 않는다. 놈들의 아부나 열심은 어떤 경우에도 사랑이 아니라 장난이기에 푸대접을 받아도 신경 쓰지 않고 대답이 없어도 섭섭해하지 않는다. 천만의 말씀이다. 놈들은 계속 여유작작하게 뛰고 까분다. 놈들은 그들 말로 입가심이라는 것으로 만족하는 것이다.

이 입가심이란 무엇인고 하니, 명예가 무엇인지 알며 마땅히 지키기를 원하는 남편이나 가장은 주의할진저! 이 입가심은 당신네 딸자식이나 마누라를 주물러대는 것을 말한다. 한번 허락하면 끝이 없는데, 손에서 입으로 가기 일쑤다. 당당하게 붙잡은 손이 은밀한 손장난으로 변질된다는 말이다. 신경이 무딘 여자들은 별문제가 아니다. 그러나 신중하고 정숙하다고 불리는 여자들은 말다툼이 귀찮다 보니 짐짓 모르는 척 당하고 마는 것이다.

체면을 중히 여기는 남편이나 가장이라면 자기 집에서 자기 마누라나 딸자식이 어느 남자에게 손을 내미는 것을 보면 질겁하게 될 것이다. 그런데 이런 춤판에서라면 뻔히 보는 데서 자기 마누라나 딸자식을 살진 망아지 엉덩이 더듬기보다 더 심하게 껴안고 더듬고 주물럭거리는 꼴을 보고도 그냥 넘어갈 수밖에 없다.

정말 몹쓸 것은 이미 익숙한 웃음과 인사말에 따라나오는 이 더듬기와 주물럭거리기가 많은 여자들에게 심각한 죄의식을 가져다 주지 않는다는 점이다. 하찮은 죄의식은 죄의식을 미적지근하게 만들어 더 큰 죄로 빠져들게 만든다. 사실 우리가 이야기하는 그 손장난 내지는 입가심이라는 것은 여자들의 죄에 불을 지펴 자신의 명예나 남편이나 부모의 명예에 똥칠하게 하는 것인데도 말이다. 그런 꼴을 당하지 않으려면 아무리 주의해도 모자라지 않는다.

춤판을 벌이는 사람들이 주의해야 할 세번째 사항은 도수가 높은 술을 내놓지 말아야 한다는 것이다. 관습상으로나 혹은 애정으로 초대객을 접대해야 할 경우에는 밀가루 과자, 우유 빙수, 레몬, 타마린드 열매 정도로도 섭섭하지 않을 것이다. 포도주, 소주, 펀치 등 다른 술 종류는 안 된다. 이것들은 뇌를 마비시켜 정신을 잃게 만들기 십상이고 남녀를 불문하고 신체의 이상을 가져오기 일쑤다. 심하지 않다 해도 욕심대로 하게 하고, 생각을 어지럽게 하고, 망상에 빠지게 만들고, 사람에 따라 더욱더 심한 꼴불견을 당하게 한다.

물론 내가 너희에게 지적한 이 기준에서 벗어나는 것이 많을 것이다. "시네 세레레 에트 바초 프리제트 베누스"라는 옛 속담도 사실일 테니까. 그 뜻은 다음과 같은 민요의 뜻과 같다.

먹는 것은 적고
마시고 취할 술은 없네,
육욕을 끄지 못하면
적어도 달래보기는 해야지.

명심해야 할 네번째 사항은 춤판은 늦어도 밤 12시를 넘기지 말아야 한다는 것이다. 이 시간이 정신이 제대로 박힌 사람이라면 충분히 즐기고 각자 집으로 돌아가기에 가장 알맞은 시간이다. 이 시간을 넘기게 되면 그건 이미 오락이 아니라 방탕이요 고생이요 멍청이짓이다.

나는 춤판을 벌이는 사람들이 이 네 가지 사항만은 반드시 염두에 두었으면 한다. 이걸 지키면 후회는 없을 듯하다(물론 확신하는 것은 아니다).

마지막으로, 나는 춤 자체를 반대하는 것이 아니라 춤으로 인한 불상사를 염려하는 것이다. 그러니 죄 될 만한 것이거나 위험한 요소는 모두 제거해버려라. 그래서 평범한 오락거리 수준으로 유지하면, 춤판을 이용해먹으려던 놈들에게는 시원치 않은 것이 되겠지만 품위를 유지하려는 사람에게는 품위 있는 것이 되리라. 그렇게 하지 않으면 춤은 그로 인한 폐단으로나 그 자체로 인하여 어느 교회 신부가 "춤은 일종의 바퀴살이다. 그 중심에 마귀가 버티고 있다"고 한 정의에서 벗어나지 못할 것이다.

춤 자체는 사악한 것이 아니지만 그 추는 방식이나 그 추는 목적은 사악한 것이다. 다윗도 주님의 언약궤 앞에서 춤을 추었고 이스라엘 사람들은 벨리알의 금송아지 앞에서 춤을 추었다. 모두가 춤을 추었다. 그러나 그 추는 방식이나 그 추는 목적이 얼마나 다른가! 그래서 그 춤의 결과도 다양했던 것이다.

춤에는 뭔가 꾸미는 수작이 숨어 있다고 주장하는 엄격한 도덕군자들도 있다. 그 주장에 의하면 정당한 춤이란 있을 수 없다. 나로서는 그 의견을 존경은 하지만 동의할 수는 없다. 나는 보다 관대한 편이다. 그럴지도 모르고 그랬을지도 모른다. 지금과 같은 춤판이 아니라 꿍꿍이속이랄지, 그 난장판이랄지, 음탕한 노래랄지, 손장난이랄지, 술 주정이랄지, 보통 춤판이라면 목격되는 그런 꼴사나운 행태가 없는 춤판도 있다. 그럼 그런 춤판은 어떤 것인가? 양심이 바른 사람들 사이에 벌어지는 춤판이 그렇다.

참석자 모두 양심이 바르다면 춤은 점잖은 오락거리가 된다. 문제는 모든 것이 용의주도하게 준비되어야 한다는 것이다.

남들이야 자기 집에서 무슨 짓을 하든지 내버려두고 우리집 이야기로 돌아가자. 이제 뛰고 마시고 떠들고 하는 데 진력이 난 사람들은 꼼짝달싹 못하고 늘어져 있었다. 일어설 힘도 없었던 것이다.

연주자들은 악기를 의자에 걸쳐놓고 한껏 편한 자세로 의자에 드러누웠다. 여자들은 응접실에 모여 있었다. 남자들은 졸음을 쫓기 위해 이런저런 얘깃거리를 늘어놓기 시작했다. 마음은 굴뚝 같았으되 커피를 마시러 가기에는 아직 날이 밝지 않았던 것이다.

상태는 그리 고약하지 않았다. 그러나 남자나 여자나 자신을 추스를 수 없었다. 소주가 지배권을 쥐고 시간이 갈수록 마취 상태로 몰아갔다.

누군가 지껄이면 누군가 들었다. 이쪽에 쓰러져 잠든 사람도 있었고 저쪽에 엎어져 잠든 사람도 있었다. 하누아리오도 먼저 잠든 축에 끼였다.

어머니는 내게 집을 잘 살피라는 부탁을 남기고 일찍이 물러났다. 그래서 나는 누구보다도 더 졸리긴 했지만 누군가 뭐를 슬쩍해 갈까 미심쩍어 잠에 빠질 수가 없었다. 이해타산이란 마귀와 같은 것이다. 상식적으로 생각한다면 이해타산만큼 사람의 눈에 쌍심지를 켜게 하는 것이란 거의 없다.

나는 눈에 불을 켜고 사람들의 코 고는 소리를 들으며 뱃속에서 나오는 시고 떫은 냄새를 맡아야 했다. 그 노랫가락이나 냄새는 진짜 역겨웠다. 게다가 졸음을 견딜 수가 없었다.

분명 현관은 잠겨 있었고 열쇠는 내가 갖고 있었다. 그래서 안심하고 잠에 빠질 수도 있었을 것이다. 그러나 집에는 어머니, 나, 마음씨 고운 하녀밖에 없다는 생각에 망설여졌다. 하녀는 늙은 잠꾸러기로 천지가 뒤바뀐다 해도 일찍 일어날 위인이 아니었다. 어머니도 이 건달놈들이 하나씩 술이 깨어 밖으로 나가고자 할 때 일일이 일어나 문을 열어 줄 사람이 아니었다. 그러니 나를 제외하고는 별다른 파수꾼이 없었던 것이다. 그래서 나는 잠을 쫓기 위해 내 마음대로 잠자는 놈들에게 장난을 치기 시작했다. 나는 놈들이 이중의 잠에 빠진 것을 잘 알고 있었으니까. 자연스러운 잠과 소주로 인한 잠에.

술에 취한 놈들이 당할 수밖에 없는 망신살 중의 하나는 아무한테나 별수없이 웃음을 산다는 것이다. 내가 놈들에게 바로 그런 망신살을 베풀어주었다. 나는 몇 놈들 얼굴에 검정 칠을 하네, 몇 놈들 물건을 감추네, 또 몇 놈들을 서로 묶네 하며 모든 놈들에게 온갖 장난질을 했다.

날이 밝았다. 신선한 공기가 밀려들었다. 나는 발코니 창을 열었다. 햇빛과 종소리, 거리를 걷는 사람들의 소음이 잠을 깨웠다. 놈들은 서로의 얼굴에 가득한 검정 칠을 보고는 웃음을 참지 못했다. 특히 여자들이 심했다. 여자들은 웃음 소리에 잠을 깼다. 여자들은 형편없이 망가진 옷매무새에 심한 부끄러움을 느꼈다.

어떤 여자들은 아무렇지도 않은 척했지만 그런 망신살을 안긴 장난질에 험담을 퍼붓는 여자도 있었다. 사실 심하긴 심했다. 그러나 나와 같은 건달은 이런 것은 거들떠보지도 않는다. 문제는 남들을 골탕 먹이는 것이다. 일단 성공하면 그만이다. 그로 인해 남에게 손해를 입혔다든지 심지어 건강에 해를 입혔다든지 하는 따위는 전혀 문제가 아닌 것이다.

일단 성질이 가라앉자 어떤 여자는 몸을 씻고 어떤 여자는 옷매무새를 고치고 해서 모두 어느 정도 진정되었다. 커피를 마시러 가는 사람도 있었고 집으로 가는 사람도 있었다. 하누아리오와 그의 친구이면서 또 내 친구이기도 한 서너 명, 그러니까 가장 못돼먹고 뻔뻔스런 놈들은 집에 남아 전날 먹고 남긴 음식을 아침 식사로 깨끗하게 정리했다. 결국 아침을 먹고 나니 더 이상 즐길 게 남아 있지 않았다. 그래서 놈들은 밖으로 나갔고 나는 침대에 들었다.

나는 낮 12시까지 그야말로 배부른 돼지처럼 잤다. 그 시간에 일어나보니 그 가엾은 늙다리 식순이가 춤꾼에 대항하는 비장한 투사로 돌변해 있었다.

노인네가 어머니에게 말했다.

"사모님, 저 건달놈들 하는 짓 정말 가관 아니겠어요? 하루 종일 먹고 놀면서 집 안의 꼴 해놓은 것 보세요. 사모님, 놈들 뒤치다꺼리하는 데 하루 온종일이에요. 어땠는지 아세요? 어처구니없어서 원! 그 꼬라지라니! 정말 구역질이 나요! 복도에는 토해놓고, 계단은 온통 오물투성이. 거실까지 그래요, 사모님. 거실까지 돼지우리였어요. 에잇 쳇! 얼마나 더럽고 버릇없는 사람들인지! 그래도 사모님, 정말 신경질 나는 일은 꽃병들이에요. 보세요, 어떤 꼴인지. 모조리 모가지가 꺾였어요. 아니 얼마나 몹쓸 사람들이 춤추러 다니는 거예요? 먹고 즐기고 취하고 집을 온통 어지럽히는 것으로 부족해서 더 엉망을 만들어놓으니 원."

어머니는 다음과 같은 말로 노인네를 달랬다.

"펠리파 할머니 말이 옳아요. 망나니들이에요. 무례하고 버릇없고 제멋대로 자란 놈들이죠. 놀러 다니는 집은 온통 그 모양으로 만들어요. 그래도 지금은 어쩔 수 없군요. 할머니도 알다시피 내 남편은 이런 짓거리를 좋아하지 않았어요. 그래 나도 이런 난장판은 처음이에요. 내 할머니한테 장담하건대 이게 처음이자 마지막이에요."

나는 그런 결정이 심히 못마땅했다. 내 돈이 드는 것도 아니고 이를 위해 손수 일을 하지 않아도 되는 바에야 계속 집에서 춤판을 벌이고 싶었던 것이다. 적어도 일주일에 세 번 정도는.

그래도 그때는 노인네를 비웃는 것으로 그치고 달리 신경 쓰지 않았다. 오후에 때맞추어 나는 모자를 집어들고 밖으로 나왔다.

나는 밤 9시가 돼서야 집에 돌아왔다. 어머니는 뭔가 심각한 표정으로 물었다. 어디 있었느냐, 네가 제멋대로 구는 것이 이상하다, 너는 내 아들이다, 아버지가 죽어서 네가 네 마음대로 한다고는 생각할 수 없다. 그래 나는 대꾸했다. 이제 그 일은 끝났다, 나는 이제 어린애가 아니다, 나도 이제 면도할 나이다, 내가 밖에 나가 돌아다니는 이유는 우리가 살아갈 방도를 구하기 위해서다.

이와 같은 말대꾸가 어머니를 상당히 슬프게 했다. 그때 어머니는 알았다. 무슨 일이 일어날지, 내가 가면을 벗고 어머니를 완전히 무시하게 되리라는 사실을. 꼭 그렇게 되었다.

이런 한때의 망나니짓에 대해서 그냥 조용히 넘어가서 무례하고 제멋대로 자란 철면피 자식놈이 결국 무슨 꼴을 당하게 되는지 너희들이 몰랐으면 싶기도 하구나. 그래도 너희가 좋은 것과 나쁜 것을 구별할 수 있도록 반면교사로 소개하는 것이니 아무것도 감출 수가 없단다.

오늘 너희는 내 자식으로서 장난꾸러기에 지나지 않지. 그러나 내일이면 어른이 되어 한 집의 가장이 될 것이다. 그때 내 삶을 교훈 삼아 너희 자식을 어떻게 지도해야 할지를 배워야 할 것이다. 내 가엾은 어머니가 나로 인해 당했던 고통을 너희가 당하지 않으려면 말이다.

어머니는 아버지가 죽은 후로 2년을 더 살았다. 그것도 오래 산 것이었다. 내가 그 당시 어머니에게 안겨주었던 고통에 비한다면 말이다. 나는 이 일을 떠올릴 때마다 마음이 무너져 내린다.

나는 끊임없이 헛된 것을 좇아 즐기며 춤, 노름, 여자 등 내 버릇을 점점 더 못된 방향으로 곧장 몰고 가는 것밖에는 다른 생각이 없었다.

집에 남아 있던 알량한 돈은 내 욕구를 채워주기에 부족했다. 곧 바닥을 드러내고 말았다. 결국 우리는 동네의 오막살이로 줄여 갈 수밖에 없었는데 그나마 집세도 제대로 지불할 형편이 못 됐다. 그래 며칠이 못 가서 어머니를 형편없는 지하방으로 옮겼다. 어머니는 정말 암담해했다. 그런 대우에는 전혀 익숙하지 못했던 것이다.

가엾은 어머니는 내 탈선을 꾸짖었다. 내 탈선으로 인해 우리가 이 모양 이 꼴로 졸아들었다고 했다. 좀 쓸모 있는 일에 매달려보라고 갖은 말로 구슬리기도 했다. 회개하여 내게 해로운 친구들, 나를 파멸의 문지방으로 몰고 갈 그런 친구들과 손을 끊으라고 했다. 그러니까 불쌍한 어머니는 최선을 다해 내가 자신을 반성해보도록 노력했던 것이다. 그러나 이미 늦고 말았다.

악마는 이미 내 마음 속에 티눈처럼 박혀 있었다. 그 뿌리는 너무나 깊었다. 엄격한 충고도 부드러운 나무람도 독살스런 욕질도 전혀 소용없었다. 아무리 심한 욕을 먹어도 끈질기게 무시해버렸다. 착하게 살라는 충고는 웃어넘겼다. 내 더러운 행실을 욕하면 일부러 과장했다. 그뿐만이 아니었다. 가엾은 어머니는 썩 괜찮다고 믿었던 자기 자식이 내뱉는 천박한 대꾸에 전혀 무방비 상태였기 때문에 이런 꼴을 당하면 부질없이 우는 수밖에 없었다.

아, 자기 잘못으로 그리고 내 잘못으로 흘린 어머니의 눈물! 만약 애초에, 내가 어렸을 적에, 내 고집으로 인한 고약한 버릇이 나를 완전히 사로잡기 전에, 내 고집을 초장부터 버릇 들여놓았더라면, 그 사랑과 동정과 연민으로 내 응석을 받아주지 않았더라면, 분명히 나는 어머니 말에 따르고 어머니를 존경하게 되었을 것이다. 그러나 모든 것이 그와 정반대였다. 어머니는 어린 시절 내 잘못에 즐거워했고 나이가 어려 그렇다고 변명까지 해주었다. 사람들이 신체적으로 유년기, 장년기, 노년기를 겪는 것처럼 악마도 윤리적으로 유년기, 장년기, 노년기를 겪는다는 사실을 전혀 몰랐던 것이다. 악마란 처음에서 꼬마로 하찮게 시작하지만 갈수록 익숙해져 장년으로 성숙해지는 것이다. 사람도 늙으면 세월의 힘에 못 이겨 열정이 시드는 것처럼 악마도 노쇠하게 되는 때가 있다.

내 아버지의 계획에 그렇게 일일이 대들지 않았더라면, 나를 때리려들었을 때 훼방 놓지 않았더라면, 그 앞뒤 없는 사랑으로 나를 응석받이로 키우지 않았더라면, 그 결과 어머니와 내게 얼마나 많은 유익이 있었겠는가? 오오! 나도 어머니를 존경하도록 길들여졌을 것이며, 경건하고 예의 바르게 성장했을 것이고, 그런 식이었다면, 내가 세상 살아가면서 그 많은 수고도 겪지 않았을 것이며, 어머니도 내 말대꾸나 업신여김에 희생되지도 않았을 것이다.

안타까운 것은 이런 가슴 아픈 경우가 비일비재하다는 것이다. 관대한 과부의 자식들은 대개가 못돼먹고 막돼먹은 자식들인데 그런 자식들의 어머니가 불행한 여자일 수밖에 더 있겠느냐?

대체로 보면 보통 아버지는 자식에게 신앙심과 도덕성과 예의 바른 태도를 심어주려고 애쓴다. 그런 교육에 힘입어 자식들은 갖은 비천한 짓거리에서 벗어나 사람이라면 마땅히 따라야 할 바로 인도되는 것이다. 그런 교육을 할라치면 아이들은 울고불고하고 어머니는 애가 타서 아이를 싸고돈다. 아이가 장난을 치면 어머니는 치켜세운다. 아이가 투정을 부리면 어머니는 용서한다. 하인들로부터나 길거리에서 주위들은 욕지거리를 해도 웃고 넘어간다. 아버지는 이런 것에 얼굴이 달아올라 그 못된 버릇을 고치기 위해 자식에게 회초리를 들고 싶어도 겁을 내게 된다. 왜냐하면 회초리를 들면 어머니가 성난 암사자처럼 굴 것이 뻔하기 때문이다. 남편이 부인을 지극히 사랑하고 또 부부 관계를 지옥으로 몰아가고 싶지 않다면, 남편은 부인 말에 굴복하여 아이의 잘못에 벌을 내리지 않는다. 자식놈은 엄마가 보장해주는 면책 특권으로 흡족하여 장난질에 박차를 가한다. 그렇게 되면, 이미 이야기한 바대로, 장난꾸러기, 얼뜨기, 천덕꾸러기가 되었다가 나중에 어른이 되면 급기야 천인공노할 대역 죄인이 되는 것이다.

그렇지만 아버지라는 존재만으로도 어느 정도는 고삐를 죌 수 있다. 아버지가 죽으면 말짱 도루묵이다. 아슬아슬하게 버티고 있는 유일한 둑이 무너지면 감정의 강물은 넘쳐흘러 앞을 가로막는 모든 것을 싹 쓸어버린다.

그때 홀어미가 자유 분방을 갈망하는 그 다급한 심정을 알아채고 처음으로 맞서보려 하지만, 이미 때는 늦으리. 그 물결은 너무 맹렬하여 홀어미 힘으로는 도저히 막아낼 수 없다. 충고를 하고, 애교도 떨고, 욕을 퍼붓고, 공갈도 치고, 눈물로 호소하고, 몽둥이를 들고, 저주를 퍼부어도 말짱 헛수고다. 냉정하고 완고하고 어머니 말을 듣지도 존경하지도 않게 된 자식놈은 충고를 비웃고, 애교를 조롱하고, 욕질을 우습게 알고, 공갈을 우롱하고, 눈물을 즐기고, 몽둥이를 피해 달아나고, 저주에는 저주로 맞먹게 된다. 우리가 보는바 어머니에게 손찌검까지 하는 놈들도 심심치 않게 있는 실정이다.

이 모든 서글픈 재앙은 세심한 주의를 기울여 자식을 교육시키면 막을 수 있을 것이다. 그렇다면 자식을 제대로 교육시키는 데 부모가 져야 할 책임은 몇 가지나 될 것인가? 한때 멕시코를 풍미했던 신부의 주장에 의하면 세 가지다. 무엇인고 하니, 첫째 알아야 할 것을 가르친다, 둘째 잘못된 행실을 고쳐준다, 셋째 본받을 만한 모범을 보인다. 세 가지 모두 말로 하기는 참 쉽지만 실천에 옮기기엔 너무 어려운 것이다. 우리가 보는바 막돼먹고 못돼먹은 자식놈들이 얼마나 많고많으냐. 그래도 그것이 지키기 어려워서 그렇다기보다는, 예수님의 멍에는 쉽고 가벼운 것이니, 그 부모라는 작자들이 위에 언급한 세 가지 사항을 막연하게나마 실행해보려고도 하지 않기 때문이다. 오히려 할 수만 있다면 그런 이야기들을 무시하려고만 든다.

먼저 가르치는 것을 보자. 부모라는 작자들이 고작 몇 명의 선생이나 가정교사에만 의존해 수박 겉 핥기 식으로 가르쳐 나간다면, 또 그 부모가 아이들의 응석을 고스란히 받아주는 꼴을 선생이나 가정교사가 보게 되면, 그들 또한 학생들의 응석을 고스란히 받아주고, 그래서 아이도 버리고 자신들의 양심도 상처를 입을 것이다.

고쳐주는 것. 아버지, 특히 어머니들은 애초에 포기해버린 것임을 이미 살펴보았다.

마지막으로 모범을 보이는 것. 아이들이 집에서 날마다 보는 것이 무엇인가? 부모들의 사치, 식탁에서의 과소비, 하인들에 대한 거만, 가난한 사람에 대한 오만과 멸시.

이것이 바로 더하든 덜하든 간에 아이들이 여러 방면에서 보고 듣고 하는 것이다. 그 나이 또래의 아이들의 심성을 나쁘게든 좋게든 형성시키는 데 모범을 보이는 것만큼 큰 힘을 발휘하는 것은 없다. 그런 모범을 보고 자란 아이들이 어떻게 될 것인가?

결과는 자명할 것이다. 우쭐대던 아이는 커서 오만 방자하게 되고, 응석부리던 아이는 커서 고집불통이 되고, 의지할 것 없던 아이는 커서 타락하는 식일 것이다.

이 모든 것은 양질의 교육, 그것도 조기 교육에 의해 교정되어야 한다. 이건 성경에도 나오는 교훈이다. "아들이 있거든 잘 기르되 어려서부터 길을 잘 들여라"(집회서 7장 23절). 나무는 가지가 힘이 약할 때 바로잡아야 굵어지고 단단해지면 안 되는 법이다. 의사들도 병은 초기에 잡아야 한다고 말한다. 몸을 갉아먹기 전에, 피가 모두 변질되어 체액을 버리기 전에 말이다. 솜씨 좋은 외과 의사는 뼈가 빠지면 그 즉시 맞추고 부러지면 그 즉시 부목을 댄다. 그렇지 않으면 상처가 덧나 치료가 요원해지기 때문이다.

아이들 교육도 더도 덜도 말고 꼭 이렇게 시켜야 한다. 어릴 때부터, 나무라면 통나무가 되기 전에. 잘못이 발견되면 그 즉시 고쳐주어야 한다. 그렇지 않으면 상처가 덧나니까.

이것은 맑은 물보다 명확하고 내일 해가 뜨는 것만큼 자명한 진리인 것이다. 이 진리를 무시하라고 할 사람은 아무도 없다. 그런데도 온통 못돼먹은 망나니 녀석들뿐이니 커서 게으르고 사악하고 형편없는 꼴이 될 게 뻔한 노릇이다.

성공 여부는 다른 것에 있는 것이 아니라 우리가 잘 알고 사실을 극복하느냐에 달렸다. 우리는 아이들을 쉽게 용납한다. 우리 자식이기 때문에도 그렇고 우리가 지나치게 사랑하기 때문에도 그렇다. 이런 놈들이 자라면 우리에게 슬픔과 고통을 안겨준다. 아무리 혹시나 혹시나 해도 역시나 역시나 성과는 없다.

늙어빠진 말 길들이기보다 어린 망아지 길들이기가 얼마나 수월한 일이냐? 아버지는 이 경우에 알맞은 재갈과 박차를 가지고 있다. 그걸 잘 이용할 줄만 알면 좋은 성과를 올리지 못할 이유는 거의 없다. 재갈이란 영감으로 얻는 복음서 말씀이고 박차는 꾸준하게 보여주는 훌륭한 본보기이다.

우리나라 소몰이들은 말한다. 훌륭한 말은 박차를 필요로 한다고. 우리도 이렇게 말할 수 있다. 고분고분하고 천성이 착한 아이는 도덕적으로 건강한 품성을 형성하고 타락하지 않기 위해서는 훌륭한 모범을 본받아야 한다. 자식을 버리지 않기 위해서는 이것이야말로 가장 훌륭한 박차 구실을 한다.

훌륭한 모범은 충고, 아첨, 설교, 책 따위보다 훨씬 감동적이다. 그것들 역시 좋은 것이기는 하다. 그러나 결국 말일 뿐이니 마이동풍이 되기 십상이다. 눈을 통해 보는 교훈이 귀를 통해 듣는 교훈보다 더 큰 인상을 남기는 법이다. 말 못하는 짐승조차도 모범을 보이며 자기 새끼들을 가르칠 뿐만 아니라 이성을 가진 인간에게도 교훈을 주지 않느냐. 훌륭한 모범의 힘은 참으로 크니라.

주정뱅이 자식이 주정뱅이가 되고, 노름꾼 자식이 노름꾼이 되고, 거만한 놈 자식이 거만한 놈이 된다는 것은 새삼스러운 일이 아니다. 아버지한테서 배운 것일진대 본 대로 하는 것이 뭐 이상한 일이냐. "고양이 새끼가 쥐를 잡는다"고 속담에도 나와 있지 않느냐.

이건 정말 이상한 경우, 아니 정말 웃기는 경우다. 내가 좀 전에 이야기했듯, 아들놈이나 딸년이 커서, 그러니까 망나니로 커서, 흉악한 짓을 저지르고 골치 아픈 문제를 일으키면 그제야 부모들은 새삼스럽다는 듯 소리친다. "내 자식이 이러리라 누가 생각이나 했던가! 아무개가 그러리라 누가 믿기나 했을까!"

바보들이다. 누가 생각하고 누가 믿었냐고? 왜, 온 세상 사람이 그랬다. 온 세상 사람이 당신들이 자식 키우는 꼬락서니를 지켜보았으니까. 좋은 모범을 보여 잘 키운 자식이 막돼먹고 못돼먹은 놈이 된다면 그건 기적이라 해야 할 것이다. 빨아먹을 교훈이 없어서, 자라면서 본 모범이라는 것이 형편없는 것이었다면 망나니가 되는 것이 지극히 당연한 것이다. 결과야 원인에 달린 것이기 때문이지. 한 뭉치 솜을 불 속에 집어넣고는 그게 타오르면 놀랄 사람이 오늘날 어디 있겠느냐? 잉크병에 집어넣은 종이가 물드는 것을 보고 놀랄 사람은 또 어디 있겠느냐? 아무도 없다. 불이란 타는 물질을 태우고, 잉크란 종이를 물들이는 것이 자명한 이치임을 모두 알기 때문이다. 그러니 아이들이 시원찮은 교육은 태워버리고 나쁜 본보기에는 쉽게 물든다는 사실은 아주 당연한 노릇이다. 중요한 것은 시원찮은 교육도 말고 나쁜 모범도 보이지 않는 것이다.

그래서 라세데모니아 사람들은 아버지가 자식의 잘못으로 벌을 받는 것을 당연한 일로 여겼다. 아이들이 미리 조심하지 않았던 점은 용서하고 아버지의 악의와 태만을 처벌했던 것이다.

보헤미아의 두 왕자 웬슬라오와 볼레스라오는 한 어미의 두 자식이었다. 첫째는 오늘날까지 우리가 제단에서 숭배하는 성인이다. 둘째는 자기 형의 목숨을 빼앗은 잔인한 군주였다. 기질도 달랐고 운명도 달랐다. 그건 전적으로 교육 탓이었다. 첫째는 인정 많고 신실했던 할머니 루드밀라가 키웠다. 둘째는 비열하고 음탕하고 정신까지 혼미한 어머니 드라오미라가 키웠다. 그것이 바로 유년기 동안의 좋거나 나쁜 교육이 가지는 힘인 것이다!

자식들에 대한 책임을 등한시하는 아버지들의 잘못을 강조한다고 해서 그것이 자식들의 무례와 불순종을 용서한다는 뜻은 아니다. 양쪽 모두 나쁜 짓을 행한다. 양쪽 모두 자연 질서를 파괴한다. 양쪽 모두 법을 범하고 몸담고 있는 사회에 해를 끼친다. 회개하지도 않는다. 서로가 서로를 헐뜯는다. 성경에도 나와 있다. "자식들은 나무를 줍고 아비들은 불을 피우며"(「예레미야」, 7장 18절 상).

"잘못된 자식은 그 아비의 수치요 혼란이라"는 주님의 말씀은 진실이다. 성경에는 그런 자식들에 대한 저주의 말씀이 차고 넘친다. 잠언이나 경외전에 나와 있는 말씀을 들어보라. "아비를 저주하는 자는 죽여라. 곧 음부의 어둠 속에 거할 것이다. 어미를 경멸하는 자는 악명을 사고 명예가 실추될 것이다. 아비를 근심시키고 어미에게서 도망치는 자는 수치를 당하고 불행할지라. 어미의 저주는 못된 자식 집의 주춧돌도 무너뜨리리라." 마지막으로 이런 말씀도 있다. "독수리가 아비를 비웃는 자의 눈을 파고 그 시체를 먹으리라."

이런 저주는 정말 섬뜩하다. 그러나 이런 저주를 받아 마땅한 그런 사악하고 무례하고 포악 무도한 자식들이 있는 데야 어쩌겠는가? 그래서 입법가 솔론도 이런 점이 미심쩍어 아테네 사람들에게 법을 제정해줄 때 모든 범죄를 징벌하라고 했지만 무례한 자식이나 부모 살해자는 따로 언급하지 않았다. 그런 자식들이 있으리라고는 도저히 생각조차 할 수 없었던 것이었다. 아! 우리는 정말 이 따위 자식이 있을까 의심하는 척할 수 없다. 자식이라고 불릴 자격조차 없는 자식들이 얼마나 많으냐. 부모에게 막되고 못되게 구는 걸로 따지자면 말이다.

반면에 주님께서는 착하고 사랑스럽고 조상들의 말을 잘 듣는 자식들에 대해서는 복을 내려주셨다. 가라사대, "땅 위에서 장수할지니, 아비의 축복이 자식의 일을 보장하리라." 무슨 말인고 하니, 현세의 행복을 보장한다는 것이다. "아비의 명예를 높이는 자식은 자식 또한 영광을 얻고 이름을 높이리라. 심판 날에 주께서 착한 자식을 기억하사 그 기도를 들으시고 그 죄를 용서하시니 주님의 축복이 영원히 함께 하리라."

자식이 부모를 사랑하고 존경하고 감사해야 하는 것은 정당하고 마땅하고 당연한 일이다. 우리 신실하신 주님을 전혀 몰랐던, 그 축복과 저주에서 벗어나 있던 이방인들조차 그 책으로뿐만 아니라 그 행위로도 우리를 권면하고 있지 않느냐.

로마의 한 젊은 처녀는 그 아비가 옥에 갇혀 굶어 죽게 되었을 때 담대하게 나가 감옥 문 갈라진 틈으로 먹을 것을 넣어주었다. 그 얼마나 위대한 사랑이냐! 무얼 주었냐고? 자신의 젖을 주었던 것이다. 진정 눈물겨운 행동. 재판관들이 그 소식을 듣고 그 불쌍한 노인네를 특별히 사면해주었다.

저 고결한 자식 클레오베스와 비톤은 얼마나 존경스러운가! 그 어미를 마차에 실었으나 말이 없어 손수 마차를 끌고 교회 문까지 치닫지 않았더냐. 키케로도 감탄한 행위. 로마 사람 모두 그 어미를 칭송했고 그 두 경건한 자식들을 신처럼 떠받들었다.

아이네아스의 자비! 그 진멸의 숙명적인 밤, 트로이가 불타오를 때, 모두가 놀라고 겁내고 우왕좌왕할 때, 오로지 죽음에서 벗어나고자 서두를 때, 늙은 아비 안키세스가 있던 곳으로 달려가 어깨에 둘러메고 화염을 통과하여 아비 목숨을 구했던 젊은이. 그는 이렇게 외쳤다.

> 자, 내 목에 오르소서, 내 어깨에 타소서
> 내 아버지를 살려야 하리라, 사랑하는 아버지!
> 이런 부드러운 짐은 결코 져본 적이 없나니
> 무겁지도 힘들지도 아니합니다.
> 이제 이 위험을 벗어나고 나면
> 우리 모두 기쁘지 아니하겠나이까. (베르길리우스, 『아이네이스』 2)

이런 영웅들의 본보기가 착한 자식들을 감동시키고 흥분시키고 눈물겹게 하지 않는단 말인가? 그리고 또 나쁜 자식들을 부끄럽게 하고 당황케 하지 않는단 말인가? 이런 빛나는 행위는 기독교 성인들에 의한 것도 아니고 황야의 은자들에 의한 것도 아니다. 몇 명의 이교도, 복음의 빛을 누리지 못한 이방인에 의한 것이다. 그들은 절대적인 언약을 들은 적이 없었지만 그 부모를 사랑하고 존경했기 때문에 너희들이 보았던 대로 그 극한 상황에서도 부모를 구하려 달려들었던 것이다. 단지 본성에 따라, 마음속의 기쁨을 위해. 이것이 덕이 맺는 열매인 것이다.

그러나 나쁜 자식들은 부모를 존경하기는커녕 욕질을 해댄다. 살리고 먹이기는커녕 있는 것마저 빼앗고 내팽개쳐 고통 속에 살아가게 하는 것이다. 그놈의 자식들이란! 아, 나는 어땠던가! 나도 그런 놈들 중 하나였다. 나는 불쾌하고 떨떠름한 심정으로 어머니를 장사 지냈다. 그 내용은 다음 장에서 보게 될 것이다.

15. 페리키요가 어머니의 죽음을 이야기하는 장. 다른 자잘한 사건도 이야기되는데 그리 불쾌한 내용은 아니다

20일 동안이나 가슴 졸이며 달걀을 품고 있는 암탉의 끈기는 얼마나 대단한 것인가! 움직임이 느껴지면 병아리가 나오는 것을 돕기 위해 또 얼마나 끈덕지게 껍데기를 부수는가! 병아리가 나오면 또 얼마나 자상하게 보살피는가! 또 얼마나 큰 사랑으로 먹이는가! 또 얼마나 열심히 보호하는가! 또 얼마나 태평하게 놀리며 또 얼마나 조심해서 감싸는가!

고양이·개·말·소·사자 등 모든 짐승 어미들도 나름대로 새끼들을 돌본다. 그래도 새끼들이 크면, 웬만큼(우리는 그렇게 말한다) 어린 시절을 벗어나면, 그러니까 스스로 먹이를 구할 수 있는 나이가 되면, 그때는 사랑도 응석받이도 끝이다. 쪼고 물고 머리로 받아 영원히 그 품에서 쫓아내버린다.

사람의 어미들은 그렇게 못 한다. 임신 중에 얼마나 많은 병에 시달리는가! 출산 시에는 얼마나 많은 고통과 위험이 따르는가! 또 키우면서 얼마나 많이 고생하고 걱정하며 애를 태우는가! 다 키워놔도, 그러니까 이제 어린 티를 벗고 어른이 되어 스스로 벌어먹고 살 수 있는 나이가 되어도 어머니의 조바심은 식을 줄 모르고, 사랑은 줄어들 줄 모르고, 걱정도 그칠 줄 모른다. 한번 어머니는 영원한 어머니, 여전한 끈기와 열성으로 자식을 영원히 사랑한다.

우리 어머니가 암탉과 같이만 해도, 그 사랑이 우리 어린 시절에만 국한된다 해도 우리는 어머니의 사랑에 제대로 보답할 수도, 우리를 위해 치른 수고에 제대로 감사를 표할 수도 없을 것이다. 우리가 태어나서 그만큼 보호받고 자랐다는 것은 실로 엄청난 빚이기 때문이다.

그 이유는 아주 명백하다. 성경을 읽어보면 우리가 부모를 존경하고 감사해야 함을 납득할 수 있을 것이다. "네 마음을 다하여 아비를 공경하고 너를 낳으실 때 겪은 어미의 고통을 잊지 말아라. 네가 세상에 태어난 것은 부모님의 덕택임을 잊지 말아라. 그들의 은덕을 네가 어떻게 무엇으로 갚을 수 있겠느냐"(집회서 7장 27절). 아버지 토비트도 아들 토비트에게 이렇게 일렀다. "어머니 마음을 슬프게 해서는 안 된다. 네가 태중에 있을 때 네 어머니가 너 때문에 얼마나 많은 어려움을 겪었을까 생각해보아라"(토비트서 4장 3절 하 및 4절).

이런 점으로 미루어 볼 때, 우리 본성에 의해서나 우리가 믿고 있는 종교에 의해서나, 우리는 우리 부모를 평생 존경해야 할 뿐만 아니라 부족함에 허덕일 때나 커다란 죄 아래 있을 때 달려가 구해야 한다는 사실을 그 누가 의심하겠느냐?

나는 평생이라고 했다. 왜냐하면 잘못 생각하는 놈들도 있기 때문이다. 결혼하면 자식의 의무는 끝이다, 이전처럼 부모 말을 따르거나 존경하지 않아도 된다, 그들을 도울 이유는 전혀 없다고 생각하는 놈들이 있는 것이다.

나는 그런 연놈들을 많이도 알고 있다. 이 연놈들은 일단 결혼을 하고 나면 부모를 아주 냉담하게 대하고 성가신 짐짝인 양 취급한다. 연놈들은 이렇게 지껄인다. 됐어, 나는 이제 자유다, 이제 부모 밑에서 벗어났다, 이제 새로운 시대다. 그리고 이 자유 쟁취를 기념하기 위해 처음으로 한다는 짓이 부모 앞에서 담배를 피워무는 짓거리다. 그런 다음에는 부모에게 욕을 해대고 막판에 가서는 어려운 지경에 처해도 도와주지 않는다.

존경과 숭배라는 것은 그런 놈들에겐 전혀 남아 있지 않다. 자기가 어떤 처지에 있든 사회적 지위가 어떠하든지 간에 말이다. 평생 부모는 부모고 자식은 자식이다. 자식이 부모한테 보이는 존경은 욕먹을 짓이 아니라 상 받아 마땅한 것이다. 결혼한 솔로몬 왕은 자기 어머니 밧세바를 공손히 영접하기 위해 권좌에서 내려왔다. 보니파키우스 7세도 자기 어머니를 꼭 그렇게 대했다. 착한 자식은 무엇이든지 한다. 이런 겸손이 가져다 준 것은 다름아닌 영광과 축복과 찬양이었다.

어려울 때 부모를 도와야 한다는 것은 철저히 지켜야 할 의무다. 자식이 있는 어머니가 "남편이 주지 않아요"라고 한다면 그건 변명이 되지 않는다. 자식에게 달래지, 착한 자식이라면 줄 텐데. 자식도 주지 않으면 사치를 줄이고 절약하시오. 옷 사 입고 춤추고 온갖 짓을 할 돈은 있어도 어미 도울 돈은 없대요. 기가 막힐 일이군. 부모 업신여기는 년들이 당해도 쌀 그런 꼴이다.

이런 꼴은 사내놈들에게서 더 자주 보게 된다. 놈들은 이렇게 푸념한다. "아! 나도 부모님을 돕고 싶어. 하지만 가난한 데다 먹여 살릴 마누라와 자식새끼들이 있으니. 그것도 벅차." 얼씨구! 이것도 바른 변명이 못 된다. 신학자들에게 물어보라. 빵이 있으면 부모와 나눠 먹어야 하는 것이 의무라는 것을 알 수 있을 것이다. 이렇게 말하는 사람들도 있다. 같은 조건이라면, 위급한 상황에서 자식보다는 부모를 먼저 구해야 한다.

아주 극단적인 경우에 부모를 저버리는 것은 부모를 죽이는 것과 같다. 이 천인공노할 범죄는 너무 극악한 것이어서 선인들도 극형에 처해야 한다고 일렀다. 그런 놈들은 숨이 막힐 정도로 쇠가죽으로 꽁꽁 묶은 채 바다로 던져버리라고 했는데, 이는 그 죽은 몸뚱이도 무덤에서 편히 쉬지 못하게 하기 위해서였다.

행악과 행패로 세상을 어지럽히는 그 수많은 무뢰배 놈들을 꽁꽁 싸매기 위해서는 도대체 얼마만큼의 쇠가죽이 필요하겠는가? 내가 그 당시 살았다면 나는 뼈도 못 추렸을 것이다. 나는 어머니를 돕지 않았을 뿐만 아니라 아버지가 어머니에게 보탬이 되라고 남겨준 그 알량한 재산마저 깡그리 거덜내버렸던 것이다.

가관이지! 학교에서 배운 다섯 가지 셈하는 법 중에 어떤 것은 아버지의 죽음으로 완전히 잊어먹었지만 어떤 것에는 도사가 되었다. 돈이 바닥나고 어머니의 보석까지 팔아치우고 나서 '덧셈'을 잊어버렸다. 더할 것이 없었으니까. '곱셈'이란 것은 평생 몰랐다. '반으로 나누기' 혹은 '공평하게 나누기'에는 선수였다. 나는 손에 들어오는 것이면 뭐든 친구놈들과 내 여자 친구와 친구의 여자 친구와 공평하게 나누어 썼다. 그런 식으로 나눔의 법칙에 통달했다. 그러다 보니 어느새 돈이 바닥나고 말았다. 그걸로도 모자라 항상 빚쟁이들을 달고 다녔다. 속으로 셈은 잘했다. 누구한테 넷, 누구한테 여섯, 누구한테 셋, 기타 등등. 갚지 않으면 빚을 지는 것이다. 나는 훤히 알고 있었다. 빚지고 망하고 거덜내고 빚 독촉에 허덕여도 살아생전 땡전 한 푼 갚지 않는다. 이것이 바로 철두철미 타락한 놈들의 계산법이다. 놈들은 가진 게 없으니 덧셈을 모른다. 쓸 줄만 알기 때문에 곱셈 역시 모른다. 둔한 놈들에게서 빼낼 줄은 안다. 뭐라도 좀 생기면 소위 친구라는 사기꾼 망나니들과 나눌 줄은 안다. 이런 것은 산수 셈본이 없어도 넉넉히 알 수 있는 것이다.

내가 꼭 그랬다.

　이러니저러니 하다 보니 집에는 땡전 한 닢은커녕 돈 될 만한 것은 하나 남아나지 않았다. 오늘은 접시를 하나 팔고, 내일도 또 하나 팔고, 모레는 꽃병을 팔고, 그 다음날은 옷장을 팔고, 그러다 보니 세간이나 가구가 완전히 거덜나버렸던 것이다. 그 다음에는 어머니 옷가지도 전부 팔아치웠다. 전당포나 상점에 갖다 팔았다고 해야 돈도 얼마 쳐주지 않았다. 허섭스레기로 넘기는 바람에 팔아도 별 소용이 못 됐다.

　나만 다 쓴 것은 아니다. 어머니와 펠리파 할망구한테도 얼마간 들어갔다. 우리는 알메이다 신부가 성 삼위일체에 대한 얘기를 하면서 언급한 그런 미친놈과 같은 꼴이었다. 하루는 어떤 사람이 놈에게 이렇게 물었단다. 어떻게 그렇게 누더기를 걸치고 다니게 되었소? 미친놈이 대답했다. 뭔 놈의 소리야? 우리도 남 망치는 데는 삼총사일 텐데. 꼭 그런 꼴이 우리집에 벌어진 것이었다. 우리는 먹는 데는 삼총사였지만 먹을 것을 구하는 사람은 아무도 없었다. 뭐라도 얻어걸리면 내가 대부분 쓰고 날렸다. 그러니 집안 망한 책임을 내가 뒤집어써야 마땅하지.

　가엾은 어머니는 무슨 직장이라도 얻어 집에 보탬이 되라고 진력이 나도록 나를 설득했지만 나는 아무 생각이 없었다. 첫번째 이유, 나는 일보다는 노는 것이 좋았다. 착한 백수로 말이다. 백수 중에서도 착한 놈은 있으니까. 두번째 이유, 내 고상함과 문학 학사라는 찬란한 학위에 뿌리박은 쓸모없는 허영심을 만족시켜줄 직업을 어찌 구할 수 있었겠느냐. 나는 마치 백작이나 후작이라도 된 듯 힘을 주고 다녔으니까.

　아버지의 예측은 글자 하나 틀리지 않고 맞아떨어졌다. 어머니는 여전히 나를 사랑하기는 했지만 내가 직업을 얻는 데 필요한 일을 배우는 것에 그렇게 반대했던 것이 큰 실수였음을 깨달았다.

　손으로 일해서 유용한 물건을 만들 줄 아는 것은, 그러니까 기술적인 것이든 예술적인 것이든 무언가를 익히는 것은 욕먹을 일도 아니고 고상한 원리나 학문이나 학문으로 인한 빛나는 경력에 어긋나는 것도 아니다. 사람의 위신을 추락시키는 직업이란 없다. 돈을 많이 버는 것도 위신을 깎는 일이 아니다. 자기가 지닌 재능을 무한히 발휘하면 되는 것이다.

지난 세기 말 어느 작가가 쓴 것처럼 부끄러움은 직업에서 나오는 것이 아니라 게으르거나 죄를 범하는 데서 나오는 것이다. 모든 단체의 개인은 이런 점에서 모든 집의 자식들을 존중해야 한다.

시칠리아의 왕 디오니시오스가 그 폭정으로 인해 왕위를 잃고 이름을 감추고 도망 다녔을 때 먹고 살 능력이 없었다면 어찌 되었겠는가? 원수의 손에서 벗어났다 해도 분명 비렁뱅이로 살다 죽었을 것이다. 그러나 그는 읽고 쓸 줄 알았기 때문에 학교 선생이 되어 한동안 살아나갈 수 있었다.

배가 파선하여 모든 재산을 잃고 로도스 섬에 표류한 아리스티포스가 생계를 유지할 재주가 없었다면 어찌 되었겠는가? 죽었을 것이다. 그러나 그는 뛰어난 기하학자였다. 섬사람들은 그 재능을 알아보고 극진히 대접했다. 그래서 그는 조국도 재산도 아쉬울 게 없었다. 그는 다음과 같은 인상 깊은 교훈을 동포들에게 보내 자신의 주장을 대신했다. "파선을 당해 홀딱 벗긴다 해도 잃어버릴 수 없는 재산을 자식에게 남기라." 많은 어머니나 귀족 나부랭이들에게 딱 들어맞는 교훈이 아닌가!

우리 변호사나 신학자나 교회법 학자가 베이징이나 콘스탄티노플에 표류하기라도 하면 자기 직업으로 먹고 살 수 있을까? 아니다. 그 도시에는 우리 종교도 우리 법도 없기 때문이다. 옷을 바느질하거나 조끼를 뜨거나 구두를 깁거나 하는 손으로 하는 일을 못하면, 그들이 아무리기고 뛰고 날고 한다 해도 버려진 무인도에서 처방전을 쓰는 그런 의사와 같은 꼴을 당할 것이다.

불행하게도 이건 사실이다. 이런 폐단은 거의 모든 부자나 귀족들에게 벌어진다.

내 '거의' 라고 했는데 이건 실수다. '거의' 라는 말은 필요 없다. '직업이 사람을 비천하게 한다' 는 이 케케묵고 말도 안 되는 소리를 내세우는 한심한 꼴이란 너무나 널리 퍼져 있다. 그런 잘못을 저지르니 더 심한 실수도 따르는 법이다. 가난한 기술공들을 천하게 여기고 마구 대하는 것이 그렇다. 아무개는 사람은 좋은데 재단사야. 아무개는 집안은 좋은데 이발사야. 또 아무개는 심성은 착한데 구두장이야. 맙소사! 누가 그들에게 자리를 비켜주는가? 누가 그들을 식사에 초대하는가? 누가 그들을 차별 없이 공평하게 대하는가? 사람 됨됨이는 좋아도 직업이 딴죽을 거는 것이다.

이렇게 떠드는 놈들에게 나는 묻고 싶다. 보시오들, 당신들도 돈도 없고 구두를 깁고 옷을 바느질하고 모자에 칠을 하고 하는 재주 외에 달리 살아갈 재주가 없다면, 지금 당신들이 공돌이 공순이를 업신여기는 것처럼 꼴사나운 허영심으로 부자들이 당신들을 대한다면, 당신들도 부자를 경멸할 것 아니오? 틀림없이 그럴 것이다.

그리고 가능한 일일지는 모르지만, 당신들이 부자라 하더라도, 어느 날 이 모든 사람들이 한마음으로 당신들을 미워하고 아무리 돈을 줘도 팔지 않겠다고 나선다면, 별수없이 맨발로 다녀야 할 것 아뇨? 그렇지. 당신들이 신발을 지을 수는 없을 테니. 게다가 발가벗고 다니다 굶어 죽겠지? 그렇지. 옷을 지을 줄도, 땅을 일궈 먹을 양식을 가꿀 줄도 알아야 말이지.

사실 말이지 당신들은 쓸모없는 사람들이야. 당신들은 「상속자」라는 희극에 나오는 인물들의 역할을 이 세상에서 하고 있다니까. 왜 그리 폼을 잡고 거들먹거리며 사람들을 무시하는 거요? 당신들이 그만큼 살 수 있는 것이 바로 그 사람들 덕분이지 않소. 가난한 사람들이 먹고 살기 위해 일하는 것을 업신여긴다면 당신들 정말 악랄한 거야. 단지 가난하다고 해서 당신들을 위해 일하는 사람, 아니 당신들을 먹여 살리는 사람들을 깔본다면, 단지 몸으로 벌어먹고 산다고 해서 그렇게 무시하고 뻐긴다면 당신들은 악랄함을 지나쳐 바보 멍청이가 되는 거야. 물어보나마나지. 당신, 뭘 해 먹고 살지? 당신은 광산, 당신은 농장, 당신은 상업. 그런데 말이지, 삼돌이가 광산에서 일하지 않고, 복동이가 땅을 일구지 않고, 만복이가 당신 물건 팔아주지 않으면 당신은 굶어 죽어. 이 사람들 모두 얼굴에 땀을 흘릴 때, 당신은 게으름이나 피우며 사고만 치고, 그래 나라에 누를 끼치기밖에 더 하는가 말야.

　나는 거만하고 멍청한 부자들에게뿐만 아니라 정당하게 살아가는 당신들 가난한 이들에게도 이렇게 일러주고 싶다. 당신들은 주님의 뜻에 따라 정직하게 열심히 살아가자니 욕도 먹고 체면도 깎이고 하는 거겠지요. 사람이 직업으로 천하게 되는 것은 아니다, 사람이 미욱하고 사악하면 아무리 돈이 많다 해도 그 티를 벗을 수는 없다, 사람에게는 차별이 없다고 자위하면서 말이오.

　당신들 그 보잘것없는 공장을 비웃으며 달리는 황금 마차를 탄 놈들은 그 얼마나 무지막지한 도둑놈들이오? 당신들이 자식들과 조용히 둘러앉아 땀에 전 빈대떡을 먹고 있는데, 부자놈들은 식탁에 놓인 새끼 비둘기와 자고새 요리에 맛을 더하는 양념을 치고 있다면 그건 음모와 범죄와 폭리로 얻은 것들이 아니겠소?

　아니란다, 얘들아. 사람들을 천하게 만드는 것은 직업이 아니란다 (나는 수백 번이라도 이 진실을 되풀이할 수 있다). 사람 자체가 그 못된 짓거리로 천하게 구는 거란다. 가난한 집에서 태어났다고 해서 천한 것도 아니다. 자신의 천성과 재주와 지식을 고려하여 분수에 맞는 직업을 택해 실력을 인정받으면 그만이다. 이걸 증명해주는 사람들은 쌔고도 쌨다. 천재 시인, 능란한 화가, 뛰어난 음악가, 유명한 조각가, 교양이 필요하거나 전문적인 분야의 유명한 직업인들은 교황과 황제와 유럽 여러 나라 국왕들의 방문을 받아 명예도 얻고 부도 쌓을 수 있었다. 이건 명확한 사실이다. 실력이 뛰어나고 재주가 좋다면 그 자신이 명예를 얻는 것은 물론이려니와 그 직업에도 명예를 가져다 주게 된다. 내 이미 앞서 얘기했듯이 식스투스 5세도 교황으로서 가톨릭 교회를 다스리기 전에는 일개 돼지치기에 불과했다. 교회 쪽 역사를 보든 세속 쪽 역사를 보든 기억해볼 만한 예는 아주 많다. 오늘날 우리가 허영심에 가득 차 살다 보니 널리 알려지지 않았을 뿐이다.

그러나 모두 말해야 한다. 미꾸라지 신세에서 용이 된 사람을 더 칭찬해야 할지 용이 됐어도 미꾸라지 신세를 잊지 않고 있는 사람을 더 칭찬해야 할지는 모르겠지만, 뒤엣 것이 더 올바르고 더 어려운 일인지는 알겠다. 우리 인간의 교만함을 감안할 때 그렇다는 이야기다. 가장 어려운 일이니만치 가장 칭찬받아야 하겠지.

가난뱅이가 부자가 된다, 평민이 귀족이 된다, 앞에서도 본 것처럼 양치기가 왕이 된다 하는 것들은 사람의 의지와는 전혀 상관없는 우연의 결과일 수 있다. 그러나 다른 사람들 위에 군림하게 되어도 교만도 거만도 떨지 않고 자신의 과거를 생각하며 아랫사람들을 인간적으로 다정하게 예의를 갖춰 대한다는 것은 정말이지 칭찬받을 일이다. 왜냐하면 그것은 인생의 어떤 경우에도 자족할 줄 아는 뛰어난 인간성을 보여주는 것이기 때문이다. 사람으로서 쉽게 할 수 있는 일이 아니다.

우리가 늘 보는 꼴은, 부자나 귀족으로 태어나는 놈들은 천성적으로 거만하고 교만하다는 것이다. 처음 태어나 보게 되는 집안 돌아가는 꼴이 그렇고, 요람 속에서 흔들리는 재롱이 그렇고, 허영으로 가득 찬 집안 공기가 그러니 그럴 수밖에. 한마디로 하자면, 놈들이 물려받는 것이란 귀족이라는 것, 돈, 명예 따위와 함께 아랫사람을 다루는 거만과 교만이라는 것이다.

이건 몹쓸 짓이다. 아주 몹쓸 짓이다. 어떤 부자라도 자기도 사람이라는 사실을, 가난뱅이와 평민과 똑같은 사람이라는 사실을 잊어서는 안 되기 때문이다. 그렇지만 잘못도 용서받는 바에야, 부자들의 교만함도 그냥 넘어갈 수 있을 것이다. 무릎으로 기어다니던 때에 가난이라는 것을 체험해본 적도 없고 온갖 어리광은 그대로 다 받아주었다고 한다면 말이다. 스스로 자만심에 빠지지 않기 위해서는 정말 조심해야만 한다.

그러나 어느 가난한 마을의 밭고랑에서 태어난 가난뱅이들을 보자. 부모는 찢어지게 가난한 사람으로 배냇저고리라는 게 고작 올 굵은 포대였다. 그들은 빈궁과 고통과 싸우며 그렇게 키워졌고 그렇게 자랐다. 칭찬하는 소리라고는 귓전으로도 들어본 적이 없고 무시하는 말만 귀에 익었다. 주님께서도 이들을 영광의 자리에 올려 기뻐하실진대, 왜 그리 깡그리 무시하고 멸시하는가? 가난뱅이들을 멸시하고, 가난하면 친척까지 외면할 뿐만 아니라 그 친척 관계마저 부정하려고 드니 정말 해괴한 일이 아닐 수 없다. 도저히 용서할 수 없는 교만이다.

내가 지어낸 이야기가 아니다. 온 세상이 이를 증명해준다. 이 글을 읽고 얼마나 많은 사람들이 하소연해올 것인가. 박사라는 형은 내게 말도 걸지 않는다, 결혼한 여동생은 인사도 않는다, 고위 성직자인 삼촌은 날 알아보지도 못한다는 등. 이런 사람이 얼마나 많을 것인가?

이런 말은 하고 싶지 않다. 그래도 "천한 놈인지 알아보려면 짐을 맡겨보아라"는 흔해빠진 속담도 바로 그런 못된 행실과 배은망덕에서 나온 말이다. 자기가 지금 있는 자리에서 충분히 은혜를 베풀 수 있음에도 가난하다고 해서 핏줄까지 거부하고 친척들을 고통 속에 살게 내버려두는 짓은 아주 못돼먹은 심보다.

교만하다느니 천박하다느니 또 뭐라 불려도 그런 일은 비일비재다. 혈통이 고귀한 사람들이 자기 종업원이나 하인이나 가난한 사람들을 다정하고 예의 바르게 대하겠는가?

가난뱅이들과 함께 몰려 살 때에는 다정하고 다감하고 잘 자라다가도 일단 운이 바뀌어 개천에서 용 났다 하면 교만해지고 으스대고 귀찮아하고 혐오스럽게 노는 꼴을 심심치 않게 본다.

그 유명한 무리요 신부는 자신의 교리 문답서에 플리니우스와 에스트라본을 인용하여 다음과 같이 말한다. 알렉산드로스 대왕의 애마 부케팔로스는 안장을 채우지 않았을 때는 만질 수도 마구 대할 수 있지만, 일단 안장을 채우고 곱게 꾸며놓으면 도저히 감당할 수 없게 된다. 젊은 마케도니아 왕 외에는 그 누구의 말도 듣지 않는다. 그리고 신부는 이 이야기를 가지고 적절한 교훈을 만들었는데 여기 인용해둘 만한 것이다. "헐벗고 있을 때는 고분고분하던 사람도, 법복을 입힌다, 술 장식을 단다, 권위를 쥐여준다, 심지어 성직자의 수의를 입힌다 해놓으면 어느 누구 앞에서나 폼을 잡게 마련이다."

그러니 제발 너희는 이 배은망덕하고 교만한 놈들 수를 보태주는 짓은 하지 마라. 너희도 내일 당장 운이 바뀌어 고관대작이라는 높은 자리에 오를 수도 있고 혹은 한 재산 두둑이 얻어걸릴 수도 있다. 그러면 너희는 법에 저촉되지 않는 한 힘껏 은혜를 베풀어야 한다. 그런 것이 진정 위대해진다는 것이다. 너희가 높이 오르면 오를수록 너희 행하는 은혜도 커져야 하는 것이다. 키케로도 리가리오를 변호하여 이렇게 말했다. "사람은 다른 어떤 것이 아니라 오로지 덕으로만 신을 닮아갈 수 있다." 이 세상은 티토와 마르쿠스 아우렐리우스 황제의 이름은 영원히 기억할 것이다. 아우렐리우스는 로마를 영광과 행복으로 가득 채웠다. 티토는 선을 쌓는 데 너무 열중하여 하루라도 선을 행하지 않으면 그날은 잃어버린 날이라고 고백했다. "헛되이 흘러간 날이여!"

다른 한편으로, 너희는 재산이 생겼다거나 벼락출세를 했다고 해서 교만해지지 않도록 해라. 벼락출세로 교만해지면 너희가 그런 대접을 받을 만한 자격이 없다는 것이요, 재산으로 교만해지면 너희가 생전 돈 구경도 못 했다는 것을 드러내는 것이기 때문이다. 만일 어떤 사람이 거만하게 마차나 배를 탔는데 시종일관 멀미를 해댄다면, 그런 말을 듣지 않아도 아, 이런 것은 처음이로구나 하고 생각하게 될 것이다. 우리 흔히 쓰는 "고기도 먹어본 놈이 먹을 줄 안다"는 속담도 다 이유가 있는 것이다. 사실이 그렇지 않으냐.

가난하고 이름 없이 태어나서 하루아침에 돈벼락을 맞거나 벼락출세를 하게 되어도 그 출세 자리로 교만해지지 않고, 그 재산으로 폼을 잡지 않고, 이전에 지녔던 단순함과 아름다운 본성을 변치 않고 지킬 수 있다면 많은 사람들을 감화 감동시키고 이 세상을 달리 만들 수 있지 않겠느냐! 이 사람들의 마음이야말로 실로 대범하다고, 황금 따위로 흔들리거나 초조해하지 않는다고, 비록 이름 없이 명예 없이 태어났지만 적어도 평생 이름과 명예를 지켜나갈 것이라고 감탄할 만한 것이 아니겠느냐?

바로 이 사람들이 권력이나 돈을 의지가지없는 사람들을 짓뭉개거나 가난한 사람들을 깔아뭉개는 데 함부로 사용하는 대신, 그 불쌍한 사람 하나하나를 자기와 같은 사람으로 인정하고, 사근사근하게 대해주고, 그 꿈을 격려해주고, 힘껏 은혜를 베푼다면, 뒷소리하거나 시기하거나 욕질하는 대신에 축복의 말을 건네고, 더 성공하기를 빌어줄 것이며, 죽은 이후에도 그 이름을 찬양할 자들이 수없이 많을 게 아니냐? 이것을 그 누가 의심하겠느냐?

내가 말하는 부자들에게서 반드시 배워야 할 점은 뭔가 하는 척하는 것이 아니라 솔직 담백함이다. 우리 스스로 우리 약점을 고백할 줄 아는 것이야말로 다른 사람들이 대놓고 우리를 면박 주는 그런 상황을 피할 수 있게 해주는 덕목인 것이다. 가난하고 귀족 증명서 없이 태어난 것이 약점이라고 치자. 그러면 그걸 아예 고백해버려라. 그래서 우리 원수들이나 시기 질투하는 놈들의 주둥이에 자물쇠를 채워버리는 것이다.

고관대작이 되어서도 비천했던 어린 시절을 속이지 않는 사람은 그 비천함을 비천하게 하지 않을 뿐만 아니라 덕성스럽고 지혜 있는 자들이 그 비천함을 다시 생각해보도록 할 것이다. 덕성스럽고 지혜 있는 자들은 비천함에 대해 새삼스레 다시 생각해볼 것이요, 무지하고 사악한 놈들도 비천하다는 것에 대해 별로 신경 쓰지 않게 될 것이다.

비힐리소라는 사람은 이 점을 잘 알고 있었다. 가난한 소몰이꾼의 자식으로 태어난 그는 덕을 쌓고 학문을 닦아 알렉산드리아의 마군시아 대주교 자리에까지 올랐다. 그는 그 높은 지위로 우쭐대지도 않고 경쟁자들에게 빌미도 제공하지 않기 위해 "지금의 너와 과거의 너를 기억하라"는 표어가 씌어진 마차 바퀴를 방패에 그려 넣었다.

그런 겸손으로 그 명예가 실추된 것도 아니었다. 오히려 그 겸손으로 그는 높이 찬양받았다. 그가 죽자 엔리코 2세는 그 바퀴를 영원히 마군시아 대주교의 문장으로 삼도록 명령을 내렸다.

아가토클레스 왕은 식탁의 모든 그릇을 금과 은으로 만들 수 있을 만큼 부자였지만 자신이 그릇장이의 자식임을 잊지 않기 위해 항상 질그릇으로 밥을 먹었다.

마지막으로 보니파키우스 8세의 경우를 보자. 그의 부모는 매우 가난했다. 그가 로마 교황의 자리에 오르자 그의 어머니가 그를 만나러 갔다. 어머니는 화려한 옷을 입고 있었다. 거룩한 교황은 한 마디도 하지 않았다. 오히려 이렇게 물었다. 이 여자가 누구인고? 성하의 모친이시옵니다. 그럴 수는 없어. 내 어머니는 아주 가난하거든. 그래서 어머니는 옷을 벗어야 했다. 어머니가 평범한 옷으로 갈아입고 돌아오자 그제야 교황은 어머니를 맞아 착한 자식으로서의 도리를 다해 어머니에게 그 모든 영광을 돌렸다.

애들아, 너희도 보았겠지. 직업이나 가난이란 사람을 천하게 만드는 것도 아니요, 덕을 쌓고 학문을 닦아 높은 자리에 오르거나 명예를 얻을 만할 때 그 걸림돌도 되지 않음을. 너희는 이런 사실을 명심해야 한다. 이런 사람들이 바로 너희가 꾸준히 본받아야 할 사람들이다. 너희 못된 아비를 본받지 말고 말이다. 나 같은 놈이야 게으름과 방탕함이 천성이 되어 직업을 얻는 데 필요한 일을 배우려고도 하지 않았고 귀족이랍시고 누구 하인 자리도 알아보지 않았던 것이다. 귀족이라는 것이 게으름과 방탕함의 버팀목이라도 된다는 듯 말이다.

가엾은 어머니는 질리도록 나를 설득했지만 허사였다. 내 못된 버릇은 나날이 심해져만 갔다. 매순간 새로운 슬픔과 고뇌를 안겨주었다. 어머니는 가난과 내 망나니짓에 따른 고통에 밀려 급기야 병들어 눕게 되었고 그만 그로 인해 죽고 말았다.

그때 의사를 구하러 얼마나 뛰어다녔을까! 약방으로는 얼마나 애간장을 태우며 달려갔을까! 먹는 데는 한 푼도 쓸 수 없었으니 그 고통이 어떠했을까! 내가 아니고 그 착한 펠리파 할머니가 말이다. 여전히 약아빠졌던 나는 낮에는 집에 거의 들르지도 않았고, 한밤에 돌아오면 먹을 것을 싹쓸이하고, 어머니 병세에 대해서는 건성으로 물어봤을 뿐이었다.

　이제 세월도 한참이나 흘렀다. 어머니 영혼을 달래기 위해 미사도 여러 차례 올리며 눈물깨나 쏟기도 했다. 그래도 내 양심의 절규는 달랠 수가 없다. 끊임없이 이렇게 외치는 것이다. 네가 네 어머니를 달달 볶아 죽인 것이다. 어머니가 비참한 지경에 빠졌어도 너는 돕지 않았다. 게다가 너는 어머니가 죽었어도 그 눈을 감겨주지 않았다. 아아, 내 자식들아! 제발 너희는 이런 후회막심한 일을 저지르지 말려무나. 언제나 너희 어미를 사랑하고 존경하고 도와주어라. 이것은 주님과 우리 본성의 명령이니라.

　다행히도 어느 날 느닷없이 열이 심하게 오르는 바람에 그날 당장 의사에게 보였는데 다음날 의식을 완전히 잃고 말았다.

　내가 다행이라고 했지. 그건 말이다, 만일 그런 갑작스런 발병이 아니었다면 어머니는 두 배나 괴로웠을 것이기 때문이다. 아무 쓸모 없는 그 배은망덕한 자식놈 때문에 생긴 병이었으니 말이다.

　숨이 붙어 있었던 마지막 6일 동안 어머니의 헛소리는 내게 주는 충고거나 내 안부를 묻는 것이었다고 한다. 나중에 이웃 아낙네들이 그랬다고 했다. 내가 집에 있었을 때도 온통 "페드로 왔어요? 여기 있어요? 펠리파 할머니, 저녁 차려주세요. 애야, 나가지 마라, 너무 늦었어. 나갔다가 잘못된 일이라도 생기면 안 되니까" 등등 어머니가 내게 품고 있던 사랑을 확인시켜주는 그런 말만 들을 수 있었다. 아아, 어머니, 나를 얼마나 사랑하셨는지, 어머니의 그 사랑에도 불구하고 난 또 얼마나 못되게 굴었는지!

　결국 어머니는 내가 집을 비운 사이에 숨을 거두었다. 나는 길거리에서 그 소식을 들었다. 나는 집은커녕 집 근처에도 가지 않았다. 나는 3일 간이나 집에 가보지 않았다. 장례랄지 기타 비용이랄지 하는 것에 도통 신경 쓰기 싫었기 때문이었다. 언제나처럼 빈털터리였으니까. 그리고 내가 살았던 동네 신부도 장례 따위에는 인색한 양반이었으니까.

나는 3일 만에 나타나서는 이런저런 평계를 둘러댔다. 무슨 소송이 붙어서 그 동안 갇혀 있었노라, 어머니가 걱정이 되어 사도 신경을 입에 달고 살았노라 등 얼마나 많은 거짓말을 둘러댔는지 모르겠다. 눈물도 몇 방울 곁들이니 이웃 아낙네들의 입도 막을 수 있었고 펠리파 할머니의 분노도 잠재울 수 있었다. 이 펠리파 할머니는 내가 나타나지도 않고 시체도 더 이상 방치할 수 없어지자, 요 따위와 내 얼마 되지 않는 옷가지 등을 닥치는 대로 그러모아 벼룩시장에 가져가 처음 흥정한 사람에게 팔았다고 했다. 그렇게 위기를 벗어났단다.

내 사람됨을 감안해 볼 때 그 소식은 내 기운을 쭉 빼버리게 하고도 남았다. 그 양반의 임기응변으로 말미암아 나는 갈아입을 옷조차 없게 된 것이었다. 모조리 팔아버렸다니 원.

그리고 나로서는 도통 알 수 없는 빚이 의사에게 있다느니, 무슨 처방을 그리 많이 받았는지 약방에도 빚이 있다고 했지만, 나로서는 갚을 생각이 전혀 없었으니 많든 적든 신경이 쓰이지 않았다.

어쨌든 나는 그 마음씨 고운 펠리파 할머니를 눈물 없이는 생각할 수 없다. 그 당시에 할머니는 내 어머니의 하녀요, 언니요, 친구요, 딸이요 또한 어머니이기도 했다. 할머니는 약을 구하러 다닌다, 동냥을 얻으러 다닌다 하여 내 어머니에게 밥을 먹였고, 약을 먹였고, 어머니를 보살폈고, 어머니를 밤새 지켰고, 사랑과 자비와 성실로 어머니를 장사 지냈다. 할머니는 정신 못 차린 나를 대신해 일을 치렀던 것이다. 너희들도 이번 기회에 알아두어라. 주인에게 성실하고 사랑스럽고 은혜스러운 하인들이 있다. 자식보다 나은 이들도 많다. 이런 일도 있었단다. 어머니는 빈털터리로 밑바닥에까지 이르자 월급을 줄 수 없으니 다른 일

245

자리를 찾아보라고 했단다. 그러자 이 노인네는 울면서 대답하기를 죽기까지 떠나지 않겠다고 했단다. 언제까지나 그냥 일해주겠다고. 사실 그랬다. 이 세상 어디에나 성 제르맹의 솥장수처럼 영웅과 같은 하인이 있다고 했단다.

그러나 나는 펠리파 할머니의 사랑을 그리 깊게 느끼지 못했다. 나를 키우다시피 했다는데도 말이다. 할머니는 9일 간의 장례 기간을 집에서 조용히 경건하게 치렀다. 사실 그 기간 내내 조용했던 건 아니었다. 그 기간 동안 나를 먹여 살리느라고 온갖 사나운 꼴을 다 당해야 했다. 벽에 못 하나 남아 있지 않은 형편이었으니까.

그래도 내가 너무 뻔뻔스럽게 굴자 이렇게 말했다.

"페드리토, 너도 보다시피 이젠 땡전 한 닢 나올 데가 없다. 나도 이젠 거덜나고 말았어, 네 어머니 돌보는 데 몽땅 들어갔단 말이다. 이젠 주님 품에서 편히 쉬련만. 그래, 애야. 이제 어머니도 돌아가셨으니 나도 살길을 찾아야겠다. 너도 가진 게 없고 나도 마찬가지인 데다 또 어디서 나올 데도 없으니 무슨 수가 있겠느냐?"

할머니는 이렇게 말하면서 계집아이처럼 울며 밖으로 나가버렸다. 모든 것이 순식간의 일이라 뭐라고 구슬려 붙잡아둘 틈도 없었다. 할머니로선 잘한 행동이었다. 할머니는 내 꿍꿍이속을 훤히 들여다보고 있었다. 그리고 내가 가엾은 어머니의 삶을 얼마나 피곤하게 했는지도 잘 알고 있었다. 그런 건달놈한테 무슨 희망을 걸 수 있었겠는가?

내 정말 죽을 맛이었던 속을 한번 들여다보라. 매달 월세가 20레알인데 7개월을 지불하지 않았으며, 가구라고 해야 달랑 침상 하나로 위에 깔 요도 옷가지도 없었다. 먹을 것도 없고, 어디 가서 얻을 데도 없었다. 이런 지경인데도 빌어먹을 집주인은 달려들어 밀린 돈을 내라 독촉했다. 20레알씩 7개월이면 140레알, 이걸 환산하면 17페소 4레알이다, 이 돈을 갚거나 담보를 대거나 보증인을 세워라, 그러지 않으면 판사에게 끌고 가 감옥에 처넣겠다.

나는 이 새로운 재난에 겁을 먹고 곧 갚겠으니 어머니의 유언이 정리될 때까지 기다려달라고 했다.

그 고지식한 양반은 내 말을 믿고 나를 놓아주었다. 나는 잽싸게 움직였다. 나는 편지에 이렇게 썼다. 정직한 채무자는 담보 따위로 마음 상하지 않는다. 담보물로 내 집에 있는 모든 세간을 양도하겠노라. 그 목록은 탁자 위에 있다.

편지를 다 쓰고 풀로 붙여 열쇠와 함께 집주인 여자에게 건네주었다. 그리고 나는 새로운 모험을 찾아 내 길을 개척하기 위해 나섰다. 그 내용은 다음 장에서 보게 될 것이다.

그러나 이 장을 접기 전에 다음날 무슨 일이 있었는지 너희가 알기를 원하노라. 집주인은 돈을 받으러 와서 나를 찾아다녔다. 부인이 편지를 건네주자 읽었다. 열쇠를 달래서 세간을 살펴보기 위해 방문을 열었다. 집주인은 소위 양도서라는 종이 쪼가리를 읽어보았다.

이 방에 대한 7개월 간의 임대료를 대신하여 판필로 판토하 씨에게 양도하는 세간 목록. 이하 참조.

긴 의자 두 개, 짚으로 만든 의자 네 개. 속이 터지고 빈대투성이.

한때는 푸른색이었던 낡은 침대 하나. 역시 빈대투성이.

구석용 작은 탁자 하나. 망가졌음.

일반 크기 탁자 하나. 다리 하나가 부족.

책장 하나. 열쇠 분실, 선반 두 개 부족.

다섯 자짜리 돗자리 하나. 매자에 빈대 5백만 마리.

유리를 끼운 나무 벽간 하나 및 그 속에 밀랍으로 빚은 성자상 하나. 세월의 때를 타서 누군지 알아볼 수 없음.

커다란 액자 둘. 역시 세월의 때를 타서 그림을 알아볼 수 없으나 그림의 흔적은 알아볼 수 있음.

나무로 만든 칸막이 둘. 낡았지만 금박을 입힌 것으로, 하나에는 깨진 거울이 달려 있고 다른 하나에는 아무것도 없음.

좀먹은 휴지통 하나.

커다란 상자 하나. 밑은 뚫리고 열쇠도 없음.

먼지투성이 궤짝 하나. 진짜 골동품.

다리를 저는 안락의자 하나.

소리가 신통치 않은 통기타 하나.

아귀가 맞지 않는 초 심지 자르는 가위 몇 개.

푸에블라산 성수반 하나. 이가 빠짐.

조개 상감된 십자가가 있는 예루살렘 로사리오 하나. 열에 서넛 빠진 것 외에는 말짱함.

뒤틀어지고 책장도 뜯겨나간 『돈 키호테』 한 권.

책표지가 뜯겨나간 낡은 라바예 책 한 권.

구리 촛대 하나.

꼭지 없는 촛대 하나.

백랍으로 만든 숟가락 두 개와 이빨이 하나뿐인 포크 하나.

손잡이 없는 푸에블라산 항아리 두 개.

푸에블라산 목기 두 개와 깨진 접시 네 개.

짝이 맞지 않는 카드 한 벌.

스무 편의 이야기와 시들, 떨어져나간 인쇄물 몇 편.

이가 빠졌으나 그런대로 쓸 만한 솥 냄비 등 열두 개.

구멍투성이 금속 항아리 하나.

맷돌 한 짝.

자루 없는 절구 하나.

다 떨어진 빗자루.

물 항아리.

우물 두레박.

부지깽이.

문 빗장.

오래된 도자기 하나.

조금 여유 있게 사용 가능한 변기 두 개.

이 모든 물품을 집주인에게 양도함. 빚을 모두 청산하고도 여분이 있으면 돌아가신 어머니를 위해 써주시기 바람. 1789년 11월 15일, 멕시코. 페드로 사르미엔토.

그 가련한 집주인이 이 목록을 보고 지랄 발광을 하고 있는 동안 나는 이미 말했듯이 아주 중요한 일에 열중하고 있었다.

16. 외로운 거지 고아가 된 페리키요가 후안 라르고를 만나다. 페리키요는 그의 말에 넘어가 노름판에서 바람잡이로 건달 생활을 꾸려간다

저주받은 유대인들과 같이 외롭고, 고아인 데다 집은커녕 가정조차 없는 가난뱅이로서 동네 사람도 이웃사촌도 없는 꼴에 처하고 보니, 나를 감싸주었던 어머니가 사무치게 그리웠다. 나는 남아 있던 세간 목록을 집주인 여자에게 건네준 다음 기분이 엉망진창인 채로 고개를 푹 숙이고 생각에 잠겨 밖으로 나왔다.

나는 우선 친가나 외가 쪽 친척들을 꾸준히 집적거려보기로 했다. 내 불행에 대해 무슨 위안거리라도 있으려니 했지만 전혀 헛된 꿈이었다. 나는 어머니의 죽음과 의지가지없는 내 고아 신세를 늘어놓으며 보호해줄 것을 눈물로 호소하며 이야기를 맺었다. 어떤 이는 동생의 죽음을 몰랐다고 했고, 어떤 이들은 새삼스럽다는 듯이 내 운명을 동정하는 척했다. 그렇지만 그 누구도 전혀 도움을 주지 않았다.

나는 친척들의 집에서 기가 죽은 채 나올 수밖에 없었다. 어머니가 죽으니 어떤 친척도 내 처지에 관심을 두지 않았던 것이다. 나는 그 무정한 삼촌들 모두에 대해 사무치는 원한을 품는 동시에 어머니에 대해 사무치는 아쉬움을 품게 되었다.

나는 속으로 물었다. 세상에 이런 친척들도 있단 말인가? 그렇게나 가까운 피붙이가 고통을 당하는 것이 아무렇지도 않단 말인가? 이것이 본능을 이겨내고 이성으로 세운 법이란 말인가? 사람이 자기 혈통을 그렇게 대해도 된단 말인가? 그래 친척을 돌보는 것이 무슨 미친 짓이라도 된단 말인가?

아버지 생전에는, 아버지에게 재산이 좀 있었을 때는, 집을 찾아와 대접을 받곤 했을 때는, 바로 그 사람들이 내게 농담도 건네고, 용돈도 주고 했던 것이다. 게다가 무슨 놀거리라도 있거나, 흔히 하는 이야기로 상다리라도 휘어지는 날이면 부르지 않아도 무더기로 몰려들던 사람들이었다. 그런데 이제 이 모든 것이 끝나고 우리집에 궁기가 흘러넘쳐 입질할 것이 없어지자 싹 달아나서는 나나 어머니를 보려고 코빼기도 내비치지 않았던 것이다. 이제는 그들 집에 가서 무안을 당하는 일은 흔치 않다. 나는 아직도 감사하게 생각한다. 나를 내몰아 뺑뺑이 돌리지 않은 것을 말이다.

언젠가 나도 자식을 낳게 되면 자식놈들에게 일러주리라. 절대 친척에게 의지하지 말고 어떻게 하든 손에 쥐게 될 돈에 의지하라. 돈이야 말로 가장 가까운 친척이다. 어떤 경우에 있어서도 가장 자유롭고, 가장 신속하고, 가장 유용한 것이다. 피를 나눈 친척들이란 결국에는 다른 짐승과 마찬가지로 살과 뼈다귀일 뿐이다. 그들은 배은망덕하고, 무익하고, 이해타산만 따지는 아무 쓸모 없는 것들이다. 친척에게서 뭔가 얻어낼 것이 있으면 줄기차게 쫓아다니며 알랑방귀를 뀐다. 그러나 나처럼 가난하다면 돕기는 고사하고 같은 핏줄이라는 것을 창피하게 여긴다.

나는 이런 생각에 넋을 잃고 그 야비한 친척들에 대한 분노로 몸서리를 치며 걷고 있었다. 모퉁이를 돌자 저 멀리서 내 친구 후안 라르고가 오는 것이 보였다. 내 마음은 기대로 한껏 설레기 시작했다. 이 만남

이야말로 바로 내가 행복해질 수 있는 기회라고 여겨졌던 것이다.

가까이서 얼굴을 알아보게 되자 놈이 먼저 말을 붙였다.

"아, 페리키요, 이 친구! 뭐 하나? 어떻게 지내? 그래 요즘 살기 어때?"

나는 일사천리로 내 근심 걱정을 털어놓고 삼촌들 욕을 바가지로 퍼붓고는 말을 마쳤다.

"그 양반들이 너를 어떻게 했는데, 아니 왜 그렇게 사이가 안 좋은 거야?"

"내게 어떻게 하다니, 무시하고 전혀 거들떠보지도 않아. 피붙이라는 것도 잊은 모양이야. 내 아버지에게 얼마나 많이 신세 진 놈들인데."

"네 말이 맞아. 오늘날 친척이란 모두 빌어먹을 놈들뿐이야. 나도 좀 전에 그 늙다리 개 같은 삼촌 마르틴 씨에게서 그보다 더한 꼴을 당했어. 들어볼래? 내가 이 도시에서 모습을 감춘 지 그러니까 근 1년 되는데, 그 동안 농장에서 삼촌과 같이 있었어. 그런데 빌어먹을 소몰이 한 놈이 내게 누명을 씌우는 거야. 내가 2주일 전에 송아지 열 마리를 팔아먹었다고 말야. 야, 내 맹세하지만 사실 일곱 마리뿐이었어. 하긴 미사를 끝내고 나자마자 거짓말로 얼굴에 똥칠하는 놈들도 있지.

문제는 삼촌이 그 말을 처음부터 곧이곧대로 믿고 내가 농장에 있던 날로부터 없어진 모든 것을 내게 다 뒤집어씌우는 거야. 나를 윽박지르면서 실토하라고 공갈 협박이었지. 나 그때 그렇게 신중해보기는 생전 처음이었어. 한 마디도 혀를 놀리지 않았지. 나는 입을 다물었어. 앞으로 영원히 그럴 거야. 자백하라고 영원히 졸라대도 말이지. 그러니 화가 치민 마르틴 씨가 나를 방에 가두고 무슨 죄인 다루듯 몸을 묶고 매타작을 하는데, 아직까지 제정신이 아닐 정도야. 거기서 끝이냐 하면 그것도 아냐. 내게 있던 옷가지와 내 망아지 두 마리를 몽땅 압수하고 날 길바닥으로 쫓아냈어. 바로 집 앞 길거리로 말야. 그리고 하늘나라 모든 재판소를 걸고 맹세하는데, 그 근처에서 얼쩡거리다 걸리면 한 방에 날려버리겠다는 거야. 그러면서 내가 망나니라는 둥, 건달이라는 둥, 도둑놈이라는 둥, 배은망덕한 놈이라는 둥, 반은 파먹고 반은 빼돌리는 놈이라는 둥 난리였지.

'야, 이 재수 대가리 없는 망나니놈아. 네놈은 네놈 생각처럼 내 조카가 아냐. 네놈은 못돼 처먹은 사기꾼이야. 빌어먹을 놈 같으니. 내겐 도둑놈 조카란 없어.' 아, 이러는 거야.

그렇게까지 삼촌은 화가 치민 거지. 버림받고 얻어터진 채 무일푼으로 길거리에 나서고 보니, 보다시피 이 도시로 돌아오기로 결심했지. 도착한 지 8일이나 10일쯤 됐을 거야. 도착해 너희 집에 가봤더니 집에도 없고 어디 사는지 알려주는 사람도 없는 거야. 펠라요, 세바스티안, 카시오도로 등등 친구를 만나도 하나같이 너 본 지 오래라는 거야. 사납장이 체파, 피사플로레스, 길쭉이 판사, 에스코비야 등을 만나도 하나같이 네가 어디 사는지 모른다는 대답이었지. 어쨌든 이 짧은 기간 중에도 너를 부지런히 찾아다녔는데 모두 허사였어. 말해봐, 왜 집을 나온 거야?"

나는 대답했다. 우선 집세를 낼 돈이 없었다. 또한 집구석이라고 해 봐야 형편없고 지저분해 찾아오는 사람에게 창피해서였다.

하누아리오는 내 심정을 이해했다. 나는 놈에게 물었다.

"그래 너는 어쩔 생각이야? 뭘 해 먹고 살래?"

"노름판에서 바람잡이나 하려고. 너도 별수없을 것 같으니 원한다면 같이 가자. 잘하면 우리 둘 다 굶어 죽을 리야 없겠지. 눈 두 개보다야 네 개가 훨씬 잘 볼 테니까. 일은 간단해. 조금 일하고 즐기면서 돈도 버는 거야. 어때?"

"아무렴야. 근데 말해봐. 노름판 바람잡이가 대체 뭐야? 어떤 사람을 그렇게 부르는 거야?"

"노름판을 기웃거리는 놈들이지. 돈은 없어도 머리만 굴리면 돼. 노름꾼들이 꽤나 겁내는 놈들이지. 잃을 것도 없고 잔머리로만 판판이 거덜나게 하거든."

"갈수록 구미가 당기는 일이네. 그럼 말해봐. 머리를 굴린다는 건 또 뭐야?"

"그러니까 노름판에서 땡전 한 닢 잃을 염려 없이 돈을 만드는 일이지."

"물론 어려운 일이겠지? 내 듣기로는 노름판을 제외하고는 돈 없이 안 되는 일은 없다고들 하던데."

"그런 말 믿지 마, 페리코. 우리 바람잡이들에겐 이런 장점이 있어. 우리는 돈 없이 머리를 굴리지. 돈이 필요하면 노름판으로 가는 거야. 재주가 필요한 것이 아니라 행운이 필요한 거야. 앞으로 나올 패가 뭘까 궁리하면 돼. 장님 문고리 잡는 식이지 뭐."

"그건 그렇다 치고, 말해봐, 후안, 이제 내가 바람잡이라면 머리는 어떻게 굴리는 거야?"

"이봐. 좋은 자리를 차지해야 해. 노름판에서 앞자리를 차지하면 투우장에서 앞자리 차지하는 것보다 훨씬 좋은 거야. 거기 앉아서 패 나누는 자를 지켜보는 거야. 무슨 속임수를 치지 않나, 처음 나온 패가 뭔가 살펴서는 사람들에게 찔러주는 거지. 뭐 알릴거리라도 있다면 말야. 판돈을 챙겨보고, 판돈을 올리고, 기회가 생기면 슬쩍하고, 정 그도 저도 안 되면 판돈을 나눌 때 내 것이라고 우기기도 하지. 이렇게 떠벌리면서 말야. 나는 정직한 놈이다, 누구 등쳐먹으려고 온 게 아니다, 맹세하고 다짐하건대 이게 내 것이 아니라면 지옥에 떨어져도 좋다. 그러면서 한술 더 떠 이렇게 덧붙이는 거야. 저 아무개야, 그렇지 않냐? 이 아무개야, 네가 말해봐. 이렇게 되면 결국에 가서는 진짜 누구 돈인지 알쏭달쏭하게 되지. 그럼 손에 쥔 놈이 임자지 뭐. 이런 잔머리는 아주 위험해. 몽둥이찜질을 당하고 돈을 뺏기는 수도 있으니까. 그래도 흔치 않은 경우지. 급하면 위험도 감수해야지. 이런 식으로 나는 끼니만큼은 꼬박꼬박 챙겨. 돈도 더 이상 걸지 않고 판도 시들해질 때면 슬쩍한 돈을 7, 8레알쯤 주머니에 챙기게 되는 거야. 기똥찬 일이지. 그래도 너는 지금부터라도 명심해야 해. 판돈을 슬쩍할 생각은 마. 돈을 챙겨도 1페소를 넘으면 안 돼. 잔돈푼으로 3, 4레알쯤이 좋아. 들키는 날이면 두 배로 토해내야 하니까. 잔돈푼이야 그냥 넘어가주거든. 둘이 다투면 누가 사기를 치는 것인지 알 수 없지만 어쨌든 이기는 놈은 있게 마련이지. 판돈이 크면 얻는 게 없어. 큰돈일수록 주의를 게을리 하지 않기 때문이야. 물주들은 눈에 불을 켜고 돈을 지키기 때문에 속여먹기 힘들어."

"어떻게든 먹고 살 방도를 마련해주니 정말 고맙다, 하누아리오. 정말이지 절실한 문제였거든. 조언도 해주고 주의까지 해주니 더욱 고맙지. 그래도 괜히 그러다가 몽둥이찜질이나 그보다 더한 일을 당할까 겁나는군. 사실 말이지, 나는 상당히 둔한 편인 데다 너처럼 노련하지도 않으니 말야. 처음 일을 벌이다 어쩌면 진짜 더러운 꼴을 당할지도 모르고, 혹 떼러 갔다가 오히려 더 붙이고 오게 되지나 않을지."

하누아리오는 내가 주저하는 것에 짐짓 화를 내더니 이렇게 말했다.

"이런, 멍청이. 아무짝에도 쓸모없는 놈이로군. 몽둥이찜질은 뭔 놈의 몽둥이찜질! 그래 그렇게 해서 피멍이 들었다고 해서 뭐 어때? 처음에 반 레알짜리 하나 집을 때 손이 떨리는 것은 당연한 일이겠지. 그래도 다 그렇게 하는 거야. 나중에는 15페소나 20페소도 거뜬히 해치우게 되겠지. 아주 잽싸게 해치울 거라고. 어떻게 하는지 말해주지. 알다시피 시작이 어려워. 그 선만 넘으면 일사천리야. 너도 당당히 바람잡이 대열에 끼게 되는 거야. 사실 말이지 너무 수월해서 탈이야. 몽둥이찜질이나 얻어맞는 것쯤은 일도 아냐. 과감한 놈이 행운을 차지하고 겁쟁이는 걷어차인다는 말을 들어봤을 것 아냐. 너는 운명의 여신에게 버림받았을 뿐만 아니라 보기 좋게 걷어차이기까지 하지 않았어. 더 지독한 꼴을 당하고 싶어? 노름판에서 한 3, 4개월 먹고 마시고 쓰고 하다 보면 뭔가 생기는 게 있을 거야. 누가 우릴 먹여준대? 누가 우릴 맞아주겠어? 그래, 대갈통이 깨지고 갈비뼈가 작살나고 무슨 위험을 당한다 해도 셋집이라도 구할 수는 있겠지. 인생이란 그저 달콤한 것만은 아냐. 그런 꼴을 당해도 의사나 병원이 해결해주겠지. 그러니까 페리코, 시작하자. 이 비참하고 배고픈 지경에서 벗어나야지. 위험을 무릅쓰지 않으면 바다를 건널 수 없지. 머리 굴리는 일이라면 더 괜찮고 덜 위험한 것도 있어."

"말해줘, 제발. 알고 싶어 미치겠어."

"그 중 하나는 말이지, 노름꾼을 도와 패를 나누거나 섞는 일이야. 상당한 팁이 생기거나 심부름 값이라도 생기는 일이지. 주인이 화끈한 데다 돈이라도 따면 말이지. 주인이 화끈하지 못하고 돈을 잃는다 해도 심부름꾼이 직장을 잃지는 않아. 바보가 아닌 바에야 은근 슬쩍 처신하다 보면 계산이 잘 나오지. 그래도 아주 재치 있게 굴어야 해. 안 그랬다간 들통나고 말 테니까."

"은근 슬쩍 처신한다는 것은 뭔 소리야. 전문적인 용어는 이해가 잘 안 가."

"은근 슬쩍 처신한다는 것이란 재주껏 조금씩 판돈을 빼돌리는 거야. 동료가 패를 섞을 때 몸을 긁는 척하거나, 손수건이나 담배를 꺼내거나, 손수건을 접거나, 어쨌든 그때 가장 알맞다 싶은 방법을 총동원하는 거야. 이미 말했듯이 이때도 시치미를 뚝 떼야 해. 그런 식으로 하면 최소한 8 내지 9페소는 문제없어.

또 다른 방법은 노름판에 나같이 믿을 만한 친구를 두는 거야. 나란히 앉아서 돈 주인이 한눈을 팔 때마다 큰돈을 바꿔주는 척하면서 4페세타씩 주는 거지. 이 돈으로 친구는 노름을 하고, 돈이 떨어지면 다시 융통해주고, 돈을 따서 내주게 될 때면 아주 듬뿍 안기는 거야. 겁낼 것 전혀 없어. 노름판 주인이 너를 정직한 놈으로 믿기만 한다면 마음대로 주무를 수 있을 테니까. 돈을 따면 돈에 눈이 멀 것이고, 돈을 잃으면 또 잃어서 눈에 보이는 게 없을 테니까. 그러니 네가 무슨 짓을 했는지 살피지 않게 되는 거야. 정말 기막힌 수법이지. 나는 심부름꾼과 팔레로라는(그 패거리를 이렇게 불러) 그 패거리가 노름판 주인 돈을 거덜내는 것을 수차례 목격했어. 이 경우에 둘이 같이 나오면 안 돼. 따로 나와야 해. 의심을 받지 않으려면 말이야. 약속한 장소에서 다시 만나 번 것을 나누는 거야. 그리고는 만세.

가장 화끈하고 신속한 세번째 방법은 판돈 전부를 한판에 거는 거야. 동료가 그만한 돈이 있다면 말이지. 그렇지 못할 경우에는 여러 판으로 나눠. 결국 거덜나기는 마찬가지니까. 이 경우에도 심부름꾼과 그 팔레로는 아주 솜씨가 좋아야 해. 모든 것은 판을 계속 이끌어갈 수 있느냐에 달렸어. 얼마만큼 판을 키울 수 있느냐 하는 것도 알고 있어야 해. 판이 결정되면 두 사람은 미리 입을 맞추어 이쪽에 걸 것인지 저쪽에 걸 것인지, 안인지 바깥인지, 이건지 저건지 정해두어야 해. 실수하여 미련스럽게 돈을 잃지 않으려면 말이야. 그래서 이런 것을 '손에 공을 들고 하는 카드놀이'라고 해.

이런 길로 들어가 성공하려면 붙잡고 늘어지고, 가시에 찔리고, 늑대 아가리에 대가리를 처넣고, 꼬집고, 빈틈을 노리고, 끼워 넣고, 꼬리

257

치고, 반반하게 굴고 하는 등 이런 종류의 세심하고 교묘한 수단을 반드시 알고 있어야 해. 지금은 이해하지 못한다 해도 신경 쓸 것 없어. 내가 15일이나 20일 안으로 가르쳐줄 테니까. 열심히 하고 바보가 아니면 내 가르침으로 청출어람하기에 충분한 기간이야.

어떠한 처지에서라도 헤쳐나오려면 네 자신의 무기를 사용할 줄 알아야 해. 그러니 우선 카드 만드는 방법부터 익혀야지."

나는 어안이 벙벙해 이렇게 말했다.

"그건 다른 얘기지. 아니 내게 가장 절실한 게 돈인데 내게 가당키나 한 일이야?"

"아니 여기 돈이 왜 필요해?"

"왜 필요하냐니, 카드를 만들려면 본도 있어야 하고, 종이, 물감, 풀, 인쇄기 등 모든 게 필요할 게 아냐. 그래 모두 있다 해도 나는 위험을 무릅쓰고 카드 만드는 짓은 안 해. 들통나는 날이면 위조범으로 감옥에 처넣을 텐데."

내 단순함에 후안 라르고는 웃음보를 터트리며 이렇게 말했다.

"이거 정말 형편없이 순진한 놈이네, 여태 젖비린내가 줄줄 흘러. 이 얼간아, 내가 말하는 카드 만드는 데는 말야, 그 따위 것이 필요하지도 않고 네가 생각하는 만큼 돈도 들지 않아. 이것 봐, 내 주머니에 모든 장비가 다 들어 있어."

이러면서 사각 양철 조각이니, 날카로운 가위, 풀, 먹 조각을 보여주었다.

그 보잘것없는 장비를 보니 기가 막혔다. 고작 이 따위로 카드를 만들겠다니 믿어지지 않았다. 그러나 내 스승은 이런 말로 내 우려를 씻어주었다.

"바보야, 놀랄 것 없어. 내가 말하는 카드 만드는 방식은 다른 카드 만드는 사람들이 하듯 종이를 붙이고 틀을 짜고 인쇄를 하고 하는 그런 것이 아냐. 그건 별도의 일이지. 노름꾼들이 꽃칠을 한다는 그런 방식으로 카드를 만드는 거야. 그런 일이라면 지금 여기 있는 몇 안 되는 장비로도 충분해. 넓거나 좁거나 간에 귓불이라고도 하는 네 귀퉁이를 잘라 주면 돼. 아니면 칠을 하거나, 홈집을 내거나(표를 한다고 하지), 종이를 살짝 바르거나, 하여간 알고 있거나 원하는 방식으로 작업하는 거야. 결국 둔한 놈들 벗겨먹을 수 있도록 정성을 다하는 거지."

"사실 네 방법은 다 좋은데, 그게 다 강도질이며 명백한 도둑질이잖아. 도저히 용서받을 수 없을 것 같은데."

"잘났다, 잘났어." 하누아리오는 고개를 절레절레 흔들며 말했다. "정말 잘빠졌다. 그래 형편없이 망가져서 집도 옷도 먹을 것도 몸 누일 곳도 하나 없는 주제에 무슨 근심은 그리 많은지! 이런 멍청한 놈! 그래 그렇게 착실한 놈이면 수도원에서는 왜 나왔니? 거기서 안전하게 코카나 처먹고 있을 일이지, 왜 나와서 이리 기웃 저리 기웃 하며 배고파 죽어가는 거냐?

너를 위해서 네가 고생하는 꼴을 보지 않으려 입에 침이 마르도록 얘기해서 빛을 밝혀주었더니 원. 야 임마, 모두가 그렇게 생각한다면, 그렇게 돈 버는 것이 도둑질이라고 여긴다면, 정신을 차려야 한다, 그렇지 않으면 지옥으로 떨어진다고 생각한다면, 넌 노름으로 먹고 사는 사람들이 그렇게 정직하게 굴 것이라고 생각하는 거냐? 노름꾼들이 순전히 운에 맡기고 정직하게 노는 것으로 보여? 아냐, 페리코. 노름꾼이란 다 속임수도 쓰고 그러는 거야. 그렇지 않고서야 어떻게 먹고 살겠어? 한 달에 하루는 따겠지, 나머지 29일은 잃고. 너도 노름으로는 얻는 것보다 잃는 것이 많다는 얘기는 들어봤겠지. 정직하게 놀겠다면 확실한 거야. 깨끗이 노름하면 깨끗이 집에 가게 되는 거지. 그래서 내 패거리 친구들은 속임수 난장판으로 뛰어들기 전에 먼저 양심은 베개 밑에 고이 간직하고 노름판으로 달려든단 말야. 나는 신앙심 없는 놈은 한 놈도 보지 못했어. 어떤 놈들은 정령들에게 기도하고, 어떤 놈들은 성모 마리아에게 기도하고, 이놈은 성 크리스토발에게, 저놈은 성녀 게르트루디스에게, 한마디로 우리는 주님께서 평안한 죽음을 주시기를 기도하는 거야. 그러니 얼뜨게 놀지 마, 페리키요. 너도 아무거나 기도할 거리 하나 골라 나서라고. 힘내, 겁먹지 마. 벽에다 입을 대고 빠는 것이야말로 진짜 못 할 노릇이지. 퍼더버리고 앉아 자빠져 있으면 누가 목이라도 매라고 밧줄이라도 줄 것 같아? 너도 방금 삼촌들 겪어봤잖아. 네 피붙이도 빵 쪼가리 하나 주지 않는데 앞으로 무슨 희망이 있겠어? 지금 내가 멕시코에 있고, 네 친구고 하니 지도 편달해줄 수 있잖아. 이 기회를 놓치면 나는 내일 떠나. 그럼 너는 구걸이나 하게 되겠지. 진짜 꾼들은 그 솜씨를 가르쳐주려 하지 않거든. 까마귀 키우기를 겁내는 거야. 내일 당장 자기 눈을 파먹을지 모르니까. 어쨌든 페리코, 이젠 말하기도 지쳤어. 뭘 해야 할지 알아먹었겠지. 내 정말 순수한 마음으로 이러는 거야."

한편으로는 너무 갈급했고, 또 나란 놈이 아무짝에도 쓸모가 없기도 했지만, 하누아리오의 계획이 너무 달콤한 것인지라, 더구나 내가 항상 염원해왔듯 일을 하지 않고도 돈을 쥘 수 있다는 것에 혹했기 때문에, 결정을 내리기는 어려운 일이 아니었다. 그래서 나는 내 사부에게 감사를 표했다. 그때부터 놈을 내 보호자로 인정했던 것이다. 나는 놈의 가르침에서 한 치도 벗어나지 않겠노라고 약속했고, 내 우려와 근심에 대해 사죄했다. 사악한 무리와는 전혀 어울리지 않았던 것을 뉘우치는 놈처럼 말이다. 우리가 종종 그러는 것도 사실이긴 하다.

이런 대화를 나누는 중에 하누아리오는 내 입술이 허연 것을 보고는 이렇게 말했다.

"너, 보아하니, 점심을 굶은 것 같은데?"

"아침도 못 먹었다. 벌써 오후 2시 반은 됐을 텐데."

"아직 1시도 안 쳤어. 하기야 쫄쫄 굶은 배꼽시계는 항상 빨리 가는 법이니까. 배부른 놈들 것은 느리고 말야. 이제 기죽지 마. 자, 먹으러 가자."

'듣던 중 반가운 소리!' 나는 속으로 외쳤다. 우리는 자리를 떴다.

그날이 바로 내가 배고픔의 그 엄청난 위력을 처음으로 경험한 날이었다. 그래서인지 선술집 문지방을 넘어서자 음식 삶는 냄새가 코를 찔렀고 내 마음은 기쁨으로 충만했다. 적어도 지상 낙원에 들어왔다 싶었던 것이다.

우리는 식탁에 앉았다. 하누아리오는 멋들어지게 4레알짜리 식사 2인분과 포도주 한 되를 주문했다. 나는 친구의 넉넉함에 감탄했다. 그래도 먹고 난 다음에 돈이 없다고 하면 어쩔까 싶어 낼 돈이 있는지를 물었다. 주문한 것이 한 두어 페소는 될 듯싶었던 것이다. 놈은 웃으면서 그렇다고 했다. 걱정 말고 먹기나 하라는 듯 잔돈푼으로 모은 6페소를 보여주었다.

이때 빵을 담은 접시 두 개, 국물 사발 두 개, 하나는 국수 하나는 쌀이 든 수프 그릇 두 개, 전골 요리 하나, 스튜 요리 둘, 포도주, 단물, 맹물 등을 날라왔다. 부자에게는 검소한 차림이었다. 하지만 내게는 왕이나, 아니 적어도 무슨 대사들이나 먹는 진수성찬으로 보였다. 쫄쫄 굶은 놈에게는 맛없는 빵이란 없다. 아무리 형편없어도 빵인 것으로 충분하다. 꼭 그런 식으로 더 이상 바랄 게 없었다. 나는 먹는 게 아니었다. 집어삼켰다. 그것도 허겁지겁. 하누아리오가 말했다.

"천천히, 이봐, 천천히. 아무도 다 먹기 전에는 치우지 않아."

우리 두 사람은 씹는 중간중간 포도주를 홀짝였다. 포도주는 우리 기분을 충분히 풀어주었다. 그것도 바닥이 났다. 우리는 한숨 돌리기 위해 담배를 꺼내 물고 다시 이야기를 계속했다.

친구이기는 했지만 너무 궁금해 사부에게 물어보았다. 그래, 어디 살아? 이런 물음에 대해 집도 없고 굳이 필요하지도 않다고 대답했다. 온 세상이 제 집이니까.

"그럼 잠은 어디서 자?"

"밤이 닥치는 곳에서. 이런 점에서 너와 나는 피장파장이야. 세간도 옷도 마찬가지. 지금 걸친 것밖에 없으니까."

나는 놀라 물었다.

"그런데, 어떻게 그렇게 함부로 돈을 써?"

"이건 말이지, 이상하게 보지 마. 우리 바람잡이 노름꾼들은 한탕 했다 하면 항상 이래. 무슨 말인고 하면, 나처럼 돈을 따면 말야. 어제 한 건 올렸거든. 한판 걸어서 2페소를 건졌지. 난 내 차례가 되면 거침이 없어. 그러니까 무모하게 거는 거야. 거덜나도 잃을 게 없으니까. 잔머리 굴릴 또 다른 건수도 있고 말야."

"그래서인지, 노름판 주인들 얘기로는 노름꾼 100페소보다 너 같은 바람잡이들 손으로 따거나 잃는 1레알을 더 겁낸다더라."

"바로 그래. 우린 말야 항상 생생하거든. 다시 말해 모험은 하지 않는단 말야. 여덟 판에서 판판이 4레알을 갑절로 굴리고 나면 우리에게 신경 쓰지 않거든. 아홉째 판에서는 120페소를 따는 거야. 만일 우리가 이기면 256페소를 걸지. 잃어도 우리 것이 아니니 잃는 게 없지. 이런 경우, 다음에 어떻게 할 것인가 자연히 길이 보여.

피땀 흘려 번 돈으로 노름판에 끼여 한몫 잡으려는 놈들은 이렇지 않아. 돈 벌기 얼마나 힘든지 알기 때문에 돈에 대한 애착이 대단하지.

얼마나 전전긍긍하는지, 얼마나 겁쟁이들인지 100페소는 걸 엄두도 못 내. 따도 말야. 그래서 놈들을 꽁생원이라 하지.

그런 이유로 해서 우리는 말야, 한몫 잡으면 흔쾌히 돈을 뿌리며 솔직하게 노는 거야. 우리 것이 아니니까. 우리가 뿌리는 돈이라는 것은 우리가 이 길에서 궁극적으로 바라는 것도 아니거든.

너도 정신 차려. 광산 주인들, 주인 돈을 마음대로 주무를 수 있는 점원들, 있는 집 자식들, 우리 같은 노름꾼 등 일을 하지 않아도 돈이 생기는 모든 놈들, 일을 하기 싫을 때 남한테 시킬 수 있는 그런 놈들보다 더 호탕한 놈들은 없어."

"그래, 네 말을 전부 믿어. 하지만 잘 때 덮을 담요라도 구했나?"

"깜빡했는데 이제 그 문제를 생각해볼까. 바보같이 굴지 마. 집이 없는데 담요가 무슨 소용이야? 어디다 깔 거야? 등에 지고 다닐 거야? 겁내기는. 이봐. 우리 같은 노름꾼은 광대짓을 해서 살아. 때로는 우아하게 차리고 다니고, 때로는 누더기를 걸치고 다녀. 때로는 유부남이었다가 때로는 홀아비가 되지. 때로는 백작처럼 먹고 때로는 거지처럼 먹거나 굶기도 하지. 때로는 활개치고 다니지만 때로는 감방 신세야. 한마디로, 좋은 시절도 있고 더러운 시절도 있단 얘기지. 그래도 이렇게 사는 것에 이골이 난걸. 정처 없이 왔다가 정처 없이 간다고나 할까. 이 직업에서 중요한 것은 영혼이랄지 수치심 따위는 치워버려야 한다는 거야. 믿어봐. 이렇게 살다 보면 천사들의 삶과 다름없을 테니."

나는 앞으로 겪게 될 그 허망한 삶에 대한 솔직 담백한 고백에 기분이 좀 상했다. 놈의 말이 전적으로 옳을 것이다. 하누아리오 놈이 술에 취해 하는 말이라 해도 거짓말을 밥 먹듯 하는 놈은 아니다. 이전에도 놈에겐 더러운 면이 많았지만 알랑거리거나 속이거나 하지 않는 점은 좋은 점이었다. 이런 것을 생각해보자, 술기운 때문이기는 했지만 생각을 바꿀 필요가 있었다. 그래서 생각을 바꾸었다. 이상스럽게도 그 은인이란 놈이 싫지도 않았고, 그 따위 삶이라도 어차피 닥칠 거라면 한번 겪어보자 싶었다. 그렇게 마음을 다잡고 다시 놈에게 물어보았다. 잠은 어디서 자니? 이 물음에 놈은 눈 하나 깜짝하지 않고 거침없이 말했다.

"이봐, 때로는 춤판에 불청객으로 끼여 밤을 꼬박 긴 의자에서 지새고, 때로는 술집을 찾아가 거기서 죽치고, 때로는, 대부분 그러지만, 뒷방을 찾아가 밤을 보내지. 그러다 보니 멕시코에 있는 날이 별로 없어. 노름으로 5백이나 1천 페소쯤 모을 때까지 그럴 작정이야. 그때가 되면 다른 방도를 찾아봐야지."

"그 뒷방이라는 건 뭐야? 왜 그리 기어드는 거야?"

이에 놈이 대답했다.

"뒷방이란 음탕하고 형편없는 노름집인데, 너도 움막 같은 데서 봤을 거야. 노름을 하기 위한 곳은 아냐. 이곳에선 진짜 한 푼짜리도 노름은 안 돼. 그래도 색싯집이라고 입간판만 달아놨을 뿐이지 카드놀이를 하긴 해. 판돈이라고는 보잘것없는 것이지만. 노름집인데 노름이 안 돼? 그런데 또 판을 벌이는데?

그 골방에서 날건달, 빌어먹는 놈 등 밑바닥 인생들이 모여 판을 벌여. 여기서 벌이는 판은 매번 속임수야. 어떤 순진한 놈이라도 끼게 되면 껍데기까지 홀딱 벗겨먹는 거야. 이 판의 속사정을 모르는 신출내기 노름꾼을 새끼 비둘기라고 하는데, 이런 놈들 벗겨먹기는 순식간이지. 어쨌든 이 뒷방에 모이는 놈들은 갈 데까지 간 놈들이야. 학교 교육을 받았나 가정 교육을 받았나. 신앙이 있다고 해도 이런 놈들은 훔치고, 마시고, 놀고, 떠벌리고, 욕하고, 거짓말하고 등등 사려라고는 눈곱만큼도 없어. 점잖은 노름판에서라면 지켜야 할 것들이 하나 없으니 말이야.

나는 대부분 밤을 그런 곳에서 지내. 도박장 물주한테 한 푼 쥐여주고 말야. 있을 때는 두 푼도 줘. 그러면 저당 잡아놓은 상보나 망토나 담요 따위를 빌려주는데 온통 이투성이야. 그렇게 밤을 보내는 거지. 자, 대답했으니까 더 물어볼 게 없나 생각해봐. 정말 궁금한 것도 쌔고 쌨구나."

처음 바람잡이의 삶을 호화 찬란하게 그려보일 때까지만 해도 나는 조심스러운 편이었다. 그렇지만 뒷방이라는 곳의 그 빛과 그림자를 듣게 되자 오한이 일었다. 그래도 어쨌든 나는 언짢은 표정을 보이지 않았다. 나는 용기를 내서 이제 내가 주인공 역을 맡게 될 이 연극이 어떻게 끝나는지 알아보고자 놈을 따라나섰다.

우리는 선술집에서 나와 오후 내내 길거리를 하릴없이 쏘다녔다. 밤이 되자 시간에 맞추어 노름판을 찾아갔다. 하누아리오는 노름을 시작해 사람들이 넘겨준 돈을 눈 한번 깜짝할 사이에 다 잃고 말았지만 놈에게 아무것도 주지 않았다. 나는 끊임없이 내 돈과 놈의 돈과 다른 사람들의 돈을 지켜보았다. 놈은 항상 돈을 굴리고 있었다. 매순간 욕을 하고 뒤집어씌우고 소리치고 했지만 놈은 교묘히 빠져나올 줄 알았고 끝까지 남아 있을 줄도 알았다.

밤 11시쯤 판이 끝났다. 우리는 밖으로 나왔다. 나는 마치 니케아 공의회 회의록이라도 읽은 기분이었다. 후안 라르고가 어느 움막집 문을 두드렸을 때 나는 망상에서 깨어났다. 놈이 무슨 암호를 보내자 문이 열렸다. 우리는 들어가 저녁을 먹었다. 좀 전에 먹었던 것처럼 우아하진 않았지만 허기를 달래기에는 충분한 것이었다.

저녁을 다 먹고 나자 하누아리오가 돈을 치르고 우리는 밖으로 나왔다. 나는 놈에게 말했다.

"이봐, 내 기가 막혀서. 넌 노름판에 끼자마자 거덜났어. 비록 돈을 만지고는 있었지만 홀라당 털린 게 분명한데 다시 저녁 값을 내는 것을 보니 무슨 조화인지, 너 마술사냐?"

"네게 일러준 말보다 더 기막힌 마술은 없지. 내가 처음 한 일은 일단 밤을 보내기 위해 7,8레알을 챙기는 거였지. 제일 처음 굴리는 머리야. 이게 확보되면 나머지 머리를 굴려 노름을 하면서 다른 구멍을 찾는 거지. 얻어걸리면 좋고 아니라도 하루는 때우는 거니까. 그게 중요해."

이런 이야기를 주고받으며 우리는 아까 저녁을 먹은 집보다 더 형편없는 움막에 도착했다. 내 사부가 문을 두드렸다. 암호를 보냈던 것이다. 문이 열렸다. 한쪽 벽 구석에서 깜박이는 한줄기 희미한 빛으로 나는 그곳이 아까 들었던 뒷방이라는 것을 알 수 있었다.

하누아리오는 그 아수라장 같은 노름판 주인에게 낮은 소리로 말했다. 주인은 푸른색 모포를 뒤집어쓴 반은 백인이고 반은 흑인인 혼혈아로, 자려고 옷을 다 벗은 채였다. 그는 더럽고 다 떨어진 담요 두 장을 꺼내주면서 말했다.

"당신은 내 친구니까 일어나 문을 따준 거요. 온 세상이 밟고 다니는 듯 머리가 아파요. 술을 너무 많이 마셔서 그럴 거요."

그날 밤 그 발가벗은 무화과 열매가 맞아들인 사람은 우리뿐만이 아니었다. 네다섯 명의 가난뱅이들이 옷을 홀딱 벗고 있었다. 내 보기에 반쯤 취해 있는 듯싶었다. 모두 돼지 새끼들처럼 의자나 식탁이나 땅바닥에 늘어져 있었다.

방은 아주 좁았다. 그리고 같이 자는 사람들이 더럽고 찬 음식을 먹고 선인장이나 사탕수수로 빚은 술을 마신 탓에 그 내뿜는 숨결이 아주 더러운 냄새를 풍겼다. 그 고약한 냄새가 빠져나갈 구멍을 못 찾고 온통 내 가엾은 콧구멍 속으로 몰려들었다. 나는 일시에 머리가 지끈거려 참을 수가 없었다. 게다가 그 냄새에 내 속까지 발칵 뒤집어져 몇 시간 전에 먹은 것을 온통 토해내고 말았다.

하누아리오는 내 속병을 눈치 채고는 그 원인이 무엇인지 알았다는 듯이 말했다.

"어이, 친구, 좋지 않군. 가난한 주제에 너무 따지는군."

"나도 어쩔 수 없어."

"그래 알겠어. 뭐라진 않겠어. 시간이 해결해주겠지. 오늘 아침에 얘기했듯이 처음에는 다 그래. 잠이나 자자고, 나아질 테니."

내가 토한다 어쩐다 하는 소동에 문둥이 같은 놈 하나가 잠을 깨더니 그 더러운 입으로 주저리주저리 토해내기 시작했다. 아니 웬 지랄이야, 하고 나는 쏘아붙였다. 토한 주둥이에 또 토할 수는 없는 일이고, 아무리 엉망으로 취했다 해도 그 시간에 사람을 깨워서도 안 되니까.

하누아리오는 내게 입을 다물라는 신호를 보냈다. 우리 두 사람은 좁은 당구대 위에 누웠다. 바닥은 딱딱하지, 머리는 지끈거리지, 그 발가벗은 놈들이 아무리 좋게 생각하려 해도 도둑놈으로 보여 겁나기는 하지, 담요는 이가 득실거리지, 생쥐 놈들은 몸을 타고 다니지, 수탉이라는 놈은 시도 때도 없이 울어대지, 잠든 놈들의 코고는 소리, 끊임없이 터져나오는 재채기 소리, 놈들에게서 흘러나오는 고약한 냄새…… 정말 개 같은 밤을 보냈다.

17. 페리키요가 노름꾼으로서의 일과 거기서 얻은 노다지에 대해 이야기한다. 노름에 대한 신랄한 비판이 행해지고, 전혀 예상치 못했던 위험한 순간이 페리키요에게 닥친다

나는 시계 종 치는 소리와 수탉이 울어대는 소리를 세며 밤새 잠시도 눈을 붙일 수 없었다. 오로지 어서 날이 밝아 그 지하 감방에서 벗어나고만 싶었다. 주님께서 날을 밝혀주실 때까지. 그 날건달 녀석들은 벌거벗은 몸으로 자리에서 일어났다.

놈들의 첫마디는 욕지거리요, 일어나자마자 달려드는 일이 해장술을 하겠다는 것이었다. 나는 그런 소란 법석에 놈들을 미친놈들로 치부해버렸다. 나는 하누아리오에게 말했다. 저놈들 제정신인 놈이 하나도 없군, 모조리 해장술이라니. 정말 기막히게 미친 지랄이야! 그걸로도 부족하다는 거야? 아니면 무슨 특권이라도 있다는 얘긴가?

하누아리오는 싱긋이 웃으며 말했다.

"너는 그래도 아직까지는 반건달이요, 점잖은 망나니요, 부끄러움을 아는 게으름뱅이로군 그래. 사실 너는 아직까지도 천박한 놈들이 흔히 쓰는 그런 비속어들을 많이 모르는 거지. 다행히 내가 함께 있으니 이거다 싶은 모든 기회를 이용해 진짜 능란한 수완꾼이 돼보도록 열심

히 해보라고. 점잔 빼는 놈들 속에서건 홀랑 벗고 다니는 놈들 속에서건 말야. 이놈들처럼 말이지.

이제 너도 알아둬. 이놈들 사이에서 해장술이란 아침 먹을 때 소주로 반주를 한다는 거야. 초콜릿과 커피에는 물렸으니까. 놈들은 이런 시간에도 저 형편없는 독주에 한두 레알을 쓰는데 그건 맛있는 초콜릿 한 사발보다는 그래도 싼 편이지."

겨우 이해했다 싶은데 다시 그 건달들 중 하나가 다시 나를 의아하게 만들었다. 보아하니 놈은 구둣방 직공 같았는데 다른 패거리에게 이렇게 말했다.

"체페, 해장 한잔하고 일하러 가자. 토요일에 주인에게 오늘 가겠다고 약속했잖아. 우릴 기다릴 거야."

여기에 체페라는 놈이 답했다.

"주인은 무슨 놈의 주인. 나는 두 가지 이유로 전혀 일할 기분이 아냐. 첫째 오늘이 바로 성 월요일이고, 둘째 엊저녁 과음해서 오늘은 몸을 좀 추슬러야지."

그런 이야기를 들으니 알쏭달쏭했다. 내게는 수수께끼와 같았다. 이때 내 사부가 말했다.

"너도 알아야 할 거야. 이건 아주 오래된 어쩔 수 없는 폐단 중 하난데, 대부분 기술공들은 월요일에는 일을 안 해. 일요일에 술에 취하니 솜씨가 형편없어져서 말야. 그래서 성 월요일이라 하는 것도 월요일이 무슨 뭐 몸 보신하는 날이어서가 아니라, 저놈 말대로 엉망이 된 직공들이 일을 피하려고 만들어낸 거지. 술에서 깨려고 말야."

"술은 어떻게 깨는데?"

"또 마시는 거지."

"그렇다면 일요일에 마시는 거나 월요일에 마시는 거나 술 마신 효과가 같을 텐데? 일요일에 취한 놈이 월요일에 술 깨려고 또 마시면 화요일에도 마셔야 할 것이고, 또 화요일은 수요일로 이어지고, 그러다 보면 결론적으로 날마다 취해 있을 텐데, 그 깬다는 것이 엉망으로 취하는 것밖에 더 돼? 사실 말이지, 해장술 하는 놈들에겐 이게 가장 큰 엉터리 같아. 아니 술 취한 것을 술 취하는 것으로 풀면, 불에 덴 상처는 불로 지지고, 칼에 찔리면 칼에 찔려야 낫는다는 건가. 거 정말 요상한 짓이네."

"너 말 한번 잘했다. 그래도 저놈들에겐 논리가 통하지 않아. 진짜 추잡스럽고 게으른 놈들이라 오직 굶어 죽지 않기 위해 일하는 거야. 저놈들 사이에서는 말이지, 거의가 먹고 살기 위해 한다는 짓이 취하는 거야. 마실 것만 있으면 못 먹어도 신경 안 써. 먹어도 몸에 해로운 것뿐이지만. 바로 그런 식이기 때문에 제아무리 솜씨가 훌륭하고 제아무리 열심히 일해도 제대로 크지를 못하고 이름을 날리지도 못해. 모조리 마셔버리니까. 그러니 저 두 놈처럼 벌거벗고 다니지. 저놈들 어쩌면 자기네 공장에서 가장 뛰어난 직공인지도 모르지."

"정말 불쌍한 인생이로고! 만일 결혼한 몸이라면, 그 불쌍한 여편네들 사는 꼴 참 가관이겠네. 또 새끼들에겐 참 좋은 꼴이로군!"

"그걸 생각해봐. 여편네들은 헐벗고 배곯고 얻어터지기 일쑤고, 새끼들도 맨살에 먹지도 못하고 막 자라겠지."

이런 말을 남기고 우리는 그 돼지우리를 벗어나 커피를 마시러 갔다. 그리고 하루의 나머지 시간을 누굴 찾기도 하고 길거리를 쏘다니기도 하며 보냈다. 나는 눈요기를 실컷 즐기기는 했지만 온종일 몸을 긁고 다녀야 했다. 그 빌어먹을 담요에서 한 떼거리의 이가 옮겨온 듯했다. 그렇지만 그보다 더 좋지 못한 일도 있었다. 친구놈들의 듣기 거북한 익살에도 시달려야 했던 것이다. 그 이란 놈들이 온몸을 기어다녔는데, 무척이나 허옇고 엄청나게 살이 찐 놈들이라 멀리서도 눈에 띄었던 것이다. 이를 본 친구놈들은 이렇게 주절거렸다.

"제가 아닙니다. 여기 있는 저는 페리코가 아닙니다."

또 어떤 놈들은 이랬다.

"어이, 이 친구 짝 하나 천생배필인데!"

이런 놈도 있었다.

"참 힘도 장사지, 이렇게 커다란 짐승을 지고 다니다니!"

이런 식으로 놈들은 나를 마음껏 놀려댔다. 놈들은 그 역시 떠돌이 신세인 하누아리오도 줄창 놀려댔다.

결국 정오가 되었고 하누아리오는 이렇게 말했다.

"노름판으로 가자. 사 먹을 돈이 떨어졌어. 너도 바보같이 굴지 말고 열심히 해봐. 가능하면 판돈을 붙잡고 네 것이라고 우겨. 내 장담하건대 네게도 떨어지는 것이 있을 거야. 그래도 일러둔 대로 2, 3레알을 넘지 않아야 해. 바보짓 하다가는 혼쭐날 테니까."

우리는 노름판에 끼였다. 우리는 좋은 자리를 차지했다. 흔히 말하듯이 노름판은 달아올랐다. 나는 여기저기 판돈에 눈길을 꽂았다. 그러나 너무 무서워 어느 것도 슬쩍할 수 없었다. 손을 내밀려고 하면 뭔가가 막고 속삭이는 것 같았다. '뭐 하는 짓이야? 그냥 둬, 네 것이 아니면.' 정말이지, 양심이란 우리가 무슨 나쁜 짓을 저지르려 하면 유효 적절하게 우리를 일깨우고 은밀히 꾸짖는다. 문제는 우리가 그 양심의 호소에 귀를 막는다는 것이다.

하누아리오는 나만 쳐다보고 있었다. 열이 받쳐 나를 집어삼키려는 듯했다. 어쩌면, 허풍쟁이들이 바실리스크의 독이라고 부르는 것이 그 눈에 들어 있었다면 나는 그 탁자에서 살아남지 못했을 것이다. 그렇게까지 눈초리가 험악했던 것이다. 세상에는 자기보다 더 못된 망나니를 키우기 위해 애쓰는 놈들이 있다. 그 빌어먹을 놈이 바로 그런 놈이었다.

결국 이런 일은 세상사 다반사지만 주님의 분노보다는 그놈이 부릴 행패에 더 겁이 나서, 내 기분보다는 그놈 비위를 맞추기 위해, 나는 판돈이 걷힐 때에 1페세타를 슬쩍하기로 결심했다. 그래서 판을 딴 놈이 4레알을 걷어들이기 위해 팔을 펼쳤을 때 나는 내 몫을 손에 넣고 있었다. 그러자 "그건 내 돈이야." "아니, 내 거야, 정말이야." "나도 정말이야." 이러다가 "좋아, 두고 보자." "맘대로?"로 이어지며 온갖 공갈 사기 협박이 난무하게 되었다. 이렇게 되자 하누아리오가 손해 본 놈에게 점잖은 목소리로 말했다.

"여보시오, 열받지 말아요. 내 보니 당신 돈은 챙기지 않았소. 저 사람이 가진 돈은 당신 게 아닌 게 분명해요. 내가 좀 전에 빌려준 거란 말이오."

이것으로 싸움은 진정되었다. 그 결과 그 불쌍한 놈은 돈을 날렸고 나는 돈을 챙겼다.

그렇지만 노름판에 끼어들자마자 나는 애간장이 녹기 시작했다. 내가 그까짓 4레알쯤 걸기에 배짱이 부족해서는 아니었다. 알다시피 나도 어머니가 살아 있었을 때는 노름을 꽤나 즐겼기 때문이다. 문제는 돈을 잃고 굶지 않을까 두려웠기 때문이었다. 전날 나를 무참히 짓밟았던 그 배고픔이 주는 공포란!

하누아리오는 그런 나를 알아보고는 대범하게 놀라고 신호를 보내왔다. 밥값은 이미 챙겨놓았던 것이다.

안심한 나는 그 돈으로 두 배 내기 노름을 다섯 판 벌였다. 그리고 16페소가 손에 들어오자 무슨 큰 유산이라도 상속받은 듯했다. 그도 그럴 것이 요즘에는 1레알도 손에 쥔 적이 없었으니까.

친구놈은 그 돈을 꼬불쳐놓으라는 신호를 보냈다. 내 보기에 밥이
나 먹으러 가자는 듯싶었다. 그러나 하누아리오는 전혀 그럴 생각이 아
니었다. 놈은 큰판이 끝날 때까지 빌붙어 있었다. 판이 끝나자 놈은 내
게 돈을 달랬다. 놈은 4페소와 카드 한 장을 뽑더니 판을 펼치며 이렇게
외쳤다.

"이놈한테 한번 걸어보시지."

손이 큰 노름꾼들은 별 볼일 없다 싶은지 가버리고 말았다. 그러나
잔돈푼이나 굴리는 놈들이 몰려들었다. 소위 한탕치기라는 것이었다.

판돈이 점점 쌓이기 시작했다. 오후 2시 무렵이 되자 그 엉터리 노
름에 70페소가 쌓였다.

그때 점잖게 차려입고 돈푼깨나 있는 시골뜨기 두 명이 들어왔다.
그 사람들은 한 뭉치씩 20에서 25페소씩 돈을 걸기 시작해 꼭 그만큼씩
잃기 시작했다. 판판이 돈뭉치를 걸어대는 걸 보니 내 피가 몽땅 내려앉
는 듯했다. 보아하니 단 두 판으로 우리 모든 노력이 날아가고 말 것 같
았다. 그러면 우리는 한 푼 없이 물러나 한몫 잡았던 때를 아쉬워하게
될 것이다. 나는 도저히 참을 수가 없었다. 노름꾼 사이에 이런 철칙이
있다. 낳은 정보다 기르는 정이 더 애틋하다.

그러나 그 사람들은 큰 실수를 저질렀다. 그 사람들은 10 내지 12
페소씩 거는 판에서는 땄다. 그러나 40 내지 50페소씩 거는 판에서는
아무리 신중에 신중을 기해도 잃었다.

그래서 그 두 사람은 동시에 거덜이 나고 말았다. 그 중 한 사람은
마지막 판에 희망을 걸고 패를 뽑았지만 아주 엉뚱한 패가 나오고 말았
다. 그 사람은 나머지 카드를 찢어서는 씹어 삼켜버렸다. 마치 맛있는
과자라도 삼키는 것 같았다. 그 사람은 이런 꼴을 보이고는 동료와 함께
나가버렸다. 두 사람 모두 시뻘겋게 달아올라 굵은 땀방울을 흘렸다. 그

들 심정이 어떠했겠는가!

　하누아리오도 무척이나 흥분하여 300페소가 넘는 돈을 세고 있었다. 놈은 집주인에게 몇 푼 집어주고는 나머지 돈은 손수건에 챙겼다.

　다른 노름꾼들도 개평을 뜯으려 달려들었지만 놈은 한 푼도 주지 않고 이렇게 말했다.

　"내가 거덜났을 때는 어느 놈도 한 푼 주지 않았어. 그러니 돈을 땄지만 나도 한 푼도 줄 필요 없어."

　나는 그런 냉혹함이 마음에 들지 않았다. 나도 나쁜 놈이긴 했지만 인정머리는 있었던 것이다.

　우리는 밖으로 나와 근처에 있던 술집으로 갔다. 우리는 진하게 먹었다. 식사가 끝나자 내 보호자가 한 말씀 했다.

　"어때, 페리코 선생. 직업이 마음에 드시나? 만약 그 판돈을 꼬불치지 않았다면 100페소 이상을 헤아려보시기나 했겠어? 자, 네 몫이다. 마음대로 써. 진짜 네 것이니 주님의 축복으로 알고 마음껏 써. 그런데 종잣돈으로 50씩 떼어놓는 게 좋겠어. 이제 상점이나, 아니 벼룩시장이 좋겠지, 가서 근사한 옷이라도 사 입자고. 차려입으면 훨씬 나을 거야. 어딜 가도 잘 대접해줄 것이고 기회도 쉽게 얻어걸릴 거야. 친구, 내 확신하건대, 망토가 수도사를 만들지 않는다 해도 말이지, 세상살이란 잘 차려입고 다니면 길거리에서도, 공원에서도, 누굴 방문해서도, 노름판에서도, 춤판에서도, 심지어 교회당에서도 주목을 받고 존경을 받게 된단 말씀이야. 망나니라도 누더기를 걸친 것보다야 잘 차려입은 놈이 대우받는다니까. 자, 가자."

　나도 들을 귀가 있는 놈이다. 나는 자리에서 일어나 내 몫의 돈을 챙겼다. 비록 하누아리오 놈보다야 적은 액수였지만 눈감아주기로 했다. 돈이 걸린 문제라면 가장 친한 친구라도 욕심을 부리게 마련이니까.

우리는 벼룩시장에 가서 저고리·바지·조끼·연미복·망토·모자·손수건·구두, 심지어 쓸모는 없지만 꽤 근사해 보이는 시계까지 장만했다.

모든 것이 준비되자 우리는 여관에 방 하나를 정하고 쓸 만한 셋방을 알아보기로 했다. 방에는 빈 침상 외에는 아무것도 없었다. 내가 그 점을 일깨워주자 하누아리오는 이렇게 말했다.

"참아라, 곧 완벽해질 거야. 지금 중요한 것은 길거리에서 잘 보이는 거야. 못 먹고 판자 위에서 잔다 해도 그건 눈에 띄는 것이 아니니까. 네가 길거리에서 보는 그 최신식 멋쟁이들이 모두 잘 자고 잘 먹는 것 같아? 아냐, 이 친구야. 대부분 우리와 같아. 겉만 그럴듯하지 속은 궁기가 절절 넘쳐. 그런 놈들을 뻥쟁이라 하는 거야."

나는 모든 것을 납득했다. 나는 내 옷가지에 흡족했다. 이제 다시는 그 빌어먹을 뒷방 신세는 지지 않아도 되었던 것이다.

우리는 여관에 도착해 방을 잡고 들어앉자 좋아 미치는 줄 알았다. 그날 밤 하누아리오는 노름판에 가지 말자고 했다. 놈의 말에 따르면 딴 돈도 좀 쉬어야 한다는 것이었다. 우리는 극장에 갔다. 그리고 돌아와 저녁을 근사하게 먹고 딱딱한 판자에 몸을 눕혔다. 새 망토와 헌 망토를 겹쳐놓으니 어느 정도 푹신하기도 했다.

나는 정말이지 갓난아이처럼 잘 잤다. 다음날 우리는 이발사를 불렀다. 머리 손질이 끝나자 우리는 옷을 입고 잔뜩 멋을 부린 채 길거리로 나섰다.

우리의 주요 목적은 우리를 아는 놈들에게 우리 모습을 보이는 것이었기에 첫번째로 방문한 집은 마르틴 펠라요 박사 집이었다. 그러나 우리는 너무나도 놀라고 말았다. 우리는 옛날 모습의 마르틴을 보려니 했는데 우리가 알고 지냈던 것과는 전혀 딴판인 새로운 마르틴을 만나게 되었던 것이다. 예전의 마르틴은 우리와 같은 지독한 망나니였다. 그런데 지금의 마르틴은 폼이 잡히고 인자하고 속이 깊은 성직자가 되어 있었다.

우리가 방으로 들어가자 놈은 자리에서 일어나 앉으라고 아주 예의 바르게 권했다. 놈은 이제 집사가 됐으며 지금은 차기 성직 안수절에 장로로 임명되기 위해 준비 중이라고 했다. 우리는 축하해주었다. 하누아리오는 몸에 익은 독설과 농담을 섞어보려고 했다. 이에 펠라요는 근엄한 목소리로 이렇게 말했다.

"오, 제발, 하누아리오 선생! 언제까지나 어린애로 남을 생각입니까? 그 유치한 농담은 이제 그만둘 때도 되지 않았습니까? 시절을 구별해야 합니다. 어린애 장난이 어울릴 때가 있고, 청년의 기쁨이 넘치는 때가 있습니다. 이제 우리도 성년으로서 진중하고 견실해져야 합니다. 이제 수염도 나고 했으니 말입니다.

나는 노인네가 아닙니다. 노인이 된다 해도 쾌활한 성격을 나무라지는 않을 겁니다. 사실 나는 유쾌하고 명랑한 사람들을 좋아합니다. 이런 사람들에게는 이런 말이 있지요. '그가 있는 곳에 슬픔이란 발붙일 수 없다.' 그렇습니다, 친구 여러분. 성내고 우울하고 슬픔에 젖은 사람보다 나를 지치게 만드는 것은 없습니다. 나는 그들이 밉살스러운 염세가이기나 한 것처럼 그들을 피합니다. 나는 그들을 거만하고, 만족할 줄 모르고, 뒷소리가 많고, 사귀기 어렵고, 곰이나 호랑이 친구 삼아줄 그런 사람들로 봅니다.

반면에 나는 이미 얘기했듯 착실하고, 상냥하고, 배운 바 있고, 흥겨운 사람들과는 아주 사이좋게 지냅니다. 그런 친구들은 나를 즐겁게 하고, 반하게 만들고, 취하게 만듭니다. 나는 그런 사람과는 매일 아니 매주를 함께 보낼 수 있습니다. 이런 사람 축에 끼여야지요. 멍청하고,

말 많고, 오만하고, 촌스러운 사람과 누가 함께하려 하겠습니까?

이런 성질은 명랑한 것이 아니라 웃기는 짓이에요. 그 성격은 형편없고, 그 하는 짓은 무례하지요. 이런 사람들은 대화를 나누다가도 치고받고 싸우고, 즐기려고 하다가도 엉뚱한 짓으로 썰렁하게 만들고 하지요. 재능도 없고 배운 바도 없는 사람은 유익하고 유쾌하고 절도 있는 말을 못 꺼내기 때문이지요. 이 사람들의 신소리는 자기 자신의 명예와 인격을 해치고 또 그 뾰족한 말로 이웃 사람의 명예를 떨어뜨리거나 마음에 상처를 주기도 합니다.

친구 여러분, 내 얘기는 이겁니다. 그런 몹쓸 성질은 이제 완전히 떨쳐버리라는 겁니다. 모든 것이 때가 있어요. 성 주간에 주는 장난감은 성탄절을 기다리는 아이들한테는 어울리지 않고, 크리스마스 이브에 쓰는 금박 천은 무덤 앞에서는 삼가는 법입니다.

나는 그걸 경험으로 믿게 되었습니다. 여러분에게도 그런 천박함이 여러모로 보이는군요."

이 말을 마친 펠라요 신부는 시치미를 떼며 화제를 돌렸다. 그 뜻을 알아차린 내 친구놈은 냄비에서 끓는 물처럼 더 이상 참아내지 못했다. 우리는 즉시 헤어져 나왔다.

길을 걸으며 친구가 말했다.

"그 원숭이 같은 놈 어떤 거 같아? 누가 그걸 몰라! 이제 그리스도의 종이 되었다고 폼을 잡고 점잔 빼는 거지. 제 버릇 개 주나, 다 위선이라는 걸 알겠는데."

나는 놈의 입을 막았다. 궁시렁거리는 짓은 질색이었던 것이다. 우리는 다른 집을 찾아갔다. 그곳에서는 우리를 따뜻하게 맞아주었고 점심까지 대접해주었다.

오전은 이런 식으로 지나갔다. 어느덧 정오가 되어 우리는 여관으로 돌아왔다. 그리고 종잣돈에서 25페소를 꺼내들고 노름판으로 갔다.

길을 걸으며 나는 하누아리오에게 말했다.

"이봐, 우리 노름판에 그 시골뜨기들이 끼게 되면 골치 아프겠는데."

"골치는 무슨. 올 테면 오라지! 넌 놈들이 딸 것 같아 잃을 것 같아? 천만에, 다 내 손안에 있소이다. 나는 놈들을 잘 알아. 놈들 표정을 보면 알 수 있지. 내가 놈들을 판에 붙잡아놓을 수 있어. 조금 걸면 기분좋게 해주고, 많이 걸면 싹 쓸어버리는 거야. 노름을 너무 좋아하거나 무슨 신조를 정해서 하면 다 그렇게 돼."

"뭐, 노름에 무슨 신조야?"

놈이 말했다.

"노름꾼들이 말하는 신조란 연속되는 조짐을 말해. 패를 잘 섞으면 가능하지. 잭 다음에 4가 나오면 그건 일종의 조짐이야. 킹 다음에 6이 나오면 그것도 하나의 조짐이지. 말 다음에 5가 나와도 조짐이고. 아무리 잘 섞는다 해도 마찬가지야. 그게 연속되는 조짐이라는 거야. 내가 보이는 눈속임, 억지부리기, 카드에 자국 내기보다 더 좋고 안전한 신조란 없어. 물론 예외도 있긴 해. 누군가 그걸 눈치 채고 되받아치면 말야. 속담에도 이런 말이 있잖아. 뛰는 놈 위에 나는 놈 있다. 이러니저러니 신조라면 다 신조지. 열내고, 고민하고, 천박하게 구는 것, 사람들이 날마다 빠지는 그런 잘못도 다 신조라 할 수 있어. 다른 곳에서는 점잖다 해도 말이지. 그래, 노름판에서야 누가 자신을 다스릴 수 있겠어.

너도 알아둬. 두 가지 신조 외엔 없어. 행운 아니면 속임수야. 행운이 가장 정당하다고 하겠지만 속임수가 가장 안전한 거야."

그런 이야기를 나누며 우리는 노름판에 도착했다. 하누아리오는 여느 때와 마찬가지로 자리를 잡고 앉았지만 1페소 이상은 걸지 않았다. 놈은 한탕치기를 호시탐탐 노리고 있었던 것이다. 놈의 말에 따르면 우리 돈을 잘 지켜야 한단다. 밑돈이 풍부한 놈이 막판에 이기는 법이니까.

그렇게 판이 끝났다. 우리는 우리의 그 한탕치기를 시작했다. 그러나 겨우 12, 13페소를 땄다. 고대했던 살진 암탉이 오지 않았던 것이다. 그래도 우리는 기분좋게 자리를 뜰 수 있었다.

우리는 그렇게 근 6개월을 열심히 돈을 벌었다. 거의 매일. 물론 큰돈은 아니었다. 그 동안 나는 하누아리오가 내게 전수해주고자 했던 속임수에 통달하게 되었다. 우리는 침상도 마련하고 옷가지도 더 장만하고 하며 마치 백작이라도 된 양 세월을 보냈다.

나는 이제 노름에 대해서는 더 이상 알 게 없었다. 나는 노름판이라는 것이 온갖 인간들의 도가니라는 사실을 이해할 수 있었다. 노름판에서는 사람들의 심보가 적나라하게 드러났던 것이다. 적어도 자기 속내를 드러내보이지 않으려면 자신을 다독거릴 수 있어야 한다는 점을 배웠다. 그런 사람은 드물었다. 돈에 눈이 멀게 마련이고, 또 노름판에서는 모두 오로지 돈을 딸 생각밖에 없으니까.

노름판에서는 누가 막돼먹은 놈인지 여실히 드러났다. 탁자에 기대는 놈도 있고, 모자를 쓰고 하는 놈도 있고, 자기보다 나은 사람에게 자리를 양보하는 놈은 없고, 존경받아 마땅한 사람이 곁에 있더라도 담배연기를 사람들 얼굴에 내뿜고, 마구잡이로 하고 싶은 대로 더러운 주둥이를 놀리는 놈도 있었다. 노름판에 대해 진짜 억지 춘향 격인 격언이 하나 있다는 것이 더 문제다. 바로 노름판에서는 모두가 평등하다는 것이다. 이런 돼먹지 못한 소리를 들어놓으니, 그 망나니놈들이 함부로 더러운 주둥이를 놀리며, 마땅히 서로 존경해야 할 그런 점잖은 사람들도 마구 입을 놀리게 되는 것이다.

노름판에서 입을 놀리며 마구잡이로 놀게 되면 그 못 배운 티가 드러나게 되는 것과 마찬가지로, 함부로 맹세하거나 하는 그 어쭙잖은 수작으로도 그 알량한 속내가 드러나게 된다. 허풍선이는 헛된 맹세로 그 성질을 드러내고, 야바위꾼은 속임수로 그 음흉한 속내를 드러내고, 욕심쟁이는 게걸스러움으로 그 탐욕을 드러내고, 가난뱅이는 쩨쩨함과 옹졸함으로 그 궁기를 드러내고, 허랑방탕한 놈은 분수에 맞지 않는 멋을 부림으로 그 방종을 드러내고, 철면피는 감히 커피를 요구하는 당돌함으로 그 뻔뻔함을 드러내고, 또 부랑자는…… 뭐 질리지도 않느냐고? 그렇다. 노름판에서는 사악한 것은 모조리 드러난다. 아주 노골적으로 나오니까. 남의 화를 돋우는 놈, 익살을 피우는 놈, 거만한 놈, 알랑거리는 놈, 믿음이 없는 놈, 너그러운 아비, 사자 같은 남편, 버림받은 놈, 갈보, 속아서 결혼한 여자 등, 모두가 내놓고 자기 결점을 고백한다. 거리에서는 체면을 차리던 놈들도 노름판에서는 자제력을 잃어버리고 만다. 겉으로 꾸민 모든 덕스러움을 벗어던지고 본모습 그대로를 보이는 것이다.

노름이란 진짜 아무짝에도 쓸데없는 것이다. 노름판은 엉터리 기준에 의해 좌우된다. 돈을 가지고 오면 자리를 내준다. 돈을 따면 그 즉시 훌륭한 노름꾼이라며 치켜세운다. 그러나 돈이 없으면 자리를 내주지도 않고, 돈이 거덜나면 자리마저 빼앗아버린다. 돈을 잃으면 닭대가리라고 놀리는데 바보 멍청이라는 뜻이다.

어쨌든 나는 이 바닥에서 배워 익혀야 할 것은 모두 배워 익혔다. 그래서 그 배우고 익힌 바가 그 시절에는 손해를 면하는 데 한몫했고, 이제는 노름의 참담한 결과를 일깨워줌으로써 너희로 하여금 노름에서 손을 떼게 하는 데 한몫하게 되었다.

애들아, 나는 너희들이 노름꾼이 되는 것을 원치 않는다. 어쩔 수 없이 하게 되는 경우에는 조금만 하고, 너희 돈으로만 하고, 그리고 속임수를 쓰지 말아라. 도둑놈 소굴로 기어드는 것보다야 바보 소리 듣는 것이 덜 해롭지. 그러다 보면 영락없이 사기꾼 되기 십상이다.

많은 사람들이 가난에서 벗어나려고 노름을 한다고 한다. 그건 잘못이야. 그런 기대로 노름판에 끼는 놈들이 천 명이라면 그 중 999명은 더 가난하게 되어 집으로 돌아갈 것이다. 새로운 속임수에 휘말리다 보면 가지고 있는 알량한 것도 날리게 되고, 가족들은 더 피곤하게 되는 거지.

많은 사람들이 노름으로 먹고 산다는 이야기를 들었을 것이다. 아직 못 들었다면 좀더 크면 듣게 될 것이다. 그런 놈들은 속임수를 쓰는 놈들이 틀림없을 것이다. 사기꾼 도둑놈과 진배없는 놈들이지. 그런 놈들은 감방에 집어넣어 교수형을 시켜도 시원찮을 놈들로 희대의 강도 마데라스와 파레데스보다 더한 놈들이다. 강도라는 것을 알면 미리 조심이라도 하겠지만 그런 놈들은 그럴 수도 없으니 말이다.

바로 그런 놈들이 노름으로 먹고 사는 놈들일 것이다. 그러나 착실하고, 직업이 있고, 정직하게 노름을 하는 사람들에게는 전혀 해당되지 않는 소리다. 노름이란 오늘은 한 열 개 준다 해도 내일이면 스무 개를 앗아가는 것이기 때문이지. 나는 다 안다. 경험에서 하는 말이다.

노름으로 먹고 사는 또 다른 부류라면, 특히 멕시코에서…… 말해서 괜찮을지 모르겠지만…… 어쨌든 알아두어라. 좀더 정직하게 살 수 있는 여유가 있으나 일을 하기 싫어하는 사람들은 사업 겸해서 노름으로 수익을 올린다. 이 사람들은 여러 집에 투자해서 판을 벌이는데 그것을 분산 투자라 한다.

자본이 충분한 사람에게는 매일 벌이가 괜찮은 아주 이로운 노름 방식이지. 어떤 때는 엄청나게 벌기도 한단다. 마차를 굴리며 한 재산 챙기는 사람들을 나도 몇 알고 있다. 일이 어떻게 되겠느냐? 패 돌리는 놈들이 물주와 짜고 돌며 좋은 직장을 구하는 것보다 더 옹졸하게 군다면 말이다. 그 반반한 모습과 한몫씩 던져주는 그 대범함에 반하면 그럴 수도 있겠지. 그런 짓은 직공은커녕 대령들도 흉내낼 수 없는 것일 텐데. 하루 벌이가 6, 8, 아니 10페소나 되는 놈들도 있다. 빼돌리는 것을 제외하고 말이다. 빼돌리는 것이야 저들 마음대로겠지.

물주들이 노름판으로 돈을 보내주기를 열심히 애원하기도 한단다. 그러면 노름판 주인에게 팁으로 떨어지는 것이 있으니까. 그렇게 하기도 한다. 보통 가난하나마 구차하지 않게 한 가족을 부양하기에는 충분하지.

이런 사람들이 노름으로 먹고 사는 사람들임을 부정하지는 않는다. 그러나 그런 사람들이 얼마나 될까! 그래도 그들이 취하는 방법을 낱낱이 따져보면 그 사람들마저 죄인으로 몰아야 할 것이다. 좋게 봐줘서 그 사람들이 진짜 깨끗하게 노름을 한다고 할지라도 말이다. 나는 묻고 싶다. 그래, 노름을 사업의 일환으로 봐줘야 한단 말이냐? 살아남기 위한 정직한 비상 수단으로? 그럴 수도 있고 아닐 수도 있다. 그렇다고 한다면, 왜 법은 그렇게나 엄격히 노름을 금지하는가? 그렇지 않다고 한다면, 왜 그렇게 많은 사람들이 전심전력을 다해 노름을 정당한 것이라고 감싸고 도는가? 내 이제 설명하겠노라.

사람들이 사물의 질서를 멋대로 바꾸지 않는다면, 노름은 나쁜 것으로 금지되기보다는 아주 정당한 것으로 평가되어 절제의 미덕이라고 불리는 덕목에 포함되어야 할 것이다. 그러나 욕심이라는 것이 놀이의 한계선을 무너뜨리고, 또 우리가 말하는 놀이에서는 서로가 상대방에 대한 배려랄지 우정이라는 것을 조금도 고려하지 않기 때문에 다 망하고 마는 것이다. 그래서 정부는 그 위험한 해악을 막으려 개입하여 범죄에 대한 법률로 엄격한 처벌을 가하는 것이다.

노름을 지켜주는 보호자가 있고 계속 노름을 행하는 추종자가 있다는 것은 별다른 문제다. 모든 악행에는 그런 놈들이 있다. 그래서 악행을 덕이라고 치켜세우기도 하는 것이다. 그런 입에 발린 소리가 무슨 힘이 있어서가 아니다. 그런 소리는 제정신으로 하는 소리가 아니라 천박한 이해타산과 노골적인 이기심에서 나온 것이다.

노름을 지지하고 열심히 비호하는 무리들이 과연 누구인가? 잘 생각해보라. 사기꾼, 날건달, 게으름뱅이들이다. 가난뱅이도 있고 부자도 있을 것이다. 노름을 변호하는 변호사는 그런 부류에 속한 것은 아닌지 의심해보아야 한다. 틀림없이 노름과 연관이 있는 사람일 것이다.

노름은 어떤 사람들에게는 이득이 있기 때문에 정당하다는 말은 말도 안 되는 소리다. 어떤 것이 정당한 것으로 판정되려면 이득이 있다는 것으로 충분하지 않다. 정직한 것, 금하지 않는 것이어야 한다. 그래, 강도짓, 고리대금, 매춘이 강도, 고리대금업자, 창녀에게 유익을 가져다 주니까 정당한 것이라고 말할 수 있겠는가. 그건 잘못이다. 그런 식으로 노름을 정당한 것으로 비호하는 것 역시 잘못이다.

깊이 파 들어가지 않아도, 몇몇 사람들이 주장하는 그 삐뚤어진 이득이라는 것은 자신이 불러일으키는 수많은 해악과는 비교도 안 되는 것임이 금방 드러날 것이다. 비교가 안 된다니, 무슨 말이냐고? 사회에 지독한 해를 끼치는 것이라는 말이다.

노름으로 살아가는 놈들로 건달, 사기꾼, 도둑놈들을 꼽을 수 있다. 여기에 도둑질은 하지 않아도 노름으로 한 재산 챙기는 놈들을 추가할 수 있다. 또 노름에 빌붙어 사는 놈들도 더할 수 있다. 판을 제공한 것으로 팁을 받아 먹고 사는 집도 넣을 수 있다. 시중꾼이나 모집책에 드는 비용도 있음을 잊지 말자. 차곡차곡 쟁여두는 돈도 있고, 함부로 뿌리는 돈도 있고, 먹는 데 드는 비용도 있다. 모두 흥청망청이다. 많지는 않아도 모두 깜냥껏 입고 먹고 나돌아다니는 데 돈을 쓴다. 이 모든 비용을 모두 합산해보면, 우리나라에서 매일 노름에 빌붙어 사는 그 거머리들이 마구잡이로 빨아먹는 양은 실로 엄청난 것이다. 이 못돼먹은 놈들을 먹여 살리기 위해 수많은 가정이 파탄에 이르는 것이다.

이 사실을 확인하기 위해 수학자가 될 필요는 없다. 하루 날 잡아 노름판을 기웃거리기만 하면 충분하다. 돈을 가장 많이 버는 놈들은 바로 물주들이다. 노름꾼 하나하나에게 물어보라. 어땠어요? 네댓이 땄다고 하면 40여 명은 땡전 한 닢까지 털렸다고 대답할 것이다.

그래서 노름으로 먹고 사는 사람이 많을수록 가난한 사람 등쳐먹고 사는 사기꾼도 많은 법이라는 주장은 진실인 것이다.

얘들아, 이 모든 얘기를 통해 너희가 노름의 미로 속을 헤매지 않게 되기를 바란다. 그 요지경 속으로 일단 한번 빠져들면 평생을 후회하게 될 것이다. 그로 인해 인생살이 내내 엄청난 고통을 당하게 될 테니까. 한때 즐긴 것으로 인해 불행과 불쾌함을 이자까지 쳐서 겪어야 할 것이다. 밤잠도 설치겠고, 속도 뒤집어지겠고, 소송에 걸릴지도 모르고, 원수를 만들 수도 있고, 빚을 질 수도 있고, 법에 걸리지 않을까 안달할 수도 있고, 벌금을 낼 수도 있고, 감옥에 갇힐지도 모르고, 수치를 당할지도 모르지.

나는 하누아리오와 어울려 다니며 이 모든 것과 더 이상의 것을 알게 되었다. 결국 우리도 거덜이 나고 말았던 것이다. 우리는 옷가지부터 시작해 지니고 있던 것을 모조리 팔아치웠다. 어느 누구 말마따나 궁기가 질질 흘러 제대로 먹지도 못하고, 생기는 것 없는 밤샘에 벌금까지 물어야 했던 것이다. 우리는 이전의 꼴로 돌아갔다. 아니, 더 형편없는 처지에 놓이고 말았다. 이미 사기꾼으로 얼굴이 팔려서인지 사람들이 우리 얼굴이 아니라 우리 손만을 지켜보게 되었으니까.

이런 가련한 형편 중에도 어떻게 일을 성사시켜보겠다고 하누아리오란 놈은 시골뜨기 하나에 엉겨붙어 돈을 걸도록 만들었다. 솜씨 좋은 괜찮은 친구가 있는데 그놈을 이용해 돈을 벌어주겠다고 했다. 그 불쌍한 시골뜨기는 덫에 걸려들어 다음날 돈을 걸게 되었다. 하누아리오는 내게 자초지종을 전해주며 그 친구 역을 맡아야 할 것이라고 했다.

우리는 다음날 야외에서 노름판을 벌여 그 시골뜨기를 벗겨먹기로 작정했다. 노름 자금을 마련하기 위해 말을 한 필 팔아치운 또 다른 친구도 하나 있는데 그 친구 역시 돈을 걸고 거덜날 것이다. 일이 끝나면 우리는 사이좋게 돈을 나눠 가질 계획이었다.

하겠노라고 나서기는 어려운 일이 아니었다. 나 역시 놈과 같은 도둑놈이 되어 있었으니까.

다음날이 되었다. 후안 라르고가 시골뜨기를 데리고 왔다. 시골뜨기는 내게 1백 페소를 건네주며 당부했다.

"제발 잘 다뤄요. 돈을 따면 두둑이 사례하리다."

"안심하쇼."

나는 그 여우 같은 사부의 가르침을 고려해가며 내 나름대로 패를 나누었다.

판은 순식간에 끝났다. 말을 판 친구 돈은 겨우 10페소였던 것이다. 그래서 네번째 판 만에 하누아리오도 거덜나 돈은 예상을 빗나가 엉뚱한 놈 손에 들어가고 말았다.

먼저 돈을 딴 놈이 시치미를 떼고 자리를 떴다. 잠시 하누아리오도 자리를 뜨면서 내게는 남아 있으라는 신호를 보냈다. 가엾은 시골뜨기는 돈이 어떻게 사라졌는지 영문도 모른 채 멍청히 남아 있었다. 가끔씩 이렇게 중얼거렸다. 어이, 선생, 웬 영문이오? 놀아보지도 못했는데. 그러나 나와 하누아리오를 잘 아는 눈들이 있었다. 내 속임수를 눈치 챈 눈들이. 그래서 나 몰래 넌지시 일러준 모양이었다. 내가 돈을 빼돌렸다고.

그러자 그 단순 무식한 놈은 노름보다는 복수에 열을 내서 저녁을 대접하겠다며 나를 자신이 묵고 있던 여관으로 데려가려 했다. 나는 거절했다. 무슨 일이 벌어질까 겁나서가 아니라 내 솜씨에 대한 보상을 얻어내기 위해서 말이다. 그러나 나는 달아날 수 없었다. 시골뜨기는 나를 여관으로 끌고 갔다. 놈은 나를 방에 가두어놓고 무지막지한 몽둥이질을 퍼부었다. 팔이 하나 어긋나고, 머리가 세 군데 터지고, 갈비뼈가 몇 대 나갔다. 여관 손님들이 소동을 알아차려 문을 뜯고 들어와 나를 놈의 손으로부터 구해주었기 망정이지, 그렇지 않았더라면 지금 이 글도 쓸 수 없을 것이다. 거기서 끝장났을 테니 말이다. 나는 정신을 잃고 널브러져 있었다. 나는 다음 장에 가서야 정신을 차리게 된다.

18. 페리키요가 정신을 차려보니 병원이었다. 병원에 대해 한바탕 늘어놓는다. 하누아리오가 찾아온다. 몸이 회복된다. 다시 거리로 진출. 직업에 대한 궁리. 사부는 도둑질을 추천하지만 페리키요는 거부. 이어 도둑질에 대한 열띤 토론이 벌어지는 장

나는 확신한다. 만일 그 시골뜨기 놈이 나를 죽였다면 놈은 황갈색 죄수복을 걸치게 되었을 것이다. 법은 놈을 폭행죄로 처단했을 것이니까. 놈은 계획적으로 무방비 상태인 나를 복수를 한답시고 무지막지하게 폭행했다. 놈의 잔인함과 그 상황을 고려해 볼 때 그것은 가증스러운 짓거리였다. 그래도 내가 단 네 판 만에 놈의 돈을 모조리 남의 손에 넘겨주었다는 것 역시나 그에 못지않은 가증스러운 짓거리임에는 틀림없었다.

놈의 죄가 폭행 내지는 비열한 배신 행위였다면 내 죄는 배신 내지는 귀신이 물어갈 야비한 짓이었다. 이 차이 외에도 또 있다. 놈의 잘못은 나로 인해서 화가 치밀어 저질러진 것이었다. 내 잘못은 처음부터 놈을 골탕 먹일 생각은 없었지만 팁을 듬뿍 준다는 말에 이끌렸던 것이다.

별 생각 없이 저지른 것이긴 했어도 내 잘못은 놈의 잘못보다 더 악랄하고 부끄러운 것이었다. 그날 놈이 나를 죽였어도, 내가 죽어 나자빠

졌어도 당연한 것이었다. 우리는 남에게 해를 끼치거나 사기를 쳐먹어서는 안 되며, 특히 우리를 믿고 있는 사람에게는 더욱 그래서는 안 되는 법이니까 말이다.

나는 두어 시간을 이런 생각으로 헤매다가 깨어보니 산하코메 병원 병상에 누워 있었다. 정해진 법에 따라 나를 이곳으로 실어왔던 것이었다.

잠시 후 서기 하나가 담당 경찰을 달고 진술서를 작성하기 위해 왔다. 내가 몸부림치며 헛소리만 질러댔다는 것을 알 수 있었다. 뼈가 어긋나고 살이 터지고 했으니 그럴 만도 했으며 또 치료 중에도 상당히 고달팠을 것이리라. 병원이란 어디나 마찬가지, 기침도 해대고 헛발질도 했으리라.

그런 식으로 널브러져 있을 때 서기가 들어왔다. 서기는 자기와 거기 있던 그 많은 사람들 앞에서 내 죄를 고백하라며 애원도 하고 공갈도 쳤다. 내 영혼을 괴롭히는 새로운 수난이었다. 이런 식의 통증은 예전에 겪어보지 못했던 것이었다.

결국 나는 서기가 원하는 대로 다 해주겠다고 맹세했다. 그래도 나는 내게 이로운 것만, 적어도 내게 덜 해로운 것만 진술했다. 나는 그 사건에 대해 이야기를 시작했다. 내가 돈을 슬쩍한 상황은 건너뛰었다. 나는 사실적으로 이야기했다. 나를 때린 사람이 어떤 사람인지 모른다. 내 생전 처음 보는 사람이었다. 진술서는 그렇게 작성되었다. 나는 정성껏 서류에 서명했다. 서기 양반은 경찰을 달고 떠났다.

머리에 난 상처가 많은 데다 깊어서인지 피가 쉽게 멈추지 않았다. 피는 계속해서 뿜어 나왔다. 피를 너무 많이 흘려 힘이 쪽 빠지고 때때로 정신을 잃기까지 했다. 너무 자주 정신을 잃는 바람에 이게 죽을 징조가 아닌가 싶었다. 머리를 얻어맞았으니 뇌가 다친 건 아닌가 싶기도 했다.

병원 사람들도 그런 염려를 했는지 신부를 부르겠다고 하더니 정말 신부가 왔다. 나는 진짜 겁에 질려 고해를 했다. 그렇게 준비가 착착 진행되는 것을 보니 진짜 죽을지도 모른다는 생각이 들었다. 너무 겁이 나 고해도 제대로 하지 못했다. 너무나 신속하게 아무 마음의 준비도 없이 수없는 통증 속에서 치렀던 것이다. 대충대충 해치운 고해. 고해가 끝나자 임종 성체를 가져왔다. 그래서 나는 다시 한번 신성 모독을 범하게 되었다. 나처럼 서둘러 한꺼번에 해치우는 것은 기독교인들이 막판에 가서도 삼가야 할 비상 수단이라는 것을 나는 알고 있었던 것이다.

이러다 보니 밤 11시 가량 되었다. 나는 아무것도 먹고 싶지 않았다. 입맛이 없었던 것이다. 온몸이 너무나 쑤시는 바람에 잠을 잘 수도 없었다. 누구 말마따나 뼈마디가 성한 곳이 한 군데도 없었다. 그런데 출혈이 멎었다. 수련 의사 하나가 맥을 짚어본다, 숟가락을 물린다 하며 뭐라고 떠들어대더니 오늘 밤은 죽지 않겠노라고 선언했다.

이 선언을 끝으로 간호사들은 자러 갔다. 내 병상 옆에는 옥수수 섞은 우유가 담긴 나무 잔 하나와 물 항아리를 놓아두었다. 먹고 싶을 때 먹으라는 것이었다.

그 돌팔이 의사가 내린 긍정적인 소견이 어느 정도 내 마음을 달래주었다. 아주 약하긴 했지만 맥박이 뛰는 것을 내 자신 이따금 감지할 수도 있었다. 내가 바랐던 것보다 상태가 훨씬 좋아지자 나는 새벽 1시에 우유와 빵을 먹기로 했다. 거북하긴 했지만 기운을 차려야 했으니까.

나는 힘겹게 잔을 들고 마시며 건더기는 숟가락으로 밀어 넣었다. 위장 속에 차곡차곡 챙겨 넣었던 것이다.

나는 내가 왜 이 지경이 되었는지 곰곰이 따져보았다. 결론은 항상 그 시골뜨기로 나왔다. 틀림없어, 나는 외쳤다. 놈은 나를 죽이려들었다. 물론 내 잘못이다. 놈을 배반했으니까. 그런 짓을 저지른 놈은 이런 꼴을 당해도 싸다!

　시간도 늦었고, 도리 없는 궁리질에 지쳐 나는 서서히 잠에 빠져들었다. 그런데 내 옆 병상에 있던 다 죽어가는 사람의 잠꼬대가 내 잠을 방해했다. 겨우 들릴까 말까 하는 축 늘어진 목소리, 오로지 도움만을 바라는 그런 목소리였다. "예수님, 예수님, 긍휼히 여기소서!"
　나는 그 서글픈 장면에 겁도 나고 마음도 아파 있는 힘을 목소리에 담아 간호사들에게 외쳤다. "이봐요, 일어나요, 한 사람이 죽어가요!" 나는 네댓 차례 외쳤다. 그 썩어빠진 놈들이 내 소리를 못 들었는지 잠이 들었는지 반응이 없었다. 나는 놈들이 잠에 빠져 있었을 거라고 확신한다. 나는 내 몸이 아픈 것은 생각도 않고 놈들의 그 태만한 직무 유기에 화가 치밀어 물 항아리를 놈들을 향해 냅다 던져버렸다. 나는 그 짓에 대해 톡톡히 값을 치렀다.
　놈들은 참을 수가 없었다. 놈들은 자리에서 일어나 호랑이로 돌변해 내게 대들었다. 놈들은 그야말로 나를 신물 나게 만들었다. 나는 내 병을 핑계 삼아 용감히 맞서 놈들의 주둥이를 막아버렸다. 놈들로서는 전혀 예상치 못했던 일이었으리라.
　"이 피도 눈물도 없는 나쁜 새끼들아, 네놈들은 코를 골면서 자고 밤을 새다 환자라도 죽으면 누군가가 신부에게 알리라는 거냐? 이 가엾은 양반이 골골하는 것처럼 말이다. 내일 이 사실을 병원장에게 알릴 테다. 그래도 처벌하지 않으면, 서기가 오면 알려 위대하신 우리 총독께 이 직무 태만에 대해 고발하게끔 하겠다. 나는 네놈들이 술에 취해 있었다고 말할 참이다."
　그 굼벵이놈들은 내 공갈과 협박에 겁을 집어먹고 제발 상관에게 알리지 말아달라고 애원했다. 나는 가난뱅이 환자를 잘 보살펴주면 알리지 않겠다고 했다.

우리가 그런 수작을 부리는 동안 그 가엾은 양반은 숨을 거두었다. 그래서 사람들이 그에게 몰려가버리는 바람에 나는 기분을 잡치고 말았다. 그 사람은 정말 죽어 있었다.

환자들과 간호사들은 이미 숨이 끊어진 것을 보고는 여태 미지근하던 병상에서 고인을 마치 짐 보따리를 걷어내듯 들어내서는 거의 벌거벗은 몸을 시체실로 옮겼다. 그리고 간호사들은 돌아오자마자 고인이 남긴 물건들을 뒤적거리기 시작했다. 짧은 저고리 하나, 모포로 지은 낡고 더러운 흰색 바지 하나, 고리 하나, 묵주 하나, 담배쌈지 하나가 고작이었다. 담배쌈지는 그 불쌍한 양반이 뜯어보지도 않았던 것이었다.

순식간에 그 재산을 두고 제비뽑기가 이루어졌다. 두 놈 중 하나는 바지와 묵주를 차지했고 또 한 놈은 고리와 저고리를 차지했다. 그리고 담배쌈지를 누가 차지하느냐를 두고 독기 어린 설전이 벌어졌다. 놈들이 막 치고 받고 하려는 순간 환자 중 하나가 나서 담배를 반씩 나누고 쌈지는 버리면 되지 않겠느냐고 충고했다.

놈들은 그 충고를 받아들여 그렇게 했다. 그리고 놈들은 자러 갔고, 나는 그 형편없는 유산에 대해 여러모로 생각해보았다. 그러나 벌써 새벽 3시였던지라 나는 다시 잠이 들었다. 포근한 잠이었다. 통증이 가라앉았다는 명백한 증거였다.

다음날 간호사들이 옥수수 섞은 우유를 가져와서 나를 깨웠다. 나는 전날보다는 입맛이 살아나 알뜰하게 비웠다. 잠시 후 의사가 수련의들을 꼬리에 달고 회진을 돌았다. 내가 있던 방에는 70명의 환자가 있었지만 전부를 돌아보는 데 채 15분도 걸리지 않았다. 한 뭉텅이를 이루고 병상을 스쳐 지나가는데 의사가 환자의 맥을 짚어보는 일도 없었다. 몸이 불덩이 같다고 아무리 외쳐도 병상 번호에 따라 밑엣 놈들에게 처방만 내릴 뿐이었다. 이런 식이었다. 1번 병상 사혈, 2번 병상 상동, 3

번 병상 평소대로 식이 요법, 4번 병상 항문에 세정제, 5번 병상 식용 발한제, 6번 병상 진통 찜질 요법…… 이런 식이었으니 회진이라고 해도 그렇게 빨리 끝났던 것이다.

내가 내과 병동에 내동댕이쳐진 것은 오진 때문이었다. 나는 외과 병동에 들어가야 했던 것이다. 나는 이런 우발적인 실수 때문에 이제 내가 이야기할 그 병폐를 자세히 알 수 있었다. 번호가 60번인 내 병상에서 전날 누군가 열병으로 죽어 나간 게 틀림없었다. 의사는 나를 쳐다보지도 진찰해보지도 않고 처방서와 병상 번호만 힐끔 보고는 내가 열병 환자라고 여긴 듯 이렇게 말했다.

"60번 병상, 액체 부식제."

나도 따라 외쳤다.

"액체 부식제! 성모 마리아여, 본분에 넘치는 순교자가 되지 않게 하소서. 어제는 시골뜨기가 몽둥이로 죽이려들더니 오늘은 댁네들이 공으로 굶겨 죽이려드는구려!"

내 하소연에 사람들은 내가 열병 환자가 아니라 얻어맞은 환자임을 알려주었다. 그러자 의사는 자신의 무분별함을 감추기 위해 짐짓 이렇게 물었다.

"그럼 여기서 뭘 하는 거야? 자, 자기 병실로 가요, 자기 병실로."

이렇게 의사의 회진은 끝났고 우리 병자들은 보조원들과 돌팔이 손에 남겨졌다. 아침 11시에 그 중 두 명이 모두 같은 내용물이 든 항아리를 가져와서는 모든 환자에게 골고루 나눠주었다. 나는 소름이 끼쳤다. 어찌 이럴 수가? 똑같은 걸로 모든 병을 고칠 수 있단 말인가? 하나님 맙소사.

잠시 후 외과 의사가 졸개들을 끌고 와서는 순식간에 나를 치료했다. 어찌나 함부로 다루는지 고마운 마음이 전혀 들지 않았다. 이전보다 훨씬 더 아프게 했던 것이다.

　식사 시간이 되자 먹을 것을 갖다주었다. 그 식사라는 게…… 짐작이 갈 것이다. 밤에도 똑같은 식사가 나왔다. 내 옆의 36번 병상에 거의 다 죽어가는 환자가 있었는데 간호사들이 병상 발치에 촛불과 함께 십자가를 걸어두고는 자리 가버렸다. 죽고 싶을 때 죽으라고 내버려둔 것이었다.

　나는 도저히 믿을 수 없는 꼴들을 지켜보면서 두 달을 보냈다. 그런 꼴들은 반드시 고쳐져야 할 것이었다.

　몸이 거의 회복되어가던 어느 날 하누아리오가 나를 찾아왔다. 놈은 다 해진 망토를 뒤집어쓰고 허섭스레기 같은 모자를 쓰고 있었고 저고리 바람이었다. 바지라고는 다 해지고 땟국이 흐르는 것이었다. 각반처럼 만든 쇠가죽 구두는 모자보다 더 낡은 것이었다.

　나와 헤어질 때는 그런 모습이 아니었다. 내 생전 처음 보는 꼬락서니였다. '무슨 근사한 소식이 있구나. 그래서 친구놈이 저렇게 변장을 하고 온 거야'라고 나는 생각했다. 놈은 이내 궁금증을 풀어주었다. 그런 차림이 본모습이고 가진 것도 그것밖에 없다는 것이었다. 몽둥이가 개새끼들을 쫓아다니듯 사람들이 놈을 피해 다녀 그렇다는 것이었다. 내가 호되게 당한 날부터 얼굴을 들고 다닐 수 없었다고도 했다. 노름꾼들 사이에 소문이 나서 노름판에 전혀 끼워주지 않았다고 했다. 모두가 밀고자라고 여겼다는 것이었다. 그리고 이렇게 놈은 주워섬겼다. 바로 그날 이후로 너를 찾아다녔다. 그 시골뜨기와 함께 갔다는 소식을 들었다. 무슨 꼴을 당할지 걱정스러웠다. 무슨 일이 있나 싶어 밤에 여관을 찾아가보았다. 너를 두들겨 팬 놈은 제정신을 차려 엄청난 폭력을 휘둘렀다는 사실을 알아차리고는 벌을 받을까 염려해서 말에 안장을 지우고 비야디에고로 줄행랑을 쳤다. 어찌나 재빨랐던지 경찰들이 찾아 나섰을 때는 멕시코로부터 멀리 벗어나 있었다. 노름판에서 돈을 따간 놈도 돈을 가지고는 어딘가로 튀어버렸다. 놈은 하누아리오에게 한 푼도 주지 않았다. 그래서 하누아리오는 칠라파까지 걸어서 놈을 찾아갔다. 이미 놈은 떠났다고들 했다. 그래서 찾아간 보람도 없었다. 하누아리오는 다른 놈들과 어울려 틱스틀라로 무슨 건수가 없을까 해서 갔다. 축제가 벌어지니까. 그런데 그곳 부총독은 노름이라면 질색이란다. 그래서 판을 벌이지도 못하고 동냥으로 연명하며 멕시코까지 왔다. 도착한 지 이틀째다. 네가 아직 병원에 있다는 소식을 듣고 보러 왔다. 거의 죽을 지경이다. 우리 둘이서 무슨 일을 꾸며보자. 그러니 병원에서 나와라……

이 이야기는 하누아리오가 내게 들려준 그대로다. 조금도 더하거나 빼지 않았다. 나는 내 처지를 놈에게 상세히 설명했다. 그러자 놈이 말했다.

"이보게, 친구. 그러니 어쩔 것인가! 부드러운 것을 먹으려면 딱딱한 것도 먹을 수 있어야지. 네가 번 돈으로 즐길 때도 있었으니 네가 번 매도 달게 받아야지. 우리 직업이 원래 이래. 운이 좋다가도 금세 사나워지기도 한단 말이야. 내가 그 꼴을 당해도 같은 말을 할 거야. 그러니 너무 억울해할 것 없어. 곧 나을 거야. 바다가 어디 잠시라도 잠잠하던가.

내가 모르는 새 퇴원하게 되면 그날 밤 그 뒷방으로 찾아오게나. 지금으로선 어디 달리 갈 데도 없고, 자네도 마찬가지지. 우리는 오랜 친구지간 아닌가."

이런 말을 남기고 하누아리오는 갔다. 나를 병원에 남겨둔 채. 사흘 후 나는 퇴원했다. 마치 군대를 마치는 것 같았다.

나는 건강해졌단다. 의사 말에 따르자면 그렇다. 그러나 여전히 절뚝거렸고, 양치식물 달인 물도 계속 소용되었고, 고약도 여전히 필요했다. 그래도 어쩔 것인가? 전문가가 건강하다니 믿을 수밖에. 내 몸은 그렇지 않다고 우겼지만.

결국 나는 비쩍 마른 몸을 붕대로 감싼 채 나왔다. 그러나 어디로 나왔단 말인가? 길거리였다. 아는 집이라고는 한 군데도 없었으니까. 나는 들어갈 때보다 더 형편없는 몰골로 나왔다. 들어갈 때 걸치고 간 누더기가 나올 때는 그나마 더욱더 꼴사나운 것이 되어버렸던 것이다. 도대체 무슨 영문인지, 원.

알거지, 누더기, 외톨박이인 데다 몸은 아프고, 배는 고파 죽겠고, 나는 내 보호자 하누아리오를 찾아 온종일 해바라기를 하며 다녔다. 나는 놈이 흘리는 빵조각을 기대하고 있었다. 어쨌든 놈은 나보다는 조금이라도 형편이 나으리라 싶었으니까.

그러나 그렇게 싸돌아다닌 보람이 없었다. 벌써 오후 1시였다. 뱃속에 든 것이라고는 아침에 병원에서 마신 알량한 옥수수 섞은 우유가 고작이었다. 나는 그 우유마저 아쉬웠던지 이런 노래 가사가 생각났다.

이것이 네 집에서 마시는
마지막 옥수수 우유이기를.

배고픔 따위는 문제가 아니었다. 병원에서 너무나 많은 피를 흘리고 또 너무나 시달린 바람에 몸이 말이 아니었다.

뾰족한 수가 없었다. 오후 3시에 나는 어느 집 문간에서 옷을 벗어 들고 전당포에 맡기러 갔다. 그것으로 4레알을 얻어내려 얼마나 애를 썼던지! 어림도 없다, 아무 쓸모 없는 것이라고 했다. 그러나 결국 돈을 얻어냈다. 나는 먼저 담배를 사고 나서 식당에 가서 배를 채웠다.

배가 차니 마음이 좀 가라앉았다. 나는 오전과 마찬가지로 오후 내

내 부지런히 돌아다녔다. 그러나 그렇게 돌아다녔어도 친구놈을 만날 수가 없었다. 어둠이 내리고 8시가 되었다. 이러다 길바닥에서 밤을 지새게 되는 것이 아닌가 싶어 덜컥 겁이 났다. 밤거리를 헤매다 순찰 도는 경찰이라도 만나게 되면 감방에서 밤을 보내게 될 것이었다.

그런 생각에 겁이 나 나는 그 뒷방이라는 곳을 찾아가보기로 작정했다. 그곳은 병원만큼 역겨운 곳이었다. 그러나 이런 것 저런 것 따질 때가 아니었다.

나는 그 빌어먹을 돼지우리에 도착했다. 1레알 반이 남아 있었다 (저녁 값으로 길거리에서 반 레알을 썼던 것이다). 나는 남들 눈에 뜨이지 않게 살며시 들어갔다. 노름판이 벌어지고 있었다. 귀퉁이마다 열기로 가득 차 있었다. 저주받을 열기였지만.

사람들이 여남은 정도 모여 있었다. 백인은 하나도 없었고 옷을 제대로 걸치고 있는 사람도 없었다. 모두 혼혈아들로 옷을 벗어젖히고 있었다. 사람들은 땟국으로 범벅이 되어 자기들만이 겨우 알아볼 수 있는 카드로 판을 벌이고 있었다.

사람들은 상대방의 옷을 담보물로 벗겨내고 있었다. 가리개라는 것, 그러니까 그 거시기만 가려주는 천조각 하나만 달랑 걸친 채 어미 뱃속에서 나오던 그 모습 그대로 노름을 하는 사람도 있었고, 다른 사람과 함께 담요를 뒤집어쓰고 있는 사람들도 있었다. 이런 사람들을 짝패라고 한다던가.

그 아수라장 속에 저주와 욕설과 외설이 난무하고 있었다. 노름, 모인 사람들, 좁아터진 장소, 형편없는 술, 뜨겁게 달아오른 열기, 땀으로 범벅 된 악취…… 그야말로 아수라장 그 자체였다.

내가 노름판을 보려고 몸을 들이밀자 내게 돈이 있겠다 싶었는지 한 귀퉁이에 자리를 마련해주었다. 그 의자에는 못이 하나 튀어나와 있었는데 하필이면 못이 튀어나와 있는 곳에 나를 밀어 넣었다. 그러니 엉거주춤하고 있을 수밖에 없었다.

나는 불편을 참고 자리에서 일어나지 않았다. 그런 사람들로서는 대단한 호의라고 생각했던 것이다. 나는 돈을 꺼내 들고 그 사람들과 마찬가지로 노름을 시작했다.

나는 순식간에 돈을 잃고 곧 이어 다른 사람들이 걸어간 길을 따르기 시작했다. 나는 방값으로 지불하기 위해 마지막 한 푼은 남겨두고 싶었다.

내가 자리에서 일어서려 하자 노름판 물주가 나를 알아보고는 이렇게 말했다.

"당신, 누구 찾아온 거요?"

나는 하누아리오 카르페냐(이것이 내 친구놈의 성씨다) 씨를 만나러 왔다고 대답했다. 내 대답을 듣더니 모두 호방한 웃음보를 터뜨렸다. 내가 그 웃음에 난색을 표하자 물주가 말했다.

"당신은 그 배신자 후안 라르고를 찾을 수 있을 것 같소? 언젠가 한번 같이 온 그자를 말이오?"

나는 부정할 수 없었다. 나는 그렇다고 대답했다. 그 사람이 말했다.

"이봐요, 그런 놈에게 씨는 씨는 무슨 놈의 씨요. 그놈이 그렇다면 우리 모두 아무개씨, 아무개씨 하겠네."

이때 주인공이 들어섰다. 그를 보자 모두 놀려대기 시작했다. 오, 하누아리오 씨! 오, 후안 라르고 선생! 들어오시지요. 어디 계셨나이까? 한이 없었다. 모두 내가 씨자를 붙였다는 것으로 야유하는 것이었다.

놈은 나를 보지 못했고 무슨 일인지 영문을 알 수 없었던 관계로 한동안 어리둥절했다. 이윽고 발가벗은 놈 중 하나가 궁금증을 풀어주겠다는 듯 이렇게 말했다.

"여기 우리 하누아리오 가라피냔지 가라페냔지 하는 선생을 찾아온 사람이 있단 말씀이야."

그러면서 나를 가리켰다.

하누아리오는 나를 제대로 보지도 않고 기쁨에 넘쳐, 전에 없던 반가움으로 나를 얼싸안고 이렇게 말했다.

"이럴 수가, 페리키요 사르니엔토, 우리가 다시 만나다니!"

그곳에 있던 모든 사람들이 내 별명을 듣는 순간 다시 한번 웃음보가 터져나왔다. 그리고는 왜 그런 별명이 붙게 되었는지 물어오기 시작했고 하누아리오는 착실히 대답해주었다.

이제 내가 조롱당할 차례였다. 사람들은 이제 나를 쪼아대기 시작했다. 결국 천박하고 상스러운 사람들이었으니까. 나는 그 조롱에 화가 치밀었지만 내색을 할 수도 없어 속으로 꾹꾹 눌러 참았다. 이런 이야기도 있는 것이다. 까마귀 노는 곳에 백로야 가지 마라, 네 깨끗함으로 욕을 먹을 것이다. 게으른 개망나니나 철면피들만이 사람을 놀려먹는 법이다.

약올라 어쩔 줄 모르기는커녕 오히려 호탕하게 맞장구치는 내 모습을 보자, 소란이 가라앉고 모두 내 친구가 되어 나를 한패거리로 인정해 주었다. 그들 말에 따르면 내가 괜찮은 놈이라는 것이었다. 이렇게 서로를 믿게 되자 우리는 기꺼이 서로 말을 트게 되었다. 말을 트는 것은 처음에는 우정에서 시작하나 결국 깔보는 것으로 끝나는데 이는 막돼먹은 놈들 사이에서는 다반사인 것이다. 하긴 점잖은 사람들도 그렇다는 데야 뭘.

나도 이제 그 패거리에 끼이게 되었다. 건달 학과의 정식 회원, 주정꾼, 노름꾼, 주책바가지 결사의 일원이 된 것이었다. 그날 밤 나는 빛나는 훈장을 달게 되었고 착한 아버지의 기억은 완전히 사라지고 말 았다.

만일 내가 그 불한당들과 어울려 개망나니 패거리가 된 꼴을 어머니께서 보셨다면 뭐라고 하셨을까? 어머니께서는 수천 번이라도 세상을 떠나고 또 떠나셨을 것이다. 내가 그런 개망나니가 되기 전에 어떻게 해서라도 직업이라도 구해주려 애를 쓰셨을 것이다. 그러나 어머니들이란 무슨 일이 벌어져도 그걸 믿지 못한다. 그저 말이 그렇다 뿐이지 하며, 사실로 확인이 되어도 자식들에게는 말도 못 꺼내는 것이다. 어쨌든 우리는 그곳에서 밤을 지냈다. 그밖에 별다른 수가 없었던 것이다. 나는 내게 주어진 운명에 따라 밤을 보냈다.

나는 그 패거리 틈바구니에서 일주일 가량을 보냈다. 그 동안에 하누아리오는 내 망토마저 날려버렸다. 어느 날, 무슨 일을 하려는지 망토를 빌려달라더니 내 망토 대신 자신의 것을 남겼다. 오후 4시경에 빈손으로 와서는 말을 만들어내는데 나는 놀라 죽을 뻔했다. 망토를 5페소에 저당 잡혔다는 것이 그 내용의 결론이었다.

"5페소라니, 하나님 맙소사! 대단하다. 다 떨어져 20레알도 안 쳐준다는 것이었는데!"

"이런, 너 정말 멍청하네. 내가 그 5페소로 뭘 했는지 알면 너 뒤로 넘어갈걸. 나 뭐 좀 한다는 놈인지 너도 알지? 무슨 일이냐, 그러니까 그게 말야…… 그래 다 털어놓지 뭐. 열다섯에 일곱을 더하면 스물둘, 거기에 아홉을 더하면? 서른하나. 또 열둘이면? 그래서 결론적으로 50페소야. 지금은 없지만."

"어떻게 된 거야?"

"어떻게 된 것이냐 하면 한판 했고, 잭에 대해 3에 전부 걸었지."

"이거 속 터지네. 그래 잭이 나와 돈을 날렸다, 이런 거야?"

"그래, 바로 그거야. 그 3이 얼마나 삼삼한 것이었는데! 어쨌든 그 빌어먹을 3 때문에 다 날아갔지."

"빌어먹을 놈은 바로 네놈이다. 3이든, 4든, 5든 카드라면 아주 지긋지긋하다. 이제 망토까지 말아먹었으니. 귀신이나 물어가라지! 내 마지막 남은 거였는데, 이제 완전히 빈털터리잖아?"

"앞지르지 마. 멋진 계획이 있어. 우리 둘이 한몫 잡게 될 거야. 오늘 밤 말야. 그래도 비밀은 지켜야 해. 아직 내 망토가 남았잖아. 도움이 될 거야."

나는 물었다. 무슨 일이냐? 놈은 나를 방 한쪽 구석으로 데려가 이렇게 말했다.

"이봐, 우리 같은 처지에 놓이면 몸을 던져 결단을 내려야지. 굶어 죽는 것은 가장 형편없는 짓이니까. 너도 알아둬. 이 근처에 돈 많은 과부가 살아. 꽤 반반하게 생긴 하녀 하나밖에 없는데, 내가 좀 건드려놨어. 아직까지는 성과가 없지만 말야. 그 과부가 오늘 밤 우릴 도와야 할 거야. 내키지 않아도 말이지."

"어떻게?"

"이 패거리에 칠면조새끼 쿨라스란 놈이 있어. 정력이 대단한 혼혈아인데 나랑 친한 놈이야. 이놈이 오늘 밤 일을 꾸밀 거야. 10시에서 11시 사이에 과부집을 찾아가서 여자들을 급습해서는 돈이며 보물이며 과부 것을 몽창 싹쓸이하는 거지.

준비는 끝났어. 성공은 당근이야. 문을 완벽하게 따낼 열쇠도 준비했지. 다만 우리가 일을 치르는 동안 현관에 남아 망을 봐줄 사람이 없을 뿐이야. 사실 너만한 사람이 없거든. 네가 가담하면 네가 잃어버린 그 알량한 망토 대신 한몫 챙겨줄게."

나는 하누아리오의 결심에 놀라 자빠질 지경이었다. 나는 비록 몸을 팔망정 내놓고 도둑질을 할 수는 없었다. 나는 놈을 따라가기는커녕 생각을 고쳐먹도록 놈을 달래기 시작했다. 그것이 얼마나 나쁜 짓인지를 일깨우며 그 앞에 놓인 위험에 대해 설교를 늘어놓았다. 만일 일이 틀어지게라도 되면 당하게 될 수모에 대해서도 일러주었다.

하누아리오는 내 말을 주의 깊게 들었다. 내가 말을 마치자 놈이 말했다.

"네놈이 그렇게 위선 덩어리고 바보 천치인지 몰랐어. 감히 스승 앞에서 잘난 척하며 충고를 늘어놓다니. 이 멍텅구리놈아. 도둑질이 나쁜 것이라는 건 나도 알아. 위험한 일인지도 알아. 그럼 말해봐. 위험하지 않은 일은 뭐야? 사업을 하다 보면 망할 수도 있어. 농사일을 보자. 날씨가 궂으면 풍성한 결실도 다 망치는 거야. 공부를 해도 바보가 될 수 있고 또 이름을 못 날릴 수도 있어. 기술을 배워도 직장에서 쫓겨나는 수도 있지. 겨우 눈속임이나 하는 허렁뱅이가 될 수도 있다고. 사무원이 되어도 빽이 없으면 평생 가야 승진도 못하는 거야. 군인이 되면 첫 전투에서 골로 가는 수도 있지. 모두 다 그래.

그러니 모두가 앞일에 대해 겁을 집어먹으면 성공할 놈이 누가 있어? 아무도 위험을 무릅쓰지 않을 테니까 말야. 네놈 말이 그렇다면 네놈 말대로 해. 꼭 그런 꼴을 당할 테니까. 그래 그건 정당한 것이겠지. 내 제안이 부당한 것인 만큼 말야. 도둑질이란 상대방 동의 없이 다른 사람 물건을 취하는 것일 뿐이야. 이 말이 사실이라면 세상은 온통 도둑놈 천지야. 정의를 가장하고 훔치는 거냐 아니냐 하는 차이밖에 없어. 어떤 놈들은 공개적으로 훔치고, 어떤 놈들은 숨어서 훔치고 하는 거야. 법의 보호를 받는 도둑놈도 있고, 법을 범하는 도둑놈도 있지. 총알이나 오랏줄에 목숨을 내건 놈들도 있고, 유유히 자기 집에 편히 앉아 해먹는 놈들도 있어. 결국 말이지, 이 친구야, 우아하게 훔치는 놈과 인간적으로 훔치는 놈이 있을 뿐이야. 훔치는 것으로는 피장파장이야. 그러니 그런 이유로 내 결심을 돌이키게 할 수는 없지. 다들 훔치는데 뭘.

　글을 써서, 또는 됫박으로 저울로 전표로 기름으로 종이로 훔쳐먹는 놈은 또 얼마나 많은데. 위조 열쇠나 낚싯줄, 마스터 키로 훔쳐먹는 놈들은 또 어때? 어쩐다저쩐다 해도 훔치는 것은 훔치는 거고 도둑놈은 도둑놈인 거야. 차로 훔치는 놈이나 발로 훔치는 놈이나 마찬가지. 도시에서 점잖게 말아먹는 놈들이 발로 뛰며 말아먹는 놈들보다 훨씬 더 악랄한 거야.

　네놈 말에 눈 하나 깜짝할 나도 아니지만 네놈 말을 꼬투리 잡고 싶지도 않아. 내 말은 말이야, 내가 꼭 도둑놈이 되고 싶어서 하는 말이 아냐. 나 이전에 이런 말을 한 사람도 많아. 말만 했는 줄 알아? 책으로 펴내기도 했어. 그것도 덕망 있고 학식 있는 사람들이 말야. 페드로 무리요 벨라르데라는 예수회 신부는 자신의 교리 문답에 이렇게 썼지. 제2권 12장 177쪽을 보면 나와.

　'훔치는 방식, 그 계층, 그 종류, 그 방법은 수도 없이 많다. 아이도 훔치고, 어른도 훔치고, 장교도 훔치고, 사병도 훔치고, 상인도 훔치고, 직공도 훔치고, 서기도 훔치고, 판사도 훔치고, 변호사도 훔친다. 모두는 아니라 할지라도 모든 계층의 사람이 훔친다. 훔친다라는 말은 무궁무진할 정도로 다양하게 사용된다. 노골적으로도 쓰이고, 모호하게도 쓰이고, 완고하게도 쓰이고 그럴 듯싶게도 쓰인다.' 이 양반은 이렇게까지 쓰고 있는 거야.

　그래 너 보기엔 어때? 이 도둑놈 세상에서 내가 한다고 무슨 티라도 나겠어? 전혀 아냐! 바다에 침 뱉는다고 바다가 넘쳐? 도둑질이나 강도질에 대해 네놈이 알기나 해? 특히 강도질을 말야. 도둑의 가장 큰 적이 강도야. 이런 말도 있잖아. 도둑고양이 딴 놈에게 할퀼까 겁낸다.

오래된 책이 한 권 있는데, 그 제목이 『내 멋대로 사는 즐거움』인지 『에스파냐 산림』인지 확실하진 않지만, 아무튼 두 권 중 하나에서 세비야에 살았던 약삭빠른 미친놈에 대한 재미있는 글을 읽은 적이 있어. 후안 가르시아라는 놈이었는데, 언젠가 한번 도둑놈으로 몰려 교수형에 처해지게 되었지. 그때 놈이 한바탕 웃어젖혔지. 사람들은 그런 절실한 상황에 웃음이 나오느냐고 물었겠지. 놈이 대답했어. 장군 도둑놈들이 이 새끼 도둑놈을 목매다는 게 우스워서 그런다고. 무슨 말인지 잘 생각해봐, 페리코."

"내가 내릴 수 있는 결론은 이래. 너처럼 특히 나쁜 짓일 경우에 아무 일이나 하겠다고 작정한 놈들은 그것을 반대하는 이야기도 좋게만 해석한다는 거야. 네가 하는 말, 그래 다 사실이야. 그래 도둑놈도 쌔고 쌨어. 눈에 뻔한 사실인데 누가 아니라 하겠어? 뭐라 둘러대도 훔치는 것은 훔치는 거야. 사실 그래. 그래, 정의를 가장하고 훔치는 경우도 많아. 불 보듯 뻔한 사실이야. 그렇다고 해서 훔치는 짓이 정당화될 수는 없어. 그래 정당한 것이든 아니든 전쟁에서 사람들이 무더기로 죽어간다고 해서 살인까지 정당화될 수 있단 말이야? 같은 짓을 반복하다 보면 습관이 들 수는 있어. 그렇다고 정당화되는 건 아니잖아. 좋은 것이 아니라면 말야.

무리요 신부 말도 아무것도 증명하지 못해. 신부 말은 강도짓을 고발하는 것이지 칭찬하는 말이 아냐. 그래, 빚을 지고 살 수는 없으니, 나도 어느 예수회 신부 책에서 읽은 내용으로 갚아주겠어. 네 말이 맞는 것인지 한번 보자고. 내 말은 말야, 많은 사람들이 강도짓을 한다 해서 그게 정당화되지 않는다는 얘기야. 잘 들어봐.

'어떤 사람이 화폭 중앙에 왕자를 하나 그리고 그 옆에 대신을 하나 그렸다. 이 대신은 이렇게 말한다. 나는 이놈을 섬긴다. 동시에 이놈을 이용도 한다. 그러자 그 옆에서 군인 하나가 이렇게 말한다. 나는 훔치고 이놈들이 내 것을 훔친다. 그 옆에 있던 농사꾼이 말한다. 나는 내 자신과 이들 세 놈을 먹여 살린다. 그 옆에서 관리 하나가 투덜거린다. 나도 속이지만 이들 네 놈도 나를 속인다. 그 옆에서 상인이 말한다. 이들 다섯 놈을 만나면 벗겨먹어야지. 그 옆에서 변호사가 말한다. 나는 이들 여섯 놈을 보호해준답시고 망치고 있지. 좀 떨어진 곳에서 의사가 말한다. 나는 이들 일곱 놈을 치료한답시고 죽이는 거야. 그 옆에서 고해 신부가 말한다. 나는 이들 여덟 놈의 죄를 용서한답시고 정죄를 가하지. 마지막으로 악마란 놈이 발톱을 세우며 말한다. 그럼 이들 아홉 놈 모두 내 차지다. 이렇게 하나하나 다 연결되어 사기술을 갈고닦아 제8계명을 어기는 것이다. 그리고 마지막으로 지옥으로 떨어진다.' 여기까지야. 신실하고 열성적이고 박식한 후안 마르티네스 데 라 파라 신부가 도덕에 관한 장에서 쓴 내용이지. 1788년 마드리드에서 출간된 제24판 제45장 239쪽을 찾아봐.

이제 알겠지. 네 말대로 모두 도둑놈이고 나쁜 짓을 하고 그래서 끝내 악마의 손에 팔린다 해도 나는 그 축에 낄 생각이 전혀 없어."

"너 꼬랑지 완전히 내렸구나. 너 진짜로는 마음이 켕겨서가 아니라 겁이 나서 그러는 거지? 아니 왜 그리 겁을 내는 거야? 사기 치는 것도 아니고, 시체를 치우는 것도 아닌데. 이런 것에는 나보다 더 나으면서? 한번 해보지 그래? 시골뜨기 100페소 해먹을 때의 그 배짱은 어디로 간 거야? 그것도 이름은 달라도 다 훔쳐먹는 거란 말야."

"그건 맞아. 그래도 그건 네놈 꼬임에 빠져 그런 거지 나 혼자라면 엄두도 못 낼 일이야. 그래, 그것도 강도질이니 내가 나쁜 짓 저질렀다는 사실을 인정해. 사기를 치거나 함정을 파거나 머리를 굴리거나 하는 것도 도둑질과 똑같은 것이라는 것도 알아. 나는 말이지, 네놈에게서 착실한 놈으로 인정받고 싶은 생각 없어. 그래 겁이 나서 그런다고 치자. 하지만 확실히 알아둬. 나는 목매달려 죽고 싶은 생각도 전혀 없어."

우리는 이렇게 장시간에 걸친 입씨름 결과 마침내 결론에 도달했다. 그 내용은 다음 장을 읽어보면 알 수 있겠지.

19. 우리 주인공이 자신이 겪은 감옥살이를 이야기하는 장. 주인공은 감옥에서 멋진 친구를 하나 사귀게 되는데 그 친구 이야기가 이어진다

앞 장에서 이야기한 주제에 대한 열띤 토론 후에 나는 하누아리오에게 이렇게 말했다.
"어쨌든 도둑질만 아니라면 네놈 하자는 대로 다 따라하겠어. 사실 말이지, 그런 데는 일없어. 그런 바보 같은 생각을 머리통에서 싹 지워줘야 하는데 원."
하누아리오는 내 호의에 감사를 표했다. 그러면서도 따라나서고 싶지 않으면 있어도 된다, 그렇지만 비밀은 지켜달라, 무슨 일이 있어도 오늘 밤 이 빈궁한 처지로부터 벗어나기를 결심했으니까, 자기와 칠면조새끼 예상대로 아무 문제 없이 일이 끝나면 노름으로 날려버린 내 망토보다 더 좋은 놈을 갖다 주겠다, 이제 문제없이 살 수 있을 것이다…… 하고 말했다.
나는 철저히 입을 다물겠다, 그리고 그 제안에 감사한다고 하면서도 다시 잔소리를 늘어놓으며 애원해보았다. 그러나 어떤 것으로도 놈을 막을 수 없었다. 놈은 떠나기 전에 나를 얼싸안았다. 놈은 내 목에 묵주를 걸어주며 말했다.

"혹시 무슨 사고로 다시 못 보게 되면 나를 잊지 않는다는 의미에서 이걸 목에 걸어."

이렇게 놈은 떠났고 나는 눈물을 흘리면서 남았다. 놈이 아무리 망나니였다 해도 나는 놈을 사랑했다. 우리는 어릴 때부터 형제지간처럼 돈독한 우정을 키워왔던 것이다.

친구는 갔다. 나는 그날 오후 내내 슬픔에 잠겨 있었다. 놈이 없는 자리가 허전했고, 무슨 일이나 당하지 않나 걱정스러웠다. 밤 9시가 되자 나는 안절부절 제정신이 아니었다. 나는 연인을 그리워하듯 친구 생각이 간절해 과부가 살고 있다는 그 거리를 둘러보기 위해 밖으로 나왔다.

나는 어스름한 거리로 숨어들어 어느 집 문간에 몸을 숨기고 지켜보았다. 10시 반경에 문제의 집으로 그림자 두 개가 다가섰다. 나는 그게 하누아리오와 칠면조새끼임을 알아보았다. 놈들은 소리 없이 문을 따고는 문을 밀고 들어섰다. 나는 시치미를 떼고 거리 모퉁이에 등불을 들고 앉아 있던 야경꾼에게 담뱃불을 빌리기 위해 다가갔다.

나는 가까이 다가가 아주 공손하게 인사를 건넸다. 야경꾼 역시 공손하게 인사를 받았다. 나는 담배 한 대를 건네주고 내 담배에 불을 붙였다. 나는 친구놈이 어서 일을 끝내기를 기다리며 야경꾼에게 말을 붙이기 시작했다. 그때 발코니 창이 열리더니 한 아가씨의 외마디 절규가 들려왔다. 틀림없이 과부의 하녀였을 것이다. "야경꾼 아저씨, 경찰 아저씨, 도둑이야! 빨리요, 제발. 우리 죽어요!"

아가씨는 그렇게 소리쳤다. 아주 재빠르고도 당당한 외침이었다. 야경꾼은 자리를 박차고 일어나 동료를 불러 모으기 위해 있는 힘껏 호루라기를 불어젖히고 나서 길모퉁이에 서서 등불을 여러 차례 흔들었다. 그리고 내게 소리쳤다.

"이봐요, 손 좀 빌립시다. 이 등불 좀 들고 갑시다."

나는 등불을 받아 들었다. 야경꾼은 상의를 추스르더니 창을 꼬나 잡았다. 그러나 그 사이에 도둑놈들은 달아나고 말았다. 칠면조새끼가 나를 스쳐 지나갔다. 놈의 하얀색 모자로 놈인지 알 수 있었다. 야경꾼 과 나도 잽싸게 달렸지만(내가 야경꾼을 독촉했던 것이다) 놈을 따라잡 을 수가 없었다. 발에 무슨 날개라도 단 듯했다. 야경꾼은 속절없이 외 칠 뿐이었다. "놈을 막아! 놈을 막아!" 밤에는 인적이 드문 길이었는지 라 걸릴 게 별로 없었다.

그렇게 칠면조새끼는 달아났다. 하누아리오는 침착하게 거리로 나 섰다. 야경꾼은 물론 성가시게 굴 사람 하나 없는 거리로.

그러는 동안 야경꾼 두 명이 새로 도착했고 그 뒤를 이어 순찰대도 도착했다. 그때까지 아가씨는 계속해서 소리를 지르고 있었다. 신부를 불러달라고 했는데, 도둑놈들이 여주인을 죽였다고 생각한 모양이었다. 그 소리를 좇아 우리 모두 집 안으로 들어갔다.

먼저 눈에 뜨인 것은 복도에서 울고 있는 바로 그 아가씨였다. 아가 씨는 외쳤다.

"아저씨, 신부님과 의사요. 그 나쁜 놈들이 주인 마님을 죽였어요."

두 명의 사병을 거느린 순찰대 하사, 야경꾼들, 여전히 등불을 들고 있던 나, 우리 모두 방으로 들어갔다. 여주인은 침대에 널브러져 있었는 데 온몸에 피가 묻어 살아 있는 기색이라고는 전혀 찾아볼 수 없었다.

그 처참한 광경에 우리 모두는 놀라고 말았다. 나는 불안과 연민에 사로잡혔다. 불안이라 하면 하누아리오 놈이 붙잡혔을 경우 당하게 될 고초로 인한 것이었고, 연민이라 하면 이 죄 없는 부인이 놈의 탐욕 때 문에 희생되었다는 사실이 너무 어이없었기 때문이었다.

잠시 후 의사와 고해 신부가 거의 동시에 도착했다. 밖에서 아가씨의 외침 소리를 들었을 때 하사가 사병에게 명령해 데려오라고 한 것 같았다.

신부는 도착하자마자 침대로 다가갔다. 그러나 움직일 수도 입을 열 수도 없음을 알아차리고는 적당하게 여자의 죄를 사면해주고 한옆으로 비켜섰다.

이제 의사가 다가갔다. 의사는 이리저리 살펴보더니 이건 기절한 것이다, 피는 달거리 때문이라고 밝혔다. 우리는 거실로 물러나왔다. 처음 생각한 것처럼 큰 불행이 아니어서 다행이었다. 의사와 하녀는 방에 남아 환자에게 응급 조치를 취하고 있었다.

이래저래 해서 혼절한 사람도 정신을 차렸다. 하사는 하녀를 불러 집에 없어진 물건이 있는지 살펴보자고 했다. 하녀는 집 안을 속속들이 살펴보고는 주인이 식사 때 사용하는 식기 한 벌, 목에 걸고 있던 진주 목걸이 하나 외에는 없어진 것이 없다고 했다. 도둑놈들 중 하나가 침대에 누워 있던 주인을 덮치는 순간 다른 하나가 식기를 챙겼다. 나는 놈들에게 잡힐 틈을 주지 않고 발코니로 나와 야경꾼에게 소리치기 시작했다, 그러자 그 소리에 놀라 도둑놈들은 줄행랑을 칠 수밖에 없었다. 하녀는 그렇게 설명했다.

나는 손에 등불을 든 채 망토를 벗고는 순진한 척 심각한 표정을 짓고 있었다. 그런데 그 빌어먹을 하녀가 진술을 하는 동안 한시도 내게서 눈을 떼지 않고 머리끝에서 발끝까지 훑어보는 것이었다. 나도 그런 눈치는 채고 있었지만 별로 신경 쓰지 않았다. 내가 좀 멍청해 보여 그런가 싶었던 것이다.

하사가 도둑놈들 중 아는 놈이 있느냐고 묻자 하녀가 대답했다.

"예, 하사님. 하누아리오라는 사람을 알아요. 후안 라르고라는 별명으로 부르기도 해요. 이번엔 빠져나가지 못할 거예요. 이 사람이 그 사람에 대해 나보다 더 잘 알걸요."

그러면서 나를 가리켰다. 나는 죽었다 싶었다. 흔히 그렇게들 말하지 않는가. 하사는 내가 떨고 있음을 알아차리고는 내게 이렇게 말했다.

"그래, 이 친구. 아가씨 말이 틀림없겠지. 얼굴색이 완전히 갔네. 속으로 찔리는 구석이 있어서 그런 거 아냐? 당신이 뭐 이 거리 야경꾼이라도 돼?"

"아닙니다, 하사님. 그러니까, 저분이 발코니로 나와서 소리를 지를 때 야경꾼과 담배를 피우고 있었습니다. 우리가 맨 처음 도와주려 나섰단 말씀입니다. 이분께서 말씀해주실 겁니다."

그 야경꾼이 내 말이 사실임을 입증했다. 그러나 하사는 납득을 못하고 계속 따졌다.

"좋아, 좋아. 당신도 야경꾼처럼 속이 시커먼데 그래. 그렇지 않아? 제길! 모두 도둑놈 똥구멍이나 긁어주는 놈들로 싹 모가지를 매달아버려야 하는데. 도둑놈들에게 네놈들같이 뒤를 봐주는 놈이 없다면, 네놈들이 술에 취해 잠이나 퍼 자거나 하지 않고 자리만 제대로 지켜줘도 그 많은 강도질은 불가능하단 말야."

야경꾼은 쩔쩔매며 나를 증인으로 내세워 자리를 뜨지 않았으며 졸지도 않았다고 맹세했다. 그러나 하사는 거들떠보지도 않았다. 하사가 아가씨에게 물었다.

"그래, 아가씨는 이놈이 도둑놈을 안다고 뭘 가지고 확신하는 거야?"

"어머, 하사님. 많죠. 아주 많아요. 보세요, 저 사람이 걸치고 있는 망토, 바로 후안 라르고 것입니다. 저는 잘 알아요. 상점이나 공원에 나갈 때면 줄곧 따라다녔으니까요. 그리고 또 든다면, 저 사람 목에 걸린 묵주도 제 것이에요. 어제 그놈이 옷을 찢고 묵주를 빼앗아갔어요. 놈이 절 현관으로 밀어붙이는 거예요. 저는 발버둥치며 빠져나왔어요. 그래서 옷까지 찢어졌단 말이에요. 자, 보세요. 묵주는 놈의 손에 걸려 끊어지고 말았어요. 그러니까 증거를 든다면, 다른 것을 끼웠거나 개수가 모자랄 거예요. 그 끈도 새것이잖아요. 빨간색과 녹색이 섞인 비단 끈일 거예요. 거기 달린 주머니에는 초상이 두 개 있을 거예요. 하나는 우리 주인 산 안드레스 아벨리노 거고 다른 하나는 산타 로살리아 거예요."

나는 그 빌어먹을 하녀가 하나하나 드는 증거에 오싹해졌다. 전혀 거짓말이 아니었던 것이다. 묵주는 하누아리오에게서 건네받은 것이었다. 놈은 또한 그 하녀에게 빠져 있다는 말까지 하지 않았던가.

하사는 묵주를 벗으라고 했다. 하사가 주머니를 풀었다. 이래저래 해서 결국 하녀의 말이 사실임이 판명되었다. 더 이상 알아볼 필요가 없었다. 그러자 나는 총 멜빵으로 옴짝달싹할 수 없게끔 주리가 틀리고 말았다. 아무리 맹세하고 아무리 하소연해도 소용없었다. 하사는 다만 이렇게 대답할 뿐이었다.

"좋아, 내일이면 무슨 영문인지 밝혀지겠지."

그리고 나를 계단으로 끌고 내려갔다. 하녀 역시 문을 잠그기 위해 내려왔다. 하녀는 열쇠를 끼울 수가 없었다. 위조한 열쇠가 구멍에 꽂혀 있었던 것이다. 하녀는 위조 열쇠를 빼 하사에게 건네주었다. 하녀는 문을 잠그고, 나는 경비대 본부로 끌려갔다.

내가 경비대에 넘겨지자 그곳 군인들이 나를 끌고 온 놈들에게 왜 나를 끌고 왔느냐고 물었다. 놈들 대답이 내가 숟가락을 잘못 놀렸다는 것이었는데, 뜻인즉 도둑질을 했다는 것이었다. 놈들은 내게 무수한 질문을 해댔다. 내가 처한 처지에 즐거워하는 꼴이 마치 자기네들은 착실한 놈들입네 하는 듯했다. 놈들은 이것저것 써 갈기더니 물러갔다. 하사는 물러가며 동료에게 이렇게 말했다.

"이놈 잘 지켜. 의심이 가는 놈이야."

경비대 하사는 그 말을 잘 이해하지 못했는지 내 두 발에 족쇄를 채우라고 명령했다. 순찰대는 사라졌다. 군인들도 자기들 자리로 물러났다. 보초는 누군가 지나갈 때마다 누구냐, 누구냐를 외치고 있었다. 나는 족쇄로 인한 통증과, 전신의 피로와, 나를 에워싼 빈대 벼룩과 전쟁을 치르고 있었다. 가장 한심했던 것은 느닷없이 나를 덮치는 그 허망하고도 쓰라린 망상들이었다.

내가 어떤 밤을 보냈는지 알 수 있을 것이다. 나는 밤새 눈을 붙일 수 없었다. 먹은 것도 마신 것도 없이, 단지 못된 친구를 사귀었다는 것으로 이런 꼴을 당한다 생각하니 겁이 나기도 했고 창피하기도 했다.

결국 날은 밝았다. 기상 나팔이 울렸다. 평소와 같이 군인들은 투덜거리며 자리에서 일어났다. 점호 시간이 되자 모두 연병장으로 나가 점호를 받았다. 나는 마치 짚단처럼 군인들 사이에 끼여 법원 감방으로 끌려갔다.

내가 마당으로 향한 좁은 문을 들어서자 종이 한 번 울렸다. 나중에 들은 바로는 모든 죄수들에게 다 그런다는 것이었다. 새로운 죄수가 온 사실을 소장과 간부 간수들이 알아야 하기 때문이란다.

잠시 후에 누군가 이렇게 외치는 소리를 들었다. "저기 신참, 저기 신참은 위층으로." 동료들이 그 소리가 나를 부르는 소리라고 일러주었다. 간수는 엄청나게 뚱뚱한 사람으로 가죽 채찍을 허리에 차고 있었다. 간수는 나를 위층으로 데려가 커다란 방에 집어넣었다. 그곳 탁자에 소장이 앉아 있었다. 소장은 내 이름이 무엇인지, 어디 출신인지, 누가 체포했는지를 물었다. 나는 내 가문을 더럽히기 싫어 이름은 산초 페레스요, 출신지는 익스틀라우아카, 그리고 본부 소속 군인들에 의해 체포되었다고 대답했다.

그는 이 모든 사항을 기입하고 나서 나를 방에서 몰아냈다. 내가 내려오자 간수가 내게서 두 푼 반을 빼앗아갔다. 무슨 입회비인지 뭔지라고 했다. 무슨 뜻인지 알 수 없었던 나는 이 집에서는 어떤 패거리에도 끼고 싶지 않다고 했다. 그러니 입회비도 필요 없다고. 그 빌어먹을 간수는 내가 자기를 놀린다고 생각하고 뺨따귀를 한바탕 올려붙였다. 피가 터졌다. 놈이 말했다.

"그러셔. 어떤 놈도 날 가지고 놀 순 없지. 어떤 놈이라도 말야. 그런데 너 같은 조무래기가 감히. 입회비는 의무야. 내기 싫다면 손수 빨아 입어야겠지. 이 좀도둑놈아."

놈은 이런 말을 남기고 사라졌다. 나를 근심 걱정에 빠트려놓은 채.

그 마당은 죄수들로 넘쳐났다. 하얀 얼굴도 있었고, 빨간 얼굴도 있었고, 반은 벗은 사람도 있었고, 잘 차려입은 사람도 있었고, 발가벗은 사람도 있었고, 평상복을 걸치고 있는 사람도 있었다. 그래도 모두 바싹 여윈 것이라거나, 창백한 얼굴에 슬픔과 절망을 고스란히 드러내고 있기는 마찬가지였다.

그러나 그런 삶에 신경을 쓰는 사람은 하나도 없는 듯싶었다. 노름을 즐기는 사람도 있었고, 귀뚜라미를 놀리는 사람도 있었고, 노래를 부르는 사람도 있었고, 바느질을 하거나 뜨개질을 하는 사람도 있었고, 수다를 떠는 사람도 있었다. 모두 어떻게든 즐길 것을 찾고 있었던 것이다. 남들 흉보기 좋아하는 몇몇 사람만이 나를 둘러싸고는 왜 잡혀왔는지를 캐물었다.

나는 솔직하게 대답해주었다. 내 이야기를 듣고 모두 웃으며 흩어졌다. 그때부터 나는 숟가락질로 알려지게 되었다.

아무도 나를 위로해주지 않았다. 내가 왜 잡혀왔는지를 알려고 애쓴 것도 단지 궁금증에 지나지 않았던 것이다. 세상에서 가장 험악한 곳에서 마음씨 착한 사람을 찾으려 했으니, 원.

궁금증 환자 죄수들이 나를 심문할 때 옆에서 듣고 있던 사람 중에 사십 줄에 들어선 사람이 하나 있었다. 백인이었는데 몰골도 그런대로 괜찮았다. 맨저고리 바람에 파란색 무명 바지, 땟국이 흐르는 소매, 농부들이 신는 장화, 그러니까 각반식 구두, 챙이 넓은 하얀색 모자 차림이었다. 내가 홀로 남자 이 양반이 다가와서 그런 장소에서는 어울리지 않게도 친절하게 말을 붙였다.

"어이, 친구, 담배 한 대 어때요?"

그러면서 내 옆에 앉아 담배를 건네주었다. 나는 그 정중함에 감사하며 담배를 받아 들었다. 그 양반은 있는 것으로나마 식사를 대접할 테니 자기 감방으로 같이 가자고 청했다. 나는 다시 한번 감사를 표하고 그 양반을 따라나섰다.

우리는 그 양반 감방에 도착했다. 그 양반은 벽에 걸려 있던 불알 모양의 자루를 내려 그 속에서 치즈 한 덩이와 빈대떡 하나를 꺼내 내 손에 들려주며 이렇게 말했다.

"아주 바닥까지 간 거라오. 당신에게 줄 수 있는 전부요. 그래도 어쩌겠소? 주님께서 내리신 거라 믿고 이나마 먹을 수밖에. 내 마음만 받고 그 따위는 신경 쓰지 마시오. 몇 안 되는 데다 형편없는 것이니."

나는 그렇게 정중하게 말하는 사람에게 감격했다. 아주 정상적인 사람처럼 보였다. 나는 얼떨떨하여 그 양반에게 말했다.

"무한히 감사드립니다. 제게 주신 음식 때문이 아니라 제 이 못난 인생에 관심을 가져주시니 말입니다. 사실 어리둥절합니다. 이런 처참한 곳에서 당신과 같은 자상한 사람을 만났다는 게 도무지 납득이 가지 않습니다. 부정부패가 넘치는 곳에서 말입니다."

그 마음씨 착한 친구가 대답했다.

"감옥이란 망나니 범죄자를 잡아두는 곳인 것은 사실입니다. 그러나 때로는 망나니 중에 망나니가 힘을 써서 아무 죄 없는 사람들을 감옥에 집어넣기도 합니다. 전혀 상관없는 죄를 뒤집어씌우는 거지요. 교묘하게 일을 꾸며 그렇게 한단 말입니다. 아주 빈틈없는 판사들조차 속여 넘기지요. 당신 말을 들어보니 내가 틀림없이 잘못 생각한 것 같습니다."

"선생님 생각은 어떤데요?"

"방금 말씀드린 그대롭니다. 바로 그거죠. 감옥이란 기관은 죄인들을 가두는 곳이긴 해도 사람이란 워낙 영악해서 이 목적마저 왜곡시켜버리고 맙니다. 많은 경우 선량한 사람의 자유를 박탈하는 데도 이용된다는 말씀입니다. 그런 예를 들자면 한이 없습니다. 일일이 들 필요도 없습니다. 나도 무슨 영문인지는 모르겠지만 그냥 마음이 끌렸습니다. 간수가 당신을 함부로 다루는 것을 보니 마음이 아팠습니다. 그래서 당신을 선량한 사람이라고 생각하게 되었습니다. 내가 당한 것처럼 이 사람도 힘깨나 쓰는 놈이 이 지하 감방에 파묻어버렸다고 말입니다. 그런데 당신은 내 생각을 바꾸어놓았습니다. 감옥에는 진짜 죄인들만 있다고 당신은 생각하는 거죠. 이젠 이렇게 생각합니다. 당신은 경험이 없는 젊은이로 사악해서가 아니라 가난 때문에 죄를 저질렀다고 말입니다. 그렇다고 해서 내가 당신을 무시한다는 생각은 마십시오. 저는 여전히 당신을 사랑하고 동정합니다. 죄는 미워해도 사람은 미워해선 안 되니까 말입니다. 그러니 간수에게 부탁해 이 방으로 옮겨오도록 하세요. 당신이 겁나면 내가 대신 부탁하지요. 침상을 옮겨 같이 지낼 수 있을 거요. 내가 조금쯤은 도움을 줄 수 있겠지요. 다른 죄수들의 조롱도 막아줄 수 있소. 상놈들에다 원칙도 없고 배운 것도 없어, 새로 온 불쌍한 신참들을 골려먹는 것으로 위안을 삼는 놈들이지요."

나는 다시 한번 감사를 표하고 이렇게 덧붙였다.

"선생님은 아주 자상하고 선량한 분이라고밖에는 생각할 수 없습니다. 이 의지가지없는 곳에서 제 수호 천사로서 임무를 띠고 오신 분 같습니다. 제가 주제넘는 말을 지껄인 것 같아 부끄럽습니다. 감옥에 있는 놈들은 모두 망나니라고 우겼으니 말입니다. 사실 말씀입니다만, 예외적인 존재가 선생님만은 아닙니다. 저 역시도 감옥에 대한 편견에 해당되지 않는 경우입니다만……"

그 양반이 말을 막았다.

"그렇다면 당신도 죄 없이 이곳에 왔단 말입니까?"

"보시면 모르시겠습니까."

나는 옥에 갇히기까지의 내 파란만장한 인생살이를 하나하나 늘어놓았다.

그 양반은 아주 공손하게 내 말에 귀를 기울였다. 내가 말을 마치자 그 양반이 말했다.

"친구여, 당신의 인생 역정을 잠시 들어보니 제가 처음 당신을 보고 가졌던 생각이 확실한 것으로 드러나는구려. 무슨 말인고 하니, 나는 당신이 훌륭한 가문 출신으로, 핑계 없는 무덤이 있을까마는, 천만뜻밖으로 이곳에 오게 되었다고 생각했던 것입니다. 강도짓을 한 것도 아니고 강도에게 손을 빌려준 것도 아니다. 하지만, 아, 친구여! 어머니께 흘리게 했던 눈물은 감당해야지요. 아마도 어머니께서 돌아가셨기 때문에 그렇게 빨리 타락한 것인지도 모르지요. 부모에 대해 지은 죄는 하늘에 대고 복수를 호소합니다. 이 진리를 마음에 새기시고, 회개하시고, 주님께 의지하시오. 주님께서는 벌을 내리시더라도 다 우리가 잘되라고 그러시는 겁니다. 이미 얘기한 대로 나를 친구로 생각하시오. 내 비록 신세 허망하나 기꺼이 당신을 도울 것이오."

나는 세번째로 감사를 표했다. 흔히 하듯이 그런 입바른 소리는 아니라고 생각했다. 나는 도대체 이 마음씨 고운 사람이 누구일까 하는 궁금증을 이기지 못해 아주 완곡하게 요청했다. 어떻게 이런 불행한 처지에 놓이게 되었는지 부디 가르쳐주십사고. 이 요청에 그 양반은 아주 흔쾌히 대답해주었다.

"페드로 씨, 당신이 그 불행했던 과거를 얘기할 정도로까지 나를 진심으로 믿지 않는다 해도 당신의 요청에 기꺼이 응할 것입니다. 고통을 나누면 나아지지는 않는다 하더라도 가벼워지기는 하니까 말입니다. 이런 사실을 기억하시고 내 말을 들으십시오. 나는 안토니오 산체스라고 합니다. 내 부모님께서는 훌륭한 가문에서 태어난 착실한 분들이셨습니다. 두 분 모두 재산이 많아 주님께서 내게 고생할 운을 부여하지 않으셨다면 착실히 그 재산 덕을 봤을 것입니다. 나는 내 불행을 되짚어볼 때도 운명을 탓하지는 않습니다. 나 자신보다 더 나를 끊임없이 사랑하시는 주님께 원망을 품는다면 그건 신성 모독일 테니까 말입니다. 주님께서는 전혀 과오 없이 나를 위해 모든 것을 예정하십니다. 그래도 내 삶을 얘기하자면, 나는 태어나면서부터 운이 나빴다고 할 수 있겠습니다. 어머니께서는 내가 태에서 벗어나는 순간 돌아가셨습니다. 아시겠지만, 우리같이 태어나면서부터 어미를 잃은 사람들 앞에 놓인 것은 불행의 연속입니다.

아버지는 어머니를 잃은 것을 벌충하기 위해 어떤 수고도 돈도 아끼지 않았습니다. 그래서 나는 유모, 보모, 하녀들에 둘러싸여 유년 시절을 보냈는데 그 나이에 누릴 수 있는 온갖 것을 다 즐길 수 있었습니다. 그러면서도 신앙도 키웠고 예절도 배웠고 글을 읽는 일도 게을리 하지 않았습니다. 자상하신 아버지께서 철저하게 나를 돌보신 것이지요. 자상한 아버지들이 첫 자식과 외동아들에게 보이는 그런 열성과 애착이었습니다.

내가 열다섯이 되자 아버지께서는 나를 대학에 보내셨습니다. 나는 아주 흡족하게 대학에서 3년 간을 보냈습니다. 그러나 그 흡족함도 아버지께서 돌아가시면서 끝장나고 말았습니다. 나는 후견인의 보호를 받게 되었습니다. 그 이름은 말씀드리지 않겠습니다. 내 이 불행을 초래한 장본인을 밝히고 싶진 않으니까요. 내 말로 짐작하시겠지만, 후견인은 순식간에 내 재산을 말아먹고 나는 궁핍이라는 발톱에 걸려들고 말았습니다. 더 이상 해먹을 게 없게 되자 그 사람은 오리사바에서 자취를 감추었습니다. 내가 그곳 출신입니다. 그는 멕시코에 있던 대리인 주소도 가르쳐주지 않았습니다.

대리인은 그 사람이 사라지고 나서야 그가 얼마나 엄청난 일을 저질렀는지 알 수 있었습니다. 대리인은 대학으로 와서 나를 자퇴시키고 나를 자기 집으로 데려갔습니다. 그리고 내가 어떤 처지에 빠졌는지 알려주었습니다. 대리인은 이렇게 결론을 내렸습니다. 나는 가난한 집의 가장이다, 네 불행에 동정을 금치 못한다, 그러나 너를 책임질 수는 없다, 그러니 친척들에게 의탁해라, 상황을 잘 판단해라.

그런 말을 듣고 내가 어땠을지 생각해보십시오. 그때 열여덟 살이었고 경험도 전혀 없었습니다. 그래도 주님의 가호 아래 얼굴 붉힐 만한 죄도 저지른 바 없었고 어린애같이 굴 생각도 없었습니다. 그래서 대리인에게 말했습니다. 일주일 안으로 어떻게 할 것인지 정해 알려주겠노라고.

그리고 가난하지만 정직한 한 학생을 찾아갔습니다. 나는 내 불운한 처지를 설명하고 내 침상, 책, 망토, 키우던 새, 시계 등 돈 될 만한 것은 전부 팔아달라고 부탁했습니다.

사실 친구는 유효 적절하게 일을 처리했습니다. 다음날 1백 페소 좀 넘는 돈을 가져왔습니다. 나는 친구에게 감사를 표했습니다. 나는 상당량의 돈을 금으로 바꾸고 나머지 돈으로 가방 하나와 중고 장화를 한 켤레 장만했습니다.

준비를 마치고 나는 여관을 돌아다니며 내 고향으로 가는 여행객을 찾아보았습니다. 다행히 헛수고는 아니었습니다. 담배를 싣고 다니는 마부를 한 사람 만나게 되었던 것입니다. 나를 데려다 주면 10페소를 주겠노라고 했습니다. 나는 내 후견인의 대리인에게 내 결심을 알렸습니다. 대리인의 허락을 받고 대리인 및 그 가족과 헤어졌습니다. 나는 여관으로 가서 이틀 뒤 오리사바를 향해 출발했습니다.

그 여행은 방학을 맞아 다니곤 했던 이전 여행과는 판이한 것이었습니다. 특히 내 아버지께서 살아 계실 때 했던 여행과는 말입니다. 그러나 시절이 변했으니 나도 상황에 적응하려고 애를 썼습니다.

결국 나는 아무 연락 없이 고향에 도착했습니다. 나는 친척들을 하나하나 찾아다니며 나를 어떻게 생각하나 살펴보았습니다. 나는 나를 사랑하니 박대하지는 않으리라고 여겨졌던 나이 많은 고모들 집에 묵기로 결정했습니다.

내 예상은 빗나가지 않았습니다. 그 가엾은 양반들은 나를 보자 울음보를 터뜨렸습니다. 내가 놓인 처지를 처음으로 알고는 나를 얼싸안고 집 안으로 들였습니다. 내 집처럼 지내도 된다고 하면서 말입니다.

나는 최선을 다해 감사를 표했습니다. 나는 말했습니다. 상점이든 농장이든 취직하겠다. 그래서 내 스스로 흘린 땀으로 벌어먹는 법을 배워가겠다. 이게 내게 남겨진 유일한 길이다.

마음씨 고운 고모들은 이 말을 듣고 눈물겨워했습니다. 나는 그 자상한 마음씨에 더욱 고마움을 느꼈습니다.

내가 고모 집에 얹혀 지낸 지 6일째 되던 날 오후에 잘 차려입은 신사 한 분이 고모 집을 찾아왔습니다. 내가 모르던 사람이었습니다. 고모들은 그 신사 분을 친절하게 대해주었습니다. 집에 들를 때마다 옷을 빨아주고, 해진 곳을 바느질해주는 모양이었습니다. 고모들은 그를 보자 나를 가리키며 이렇게 물었습니다.

'프란시스코 선생님, 얘를 기억하세요?'

신사는 기억 못한다고 했습니다. 그러자 고모들이 이렇게 덧붙였습니다.

'저희 조카 안토니오예요. 선생님 친구의 자식놈이죠. 이젠 편안히 잠든 로렌소 산체스 말이에요.'

'이럴 수가! 이 누추한 청년이 내 친구 아들이라니! 아니 여기서 뭘 하지, 그런 누더기를 걸치고? 대학에 다니지 않았던가?'

'그랬죠, 선생님. 그런데 쟤 후견인이 재산을 몽땅 날리는 바람에 빈털터리가 되어 손수 벌어먹겠다고 일거리를 찾아 왔다는 거예요. 그 동안 저희와 같이 있기로 한 거죠.'

'나도 그 악당놈의 짓거리는 들어 알고 있어요. 믿을 수 없더군요. 그래, 이보게, 자네에게 남은 게 하나도 없나?'

'아무것도 없습니다, 선생님. 고향에 돌아오기 위해 망토며, 침상이며, 책이며, 온갖 잡동사니를 다 팔아야 했습니다.'

'저런, 세상에! 가엾은 젊은이 같으니라고! 아, 못된 놈들, 못된 후견인 놈들! 유언자가 맡긴 일을 형편없이 처리하며 남의 돈으로 제 배를 채우고는 불쌍한 피후견인들을 문밖으로 쫓아내는 놈들! 이보게, 낙담하지 말게. 힘을 내라고. 물려받은 것이 먹고 마시고 하는 게 전부는 아니지 않나. 그 많은 도둑놈들을 모조리 교수대에 목매달지 못하는 게 안타깝지. 다 목매달 수만 있다면 자네 부친 등쳐먹은 그런 도둑 후견인들이 활개치고 다닐 수 없을 텐데. 자네 글은 좀 쓸 줄 아는가?'

'선생님, 곧 보여드리죠.'

나는 즉시 종이에 뭐라고 썼습니다.

그 사람은 내 글을 마음에 들어했습니다. 나를 찬찬히 살펴보더니 뭔가 알았다는 듯했습니다. 산골에서 농장과 상점을 경영하고 있는데 같이 가지 않겠느냐고 제안했습니다. 첫해에는 매달 15페소를 주고, 일에 익숙해지면 먹여주고 옷까지 새로 사주겠다는 것이었습니다.

그 소리에 하늘이 열리는 것 같았습니다. 도와줄 사람 하나 없고 기댈 희망 하나 없던 처지로서는 더 이상 좋을 수 없을 것 같았습니다. 나는 즉시 받아들였습니다. 내 고모들도 아주 고마워했습니다.

그 신사는 다음날 길을 떠나야 했습니다. 그러니 그 순간부터 행동을 같이 해야 한다며 고모들과 헤어져 자신이 묵고 있는 곳으로 같이 가자고 했습니다.

나는 그렇게 했습니다. 나는 주머니에서 내 계획을 실현시키기 위해 남겨두었던 금 너 돈을 꺼내 서 돈을 고모들에게 주었습니다. 고모들은 받지 않으려 했습니다. 나는 받아야 한다고 떼를 썼습니다. 내가 자리를 잡게 되면 드리려고 벌써부터 작정했던 것이다, 이제 그때가 되었으니 받아달라, 받아주면 정말 고맙겠다.

아무리 떼를 써도 고모들은 받으려들지 않았습니다. 내 주인 어른(이제 그렇게 불러야 하겠지요)도 나섰습니다. 받아라, 내가 곁에 있으니 아무것도 필요 없다.

결국 고모들이 금을 받았습니다. 나와 고모들은 눈물로 얼싸안으며 서로 편지 하기로 다짐했습니다. 다음날 우리는 오리사바를 출발하여 모월 모일에 사카테카스에 도착했습니다. 그곳에 내 주인 어른의 거처가 있었습니다.

주인 어른은 나를 상점에 두기 전에 재단사와 재봉사를 불렀습니다. 순식간에 내 옷이 마련되었습니다. 하얀색 옷, 색깔 있는 옷, 평상복, 예복. 그리고 침대며, 트렁크며, 필요한 모든 것도 사주었습니다.

나는 기분은 좋았지만 그 대범함에 당황하기도 했습니다. 내게 들인 모든 비용을 한 달 15페소라는 알량한 월급으로 갚아나가려면 적어도 4, 5년은 공쳐야 할 것이란 생각이 들었던 것입니다.

주인 어른은 나를 차려입히고 나서 양아들이라는 호칭까지 붙여주었습니다. 그리고는 상점에 수석 경리로 취직시켜주었습니다.

내 새아버지가 내게 베풀어준 호의를 하나하나 이야기하자면 끝이 없을 것입니다. 그래서 나는 새아버지를 사랑했고 새아버지도 나를 자식처럼 아꼈습니다. 홀아비에다 자식도 없었으니까요. 이렇게 이야기하는 것으로 충분할 겁니다. 나는 그분과 12년을 지냈습니다. 나는 성심성의껏 일했습니다. 나는 그분에게 돈도 많이 벌어주었습니다. 나는 그분의 수석 경리로 모든 재산을 관리했을 뿐만 아니라, 그분 역시 항상 나를 자식이라고 입에 달고 다닌 것에 보답해 나도 아버지로 대해주었던 것입니다.

그러나 이 세상의 재물이란 한순간의 것. 이제 쉴 만하게 되었다 싶더니 모든 것이 한순간에 날아가고 말았습니다.

신임이 좋아 농장을 관리하던 한 사람이 주인 재산 중 상당량을 해먹고 말았는데 이로 인해 주인은 지독한 화병에 걸려 15일 만에 그만 죽고 말았습니다. 나는 절망 속에서 속절없이 눈물을 흘릴 뿐이었습니다. 몇 날 며칠이고 눈물이 멈추지 않았습니다. 그렇지만 나는 주인에게 남아 있던 모든 것을 물려받게 되었습니다. 다 정리하고 보니 8천 페소 정도 남게 되었습니다.

나는 그 고장을 벗어나고 싶었습니다. 주인을 잃은 슬픔을 나날이 더해주는 그곳 풍경을 보고 싶지도 않았고 내 고향에 남아 있던 가난한 고모들을 모시고 싶기도 했던 것입니다.

나는 이렇게 마음을 정하고 베라크루스로 돈을 부치고 나서 하인 두 명과 함께 짐을 꾸려 고향으로 향했습니다. 며칠 후 고향에 도착해 집을 하나 구하고 가구를 사서 채웠습니다. 그리고 은혜를 입었던 고모를 찾아가 집으로 모셨습니다.

그후 나는 베라크루스로 가서 돈을 찾아 잡화점을 열었습니다. 사업은 나쁘지 않아 6년 만에 재산이 2만 페소에 이르게 되었습니다.

운수라는 것은 나와는 친하지 못한가 봅니다. 나는 베라크루스의 재산가인 두 명의 상인과 친하게 지냈는데 그 사람들이 벌이가 괜찮은 밀수업을 같이 해보지 않겠느냐고 제안해왔습니다. 물건은 '안피트리테'라는 배에 실려 있다고 했습니다. 그러면서 카디스에서 발행한 운송장 원본도 보여주면서 이렇게 말했습니다. 지금 가격으로 볼 때 물주에게는 골치만 아픈 것이다, 물건은 영국에서 고가로 사들인 것인데 물주는 원가의 5할만 더 쳐줘도 만족할 것이다, 문제는 물건을 하역하기 전에 돈을 주어야 한다, 그리고 하역에 드는 비용과 위험은 물건을 사는 사람들이 책임져야 한다.

나는 그런 조건이 마음에 들지 않았지만 동료들이 옆에서 부추기는 것이었습니다. 그건 최소한의 조건이다, 경비들도 이미 매수해놓았다. 같은 항구에서 거룻배나 한두 척 빌리면 하룻밤 사이에 짐을 내릴 수 있다.

배 밖으로 나온 욕심을 당해낼 수 있는 건 없는 법, 나는 간단히 동료들과 의기투합하게 되었습니다. 두 달이면 한 재산 일구리라 여겼던 것이지요.

나는 그렇게 결심하고 있는 재산 다 긁어모아 동료들 손에 맡겼습니다. 동료들은 뱃사람과 계약을 체결하고 그가 원하는 대로 계약서를 작성했습니다.

물건을 몰래 빼내는 준비는 수월하게 진행되었습니다. 그러나 한 가지 사실, 돈으로 매수했다던 경비 중 하나가 배반했단 사실을 까맣게 모르고 있었습니다. 그 경비놈이 총독에게 비밀 하역 작업에 대해 꼬치꼬치 고해 바쳤던 것입니다. 그래서 우리에게 수배령이 내린다, 필요한 조치를 취한다 난리였습니다. 우리는 짐이 몰수되고 난 뒤에야 그 사실을 알 수 있었습니다.

우리는 짐을 빼앗기고 각자 도망쳤습니다. 나는 그 셋 중에서 돈은 가장 적었지만 욕심은 가장 많았던 놈이었습니다. 그 사업을 위해 전재산을 털어넣었던 것이지요. 그래서 모든 걸 잃고 말았습니다.

생각해보십시오. 나는 하룻밤 사이에 알거지가 된 것이었습니다. 18년 동안 땀 흘려 번 돈을 한 시간 만에 날려버리고 말았던 것입니다.

절망할 만한 건더기는 아직 남아 있었습니다. 얼마 후 가엾은 고모마저 죽고 말았습니다. 나는 그 충격을 견딜 수가 없었습니다. 나는 사람들 말대로, 짐짓 아무렇지도 않은 듯 꾸몄습니다. 조금 남아 있던 것을 팔고, 깔린 돈을 거두고 해보니 한 2천 페소 가량 되었습니다. 나는 그것으로 다시 일을 시작했습니다. 그러나 그것만 가지고는 입에 풀칠하기도 바빴습니다.

그 당시, 그런 형편에 갑자기 결혼이 하고 싶었습니다. 인간이란 정말 정신없는 종자입니다! 그래서 나는 할라파의 한 처녀와 결혼을 성사시켰습니다. 생긴 것도 근사했고, 성미도 고왔고, 생각도 단순한 처녀였습니다. 당신들 멕시코 사람들이 시골뜨기라고 부르는 그런 아가씨였단 말이지요.

그 귀여운 모습하며, 하나하나 알아갈수록 새록새록 정이 가는 것이었습니다. 그래서 나는 그 아가씨가 원하는 것은 무엇이든지 해주려고 노력했습니다.

그 아가씨가 원했던 것 중 하나가 바로 멕시코에 와보는 것이었습니다. 말로만 듣던 곳을 직접 보고 싶었던 것이지요. 한 번도 와본 적이 없다고 했습니다. 데려가달라고 말만 내비치는 것으로도 충분했습니다. 그런데, 그런 생각만 하지 않았어도!

나는 약 2,300페소쯤 되는 돈을 챙겨 이 도시로 왔습니다. 아주 즐거워하는 마누라와 동부인해서 말입니다. 도시를 둘러보는 데 한 3백 페소쯤 쓰고, 2천 페소는 사채로 돌리고 한 달 만에 고향으로 돌아가자. 마누라 기분도 맞추고 돈은 돈대로 남고 할 것이다. 하하, 남자들 생각이란 얼마나 실수가 많은지! 주님께서는 내 자만심을 벌하시고 마누라의 명예를 높이시기 위해 착착 준비해두셨던 모양이었습니다.

우리는 앙헬 여관에 묵었습니다. 나는 재단사를 불러 마누라에게 나들이옷을 한 벌 맞춰주었습니다. 돈을 상당히 후하게 주어서인지 곧 옷이 마련되었습니다. 기술자들 손이란 받는 돈에 따라 움직임이 달라지는 것이니까요.

재단사는 이틀 만에 옷을 가져왔습니다. 옷을 입혀놓자 마누라는 날아갈 듯했습니다. 얼굴도 예뻤고 몸매도 늘씬했던 것이지요. 마누라는 비록 시골뜨기이긴 했어도 농장의 소나 돼지 사이에서 자란 그런 촌것은 아니었습니다. 고향에서 이름깨나 날리던 집안에서 태어나 교육도 잘 받은 여자였습니다. 트레스 비야스 소속 연대의 중대장까지 지낸 신사 양반의 딸이기도 했고요. 이것으로 아시겠지만, 마누라는 흔히 귀부인들의 '잘난 척'이라 하는 짓거리와는 거리가 먼 사람이었습니다.

사실 말이지, 마누라를 산책이나 무도회, 극장, 모임 같은 데 데려가기 시작하면서 모든 사람들이 마누라를 칭찬하고 많은 사람들이 마누라에게 관심을 보이는 것을 보고 바보같이 좋아했습니다. 마누라에게 퍼부어지는 아부나 아첨이 전혀 위험스러울 것 없는 것이라고 자신했다고 한다면 누가 믿겠습니까? 정말 나는 그랬습니다. 나는 오로지 감사할 뿐이었습니다. 나는 스스로 발등을 찍고 있었던 것입니다. 할 수만 있다면 어느 곳이나 마누라를 데리고 다니며 마누라에 대한 칭찬과 나에 대한 질투를 즐겼던 것입니다. 바보! 나는 아름다운 여자는 남자의 탐욕에 불을 지르는 보석이라는 사실을 몰랐던 것입니다. 그럴 경우, 많은 사람들 호기심 앞에 여자를 내놓으면 무슨 꼴을 당하게 될지 모른다는 것도 몰랐었습니다."

친구가 여기까지 이야기를 끌고 왔을 때 다음과 같은 고함 소리가 이야기 줄기를 끊었다.

"저기 신참, 나와. 산초 페레스, 나와. 숟가락질, 나와. 저 갈보 새끼, 나와."

친구는 나를 부르는 소리가 틀림없다고 했다. 사실이었다. 그래서 친구의 이야기는 잠시 접어둘 수밖에 없었다.

20. 페리키요가 서기와 있었던 일을 이야기하고 난 뒤 안토니오 씨가 자신의 삶을 페리키요에게 계속 들려준다

앞 장에서 이야기한 것처럼 나는 친구의 이야기를 잠시 접어두고 무슨 일인가 보러 갔다. 나는 그 막돼먹은 혼혈아놈이 함부로 소리친 것에 대해 화가 머리끝까지 올랐다. 놈은 같은 죄수로 다른 사람을 부르는 역할을 맡고 있었다. 놈은 소장과 마주 앉았던 방으로 나를 데려갔다. 그런데 이번에는 소장 자리가 아니라 다른 자리로 데려갔다. 가무잡잡하고 땅딸막한 남자가 앉아 있었다. 두 눈에 불을 켜고 있는 것으로 보아 그 속마음을 짐작할 수 있었다.

그곳에 도착하자 심술쟁이가 말했다.

"이분이 너를 부르신 서기님이시다."

그러자 서기라는 사람이 고개를 돌렸다. 서기는 나를 쩨려보면서 말했다.

"거기서 대기."

고함쟁이는 떠났다. 나는 책상에서 잠시 물러나 있었다. 나는 인상을 찡그리고 내 앞에서 호되게 당하고 있던 불쌍한 원주민 차례가 끝나기를 기다렸다.

원주민이 물러나자 나를 불렀다. 나더러 십자가 표시를 하라고 하더니 그게 바로 맹세하는 것이라고 했다. 어떤 경우라도 거짓말을 해서도 맹세를 깨뜨려서도 안 된다, 아무리 내게 불리하더라도 질문받은 사항과 알고 있는 사항에 대해 진실을 말해야 한다, 그렇게 맹세하는가 물었다. 나는 그러겠노라고 대답했다. 그러자 사도와 같은 준엄한 어조로 덧붙였다.

"그렇게 하면 주님께서 도우실 것이고, 그렇지 않으면 심판하실 것이라."

이런 형식적인 절차가 끝나자 질문을 해대기 시작했다. 내가 누구인가, 이름은 뭔가, 자격은 어떤가, 나이는 몇인가, 직장은 어디며 직위는 어떤가, 어디 출신인가. 나는 그 수도 없는 질문에 넌더리가 났다. 그런 식으로 나가다가는 급기야 내가 태어나 처음 사용했던 포대기 색깔까지 대라고 할 것 같았다.

그 수도 없는 질문은 내가 하녀의 묵주를 어떻게 차지하게 되었는지, 하누아리오와는 어느 정도 친한 사이인지, 노름꾼들은 누구누구를 알고 있는지, 뭐 그렇고 그런 질문에 대한 답변으로 끝나게 되었다. 당시로서는 웬 쓸데없는 것도 다 물어댄다 싶었다.

서기는 종이 두 장 분량으로 이런 사항을 작성하고 나서 서명하라고 했다. 그런 다음 나를 풀어주었다.

나는 기분좋게 내려왔다. 친구의 비극을 마저 들을 수 있을 것 같았다. 친구는 침대에 누워 독서삼매경에 빠져 있었다.

친구는 나를 보고는 책을 덮고 침대에 일어나 앉아 어땠느냐고 물었다. 나는 좋지도 나쁘지도 않았다고 대답했다. 나를 부르더니 서기가 수도 없는 질문을 해대고, 서류 두 장을 작성하여 서명하라고 해서 서명해주고, 당신의 그 구수한 얘기를 듣기 위해 잽싸게 돌아왔다고.

친구는 정중하게 설명해주었다.

"당신에게 한 질문들을 예비 진술서를 작성하는 것이라고 합니다. 당신이 뭐라고 대답했는지 잘 기억하고 있어야 합니다. 나중에 책임 있는 진술을 할 때 얘기가 어긋나 곤란을 겪지 않으려면 말입니다. 아주 중요한 절차입니다. 대부분 죄수들은 이걸로 잘되기도 하고 망치기도 합니다."

"원 세상에! 그럴 수가 있단 말입니까! 오늘 끝도 없는 질문을 퍼부었는데, 대부분 쓸데없는 질문들 같았는데. 아니 제가 뭐라고 대답했는지 어떻게 기억한단 말입니까? 게다가 또 책임 있는 진술이라니요?"

"끝이 없지요. 강도질은 그리 흔한 것이 아닙니다. 그래서 대충 넘어가지 않습니다. 이 경우 소송은 관선으로 치러지게 됩니다만 소송을 건다 해도 대부분 서기에게 생기는 게 없어요. 범죄자들에겐 더 이상 잃을 것도 없으니 될 대로 돼라 하고 맙니다. 지금부터 3개월 후에 관선으로 소송이 걸리게 될 겁니다. 그러니 준비하세요."

"그 말을 들으니 정말 맥이 빠지는군요. 두 가지 이유에서 그렇습니다. 지체되다 보면 이 더러운 곳에서 그렇게 오래 썩어야 할 것이 첫번째 이유고, 또 그렇게 오래 있다 보면 지금 대답했던 내용을 쉬 잊어버릴 것이 두번째 이유입니다."

"오래 지체된다는 것은 문제도 아닙니다. 내가 말하는 3개월은 최소로 생각한 것입니다. 당신 소송의 경우 두번째 단계로 들어가기까지……"

"잠깐만요, 두번째 단계라니요? 그건 뭡니까? 한 번으로 제 무죄가 증명되고 풀려나게 되는 게 아닙니까?"

친구는 내 단순함에 미소를 머금으며 이렇게 말했다.

"정말이지 당신은 고생이라고는 전혀 모르고 사신 분 같군요! 그래, 알 만해요. 감옥이라고는 구경도 못 해보고, 감옥에 있었던 사람조차도 사귄 적이 없으신 것 같군요."

"그렇습니다. 저도 상당한 망나니들과 어울리기는 했어도 감옥에 있었던 놈들은 하나도 없었습니다. 이런 일은 생전 처음입니다. 그건 그렇다 치고, 제 소송이 3개월씩이나 늘어진다는 겁니까?"

친구가 대답했다.

"그렇습니다. 소송이란 요란하지도 않고, 성화도 부리지 않고, 들쑤셔대지도 않는 것이라면, 다리에 납덩이라도 매단 것처럼 움직입니다. 여기 아주 오래된 얘기가 하나 있는데 못 들어보신 모양이군요. 일단 감옥에 들어가면 죄가 있든 없든 한 달을, 좀 큰 건수면 1년을 썩게 되며, 아주 심각한 것이면 얼마나 있을지는 주님만이 아실 뿐이다. 그러니 사람들이 이곳에서 평생을 썩게 된다 이 말입니다."

"그래도 죄가 없으면요?"

"그건 전혀 상관없습니다. 당신이 무죄라 해도, 소송을 걸어 무죄를 증명할 만한 돈이 없고 무죄 증명이 자연스럽게 이루어지지 못하면, 꼼지락꼼지락하며 한세월 보내야 하는 거죠."

"그건 명백히 부당한 처사입니다. 그런 짓을 허용하는 판사들도 인간성을 저버린 폭군들이고요. 감옥이라는 것이 탄압을 위해 세워진 곳이 아니고 죄인을 가두기 위한 곳일진대, 하물며 무죄한 사람을 잡아 자유를 박탈해서야 되겠습니까?"

"당신 말이 옳습니다. 자유를 박탈하는 것이야말로 가장 큰 죄지요. 자유를 박탈하다 못해 감옥에까지 처넣는 짓은 크다 뿐이겠습니까, 아주 섬뜩한 죄인 거지요. 우리에게는 법이 있습니다. 특별한 경우 죄인들도 보석금을 낸다든가 하여 이 아수라장 같은 곳에 묻히지 않고 풀려날 수도 있습니다. 그래도 이건 아셔야 합니다. 소송이 지체되는 것도,

그로 인해 가엾은 죄수들이 고통을 당하는 것도 판사들 잘못은 아니라는 겁니다. 소송이 지체된다거나 감옥에서 욕을 본다거나 하는 것은 다 서기들 잘못입니다. 감옥에서는 죄수들의 소송을 걸거나 묻어두거나 하는 것은 모두 서기들 손에 달려 있기 때문이지요. 말했다시피 관선 소송은 생기는 것이 없기 때문에 아주 느려터졌답니다."

"말씀인즉슨 서기들은 모두 돈만 바란다, 돈을 찔러줘야 열심을 내서 일도 하고 소송도 건다, 이런 겁니까? 돈이 없으면 놈들에게 말도 못 붙인다, 이런 겁니까?"

"뭐, 그렇게까지 생각하지 않을 수도 있을 겁니다. 만일 이곳에 있는 그렇게 많은 사람들이 소송이 늦어진다고 하소연하는 소리를 못 듣는다면 말입니다. 그렇지만, 페드로 씨, 죄수들의 운명에 대한 서기들의 영향력은 막강한 것입니다. 놈들의 방해만 없으면 술술 풀리기도 합니다. 정말 서글픈 현실이지요. 아이들까지 이런 얘길 합니다. 모든 것은 서기 손에 달렸다. 특히 형사 소송 같은 데서 서기 덕을 본 사람들은 어린애가 아니라도 그런 소릴 한단 말입니다."

"그렇다면 서기들은 원하기만 하면 판사들도 쉽게 속여먹는단 말입니까?"

"물론입니다. 판사나 대법관이 져야 할 모든 책임은 그들이 지는 것입니다. 판사들이 서기들을 믿고 있다는 점을 이용해먹는 것이지요.

너무 앞서간다고 생각하지 마시고 들어주십시오. 내 말을 사실로 인정해준다면 가장 최근에 실제 일어난 일들에 대해서도 말해줄 수 있습니다. 내가 확실히 목격한 것이고, 어떤 것은 나와 관련된 것도 있습니다. 여기 있다 보면 나보다 더 태평스러운 죄수들도 만나게 되겠지요. 모두 나와 똑같은 얘기를 해줄 겁니다."

"돈을 밝히고 부패한 그 못돼먹은 서기놈들이 진짜 위선자들이고,

게다가 판사들의 호감과 신용을 어느 누구보다 더 많이 받는다는 것이 안타깝습니다. 판사들을 이용해 음모를 꾸미고 사기를 쳐 배를 불린다는 것이 말입니다. 모두 그 못돼먹은 신념으로 안전하다니, 원."

"다시 말하는 바이지만 이것이 나쁜 놈들에게는 혹독한 진리입니다. 그렇다고 야들야들한 진리가 따로 있겠습니까? 가장 공정하고 경건한 판사들도 서기들 손에 놀아난다면 죄수를 심판하는 데 유죄 무죄를 어떻게 똑바로 가를 수 있겠습니까? 서기의 진술만을 듣는다면 말입니다. 자기 좋을 대로 죄를 덧붙이기도 하고 항변 내용을 깔아뭉개버린다면 말입니다. 그럴 경우, 판사는 서기 말에 의지해서 서기가 일러주는 대로 죄를 판단할 것이 뻔한 노릇입니다.

시골에서는 그런 일이 다반사입니다. 도시 역시 마찬가지입니다. 특히 가벼운 범죄, 지독한 범죄가 아닐 때 말입니다. 노름, 소매치기, 술 주정, 노상 방뇨, 뭐 그런 것들을 들 수 있겠죠. 그러나 중죄인 경우, 그러니까 살인, 떼강도, 신성 모독 따위에 대해서는 판사들도 서기만 믿지 않고 진술서 작성에도 참가하고, 죄인을 직접 만나 자백도 들어보고 하는 등 필요한 모든 조치를 취합니다."

"솔직히 말씀드려 이런 얘기를 들으니 너무 힘이 빠집니다. 제게 씌워진 죄목은 에누리 없이 서기들 손에서 판가름날 것인 데다, 서기들을 매수할 돈도 제게는 없으니까요. 어쨌든 제게 말씀해주신 것에 대해 감히 조금도 의심을 품지 못하겠습니다."

"의심하면 안 됩니다. 지금 여기 내 말을 입증해줄 사람들은 많지 않아도 내 자신이 바로 그 증거의 하나입니다. 정말입니다, 선생. 저는 무고로 해서 감옥에 들어온 지 벌써 2년째입니다. 내 원수놈도 돈만 밝히는 더러운 서기놈을 만나지 못했다면 나를 이렇게 쉽게 잡아넣진 못했을 겁니다."

"아 이제 그 얘기가 나오는군요. 선생님의 불행한 운명에 대해 계속 말씀해주시지요. 제 기억이 틀리지 않다면, 멕시코 사교계를 빛내시던 사모님으로 해서 매우 즐거우셨다는 데까지 말씀하신 것 같은데."

"그렇습니다. 그런 멍청한 즐거움에 대한 대가로 나는 끝없는 희생을 치러야 했습니다. 마누라는 멋지게 춤추는 법을 알고 있었지요. 보여줄 만한 춤이었습니다. 그렇다고 뭐 전문적인 춤꾼은 아니었고 그저 취미로 추는 정도였습니다. 나는 남들보다 마누라를 띄우고 싶어서, 그저 취미로 추는 춤이라고 남들이 생각하는 것이 싫어서, 실력 있는 춤선생을 붙여주었습니다. 마누라는 아주 잘 배웠습니다. 짧은 시간 안에 마누라는 상당한 진전을 보여 극장에서 가장 뛰어난 무용수와도 견줄 수 있게까지 되었습니다. 거기다 그 몸매와 타고난 미모까지 곁들여놓으니 어딜 가나 주목을 받게 되었습니다. 마누라는 그 덕분에 찬사, 아첨, 박수를 풍성하게 거두었습니다.

나는 이 아리따운 여인과 함께 다니는 것이 너무 신이 나 모두가 나를 시기하기는 해도 어느 누구도 감히 마누라에게 수작을 붙이리라고는 생각도 못 했습니다. 수작을 붙여온다 해도 내 적수들의 음흉한 수작은 마누라의 명예와 덕성으로 씨도 먹히지 않으리라 싶었던 것이지요.

나는 이렇게 굳게 믿었으므로 나를 초대하는 곳이면 어디든지 마누라와 함께 찾아갔습니다. 멕시코의 괜찮은 무도회에는 거의 다 가보았을 겁니다. 그렇게 다니다 보니 선물도 많이 받았고 접대도 굉장했습니다! 돈이 될 만한 일도 엄청 많았습니다! 도와주겠다는 사람도 많았고, 선물 나부랭이를 들고 찾아오는 사람도 허다했지요! 나는 그 모든 찬사가 나를 위한 것이라고 생각했었으니 참으로 어리석은 우물 안 개구리가 아니었겠습니까? 아아! 그림 속의 나귀일망정 고삐는 단단히 죄어놔야 되는 것 아니겠습니까.

어느 날 밤, 존경할 만한 어느 부인이 성자 축일이라며 마누라를 집에서 여는 무도회로 초대했습니다. 나는 여느 때와 마찬가지로 신이 나서 마누라를 데리고 갔습니다. 마누라는 첫번째로 춤을 췄습니다. 우리 사이에 T후작으로 알려진 돈도 있고 귀족인 특별 초대객이 마누라와 춤을 췄습니다. 그는 이름 값을 못해서 그렇지 귀족은 귀족이었습니다. 이 신사 양반이 그때부터 마누라에게 미쳐버린 것이었습니다. 그래도 그 미친 듯한 열정을 잘도 다스리더군요.

춤이 끝났습니다. 마누라와 나는 그 집에 잘 알려져 있었기 때문에 그 양반은 우리가 누군지, 고향이 어딘지, 지금 어떤 형편인지 등 알고자 하는 것이라면 모두 쉽게 알아낼 수 있었습니다. 그 양반은 그런 정보를 챙겨서는 내 옆자리에 앉았습니다. 그리고는 아주 정중하게 내게 말을 붙여오기 시작했습니다. 이런저런 얘기 끝에 사업과 사업으로 인한 수익에 대한 얘기가 나오게 되었습니다.

그래서 나는 과거에 밀수품 때문에 전재산을 날려 고생한 적이 있다고 했습니다. 그 양반은 유감천만이라는 표정을 지어보이며 제 불운을 동정해주었습니다. 그 양반은 이제 내게 남은 것이라고는 별 볼일 없는 것이라는 얘길 듣고 더 큰 동정을 보였습니다. 그리고 마침내 이렇게 물었습니다.

'그래, 그렇게 부족한 자금으로 무슨 일을 하실 작정입니까?'

나는 대답했습니다.

'2주일 내로 할라파로 돌아갈 작정입니다. 남아 있는 돈을 여기저기 깔아놨는데 거두어 마누라는 처가에 맡기고 행상이나 계속할 생각입니다.'

'친구여, 그건 말도 안 되는 소립니다. 그런 식으로는 아무리 노력해도 성과가 없을 것 같군요. 자금이 부족하면 잡동사니나 다루게 될 텐

데, 그런 걸로는 차비하며 먹는 것에도 빠듯할 겁니다. 한밑천 장만하기는 고사하고 쉴 틈도 없을 겁니다.'

'저도 그렇게 생각합니다. 그래도 먹고 살기 위해서라도 일을 해야지요. 그것만 해도 작은 일은 아니지요.'

'좋습니다. 그러나 올바른 사람이라면 기회가 주어질 때 그냥 지나치거나 무시하지는 않을 겁니다.'

'제게는 그럴 기회조차 쉽지 않은 일이지요.'

'기회가 주어진다면 수락하시겠습니까?'

'물론입니다, 선생님. 저도 그렇게 바보는 아닙니다.'

'그럼, 친구여, 잘됐군요. 당신의 처지와 당신이 겪은 불운에 동정을 금치 못하겠습니다. 당신은 부자가 되도록 태어났어요. 운명이란 착한 사람들에겐 언제나 가혹한 것이지요. 그래도 제 동정은 말만으로 그치진 않습니다. 저는 당신을 내심으로 사랑합니다. 저는 부자고…… 어쨌든 당신을 부자로 만들어드리겠습니다. 사시는 곳이 어딥니까?'

'여관에 묵고 있습니다.'

'그렇다면, 내일 11시에서 12시 사이에 저를 기다리십시오. 귀찮게 해드리지는 않겠습니다. 제가 누군지 아시는지요?'

'모릅니다, 선생님. 말씀해주시지요.'

'저는 당신의 친구 T후작입니다. 재산이 좀 있는데 당신을 좀 도왔으면 합니다.'

나는 당연히 감사를 표했습니다. 만일 내 여관으로 방문하는 것이 불편하면 시간만 정해주면 내가 찾아가 뵙겠노라고 했습니다.

'아니, 아닙니다. 저는 가난한 사람들을 방문하는 것을 아주 좋아합니다. 제 건강을 위해서라도 자주 방문하곤 합니다. 다리 운동을 할 수 있으니 말입니다.'

이런 얘기를 나누고 있는데 몇몇 사람들이 쌍쌍춤을 추기 위해 자리에서 일어나 후작에게 춤을 청하러 왔습니다. 후작은 자리에서 일어나 내 마누라를 데리러 갔습니다. 그때에 대위 하나가 마누라에게 춤을 청하고 있더군요. 생각해보십시오. 마누라가 그 두 사람 중 누구와 춤을 춰야 했겠습니까. 험악한 말싸움이 벌어졌습니다. 두 사람 모두 나름대로의 이유를 내세웠습니다. 어느 누구도 상대방 주장을 받아들이지 않았습니다. 서로 주장했습니다. 이렇게 물러날 수 없다, 공개적으로 받은 모욕을 방치할 수 없다. 그렇게 이런저런 얘기들이 쏟아져 나오더니 급기야 듣기 민망한 상소리까지 터져 나왔습니다. 그래도 여자들을 놀라게 하지는 않겠다고 했고, 또 점잖은 양반들의 중재도 있고 해서 서로 뺨을 한 대씩 치는 것으로 해결을 보았습니다. 부인네들이 칼을 감추어 두었던 것이 다행이었지요.

결국 두 사람은 원했든 아니든 잠잠해졌습니다. 아주 당연하다는 듯이 내 마누라가 누구와도 춤추지 않는다는 것으로 문제를 해결했던 것입니다. 그래서 두 사람은 어느 정도 마음을 가라앉혔습니다. 모든 사람이 언짢아했습니다. 나는 그 두 경쟁자들의 한심한 꼴을 보고는 어느 누구보다 기분이 상했습니다. 아니 내 마누라를 자기들 마음대로 하다니 말입니다.

후작은 거만한 목소리로 내게 말했습니다.

'갑시다, 안토니오 씨.'

나는 내 장래의 보호자에게 감히 대항할 수 없었습니다. 나는 후작의 명령에 따라 마누라를 데리고 후작과 함께 나왔습니다. 남아 있는 사람들이 한바탕 떠들어댈 빌미를 고스란히 남기고 말입니다.

우리는 밖으로 나왔습니다. 후작은 자기 마차에 우리를 태우고 가더니 어느 식당 앞에서 마차를 멈추게 했습니다.

나와 마누라는 사양했습니다. 후작은 내 마누라가 저녁으로 무엇이든 요기를 해야 한다고 우겼습니다. 그리고 그날 밤 더 즐기고 싶다면 다른 춤판을 찾아보자고 했습니다. 찾지 못하면 자기 집에서 춤판을 벌이겠다고까지 했습니다. 우리는 호의에 감사하면서도 그러지 말라고 했습니다. 너무 늦었으니까 말입니다.

이런 실랑이를 벌이며 우리는 술집으로 들어갔습니다. 후작은 그 식당으로서는 최고의 상을 차리게 했습니다. 깨끗하고 진귀한 음식이 가득했습니다. 단 세 사람 저녁 값으로 금 두 돈 값을 치러야 했습니다. 종업원 또한 상당한 팁을 챙겼습니다.

우리는 식당에서 나왔습니다. 나는 그만 헤어지려 했습니다. 그러나 후작은 내 말을 듣지 않고 나와 마누라를 여관까지 마차로 태워다 주고 집으로 돌아갔습니다.

내게는 도밍고라는 아주 충실한 하인이 있었습니다. 내 이야기에서 한 역할을 하게 됩니다. 이 하인이 우리가 돌아올 때면 조심스럽게 문을 열어주곤 했는데 그날도 그랬습니다.

우리는 이미 저녁을 먹었던지라 그냥 자는 일밖에 없었습니다. 나는 편안히 잠에 빠질 수 없었습니다. 그 신사 양반의 도움을 받으면 어떤 일이 벌어질까 궁금했으니까요. 마누라는 내가 애간장을 태우는 것을 눈치 채고는 왜 그러느냐고 물었습니다. 나는 후작하고 있었던 일을 얘기해주었습니다. 생각 없는 마누라는 아주 좋아했습니다. 그런 도움을 받는다는 것이 마누라의 정절을 더럽히고 내 체면을 깎는다는 사실을 꿈에도 생각하지 못한 것이지요. 나 역시 마찬가지였습니다.

세상에는 이 사람 같은 보호자가 많습니다. 동냥은 한 푼 할 줄 모르면서도 자기 욕심을 채우기 위해서라면 돈도 명예도 나 몰라라 하는 그런 사람 말입니다. 나와 마누라는 마음을 진정시키고 그 밤 내내 조용히 잠들었습니다.

다음날, 그가 정한 바로 그 시간에 후작은 집에 와 있었습니다. 그 날이 아마 왕의 생일이 아니었나 싶습니다. 내 위대한 보호자께서 번쩍거리는 마차와 휘황찬란한 옷을 입고 와서 그런 생각이 드는 겁니다.

우리는 반갑고도 정중하게 인사를 나누었습니다. 후작은 지난밤에 있었던 일에 대해 잠시 토를 달고 나서 내게 말했습니다.

'친구여, 제 약속을 지키기 위해 왔습니다. 아니 제 약속을 더 확실히 하기 위해 왔다고나 할까요. T후작은 한번 말로라도 약속했다 하면 계약서를 쓴 것처럼 반드시 지키는 사람이니까 말입니다. 당신에게 주기 위해 1만 페소를 가져왔습니다. 이걸로 주문서대로 물품을 구입하여 산후안 데 로스라고스 시장으로 가십시오. 모든 물품은 당신이 구할 수 있을 겁니다. 그걸로 일단 시작하는 겁니다. 어떻습니까?'

나는 그 자상함에 감사했습니다. 그리고 한 열이틀 후에 주문서를 받아 산후안으로 떠나겠노라고 했습니다.

'왜 그때까지 미루는 겁니까?'

나는 먼저 마누라를 처가에 데려다 줘야 한다, 멕시코에는 믿고 맡길 만한 집이 없다, 혼자 있는 것도 좋아 보이지 않는다, 하녀 하나만 믿고 맡겨둘 순 없다고 대답했습니다.

'생각은 잘하신 것 같은데, 뭐가 중요한지 먼저 생각하셔야지. 저는 당신에게 호의를 베풀고는 싶지만 돈도 잃고 싶지 않습니다. 만일 당신이 원하는 시간까지 제 물건 보내기를 늦춘다면 분명 망하고 말 겁니다. 왜냐하면, 보십시오, 나귀를 구한다, 마부를 구한다, 주문서를 받는다, 주문서대로 물품을 구한다 하는 일에 못해도 6일은 걸립니다. 여기에 산후안까지 가는 데 12일이 걸립니다. 시장은 곧 열립니다. 저는 일이 성사되기를 원합니다. 결정하기 어렵더라도 더 이상 시간 낭비하지 말고 서두르십시오. 큰 이익을 보려면 먼저 그 일부터 하세요. 이게 제 결론입니다. 엉거주춤한 겁쟁이에게 내리꽂는 비수라는 생각은 마십시오. 저는 총독을 알현하러 갑니다. 지금부터 한 시간 후에 돌아오겠습니다. 그 동안 천천히 생각해보세요. 늦었으니 가보겠습니다.'

이런 말을 남기고 후작은 떠났습니다.

누가 알았겠습니까? 내가 즉시 멕시코를 떠나든 떠나지 않든 전혀 상관하지 않겠다던 후작의 얘기는 나를 강제로 내몰기 위해 모든 수를 써서 짜낸 술수였다는 것을 말입니다. 아! 원수 같은 가난이여! 철석같이 달려드는 너에게서 벗어나기 위해 얼마나 많은 선량한 사람들이 양심을 팔아먹어야 하는가!

나와 마누라는 어찌할 바를 몰랐습니다. 우리는 어떻게든 결론을 내려야 했습니다. 나는 이런 생각을 했습니다. 이 좋은 기회를 놓치게 되면 이 같은 기회가 다시 오기는 쉬운 일이 아니다. 지금 내 나이에 말이다. 그렇다면 마누라는 어떻게 하느냐. 믿고 맡길 만한 집이 멕시코에 하나도 없으니 도대체 어디다 맡겨둔단 말이냐.

우리는 어떤 결론도 내리지 못하고 골머리를 썩이고 있었습니다. 이렇게 안절부절못하고 있는데 후작이 용무를 마치고 돌아왔습니다. 후작은 들어와 자리를 잡고 앉더니 이렇게 말했습니다.

'그래, 어떻게 하기로 결정했습니까?'

나는 대답했습니다. 나는 은혜를 입어 성공하기를 바랍니다. 그러나 내가 수락하는 것을 방해하는 장애물이 있습니다, 그건 마누라를 맡겨둘 집이 없다는 것입니다. 이에 후작은 시치미를 뚝 떼고 이렇게 말했습니다.

'그건 그렇습니다. 당신과 같이 명예를 아는 사람이 신중에 신중을 기한다는 것은 당연하고도 올바른 것입니다. 왜냐하면, 사실 말이지만,

당신 부인과 같이 아름다운 부인을 홀로 남겨둔다는 일은 아주 찬찬히 생각해봐야 할 문제지요. 그렇게 하겠다고 마음을 굳혔을 경우에는 품위 있고 안전한 집에 맡길 필요가 있습니다. 부인이 어디에 있거나 자기 몸을 간수하지 못해서가 아니라, 아름다운 여인이 홀로 있는 것을 보면 못된 놈들이 경박하게 굴기 때문이지요. 유혹에 넘어갈 수도 있지 않겠습니까. 우리 남자들은 지칠 줄 모르거든요. 부인, 용서하십시오. 여자의 마음이란 철옹성이 아니니까요. 다른 남자 품에는 절대 안기지 않으리라 어느 누구도 장담 못 합니다. 아름다운 정원에는 담도 치고 경비도 세워야 하는 법입니다. 게다가 이 멕시코, 이 멕시코라는 곳은 망나니들이 넘쳐나다 보니 위험도 많은 곳이지요. 당신이 그렇게나 마땅히 해야 할 염려를 하는 것을 보니 존경해 마지않습니다만 저는 우선적으로 당신의 그 염려를 싹 씻어드려야 하겠습니다. 그래도 이것이 제가 당신에게 베풀 수 있는 유일한 방법입니다. 저는 당신에게 조금도 불안을 안겨드리고 싶지 않습니다. 그렇습니다, 친구여, 모두 잊어버리세요. 명예가 우선 아닙니까.'

후작은 이렇게 마침표를 찍었습니다. 나와 마누라는 일순간에 성공하리라던 그 희망이 한순간에 허물어져 내리는 것을 보고는 그 허망함을 감출 수 없었습니다. 아, 빌어먹을 돈! 다 죽어가는 놈에게도 결코 모습을 드러내지 않는구나!

내 자상한 보호자는 아주 영악한 사람이었습니다. 그래서 우리 표정만 보고도 그 음흉한 음모가 어떤 결과를 초래했는지를 금방 알 수 있었습니다. 마누라는 아주 단순했던지라 금세 효과를 봤던 것입니다.

문제는 마누라였습니다. 자기 잘못이 아니면서도 자신이 내 행운에 방해가 된다는 생각에 마음이 아팠던 마누라가 내게 말했습니다.

'이봐요, 안토니오. 나를 맡길 만한 데가 없어서 후작님의 호의를

받아들이지 못하는 것이라면 방법은 간단해. 나도 같이 갈게. 나는 말도 잘 타고……'

후작이 끼어들었습니다.

'아니, 아닙니다. 말을 타는 건 문제도 아닙니다. 어찌 그런 생각을! 아니, 그렇게 오랜 여행으로 당신이 병이라도 들게 제가 놔둘 것 같습니까? 안토니오 씨도 명예를 생각하신다면 허락지 않으실 겁니다. 선량한 남자들이 일을 하는 이유가 부인을 안락하게 해주기 위해서라는 것을 모르신다는 말입니까? 어떻게 당신을 그 뜨거운 태양에, 그 불편한 잠자리에, 그 형편없는 식사에, 그외 오랜 여행으로 겪어야 하는 불편에 내놓을 수 있단 말입니까? 아닙니다, 부인. 생각도 마십시오. 제가 방법을 제시하는 것이 좋겠습니다. 제 제안에 따르신다면 결코 후회란 없을 겁니다.'

우리는 바보같이 매달리며 무슨 방법인지 알려달라고 애원했습니다. 후작은 별일 아니라는 듯이 이렇게 말했습니다.

'제게 아주머니 한 분이 계십니다. 정숙하시다 못해 성스럽다고 해야 할까요. 가난한 노인네지만 성 프란체스코를 사모하는 독실한 분이십니다. 항상 단정한 복장에 사내라면 거들떠보지도 않으십니다. 기도 생활에 힘쓰시며 모든 면에서 조심스러우신 분이시죠. 하루 걸러 고해 성사를 하는 그런 분이란 말입니다. 그분의 집은 수도원과 같습니다. 아니, 이렇게 표현해도 부족합니다. 찾아오는 사람도 거의 없고, 있다 해도 노인네들뿐입니다. 항상 이런 말씀을 하십니다. 내 살아 있는 한 내 집에 사내를 들일 순 없다. 밤 기도 시간이면 벌써 문은 잠기고 열쇠는 베개 밑에 있습니다. 나들이라고는 주일날 교회에 가시거나 병자를 문안하기 위해 병원에 가시는 것뿐입니다. 한마디로 해서, 아주 정결한 삶이죠. 아주머니 집은 엄격한 수도원으로 이용될 수 있을 정도입니다.

부인, 그렇다고 제 아주머니께서 침울하고 이상한 양반일 거란 생각은 마십시오. 전혀 그렇지 않습니다. 아주 다정다감하신 분입니다. 말씀도 아주 재미나게 잘하십니다. 아주머니 얘길 듣기 위해 찾아오는 사람도 있지요.

어쨌든 한 두서너 달 조용한 생활을 하시고자 한다면, 뭐, 부군 일이 더 늘어질지도 모르겠습니다만, 부인이 그 아주머니 댁에서 지내는 것보다 더 좋은 방법은 없을 듯합니다.'

사실 말이지 내 자신이 그 동안 마누라 머리에 헛바람을 잔뜩 채웠던 것이지요. 마누라는 후작이 이제 막 묘사한 그런 얌전한 집에서 자랐으니까요. 마누라는 즉시 이렇게 대답했습니다. 춤을 추러 다니고 나들이를 다니고 한 것은 다 남편이 데리고 다녀서 그랬다, 그 집에 있으면 좋겠다, 아주 만족할 것이다, 남편이 돌아오기를 기다리며 지낼 것이다. 나는 마누라가 후작의 제안을 순순히 받아들이자 마음이 놓였습니다. 그래서 후작의 새로운 제안을 수락했습니다. 나는 감사를 표했습니다. 희망은 되살아났고 마누라는 안전할 것이었기에 정말 기뻤습니다.

후작도 나를 도울 수 있어 만족한다고 하더군요. 후작은 떠나면서 다음날 다시 오겠다고 했습니다. 물건을 구입할 상점도 소개해야겠고 그 자상하신 아주머니 집에도 찾아가봐야 한다고 하면서 말입니다.

나와 마누라는 그날 나머지 시간을 매우 유쾌하게 보낼 수 있었습니다. 우리는 갖가지 이야기를 지어내며, 헛된 공상의 정원을 헤매며 다리품을 팔았습니다.

다음날 아침 일찍 후작이 여관으로 찾아왔습니다. 후작은 나를 마차에 태우고 상점을 찾아갔습니다. 그리고 전날 얘기한 물품 목록을 내게 보여주어라, 내가 결정한 바에 따라 물건을 준비하라, 자기는 중개인일 뿐이며 나를 소개시켜주기 위해 왔다고 말했습니다.

후작의 말을 곧이곧대로 믿은 상인은 내게 수도 없이 굽실거렸습니다. 상인은 내가 처음 그 집에 들어갈 때와 마찬가지로 헤어질 때도 상냥하고 정중하게 대했습니다. 알다시피 그건 내게 그런 것이 아니고 내게서 울거낼 돈을 보고 한 짓이었습니다.

우리는 그 길로 여관으로 돌아왔습니다. 후작은 마누라에게 옷을 입으라고 했습니다. 우리는 차풀테펙으로 갔습니다. 그곳에 근사한 점심 식사가 마련되어 있었습니다.

우리는 그곳에 있는 자연 모습 그대로인 아름다운 숲속에서 즐거운 오전 시간을 보냈습니다. 오후 4시경, 우리는 시내로 돌아와 후작이 어제 이야기한 아주머니 집을 찾아갔습니다.

우리는 마차에서 내렸습니다. 후작은 문으로 가서 현관 종을 울렸습니다. 늙은 하녀가 내려와 누구냐고 물었습니다. 후작은 자기라고 대답했습니다.

'마님께 알리겠습니다. 이 집은 남자들에게는 문을 열지 않습니다. 마님께서 안에서 확인하실 겁니다. 기다리세요.'

그래서 거의 15분 동안이나 기다리고 기다리다 지쳐갈 무렵 현관문 위의 작은 창문이 열리는 소리가 들렸습니다. 우리는 위를 쳐다보았습니다. 그곳에 안경을 쓴 근엄한 노인네의 얼굴이 두건 사이에서 나타났습니다. 우리를 찬찬히 살펴보더니 다시 누구냐고 물었습니다.

후작은 지겹다는 듯이 대답했습니다.

'접니다, 아주머니. 저 미겔입니다. 열 거요, 말 거요?'

이에 노인이 대답했습니다.

'아 그래, 미겔리토! 내 새끼, 기억하고말고. 곧 열어줄게. 그런데 저분은 누구시냐? 너랑 함께 오신 거냐?'

'허 참. 그럼 누구랑 왔겠어요?'

'화내지 마라. 들어와.'

머리 위의 창이 닫히자 후작이 말했습니다.

'어떠십니까? 이처럼 엄격한 수도원 보신 적 있어요? 그렇다고 너무 겁내지 마세요, 부인. 사자도 알고 보면 그리 사납지 않아요.'

이때 늙은 하녀가 와서 쪽문을 열었습니다. 우리는 안으로 들어가 계단을 올라갔습니다. 아주머니는 안에서 벌써 우리를 기다리고 있었습니다. 파란색 옷을 입고, 검은색 두건을 둘러쓰고, 안경을 걸치고, 가는 면으로 만든 숄을 두르고, 묵직한 로사리오 묵주를 손에 들고 있었습니다.

나는 그 착하신 부인께 많은 것을 신세 졌기 때문에 아직도 그분 모습이 기억에 생생합니다.

그분은 우릴 반갑게 맞아주셨습니다. 특히 내 마누라를 말입니다. 내 새끼, 내 사랑이라고 하면서 마누라를 얼싸안았습니다. 훨씬 이전부터 알고 있었다는 듯. 우리는 안으로 들어갔습니다. 즉시 맛있는 초콜릿이 나왔습니다.

후작이 왜 찾아왔는지를 말했습니다. 이 부인이 며칠 간 집에 있어도 되겠는지. 그러자 그 부인은 아주 기쁠 것이라고 대답했습니다. 그래도 같이 나들이를 다니거나 마실을 다닐 수는 없다, 잘못될지도 모르기 때문이라고 했습니다. 그리고 반 시간에 걸쳐 덕성, 소문, 신중함, 죽음, 영원 등에 대해 늘어놓았습니다. 온갖 예를 들어가며 얘기에 맛을 더했습니다. 순진한 마누라는 그 얘기에 홀딱 빠져버렸습니다. 그렇게 심성이 고왔던 것입니다.

이 작은 수도원에 입주할 날짜가 정해지자 이렇게 말했습니다.

'조카야, 그리고 여러분, 집을 한번 둘러보시구려. 이곳이 마음에 드는지 우리 새내기 부인도 한번 보시구려.'

우리는 기꺼이 동의했습니다. 마누라는 집의 청결함과 골동품에 감탄했습니다. 특히 유리 제품, 새들, 화병에 관심을 쏟았습니다.

그렇게 오후가 흘러갔습니다. 우리는 헤어졌습니다. 마누라는 노인에게 완전히 빠져버렸습니다.

나와 마누라는 여관에 남고 후작은 자기 집으로 돌아갔습니다. 나는 6일 동안 주문을 받고, 나귀를 빌리고 하여 여행 준비를 마쳤습니다. 그 동안 내내 후작은 열심히 마누라를 극진히 대접하며 나들이를 다녔습니다. 이제 수녀가 될 판이니 즐겨야 한다는 것이었습니다.

사실 나는 후작이 마누라와 그렇게 유난을 떠는 꼴을 보고는 약간 기분이 상하지 않는 것도 아니었습니다. 그러나 나는 마누라의 사랑과 그 처신을 자신했기 때문에 마음에 걸리는 바를 솔직하게 털어놓았습니다. 마누라는 그런 걱정일랑 털어버리라고 했습니다. 첫째, 나를 너무나 사랑하기 때문에 이 세상 황금을 모두 준다 해도 배신하지 않을 자신이 있다. 둘째, 후작은 지금까지 사귀었던 사람 중에 최고 신사이기 때문이다, 내 허락을 받아 후작과 나들이할 때면 항상 하녀 하나가 따라다닌다, 조금의 실수도 없으며 언제나 정중하게 대해준다. 그런 확신에 찬 말을 들으니 마음이 진정되었습니다. 그래서 나는 목적지를 향해 도시를 떠나기로 작정했습니다.

어느 날 나는 모든 것이 준비 완료되었다고 전했습니다. 후작은 오로지 저를 떼내버리는 일에만 신경을 써온 터라 오후에 와서 채무자 집에 데려다 주겠다고 했습니다. 그러면 나는 다음날 아침 출발하게 되는 것이었습니다.

마누라는 하인 도밍고를 남겨두고 가라고 부탁했습니다. 무슨 일이 생기면 의지할 충실한 하인이 필요하다는 것이었습니다. 나는 즉시 마누라 비위를 맞춰주었습니다. 후작도 반대하지 않았습니다. 오히려 이렇게 말했습니다.

'그게 낫겠군요. 도밍고에게 아랫방을 내주면 수위도 보고 호위도 하면서 도움이 되겠지요.'

후작이 식사를 하러 간 사이에 나는 마누라의 짐을 챙겼습니다. 나는 필요할지 모르겠다 싶어 1천 페소 상당의 금과 은을 마누라에게 건네주었습니다.

후작이 왔을 때 이제 후작에게 남은 일이란 마누라를 데려다 주는 일뿐이었습니다. 마누라는 헤어지기 어려웠던 모양이었습니다. 당연히 눈물도 많이 흘렸습니다. 결국 마누라는 남고 나는 떠났습니다. 바로 그날 밤 바깥 잠을 자야 했던 것입니다."

안토니오 씨가 여기까지 이야기했을 때 감옥 규칙이란 것이 있어 이야기는 다시 끊기고 말았다.

21. 페리키요가 감방에서 죄수들에게 호되게 당한 일을 이야기하고 안토니오 씨는 자기 이야기를 마무리짓는다

안토니오 씨의 이야기가 다시 끊기게 된 이유는 바로 오후 5시가 되었기 때문이었다. 이 시간이면 소장이 내려와 죄수들을 각기 지정된 감방에 가두었다. 소장은 열쇠 꾸러미를 든 두 명의 간수와 함께 왔다.

소장은 첫번째 마당에 있던 죄수를 감방에 가두고 나서 두번째 마당으로 들어섰다. 아무 이유 없이 내게 적의를 보이던 그 흉악한 왕초놈이 안토니오 씨로부터 나를 떼내더니 가장 작고 가장 더럽고 사람들로 가득 찬 감방으로 데려갔다. 나는 마지막으로 들어갔다. 자물통이 채워졌다. 우리는 남자용 감옥에 파리떼처럼 남아 있었다.

정말 재수 없는 판이었다. 지하실에 갇힌 그 많은 놈들 중에 백인이라고는 달랑 나 하나였다. 모두가 원주민, 아니면 늑대 같은 흑인, 아니면 별의별 혼혈아들뿐이었다. 그러다 보니 나 같은 백인은 놈들의 지독한 놀림을 당할 게 뻔한 노릇이었다.

오후 6시경 촛불이 켜졌다. 그 희미한 빛 주위로 모두 몰려들었다. 놈들 중 하나가 구역질이 날 것 같은 카드를 꺼내놓자 서로 가진 것을 걸고 노름에 들어갔다.

놈들은 나도 끼라고 불렀다. 그러나 나는 돈이라고는 한 푼도 없었기 때문에 내 주머니 사정을 솔직 담백하게 털어놓고 사양했다. 하지만 놈들은 믿으려들지 않았다. 오히려 놈들은 내가 잘났다고 뻐기는 것으로 알아먹은 모양이었다.

놈들은 9시경까지 노름을 즐겼다. 초도 거진 다 타 들어갔고 또 여분도 없었던 것이다. 그래서 놈들은 저녁을 먹고 잠자리에 들기로 결정했다.

둘러앉았던 원이 풀렸다. 놈들은 석탄 가루로 불을 피우는 풍로에 완두콩 항아리를 데우기 시작했다.

나는 인정 많은 사람이 있어 나를 저녁에 초대해주기를 기대했다. 안토니오 씨가 초대해준 것처럼 말이다. 그러나 어림없는 기대였다. 그 걸뱅이놈들은 모두 튼튼한 이빨을 지니고 있었던 것에 비해 먹을 것은 형편없었던 모양이었다. 그 뜨뜻미지근한 완두콩을 통째로 넘기는 것을 보니 그런 것 같았다.

노름판이 벌어지는 동안 나는 한구석에 망토를 뒤집어쓴 채 찌그러져 있었다. 간절하게 로사리오 기도를 드리며. 그렇게 기도해본 지도 꽤 오랜만이었다. 알다시피 물에 빠진 놈 지푸라기라도 잡으려든다지 않더냐?

그 패거리가 노름으로 다투는 소리에 섞어 넣는 욕설, 저주, 상소리는 끝도 없고 무시무시하기도 했다. 처음 듣는 소리가 아님에도 소름이 죽죽 끼칠 정도였다. 나도 갈 데까지 간 놈이었다. 그래도 나는 천성적으로 그런 짓거리를 못마땅해하던 터라 혐오감이 일었다. 어릴 때 아무리 잘 가르쳐도 무슨 소용인가! 못된 짓거리로 닳고닳다 보면 우리 자신을 간수하는 데 아무 소용 없는 것이다. 빌어먹을 일이지! 어떠한 경우에서라도 그 가르침에서 빠져나갈 궁리만 하고 있으니, 원!

그렇게 놈들은 저녁 식사를 마치고 각자 나름대로 잠자리를 준비했다. 멍석도, 그렇다고 멍석을 대신할 것도 하나 없었던 나는 별수없이 망토를 반으로 접어 요와 이불을 대신하고 모자를 베개로 삼았다.

같은 방 식구 놈들은 자리에 눕자 느긋하게 나를 놀려대기 시작했다. 놈들이 떠들었다.

"어이, 친구. 자네도 숟가락질로 이 쥐덫에 걸려들었나? 얼씨구! 에스파냐 양반들도 다 도둑놈이라던데? 강도짓은 진짜 추접스런 놈들을 위해 남겨두었다던데?"

다른 놈이 받았다.

"헛수고 마라, 체페. 흰둥이나 검둥이나 마찬가지야. 할 수만 있다면 손톱 박는 데는 다들 선수지. 차이라면 네놈과 난 살그머니, 몰래, 감질나게 훔친다면 놈들은 했다 하면 뭉텅뭉텅 해먹는다는 거지."

또 다른 놈이 끼어들었다.

"그렇다면 말이여, 나 친구놈은 쪼께 해먹었다는디. 한 2백인가, 아니 5백인가. 그럼 어느 축이여? 어느 축이냔 말이여?"

갈수록 태산이었다. 모두가 나를 놀려먹기 시작했다. 나도 처음에는 뭐라 변명이라도 하고 싶었다. 그러나 모든 놈들이 나를 짓씹고 있는 꼴을 보고 있자니 입을 다물 수밖에 없었다. 나는 촛불이 꺼짐과 동시에 망토 속으로 기어들어가 잠이 든 척했다. 그러자 한동안 소란이 멎었다. 그래서 나는 놈들이 잠이 든 줄 알았다.

그러나 내가 한창 꿈속을 헤매고 있을 때 오줌 항아리가 내게 날아오기 시작했다. 가득 찬 오줌 항아리를 솜씨 좋게도 던져댔다. 말을 꺼내기도 싫다. 나는 금세 오줌에 착실하게 절여졌다. 머리통은 터지고, 진짜 꼴이 말이 아니었다.

나는 더 이상 참을 수 없었다. 나는 놈들에게 욕을 퍼부어대기 시작했다. 그러자 놈들은 수그러들지도 화를 내지도 않고 뭔지는 몰라도 하여간 무엇인가로 나를 신나게 두드려 패면서 다시 신명나게 놀았다. 나는 채찍질을 당한 것 같긴 했는데 다음날 보니 채찍 같은 것은 하나도 없었다.

어쨌든 놈들은 실컷 나를 놀리고 지지고 볶고 하고 나서 잠자리에 들었다. 나는 문가에 쭈그리고 앉아 있었다. 나는 옷을 다 벗었다. 누울 수조차 없었다. 망토가 흠뻑 젖었던 것이다. 옷도 마찬가지였다.

세상에 맙소사! 그날 밤 그렇게 감방에 있자니 정말이지 죽을 맛이었다. 도둑으로 몰린 데다, 한 푼 없는 알거지. 그 개망나니들 틈바구니에서 의지가지 하나 없는 데다, 앞에서 언급한 이유로 잠으로라도 피로를 풀 수 없는 신세. 그러나 어쨌든 잠이야말로 최고 용사, 서서히 나를 무너뜨리기 시작해 나는 잠이 들었다. 문 가에서, 깜짝깜짝 놀라며. 내가 잠이 막 들려는 순간 생쥐 한 마리가 내 위로 떨어졌다. 어찌나 덩치가 크고 무거운 놈이었던지 나는 생선 가게 고양이가 떨어진 줄 알았다. 나를 잠에서 깨우기에 충분한 놈이었단 말이다. 나는 겁이 났다. 잠은 싹 달아나버렸다. 마귀와 죽은 사람의 영혼이 밤에 나돌아다니는 이유는 잠자는 사람들을 놀려먹기 위한 것이라고 나는 그때까지 믿고 있었던 것이다. 겁도 나겠다, 덥기도 하겠다, 빈대란 놈들은 떼거리로 달려들겠다, 그 개망나니 놈들의 코 고는 소리는 귀청을 찢어대겠다, 놈들의 더러운 몸뚱이에서 풍기는 냄새는 코를 찔러대겠다, 그외에도 차마 입에 담지 못할 그런저런 것들로 해서, 정말이지 나는 밤새 한숨도 자지 못했다. 무슨 말인고 하니, 이놈의 감방이라는 곳은 거실도 겸하고, 침실도 겸하고, 응접실도 겸하고, 부엌도 겸하고, 변소도 겸하고, 식당도 겸하고 해서 그야말로 냄새가 여간 냄새가 아니었던 것이다. 하누아리오 소개로 알게 된 그 뒷방이라는 곳에서 보낸 그 불쾌한 밤들이 새록새록 떠오르기까지 하는 것이었다!

그래도 결국에는 주님께서 세상에 빛을 비춰주셨다. 나는 맨 처음 날이 밝아오는 것을 보고 내 재산을 살펴보기 시작했다. 아직도 물을 짜낼 수 있을 정도로 축축한 채였다. 생각해봐라. 오줌 벼락을 맞지 않았더냐. 어쨌든 나는 저고리를 걸치고 바지를 입었다. 바지 입는 것도 큰일이었다. 내 그 사랑스러운 동료놈들이 단추를 은으로 만든 것으로 알고는 죄다 떼어 가버렸던 것이었다.

아침 6시에 문이 열렸다. 배고파 죽을 지경으로 꼬박 밤을 새웠던 나는 맨 처음으로 밖으로 나왔다. 내 친구 안토니오 씨를 만나보고도 싶었고 햇볕에 누더기도 말리고 싶었던 것이다.

정말이지 마음씨 좋은 안토니오 씨는 내 비참한 운명에 동정을 금치 못했다. 그리고 최선을 다해 나를 위로해주었다. 그 개망나니들과 그와 같은 밤을 다시는 보내지 않게 해주겠다고 약속까지 했다. 왕초에게 애원해서라도 자기와 같은 감방을 쓰도록 해주겠다는 것이었다.

"아, 선생님! 괜히 욕이나 보실 것 같은데요. 그 감독놈, 워낙 질긴 놈이라 어떻게 구워삶더라도 안 넘어갈 놈 같습니다."

"너무 괴로워 마시오. 그런 놈들에게 어떤 식으로 말해야 하는지 나는 압니다. 바로 돈으로 하는 거죠. 한 4, 5레알쯤 집어주면 모든 것이 잘 풀릴 겁니다."

내가 친구에게 감사의 말을 다 건네기도 전에 누군가 나를 소리쳐 불렀다. 나는 또 무슨 통고냐 싶어 달려나가 보았다. 다름이 아니라 감방 청소하는 데 와서 도우라고 부른 것이었다. 지난밤 내게 그렇게도 몹쓸 짓을 했던 곳을 말이다. 하긴 청소라는 것도 오물 항아리를 변소에 갖다 비우고 깨끗이 닦는 일이 전부였지만.

그 청소라는 것을 하면서 진짜 속이 뒤집히는 줄 알았다. 거기엔 애원도 약속도 소용없었다. 빌어먹을 놈의 노땅 하나가 그 일을 시켰는데, 내가 빼는 것을 보더니 허리에 둘렀던 채찍을 풀기 시작했다. 그래서 나는 별수없이 더 큰 욕을 피하기 위해서라도 그 역겨운 일을 하지 않을 수 없었다. 나는 일을 끝내고 다시 내 착한 친구의 감방을 찾아갔다. 친구는 내 눈물을 씻어주었다.

친구를 보자 눈물이 쏟아져나왔다. 나는 친구에게 새로 받은 벌에 대해 얘기해주었다. 친구는 지칠 줄도 모르고 최선을 다해 나를 달래 내 마음을 풀어주었다.

친구는 우선 그 알량한 침상에 나를 눕게 하더니 초콜릿 한 컵과 담배를 건네주었다. 그리고는 사나운 왕초를 만나기 위해 밖으로 나갔다. 친구는 끝내 왕초를 구워삶았다. 이날 건달놈들이 입회비라고 하는 뒷돈을 나를 위해 건네준 모양이었다. 그래서 나는 주님의 가호 아래 평안을 구할 수 있었다.

나는 안토니오 씨에게 어떻게 감사해야 할지 알 수 없었다. 친구가 나를 위해 한 일을 나는 나중에야 알 수 있었다. 다른 죄수가 내게 일러주었기 때문이다. 그는 다만 다시는 욕을 보지 않을 것이라고만 내게 다짐했을 뿐이었다. 이것이야말로 진정한 우정과 진실한 자비의 진면목인 것이다. 자비를 베푼다고 뽐내지도 않고, 조용히 숨어서 선을 베푸는 것, 은혜를 입는 사람조차도 모르게 하여 그로 하여금 감사를 표할 수고조차 끼치지 않는 것. 그러나 이런 친구들이 얼마나 될까! 완전한 자비란 얼마나 희귀한 일인가! 오늘날 자비나 은혜라는 이름으로 행해지는 많은 것들이 선량한 사람이라거나 신실한 기독교도라거나 하는 사람들 사이에서 공개적으로 이루어지고 있기는 하지만, 따지고 보면 이런 것도 모두 위선 덩어리이다. 이건 자비의 법칙에 정면으로 위배되는 것이다. 우리 예수님께서도 오른손이 하는 일을 왼손이 모르게 하라고 하지 않으셨던가. 다시 말해, 사람이 하는 모든 선행은 주님을 위해 하는 것이지 사람들한테서 칭찬을 듣자고 하는 것이 아니란 말이다. 사람들한테서 칭찬을 들으면 주님께서는 아무것도 주시지 않을 것이다. 이걸 알아야지. 뭘 좀 했다고 떠들어대고, 내 덕 본 놈들이 내게 어떻게 고마워하나 꼬치꼬치 따지고 하면 더 이상의 상급을 받기란 이미 틀려버린 일이다.

안토니오 씨는 아주 사려가 깊은 사람이었다. 내가 지난밤 한숨도 못 잤다는 사실을 눈치 채고는 나를 자리에 눕히더니 오후 1시까지 깨우지 않았다. 친구는 1시가 돼서야 밥 먹으러 가자며 나를 깨웠다.

나는 실컷 자고 일어났다. 그러나 뱃속은 텅 빈 채였다. 이 부족함 또한 마음씨 착한 죄수의 주머니로 채울 수 있었다. 소박한 식사가 끝나자 친구가 말했다.

"친구여, 심한 욕을 당했겠지만 아직까지 내 일에 대해 마저 알고 싶으리라 믿습니다."

나는 그렇다고 했다. 사실 말이지, 친구의 이야기는 내 축 처진 기분을 달래주는 부드러운 향유였던 것이다. 안토니오 씨는 다음과 같이 이야기 가닥을 잡아가기 시작했다.

"내 기억으로는 나귀와 마부를 이끌고 도시를 떠난 것에서 멈췄던 것 같군요. 마누라에게 하인 도밍고만 하나 달랑 붙여서 늙은 아주머니 집에 맡기고 말입니다.

그 다음 일은 생각하기조차 싫습니다. 세월이 한참 흘렀어도, 아직까지도 상처 자국을 건드리면 고통스럽기 때문이죠. 이제 거진 아물었지만 말입니다. 그래도 이 이야기의 결과가 어떤 건지 계속 궁금하게 여기게 놔둘 수는 없는 일이겠죠. 내가 아무 잘못 없이 큰일을 당한 것을 아시면 위로도 되겠고, 이 세상살이와 그 음흉한 술책에 대해서도 아셔야 하겠지요.

나에 대해서는 특별히 이야기할 것이 없습니다. 보따리장수가 여행하는 것이 특별할 것도 없고, 어느 곳에 자리 잡고 있다고 다를 것도 없습니다. 적어도 나는 아무 일 없이 걸어서 목적지에 도착했습니다. 그 동안 내 정숙한 마누라에게는 최악의 태풍이 몰아칠 준비를 하고 있었죠.

그 빌어먹을 후작놈이⋯⋯ 상소리를 해 죄송합니다. 나는 그 사람이 절 욕보인 것을 이제 다 용서합니다. 후작은 내가 멕시코에서 멀리 벗어났다는 사실을 알고는 그 음흉한 속내를 드러내기 시작했습니다.

후작은 노인 집을 수시로 드나들기 시작했습니다. 노인도 겉보기와는 전혀 다른 사람이었습니다. 자기 말처럼 무슨 친척도 아니었습니다. 그저 노회한 뚜쟁이였던 것입니다. 그런 보조자가 옆에 있었으니, 내 마누라의 마음을 빼앗기가 얼마나 쉬워 보였겠습니까. 그래도 철저하게 꾀를 썼습니다. 상대가 정숙한 부인이라면, 자기 남편을 진정으로 사랑한다면, 덕으로 똘똘 뭉쳐져 있다면, 바위보다 더 난공불락일 테니까 말입니다.

마누라는 부부의 정절을 지키는 데 철저한 여자였습니다. 후작의 계교, 선물·아첨·칭찬·유혹·약속, 심지어 협박조차도, 거기다 그 빌어먹을 노인네가 무슨 수를 써도, 마누라에게 먹혀들지 않았습니다. 후작은 모든 수를 동원해 마누라를 쥐어짰지만 물 한 방울 얻지 못했습니다. 바위를 쥐어짠다고 물이 나온답디까? 그래서 후작은 절망했습니다. 후작은 수많은 경험으로 알 수 있었습니다. 저 여자는 그 동안 해먹었던 여자들과는 전적으로 다르다, 좀더 화력이 센 무기를 써야 한다. 그래서 후작은 화력이 센 무기로 무장하기로 했습니다. 힘으로라도 자기 욕심을 채우겠다고 말입니다.

이렇게 결심한 후작은 어느 날 밤 그 사악한 계획을 실행에 옮기기 위해 집에 머무르기로 결정했습니다. 내 착실한 마누라는 이런 사실을 눈치 채고도 시치미를 뚝 떼고 틈을 노려 마당으로 내려와 도밍고의 방을 찾아가 이렇게 말했습니다.

'후작이 며칠 전부터 내게 빠진 것 같아. 오늘 밤 이곳에 머물 모양인데 틀림없이 무슨 속셈이 있을 거야. 현관문은 잠겼어. 나가려 해도 나갈 수가 없어. 나와 네 주인의 명예가 위험에 놓였어. 나를 지켜줄 사람이 없어. 내게 닥칠 위험에서 구해줄 사람이 없어. 오로지 너뿐이야. 나는 너를 믿어, 도밍고. 사내 대장부고 주인을 사랑한다면 오늘이야말로 그걸 증명할 수 있는 날이야.'

가엾은 도밍고는 어리둥절해 이렇게 말했습니다.

'좋습니다, 마님. 말씀만 하세요. 제가 어떻게 해야 합니까. 맹세하건대 명령만 내리시면 그대로 따르겠습니다.'

'그러니까, 내가 바라는 것은 내 방에 숨어 있으라는 거야. 후작이 일을 저지를 것 같은데, 그렇게 되면 나를 보호해달라는 거야. 무슨 일이 있어도 말야.'

'그런 건 걱정 마십시오. 가시지요. 신경 쓰지 마십시오. 그럴 수는 없을 겁니다. 맹세합니다. 후작 손에 죽어도 좋습니다. 무슨 일을 벌일지 곧 드러나겠지요.'

이 간단한 약속으로 마누라는 안심하고 위로 올라왔습니다. 다행히 아무도 눈치 채지 못했습니다.

식사 시간이 되자 도밍고는 평소와 마찬가지로 들어와 상을 차렸습니다. 후작은 마누라 뱃속을 포도주로 채우려고 애를 썼지만 마누라는 예의를 잃지 않고 있는 힘껏 사양했습니다.

식사가 끝나자 내 원수는 식후 환담이랍시고 마누라를 꼬임에 **빠트**

리기 위해 온갖 사랑 타령을 늘어놓았습니다. 그러나 마누라는 그런 공격에는 이골이 났던지라, 이미 수천 번 그래왔듯 실망만을 안겨줄 뿐이었습니다. 그래도 소용이 없었습니다. 후작은 막무가내였던 것입니다. 실망을 안길 때마다 점점 고집불통이 되어갔던 거지요.

그런 입씨름으로 한 시간 가량이 지났습니다. 하녀가 잠이 들기에 넉넉한 시간이었습니다. 그 동안 도밍고는 몰래 주인 마님의 침대 밑에 몸을 숨겼을 것입니다. 마누라는 상대방의 말이 길어진다 싶자 식탁에서 일어나 이렇게 말했습니다.

'후작님, 몸이 좀 불편한데요, 방으로 물러가 쉬고자 합니다. 꽤 늦은 밤입니다.'

마누라는 후작과 그렇게 헤어져 방으로 갔습니다. 도밍고가 약속을 잊지나 않았을까 조마조마했습니다. 그러나 방으로 들어섰을 때 충실한 하인이 방에 있다고 신호를 보내왔습니다. 걱정하지 말라고 하면서 말입니다.

옆에 동료가 있었음에도 마누라는 옷을 벗으려고도 촛불을 끄려고도 하지 않았습니다. 항상 그래왔지만 말입니다. 무슨 일이 있을까 불안했던 거지요. 사실 일은 벌어지고 말았습니다.

밤 12시쯤 후작은 문을 열고 살금살금 기어들어왔습니다. 마누라가 잠든 것으로 여겼던 거지요. 마누라는 후작이 들어온 것을 눈치 채고 벌떡 일어나 섰습니다.

전혀 뜻밖의 상황에 신사 분은 찔끔했습니다만 평정을 되찾고 이렇게 물었습니다.

'부인, 어인 일로 밤이 깊은 시간에 옷을 입고 서 계십니까?'

이런 질문에 마누라는 앙큼하게도 이렇게 대답했습니다.

'후작님, 저는 이런 성스러운 부인 집에 후작님께서 머무르시는 것을 보고 밤중에 느닷없이 제 방을 찾아주시는 영광을 베풀어주실지도 모른다고 생각했습니다. 저로서는 분에 넘치는 일이겠지만 말입니다. 그래서 옷을 벗지도 잠을 자지도 않기로 결심했습니다. 영광스러운 방문을 그런 꼴로 맞는 일은 품위에 어긋나는 일이니까요.'

후작에게는 계획을 포기하는 일도 종종 있었나 봅니다. 단번에 거절을 당하면 말입니다. 그러나 후작은 눈이 멀어 있었습니다. 명색이 후작이었고, 자기 집이었고, 증인도 없고, 무슨 짓을 저질러도 방해될 게 없다고 여겼던 모양이었습니다. 그래서 마지막으로 애원도 해보고, 다짐도 해보고, 떼를 써보아도 아무 소용이 없게 되자, 방을 서성이고 있는 마누라를 급기야 껴안고는 침대 위로 벌러덩 넘어졌습니다. 그러나 마누라가 침대 위로 떨어지기도 전에 후작은 바닥으로 나자빠졌습니다. 왜냐하면 도밍고가 절묘한 시간에 침대 밑에서 기어나와 후작의 다리를 붙들고 늘어졌던 것입니다. 그래서 후작 갈비뼈가 침대 모퉁이에 심하게 부딪히게 되었습니다.

나중에 마누라가 편지 했더군요. 심각한 사태만 아니었어도 정말 웃음을 참을 수 없었을 거라고 말입니다. 그건 시작에 불과했습니다. 마누라는 즉시 침대 귀퉁이에 앉아 발치에 늘어져 있는 내 원수놈을 살펴보았습니다. 일어서지도 못했고 말도 하지 못했습니다. 덩치가 큰 도밍고가 발치에 버티고 서서 손수건으로 꼼짝 못하게 바닥에 묶어놓고 주머니칼로 위협하고 있었으니까 말입니다. 화가 잔뜩 난 도밍고가 마누라에게 소리쳤습니다.

'죽일까요, 마님? 죽여버려요? 어떻게 할까요? 주인님께서 여기 계신다면 죽였을 겁니다. 그런다고 해서 뭐 어떻게 되는 것도 아닐 테니까요. 나중에 아시게 되면 제게 고마워할 겁니다.'

마누라는 도밍고의 입을 막았습니다. 마누라는 무슨 끔찍한 일이 벌어질까 겁이 났던지라 칼을 든 손을 붙잡고 애원도 하고 주인으로서 명령도 했습니다. 수도 없이 달래고 어르고 하여 드디어 칼을 빼앗아낸 다음 후작을 풀어주게 했습니다.

그 불쌍한 후작은 일어났습니다. 화도 나고, 창피하기도 하고, 두렵기도 했겠지요. 하인이 그렇게나 으름장을 놓았으니 말입니다. 마누라는 도밍고에게 옆방으로 물러가 있어라, 그러나 방에서 떠나지는 말라고 해서 후작을 조금 안심시켰습니다. 도밍고가 명령에 따라 물러나자 마누라는 후작에게 말했습니다.

'보셨죠, 후작님. 후작님의 무분별한 행동이 어떤 위험을 초래했는지? 조금 전에 비쳤듯 저는 짐작하고 있었어요. 힘으로라도 제 명예와 제 남편의 명예를 더럽히려들 것이라고 말입니다. 그래서 그런 일을 방지하기 위해 하인에게 방에 숨어 있으라고 했던 겁니다. 우려했던 순간이 오자 그 순진한 아이가 어떻게 해야 할지 잘 몰라, 후작님의 계획을 막기 위해서는 바닥에 때려눕히고 죽이는 것이 유일한 길이라 여겼던 거지요. 제가 서둘러 막지 않았다면 그랬을지도 모르죠. 그 애가 좀 심하게 굴었다는 점은 인정해요. 그 애를 용서해주시기 바랍니다. 그래도 잘못은 후작님께 있다는 점도 인정하셔야 합니다. 저는 후작님께 매우 감사히 생각하고, 저와 제 남편에게 베풀어주신 은혜를 항상 기억하며 살 것이라고 수도 없이 말씀드렸습니다. 남편도 저도 과분한 복을 받고 있다고 말입니다. 그러나 후작님, 저는 후작님이 원하시는 방법으로 은혜를 갚을 수는 없습니다. 저는 결혼한 몸입니다. 저는 제 자신보다 남편을 더 사랑합니다. 더구나 저도 명예를 알고, 남편도 마찬가집니다. 명예란 한번 잃으면 다시 회복할 수 없는 것입니다. 현명하신 분이시니 저를 관대하게 대해주실 줄 믿습니다. 후작님도 괴롭히고 저도 불편하게 하는 그 생각을 떨쳐버리십시오. 그 일만 아니라면 후작님 댁에서 가

장 비천한 하인으로라도 후작님을 섬기겠습니다.'

마누라가 이야기를 하는 동안 후작은 깊은 침묵을 지켰습니다. 마누라가 얘기를 끝내자 후작은 이렇게 말하면서 자리에서 일어났습니다.

'부인, 당신이 음모를 꾸며 저를 죽이려 했던 책임은 제게 있습니다. 부군께서 안 계시면 저를 사랑하시게 될 것이라고 생각했던 겁니다. 저는 그렇게 비열한 인간은 아닙니다. 제가 그 장애물을 제거하겠습니다. 제게 응답은 안 하셔도 제 말에는 동감일 것입니다. 저는 자신합니다.'

후작은 이런 말을 남기고 대답은 듣지도 않고 방을 나갔습니다. 후작은 문 가에서 도밍고를 발견하고 이렇게 말했습니다.

'네놈은 천한 놈 중에 천한 놈이기 때문에 너와 몸싸움까지 한바탕 해서 내 기분을 맞추는 그런 짓은 내게 어울리지 않는다. 그러나 두고 보면 알 것이다. T후작이 어떤 인간인가를.'

마누라는 내가 지금 말씀드린 이 모든 것을 자세히 써 보냈습니다. 마누라는 그 위협이 나와 내 하인의 생명을 노리는 것이라는 사실을 전혀 몰랐습니다.

마누라는 그 갈보 집에 있음으로 해서 겪게 되는 위험으로부터 벗어나기 위해 어서 날이 밝기를 기다리고 있었습니다. 후작이 했던 말을 하인이 전해주자 더 조바심이 났습니다. 하인은 다음날 도시를 떠날 것이라고 덧붙였습니다. 죽을지도 모른다고 하면서 말입니다.

마누라는 그러한 결정을 수락했습니다. 그러나 그보다 먼저 자기를 안전하게 집 밖으로 내보내달라고 부탁했습니다. 하인도 그러겠노라고 비장하게 다짐했습니다. 우리가 그저 보통 사람들이라고 부르는 사람들 중에도 고상하고 자비로운 사람들은 있는 법입니다.

태양이 새벽 어스름을 걷고 그 찬란한 얼굴을 죽을 수밖에 없는 운명의 사람들에게 드러내었습니다. 그 순간 마누라는 그 집에서 빠져나오기로 했습니다. 하지만 멕시코에는 아는 사람 하나 없었으니 어디로 가야 한단 말입니까? 그러나 충실한 하인 도밍고가 있었으니! 도밍고가 모두 해결해주었습니다. 도밍고가 말했습니다.

'문제는 마님께서 이곳을 빠져나가는 것입니다. 길가에 나앉는 편이 나을지 모릅니다. 짐꾼들을 불러오겠습니다.'

도밍고는 이렇게 말하고 밖으로 나갔습니다. 잠시 후 원주민 두 명을 데리고 와서 마누라의 침대와 가방을 옮기라고 거만을 떨며 명령했습니다. 마누라도 이미 옷을 입고 나갈 차비를 차린 후였습니다. 그 늙은 여우가 잡으려고 애를 썼습니다. 후작이 오실 때까지 기다려야 한다면서. 도밍고는 화를 내며 소리쳤습니다.

'후작은 무슨 놈의 후작! 개망나니 놈이야. 당신도 뚜쟁이고 말야. 내 당장 법정에 쫓아가 고소해버리고 말겠어.'

노인네 기를 죽이는 데는 그걸로 충분했습니다. 그로부터 15분 만에 마누라는 도밍고와 짐꾼들을 거느리고 집 밖으로 나왔습니다. 그러나 문제를 하나 넘어서자마자 다시 넘어야 할 문제가 생겼습니다.

지친 마누라가 바쁜 짐꾼들을 붙잡고 길 한가운데 서서 어디로 가야 할지 몰라 막막해하고 있을 때, 충실한 도밍고가 카실다 할멈을 기억해냈습니다. 우리가 여관에 있을 때 옷을 빨아주던 할멈이었죠. 도밍고는 더 이상 생각할 것 없이 그곳으로 짐꾼들을 끌고 갔습니다.

도밍고 일행은 그곳에 도착해 짐을 풀고는 빨래 할멈에게 그간의 사정을 이야기하고, 내 마누라가 지금 이곳에서 위험에 처해 있으므로 할멈 손에 맡겨야겠다고 덧붙였습니다. 마님은 돈도 있다, 다른 것은 필요 없다, 후작만 피하면 된다, 주인 어른은 명예를 아는 아주 착실한 분이다, 자기 부인에게 보인 호의를 결코 잊지 않을 것이다, 이렇게 말입니다. 마음씨 고운 노인은 우리를 위해 자기 편에서 할 수 있는 최선을 다하겠다고 했습니다. 내 충실한 반려자는 도밍고에게 1백 페소를 쥐여 주어 고향으로 돌려보냈습니다. 그곳에서 우리를 기다리고 있으라고 했지요. 도밍고는 돈을 들고 눈물이 가득하여 할라파로 떠났습니다. 장모에게는 아무 말도 않겠다고 다짐하고 말입니다.

도밍고가 떠나자마자 할멈은 옷을 빨아주고 있던 현명하고 덕망 높은 신부를 찾아가 마누라 일을 의논했던 모양입니다. 신부는 마누라와 이야기를 나눈 끝에 이런 식의 처방을 내놓았습니다. 밤에 마누라를 수도원으로 데려갔던 것이죠. 마누라는 그곳에서 이 모든 얘기를 내게 써 보냈습니다.

이제 이 정숙한 여인은 안전한 수도원에 조용히 놔두고 후작이 내게 꾸민 계략에 대해 살펴보도록 하십시다. 후작은 마누라가 노파 집에도 없고 어디로 사라졌는지도 도무지 알 수 없게 되자 복수심에 불타오르게 되었습니다.

후작이 먼저 내게 자신이 병이 들었다고 손수 편지를 써 보냈습니다. 편지를 읽는 즉시 짐을 꾸려 냉큼 멕시코로 돌아오라는 것이었습니다. 그러기를 원한다고 말입니다.

나는 후작의 명령을 즉각 따랐습니다. 나는 즉시 길을 나섰지만 내 앞에 놓인 함정에 대해서는 전혀 생각지도 못했습니다.

일은 이렇게 되었습니다. 내가 거쳐 가야 할 상점 중 하나에 후작은 두세 명 정도 건달놈들을 심어두었는데(모두 돈으로 산 놈들이었습니다), 글쎄 이놈들이 느닷없이 나타나서는 친구 삼자고 덤비는 것이었습니다. 후작이 절 보살피라고 보냈다고 하면서 말입니다.

나는 곧이곧대로 믿었습니다. 악의가 없는 사람은 쉽게 속아 넘어가는 법이니까요. 나는 주저 없이 놈들과 사귀었습니다. 밤에 우리는 함께 저녁을 먹고 유쾌하게 술잔도 마주쳤습니다. 놈들은 빈틈없이 내 하인들에게도 술을 먹였습니다. 그리고 적당한 때가 되자 옷 꾸러미를 온통 담배로 채워넣고는 잠자리에 들었습니다.

다음날 우리 모두는 멕시코로 돌아오기 위해 일찍 자리에서 일어났습니다. 우리는 강행군을 한 덕에 예정된 날에 도착할 수 있었습니다. 내 짐은 검문소를 무사히 통과했습니다. 경비들과 무슨 수작을 꾸민 것이 틀림없었습니다. 경비들이 모두 정직한 것은 아니기 때문입니다. 몇 푼만 집어주어도 매수할 수 있는 놈들이 있지요.

나는 의심하지 않았습니다. 그저 동료들이 경비들과 잡담을 나누는 것이거니, 아니면 아는 사람들이겠거니 여겼던 것입니다. 나는 그렇게 믿고 멕시코로 들어와서 후작의 집에 도착했습니다.

내가 마차에서 내리자 후작은 나귀 마구를 벗겨라, 짐을 창고에 들여라 하며 나를 정신이 없을 정도로 몰아붙였습니다.

나는 오는 도중에 이미 그 기분 나쁜 사연이 적힌 마누라의 편지를 받아 보고 몸에 지니고 있었지만 후작의 명령에 고분고분 따랐습니다. 수도원으로 달려가 마누라를 보고 싶은 생각이 굴뚝 같았지만 모른 체하며 후작의 잔소리를 견뎌내야 했습니다.

나는 여행 때문에 힘들고 지쳤지만 그날 밤 잠을 이루지 못했습니다. 내 사랑하는 마틸데 생각으로 말입니다. 이게 마누라 이름입니다. 어쨌든 날은 밝았습니다. 나는 옷을 입고 후작이 일어나면 집을 나서야지 하면서 기다리고 있었습니다.

후작은 곧 일어났습니다. 후작은 그날 아침에 계산을 끝내고 싶다고 했습니다. 지금 어음이 하나 걸려 있는데 그걸 즉시 지불할 수 있을지 알아보겠다는 것이었습니다.

나는 아주 넌더리가 날 지경이었지만 그것으로 절 망치려든다고는 생각지 못했습니다. 그저 이득을 몽땅 차지하고, 우정으로 맺어진 관계를 단번에 청산하려는 것이려니 여겼을 뿐이었습니다. 후작의 기분을 맞춰주는 일은 힘들지 않았습니다.

나는 계산을 해나가기 시작했습니다. 그때 후작의 친구가 두세 명 방으로 들어왔습니다. 그 때문에 우리 일이 잠시 중단되었습니다. 나로서는 아주 억울한 일이었습니다. 그 인간 망종 앞에서 빨리 벗어나고 싶었기 때문이었죠. 그러나 어림없는 일이었습니다. 그 인간 망종 놈은 예의를 차리네, 정성을 보이네 하며 친구들을 식당으로 끌고 갔습니다. 나도 놓아두지 않았습니다. 오히려 내게 더욱 살갑게 구는 것이었습니다. 그래서 우리는 함께 앉아 아침을 먹었습니다.

식사를 다 마치기 전에 하인 하나가 들어와 밀수 감시대 대장이 지금 군인 네 명과 함께 마당에서 기다리고 있다고 전했습니다.

'내 집에 군인이 왔어?'

후작은 놀란 척하며 물었습니다.

'예, 어르신, 군인과 세관 경비들입니다.'

'세상에 이럴 수가! 그래 무슨 일로? 무슨 일인지 알아보도록 하지.'

우리는 모두 경비들과 군인들이 기다리고 있던 마당으로 내려왔습니다. 군인들은 주인에게 정중히 인사를 건넸습니다. 무리의 대장인지 우두머린지 하는 자가 후작에게 물었습니다.

'여러분 중 누가 내지에서 막 도착한 상인 되십니까?'

후작은 나를 가리켰습니다. 그러자 즉시 대장은 내가 체포되었노라고 선언하더니 군인들이 저를 에워쌌습니다.

체포되다니, 그것도 영문도 모르는 채. 내가 얼마나 놀랐겠습니까. 나는 후작이 그 이유를 묻는 동안 숨이 막힐 것만 같았습니다. 군인들이 대답했습니다. 밀수 혐의로 체포한다, 수집한 정보에 의하면 전날 밤에 상당량의 담배가 짐 꾸러미에 섞여 들어왔다. 아직 창고에 있을 것이다. 이 정보는 신빙성이 높은 것이다. 담배를 꾸린 마부가 직접 찾아왔기 때문이다. 증거를 들자면 T라는 표시가 된 짐에 가장 많이 실려 있다 한다. 그래서 총독의 명에 따라 후작에게 알리는 바이니 해명을 바라며 범인을 인도하라.

후작은 능수 능란하게 능청을 떨었습니다.

'그럴 리가 없습니다. 이 사람은 지나칠 정도로 정직한 사람입니다. 저는 이 점을 확신하기 때문에 이 사람 말만 믿고 제 재산을 맡겼던 것입니다. 어떻게 저를 부끄럽게 만들고 자신을 파멸시킬 그런 체통 없는 짓을 저지를 수 있겠습니까? 말도 안 돼요! 저는 납득할 수 없습니다.'

군인들이 말했습니다.

'그렇지만, 후작님. 여기 서기가 있습니다. 짐 속에서 찾아낼 것을 확언합니다. 짐을 조사해보도록 허락해주십시오. 분명히 밝혀질 겁니다.'

'그렇겠죠.'

후작은 이렇게 내뱉고 화가 잔뜩 난 사람처럼 열쇠를 가져오라고 했습니다. 열쇠를 가져왔습니다. 창고를 열었습니다. 짐을 풀었습니다. 온통 담배로 가득 차 있었습니다.

후작은 얼굴 가득 분노를 드러내며, 나를 잡아먹을 듯이 잔뜩 째려보며 소리쳤습니다.

'이런 날건달, 앙큼하고 추접스럽고 배은망덕한 사람 같으니라고. 이게 당신에게 베푼 호의에 대한 보답이란 말이오? 내가 당신을 믿었던 것이 이렇게나 무분별하고 경솔한 짓이었던 거요? 내 도움이 이런 식으로 보답을 받아야 하는 거요? 당신은 그럴 자격이 전혀 없었어! 게다가, 내가 당신한테 돈을 준 것은 오직 당신을 위해서였지, 내가 그걸로 무슨 이득이나 보려고 한 줄 아시오? 그런데 이런 식으로 갚다니? 그래, 내 것을 훔치고 빼내는 것으로 부족해 내 가문과 내 명예를 떨어뜨리자고 작정했던 거요? 그래, 잘못을 저질렀으면 그 대가를 치러야지. 배에 갇혀 노질이나 하거나, 한 10년 감옥에 갇혀 쇠사슬을 끌고 다녀야겠지. 하지만 내가 당한 이 수치는 누가 씻어준단 말이오? 적어도 이런 진실을 모르는 사람도 있을 것 아니오? 내가 입은 피해는 누가 보상해준단 말이오? 담배로 채워진 만큼 다른 짐이 없어졌을 것 아니오? 내 명예를 걸고 마지막 한 푼까지 다시 찾아 채울 것이오. 하지만 도대체 어떻게 손해를 메운단 말이오?

자, 입만 다물고 있지 말고, 처녀가 애를 배도 할 말이 있다던데, 서기 앞에서 진실을 밝혀요. 내가 담배를 거래하라고 합디까? 내가 밀수를 하고 싶어하더냔 말이오.'

나는 그 얼토당토않은 질책에 입을 다물 수밖에 없었습니다. 나는 넋을 잃었습니다. 내가 잘못했기 때문이 아니었습니다. 전혀 잘못이 없었으니까요. 담배가 나온 사실이 놀라웠고, 후작의 입을 통해 듣는 그 욕지거리가 놀라웠습니다. 나는 침묵을 깨고 후작의 질문에 답을 할 수밖에 없었습니다. 그래서 말했습니다. 후작은 이 일과 전혀 상관없다, 나도 마찬가지다, 주님께서는 아신다, 나는 담배라고는 한 푼어치도 살 생각조차 않았다. 이 말에 모두 웃었습니다. 군인들은 후작에게 출두 날짜를 지정해주고는 짐 꾸러미는 세관으로 옮기고 나를 이 감옥으로 데려왔습니다. 사랑하는 마누라 얼굴을 볼 기회조차 주지 않았습니다. 마누라가 내 모든 불행의 원인이었지요. 그렇지만 마누라 잘못은 아니었습니다.

내가 이 감옥에 갇힌 지 벌써 2년이 흘렀습니다. 죄수들 사이에서도 이름깨나 알려졌습니다. 2년이나 있었지만 후작의 음모에 대항할 뾰족한 수가 없었습니다. 그저 감방에 묻혀 있는 꼴이지요. 후작은 밖에서 계속 복수심을 불태우고 있었습니다. 나는 마부들의 증언에 대항해 갖은 수를 써서 담배에 관해서는 전혀 몰랐다고 주장했지만 후작은 손해 난 재산에 관한 건으로 나를 감옥에 처넣었습니다. 마누라도 2년이라는 세월을 혹독한 감옥 생활로 보내고 있습니다. 나는 마누라가 곁에 없음을 2년이나 체념하고 지내고 있습니다. 그 밖에 다른 일들은 말하고 싶지도 않습니다. 그러나 진정으로 주님을 의지하는 죄 없는 백성을 저버리지 않으시는 주님께서는 더 이상 잘못을 용납하지 않으시고 알맞은 때에 위로를 보내주셨습니다. 판사들은 막강한 원수놈의 꼬임과 그 간악한 심리 서기들의 속임수에 넘어갔습니다. 후작은 심리 서기까지 돈으로 매수했던 것이지요. 판사들이 나를 감방에 집어넣기로 결정했을 때 후작은 죽을병에 걸리고 말았습니다. 후작은 죽는 순간 잘못을 뉘우쳤습니다. 후작은 저 세상으로 넘어갈 것이 두려워 고해 신부에게 손수 작성하여 서명한 편지를 건네주었답니다. 그 편지에서 내게 진정으로 용서를 구하고 내게 잘못이 없음을 시인했습니다. 내게 씌워진 모든 잘못은 중상모략에 의한 것이며, 분별없는 복수심 때문이었다고 했습니다.

여기 사본이 하나 있습니다. 나는 이 편지를 사적으로 판사들에게 보여주었습니다. 후작의 명예를 실추시키지 않기 위해서 말입니다. 나는 기다리고 있습니다. 언젠가는 자유의 몸이 되어 내 잃어버린 재산을 회복할 날을 말입니다.

친구여, 이것이 내 비극적인 운명입니다. 내가 이 이야기를 들려주는 이유는 당신을 낙심시키기 위해서가 아닙니다. 체념하는 법도 배우시라고 말씀드린 겁니다. 진짜 죄가 없다면 주님께서 보상하실 것입니다."

안토니오 씨가 이야기를 마치자 우리는 헤어져 로사리오 기도를 드리고 감방 안으로 들어가야만 했다. 저녁을 먹고 다시 우리 둘만 남게 되었을 때 나도 안토니오 씨에게 이런 이야기를 들려주었다.

22. 안토니오는 출옥한다. 페리키요는 동료 건달들과 우정을 다지면서 새끼독수리를 만나게 된다

우리가 잠자리에 들었을 때 나는 안토니오 씨에게 이렇게 말했다.

"친애하는 안토니오 선생님, 사실 저는 지금 마음이 기쁘면서도 무겁기도 합니다. 마음이 기쁜 이유는 선생님이 그렇게나 공개적이면서도 엄숙하게 자제했기 때문에 선생님이나, 정숙한 부인이나, 후작 쪽의 명예가 지켜졌다는 것을 알았기 때문입니다. 이제 선생님은 곧 풀려나 사랑받기에 합당한 정숙하고 충실한 부인을 다시 만나보게 되실 것입니다. 마음이 무거운 이유는 다정하고, 은혜롭고, 공평한 사람과 잠시밖에는 우의를 다질 수 없음을 알았기 때문입니다."

"그런 칭찬은 두었다가 진짜 받을 만한 사람에게나 하십시오. 나는 남들이 나에게 해주었으면 하는 대로 당신에게 했을 뿐입니다. 내가 당신과 같은 처지였다면 말입니다. 나는 내 신앙과 본성이 시키는 대로 행했을 뿐입니다. 당신도 알다시피 마땅히 해야 할 바를 한 사람에게는 칭찬도 감사도 과분한 것입니다."

"오, 선생님! 모든 사람이 의무를 다한다면 세상은 정말 행복해질 것입니다. 하지만 자기 의무를 다하는 사람은 별로 없습니다. 이렇게 정의로운 사람이 희귀하기 때문에 그런 사람들에겐 칭찬을 아끼지 말아야 합니다. 제가 살아 있는 한 저는 선생님을 잊지 못할 것입니다. 제가 지금 이 꼴만 아니라도 말만으로 감사를 그치지는 않았을 겁니다. 선생님 말씀처럼 의무를 다하는 사람이 칭찬을 받을 수 없다 해도, 사람은 자고로 입은 호의에 대해 감사를 표해야 마땅한 것입니다. 저처럼 은혜를 입은 사람이 은혜를 베푼 사람이 수줍어할까 봐 감사를 표하지 않는다면 그건 배은망덕이 되겠지요. 선생님, 제 아버지는 명예를 아주 소중히 여기셨고 책도 많이 읽으신 분이었습니다. 언젠가 아버지께서 이렇게 말씀하신 것을 기억합니다. 감옥을 만든 사람이 제일 큰 은혜를 베푼 자다. 감옥에서 사람들은 감사하는 마음을 배운다. 그러니 은혜를 입고도 감사하지 않는 파렴치한이 어디 있을까? 사실 말이지 배은망덕이야말로 짐승보다 더 가증한 것입니다. 선생님께서도 개들이 얼마나 감사할 줄 아는지 아실 것입니다. 선생님께서도 저 사자 얘길 기억하실 겁니다. 발에 박힌 가시를 뽑아준 나그네에게 은혜를 갚았던 그 사자 말입니다. 나그네는 잡혀 로마 경기장에서 맹수들의 밥이 되도록 판결을 받았습니다. 우연이었는지 아니면 배은망덕한 사람들에게 교훈을 주려고 그랬는지, 나그네는 자기가 가시를 뽑아주었던 사자 앞에 끌려나오게 되었습니다. 이때 놀라운 일이 벌어졌습니다. 이 사자는 냄새로 자기에게 은혜를 베푼 사람임을 알아차리고는, 으레 그렇듯이 나그네에게 달려들어 찢어발기는 대신 가까이 다가가 혀로 핥고 꼬리와 입과 온몸으로 나그네를 감싸 안았습니다. 사자는 나그네를 극진히 대접했습니다. 바로 나그네를 은혜 입은 자로 알아 모셨던 것입니다. 그러니 사람이 은혜를 모른다면 그게 어디 사람이겠습니까? 옛날 법이 배은망덕한 놈들을 정죄하지 않은 것은 다 이유가 있습니다. 입법자들은 그런 경우를 상상도 못 했으니까요. 아우소니오가 이렇게 말한 것도 같은 이유에서입니다. '자연이 만들어낸 것 중에서 배은망덕보다 더 악한 것은 없다.' 그러니, 선생님, 저는 저에게 베풀어주신 호의에 기필코 감사를 표해야겠습니다."

"나는 절대로 이성적인 생각이 일러주는 것에 반대하지 않습니다. 은혜에 감사하는 일이 필요하고도 옳다는 사실은 나도 압니다. 나도 그렇게 합니다. 널리 알리기까지 합니다. 더 이상 할 수 없을 때는 널리 알리는 것도 반나마 은혜 갚음이 되겠죠. 다른 방법으로 갚을 수 없을 때는 말입니다. 하지만 그렇다 해도 내게는 그러지 않았으면 합니다. 나는 내가 베푼 은혜를 그 은혜를 받은 사람으로부터 되돌려받고 싶지 않기 때문입니다. 단지 주님과 내 양심이 증인이 되어주면 충분합니다. 당신이 인용한 작가의 글은 나도 읽은 바 있습니다. '은혜를 베푼 사람은 자신의 행위를 잊어버려야 한다.'

그러니 이 얘기는 그만 합시다. 중요한 점은 당신이 일에 치여 넘어지지 않는 것입니다. 내가 없더라도 풀이 죽지 말아야 합니다. 주님께서 계시니 내가 없더라도 당신을 보호해주실 것입니다. 지금도 나를 이용해 당신을 돕고 계신 것입니다. 나는 주님께서 현재 사용하고 계시는 도구에 불과합니다."

이런 우정이 넘치는 대화를 나누며 우리는 잠이 들었다. 다음날 전혀 뜻밖으로 나를 위로 불러 올렸다. 나는 놀라 뛰어올라갔다. 왜 부르는지도 모르면서. 그러나 의혹은 곧 풀렸다. 서기가 일러주었다. 의무 자백을 받아내겠다는 것이었다.

놈들은 내게 십자가를 긋게 하더니 내가 진실을 토할 때까지 무슨 수라도 쓸 것이라고 공갈을 쳤다. 전에 했던 자백과 대조해보겠다고 했다.

나는 내게 불리한 증언은 한 마디도 않겠다는 생각밖에 없었다. 나는 그 날건달들이 하는 소리를 들어 알고 있었던 것이었다. 그런 경우에는 입을 놀리기보다는 차라리 순교자가 돼라. 그래서 나는 진실을 말하겠노라고 맹세했다. '예'라고 대답하는 것이 내게 불리한 것은 아니었으니까.

이미 예비 진술서를 작성할 때 했던 질문들을 수도 없이 물어오기 시작했다. 나는 내게 불리하다 싶으면 똑같은 질문에 똑같은 거짓말을 되풀이했다. 나는 내 이름, 고향, 직위, 직업에 대해서까지 거짓말을 둘러댔다. 나는 고향에서 농사를 짓고 살았다고 덧붙였다. 하누아리오가 내 친구였다는 점과 망토와 로사리오 묵주가 그놈 것이었다는 점은 인정했다. 그것까지 부인할 수는 없었으니까. 그러나 내 손에 들어오게 된 경위에 대해서는 거짓말을 둘러댔다. 나는 그것들을 저당 잡은 것이라고 우겼던 것이다.

뒤이어 놈들은 내게 여러 가지 것을 뒤집어씌웠다. 그러나 놈들은 내 입에서 저들이 원하는 바를 얻어내지는 못했다. 나는 그 취조에서 끝까지 완강하게 버텼다. 놈들은 진술서에 서명하라고 하더니 나를 밖으로 쫓아냈다.

나는 얼씨구나 했다. 그곳에서 벗어나고 싶었으니까. 나는 감방으로 내려왔다. 하지만 그곳에 안토니오 씨는 없었다. 그래서 햇볕을 쪼이려고 밖으로 나왔다.

햇볕을 쪼이고 있는데 비르한의 건달패 몇 놈이 주위로 몰려들었다. 놈들은 모포 한 장을 땅바닥에 깔고는 둥글게 모여 앉아 노름을 시작했다. 화기애애한 분위기였다. 허가비 명목으로 3, 4레알 집어주지 않았다면 간수가 와서 판을 깨버렸을 것이다. 용돈이랍시고 집어주는 모양이었다. 허가비라는 것을 판판이 거두는 모양인데 판돈이 크면 더 주는 것 같았다.

밖에서보다 감옥에서 더 자유 분방하게, 게다가 비용은 적게 들이고 노름을 즐기는 것을 보니 기가 막혔다. 간수들이 월급보다 가욋돈을 더 많이 버는 것도 못마땅했다. 간수들에게는 또 다른 쏠쏠한 가욋돈이 있었다. 간수들은 제삼자를 통해 술을 들여와 마음대로 값을 매겨 팔아 먹었고 고리대금업도 하는 등 그런 식의 불법적인 짓을 당당하게 해먹었다.

나는 노름꾼들 틈에 끼고 싶었다. 후안 라르고가 가르쳐준 속임수를 써먹을 수 있을지 시험해보고 싶었던 것이다. 그러나 그 당시에는 결정을 내릴 수 없었다. 나는 신참인 데다 이런 놈들이 노는 법을 알고 있었기 때문이었다. 놈들 모두가 하나같이 절묘한 속임수를 보여주었던 것이다. 그래서 그저 보는 것으로 만족하기로 했다.

감옥에서라면 누구라도 그러하듯이 한참을 빈둥거리다가 다시 감방으로 가보았다. 안토니오 씨가 나를 기다리고 있었다. 나는 서기와 있었던 일을 모두 이야기해주었다. 안토니오 씨는 놀라 이렇게 말했다.

"이렇게 빨리 정식 재판을 받게 되다니 정말 놀랍군요. 바로 어제 지금으로부터 한 3개월은 기다려야 할 거라고 했는데 말입니다. 왜 그렇게 질질 끄는지에 대해서는 예까지 들어가며 말했죠. 하기야 그럴 수도 있겠죠. 판사들이 의욕적이고 거칠 것이 없다면, 혹은 사건을 빨리 끝내야 한다면 서둘러 결정하는 수도 있겠죠. 그건 어쨌든 간에, 인증을 많이 했습니까? 그랬다면 재판이 더욱 꼬이거나 지체될 수도 있는데."

나는 대답했다.

"인증이라는 것이 뭔지 모르겠는데요."

그러자 안토니오 씨가 설명해주었다.

"인증이란 피고가 다른 사람들을 증인으로 내세워 얘기하는 것을 말합니다. 혹은 재판에서 다른 사람들의 말을 인용하는 것이지요. 그렇게 되면 그 모든 사람들의 증언을 들어야 합니다. 피고의 발언 내용이 사실인지 허위인지 판단하기 위해서 말입니다. 이게 바로 인증에 응한다는 것입니다. 당신도 알게 되겠지만 이런 일은 당연히 시간을 잡아 게 마련입니다."

"그렇다면 선생님, 이거 야단났습니다. 저는 강도가 있던 날에 하누아리오와 같이 나가지 않았다는 점을 증명하기 위해 노름집에 모인 사람들과 같이 있었다고 증언했는데, 그 수가 어마어마한데요."

"정말 실수하신 겁니다. 그래도 더 좋은 증거가 없었다면 빼먹을 수 없었겠지요. 어쨌든 일이 긴박하게 돌아가니 곧 나갈 희망을 가져도 되겠습니다."

우리는 이런저런 이야기를 나누며 그날 하루를 보냈다. 그날도 내 자비로운 친구는 나를 먹여주었다. 나는 그 친구와 그로부터 15일 내지 20일인가를 함께 지냈다. 그 친구는 최선을 다해 나를 도와주었을 뿐만 아니라 좋은 충고로 나를 깨우쳐주기도 했다. 아, 내가 그 충고만 따랐더라도!

친구는 내가 몇몇 죄수들과 어울리는 것을 보고는 언짢았는지 이렇게 말했다.

"이보세요, 페드리토 씨. 짚신도 짝이 있다는 격언이 있습니다. 당신은 N이나 Z와 같은 사람과는 그렇게 친하게 지내면 안 됩니다. 그들이 가난하다거나 혼혈아여서가 아닙니다. 가난하다거나 혼혈아라고 해서 무시하거나 어울리지 않으면 안 되겠죠. 특히나 종종 있는 일입니다만, 그 피부색과 그 넝마 조각 밑에 고운 심성이 숨어 있다면 말입니다. 그래도 그런 일은 흔하지 않습니다. 태생부터가 형편없는 집에서 태어나 넝마만 입고 자라다 보면 교육도 교훈도 전혀 받지 못할 것이 분명하지 않습니까. 당신도 알다시피 그런 사람들과 어울리다 보면 명예로울 것도 없고 득될 것도 없습니다. 당신이 내게 들려주었던 말을 기억하십시오. 당신이 겪었던 그 수난과 지금 처해 있는 이 위험이 모두 당신의 그 못된 친구들 때문이 아닙니까. 하누아리오 씨처럼 좋은 가문에서 태어나도 그런 꼴이란 말입니다."

그 착한 사람이 내게 들려준 충고란 모두 이런 식이었다. 내게 베푼 은혜랄지 그 부드러운 심성으로 친구는 나를 지배해갔다. 한마디로 나는 친구를 사랑했을 뿐만 아니라 아버지처럼 존경하기까지 했던 것이다.

친구는 내가 주님의 은혜로 고귀하고, 경건하고, 이성에 충실한 심성을 타고났다는 사실을 일깨워주었다. 다른 사람에게서 덕을 발견하면 내 마음은 들떴고, 흉악한 범죄에는 소름이 끼쳤고, 안타까운 광경을 보면 내 마음은 사무쳤다. 하지만 이런 좋은 심성을 개발하지 않으면 무슨 소용이란 말인가? 땅이 아무리 비옥해도 그곳에 독초 씨앗을 뿌리면 어떻게 되겠는가 말이다. 내 꼴이 꼭 그런 꼴이었다. 내 순박함은 감정의 충동에 따르기 바빴고 못된 친구들을 본받기에 바빴다. 나는 덕이라는 것이 좋은 것임을 알았지만 덕에 빠져든 적은 거의 없었다. 나는 끈질기게 덕을 좇아가려고 하지는 않았지만 적어도 착하게 살려는 마음은 있었다. 그래서 눈앞에 자극이 와도 나는 내 자신을 억제했다.

안토니오 씨와 함께 있는 동안에는 그랬다. 나는 노름판에서 주워들은 대로 무뢰배로 불리는 그 어쭙잖은 죄수들의 비뚤어진 본을 받아 더 비열해지고 저열해지는 것에서 멀리 벗어났다. 나는 나도 모르는 사이에 점잖게 생각하는 법을 배워갔으며, 친구 보기가 민망해서라도, 친구의 유효 적절한 충고에 밀려 그 인간 쓰레기들과 감히 어울릴 수조차 없었다. 덕스러운 친구의 모범이 때로는 선인들의 가르침보다 얼마나 더 많은 것을 보여주는가! 모범을 보여주지 못하는 말만의 충고보다 말이다!

그러나 좋은 친구의 충고에 따라 착한 사람이 되려는 공부를 이제 막 시작한 단계에 있던 데다 자질 또한 부족하여 내 모든 노력은 땅바닥으로 곤두박질치고 말았다. 절름발이가 목발을 잃고 바닥에 처박히는 꼴이었던 것이다. 사건은 이렇게 전개되었다. 어느 날 아침 나는 감방에 홀로 남아 안토니오 씨의 책을 한 권 읽고 있었다. 안토니오 씨가 위에서 내려오더니 나를 껴안고 흥분한 목소리로 이렇게 외쳤다.

"친애하는 페드로 씨, 드디어 주님께서 죄 없는 희생양에게 승리를 허락하셨습니다. 나는 이제 완전한 자유의 기쁨을 누리게 된 것입니다. 지금 막 소장이 허가서를 내주었습니다. 나는 이 감옥에서 더 이상 꾸물거리고 있을 수 없습니다. 한시라도 빨리 내 현숙한 마누라가 자유의 몸이 된 나와 함께하는 기쁨을 만끽하게 해주고 싶습니다. 그래서 지금 곧바로 출발하려 합니다. 내 침상과 이 상자와 그 속에 든 것은 당신에게 남기겠습니다. 내가 가져갈 때까지 사용하십시오. 그래도 매우 조심해서 다루어야 합니다."

나는 시키는 대로 하겠노라고 약속했다. 나는 자유의 몸이 된 것을 축하해주었다. 그리고 그 동안 베풀어준 은혜에 대해서도 물론 감사하면서 멕시코에 있는 동안 이 불쌍한 친구 페리코를 기억해 때때로 찾아와주기를 애원했다. 친구도 그러겠노라고 약속하며 2페소를 내 손에 쥐여주었다. 친구는 다시 나를 꽉 껴안으며 이렇게 말했다.

"물론이죠, 친구여. 가엾은 젊은이 같으니라고! 어쩌다 이 지경이 되었는지…… 잘 있어요……"

이 자상하고도 섬세한 사람은 감정을 억제하지 못했다. 눈물이 말을 가로막았다. 친구는 내가 말할 틈도 주지 않고 떠나갔다. 나를 낙망과 비애의 난바다에 깊숙이 빠트려놓고. 안토니오 씨가 없는 빈자리가 하염없는 그리움을 일깨웠다. 앞에서도 말한 바이지만 나는 몇 번이라도 다시 이야기할 수 있다. 그 친구는 정말 다정하고 다감한 사람이었다.

그날 나는 아무것도 먹지 않았다. 저녁도 뜨는 둥 마는 둥 했다. 그래도 세월이 약이라던가. 죽은 자나 헤어진 자를 위해 흘린 눈물도 세월이 말끔히 씻어주는 법이다. 다음날부터 나는 조금씩 안정을 찾아갔다. 사실 말이지만, 안정된 것은 사랑도 아니요 감사함도 아니요 너무 심한 마음의 고통이었다.

동료 망나니들은 존경스러운 안토니오 씨가 내 곁에 없는 것을 보자마자, 또 안토니오 씨가 그의 물건을 내게 맡겨두고 갔다는 사실을 알아차리자마자, 내 호감을 사려고 안달을 하기 시작했다. 그래서인지 나를 뻔질나게 찾아온다, 틈만 나면 담배를 건넨다, 술자리에 초대한다, 내 재판 상황에 대해 관심을 보인다, 나를 위로한다 등 내 호감을 살 수 있다고 여겨지는 모든 짓을 하기 시작했다.

놈들에게는 식은 죽 먹기였다. 어지간한 고문관이었던 나는 이렇게 생각했던 것이다. 이 불쌍한 놈들도 처음 보기만큼 그렇게 나쁜 놈들은 아니다, 피부색이나 걸치고 있는 누더기로 항상 그들을 나쁜 놈들이라고 단정할 수는 없는 법이다, 안토니오 씨처럼 그 속에 고상하고 자상한 심령이 감춰져 있을 수도 있다, 이 불쌍한 놈들 중에서 내 친구를 대신할 사람을 구할 수도 있지 않겠는가?

나는 그런 헛된 망상에 깜박 속아 그 패거리와 어울리기로 작정했다. 자리를 비운 친구의 충고는 잊어버리고 내 눈먼 양심이 외치는 소리에 혹했던 것이다. 흔하지는 않아도 종종 있는 일이다. 바탕도 모르고 교육을 받지 못했다 해도 나쁜 길로 빠지거나 나태하지 않은 사람도 가끔은 찾아볼 수 있다. 안토니오 씨가 떠나고 사흘 만에 나는 그 패거리의 일원이 되었다. 나는 그 패거리와 몇 년 사귀거나 한 것처럼 돈독한 우정을 나누었다. 우리는 함께 먹고, 마시고, 놀았을 뿐만 아니라 말도 트고 어린애들처럼 손장난도 쳤던 것이다.

그래도 나와 가장 친했던 친구는 뚱뚱하고, 얼굴이 납작하고, 코도 납작하고, 큰 머리에 거의 옷을 벗고 다니는 흑백 혼혈아였다. 놈은 그야말로 막무가내였다. 놈은 새끼독수리라고 불렸는데 나는 그 밖에 다른 이름을 들어본 적이 없다. 놈의 번뜩이는 재치와 날카로운 손놀림으로 보아 딱 어울리는 별명이었다. 놈은 기민하고 날렵한 도둑이었다. 그래도 한갓 소매치기였을 뿐이지 큰 도둑놈이 될 만한 재목은 아니었다. 2레알짜리 거울을 위해서라면, 혹은 1레알 반짜리 커튼을 위해서라면 형장으로 끌려가 채찍질을 스물다섯 대 맞는다 해도 감수해낼 그런 놈이었다. 어쨌든 놈은 좀도둑 내지는 소매치기였는데 솜씨가 대단했다. 아무리 깊이 감춰둔 손수건도, 아무리 단단히 빨랫줄에 잡아맨 옷가지도 놈의 손을 벗어날 수 없었다. 그런 정도였으니 나름대로 한가락 한다는 다른 죄수들도 놈을 '기술자'로 인정해주었다. 고수로 인정해주었단 말이다. 그러면서도 자기들로서는 그 분야에서 솜씨가 없다 보니 놈을 조심하지 않을 수 없었던 꼴이라니, 참 가관이었다.

그놈 역시 자신의 범죄 행위를 자랑 삼아 시원하게 늘어놓았고, 나 또한 그에 대응해 내 모험담을 꼬치꼬치 털어놓았다. 놈이 새끼독수리라고 불리는 것처럼 나 또한 옴쟁이 앵무새 새끼(페리키요 사르니엔토)라고 불린다는 사실도 숨기지 않았다.

놈에게만 그 비밀을 털어놓았지만 금세 다른 놈들도 모두 알게 되었다. 그래서 그날부터 나는 감옥에서 바로 그 이름으로 통하게 되었다. 지금 말한 이놈이 내가 가장 절친한 우의를 다진 놈이었다. 내가 이 새로운 친구와 그 패거리로부터 어떤 것을 배우고, 어떤 충고를 듣고, 어떤 은혜를 입을 것인지 짐작이 갈 것이다. 콩 심은 데 콩 나겠지.

안토니오 씨가 내게 준 2페소도 금세 바닥이 나고 내게는 먹을 것도, 놀 것도 하나 남지 않았다. 그 새끼독수리라는 친구가 자기 먹을 것을 나눠준 것은 사실이지만, 그야말로 정말 형편없는 것이었다. 아침으로는 물 탄 옥수수 우유, 점심으로는 고춧물에 설익힌 쇠고기 한 토막, 저녁으로는 완두콩이나 누에콩이 고작이었다. 그래도 놈들은 잘도 먹었다. 더 좋은 요리를 먹어보지 못해서이기도 했지만 먹을 것이 그것밖에 없었기 때문이기도 했다. 그러나 나는 입도 댈 수 없었다. 어느 은인이 나타나 날 도와주지 않았더라면 나는 감옥에서 병으로 죽지 않았으면 굶어 죽었을 것이다. 내가 그 총알 같은 완두콩이나 반쯤은 살아 있는 송아지를 먹었더라면 틀림없이 중병에 걸리고 말았을 것이다. 내가 그것을 먹지 않았을 경우엔 다른 먹을 것이 없었기 때문에 틀림없이 쫄쫄 굶어 황천길로 갔을 것이다.

그렇지만 그런 일은 벌어지지 않았다. 안토니오 씨가 떠나고 나흘째부터 제대로 된 먹을 것이 풍성히 담긴 바구니가 밖에서 배달되었다. 나는 그게 어디서 오는 것인지 알 수 없었다. 심부름꾼에게 물어보았지만 어느 친구가 보낸 것이라는 대답뿐이었다. 누가 보낸 것인지 알 필요가 없다고 했다는 것이었다.

그런 답답함 속에 나는 바구니를 받아들고 이름 모를 은인에게 감사했다. 나는 아주 달게 먹었다. 거의 언제나 새끼독수리나 그 패거리 중 한 명과 함께 먹었다. 그러나 놈들의 우정이라는 것은 진심도 아니었고 나를 생각해주는 것도 아니었다. 그저 어떻게 나를 좀 우려먹을까 하는 것이었기 때문에 끈질기게 나를 노름판으로 끌어들이려 했다. 새끼독수리가 놈들의 연락책이었다. 놈은 15분마다 이러는 것이었다.

"어이, 페리코, 한판 하러 가지. 책을 끼고 처량하게 구석에서 처박혀서 뭘 하는 거야, 무슨 성인 군자라도 돼? 이봐, 감방에서는 말야, 마시고 노는 게 시간 죽이기 왔다야. 그밖에 달리 할 거리가 없잖아. 이곳은 말야, 대장장이, 재단사, 재봉사, 칠장이, 총 만드는 놈, 금은 만지는 놈, 양철일 하는 놈, 수레 만드는 놈, 공돌이 천지라고. 자유를 뺏어놓으니 직업마저 빼앗은 꼴이지. 그러다 보니 갈 데까지 간 데다가 가족들 또한 어쩔 수 없이 게을러터질 수밖에 없게 되는 거야. 그러니 이봐, 뭐 할 것 있어? 놀며 마시며 시간이나 때우는 거지. 그러다 보면 목매달려 죽든지 실컷 먹게 되든지 하게 되는 거지 뭐. 안 그러면 망나니가 목 치러 오기 전에 지레 죽을 수도 있어. 일하다 죽을 필요는 없잖아."

친구놈의 설득이 끝나자 내가 말했다.

"너같이 머리털 검은 짐승이 그렇게나 조리 있게 얘기할 줄은 생각도 못 했다. 왜냐, 사실 말이지 네놈과 같은 종자들이 성질을 부리지 않고 이런 식으로 얘기하는 것을 본 적이 없었거든."

"네가 생각하는 것처럼 꼭 그렇지만은 않아. 그래도 대체로 보면 그렇다고 할 수 있겠지. 네가 원주민이나 흑백 혼혈, 그 밖의 계층 사람들을 그렇게 모질게 바보 취급하는 것도 그들 생각이 짧아서가 아니라 교양도 없고 배우지도 못해서일 거야. 너도 봤겠지. 말도 제대로 못하는 이 사람들이 얼마나 많은 물건을 만들어내는지. 상자, 책상, 장난감 원숭이, 소리나는 장난감 등 아이들의 호기심을 끄는 것들 말이야. 하긴 아이들의 호기심을 끌지 못하는 것도 있지만. 여기서 핵심이 되는 것은 파는 가격과 작업에 쓰이는 연장이야. 가격은 반 레알이나 4분의 1레알보다 싸겠지. 연장이라면 칼 한 자루, 양철 한 조각이 전부겠지. 대개 다 그것뿐이잖아.

이걸 보면 그들이 네가 생각하는 것보다 훨씬 재주가 좋다는 것을 알 수 있지. 그 사람들은 전문적인 석수장이, 목수, 수레장이가 아니면서도, 내가 앞에서 든 기술들을 익히지 못했으면서도, 사람이나 동물의 형상, 탁자, 옷장, 마차 등 원하는 것이면 뭐든지 만들 수 있어. 그것도 보기에 근사하게 말야. 만약 정식으로 일을 배웠다면 틀림없이 그 분야에서 대가가 되었을 거야.

　너도 이런 식으로 생각해보란 말야. 그 사람들이 공부를 했다면 어땠겠는가. 나날이 만나는 사람들이 교양 있는 사람들이라면, 그 사람들도 어느 누구보다 더 많이 알게 되겠지. 피부색이 검다 해도 박사들 틈에 낄 수도 있어. 나를 예로 들어보자. 내가 에스파냐어를 정식으로 말할 수 있는 이유는 박식한 신부님 곁에서 자랐기 때문이야. 그 신부님이 내게 읽기, 쓰기, 말하기를 가르쳐주신 거야. 내가 만약 고기 내장을 파는 아주머니 집에서 자랐다면 지금 이 순간 내게서 볼 만한 점을 하나도 못 찾을 게 분명해.

　뭐 이런 탁상공론이야 학자님들에게나 맡겨두자고. 여기서는 좋다 나쁘다, 희다 검다, 더럽다 깨끗하다고 말하는 것은 전혀 소용없는 짓이야. 중요한 것은 시간을 어떻게 때우느냐, 동료들을 어떻게 벗겨먹느냐 하는 거지. 그러니 노름이나 하러 가자고, 페리키요. 노름하러 말야. 겁내지 마. 카드 판에서는 아무도 날 속여먹을 수 없어. 원숭이 불알 까는 것보다 더 훤히 꿰고 있지. 카드라면 자신 있단 말씀이야. 그러니 가자고, 친구."

　나는 놈에게 대답했다. 돈이 있다면 기꺼이 가겠다. 하지만 땡전 한 푼 없다.

　"땡전 한 푼 없다! 그럴 순 없지. 침대에 깔린 이불이나 담요, 또 상자에 넣어둔 잡동사니는 괜히 폼으로 있는 거야? 여기 계신 왕초님이나 그분같이 고상한 양반들이 여덟에서 둘 먹기로 돈을 놓는다고. 개평먹기도 있고, 게 눈 감추기라는 것도 있지."

　"그러니까 8레알 빌려주고 2레알 먹는다는 거지. 나도 알아. 그걸 여덟에서 둘 먹기로 부른다는 것도 알아. 그래도 개평먹기나 게 눈 감추기는 뭔지 모르겠는데. 뭔지 설명해봐."

"개평먹기란 말이지, 돈을 빌린 놈이 돈을 딸 때마다 빌려준 놈에게 의무적으로 반 레알이나 1레알씩 주는 것을 말해. 그리고 게 눈 감추기라는 건 말이지, 일정 기간 무이자로 돈을 빌려주는 거야. 그런데 조건이 있어. 기간이 지나도 저당물을 찾아가지 않으면 그걸로 끝이야. 이미 빌려간 돈으로 끝나고 더 이상 요구할 수 없게 되는 거지."

"좋았어. 잘 알아먹었어. 그러니까 이런 것 아냐. 이든 저든 돈을 빌린 놈은 결국 알거지 신세가 된다는 거? 돈을 따지 못하면 말야."

"그게 무슨 상관이야? 따든 잃든 무슨 걱정이야? 네가 그걸 낳기라도 한 거야? 문제는 노름할 돈이 생긴다는 거고, 또 그렇고 그렇게 되는 거지 뭐."

"다 좋아, 그런데 이 물건들이 내 것이 아닌데 어떻게 저당을 잡혀?"

"들고 가면 되지. 네가 하기 싫다면 내가 하지. 여기서 누가 돈을 주는지 안 주는지 잘 알고 있으니까. 켕기는 이유는 안토니오 씨가 물건을 찾으러 왔을 때 뭐라고 말할까 하는 것 때문이겠지, 그렇지? 이봐, 대답은 아주 간단하고도 당연하고도 필연적인 거야. 뭐냐, 도둑맞았다고 하는 거지. 안토니오 씨가 의심할 거란 생각은 마. 나뿐 아니라 너처럼 어정쩡하지 않은 놈들은 모두 안토니오 씨 것을 훔쳐먹었거든. 그 양반도 그걸 기억하겠으니 이러고 말겠지. '주인인 내가 있었을 때도 훔쳐갔으니, 이 멍청한 신출내기가 내 것을 나처럼 지켜주지도 않았을 테니 훔쳐갔을 게 뻔하지.' 뭐, 꼭 이런 식으로 얘기가 되지 못한다 해도, 그래서 그 양반이 너한테 네다바이당했다고 생각한다 해도 네게 어쩌겠어? 이미 감옥에 있는 놈을 빼내겠어, 다시 처넣겠어? 그 양반이 눈치챌 거라는 걱정은 마. 네가 대놓고 이 의자들까지 팔아먹는다 해도 우린 입에 자물쇠를 채워둘 테니까. 지옥에 갈 때까지 입을 다물어주지."

"네가 하는 말은 다 믿어. 하지만 그 양반 아주 좋은 사람이야. 나를 믿고 내 친구가 되어주었으며 내게 호의를 잔뜩 베풀어주었어. 그런 양반한테 어떻게 이 따위 짓을 할 수 있겠어?"

"이거 정말 한심한 놈이네! 첫째, 안토니오 씨의 우정이라는 것은 자기 좋으라고 한 거야. 이야기할 상대를 구하려고 말야. 우린 그 양반을 원숭이마냥 이상하고 요상한 인물로 여겼으니까 친구가 없었던 거지. 둘째, 이제 자유에 도취되어 이 너저분한 것들을 더 이상 기억하지 못할 거야. 나간 지 나흘이나 지났으니 벌써 까맣게 잊어버렸을 거야. 셋째, 기억한다고 해도 네가 도둑이라는 누명을 쓰지 않고도 용서를 받을 수 있단 말야. 마지막으로 넷째, 이건 친구를 욕보이는 것으로 볼 수 없어. 네가 그 양반한테 무슨 해를 끼쳤어? 그 양반 마누라를 후리기를 했어, 그 양반 신용을 떨어뜨리기를 했어, 그 양반 재산을 가로채기를 했어, 칼로 찌르기를 했어, 그 양반 앞에서 욕을 했어? 그저 다급한 김에 그 양반 몰래 하찮은 물건 몇 개 파는 것일 뿐이야. 그게 바로 진짜 우정의 표시지. 네가 이 보란 듯이 큰 해를 끼친다면 그건 네가 정말 그 양반을 욕보이려 했다는 표시일 거야. 하지만 그 양반 모르게 옷 네 벌 파는 거, 그건 네가 그 양반을 사랑한다는 확실한 증거야. 네 진짜 속마음이란 말이지."

결국 그 가무잡잡한 망나니놈의 도에 넘치는 감언이설에 나는 넘어가고 말았다. 나는 상자 안에 있던 금단추가 달린 푸른색 천으로 만든 깨끗한 바지 한 벌을 5페소에 저당 잡혔다. 우리는 지체하지 않고 노름판으로 달려갔다. 꿀에 꼬이는 파리떼처럼 건달패가 모조리 노름판으로 달려들었다. 모두 둥글게 모여 앉자 친구놈이 패를 돌리기 시작했다. 나는 신나게 돈을 걸었다.

사실 말이지 새끼독수리는 교활하긴 했어도 소문처럼 그리 솜씨가 뛰어난 것은 아니었다. 놈은 어느 판에서 12레알까지 걸어가며 열을 냈으나 엉성한 수작을 조심성 없이 저지르는 바람에 모두에게 들키고 말았다. 그래서 판돈을 누가 가질 것이냐에 대한 다툼이 벌어졌다. 놈의 친구들은 놈을 싸고돌았고, 상대방 친구들은 상대방을 싸고돌았다. 일은 점점 크게 벌어져 급기야 손찌검이 오가게 되었다. 모두 한덩어리로 얽히고설켜 노름판 위로 나뒹굴었다. 살벌한 주먹질이 오갔다. 우리는 물불을 못 가릴 정도로 화가 나 한데 얽혀 있었기 때문에 마구잡이로 주먹을 내질러 가장 친한 친구의 뺨을 정통으로 갈기는 경우도 있었다. 나도 새끼독수리에게 한 대 제대로 얻어걸렸다. 피는 쏟아지지 아프기는 또 오죽한가. 뇌수가 온통 콧구멍으로 빠져나오는 줄 알았다.

마당에서 벌어진 소란이 워낙에 살벌했던지라 간수도 채찍만으로는 그 소란을 가라앉힐 수 없어 급기야 소장까지 등장했다. 우리는 그보다 더 큰 일은 없다 싶어 모두 소장 앞에서 꼬리를 내렸다. 소란이 진정된 후에 나는 내 방에 있었다. 새끼독수리란 놈이 나를 찾아왔다. 놈은 감옥 안에서나 밖에서 그런 소란에 이골이 났던 놈이라 나보다 훨씬 멀쩡했다. 놈은 그 싸움판에서 무슨 꼴을 당했는지를 느긋하게 물었다.

"형편없지 뭐. 이란 이는 모두 흔들리고 코는 주저앉았어. 참 친절도 하시지, 다 너 때문이란 말야."

"모르겠는데. 하긴 부정하진 않아. 나는 화가 났다 하면 누굴 상대로 뭘 하는지 구분이 안 돼. 그 새끼들이 내 면상을 땅바닥에 짓뭉개는 거 너도 봤지. 그러니 주먹으로 누굴 치는지 알 게 뭐야. 그래도 미안하이, 친구. 일부러 그런 건 아냐. 그래 피를 많이 흘렸어?"

"그렇게까지 할 필요는 없었잖아. 다 죽어갈 판이야."

"그러지 마. 호사다마라고 하잖아. 얻어터지는 것도 제대로만 되면 때때로 건강에 아주 유익하단 말씀이야. 그렇게 염가로 피를 왕창 쏟으면 머리도 맑아지고 감기도 예방할 수 있지."

"정말 어쩔 수 없는 놈이네. 처방이라고 한다는 것이 원. 앞으로 다시는 이런 채혈이라는 처방은 내게 써먹지 마. 그래 말해봐. 돈은 어떻게 됐어? 빌어먹게도 그래, 피투성이로 얻어터지고도 몽땅 날린 거야?"

"아니랄 수는 없다고나 할까. 원수놈들에겐 창자를 꺼내주었으면 주었지 한 푼도 줄 순 없지. 싸움이 막 벌어지는 순간 나는 돈을 꼭 쥐고 있었단 말씀이야. 그런데 놈이 시비를 걸어온 거야. 돈은 안전했어."

"어디에? 넌 바지도, 셔츠도, 돈을 감출 만한 곳은 하나도 없는데 어디다 그렇게 잽싸게 감춘 거야?"

"속옷 허리띠 속에 감췄지. 돈을 막 감추자마자 놈들이 덮친 거야. 내게 뒤집어씌우려 해도 내 손은 빈손이었단 말이지. 그런데 딴 놈이 나불거린 거야. 그래도 우린 아직 젊잖아, 새털같이 날도 많고."

"그 따윈 집어치워. 내 꼴을 좀 보라고. 배고파 죽겠는데. 누가 먹을 것이나 보내주었으면."

"정말 그런데 그래. 저기 점심 심부름꾼 체피토 아저씨가 오잖아."

정말이었다. 노인네가 바구니를 들고 왔다. 달콤한 국물, 갖은 양념에 절인 육포, 빵, 빈대떡, 강낭콩 등 먹을거리가 가득했다. 새끼독수리가 패거리를 불렀다. 우리 모두는 둘러앉아 화기애애하게 점심을 먹기 시작했다. 즐겁게 먹는 중에 술 생각이 간절했다. 술이 없어 우리는 기가 한풀 꺾였다. 그래도 결국에는 용설란 술로 대신할 수 있었다. 우리는 계속 술잔을 마주쳤다. 나는 술에는 약했던지라 그냥 취해버려 그뒤에 무슨 일이 있었는지, 어떻게 그 자리를 벗어났는지 도무지 기억할 수 없었다. 단지 내가 정신을 차렸을 때 내 침상에 누워 있었다는 것은 확실하다. 몸은 엉망이었고 머리는 깨질 듯이 아팠다. 그래서 나는 옷을 벗어 던지고 다시 잠을 청했다. 나는 어렵지 않게 잠들 수 있었다.

23. 페리키요가 감옥 안에서 도둑맞은 이야기, 안토니오 씨와 헤어지는 이야기, 그가 겪었던 일 등 독자들이 언짢아하지 않을 일들에 대해 이야기를 늘어놓는다

날이 밝자 내 감방의 죄수들이 자리에서 일어났다. 나도 마지막으로 일어났다. 지난밤에 쫄쫄 굶었기 때문에 배가 무지하게 고팠다. 나는 우선 아침을 때우기 위해 초콜릿 한 조각을 꺼내려 했다. 그런데 나는 놀라 자빠지고 말았다. 주머니에서 상자 열쇠를 찾아보았지만 없었다. 베개 밑에도 없었고 아무 데도 없었다. 나는 조바심이 끓어올라 상자를 부수고 말았다. 안토니오 씨의 물건이 모조리 사라지고 없었다. 내가 그렇게나 아끼고아꼈던 것들이. 고백하건대, 나는 분노와 절망으로 벽에 머리를 짓이기고 싶었다. 뻔한 일이었다. 바로 내 친구란 놈들이 내가 술에 취한 것을 보고는 주머니에서 열쇠를 빼내어 그 가엾은 양반이 모아두었던 것을 깡그리 털어간 것이었다.

나는 정신을 차렸다. 그래도 도둑놈이 누군지 꼭 집어낼 수도 없고 도둑맞았다고 누구한테 하소연할 수도 없었다. 그게 더 분통 터지게 만들었다. 내가 술에 취해 정신을 잃음으로써, 그래서 사리 분별 능력을 상실해서, 이런 참담한 결과를 야기하리라는 사실을 예상치 못했기 때

문이었다. 술에 취하면 감각이 둔해지는 법, 나무토막과 진배없이 된다. 그런 가련한 상태에 빠지게 되면 도둑질당하기는 여반장이요, 창피를 당하고 죽게까지 된다. 그런 예는 수도 없이 많다.

나는 줄곧 이 생각뿐이었다. 이런 살벌한 꼴을 당하지 않으려면 충분히 신경을 곤두세워야 했던 것이다. 많지는 않아도 그런 꼴을 이미 당하지 않았더냐.

멍하니, 비참하게, 고개를 떨구고, 씁쓸하게 나는 침상에 앉아 있었다. 손톱을 물어뜯으면서, 이따금 먼지 하나 없이 깨끗하게 비워진 쓸쓸한 상자를 힐끔거리며, 도둑놈들에게 욕을 퍼부어가며, 이놈 저놈 닥치는 대로 범인으로 몰아가며, 초콜릿이고 뭐고 다른 생각은 일절 할 수 없었다. 그래, 초콜릿 생각이 났다고 해서 뭘 어떻게 하겠는가? 초콜릿이 있었다는 흔적조차 이미 말끔히 사라지고 만 형편에.

이런 상념에 젖어 있을 때 새끼독수리가 찾아왔다. 놈은 활짝 핀 얼굴로 인사를 하더니 간밤에 어땠느냐고 물었다. 이에 나는 말했다.

"간밤에는 그저 그랬는데 아침에는 개판이야."

"아니, 왜, 페리키요?"

"왜냐고? 털렸거든. 안토니오 씨 상자가 어떤 꼴인지 보라고."

새끼독수리는 상자를 쳐다보고는 나를 동정이나 한다는 듯 소리를 질렀다.

"정말인데 그래. 돈 키호테가 맘브리노의 투구라고 불렀던 것보다 더 말끔히 비워졌군. 이거 웬일이야! 무슨 장난이야! 무슨 망신이야! 털린 건 놀랄 게 없지. 그래, 나도 기술자니까 이걸 보고 놀랄 일은 아니지. 하지만 내가 성질이 나는 것은 내 친구가 털렸다는 거야. 페리키요, 틀림없어, 산에 불을 지르는 놈은 산에 있는 놈이야. 그래, 틀림없이 여기 있는 놈들이 도둑놈이야. 내 장담하건대 어제 우리와 점심을 먹은 그 망나니놈들이 분명해. 내가 낌새만 눈치 챘어도 이런 일은 없었을 텐데. 그랬으면 널 홀로 내버려두지 않았을 거야. 그런데 잃은 걸 만회해보겠다고 남아 있는 걸 가지고 노름판에 갔었거든. 이젠 아주 거덜나고 말았어. 신경 쓰지 마. 내일은 내일의 해가 떠오를 테니까."

"그럼 아침 먹을 돈도 없단 말야?"

"아침은 무슨 놈의 아침. 어젠 담배도 굶고 잤는데. 그래, 상자에서 뭘 업어간 거야?"

"잡동사니지 뭐. 저고리 두 벌, 속옷 두 장, 장화 한 켤레, 고급 구두 한 켤레, 모직 바지 한 벌, 손수건 두 장, 책 몇 권, 내 초콜릿…… 아주 깡그리 훑어갔어."

"진짜 심했다! 거 참 유감인데. 내 감방마다 구석구석 뒤져볼게. 뭔가 꼬투리를 잡을지도 모르지. 실오라기 한 가닥만 찾아도 걱정 끝, 다 잡아낼 수 있어. 그러니 이제 코만 빠뜨리고 있지 말고 기운내라고. 자, 고개를 들고 일어서. 밖으로 나가 기분을 풀어. 이렇게 늘어져 있을 순 없잖아. 그래도 홍수가 나서 모두 떠내려간 것보다야 나은 것 아냐. 그러니, 자, 페리키요, 바보처럼 굴지 마. 아침이나 먹으러 가자고."

나는 아침을 주겠다는 소리에 엉거주춤 자리에서 일어났다. 우리는 왕초 감방으로 갔다. 새끼독수리는 왕초와 귀엣말을 나누었다. 왕초가 상자를 하나 열었다. 뒤적거리는 걸로 보아 빵이나 케이크를 꺼내려니 했는데 병 하나와 잔 하나를 꺼내더니 잔에 소주를 반의 반 되 정도 따랐다. 친구놈이 그걸 받아 내 손에 건네주면서 이렇게 말했다.

"받아, 페리키요, 해장이나 해."

"이런, 나는 말야 초콜릿이 아니면 아침 안 먹어."

"이게 초콜릿이야. 너 어제 마셨다고 해서 이러다 보면 다람쥐 쳇바퀴 돌기다 싶으니까 그러나 본데, 이게 가장 좋은 방법이야. 믿어요.

위장을 튼튼히 해주고 머리를 맑게 해준다고. 자, 마셔. 왕초께서 잔을 기다리시잖아."

놈은 이런저런 이유를 들이대며 나를 설득했다. 그래서 우리는 술잔을 주거니 받거니 했다. 다시 내 차례가 되었을 때 술이 올랐다. 생각보다 금방 올랐다. 그러나 어쨌든 나는 술의 힘을 빌려 오후 2시까지 편안할 수 있었다. 도둑맞은 것을 까맣게 잊어버렸던 것이다.

우리는 그렇게 15일을 지냈다. 나는 먹을 것을 대고 새끼독수리는 마실 것을 대고, 그렇게 서로 주거니 받거니 했던 것이다. 사실 말이지 놈은 틈만 나면 요를 팔아라, 이불을 저당 잡혀라 하고 졸라댔다. 그러나 그때는 목적을 달성할 수 없었다. 나는 다짐하고 또 다짐했던 것이다. 내가 이 세상에 살아 있는 한 절대 팔지 않겠노라고. 나는 끝까지 내 결심을 고수하기 위해 요와 이불을 왕초에게 가져가 그 주인이 집으로 가져갈 때까지 보관해달라고 간청까지 했다.

그 왕초는 그걸 맡아주는 친절을 베풀었다. 그래서 내게는 달랑 망토만 남게 되자 뱃속 검은 친구놈도 어떻게 좀 나눠 먹을까 하는 희망을 접어야 했다. 그렇다고 해서 놈이 내게 앙심을 품지는 않았다. 놈은 얼굴에 철판을 깐 놈이었으니까. 괜히 삐친다거나 하여 내게서 점심으로 얻어먹는 코카를 놓칠 수는 없었을 테니까. 놈은 점심때만 되면 결코 내 곁을 떠나지 않았다. 이름 모를 은인이 보내주는 음식이 놈을 내 앞에서 알랑거리게 만들었던 것이다. 그도 그럴 만한 일이지만 또 놈이 얼마나 알랑댔는가. 그래, 새끼독수리에 대해서는 험담을 늘어놓지 않겠다. 그저 달콤했던 것만 이야기하겠다.

나는 놈을 내 물건을 훔쳐간 장본인으로 점찍어두고 있었다. 사실이 그랬다. 그런데 왜 내게 달라붙는지 도무지 알 수 없었다. 나는 놈들 중에 그놈이 나를 가장 미워하고 있다고 생각하고 있었던 것이다. 어쨌든 놈들 뱃속에서 소화된 돈 한 푼을 꺼내기보다는 종교 재판에 걸린 유대인을 빼내는 것이 더 쉬울 것이다.

우리는 그렇게 서로 시치미를 떼고 지냈다. 놈은 내게 목 축일 것을 주었고 나는 놈에게 입질할 것을 주었다.

하루는 더럽고 너덜거리는 저고리를 벗어 이를 잡고 있는데 위로 올라오라고 불렀다. 나는 달려갔다. 무슨 재판 건으로 부르려니 여겼던 것이다. 그러나 나를 부른 사람은 서기가 아니라 안토니오 씨와 그 부인이었다. 고맙게도 나를 찾아와준 것이다.

안토니오 씨는 나를 보더니 꼭 껴안았다. 부인도 아주 정겹게 인사를 했다. 나는 그 자비로운 진짜 친구를 만났다는 기쁨에 폭 빠져서도 긴장이 되지 않을 수 없었다. 아, 물건을 찾으러 왔구나. 아이고, 이제 그 일에 대해 어떻게 둘러대야 하나. 그러나 안토니오 씨는 이내 내 근심 걱정을 털어주었다. 안토니오 씨는 몇 마디 말 끝에 왜 그렇게 더럽고 해진 옷을 입고 있느냐고 물었다.

"아시다시피 갈아입을 옷이 없거든요."

"없다고요? 그럼 상자에 넣어두었던 옷은 어떻게 했습니까?"

나는 그 질문에 당황했다. 그래서 나는 시치미를 떼고 거짓말을 할 수밖에 없었다. 곧이곧대로 대답할 수는 없었으니까. 나는 더듬거리며 내 것이 아니라서 사용하지 않았다고 했다. 안토니오 씨는 내가 수줍어서 그러려니 싶었으리라.

"그 옷은 제 것이 아니라 선생님 것이기 때문에……"

"아닙니다. 그건 당신 겁니다. 그래서 당신에게 준 것입니다. 맘 놓고 입어요. 그런 경험도 필요할 것 같아 맡아달라고 부탁했던 거지요. 지금까지 용케 지키고 계신다니 이젠 사용하세요."

이 선물에 나는 정신을 차릴 수 있었다. 속으로는 욕지거리가 튀어

나왔다. 친구가 옷을 입을 수 있도록 허락했어도 이미 그 빌어먹을 도둑놈들이 훔쳐가버렸으니 입기는 글렀다 싶었던 것이다. 침상은 가져갈 것이냐고 물었다. 아니라고 했다. 전부 내게 준 것이라고 했다. 나는 당연히 그 애정과 사랑에 감사했다. 부인에게는 부군으로부터 많은 호의를 빚지고 있다고 고백하며 마음껏 칭찬을 늘어놓았다. 그러나 친구는 내 칭찬을 말렸다. 친구는 감옥에서 나간 다음 어떻게 부인을 만나게 되었는지를 이야기해주었다. 어느 신사가 봉인된 편지 한 통을 전해주었다. 신사는 당부하기를 제발 편지를 읽은 다음에 집으로 가라고 했단다. 아주 중요한 일이라면서. 그러면서 자기 입으로 자기는 후작의 수석 유언 집행인이라고 고백했단다. 후작은 안토니오 씨가 감옥에서 나올 때까지 수고해달라고 그에게 간절히 부탁했단다. 자기는 후작 대신으로 용서를 구한다고, 부인에게도 그 분별없는 짓에 대해 용서를 구한다고 했단다. 후작은 친구에게 현금으로 8천 페소를 남겼단다. 이전에 일을 해준 대가에다 그 동안 저지른 잘못에 대한 보상으로 말이다. 부인에게는 찬란한 루비 반지를 남겼단다. 원래는 부인을 범하고 그 대가로 지불할 예정이었던 것이나 부인의 정절을 보고는 그 덕을 기린다는 의미로 기꺼이 부인에게 남겼단다. 후작은 부부가 공히 용서하고 자기를 위해 주님께 기도해달라고 간청했단다. 안토니오 씨와 부인은 내게 반지를 보여주었다. 부유한 후작에게 걸맞은 보석이었다. 두 사람은 지금 막 내가 쓴 이 이야기를 마치면서 눈물을 글썽였다. 마음씨 고운 젊은 부인이 말했다.

"제가 그 가엾은 후작님의 음흉한 속셈을 눈치 챘을 때는, 그 때문에 안토니오가 험한 꼴을 당하는 것을 봤을 때는 저는 이를 갈며 평생 증오할 것이라고 생각했어요. 그런데 그렇게 회개하며 죽는 순간 우리에게 베푼 정을 보니 그분도 훌륭한 분이라는 걸 알게 됐어요. 저는 이제 그분을 용서하고 있어요. 그리고 그렇게 일찍 돌아가시다니 정말 안타까워요."

"잘했어, 여보, 그런 생각을 하다니. 우리에게 뭘 남기지 않았어도 우린 용서해야 해요. 후작은 좋은 사람이었소. 아무리 좋은 사람이라 해도 열정이 없으면 그게 무슨 사내겠소? 우리가 겪은 고난을 생각하면 우리는 원수에게 더욱더 관대해져야 하는 거요. 우리가 받은 모욕을 더 쉽게 털어버릴 수 있는 거요. 하지만 불행하게도 우리는 다른 사람에 대해서는 아주 엄격한 심판관들이오. 우리는 결코 용서하질 않소. 부주의도, 실수도, 방심도 말이오. 우리 자신의 모든 잘못은 용서해주길 바라면서 말이오."

이런 이야기를 나누면서 우리는 오전 시간 대부분을 보냈다. 두 사람은 내 재판이 어느 상황에 있는지, 먹을 것은 있는지 등을 물었다. 나는 그렇다고 대답했다. 매일 바구니가 배달된다. 그 속에는 아침, 점심, 저녁이 들어 있다. 빈대떡도 두 개나 있고 담배도 한 갑씩 있다. 나는 그걸 받고 고마워하지만 누구에게 감사해야 할지는 모른다. 내 은인이 누구인지 심부름꾼이 이야기해주지 않기 때문이다.

안토니오 씨가 말했다.

"그건 문제가 아니지요. 중요한 것은 처음 그대로 자비가 계속 이어지는 겁니다. 계속되기를 주님께 간구하겠습니다."

이 말로 두 사람은 자리에서 일어나 나와 작별 인사를 나누었다. 안토니오 씨가 마지막으로 덧붙였다. 다음날 도시를 떠나 할라파로 갈 것이다, 내 신상에 대해 그곳으로 편지 해달라, 내 소식을 들으면 기쁠 것이다, 감옥에서 나오게 되면 그곳으로 와도 좋다, 홀몸이니 자신이 주선하여 행복한 삶을 꾸리도록 힘껏 보살펴주겠다.

들어서 알겠지만 안토니오 씨는 흔히 말하는 그런 의리 있는 친구는 아니었다. 안토니오 씨는 일단 입 밖으로 나온 말은 언제나 행동으로 증명하는 사람이었다. 안토니오 씨는 내가 위에 쓴 이야기를 마친 후에 내게 10페소를 주었다. 부인도 또 그만큼 주었다. 부부는 다시 나를 감싸 안고 위로하고는 안타까운 심정으로 나와 헤어졌다. 나는 처음보다 더 우울해졌다. 이제 그 사람의 보호는 이걸로 끝났다 싶었으니까.

새끼독수리는 이 방문을 줄곧 지켜보고 있었다. 은인들과 헤어질 때도 눈 한번 깜박이지 않았다. 그래서 그 부부가 내게 건네준 선물도 놓치지 않았던 것이다. 그리고 안토니오 씨의 선물은 당연히 자기와 나눠 가져야 한다는 듯 환호성을 질렀다.

안토니오 씨가 떠나고 나서 나는 착잡한 심정으로 감방으로 돌아왔다. 그곳에 내가 좋아 죽을 듯한 친구 새끼독수리가 나를 기다리고 있었다. 술잔과 순대를 들고. 어디서 그렇게 잽싸게 구했는지 귀신이 곡할 노릇이었다. 놈은 내 일거수일투족을 지켜보고 있었다는 사실에 대해서는 입을 꼭 다물고 이렇게 말했다.

"야, 페리키요, 이 자식! 점심도 안 먹고 널 기다리고 있었단 말야! 뭔 놈의 면회가 그렇게 늘어져! 안토니오 씨가 자기 물건을 찾으러 온 모양이로군. 그래, 어떻게 됐어? 도둑맞았다니까 믿어?"

"좋기고 하고 나쁘기도 해. 좋다는 것은 내 좋은 친구가 내게 맡겨 놓은 것을 하나도 찾아가지 않았을 뿐만 아니라 내게 다 넘겨주었고 게다가 돈까지 보태주었다는 거고, 나쁘다는 것은 이게 마지막 도움이라는 생각에서야. 내일 가족과 함께 고향으로 떠나거든. 친구로서 그리울 뿐만 아니라 은인으로서도 아쉬울 거야."

새끼독수리는 능청을 떨었다.

"좋은 말씀이야. 매우 그리울 거야. 그런 친구는 매일 만날 수 있는 게 아니니까. 그래도 어쩌겠어. 전능하신 주님께서는 아무도 굶어 죽으라고 창조하시진 않았지. 좋든 싫든 나랑 있으면 괜찮을 거야. 나는 가난한 검둥이야. 이 친구야, 내가 말은 이렇게 해도 검다는 게 정말 창피해. 그래도 나는 좋은 친구야. 널 돕는 일이라면 땅이라도 파겠어. 면회 왔을 때 위에서 날 봤는지 모르겠지만 나는 말하고 싶지 않았어. 그래서 네가 내려왔을 때 시치미를 뗀 거야. 널 면회 온 사람이 안토니오 씨라는 것을 알고 올라가보았지. 필요할 경우 증인을 서서 널 도우려고 말야. 헤어질 때 너를 껴안는 것을 보고는 마음을 놓고 내려와 이걸 준비한 거야. 마음에 들지 않으면 다른 걸 시키지 뭐. 노름에서 딴 돈이 아직 4레알 남아 있거든. 필요해? 자, 가져."

"아냐, 너 복 받을 거야. 지금은 괜찮아."

"이거야, 나이가 어려 그런 것도 아닐 테고, 어쨌든 필요하면 써. 아님 던져버리든지. 그래도 이건 알아둬. 이거 정말이지 완전히 무시당한 기분인데. 네가 내 친구가 아니고 또 내가 지금처럼 너를 좋아하지 않는다면 국물도 없었을 거야."

"그래 고맙다, 새끼독수리. 무시하는 게 아니라 지금은 돈이 충분해서 그래."

"잘됐다니 꼭 내 일처럼 기쁘기 한량없네. 이봐, 이 순대 맛 끝내준다. 먹어봐."

기막힌 알랑방귀 아닌가. 아무리 주의하고 경계하여 들어도 마음을 파고드는 말이었다. 어찌 그 말이 신중하지 못하고, 그런 앙큼함에 길들지 못한 내 귀에 속속들이 박히지 못했겠는가? 나는 그 검둥이놈에게 홀딱 반해버렸다. 수차례 술잔이 돌고 난 다음 놈이 진짜 진지하게 이렇게 말했을 때는 정신을 차릴 수 없었다.

"페리키요, 내 친구. 나는 사람 보고 친구 삼지 돈 보고 그러지 않아. 그 점에 대해서는 의심 없겠지. 내가 옷도 없이 이 모포를 감고 다니는 것을 보면 알 수 있잖아. 그래도 증명해보이고 싶어. 내 진심을 확실히 알게 해주어야겠단 말야. 야, 이거 평소보다 많이 마셨는데, 특히 넌 소주에 약한데 말야. 취했다는 얘긴 아냐. 그래도 알딸딸은 하겠지. 더 이기지 못해 지난번처럼 일을 당할까 봐 겁나는데. 곯아떨어지면 그 돈마저 주머니에서 훔쳐갈 거야. 여기서는 말야, 잘 뛰지도 못하는 놈도 훔치는 거라면 날아다닌다니까. 독수리라는 것뿐 아니라 매, 새매, 황조롱이 등 맹금류는 수도 없이 많잖아. 그러니 네가 가진 것을 왕초에게 맡기는 것이 지극히 합당하리란 생각이 드는데 말야. 몇 푼 주고 말야. 안 집어주면 꼼짝도 않거든. 왕초가 트렁크에 단단히 보관해줄 거야. 넌 필요할 때마다 한두 푼씩 꺼내 쓰고 말야. 다른 놈들이 네 돈을 쓰게 할 순 없지. 네게 감사하기는커녕 함부로 막 대하는 그런 놈들이 말야. 바로 얼마 전에도 놈들에게 당한 적 있잖아."

　나는 놈의 충고에 감사했다. 놈의 간교함을 눈치채지도 못하고 말이다. 나는 놈과 함께 왕초를 찾아갔다. 그리고 방금 전에 받은 20페소를 한 푼 남기지 않고 왕초에게 맡겼다. 일을 마치고 나자 내 그 잘난 친구놈은 감방에 가서 기다리라고 했다. 늦지는 않을 거라며.

　나는 놈의 말을 고지식하게 따랐다. 나는 침상에 앉아 생각했다. 어쩔 수 없는 일이다. 놈은 멋진 검둥이다. 놈은 피부색으로 괴로워한다. 놈의 말을 빌리자면 말이다. 오늘날까지 나는 놈이 나를 사랑하는 줄을 모르고 있었다. 사실 말이지 놈은 내 친구요 친구라 불러 손색이 없다. 그래, 나도 놈을 사랑해야지. 안토니오 씨 다음으로, 다른 누구보다 놈을 사랑할 것이다. 놈은 친구를 사귀는 데 있어서 가장 중요시해야 할 자질을 갖고 있다. 욕심이 없다는 것 말이다. 내가 그런 어처구니없는 생각에 빠져 있을 때 놈이 담배, 순대, 소주를 싸안고 와서 이렇게 말했다.

"어이 친구, 페리코, 이젠 네 돈도 안전하게 됐으니 우리 질탕하게 빨고 먹고 마셔보자고."

그렇게 애원할 필요조차 없었다. 나는 잠들 때까지 계속 술잔을 돌렸다. 내가 잠에 떨어지자 이 자상한 친구놈이 나를 침상에 눕혔다. 그러면서도 내게 배달된 음식에 대해서는 입을 다물었다.

오후에 나는 거뜬하게 일어났다. 취기가 말끔히 가셨던 것이다. 새끼독수리는 슬슬 계획을 실행에 옮기기 시작했다. 놈은 나로 하여금 저당 잡혔던 바지를 찾게 했다. 그 알량한 값에 넘기기에는 너무 아깝다는 것이었다. 놈의 목적은 내 돈을 슬금슬금 빨아먹는 것이었다. 내게 알랑방귀 몇 번 뀌는 것으로 충분한 일이었다. 나는 놈의 알랑방귀를 들을 때마다 다 나 좋으라고 하는 소리로 여겼다. 나를 위한답시고 바지를 찾아라, 왕초에게 맡긴 잠옷을 달래라, 맡겨둔 돈을 찾아라 등등 충고도 많았다. 나를 위한답시고 선금을 내게 했고, 노름을 꼬드겨, 다른 놈과 함께 단 이틀 만에 나를 빈털터리로 만들고 말았다. 그것도 모자라 단 여드레 만에 요, 이불, 시트, 상자, 망토도 날아가고 말았다.

놈은 내가 완전히 바닥까지 떨어진 것을 보고는 툭하면 나와 싸우려들었다. 그걸로 우정도 완전히 박살나버렸다. 갈라서고 난 다음부터 놈은 틈만 나면 나를 놀려대고 다녔다. 놈의 천성으로 보아 당연한 일이었고, 내 무분별한 신뢰에 대한 응당한 벌이었다.

누더기에 숭숭 뚫린 구멍을 통해 추위가 몰아닥쳤다. 이라는 놈들은 그 누더기도 좋다고 보금자리를 틀었다. 그런 참담한 몰골이다 보니 창피하기 그지없었다. 친구놈들, 특히 새끼독수리의 천박한 짓거리와 배은망덕, 딱딱한 잠자리는 내가 의기소침해지고 주눅들기에 충분한 이유가 되었다. 그래도 정오가 되면 나는 어느 정도 이런 기분을 떨쳐버릴 수 있었다. 바구니가 도착했고 나는 감칠맛 나는 음식으로 허기를 달랠 수 있었다. 그러나 그것도 마지막이었다. 영문도 모르게 먹이를 날라다 주던 까마귀가 자취를 감추었던 것이다. 나는 욕을 퍼부었다. 모두 싸잡아 지옥에나 떨어지라고 했다. 나는 내 무분별한 행동을 저주했다. 하나 때는 늦었다.

나는 헐벗고 배를 주려가며 몇 달을 더 감옥에서 고생했다. 그때는 정말이지 꼬챙이처럼 말랐다. 건강을 망칠 대로 망쳐 창백하고 비쩍 마른 데다 그에 더하여 형편없이 조금 먹는 것에 비해 셀 수도 없이 득실거리던 이라는 놈들을 충분히 잘 먹였기 때문이었다.

낮에는 그렇게 처참하고 험악하게 나날을 보내고, 밤이면 엄청난 폭풍이 내 까칠까칠한 침상에서 나를 기다리고 있었다. 침상이라고 해봤자 좀이 슬어 구멍이 숭숭한 멍석에 불과했지만. 내가 가진 누더기로는 베개도 요도 이불도 삼을 수 없었다. 너무 낡았던지라 눈에 띄게 닳았기 때문이다. 중단 없는 전진. 애들아, 생각해보아라. 너희 아비란 사람이 그런 비참한 상태로 몇 날이나 몇 밤이나 살 수 있었겠느냐. 하지만 이것도 고려해야 한다. 망나니짓으로 몸을 함부로 굴린 놈들은 그보다 더 심한 꼴을 당해도 싸단 점을 말이다. 내 다른 장에서 말했던 것 같은데, 젊은 사람은 몸을 함부로 굴리는 만큼 빈궁 따위 인생의 모든 불행을 겪게 마련인 것이다. 반면에 착실한 사람은, 그러니까 도덕적으로나 종교적으로 행실이 바른 사람은 그 모든 불행을 막아낼 강력한 방패를 갖추게 된단다. 이 점을 다시 강조하고 싶구나. 뭐, 남들이야 하고 싶은 대로 하라고 내버려두고, 내 이야기 가닥이나 다시 잡아가보자.

낮에는 배고픔과 추위가 견디기 어려웠고 밤에는 덮을 것 없는 잠자리가 고역이었다. 아주 우연한 일이 벌어지지 않았다면 나는 감옥에 있는 내내 덮을 것 없이 지내야 했을 것이다. 이런 일이 있었다.

어느 날 아침 내가 마당에서 밤새 추위로 시달린 몸을 녹이기 위해

해가 뜨기를 기다리고 있는데 역시 죄수로 잡혀왔던 시골뜨기 하나가 내게 다가와서는 이러는 것이었다.

"저, 선생님, 말씀드릴 게 있는데요. 곤란한 지경에서 좀 건져주셨으면 해서요. 돈은 달라는 대로 드릴게요. 저, 뭐냐 하면, 딴 사람들은 모르게 했으면 하는데요. 말들이 많은 놈들이라서."

"좋습니다. 말씀만 하십시오, 기꺼이 도와드리지요. 절대 비밀로 하겠습니다."

"저는 말이죠, 세메테리오 코스코할레스라 하는데요."

"엘레우테리오겠지요. 아니면 에메테리오거나. 세메테리오는 성자의 이름이 아니거든요."

"아따, 그냥 그렇단 말입니다. 저는 말이죠, 제 이름에는 별반 신경 안 쓰거든요. 어쨌든 그렇게 아시고요, 본론으로 들어가죠. 저는 말이죠, 산페드로 에스카포찰통고 출신인데요, 여기서 한 20리 떨어진 곳이지요. 그런데요, 선생님, 거기에 로렌사라는 아가씨가 하나 사는데요, 디에고 테로네스라는 아저씨 따님이지요. 요즘은 보기 드문 말을 고치는 의사란 말입니다. 저는 말이죠, 날마다 그 집에 왔다 갔다 하는데요, 집이 울타리 하나 건너니까요. 마귀란 놈이 말이죠, 잠도 못 자게 하면서 로렌사에게 홀딱 빠지게 해버렸단 말이죠. 저도 어쩔 수가 없네요. 왜냐면 말이죠, 아이고, 선생님, 그 아가씨가 얼마나 예쁜데요. 그러니까 키도 크고요, 살집도 통통하고요, 아주 늘씬하다고요. 꼭 떡갈나무 같은데, 살빛도 볼그족족하고요, 눈은 까맣고, 코도 넉넉하니 예뻐요. 흠이라면 약간 사팔뜨기에다 앞니 두 개가 빠진 건데요, 망아지한테 받혀서 그렇다나 봐요. 아가씨가 조심성 없이 뒷발을 놓쳤나 보데요. 어느 날 아버지가 편자를 박는 것을 돕다가 말이죠. 그외는 그걸 모두 갚고도 남을 정도로 예쁘단 말입니다. 그런데, 선생님, 제가 아가씨를 사랑했거든요. 선물도 하고 애원도 해봤지요. 그렇게까지 하니까 아가씨도 막판에 가설랑은 누그러졌지요. 그리고 저랑 결혼하겠다고 했단 말입니다. 그런데 언제 할 거냐고 해요. 이거 속임수일지도 모르고 일이 틀어지면 어쩌냐는 거지요. 그래 제가 말했죠. 내가 어떻게 아가씨를 속이겠는가, 나는 아가씨 때문에 죽을 지경이다. 그래도 결혼식은 속히 올릴 수 없다, 지금은 똥구녁이 찢어지기 때문이다. 신부님도 엄격하셔서 그런 위험한 결혼은 승낙하지 않으실 것이다. 사람이 죽어도 시신을 8일 동안 집에 두지 않느냐, 정말 나를 사랑한다면 서너 달만 기다려달라, 그때가 되면 옥수수를 거두게 된다. 4정보 정도 되는 땅에 씨를 뿌려두었는데 풍년이 들 것 같다. 이렇게 말하자 아가씨는 그러마고 했지요. 그날로부터 우리는 마치 아내와 남편이나 되는 것처럼 자주 만났죠. 그걸 보면 우리가 서로 좋아했다는 걸 알 수 있죠. 그런데, 선생님, 어느 날 밤 옥수수밭에서 돌아와 아가씨를 만나러 가봤는데, 글쎄, 어떤 덩치가 아가씨와 속닥거리고 있는 거예요. 그냥 돌아와서 생각하자니, 아 냄비 뚜껑이 확 열리는 거 있죠."

"무척 화가 나셨다는 말이군요. 냄비 뚜껑이 화난다고 열리는 건 아니죠."

"그렇다고 합시다. 거 무슨 소린지 모르겠으니 넘어가요. 그래 저는 한바탕 할 각오로 그 덩치를 만나러 갔죠. 알고 보니 기타를 친다는 쿨라스라는 놈이었죠. 말들 하는 걸 들어보면 기타도 잘 치고 춤도 잘 춘다는 놈이었죠.

저는 도착하자마자 그 집에서 로렌사와 무슨 수작이냐고 따졌죠. 놈은 성질을 부리면서 웬 상관이냐, 네가 무슨 아버지라도 된다고 참견이냐, 이러는 거예요. 저는 참을성이 없어 주먹부터 먼저 올라가는 놈인지라, 그 말을 듣고는 닭장에서 가져온 괭이 자루를 들어올려 대갈통을 한 방 정통으로 갈겼지요. 그러자 놈은 나 죽겠네 하며 나자빠졌어요.

그때 마침 졸개들과 순찰을 돌고 있던 경사 하나가 그곳을 지나가게 되었는데 쿨라스란 놈의 비명 소리를 들은 거예요. 저는 힘껏 내뺐지만 결국엔 붙잡혀 오랏줄로 꽁꽁 묶여 현장까지 끌려가게 된 거지요. 저는 사실을 토해냈어요. 의사는 말하기를 상처가 깊고 피를 많이 흘려 생명을 보장할 수 없다고 하더군요. 그래서 가여운 로렌사는 신부님 댁으로 가게 되었고 저는 감옥으로 끌려오게 된 거지요. 여기서 이렇게 족쇄를 차게 된 거지요.

다음날 로렌사가 신부님의 늙은 식모와 함께 저를 찾아왔어요. 자기는 잘못이 없다고 하더군요. 쿨라스란 놈이 제 전갈을 가져왔다며 울타리로 불러냈다고 합니다. 제가 잠시 그놈과 상점을 다녀와야 했다던가 했는데 지금은 다 잊어버렸습죠. 노인네가 일러주더군요. 그 가여운 아가씨가 나 때문에 울기도 많이 했다고 말입니다.

그 다음날 경사 양반이 노새를 타고 족쇄를 철렁이며 한 뭉치 서류를 들고 이곳 감옥으로 절 찾아왔어요. 이곳 판사에게 서류를 제출하라며 이곳 놈들에게 건네주었죠. 갇힌 지 벌써 3개월입니다. 어떻게 될지 모르겠어요. 쿨라스는 다 나아 이제는 기타도 치며 돌아다닐 수 있다고 로렌사가 편지를 했더군요. 그러니 선생님, 부탁드립니다. 돈은 얼마든지 드리죠. 선생님 이름과 선생님 모친의 명예를 걸고 제게 편지 두 장만 써주세요. 하나는 제 대부에게 보내는 것입니다. 고향에서 이발사로 계시는 분인데, 오셔서 제 일을 처리해주실 수 있는지 여쭤보고 싶어요. 다른 하나는 제 사랑 로렌사에게 보내는 것으로, 이제 신부님 보호에서 나온 줄은 아는데, 아직도 쿨라스가 추근거리는지, 바보짓 못 하게 조심하라고 일러주고 싶어요. 아무튼 모든 수단을 다해 위험을 피하라고 말입죠. 선생님 수고하시는 대가는 치르겠습니다."

내 고객의 장황한 정보와 요구가 끝났다. 나는 언제까지 편지가 필요한지 물었다.

"지금 당장요. 내일 우편물이 나가니까요."

"그럼 종이 값으로 2레알 내십시오."

시골뜨기는 돈을 이내 내주었다. 나는 즉시 종이를 가져오라 하여 그 알쏭달쏭한 사연을 적어나갔다. 편지는 그런대로 잘 써졌다. 그래도 시골뜨기는 무척이나 마음에 들었는지 대필료로 요구한 12레알에 정말 고맙게도 한때 망토로 쓰였던 누더기 한 점을 얹어주었다. 비록 너덜너덜했고, 깃은 반쪽이 달아났고, 너무 짧아 겨우 무릎을 가릴 정도의 것이었지만. 원 주인이 노름판에서 4레알로 날린 것이라니 오죽했겠는가?

정말정말 형편없는 누더기였다. 그러나 나는 그것으로 천하를 얻은 기분이었다. 나는 12레알로 먹고, 마시고, 초콜릿까지 먹었지만 그래도 얼마간 남았다. 나는 누더기 망토로 몸을 감싸고 배부른 돼지처럼 실컷 잤다.

나는 운이 트이지 않나 싶었다. 그러나 그 교활한 새끼독수리가 그런 부질없는 생각에서 일깨워주었다. 나를 또 보기 좋게 골려먹었던 것이다. 일은 이렇게 벌어졌다. 내가 운 좋게 누더기 망토를 얻은 그 다음 날 놈은 일찌감치 내 감방으로 들어와 심각하고 서글픈 표정으로 내 옆에 앉았다. 그리고 이렇게 말했다.

"이거 진짜 조심해야 하겠는데요, 페리코 선생. 시간은 한순간 한순간이 중요해요. 시간을 그저 그렇게 흘려보내는 게 아닙니다. 당신을 노리는 위험이 무시무시하고 바로 코앞에 닥쳤다면 말이오. 내가 그래도 한때 당신 친구이기나 했으니까 알려주는 거요. 지금이야 내게는 도움이 안 돼도 말이오. 어쨌든 동정해서라도 알려주기는 해야겠지. 그렇게 꾸물거리지 말라는 얘기라니까."

나는 혼비백산하여 물었다.

"무슨 일이야?"

"무슨 일이냐니? 어제 사무실에서 무슨 결정이 났는지 어떻게 모를 수 있담. 곧 다가올 축제 기간 동안 본보기를 보이겠다며 당신 목에 칼을 채워 길거리를 돌아다니며 채찍질을 2백 번이나 하겠다던데."

"세상에!" 나는 소리쳤다. 세상이 무너져내리는 것 같았다. "무슨 일이 벌어진다고? 이 페드로 사르미엔토에게 2백 대의 채찍질을 하겠다? 친가 외가로 명문가의 자식에게? 수없이 많은 위인을 배출한 가문의 후손에게? 아니 그것보다, 왕이 승인하고 대주교가 인정한 대학의 졸업생, 살라만카 대학과 맞먹는 대학교를 졸업한 문학 학사인 내게?"

"지금은 그렇게 떠벌리고 있을 시간이 아뇨. 그래, 돈 좀 있는 친척이라도 있소?"

"있지."

"그럼 서둘러요. 편지를 써요. 그 일에 대해 윗사람들에게 손을 좀 써보라고 해요. 서기를 구워삶게 금화 두세 개를 보내라고 하란 말이오. 그 돈으로 소송장을 구해 위에 서면으로 제출할 수 있어요. 이의를 신청하고 상소도 제기해 당신의 권위를 주장하란 말이오. 서둘러요, 늦으면 큰일 나요."

이 말을 마치고 놈은 자리에서 일어나 갔다. 나는 거듭 고맙다고 했다.

그리고 놈의 충고를 실행에 옮겼다. 우선 나는 서류를 사서 서면으로 제출하고 내 삼촌 마세타 변호사에게 편지를 쓰는 데 돈이 충분한지 주머니를 뒤져 살펴보았다. 그러나, 오호라! 3레알 반밖에 남지 않은 것을 보니 진짜 기가 막혔다. 5레알이 급했다. 나는 그런 경황없는 중에 그 순진한 시골뜨기를 찾아갔다. 나는 상황을 설명하고 제발 도와달라고 애원했다. 그 가엾은 시골뜨기는 나를 위로하며 선뜻 4레알을 내주며 이렇게 말했다.

"선생님, 그런 일이 있다니 참 안됐군요. 이것밖에 없어요. 가지세요. 나머지 1레알은 다른 친구가 빌려주거나 동정 삼아 거저 주겠지요."

나는 그 4레알을 받아들고 울먹이며 감사를 표했다. 그러나 그 경내에 있던 300명에 가까운 죄수들 속에서도 그처럼 자비로운 양심을 가진 자를 다시 만날 수 없었다.

그래 우선 소송장을 사고 반 레알을 들여 편지지를 샀다. 3레알이 남았지만 소송을 제기하고 심부름 값을 치르기에는 아직 1레알 반이 부족했다.

나는 그날로 청원서를 작성하고 삼촌에게 편지를 썼다. 나는 편지로 내 불행한 처지를 알렸다. 나는 죄가 없다, 대체로 보면 그렇다, 그러니 나를 도와달라. 그리고 내가 처한 상황과 우리 온 가족을 위협하는 모욕에 대해 설명했다. 나는 이런 얘기로 편지를 마쳤다. 비록 내가 산초 페레스라는 이름으로 신분을 속이고는 있지만 길거리로 나가면 아무 소용 없다, 모든 사람이 날 알아볼 것이고 그렇게 되면 우리 집안 망신이다, 나를 제쳐놓더라도 피를 나눈 우리 아버지와 당신 자식들과 또 그 후손들의 명예를 위해 그런 모욕으로부터 나를 구해달라, 서기를 구워 삶을 수 있도록 조속히 뭔가를 보내달라.

나는 편지를 봉했다. 나는 심부름꾼 체피토 아저씨에게 외상으로 이 편지를 친척에게 전해달라고 부탁했다. 심부름꾼은 저녁 예배 시간에 떠났다. 그래도 서면 제출을 위해 법정 수위에게 지불해야 할 4레알을 채우기에 1레알이 여전히 부족했다.

나는 밤새 잠을 이룰 수 없었다. 그 무시무시한 채찍질에 깜짝깜짝 놀라며 어디서 그 화급한 돈을 구할 수 있을지 궁리해보았다. 나는 그런 서러운 사념으로 아침을 맞았다. 나는 내가 해야 할 일을 요모조모 따져 보았다. 옷을 가닥가닥 뒤집어도 보았다. 1레알 반 값은 되지 않을까 생각해서였다. 그러나 값은 무슨 놈의 값! 저고리라는 것은 몸에 걸치고 있으니 저고리려니 싶은 것이었다. 바지라는 것도 겨우 허리춤에 걸려 있을 정도였다. 양말이라는 것은 잘해야 구멍이나 막는 데 쓰일 수 있을까. 구두라는 것도 두 짝의 거북이 등 껍데기 같은 것으로 두 가닥 노끈에 의지해 겨우 발에 걸려 있는 꼴이었다. 로사리오 묵주는 어디다 두었는지도 모르겠고, 다 떨어진 누더기 망토는 내가 완전히 거덜났다는 사실을 새롭게 되새겨줄 뿐이었다.

그날 아침 나는 서면 제출을 포기해버릴 뻔했다. 1레알 값이 나갈 것이 도무지 없었으니까. 그러나 천만다행으로 고개를 들었을 때 못에 걸려 있던 내 모자를 발견했다. 지하 감방에서는 쓸모없었던 것이 내게 최고의 선물을 가져다 줄 것으로 보였던 것이다. 나는 환호성을 질렀다. 주여 감사하나이다, 구원의 모자가 여기 있나이다! 나는 이렇게 외치면서 모자를 집어 들었다. 나는 당장에 모자를 1레알에 팔아 근심 걱정을 털어내고 건성으로 아침을 먹었다.

오전 10시쯤 체피토 노인이 삼촌의 전갈을 들고 감방으로 들어왔다. 여기 너희도 배우라고 하나하나 적어두겠다. 얘들아, 친구나 친척은 결코 믿지 마라. 오로지 너희 바른 행실만 믿고 많든 적든 너희가 정직하게 수고하여 얻은 것만을 믿어라. 삼촌의 대답은 이랬다. "산초 페레스 귀하. 당신의 정체가 무엇이든, 도둑놈이라고 대중 앞에 끌어내 모욕을 주든 말든, 저와는 전혀 상관없는 일입니다. 죄인은 그 죄에 합당한 벌을 받아야 하니까요. 저희 가문이 불명예를 쓸 것이라고 당신이 공갈을 쳐도 소용없습니다. 모욕은 죄인에게만 떨어진다는 사실을 아셔야지. 다른 친척들이 모욕을 당하는 것은 아니지요. 당신이 당해야 한다면 합당한 벌을 받으시오. 당신이 공언한 대로 죄가 없다면 주님을 위해 벌을 받으시오. 그리스도께서는 우리를 위하여 더 심한 고통도 당하셨습니다. 주님께서 당신 소원대로 당신을 도우시기를. 변호사 마세타."

이 정나미 떨어지는 답변이 내게 안겨주었던 그 기막힌 심정은 당해보지 않은 사람은 짐작도 하지 못할 것이다. 그 내용만 읽어보면 충분할 것이다. 나는 열불이 치솟아 땅바닥에 주저앉고 말았다.

나중에 들은 얘기지만 감옥에서는 나를 곧바로 의무실로 옮겨 즉각 응급 조치를 취했다고 했다.

정신을 차리자 다행히 솜씨 있는 의사 양반이 내 졸도 건에 대해 위에 보고했다. 서기는 소장과 함께 와서 내 터무니없는 생각을 일깨워주었다. 그런 판결은 없었다, 채찍질에 대해서는 걱정할 필요 없다.

그러자 나는 무덤 속에서 기어나오기라도 한 듯이 말짱해졌다. 나는 마음을 진정시켰고, 내 건강은 나날이 호전되었다.

내가 어느 정도 회복되었을 때 서기가 다시 내려와 상태를 살폈다. 누가 그런 엉뚱한 생각을 내 머리에 집어넣었는지 알아보라고 위에서 시킨 모양이었다. 위에서는 내 모든 비극을 잘 알고 있었던 것이다. 내가 그 일에 대해 서면으로 제출한 데다가 위에 언급한 삼촌의 편지도 읽어본 모양이었다. 그래서 내가 분명히 좋은 집 자손임을 인정하게 되었고, 그런 고약한 장난질에 화가 나 일을 꾸민 놈에게 본때를 보이려 들었다.

그래서 서기와 소장은 범인을 색출해내기 위해 온갖 수단을 다 동원했다. 그렇지만 나는 신중히 생각해보았다. 내가 일러바치면 새끼독수리가 고스란히 당하게 될 것인데, 그 바보 같은 놈을 혼내준다고 해서 내게 이로울 것이 전혀 없었다. 지금까지 저지른 죄만으로도 충분하다 싶었다. 그래서 나는 입을 다물기로 했다. 나는 단지 이렇게 말했다. 너무 많아서 누구라고 꼭 집어서 말할 수 없다. 위에서 보낸 사람들은 갖은 수를 썼지만 내게서 더 이상의 말을 들을 수 없었다. 그래서 그들은 내가 멍청한 놈이라는 결론을 내리고는 가버렸다.

나는 감방보다는 의무실에서 훨씬 편하게 지낼 수 있었다. 간호도 잘 받은 데다 그곳에 있던 사람들 가운데는 바탕이 좋은 사람들이 많아 그들과 나누는 대화가 마당에서 건달놈들과 나누던 대화보다 월등히 재미있었던 것이다.

서기는 청원서에 쓰어진 내 필체를 보고는 반해버렸다. 그래서 자기가 소장과 친구 사이라는 점을 이용해 그 동안 일해오던 비서를 쫓아내고 자기 대신 글을 써주면 매일 4레알씩을 주겠다고 내게 제안했다. 나는 즉시 수락했다. 그렇지만 위로 올라가기에는 꼴이 너무 형편없다고 일러주었다. 서기는 그건 걱정하지 말라고 했다. 서기는 다음날 내게 저고리, 조끼, 바지, 양말, 구두 일체를 마련해주었다. 모두 중고품이긴 했지만 깨끗하고 그리 낡은 것도 아니었다.

뻬까번쩍했다. 모든 죄수가 내 새로운 모습에 넋을 잃었다. 내 자신도 하룻밤 사이에 달라진 내 모습이 신기하기만 했다.

나는 일을 시작했다. 나는 내 주인의 명령에 정확하고 집요하게 효율적으로 따랐다. 며칠이 못 되어 나는 주인의 신임을 얻게 되었고 사랑도 받게 되었다. 서기는 감옥에서 나를 도와주었을 뿐만 아니라 감옥에서 나를 꺼내 자기 집으로 데려갔다. 그 일은 다음 장에서 보게 될 것이다.

24. 페리키요가 감옥에서 나오게 된 경위를 밝히고, 사악한 서기들에 대해 혹평하며, 찬파이나 집을 나오게 된 경위에 대해 이야기하는 장

살다 보면 풀이 죽고 옹색한 지경에 빠질 때도 있는 법이다. 그래서 대부분의 망나니들은 자기가 필요로 하는 사람들의 호감을 사기 위해 있지도 않은 덕성을 드러내기 위해 기를 쓰게 된다. 내가 서기에게 애쓴 것이 꼭 그런 것이었다. 나는 일이라면 죽기보다 싫었지만, 감옥에 갇혀 빈털터리로 헐벗고 굶주리며 1레알도 얻어낼 재간 없이, 남들이 내게 해코지나 하지 않을까 매순간 전전긍긍하다 보니 어쩔 수 없었다. 그래서 나는 최선을 다해 서기 기분을 맞췄다. 서기도 날이 갈수록 내게 더욱 큰 애정을 보여주었다. 서기는 15일이나 20일 정도 지났을 때 내 사건을 종결시켜주었다. 이제 나를 걸고넘어질 증인들도 아주 사라진 것이다. 혐의도 아주 가벼운 것으로, 더 따지고 들고 할 것도 없는 것이었다. 그래서 나는 소송 비용을 물지 않고도 자유의 몸이 될 수 있었다. 나는 서기를 섬기기 위해 서기 집으로 따라갔다.

이 첫번째 주인은 코스메 카사야라는 사람이었다. 죄수들은 그를 찬파이나라고 부르곤 했는데 성씨와 운을 맞추기 위해서나, 아니면 뒤집어엎는 솜씨 때문에 그런 것 같았다.

서기는 아주 대담한 사람이었다. 언젠가 나는 서기가 일을 처리하는 것을 보고 놀란 적이 있었는데 오늘은 그 일을 낱낱이 밝혀보겠다.

이런 일이었다. 어느 날 밤 전과가 많은 유명한 도둑이 경찰 손에 떨어졌다. 소송은 내 주인이 아닌 다른 서기가 맡게 되었다. 피고는 체념한 듯 모든 범죄 사실에 대해 에누리 없이 실토했다. 발뺌할 수 없었던 것이다. 그때 반반하게 생긴 피고의 여동생이 내 주인을 찾아왔다. 오빠 일을 부탁한다며 뭔가 뇌물을 쓴 모양이었다. 그러나 내 주인은 자기 담당이 아니니 담당자를 찾아가보라며 거절했다. 아가씨는 이미 만나보았지만 소용없었다고 했다. 그 서기는 지나치게 신중한 사람으로 이렇게 말했다고 했다. 자기는 항소를 제기할 수 없다, 판사들을 마음대로 다룰 수 있는 재주도 없다, 재판 결과를 받아들일 수밖에 없다, 판사들이 정당한 판결을 내릴 것이다. 그래서 아가씨는 그런 통고를 듣고 절망하여 내 주인을 찾아왔던 것이다. 아가씨는 애원했다. 선량하시다는 소리를 들었다, 재판정에서도 총애를 받고 있다는 사실을 들어 알고 있다, 부디 자비를 베풀어달라, 비록 가난하지만 그 은혜는 평생 잊지 않을 것이다, 할 수 있는 한 최선을 다해 보답하겠다.

주인은 이 말을 듣더니 애원하는 아가씨의 눈물 젖은 두 눈을 찬찬히 들여다보았다. 그리고 도와주어도 해롭지 않겠다 싶었는지 아가씨에게 이렇게 말했다.

"자, 아가씨, 울지 말아요. 내가 있으니까 염려 말아요. 오라버니 일은 잘 풀릴 거야. 그래도……"

주인은 '그래도'라는 말과 함께 자리에서 일어났는데 아주 낮은 소리로 이야기하는 바람에 나는 그 내용을 들을 수 없었다. 확실한 것은 아가씨가 두 번 세 번 "네, 선생님"이라고 했다는 것이다. 그리고 아가씨는 마음을 푹 놓고 떠났다.

며칠이 지난 어느 날 오후, 내가 주인이 불러주는 이야기를 받아 적고 있을 때 바로 그 아가씨가 혼비백산하여 뛰어들었다. 아가씨는 눈물 반 욕질 반으로 주인에게 소리쳤다.

"코스메 선생님, 제가 바랐던 것은 선생님께서 취하신 그런 형식적인 것이 아니었어요. 이 가엾은 여자를 그렇게 우롱하실지는 정말 몰랐어요. 제 방식대로 했다면 오빠를 살릴 수 있었을 거예요. 선생님께서도 약속하시지 않으셨어요? '너 거기서 한번 썩어봐라'라고 말해줄 사람이 없어서 찾아온 줄 아세요? 선생님도 보다시피 저는 가난해요. 하지만 길거리로 나서기는 싫어요. 제가 그랬다면 절 이 가난에서 건져줄 사람이 차고 넘칠 거예요. 하다못해 상처 난 종아리를 가릴 해진 스타킹쯤은 생기겠죠. 선생님을 찾아온 제 자신이 혐오스러워요. 아주 좋으신 분으로, 약속을 지키시는 분으로 알았는데……"

"입 좀 다물어, 아가씨. 무슨 소린지 종잡을 수 있어야지. 무슨 일이야? 왜 그래? 무슨 얘길 들은 거야?"

"끔찍해요. 오빠에게 모로 데 라아바나에서 8년이라는 형이 떨어졌어요."

주인은 당황하여 물었다.

"무슨 소리야? 그럴 수는 없지. 거짓말이야."

"거짓말이라니요, 당치도 않아요. 방금 오빠와 헤어졌는걸요. 내일 떠난대요. 아아, 불쌍한 오빠! 그 누가 알아주랴, 내가 얼마나 오빠를 위해 애를 썼는지……"

"내일이라니? 도대체 무슨 말이야?"

"네, 내일이오 내일. 오늘 오후에 결정났대요. 벌써 호송하기 위해 명단이 올라갔다는 얘기예요."

"걱정 마. 오빠를 감옥으로 끌고 가기 전에 내가 무슨 수를 써서라도 만나보겠으니. 자, 걱정 말고 가. 오늘 밤 오빠는 풀려날 거야."

이런 말을 듣고 아가씨는 밖으로 나갔고 주인은 감옥으로 갔다. 앞에서 말한 죄수는 다음날 출발하기 위해 다른 죄수와 한 두름으로 엮여 있었다. 여동생의 말과 한가지였던 것이다.

서기는 그런 모습에 놀라기는 했지만 졸도할 정도는 아니었다. 서기는 수완을 발휘하여 죄수를 풀어내고 나머지 죄수를 그 옆에 있던 불쌍한 원주민과 함께 엮었다. 이놈은 술을 먹고 마누라를 두들겨 팼다고 해서 걸려든 놈이었다.

이 애매한 놈은 이쁜이의 도둑 오빠를 대신해 모로 데 라아바나에서 8년 간을 썩어야 할 것이었다. 이쁜이의 오빠는 대낮에 멕시코 시내를 돌아다녀선 안 된다는 충고를 듣고 한밤중에 한 푼 들이지 않고 고스란히 풀려날 수 있었다. 이놈은 한밤중에라도 나돌아다니지 못했다. 법률을 수호한다는 패거리들에게 걸려들 염려도 있었으니까. 그래서 놈은 최단 시일 내에 도시를 떴다. 그리하여 서기의 사기 행각은 완전히 감춰질 수 있었다.

내 주인 찬파이나는 그런 짓거리도 거리낌 없이 해치우는 놈이었을 뿐만 아니라 서류를 조작해내는 일에도 도가 트인 놈이었다. 알면서도 위증을 끌어냈고, 본 적도 없는 것을 확실하다고 우겼고, 고소와 변호를 동시에 치러냈고, 나보고 대신 진술서를 쓰라고 하지 않나, 내키지 않으면 서명조차 빼먹는 등 불법적인 일을 무수히 저질렀다. 놈은 정말 뻔뻔스럽게도 일을 처리했다. 일에 방해되는 법령, 칙허, 왕명 등을 무시하기 예사였다. 법을 지키느냐 속임수를 쓰느냐 하는 데 있어서 중요한 것은 그 얄팍한 이익이었다. 내가 얄팍하다고 하는 이유는 놈은 돈을 너무 밝히는 놈이어서 얼마간 쥐여주면 마다하는 일이 없었던 것이다.

뿐만 아니라 놈은 무자비하고도 냉혹한 놈이었다. 누군가 죄를 지어 놈의 손에 떨어졌는데 그 사람이 가난하다면 그는 죽었다 복창해야 했다. 감옥에서 꺼내줄 생각조차 안 하니까. 놈은 그걸 자랑 삼아 떠벌리고 다녔다. 제가 무슨 성실하고 공정한 위인이라고 제 손으로 이 나라의 썩은 팔다리를 하나 잘라냈다고 으쓱거리고 다녔다. 한마디로 놈은 어느 모로 보나 비뚤어진 놈이었다.

나를 풀어주고 한동안 먹여준 사람의 잘못을 들춘다는 것이 도리에 어긋나는 배은망덕처럼 보이기는 한다. 그러나 내 의도는 그 사람을 비꼰다거나 그 사람 행실에 대해 따따부따 따지자는 것이 아니다. 단지 그 사람 패거리들의 행실을 보여주고 싶을 뿐이다. 장본인은 이제 살아 있지도 않고 또 다행스럽게도 내가 이런다고 창피를 당할 피붙이 하나 남기지 않았다. 내가 이런 것을 쓰는 일에 대해 사람들은 나를 용서해주어야 옳다. 그 사람이 내게 베푼 호의라는 것도 다 나 잘되라고 한 것이 아니라 나를 싼값에 이용해먹으려 한 것이니 나를 용서해야 마땅하지 않겠느냐. 어쨌든 나는 1년 가까이 그 사람을 모셨다. 옷 네 벌 사준 것과 담배 값으로 1, 2레알 집어준 것 외에는 내 생활이라는 것은 죄수들의 생활과 진배없었음이 틀림없다. 월급이라는 것도 정해진 것이 없었고 주는 둥 마는 둥 했다. 매일 4레알씩 주기로 한 것도 말만으로 그치고 말았다.

그렇지만 그 사람 곁에 달라붙어서 배운 그 간악한 솜씨에 대해서는 입을 다물고 있을 수 없다. 학자들의 말마따나 완숙하게 배운 것 말이다. 무슨 말이고 하니 나는 그 간악한 솜씨를 갈고닦아 붓으로 온갖 재주를 부릴 수 있게 되었던 것이다.

내가 앞서 이야기한 그 짧은 기간 동안에 나는 권한을 부여하는 법, 문서를 작성하는 법, 문서를 취하하는 법, 피고를 고발하는 법 혹은 변호하는 법, 고발장을 작성하는 법, 재판을 종결짓는 법 등 서기가 하는 모든 일을 배울 수 있었다. 그러나 다른 사람들도 다 하는 이런 일들은 아무 생각 없이, 형식적으로, 습관적으로 따라하다 보면 배우게 되는 것이었다. 전혀 어려울 게 없었다. 나는 서기가 하는 일을 완벽하게 이해할 수 있었기 때문이다. 특별한 재주를 부리지 않아도 나는 서기가 저지르는 나쁜 짓이 무엇인지, 서기가 손을 빼는 좋은 짓이 무엇인지 알 수 있었다. 그러나 그외의 일은 알 수 없었다. 나는 그저 주제넘는 대필자, 얼뜨기 법원 직원, 엉큼한 말단직에 지나지 않았다.

이런 더할 나위 없는 상황에서 서기는 나를 믿고 조금도 의심하지 않았다. 자기가 먹여주는 제자를 믿지 못하면 도대체 누구를 믿을 수 있단 말이냐?

어느 날 서기가 집을 비운 사이에 나는 어느 부인이 내놓은 어떤 집에 대한 매매 서류를 작성하며 시간을 죽이고 있었다. 내가 서류를 거의 마쳐가고 있을 때 세베로 씨라는 변호사 양반이 내 주인 찬파이나를 찾아왔다. 이 사람은 현명하고 착실했으나 좀 우울한 양반이었다. 이 양반이 자리를 잡고 앉더니 내 스승이 어디 갔냐고 한 뒤 이렇게 물었다. 당신 지금 뭐 하는 거요?

나는 그 양반 성격도, 직업도, 태생도 몰랐던지라 서류를 작성한다고 대답했다.

"그렇다면, 그래 사본을 뜨고 있는 거요 아니면 원본을 작성하고 있는 거요?"

"예, 선생님, 둘째 것입니다, 원본을 작성하고 있습니다."

"좋아요, 좋아요. 그래 무슨 건이오?"

"주택 매매 건입니다, 선생님."

"그래, 누가 서류를 의뢰했소?"

"다미아나 아세베도 부인입니다."

변호사가 말했다.

"아, 그래요! 그 부인 잘 알고 있습니다. 저와는 사돈간입니다. 제 사촌 발타사르 오리우엘라와 얼마 전에 결혼했지요. 지나치게 멋을 부리고 씀씀이가 헤픈 여자지요. 벌써 지참금으로 가져온 집까지 팔아야 할 지경에 이르렀답디까? 아무리 그렇다 해도 매매 서류까지 만들어야 한다니 알 수가 없군요. 좀 봅시다. 한번 읽어보시죠."

나는 워낙에 미욱했던 놈이라 어떤 사람과 이야기하는지도 모르는 채 서류를 읽었다. 서류의 내용은 더도 덜도 아닌 꼭 이런 것이었다. "멕시코 시, 1780년 7월 20일, 본 서기와 증인, 이웃 앞에서 다미아나 아세베도 부인은 다음 사항을 계약한다. 다미아나 아세베도 부인 자신과 상속인, 즉 차후 생길지 모르는 자식들의 이름으로 서약하는바, 멕시코 주변 지역 비야 델 카르본 출신 일라리오 로차 씨에게 다음의 것을 영구히 양도한다. 물건은 아르코 가에 위치한 주택으로 고인이 된 호세 마리아 아세베도 씨로부터 상속받아 소유하게 된 것이다. 위층은 방이 네 개로 거실·침실·부속실·부엌으로 구성되어 있다. 아래층은 헛간과 마구간으로 구성되어 있다. 주택은 가로 15자, 세로 38자로 고인이 된 위 부친의 유언장에 표기된 사항에 따른 것이다. 고인의 명의로 양도인에게 부여하는바, 이 집은 매매하거나 양도하거나 저당 잡힐 수 없다. 또한 증여·기부·교회 헌금·상속 재산·후원회·담보·국세·저당 외 기타 저당 담보물로 사용할 수 없다. 공장·수입·지출·비용·생활 습관 및 하인도 양도한다. 이에 대해 멕시코 조폐창에서 발행된 현금 4천 페소를 수령하였다. 따라서 금일로부터 영원히 포기하여, 손을 떼고, 신경 안 쓰게 되며, 상속인이나 후손도 재산에 대한 권리·명예·자산 등 위 주택에 대한 일체의 권리를 포기하며 이 권리는 일라리오 로차 씨에게 양도된다. 일라리오 로차 씨는 실제 행위, 사적 행위, 유익한 행위, 복합적 행위, 직접적 행위 등을 통해 권리를 행사할 수 있다. 일라리오 로차 씨는 재산권을 절대적으로, 자유롭게, 포괄적으로 행사할 수 있으며, 재산권을 다루는 데 있어 장본인이 되며 양도인에게 의뢰하거나 간섭을 받지 않는다. 양도인은 합법적으로 재산권을 양도했기 때문에 변경·양도·사용할 수 없다. 일라리오 로차 씨는 본 계약으로 합법적으로 재산권을 취득한 것이다. 이 재산권을 영구히 보장하여 다시 취득할 필요를 없애기 위해 본 계약서 사본을 공증하여 일부를 제공하는 바이다. 또한 밝히는바, 저택의 적정 가격은 앞서 명시한 대로 4천 페소이다. 더 나가는 것도 아니며 더 주겠다는 사람도 없었다. 만일 더 나갈 수 있다면 그 차액은 위 로차 씨와 그 유족에게 일명 인테르 비보스 권리에 의해 순수하고 단순하며 완전하며 물릴 수 없는 무상 증여로 귀착된다. 이는 법령집 제5권, 11장, 1항 내용에 의한 것이다. 이는 알칼라데 에나레스 법정에서 다루었던 바며, 논 누메라타 페쿠니아, 세나투스-콘술토 벨레야노도 다룬 바이다. 이는 판사들 재량과 판단에 달린 것으로, 시 쿠아 물리에르의 경우 포기할 수도 있다. 시 콘베네리트 데 후리스딕시오네 옴니움 후디쿰, 본인에게나 유족에게 이로울 경우, 어느 누구에게도 재산권의 소유 및 양도 등에 대한 소송을 제기할 권리를 부여하지 않을 수 있다. 저당 등으로 해서 문제가 발생할 경우, 양도인, 그 유족, 상속인 등은 서로 협의하여 반대소를 제기하되 확정 판결이 날 때까지 자비로 소송에 임한다. 그 결과 매수인은 재산권을 소유하고 자유로 행사할 수 있다. 만일 그렇지 못할 경우 매수인에게 그와 동등의 가격·위치·설비 등을 갖춘 물건을 제공해야 하며, 손해분에 대해서는 즉시 더 좋은 조건으로 그만큼 보상해야 한다. 그러니까 그 기간 중 가격이 올랐을 경우 그에 맞추어야 한다. 그에 따른 모든 비용 등은 매수인에게 지불되어야 하는바, 이는 본 계약서에 의한 것이다. 본 계약서는 매수인을 대신하며 매수인은 다른 증거에 의하여 대금 지불을 연기할 수도 있다. 따라서 본 계약서 내용에 따라, 당사자와 당사자 소유 재산에 대해 명하는바, 이는 판사들의 판결에 의한 것으로, 확정 판결로 인정하여 다른 법적인 대응을 못 하는바, 당사자는 본인 자발적으로 전반적인 재산권을 양도한다. 본 일라리오 로차 씨는, 내가 신용하는바, 본 계약서에 의해 물건의 소재지와 그 상태를 인지하여 다음과 같이 천명하는바, 본인은 본 계약서에 명기된 대로 위 주택을 구입하기로 결정하여, 다음 사항을……"

"됐습니다. 그 장황한 내용을 다 들으려면 참을성깨나 있어야겠습니다. 거참 장황할 뿐만 아니라 말도 안 되는 졸작입니다. 이보세요, 당신은 당신이 쓴 내용이 무슨 소린지 알 수 있습니까? 당신 그 부인 알아요? 당신이 무슨 법을 어기고 있는지 알아요? 게다가……"

이 순간 주인 찬파이나가 들어왔다. 주인은 그 변호사 양반이 내게 퍼부었던 질문을 가로막더니 이렇게 말했다.

"이 아이는 선생님의 질문에 별로 대답할 게 없어요. 신출내기 서기에 불과하니까요. 선생님께서 들으신 이 서류는 제가 남긴 초안을 가지고 어깨 너머로 배운 것으로 만들어본 것일 뿐입니다. 기억력이 뛰어나 모조리 일 같잖게 외워버리죠."

지금쯤은 눈치를 챘어야 했다. 그러나 나나 내 주인이나 그 세베로라는 양반이 변호사라는 사실을 까맣게 모르고 있었다. 그저 우리에게 일거리를 맡기러 온 불쌍한 놈이겠거니 생각했던 것이다.

내 주인이라는 양반은 지극히 무식한 데다 지극히 거만하기까지 해서 실수는 여기서 끝나지 않았다. 주인은 이렇게 찾아와준 것에 놀라면서도 점잖게 실수를 만회해보려고 이렇게 덧붙였다. 이게 바로 주인의 습관이었다.

"선생님, 의문스러운 점이 있다면 제게 물어보셔야지요. 확실하게 설명드리겠습니다. 절 찾아오신 걸로 봐서 제가 누구라는 것을 알고 계신 것 같은데요. 혹시 모르신다면, 저는 코스메 아폴리나리오 카사야 이 토레할바라고 합니다. 이 지역 법원에 공무 서기로 있습니다. 잘 부탁드립니다."

"당신의 수완과 재주에 대해서는 익히 들어 알고 있습니다. 저도 고명하신 분의 집을 방문하게 되어 영광이올시다. 저는 제가 모르는 것이라면 무엇이든 알고 싶습니다. 그래서 이 무식함에서 벗어나기 위해 저보다 많이 아시는 분에게 자주 질문을 드리고는 합니다. 그러니 용건을 말씀드리기 전에 우선 방금 전에 듣긴 했으나 이해가 안 되는 몇 가지에 대해 여쭙고자 합니다."

찬파이나는 몸에 밴 거만을 떨며 말했다.

"이미 말씀드렸지요, 무엇이든지 물어보세요. 기꺼이 의문점을 해결해드리겠습니다."

"그렇다면 선생님, 설명을 부탁드립니다. 문서에서 사용되는 포기라는 의미가 무엇인지요? '시 쿠아 물리에르'라는 법은 무엇입니까? '시베 아 메'라는 건 뭡니까? '시 콘베네리트 데 후리스딕티시오네 옴니움 후디쿰'이라는 것은 또 뭡니까? 여자들이 포기하는 '베네피치오 델 세나투스-콘술토 벨레야노'라는 건 뭡니까? '논 누메라타 페쿠니아'는 무슨 말입니까? '내 특권과 주소와 이웃을 포기한다'라는 건 무슨 뜻입니까? 법규 5권 11장 1절 내용은 어떤 것입니까? 그리고 마지막으로 증서를 약정할 수 있는 사람과 없는 사람은 누구누구입니까? 포기하거나 포기 못 하는 법은 무엇 무엇입니까? 문서상의 증인들이란 도대체 누구며 또 무슨 일을 하는 사람입니까?"

"질문이 많기도 하네요. 그 모든 질문에 장황하게 대답하기란 결코 쉬운 일이 아닙니다. 그래도 어느 정도 만족을 시켜드려야겠는데, 이렇게만 아십시오. 포기에 관련된 법이란 아무짝에도 쓸모없는 고물에 지나지 않습니다. 그래서 우리 서기들은 그 따위 것을 외우느라 골머리를 썩지 않습니다. 그런 법이야 변호사들이나 알면 되지 우리는 아닙니다. 소장이나 이런저런 서류를 작성하는 데 그런 법을 언급하는 것이 형식이다 보니 오늘날 우리 서기들도 서류에 쓸 뿐입니다. 지금으로부터 한 세기가 지나도 마찬가질 겁니다. 우리 후배들도 그 법들을 이 세상 최초의 서기들과 똑같게 여기겠죠. 다시 말씀드리지만 그 따위 것은 알든 모르든 중요하지 않습니다. 아시겠습니까?

어떤 사람들이 서류를 양도하느냐 하는 질문에는 이렇게 대답해드릴 수 있습니다. 미친 사람만 아니면 아무나 할 수 있습니다. 적어도 저는 돈만 주면 그가 누구든 할 수 있다고 봅니다. 무슨 문제가 있어도 저는 다 해결할 자신이 있습니다. 아시겠습니까?

마지막으로, 문서상의 증인들은 명목상의 인물입니다. 가공의 인물이라고 하는 것이 좋겠군요. 후안은 팔려고 하고 페드로는 사려고 한다 칩시다. 그 거래에 증인이 있든 없든 무슨 상관입니까? 그러니 여기 보십시오. 대부분의 제 동료들과 거의 대부분의 읍면장, 대리인, 사법관은 우리 나름대로 집에서 서류를 작성합니다. 그러다 증인을 세워야 할 때면 이 아무개, 저 아무개 하는 식으로 써넣습니다. 우리 주변에 그런 사람이 전혀 없어도 말입니다. 분명한 것은 서류는 넘어가고, 집은 팔리고, 우리 주머니는 채워지는 거지요. 이런 수작을 안다 해도 따지고 들 사람 하나 없다는 것입니다.

대체로 이렇다고 말씀드릴 수 있지요. 질문이 더 있으시면 말씀하십시오. 끝내주게 설명해드리겠습니다. 끝내주게, 명확하게 말입니다."

변호사는 의자에서 벌떡 일어섰다. 너무 화가 치미는지 말까지 더

들었다. 변호사는 우리 잘난 스승을 잡아먹을 듯 노려보며 이렇게 말했다.

"코스메 카사야 씨, 아니 남들처럼 찬파이나라고 불러줄까요, 아니면 호박씨라고 불러줄까요. 당신이 누구와 얘기하고 있는지를 아시오. 나는 세베로 후스티니아노라는 변호사요. 이곳 법원 변호사이기도 하지. 내가 법정에 서게 되는 것을 보게 될 거요. 듣기 싫더라도 들으세요. 나는 형사·민사 양쪽 모두에 박사 학위를 가지고 있소. 당신처럼 잘난 척이나 하려고 하는 말이 아니오. 그래서 하는 말인데, 아무리 많이 알고 있다 해도 당신이 알고 있는 것은 지혜가 아니라 술수와 무지일 뿐이오. 이럴 수가! 누가 당신을 서기로 세웠소? 누구 심사를 받았지요? 어떻게 심사관들을 속일 수 있었을까? 미리미리 예상 문제를 풀어 보았거나 어려운 문제가 나오면 적당히 둘러대거나 했겠지.

당신과 당신처럼 돈만 밝히는 간악한 서기들 때문에 생각이 변변치 않은 사람들조차 서기를 사갈시한단 말이오. 그 고귀한 직업을 증오하기까지 해요. 지혜롭고 경건한 서기들을 얕은꾀나 부리는 서기 나부랭이와 동일시해버리는 거요. 그런 놈들이 그런 사람보다 많기 때문에 설치고 다니는 거지.

이봐요, 서기라는 직은 명예롭고 고귀하고 순결한 것이오. 법에도 공명정대해야 한다고 나와 있어요. 법률에 이렇게 규정되어 있단 말이오. 서기직을 수행하려는 자는 평이 좋은 자유인으로 기독교인이어야 한다. 서기직을 수행하는 것은 왕의 명령에 따르는 것이다. 서기는 왕실이나 도시와 지방에서 작성되는 문서를 충실히 작성해야 하며, 소송에 있어서의 공인된 증인으로 사람들 사이에 체결되는 계약에 증인이 된다. 이 직을 수행하기 위해서는 지역 판사들 면전에서 관리 검사가 다음 사항을 증명해야 한다. 순수한 혈통, 준법성, 충성도, 능력, 올바른 삶과 습관.

그래요. 서기직은 명예로운 것이오. 어떤 사람들이 생각하는 것처럼 서기가 된다고 해서 신사가 되지 못하는 것은 아니지. 가슴에 십자가를 달 수도 있고 필요한 것은 무엇 하나 부족하지도 않아요. 예를 들어 볼까요. 이 말이 뭐 특별하다거나 심한 것도 아니오. 생각해보시오. 서기는 국민들의 신망이 높은 주권자를 대리하는 사람이오. 그가 누구든지 간에 서기로서의 직을 수행할 경우 전적으로 신뢰해야 하는 거요.

그러니 이거 서글픈 일이 아니오? 사회에서 기리는 이 직업을 몇 명의 망나니가 수작을 부리고, 필요를 채우고, 사기를 쳐서 망쳐놓는다는 사실이 말이오. 대체로 그렇게 여긴단 말이지. 이런 사정을 잘 아는 사람은 별로 없어요. 요즘 어떤 작가는 이렇게 말했답니다. 그 고귀한 직을 함부로 남용하여 우리 조국의 다른 서기들이 마땅히 받아야 할 신망과 존경을 떨어뜨려서는 안 된다.

당신이 작성했거나 작성하라고 시켰거나 간에 이 서류는 언급할 가치도 없는 엉망진창이오. 당신이 고백하지 않아도 이것만 보면 당신의 무식함을 알 수 있지. 서기는 법을 알 필요가 없다, 변호사들만 알면 그만이다는 생각은 도대체 어디서 나온 거요? 아니오, 선생. 서기도 일을 제대로 수행하려면 법을 공부해야 합니다.

이건 아주 분명한 거요. 당신이 궁리해 벌여온 그 요상한 짓거리, 엉터리 수작을 알지 못한단 말이오. 당신은 법이란 전혀 소용없는 것이라면서도 잘도 인용하고 있군요. 그걸로 당신이 무식하다는 사실을 드러내는 거지. 또 당신은 부인의 나이를 써넣는 것도 빠뜨렸어요. 서류가 효력을 얻기 위해서는 반드시 필요한 사항이오. 그 부인은 스물다섯 살이 넘었소. 결혼도 안 했고 부모와 사는 것도 아니오. 재산을 마음대로 처분할 수 있지. 자유로운 남자처럼 스스로 처리할 수 있단 말이오. 그러니 '세나투스 콘술토 벨레야노' 라는 이름을 쓰는 것이 어처구니없단 말이오. 그는 여기 없을 뿐만 아니라 그 부인과는 상관없는 인물이오. 이걸 아셔야지. 이 법은 로마 시대 때 집정관 벨레야노에 의해 만들어진 것이오. 여자들이 누군가를 위해 보증을 서지 못하도록 하기 위해서 말이오. 특별히 보증을 서게 되는 경우에는 이 로마 법을 포기해야 하오. 각기 사는 나라 법에 따라 계약이 유효하게 되면 의무를 다해야 하지요. 법에 따라 권한이 부여되면 스스로 자기 이익을 위해 떠맡아야 하는 거요. 따라서 그 조항은 필요 없게 되지. 어떤 법으로도 부여된 의무를 벗겨주지 못하니까.

당신이 아무렇게나 늘어놓은 다른 사항에 대해서도 마찬가지요. '시 쿠아 물리에르' '시베 아 메' 등등 말이오. 이 조항들은 결혼한 여자의 재산이나 지참금 따위를 보호하기 위해 사용되는 거요. 오로지 결혼한 여자에게만 해당되는 사항이오. 결혼한 여자만이 재산을 포기할 수 있는 것이지 다미아나 아세베도 부인과 같이 처녀나 과부는 해당되지 않소.

당신이나 당신 동료들의 무식이 어디까지 뻗쳤는지 도무지 알 수가 없구려. 서류를 작성하는 데 어쭙잖은 라틴어나 끼적거리고, 알지도 못하는 법률이나 들먹이고 있으니. 이전 사람들의 서류에서 본 대로 따라하다 보니 그렇겠지요. 보세요. 당신은 집을 4천 페소에 팔았다고 했고 매수인이 그 가격에 만족했다고 했소. 그런데 이내 '논 누메라타 페쿠니아' 의 법을 포기한다고 합니다. 이 법이 현금을 주고받는 것이 아니라 외상 거래의 경우에 해당된다는 사실을 알았다면 그런 실수를 저지르지는 않았겠지요. 마지막으로, 서류상 증인을 내세우기 위해 당신이 사용한 이름에 관해서인데, 당신 혼자서 마음대로 해서는 안 돼요. 관련 항목이나 포기하는 법에 대해 상세히 설명하지 않으면 이 서류를 만들기 위해 들인 모든 수고가 다 헛수고가 되고 마니까. 당신이 고물이라고 하는 그 법에 다 나와 있어요. 완벽하게 이해시키는 것이 서기의 절대적인 의무라는 사실이 말이오. '일반적으로 서기는 포기에 대한 법률 그 자체보다는 그 내용에 대해 조금 알고 있을 뿐이다. 우리가 모를지도 모른다고 생각하는 사항에 대해 서기가 통달하고 있다고 어떻게 자신할 수 있는가? 우리는 서기가 관련 법을 잘 알고 있는지 알아보기 위해 서기를 시험할 수도 있다. 서기가 제대로 답을 하면 잘 알고 있다고 여길 것이다. 답을 제대로 못 하면 반대로 생각할 것이다. 그렇지 않겠는가?'

그러니 카사야 선생, 공부 좀 하시오, 공부. 그리고 제대로 살아야지요. 당신이나 당신 같은 사람들의 잘못으로 인해 나머지 선량한 서기들이 욕을 먹는다니 정말 어처구니없는 일이오. 나는 당신보다 행실이 바르고 능력 있는 서기를 찾아온 것이오. 당신을 믿을 수 있을지 결정을 내릴 수 없소. 더 열심히 공부해서 더 올바른 사람이 되시오. 그러면 편안히 먹고 영혼도 평안을 누릴 거요.

그리고 젊은 양반, 당신도 이 길로 계속 가고 싶다면 공부를 해요. 글로 후려먹을 생각 말고. 어찌 썩은 고기나 먹고 있으려 하오? 그럼 잘 있으시오."

변호사는 주인을 닦달하고 난 후에 더 이상 보지도 듣지도 않고 가버렸다. 주인은 혼이 쏙 빠져 있었다. 나중에 들은 바에 의하면 꿈인지 생신지도 모르겠더라고 했다.

학교 다닐 때 만난 내 첫번째 선생이 생생하게 떠올랐다. 그 양반도 어느 신부로부터 호되게 당한 적이 있었다. 그러나 내 주인은 접시 물에 빠져 죽을 위인이 아니었다. 영악하다고 해야 할까, 철면피라고 해야 할까. 주인은 대범하게 불편한 속을 감췄다. 주인은 조금 정신을 차린 후에 내게 이렇게 말했다.

"페리키요, 너 아느냐, 왜 저 변호사 놈이 난리를 피웠는지? 너도 알아두거라. 그건 다름이 아니라 다른 고양이에게 할퀸 고양이 같은 심보를 가져 그런 거란다. 저 아는 척 뻐기는 놈들은 아주 질투가 심한 놈들이야. 놈들은 다른 사람들 눈도 제대로 쳐다보지 못한단다. 놈들은 의뢰인 앞에서 완전한 폼을 잡기 위해서라면 변호사·판사·대리인·검사·서기, 심지어 포졸이나 사형 집행인 행세까지 하려든단 말이다. 너도 저 세베로라는 놈이 하는 짓거리 봤지. 그 잘난 척, 아는 척하며 퍼부어대던 말 들었지. 무슨 서류 하나 쓰는 데 오만 가지를 다 들먹이지 않았어. 그게 뭐 공개 소장이라도 되는 듯 말이다. 너는 여기서 변호사 일과 서기 일이 얼마나 다른지만 알면 된다. 변호사 놈들이 만드는 서류래야 접수된다고 해도 쓸모없는 것이다. 우리 서기들이 만드는 서류는 영원히 보관되고 전례로 남게 된다.

변호사 놈들은 잘 알지도 못하면서 난리를 피운다. 의뢰인을 발가벗겨먹는다 해도 눈 하나 깜짝 않는다. 그래, 내가 잘 알아. 나를 속여넘기겠다니 어림없는 말씀! 놈이나 법복을 입은 놈이나 어림없어. 내가 왜 잠자코 있었는지 아느냐? 아주 수상쩍은 놈이어서 그랬다. 게다가 놈이 각하의 고문이라는 사실까지 알고 있었거든. 곧 판사 자리를 차지할 것 같아. 나는 일을 만들기 싫다. 저놈들은 말이다, 복수하기로 작정했다 하면 책이란 책은 모조리 들고 나오기 때문이지. 만일 이렇지만 않았어도 그 버르장머리 없는 놈에게 한 수 가르쳐주는 건데. 어쨌든 언젠가 내 집으로 쳐들어와 머리통을 까겠다고 덤빌지도 모르지. 나도 참고 있을 수만은 없으니 아주 혼구멍이 나게 될걸."

이렇게 주인은 나를 상대로 화풀이를 하고는 책장을 열어 카스티야 산 브랜디 한 잔을 가득 따라 시원하게 마셨다. 주인은 식사 때까지 카드놀이를 즐기기 위해 집을 나갔다.

나는 변호사 양반의 말에 상당히 고무되기는 했지만 찬파이나의 교활한 거짓말에 기가 죽고 말았다. 그러니까 주인 곁에 있어봤자 얼뜨기 서기에 지나지 않을 것이란 생각이 든 것이다. 뭐, 뜻대로 다 이루어지는 것은 아니지만.

오후 2시에 주인이 기분좋게 돌아왔다. 노름판에서 돈을 잃지 않았던 것이다. 주인은 상을 차려 먹고 나서 낮잠을 즐기기 위해 자리에 들었다. 나도 밥을 먹으러 부엌으로 갔다. 부엌데기 클라라 할멈이 한 상 거하게 차려주었다. 나는 주인이 깰 때까지 상점 주인과 노닥거리기 위해 길모퉁이로 내려갔다. 주인은 잠에서 깨어나 언제나처럼 쓸 것을 지시하고는 밖으로 나갔다. 주인은 저녁 7시에 같이 지내게 될 새로운 여자 손님을 하나 데려왔다.

나는 그 여자가 누구인지 첫눈에 알 수 있었다. 루이사라는 여자로 주인이 돈 키호테가 히네스 데 파사몬테를 풀어준 것보다 더 수월하게 포승줄에서 풀어준 바로 그 도둑놈의 여동생이었다. 그 아가씨가 못생기지 않았다는 얘기는 이미 했는데, 주인과도 아주 닮은 여자였다. 내가 그렇게 생기지 않은 게 천만다행이다!

주인은 집에 들어서자마자 여자에게 말했다.

"자, 옷 갈아입고 클라라 할멈에게 가봐. 할멈이 네가 뭘 해야 할지 말해줄 거야."

여자는 고분고분하게 따랐다. 우리 둘만 남게 되자 찬파이나가 내게 말했다.

"페리키요, 내가 데려온 새로운 하녀에 대해 내게 감사해야 해. 하녀로 온 거니까 네 일손을 덜어줄 거야. 이제 방을 쓴다, 침대를 정리한다, 상을 차린다, 등을 닦는다 하는 따위 네가 하던 일을 하지 않아도 된다. 그냥 시키기만 해. 네가 할 일이라곤 저 여자를 잘 지켜보고 있다가, 내가 집에 없는 사이 발코니로 급히 달려간다든지, 밖으로 나간다든지 혹은 누가 저 여자를 찾아온다든지 하면 내게 알려주기만 하면 되는 거야. 어쨌든 잘 살펴보다가 뭔가 있으면 내게 알려. 어쨌든 내 하녀니까 내가 책임을 져야지. 내가 책임은 져야 하는데 모든 걸 알 수는 없는 노릇 아닌가. 다른 사람 잘못으로 내가 피해 입는 것도 싫고 말야. 알아먹겠지?"

"예, 주인님."

나는 그 유치함을 속으로 비웃었다. 내가 그 뻔한 거짓말에 속아 넘어갈 사람이냐 싶었던 것이다.

알고 있겠지만, 주인은 정말이지 우습게도 나를 착실한 청년, 혹은 바보 멍청이로 알고 있었다. 주인과 함께 두 달 가까이 살면서 나는 착실한 청년 역할을 확실히 해보였다. 나는 주인이 허락해도 밖으로 나돌지도 않았고, 부엌데기 할멈에게 조금도 잘못 보이지 않았기 때문에 찬파이나는 나를 아주 순진한 놈으로 알고 있었거나, 뭐, 그런 이유에서일 것이다. 그러니 루이사를 내게 맡겼다는 것은 고양이에게 생선 가게를 맡긴 꼴이었다. 꼭 그런 일이 벌어졌다. 저녁을 먹고 나서 나는 일체 신경을 끄고 잠자리에 들었다. 다음날 식모가 우리에게 초콜릿을 대령했다. 그리고 침대를 정리한다, 방을 쓴다, 은 그릇은 없었으니 구리 그릇에 광을 낸다 하고 여자들이 흔히 하는 말로 집 안을 뻐까번쩍하게 만들었다.

루이사는 근 일주일 가량 식모 역할을 해냈다. 식사 시중을 든다 하며 나와 할멈 앞에서 찬파이나를 주인으로 모셨다. 그러나 그런 눈속임도 오래갈 수 없었다. 일주일이 지나자 주인은 자기 음식을 루이사에게 먹이기 시작했다. 처음에는 선 채 먹게 하더니 이내 자리까지 내주기 시작했고, 급기야 에라 모르겠다 싶었는지 당당하게 자기 옆에 앉혔다.

우리 세 사람은 화기애애하게 식사를 즐겼다. 아가씨는 예쁘고, 명랑하고, 발랄한 수다쟁이였다. 나는 그리 대담하진 못했지만 젊었고, 만돌린도 칠 줄 알았고, 듣기 거북하지 않은 목소리로 노래도 곧잘 부를 줄 알았다. 반면에 주인은 중늙은이인 데다 나와 같은 재주도 없었다. 글로 사기 치는 것을 빼면 다른 분야에서는 정말 볼 것 없었다. 코맹맹이 소리에 이야기 상대에게 침 벼락을 퍼붓기 일쑤였다. 매독에 걸려 수은을 복용하는 바람에 목젖과 이가 하나도 남아 있지 않았기 때문이다. 관대함이라는 것과는 담을 쌓고 지내는 사람이기도 했다. 게다가 설상가상이라고 시기심은 말로 할 수 없을 정도였다.

짐작이 가겠지만 내가 루이사를 호리기는 누워서 떡 먹기였다. 경쟁자가 그런 못난이였으니 말이다. 사실이 그랬다. 우리는 이내 죽이 맞았다. 우리는 애정을 우정으로 나누기로 합의를 보았다. 멍청한 주인은 그 몸종에게 완전히 빠져 있었고 그 비서에게 온전히 만족하고 있었다. 그 비서라는 놈은 주인 앞에서 감히 눈을 들어 몸종을 쳐다보지도 못했다.

그러나 아가씨는 앙큼한 데다 장난기가 가득해 주인의 태평함을 이용해먹기 시작해 종종 주인 앞에서 나를 궁지로 몰아넣기도 했다. 아가씨는 내게 웃음도 안겨주었지만 때로는 독설을 퍼부어 나를 황당하게 만들기도 했다.

아가씨는 때때로 이렇게 말했다.

"페드리토 씨, 정말 말없는 사람이네. 최근에 고해한 신출내기 신부님 같으신데 그래요. 눈을 들어 날 보지도 않으니, 내 모습이 그렇게 역겹기라도 하담? 바보! 주여, 절 이 사람에게서 벗어나게 하소서! 당신 정말 날건달 중의 날건달이야. 이러다가는 꿀이라고는 전혀 먹을 수 없어요. 주여 우리 벌통 코스메 씨를 열어주소서."

아가씨는 수시로 내게 물었다. 어떤 아가씨를 사랑한 적이 있었느냐, 결혼할 생각이 있었느냐. 이런 질문이 수도 없었다. 그러다 보니 우리 이 은밀한 관계도 들통날 뻔하기도 했다. 그러나 우리 순진한 스승은 전혀 모르고 있었고 그런 일은 생각조차 못 하고 있었다. 다만 아가씨에 대해 종종 묻기는 했다. 아가씨에게서 무슨 수상한 점을 발견하지 않았느냐. 그러면 나는 대답했다.

"아닙니다, 주인님. 제가 용서하지 못할 겁니다. 주인님께 이로운 것이 바로 제게 이로운 것이니까요. 이런 경우라면 더욱 그렇습니다."

이 말로 불쌍한 주인은 우리 두 사람의 충성심에 대해 마음을 푹 놓게 되었다. 그러나 아무리 감추어도 다 드러나는 법, 마침내 우리 못된 장난이 들통나는 바람에 나는 혹독한 대가를 치르게 되었다.

어느 날 아침 루이사는 발코니에 있었고 나는 거실에서 서류를 작성하고 있었다. 나는 담배 한 대 생각이 나서 불을 붙이려고 부엌으로 갔다. 재수 사납게도 로렌사라는 꽤 반반하게 생긴 아가씨가 불을 피우고 있었다. 이 아가씨는 클라라 할멈의 조카딸로 마음씨 고운 할멈이 주는 용돈을 타러 종종 찾아오고는 했다. 공교롭게도 그때 할멈이 집을 비우고 없었다. 양파 등 찬거리를 사러 시장에 나갔던 것이다. 그래서 나는 아가씨와 단둘이 있게 되었다. 아가씨도 발랄한 성격이었던지라 우리는 재미있게 말장난을 하기 시작했다. 그때 루이사가 내 생각을 했던 모양이었다. 루이사는 나를 보러 왔다가 내가 정신을 빼고 있는 꼴을 보고는 시기가 등등하여 나를 족쳐댔다. 루이사가 이렇게 소리쳤다.

"보기 좋군요, 페드로 씨. 그렇게 시간을 보내시는구려, 희희낙락 해가지고, 저 잡것과 함께······."

로렌사도 약이 잔뜩 올라 되받아쳤다.

"아니, 잡것이라니? 잡것은 너나 네 어미, 네 핏줄이야."

그리고는 더 이상의 말이 필요 없이 서로 달려들어 머리채를 움켜잡고 꼬집고 할퀴며 지지배배 욕지거리를 주고받았다. 얼마나 소란하고 요란한 소동이었는지 집으로부터 사방 20리 근처 사람들은 그 내용을 듣고 원인을 파악했을 정도였다. 나는 아가씨들을 떼어내기 위해 내 딴에는 최선을 다했다. 그러나 허사였다. 풀기 불가능할 정도로 얽혀 있었으니까.

이때 클라라 할멈이 들어섰다. 할멈은 피범벅이 된 조카를 보고는 무슨 일인지 알아보지도 않고 시장 바구니를 휘둘러 역시 상처를 입은 불쌍한 루이사에게 일격을 가하며 이렇게 외쳤다.

"이럴 수는 없다, 이 더러운 년아. 홀렁이, 기생충 같은 년이 감히 내 조카를. 내 본때를 보여주마."

할멈은 이런 열변을 토하면서 주걱으로 루이사를 힘껏 또 힘껏 내리쳤다.

나는 두 사람이 합세하여 불쌍한 루이사 하나를 짓이기는 것을 참고 볼 수 없었다. 나는 루이사를 놔주라고 말로 달래보았으나 소용이 없었다. 그래서 나도 힘으로 나왔다. 할멈을 몇 대 쥐어박았단 말이다.

부엌데기는 그야말로 야단법석이었다. 카이사르가 파르살루스 전투에서 저렇게 싸웠을까 싶었다. 우리는 잠시도 가만있지 못하고 자빠졌다 일어섰다 하며 사방으로 뒹굴었다. 부엌은 좁은 곳이라 이내 항아리가 깨지고, 음식이 쏟아지고, 불이 꺼지고, 재가 머리를 덮어 얼굴이 엉망이 되었다.

온통 욕질에, 고함에, 치고 받기에, 난장판이었다. 그 새끼독수리 놈이 종종 하던 대로, 피를 보지 않은 사람이 없었다. 피만 봤겠는가. 머리는 산발이 되고 옷은 온통 찢겨나갔다. 나도 그 소동에 온전할 수 없었다. 부엌은 전쟁터, 그러니까 폐허가 되고 말았다. 이쪽에는 산산조각난 항아리, 저쪽에는 물 항아리, 이쪽에는 프라이팬, 저쪽에는 양파 다발, 또 저기에는 맷돌 손잡이, 사방에 옷 쪼가리. 우리 소리를 따라 개란 놈은 짖어댔고, 털을 잔뜩 올려 세운 고양이란 놈은 부뚜막에서 내려오지도 못했다.

이런 난리판에 찬파이나가 점잖은 복장으로 집에 돌아왔다. 찬파이나는 피를 흘려 엉망이 된 루이사가 부엌데기와 그 조카와 엉켜 있는 꼴을 보고는 이유도 따져보지 않고 자기 몸을 몽둥이 삼아 두 여자에게 달려들었다. 워낙에 화가 치밀었던지라 몇 대 쥐어박지 않아 소동은 끝났고 재수 없는 몸종은 풀려났다. 확실히 그 아가씨가 가장 심하게 당한 것 같았다.

우리 모두는 이내 제정신을 차렸다. 주인을 존경해서 그랬다기보다는 몽둥이질이 무서웠던 것이다. 서기는 왜 그렇게 험악한 싸움이 벌어지게 되었는지에 대해 사실 심리에 들어갔다. 클라라 할멈은 아무 말도 하지 않았다. 전혀 이유를 몰랐던 것이다. 루이사도 말하지 않았다. 서기를 무시했던 것이다. 나도 입을 다물었다. 이 장면을 연출한 장본인이었으니까. 그런데 그 빌어먹을 로렌사는 바르게 자란 데다 순진하기까지 해서 주인에게 싸움의 원인에 대해 즉시 늘어놓기 시작했다. 이 모든 일은 당신 집에 있는 저 시기 등등한 여자가 폭력을 행사해 벌어지게 된 것이다, 분명 나와 친한 것 같은데 나와 저 사이를 시기해서 그런 소동을 일으킨 것이다.

나는 로렌사의 말을 거기까지 들었다. 로렌사가 필요 이상으로 우리 은밀한 관계를 들춰내는구나 하는 생각이 들었을 때 주인이 나를 잡아먹을 듯이 노려보았다. 그래 나는 남자로서 겁이 덜컥 나 한 마리 토끼처럼 계단을 내달리기 시작했다. 로렌사의 이야기로 주인의 화가 극도에 달했을 때 나는 그 수를 생각해냈던 것이다. 주인은 내가 작별 인사도 없이 집을 나가는 것이 싫었던지라 번개처럼 내 뒤를 쫓았다. 그러나 너무 서두르는 바람에 모자도, 망토도, 스카프도 두르지 않았다는 사실조차 깨닫지 못했다.

찬파이나는 근 8백 미터 정도를 내 뒤를 쫓으면서 쉴 새 없이 소리쳤다.

"서라, 이 못된 놈, 서라, 이 몹쓸 놈."

하지만 나는 귀를 막고 그의 눈에서 벗어나기까지, 몽둥이에서 안전하다 싶을 때까지 아주 멀리 내쳐 달아났다.

이것이 내가 명예롭고 화려하게 서기 집을 나오게 된 경위다. 들어갈 때보다는 좋지 않았다 해도 매 한 대 안 맞고 나올 수는 있었다. 어쨌든 한곳에서 나오면 새로운 모험담이 시작되는 것이다. 다음 장에서 볼 수 있듯이 말이다.

25. 페리키요가 이발사를 만나게 된 일과 그 집에서 나오게 된 사연, 약방에 취직하여 그만두게 된 사연 등 재미있는 모험담을 이야기하는 장

겁쟁이가 헤쳐 나가야 할 이 세상은 정말이지 경이로운 곳이다. 내가 앞서 이야기한 그 사건이 일어난 시각은 12시 정각이었다. 그리고 내 주인은 라스 라타스 거리에 살고 있었다. 나는 죽어라고 달린 덕분에 15분 만에 알라메다까지 갈 수 있었다. 나는 땀으로 범벅이 된 데다 겁까지 잔뜩 나 있었다. 나는 무일푼으로 나왔다. 모자도 없었고, 머리통은 깨졌고, 옷은 다 해지고, 배는 고파 죽을 지경이었다. 그래도 찬파이나에 대해서는 안심할 수 있었다. 나는 그 사람의 몽둥이질보다는 그 사람의 교묘한 글재주를 더 두려워하고 있었다. 내가 그 손에 붙들렸더라면 분명 얻어맞을 것이다. 뿐만 아니라 허위 문서를 만들어 나를 산후안데 울루아로 보내 평생 돌이나 깨게 할 수도 있는 것이다.

그나마 다행이랄 수밖에 없었다. 아니 최악의 경우는 피했다고나 할까. 다급한 상황에서도 최악의 경우는 피해야 한다. 다급한 시간이 지나면 우리의 선택에 대해 곰곰이 생각해보게 되는데, 그때 우리는 심한 불편을 느끼게 되기 때문이다.

그런 일이 내게 벌어졌다. 나는 도랑 가에 앉아 있었다. 왼손을 무릎 위에 올려 머리를 받치고 오른손으로는 나뭇가지로 땅을 파고 있었다. 내 이 어처구니없는 상황을 돌아보고 있었던 것이다. 이제 뭘 하지? 나는 내 자신에게 물어보았다. 지금 이 상황은 아주 신물이 난다. 의지가지없이, 헐벗은 꼬락서니로, 머리는 깨지고, 배는 고파 죽겠고, 보호해줄 사람도 아는 사람도 없다. 게다가 찬파이나 같은 막강한 원수까지 두었으니. 놈은 나와 루이사에게 배신당한 것을 복수하기 위해 날 찾아온 데를 들쑤시고 다닐 것이다. 어디로 갈거나? 오늘 밤은 어디서 묵는 담? 누가 날 위로해주며, 꼴이 이 모양이니 누가 날 재워주겠는가? 여기 남는다? 안 될 소리. 알라메다 보초들이 날 쫓아내겠지. 밤새 거리를 헤매는 일도 무모한 짓이다. 순찰에 걸리기라도 하면 그 즉시 찬파이나 손에 넘어갈 것이다. 산코스메 묘지처럼 한적한 묘지에나 가서 자면 가장 안전할 텐데. 그래도 귀신이나 유령이 꺼림칙하고 무섭지 않을까? 생각만으로도 끔찍하다. 그럼 어떻게 한다? 오늘 밤엔 뭘 먹지?

이 어지러운 미궁으로부터 빠져나갈 실오라기 하나 찾지 못하고 울적한 심정에 젖어 있을 때, 자신을 거역하는 사람들조차 구원해주시기 마지않는 주님께서 공경해 마지못할 노인네 한 분을 내 옆으로 지나가게 하셨다. 노인은 어떤 꼬마와 함께 재미 삼아 도랑에서 소쿠리로 거머리를 잡고 있었다. 노인은 거머리를 잡던 중 내게 인사를 건넸고 나 또한 정중하게 답례를 했다.

노인은 내 목소리를 듣더니 나를 유심히 쳐다보았다. 노인은 잠시 주춤하더니 도랑을 건너뛰어 두 팔로 내 목을 감격스러운 듯 껴안았다. 그리고 말했다. 오 내 새끼, 페드리토! 너를 다시 보게 될 줄이야! 무슨 일이냐? 옷은 왜 이 모양이며 이 피는 또 뭐냐? 어머니는 어떠시냐? 지금 어디 살지?

그 많은 질문에 나는 대답 한번 할 수 없었다. 나도 모르는 사람이 내 이름을 들먹이며 전혀 뜻밖으로 다정하게 대해주는 것을 보고 놀랐던 것이다. 노인은 내가 왜 당황하는지 눈치 챈 듯 이렇게 말했다.

"왜, 나를 못 알아보겠느냐?"

"예, 어르신, 사실 잘 모르겠습니다."

"나는 널 안다. 네 부모도 안단다. 내가 신세를 많이 졌다. 나는 아구스틴 라파멘타스라고 한다. 돌아가신 네 부친 마누엘 사르미엔토 씨에게 면도를 해주었지. 오래 전 일이다. 그래, 아주 오래 전 일이지. 네가 요만한 때였으니까, 그래 요만할 때였지. 나는 네가 태어날 때도 지켜보았단다. 아니라는 생각은 마라. 나는 너를 무척이나 사랑했단다. 부친이 면도를 하러 올 때면 너와 놀아주기까지 했지."

"그렇군요, 아구스틴 어르신, 언뜻언뜻 생각이 납니다. 어르신 말씀과 같군요."

"그건 그렇고, 그런 꼴로 여기서 뭘 하는 거지?"

나는 과부들의 곡소리를 흉내내어 말했다.

"아, 어르신! 저는 정말 불행한 놈입니다. 어머니는 2년 전에 돌아가셨습니다. 아버지 빚쟁이들이 절 거리로 쫓아내고 집을 몽땅 차압하고 말았습니다. 저는 이 사람 저 사람을 섬기며 근근이 살아가고 있습니다. 오늘은 부엌데기가 식은 수프를 따라줘서 식탁에 날라다 줬더니, 제 주인 양반이 수프 그릇을 내게 던지고 접시로 머리통을 박살냈습니다. 주인은 그것으로도 모자랐는지 칼을 빼들고는 절 쫓아왔습니다. 잡히지 않으려고 냅다 뛰었지요. 제 불행은 말로는 다 할 수 없습니다."

순진한 이발사는 소리쳤다.

"그게 웬일이냐! 아니 그 잔인무도한 주인놈이 대체 누구냐?"

"누군 누구겠습니까, 비론의 합참 의장이시죠."

"뭐? 무슨 말이냐? 그럴 수가. 세상에, 동명이인이겠지. 다른 사람이겠지."

"예, 그래요. 정말이지 착각했어요. 그러니까, 무슨 백작이라고 했는데…… 무슨 백작이더라…… 아이고 이 기억력하고는! 살, 살, 살다냐 백작이던가."

"그렇다면 더 골치고. 뭐냐? 정신이라도 어떻게 된 거냐? 지금 뭔 소리를 하는 거냐? 네가 말하는 그 이름들이 연극에서 나온 것이라는 걸 모르느냐?"

"그렇군요, 어르신. 주인의 이름을 잊어버렸습니다. 겨우 이틀 동안만 그 집에 있었거든요. 이름을 몰라도, 연극에 나온 이름을 갖다 붙여도 상관없습니다. 진지하게 생각해보면 연극에 나오지 않는 이름이 세상에 어디 있습니까? 비론의 합참 의장, 살다냐 백작, 트렌크 남작 등등 모두 실제 이름들입니다. 실제로 살다가 죽은 사람들입니다. 이름은 남아 연극에 사용되고 있고요. 캄포 아술 백작, 카사 누에바 후작, 리카베야 공작 등등, 오늘 우리와 같이 살고 있는 모든 이름들이 다 마찬가지일 겁니다. 언젠가는 죽겠죠. 그럼 끝. 그렇게 되면 이름이나 작위는 남아 때때로, 아, 그 사람들도 있었지, 하고 기억할 뿐이겠죠. 비론의 합참 의장과 위대한 살다냐 백작도 꼭 마찬가집니다. 그러니 절 두들겨 팬 주인의 이름을 기억하든 못 하든 상관없는 일입니다. 제가 잊지 못할 것은 그 사람들의 고약한 짓거리입니다. 이런 것이 사람들 기억에 남는 거지요. 그래서 욕도 하고 섭섭하게도 생각하지요. 어쩌면 칭찬을 하고 치켜세울 수도 있겠지요. 시간이 가면 잊혀지는 이름이나 작위는 중요하지 않지요. 무덤에 묻히면 다 먼지로 돌아가는 거죠."

순진한 이발사는 내 얘기에 넋을 잃고 나를 무슨 현인이나 도사로 여기는 듯했다. 나는 때때로 지극히 멍청하게 굴 때도 있었지만 이렇게 영악하게 굴 때도 가끔 있었다. 그 당시 내 성격이 어땠는지는 지금도 확실히 규정짓기가 힘들다. 어느 누구도 나를 제대로 몰랐을 것이 틀림없다. 어떤 때는 느낀 대로 말이 나왔고, 어떤 때는 말과는 상반되게 행동했기 때문이다. 때로는 위선도 떨었고, 때로는 내 양심에 따라 말하기도 했다. 그래도 가장 좋지 못했던 것은 위선을 떨 때는 단단히 대비하고 그 짓을 했다는 것과, 덕을 사랑한다 어쩐다라고 말할 때 속으로는 회개도 많이 했다는 것이다. 그러나 진정한 회개에 이를 수는 없었다.

이번 경우는 내 속에 있는 말을 한 것이었다. 그러나 나는 그 진리를 삶의 지표로 삼지 못했다. 그래도 일시적이나마 효과는 볼 수 있었다. 나를 동정한 이발사는 나를 집으로 데려갔다. 카실다 아줌마라고 불리는 마음씨 착한 할멈과 견습생 꼬마로 구성되어 있던 이발사 가족은 나를 지극 정성으로 맞아주었다.

그날 밤 나는 예상보다 잘 먹을 수 있었다. 다음날 이발사는 내게 말했다.

"얘야, 견습생으로서는 나이가 많지만(그때 내 나이 열아홉 내지 스물이었으니 당연한 말이었다), 원한다면 내 일을 배우려무나. 큰돈이 생기는 것은 아니지만 먹고 살 만은 하단다. 배우겠다면 내 먹여주고 재워주마. 내 그것밖에 할 수 없구나."

나는 그러마고 대답했다. 그때로서는 괜찮을 것 같아서였다. 그래서 나는 기꺼이 수건도 빨고, 대야도 닦고 하는 등 견습생이 해야 할 것 같은 일을 찾아 해나가기 시작했다.

언젠가 사부가 집을 비운 사이 나는 솜씨가 좀 늘었는지를 보기 위해 개를 한 마리 붙잡았다. 견습생이 내 연습을 거들어주었다. 나는 앞발과 뒷발, 주둥이를 묶어 의자에 단단히 잡아맸다. 나는 면도칼을 닦기 위해 개 목덜미에 수건 한 장을 걸쳐놓고 면도를 해나가기 시작했다. 가엾은 개는 하늘을 향해 신음을 토해냈다. 이곳 저곳 살을 베어대니 그럴 수밖에!

이윽고 면도가 끝나고 가엾은 개는 모양이 좀 살아났다. 놈은 풀려나자 걸음아 날 살려라 밖으로 뛰쳐나갔다. 나는 내 첫 솜씨에 우쭐거리며 가끔 면도를 하러 오는 가난뱅이 원주민을 다음 대상으로 점찍었다. 나는 멋들어지게 수건을 두르고는 견습생에게 뜨거운 물을 대야에 담아 오라고 시켰다. 나는 칼을 갖다 대고는 우악스럽게 면도를 해나갔다. 그러자 이 재수 없는 놈이 내 거친 솜씨를 참아내지 못하고 소리를 지르며 벌떡 일어섰다.

"아모쿠알레, 키스티아노, 아모쿠알레."

에스파냐어로 옮기면 이런 뜻이다.

"마음에 들지 않아요, 선생, 마음에 들지 않아."

놈은 반 레알만 주고는 역시 반만 면도한 채 가버렸다.

이런 좋지 못한 결과에 만족할 수 없었던 나는 심한 통증을 호소하며 주인을 찾아 가게로 뛰어든 어느 노파의 어금니를 뽑아주기로 작정했다. 나는 과감하게 노파를 의자에 앉히고 견습생으로 하여금 노파의 머리를 꼭 붙들고 있으라고 일렀다.

견습생은 자기 일에 충실했다. 겁을 집어먹은 노파는 합죽한 입을 벌려 아픈 어금니를 보여주었다. 나는 잇몸을 잘라내는 칼을 집어들고 흥겹게 잇몸 살을 조각조각 잘라내기 시작했다.

불쌍한 노파는 피를 뱉을 항아리를 앞에 놓고는 그렇게 천연덕스럽게 살을 잘라내는 것을 보고는 이렇게 물었다.

"아이고, 선생님, 언제까지 살을 잘라내실 겁니까?"

"걱정하지 마십시오. 조금만 참으시면 됩니다. 턱 부분이 조금 남았습니다."

결국 나는 집에서 키우는 고양이가 한 끼 식사로 넉넉히 먹을 정도의 살을 잘라냈다. 나는 적당한 기구로 어금니를 단단히 붙잡고 세차게 잡아당겼다. 그러나 일이 틀어져 어금니는 박살이 났고 턱은 형편없이 망가지고 말았다.

"아이고 주여. 이거 턱을 몽땅 빼려는 거요, 이 돌팔이 양반아!"

"말씀을 하시면 안 됩니다. 공기가 들어가면 악골이 썩을 수도 있습니다."

"앙골은 뭔 놈의 앙골! 아이고, 주여, 애고, 애고, 애고……"

"자, 됐습니다, 부인. 입을 벌리세요. 치근을 마저 뺍시다. 어금니가 꽉 박혀서 그러는 걸 모르세요?"

"당신이나 지옥에 꽉 박히시오. 돌팔이, 야바위, 사탄, 마귀."

나는 그런 욕지거리를 무시하고 이렇게 말했다.

"자, 할머니, 앉아서 입을 벌리세요. 이 빌어먹을 이를 마저 빼버립시다. 조금만 아프면 모든 게 끝납니다. 자 할머니. 돈은 안 받아도 좋습니다."

"썩 꺼지쇼, 이거 재수가 없으려니 원. 당신의 그 잘난 어미 어금니나 몽창 뽑아요. 이 기계 나부랭이가 무슨 잘못이람, 손에 쥔 놈들 잘못이지."

노파는 이런 불평을 늘어놓으며 뒤도 안 돌아보고 그 고문 현장에서 빠져나가 밖으로 달아났다.

나도 그 노파가 당했을 고통을 어느 정도는 이해할 수 있었다. 꼬마 견습생 녀석은 쉴 새 없이 내 경망스런 행동을 비꼬았다. 계속 이랬던 것이다.

"가엾은 양반! 얼마나 아팠을까! 설상가상으로 사부님께 일러바치면 뭐라고 하실까?"

"할 테면 하라지. 돈벌이에 도움이 될까 해서 한 일인데 뭐. 게다가 이렇게 자꾸 연습을 해야 배울 수 있을 것 아냐."

나는 노파와 있었던 소동에 대해 사부에게 이실직고했다. 어금니가 너무 꽉 박혀 있어서 단번에 뺄 수 없었다. 단번에 뺐으면 좋았을 텐데.

모든 일이 잘 풀렸다. 나는 내 엉터리짓을 계속 해나갔다. 돈을 벌기도 했고 욕을 뒤집어쓰기도 했다.

나는 넉 달하고도 반을 아구스틴 씨와 함께 지냈다. 내 변덕스런 성질에 비추어 볼 때 긴 기간이었다. 사실 말이지만 그렇게 늘어진 이유는 찬파이나가 두려웠기 때문이기도 했다. 더 좋은 피신처가 없기도 했지만. 그 집에서는 먹고 마실 수 있었을 뿐만 아니라 사부도 나를 잘 대해주었던 것이다. 그래서 나는 심부름도 하지 않았고 이발소를 적절하게 관리하는 일은 전혀 하지 않고 기회가 있을 때마다 장난질만 쳤다. 명예 견습생으로, 막돼먹고 게을러빠진 놈이었으니까. 비록 옷을 제대로 입지 못했어도 내 운을 부러워하는 놈들도 없지 않았다. 견습생 안드레스라는 놈이 그랬다. 어느 날 우리 두 사람은 희생양으로 삼을 만한 손님을 기다리며 잡담을 나누고 있었다. 그때 놈이 말했다.

"선생님, 참 부럽습니다!"

"왜, 안드레스?"

"이제 어른이잖아요. 마음대로 할 수도 있고 잔소리하는 사람도 없잖아요. 저처럼 나무라는 사람이 많지도 않고요. 저는 돈이라고는 한 푼도 만져볼 수 없어요."

"그래도 일을 완전히 익히고 나면 돈도 벌고 마음대로 할 수도 있는 거야."

"그림의 떡이겠죠. 저는 여기서 견습생으로 2년이나 있었는데도 일은 하나도 몰라요."

"어떻게 아무것도 몰라?" 나는 놀라서 물었다.

"그냥요. 선생님이 집에 계시니까 좀 배울 수 있군요."
"그래 뭘 배웠어?"
그 능구렁이 같은 놈이 대답했다.
"개들 면도하기, 원주민들 살 벗기기, 노인네들 턱 빼기를 배웠죠. 그것도 대단한 일이잖아요. 그런 일을 가르쳐주신 것에 대해 주님께서 갚아주시길 바라요."
"그렇다면 말이지, 네 사부가 2년 동안 아무것도 가르쳐주지 않았단 말이냐?"
"뭘 가르쳤겠어요! 만날 여기 심부름이나 시키고 사부님 따님 되시는 툴리타 아주머니 집 심부름이나 시키는데요. 그 집에선 더 심해요. 애를 보라지 않나, 기저귀를 빨라지 않나, 미장원에 보내질 않나, 가구란 가구는 모조리 닦으라지 않나, 온갖 골칫거리는 다 시키는 거예요. 이러니 일을 어떻게 배우겠어요? 겨우 대야나 나를 줄 알고 주인과 함께(아니, 실수였어요, 사부님과 함께) 갈 때면 물 끓이는 주전자나 나를 뿐이죠. 저희 큰어머니 옆집에 사는 양철공 플라시도 씨는 진짜 멋있는 사부예요. 성질도 잘 부리지 않고, 견습생들을 때리지도 않고 자상하게 가르쳐주거든요. 월급도 짭짤하게 줘서 나름대로 쓸 수도 있지요. 심부름이라니, 말도 안 되는 소리죠! 여기서처럼 담배를 가져오라거나, 버터나 고추나 술이나 석탄을 사오라거나 하는 등의 일은 전혀 시키지 않아요. 그러니 애들이 착실히 일을 배울 수 있는 거지요."
"말은 서툴러도 옳은 말이긴 하네. 사부란 주인처럼 행세해선 안 되지. 애들을 가르치는 사람이 되어야지. 애들 역시 사부의 종이나 머슴처럼 굴어선 안 돼. 정식 견습생으로 굴어야지. 가르쳐주고 먹여주고 하니까 작업 시간이 끝나면 심부름도 시키고 힘을 빌릴 수도 있겠지. 각자의 힘, 배운 정도, 본바탕에 적절하게 말야. 돌아가신 내 아버지도 가끔 이런 말씀을 하셨지. 그래, 얘기해봐라. 넌 여기서 계약을 하고 일을 하는 거냐?"

"예, 선생님. 벌써 2년이 지나 3년차로 접어드는데도 사부님은 도무지 일을 가르쳐주려 하질 않아요."

"그렇다면 말이다, 계약 기간이 4년이라고 친다면 마지막 해에 뭘 배울 수 있겠니? 그해도 지난 3년과 마찬가지로 지낸다면 말이다."

"제 말이 그 말이에요. 저도 제 형 폴리카르포와 같은 꼴을 당할 거예요. 형은 재단사인 마리아니코라는 사부 밑에 있었거든요."

"그래 무슨 일이 있었는데?"

"무슨 일요? 형도 지금 저처럼 3년이라는 견습생 기간을 심부름만 하면서 보냈어요. 4년째에 사부는 모든 일을 한꺼번에 가르치려들었죠. 형은 당해낼 수 없었어요. 그러자 사부는 화가 치밀어 가엾은 형을 막무가내로 닦달하기 시작했어요. 형은 일에 눌려 그만 도망쳐버리고 말았지요. 그래서 아직까지 형의 소식을 몰라요. 가엾은 형은 착한 사람이었어요. 그래도 어떻게 1년 만에 재단사가 되겠어요? 그 많은 심부름에, 그 많은 행사 등에 밀려. 1년 중 행사가 오죽이나 많아요? 제 생각에는 여기 사부도 제게 꼭 그렇게 할 것만 같아요."

"그럼, 넌 왜 재단사 일을 배우지 않았지?"

"선생님도 참. 재단사요? 폐병에 걸리라고요?"

"그럼, 양철일은?"

"에이, 무슨 말씀을. 양철을 자르다가 손이 잘려 나갈 수도 있고, 불에 델 수도 있는걸요."

"그렇다면 목수일은 왜 안 될까?"

"에이, 아니죠. 가슴이 너무 아프거든요."

"수레 목수나 대장장이는?"

"어림없는 소리 마세요. 풀무 옆에서 연장을 두드리는 모습이 꼭 귀신 꼴이던데요 뭐."

나는 자리에서 벌떡 일어나 안드레스에게 외쳤다.

"그래, 내 새끼. 너는 이 페드로 사르미엔토의 동생이나 진배없다. 요놈, 그래 넌 내 동생이야, 내 동생. 우린 아주 쌍둥이로구나. 자 내게 안겨봐라. 오늘부터 널 사랑해야겠구나, 이전보다 더 사랑해주지. 어쩜 그렇게 나와 생각하는 것이 꼭 같으냐. 이렇게 같으니 누가 원판인지 알 수가 없네. 너와 날 영 구별 못 할 정도는 아닐지라도 말이다."

안드레스는 얼떨떨하여 물었다.

"왜 이렇게 안고 난리예요, 페드리토 선생님. 무슨 소린지 도통 알 수가 없는데요."

"내 동생 안드레스야. 네 생각이 내 생각과 똑같기 때문이다. 너도 내 어머니 자식처럼 게을러터졌구나. 너도 일 때문에 당하는 고통이 불편하지. 너도 주인이 성질을 부리면 일하기 싫지. 너도 그저 먹고 마시고 놀기를 좋아하고, 놀고 먹기로 돈을 챙기는 것을 좋아하지 않느냐. 그래, 요놈, 나도 마찬가지야. 옛말에도 있듯이 유유상종, 끼리끼리로구나. 내가 널 좋아할 이유가 충분하지 않으냐?"

"그러니까, 선생님도 놈팡이고 저도 놈팡이라는 말씀이시로군요."

"바로 그거다, 얘야, 바로 그거. 어느 모로 보더라도 널 좋아하고 널 동생 삼을 만하지 않으냐?"

"달랑 그걸로만 동생 삼자면 이 세상에 동생 천지겠네요. 우리 같은 놈팡이가 얼마나 많은데요. 그렇지만 이건 아셔야죠. 제가 놈팡이가 된 것은 일이 싫어서가 아니라 다른 두 가지 이유 때문이에요. 하나는 일을 가르쳐주지 않으니까, 다른 하나는 저 못돼먹은 늙다리 사모님 심보 때문이에요. 그런 것만 아니라면 이 집구석도 살 만해요. 사부는 더

할 나위 없이 좋으신 분이거든요."

"정말 그렇더구나. 저 늙다리 정말 고약해. 심보가 아구스틴 씨와는 정반대야. 아구스틴 씨는 신중하고, 대범하고, 정중한 분이지. 저 염병할 늙다리는 멍청한 데다, 입은 거칠고, 인색하기는 꼭 유다 같단 말야. 하기야 주름살투성이 낯짝에다 슬리퍼 뒤축 같은 주둥이로 무슨 착한 일을 할 수 있겠냐?"

우리는 조심했어야만 했다. 집구석이라고 세간 하나 변변치 못한 좁아터진 단칸방이라는 사실을 염두에 두었어야 했던 것이다. 우리는 그 늙다리가 우리 말을 엿듣고 있음을 눈치 채지 못했다. 늙다리는 우리 이야기를 엿듣고 있다가 내가 자신에 관해 늘어놓는 말까지 듣게 되었던 것이다. 늙다리가 내게 앙심을 품은 것은 당연한 일. 늙다리는 화로에서 끓고 있던 물 항아리를 살그머니 집어들어 정확하게 내 머리에 끼얹어버렸다. 이렇게 말하면서.

"이런 못된 놈, 배은망덕한 놈 같으니라고. 내 집에서 썩 나가. 날 욕하는 놈을 집에 둘 순 없어."

뭐라고 더 지껄인 것 같았으나 알 수는 없었다. 나는 너무 뜨겁고 너무 화가 나 귀먹고 눈멀어버렸던 것이다. 안드레스는 내 몰골에 겁을 먹고, 자신도 뜨거운 목욕을 당할까 겁이 났는지 밖으로 내빼버렸다. 나는 껍데기가 홀랑 벗겨진 채 몸부림치며 계단을 기어오르기 시작했다. 어찌 되든 늙다리의 머리채를 몽땅 뽑아버리고 안드레스를 따라갈까 했던 것이다. 그런데 그 늙다리 역시 용감무쌍하기 이를 데 없었다. 늙다리는 내가 계단을 기어오르는 것을 보고 부삽을 집어 들고는 온몸으로 내게 달려들었다. 늙다리는 화가 나서인지 말까지 더듬거렸다.

"아쭈, 대단한 놈이네! 덤빈다 이거지! 내 맛 좀 보여주지······"

나는 무슨 맛을 보여주겠다는 것인지, 나 또한 무슨 맛을 보고 싶었는지 아랑곳 않고 날쌔게 궁둥이를 돌렸는데 그게 잘못이었다. 나는 개란 놈과 부딪히는 바람에 올라갈 때보다 더 날렵하게 계단을 굴렀다. 아주 요상한 자세로. 나는 머리부터 떨어지는 통에 갈비뼈가 몽땅 으스러지고 말았다.

늙다리는 더 이상 매울 수 없는 하나의 고추였다. 내가 그 꼴을 당해도 동정도 않고 멈추지도 않았다. 늙다리는 부삽을 쥐고 번개처럼 내 뒤를 쫓아 내려왔다. 아주 결연한 자세였다. 지금 생각해봐도 만일 그때 걸렸다면 틀림없이 살아남지 못했을 것이다. 다행히 주님께서 내게 내뺄 용기를 주셨다. 나는 단 네 번 발을 놀렸는데 그 화를 피해 4백 미터를 달아날 수 있었다. 나란 놈은 위험에 처했을 때 삼십육계 줄행랑치는 데도 이골이 나 있었던 것이다.

얼른 보기에는 찬파이나의 집에서 달아날 때와 비슷해 보일 것이다. 그러나 그보다 더 형편없었다. 줄행랑을 치고 보니 모자는 없지, 뜨거운 목욕으로 껍질은 홀라당 벗겨져 있었다.

나는 그런 꼴로 오전 11시에 트락스파나라는 거리에 서 있었다. 나는 누더기나마 마르라고 햇볕을 쬐고 있었다. 갈아입을 것이 없다 보니 누더기는 날이 갈수록 꼴이 말이 아니었다.

오후 3시쯤에 옷은 완전히 말라 바삭거렸다. 몸 상태가 좋지 않았다. 허기가 온 힘을 다해 나를 보챘던 것이다. 게다가 늙다리의 심술 결과 물집이 잡히기 시작했다. 그 오랜 기간 동안 형편없는 대우에도 불구하고 의리상 내 발에 붙어 있던 구두도 길바닥에서 나를 저버렸다. 구두를 벗어버리니 양말 꼴이 또 말이 아니었다. 온통 시커먼 데다 기운 자리까지 터져버렸다. 나는 양말을 벗어 들었지만 어디 둘 곳도 마땅찮아 내버리고 말았다. 그래서 나는 맨발로 남았다. 내 불행은 그걸로도 양이 차지 않았던가 보았다. 밤을 어디서 보낼까 하는 생각이 들자 더럭 몸서리가 쳐졌다. 나는 들판에 남을 것인지 시내로 들어갈 것인지 결정을 내리지 못했다. 어딜 가나 넘을 수 없는 벽이 있었던 것이다. 들판에 있자니 배가 고팠고, 혹독한 날씨와 밤의 어두움이 무서웠다. 시내로 들어가자니 감옥이 두려웠고, 재수 없게 찬파이나나 이발사를 만나게 되지 않을까 무서웠다. 그러나 결국에 가서 나는 도시에 대한 두려움을 떨쳐내고 어스름이 깔린 뒤 시내로 들어갔다.

8시쯤에 나는 시내 입구 꽃밭에 있었다. 배가 고파 죽을 지경이었다. 그렇게 오래 걷다 보니 배고픔은 점점 더해갔다. 이발소에 있을 때 5레알 주고 산 은메달 하나 외에는 수중에 돈 되는 것이 하나도 없었다. 그 시간에 그걸 팔자니 무척이나 힘이 들었다. 마침내 2레알 반을 주겠다는 사람을 만날 수 있었다. 나는 1레알로 저녁을 먹고 반 레알로 담배를 샀다.

배가 채워지자 이제 어디서 잘 것인가를 결정하는 일만 남았다. 나는 어디로 들어가야 할지 알지 못해 거리를 계속 헤매고 다녔다. 천사 여관 앞을 지나갈 때 당구공 구르는 소리가 들렸다. 그때 나는 후안 라르고의 뒷방을 기억해내고는 이런 생각을 했다. 별수없다. 물주에게 줄 1레알이 주머니에 있다. 오늘 밤은 여기서 지낸다. 나는 이런 생각을 하며 당구장으로 기어들었다.

모두가 나를 주시했다. 몰골이 추레해서는 아니었다. 나보다 더 형편없는 놈들도 있었으니까. 이상해서 쳐다보았을 것이다. 완전히 맨발이었으니까. 나는 속옷이라는 것과는 인연이 없다. 위에 입은 바지, 조끼, 저고리라는 것도 누덕누덕하고 구멍투성이라는 점에서 삼박자가 맞았다. 저고리는 누더기인 데다 기름때로 시커멨다. 옥양목으로 짠 바지는 다 떨어진 데다 큼직큼직한 얼룩이 하나 가득이었다. 모자는 집에 두고 왔고, 수없는 허세로 욕을 본 결과 얼굴은 괴상망측하게 일그러져 있었다. 펄펄 끓는 물을 뒤집어쓰는 통에 온통 물집이 잡혀 눈이 반나마 가려져 있었던 것이다.

이런 괴상망측한 꼴을 보이는 게 문제가 아니었다. 나는 놈들의 시선에 전혀 신경 쓰지 않았다. 길거리에서 밤을 새우지 않게만 된다면 무슨 꼴을 당하든 상관없는 일이었다.

9시를 쳤다. 놀이는 끝나고 모두 나갔다. 나는 뒤에 홀로 남아 촛불 끄는 일을 담당했다. 그게 주인에게 밉지 않게 보였던 모양이었다. 주인이 말했다.

"친구여, 고맙소이다. 늦어서 문을 닫아야겠으니 돌아가시지요."

"주인 어르신, 갈 곳이 없습니다. 여기 의자에서나마 하룻밤 묵게 해주신다면 여기 1레알을 드리겠습니다. 더 내야 한다면 더 드리지요."

이 세상 어디에 있든지, 무슨 일을 하든지, 어느 위치에 있든지, 좋은 사람과 나쁜 사람은 있게 마련이라는 사실은 이미 말한 바 있다. 그러니 바로 이 당구장 주인이라는 사람이 분별도 있고 양식도 있는 사람이었다고 해서 놀랄 일은 아닐 것이다. 그 사람이 바로 그런 사람이었다. 주인이 말했다.

"친구여, 돈은 넣어두시고 편히 쉬시구려. 저녁은 드셨소?"

"예, 어르신."

"나도 먹었으니 잠이나 잡시다."

주인은 담요 한 장을 꺼내 내게 빌려주었다. 옷을 벗는 동안 주인은 내가 누구며 왜 이런 몰골로 돌아다니는지 알고 싶어했다. 나는 대번에 3천 가지 거짓말을 섞어가며 1천 가지 불행을 이야기해주었다. 주인은 내게 동정을 금치 못했다. 주인은 심부름꾼이 필요한 약사 친구에게 이야기해 그 집에 있도록 해보겠노라고 했다. 나는 그런 친절을 감사히 받아들였다. 우리는 잠이 들었다.

다음날 아침, 게으름뱅이인 나는 주인보다 먼저 일어나 바닥을 쓴다, 먼지를 턴다 하고 주인 눈에 들 만한 일이면 무엇이든 찾아 했다. 주인은 이에 홀딱 반해 이렇게 말했다.

"약사를 만나봐야겠소. 그런데 모자는 어떻게 한다? 지금 그 꼴로는 의심을 살 텐데."

"어떻게 해야 할지 모르겠습니다. 지금 1레알밖에 없고 이걸로는 어림도 없을 테니 말입니다. 저, 어르신께서 절 위해 약사 선생님을 만나고 오실 때까지 저도 돌아와 있겠습니다."

이 말과 함께 나는 밖으로 나왔다. 나는 아침을 먹고 어느 집 현관에서 바지를 벗어 들고 중고 시장으로 가서 맨 처음 눈에 띄는 모자와 맞바꾸었다. 나는 모자 주인을 속여 넘길 수 있을지 염려스럽기도 했다. 사실 말이지 그 모자라는 것도 다 떨어진 것으로 겨우 쓸 만한 것이었지만. 하지만 그래도 내게 이득이라고 보였으니 바지 꼴은 대체 어떠했겠는가? 그때 번개처럼 다음과 같은 옛날 시 한 구절이 머리를 스쳤다.

몬탈보는 세고비아에서 장가들었네,
절름발이, 애꾸, 민대머리 주제에.
그런 몬탈보도 속은 결혼이라 하니,
그 마누라 꼴은 대체 어쨌을까?

나는 모자도 얻었겠다, 아랫도리도 대충 가렸겠다, 아주 기분이 좋았다. 페드로 사르미엔토라는 양갓집 자식에서 날품팔이 일꾼 신세로 전락했지만 말이다. 나는 내 보호자 되는 주인을 찾아 나섰다. 주인은 모든 것이 잘 풀렸다고 했다. 그래도 저고리가 땀투성이니 개울에 가서 빨아 입고 오면 정오에 직장으로 데려다 주겠다고 했다. 가난한 것은 그렇다 쳐도 더러운 것은 더러운 것이니까. 가난은 동정심을 이끌어내겠지만 더러운 것은 천대와 역겨움을 이끌어내니까. 주인은 이런 속담을 생각해보라고 했다. 눈에 보이는 것으로 알 수 있다.

그 충고가 나쁘지 않아 보였다. 그래서 나는 즉시 실행에 옮겼다. 나는 4분의 1레알을 들여 비누를 사고, 4분의 1레알을 들여 고추 빈대떡을 사서 점심으로 먹었다. 빨래를 하자면 힘이 들 테니까. 나는 개울로 가서 저고리를 벗어 빨았다.

저고리는 금방 말랐다. 무척이나 얇은 것이었던 데다 토요일이면 빨래꾼들이 바라 마지않던 좋은 볕이 났던 것이다. 저고리가 마르자 나는 이를 샅샅이 잡아낸 뒤 몸에 걸치고 부리나케 여관으로 돌아왔다. 안달이 나서 견딜 수가 없었던 것이다. 일이 좋아서가 아니라 당장 내 코가 석 자였던 것이다. 속담에 그런 말이 있단 이야기지. 가난하다는 말이다. 굶다 보면 그 꼬락서니가 어떻겠느냐.

주인은 말끔한 내 모습을 보고 흡족하여 말했다.

"이거 몰라보겠는걸. 갑시다."

우리는 근처에 있던 약방에 도착했다. 주인은 나를 약방 주인에게 소개시켰다. 약방 주인은 내게 스무 가지나 되는 것을 물었고 나는 만족할 만한 대답을 했다. 나는 매달 4페소의 고정 월급과 식사를 제공받기로 하고 약국에 남았다.

나는 심부름꾼으로 두 달을 일했다. 절구질을 한다, 뱀 껍질을 벗긴다, 불을 피운다, 심부름을 한다, 필요하면 손을 빌려준다 하며 주인과 고용 약사의 마음에 들도록 일을 했다.

8페소가 모여지자 양말·구두·조끼·바지·손수건을 샀다. 모두 중고였지만 쓸 만한 것이었다. 나는 물건을 몰래 집으로 가져왔다. 다음날 아침 일요일, 나는 환골탈태했다.

주인은 나에 대해 잘 모르고 있었다. 그래서 내 달라진 모습에 좋아하며 고용 약사에게 이렇게 말하는 것이었다.

"이것 보게나. 요 가난뱅이 녀석이 마치 양갓집 자식 같지 않은가. 약국 심부름꾼으로 큰 건 아닌 것 같은데 그래. 애야, 사람은 아무리 가난해도 근본은 언제나 나타나게 마련이란다. 근본이 착한 사람들은 말이다, 더러운 누더기 꼴로 다니지는 않는단다. 너 글 쓸 줄 아느냐?"

"예, 주인님."

"어디 글 솜씨를 좀 볼까. 여기 써봐라."

나는 좀 잘난 체를 하여 주인에게 좋은 인상을 심어주기 위해 다음과 같이 썼다.

키 스크리베레 네시운트 눌룸 푸탄트 에세 라보렘.
트레스 디지트 에스크리분트, 코이테라 멤브라 돌렌트.

"이것 봐라!" 주인은 아주 놀랐다. "이놈 라틴어도 아주 잘 쓰는데 그래. 그럼 네가 쓴 글이 무슨 뜻인지도 아느냐?"

"예, 주인님. '글을 쓸 줄 모르는 사람은 글쓰기를 일도 아닌 걸로 여긴다. 그러나 손가락 세 개로 글을 쓰다 보면 온몸이 저려온다.' 이런 뜻입니다."

"아주 좋다. 그렇다면 이 유리병 상표도 읽을 수 있겠지. 무슨 뜻인지 말해봐라."

상표에는 '올레움 비텔로룸 오보룸'이라고 씌어 있었다. 나는 대답했다.

"계란 노른자위로 만든 기름입니다."

"그렇다." 니콜라스 씨가 말했다.

니콜라스 씨는 약병·플라스크·유리병·상자 등을 보여주며 계속 시험했다.

"여긴 뭐라고 씌어 있느냐?"

나는 니콜라스 씨의 질문에 하나하나 대답해 나갔다.

"'올레움 에스코르피오눔' 전갈 기름. '아쿠아 멘토이' 박하 추출액. '아쿠아 페트로켈리니' 미나리 추출액. '시루푸스 포모룸' 사과 시럽. '운구엔툼 쿠쿠르비타이' 호박 고약. '엘리시르……'"

"됐다."

주인은 고용 약사를 돌아보며 말했다.

"자네 생각은 어떤가, 호세 군? 이 가엾은 놈이 이렇게 배운 것이 많은데도 아직까지 보조 약사가 되기 위해 애를 쓰고 있으니 안타까운 일이 아닌가?"

"그렇습니다, 주인님."

주인은 다시 내게 말을 걸어왔다.

"좋다, 애야. 오늘부터 보조 약사다. 호세 군과 여기 같이 있으면서 조제실에도 따라 들어가서 일을 배워라. 지금까지 보아왔으니 어느 정도는 알겠지. 이곳엔 『칙명 약제서』도 있고, 『풀러 약제서』도 있고, 『마트리텐세 약제서』도 있다. 『린네오 약학 과정』도 있고 『화학 과정』도 있어. 다 배우고 익혀라. 아직 한창때니 잘 배울 수 있을 게다."

나는 승진시켜준 것에 대해 감사했다. 심부름꾼에서 일약 보조 약사로 승진했던 것이다. 고용 약사도 나를 대하는 태도가 달라졌다. 그때부터 그냥 페드로라고 부르던 것을 페드로 군이라고 고쳐 불렀던 것이다. 그렇지만 겉으로 보기에 점잖아 보이는 이 세상 속이 얼마나 엉망일지에 대해서는 그때까지 생각도 해보지 못했다. 지금은 안다. 내가 보통 평범한 하인 복장으로 있었을 때는 아무도 내 태생이나 능력에 대해 알려고 들지 않았다. 그러다 조금 멋을 내기 시작하니까 나를 이리저리 재보고 대하는 태도도 달라지고 했다. 아아! 허영심에 우리 인생은 얼마나 농락당하는가! 언제나 변함없는 나였지만 좋은 일도 있었고 나쁜 일도 있었다. 옷이 달라지는 데 따라 그랬단 말이다. 살다 보면 누구나 당하는 꼴인가? 번쩍이는 옷을 맵시 있게 잘 입고 있으면 학자니, 귀족이니, 명망가니 하며 알랑방귀를 뀐다. 전혀 그렇지 않아도 말이다. 그렇지만 가난뱅이에다 누더기라도 걸치고 있을라치면 시골뜨기, 망나니, 무식쟁이로 치부하려든단 말이다. 그 사람이 진짜 귀족에다 학자에다 명망가일지라도 말이다. 사람들이 다른 사람을 외면만 보고 판단하거나 가진 돈만 보고 판단하는 짓을 근절시키기 위해서는 도대체 뭘 어떻게 해야 한단 말인가?

이런 생각도 지금에 와서야 하는 것이지, 그 당시 나는 운이 바뀐 것에만 정신이 팔려 우쭐거리고 있었다. 보조 약사라는 그 화려한 명칭에 홀딱 빠져서 다음과 같은 속담은 전혀 생각도 못 하고 있었다. "게으른 학생, 잘돼야 수도사 아니면 약사."

나는 오로지 화학이나 식물학 공부를 해보기로 했다. 나는 공부를 연고만들기, 기술적 용어 익히기로 한정하고 약국에서 눈치 빠르게 구는 것으로 만족했다. 그래도 무슨 척하는 데는 도사였던지라 고용 약사의 신임과 애정을 듬뿍 받을 수 있었다(주인이 약국에 있는 시간은 얼마 되지 않았으니까). 나는 6개월 동안 호세 씨를 착실히 도와주었다. 호세 씨는 급기야 연애를 걸러 나다니기도 했고 심지어 외박까지 하게 되었다.

그때부터인지, 아니 3개월 전부터인지, 매달 8페소를 주겠다고 했다. 계속 그런 식으로 나갔다면 나도 다른 사람들과 마찬가지로 정식으로 약사가 될 수 있었을 것이다. 일이 생겨 약국에서 쫓겨나지만 않았다면. 그 일에 대해 이야기하기 전에 먼저 당시 상황을 조금 설명해야겠다.

그 당시 이 도시에 늙은 의사가 하나 살고 있었다. 사람들은 그 의사를 설사약이라는 고약한 별명으로 부르고 있었다. 환자라면 누구에게나 설사약을 써야 병이 쉬 낫는다고 한다고 그랬단다.

이 가엾은 늙은이는 그래도 신실한 기독교인이었단다. 그 형편없고 형식적인 솜씨와 달리 말이다. 늙은이는 히포크라테스, 이븐 시나, 갈레누스, 이븐 루슈드 등에는 전혀 관심도 없었다. 오로지 자기 변덕만을 믿을 뿐이었다. 늙은이는 이렇게 믿고 있었다. 모든 병은 죄를 짓고자 하는 기질이 차고 넘칠 때 우러나오는 것이다. 따라서 그 기질만 잘 빼내주면 병의 원인을 제거할 수 있다. 자신의 무지로 인해 수많은 사람이 나자빠지는 것을 봤으면 정신을 차릴 만도 했을 텐데, 늙은이는 자신을 보통 사람이라고는 한 번도 생각하지 않았다. 늙은이는 결코 실수는 않는다는 신념에 차서 엉터리 처방을 남발했다. 생각 자체가 틀려먹었던 것이다. 그런 사고방식이 치유 불가능한 것인지 아닌지는 윤리 도덕 선생에게나 맡기자. 내가 굳이 그 의사 양반이 틀려먹었다고 주장하는 이유는 자만심이나 변덕으로 해서 다른 훌륭한 의사들과 상의를 하지 않았기 때문이다. 나는 그것이 최대의 실수였다고 본다. 자만심이나 변덕만 아니었어도 많은 실수를 피할 수 있었을 것이다. 그러면 그 수많은 책임을 지지 않아도 좋았을 것이다. 한 가지 실수로 수많은 잘못을 저지르게 되는 법이니까.

어쨌든, 양심상 그러해야 하는지 아닌지 간에, 이 의사는 내 사부에 필적할 만한 인물이었다. 이런 식이었다. 내 사부 니콜라스 씨는 할 수 있는 한 많은 환자를 설사약 의사에게 보냈고, 설사약 의사도 자기의 모든 환자를 우리 약국으로 보냈다. 사부는 이 늙은 의사만큼 훌륭한 의사는 없다고 했고, 의사는 우리 약국만큼 훌륭한 약국은 없다고 했다. 이렇게 우리는 서로 의좋게 사업을 이끌어갔다. 안타까운 점은 이런 짓거리들이 공공연하게 벌어진다는 것이 아니라 이런 짓을 저지르는 사람들이 셀 수도 없이 많다는 것이다.

이 의사는 밤마다 약국에 놀러 왔으므로 나에 대해 잘 알고 있었다. 의사는 내 필체와 재능에 찬탄을 금치 못했다. 나는 원하기만 하면 악마라도 속여 넘길 수 있었으니까. 그리고 이런 말도 아끼지 않았다.

"애야, 여길 그만두게 되면 내게 알려라. 우리집엔 네 먹을 것도 입을 것도 넘쳐난다."

늙은이는 약국을 열 생각이었다. 그래서 박식하면서도 값이 싼 나를 약사로 쓸 생각이었다.

나는 그렇게 생각해준 것에 대해 감사했다. 주인과 갈라서게 되면 그렇게 하겠노라고 약속했다. 하지만 그 당시로서는 갈라설 이유가 없었다.

사실 나는 당시 백수건달이라면 누구나 꿈꿀 만한 삶을 꾸려가고 있었다. 내 일이라고는 아침으로 심부름꾼 아이에게 약국을 쓸게 하고, 물이 떨어진 유리병에 약물을 채워 넣게 하고, 증류시키거나 여과시킨 약물의 여분이 있는지를 살피면 그만이었다. 그러나 나는 그런 일조차 거들떠보지 않았다. 간덩이가 부었던 것인지 이런 생각까지 들었던 것이다. 상표만 보면 됐지 약물이 같은 건지 아닌지 무슨 상관이냐. 누가 제대로 살펴보기라도 한담? 처방전을 쓰는 의사도 약이라면 이름만 들었지 보지도 못했을 것이다. 약을 먹는 환자는 더욱더 모를 것이니 확실한 것이려니 할 뿐 맛도 제대로 구분 못 할 것이다. 설령 맹물을 준다 해도 해롭지 않으면 그만 아닌가. 의사가 무식해서 그러려니, 또는 약초가 질이 떨어져 그러려니 하겠지. 모든 약을 맹물로 만든다 해도 상관없을 것이다. 속담에도 있지 않으냐. 살아 있는 사람에게는 물이 보약이다.

나는 기름으로 만드는 약에도 손을 댔다. 특히 몰약과 같은 색깔인 것에 말이다. '키드 프로 쿠오,' 즉 엇비슷하다 싶으면 바꿔치기하는 기술에 있어서 나는 타고난 데다 손도 빨랐다.

그래도 고약이나 가루약 만들기, 기타 호세 씨의 지시에 따라 약을 조제하는 것이 나를 수고롭게 만들었다. 호세 씨는 내가 쓸 만하다 싶은지 나를 아주 좋아했다.

나는 머지않아 약국에서 어느 정도 일을 익히게 되었다. 처방전도 이해할 수 있었고, 약 종류가 어디 있는지도 파악했고, 다른 모든 약사들과 같이 삥땅도 칠 수 있게 되었다. 약사들이 처방전 약값에 바가지를 씌우면 누가 정확한 값을 따질 수 있으며 또 재판이라도 걸겠다고 나서겠는가? 가난한 사람들로서는 값을 깎아달라고 할 수밖에 더 있는가. 값을 깎아주지 않으면 이 약국 저 약국 전전하겠지만 모두 마찬가지라면 빚을 내서라도 약값을 치를 수밖에 없을 것이다. 환자가 중요하고, 그 약을 먹으면 나을 것이라고 믿고 있을 테니까. 못돼먹은 약사들은 이 점을 잘 알고 있다. 그래서 가능한 한 최대로 우려먹는 것이다.

또 다른 위험천만한 폐단이 내가 있던 약국에 있었다. 이것은 다른 모든 약국에서도 공공연하게 벌어지는 일이다.

무슨 약이 부족하다 싶으면 호세 씨는 약값을 올렸다. 약값을 두 배가 아니라 그보다 훨씬 높게 올려버리는 것이었다. 이런 폐단(우리는 이런 것을 인정사정없는 탐욕이라 부른다)이 있다 보니 돈은 부족한데 병을 고치기 위해 약이 필요한 환자는 아무리 애원하고 간구해도 호세 씨로부터 약을 구하지 못했다. 호세 씨는 이전 값의 반은커녕, 반의 반의 반도 내주지 않았던 것이다. 호세 씨와 같은 사고방식을 가진 약사들이 쌔고쌨다는 것이 정말 문제다. 이런 사정을 알면서도 수수방관만 하고 있는 의약 당국의 무감각에 천만 감사할 일이다!

어쨌든 내가 낮에 하는 일은 그런 따위였다. 밤에는 좀더 느긋할 수 있었다. 주인은 오전 중에 잠깐 들러 전날 들어온 돈을 찾아가면 다시는 오지 않았기 때문이었다. 고용 약사는 이런 점을 꿰뚫고 있었다. 고용 약사는 내가 약국일에 익숙해진 것을 이용해 저녁 7시만 되면 망토를 걸치고 애인을 만나러 나갔다. 그래도 아침 일찍 약국으로 돌아오는 일은 잊어버리지 않았다.

그래서 나는 자유를 한껏 누릴 수 있었다. 우연히 사귀게 된 친구놈들이 자주 놀러와 신나게 밤참을 사먹거나 3, 4레알씩 걸고 카드를 즐기기도 했다. 돈은 모두 금고에서 나온 것이었다. 금고야말로 내게는 백지수표나 다름없었다.

그렇게 몇 달을 보냈다. 몇 달이 지날 무렵 주인은 수지 타산이라는 것을 맞춰보았는데, 심각할 정도는 아니었지만 수긍이 가지 않을 정도로 수익이 별로 없었다. 약사들이 손해를 보는 경우란 극히 드문 법이니까.

니콜라스 씨는 수익이 형편없는 것에 놀라 호세 씨에게 그 책임을 씌웠다. 호세 씨는 이렇게 변명했다. 올해는 병이 없었다. 이런 해는 치명적이다. 적어도 의사나 약사나 사제들에게 이익이 적은 해다.

이런 대답에 주인은 만족하지 못했다. 주인은 아주 심각한 표정으로 호세 씨에게 말했다.

"우리 가게 손해는 다른 데 이유가 있네. 좋은 기후 탓이 아냐. 아무리 기후가 좋다 해도 병에 걸리는 사람도 많고 죽어 나가는 사람도 많거든."

그날부터 주인은 우리를 경계하기 시작했다. 오랜 시간 집을 비우지도 않았다. 짬짬이 들러 수익금을 챙겼다. 단번에 약국은 다시 이익을 남기기 시작했다. 이전보다 훨씬 수익이 늘게 되었던 것이다. 금고에서는 돈이 거의 빠져나오지 못했다. 주인은 밤까지 남아 있다가 돈을 몽땅 들고 갔다. 친구가 와서 나들이라도 나가자 하면 정중히 사절하기까지 했다. 그러면서도 집안일 걱정도 잊지 않았다. 가게를 하는 사람이 집안일까지 신경 쓰기란 무척이나 힘든 일이다.

이런 식이다 보니 우리는 금세 신물이 나게 되었다. 고용 약사는 밤나들이 갈 수도 없게 되었고, 보조 약사는 밤으로 밤참을 먹거나 노름을 하거나 빈둥거릴 수 없게 되었던 것이다.

그때, 무슨 오해가 있었는지, 주인은 의사와 사이가 틀어져 계약을 파기하고 우정도 영원히 끝장내고 말았다. 대부분의 우정이라는 것은 결국 돈벌이로 맺어진 것이 아니던가! 그러니 진실한 우정이 드물 수밖에.

나는 그 집을 나갈 생각을 하고 있었다. 그런 속박 속에서 금고에 손도 못 대게 된 것에 이가 갈렸던 것이다. 주인이 보는 앞에서는 이전과 같이 금고조차 마음대로 열 수 없었다. 그래도 여기서 나가봐야 어디 가서 먹고 자고 할 데도 없다 싶어 그대로 참고 있었다.

내가 이럴까 저럴까 망설이고 있던 어느 날, 처방전 하나를 처리할 일이 생겼다. 마그네슘이 소량 필요한 처방이었다. 나는 병에 물과 물약을 따른 다음 마그네슘이 들어 있던 병을 집으려다가 그만 비소가 들어 있던 병을 집어들고 적당량을 섞고 말았다. 나중에 들은 이야기지만, 가엾은 환자는 믿거니 하고 약을 날름 들이켰고, 집안 여자들은 찌꺼기가 몸에 최고라며 숟가락으로 바닥까지 박박 긁어 먹였던 모양이었다.

비소 가루가 행동을 개시했다. 가엾은 환자는 속이 끊어져 나가는 듯한 통증에 미쳐 날뛰기 시작했다. 집안에 난리가 났고, 의사를 부르러 쫓아갔다. 의사도 멍청이는 아니었다. 사람들은 의사에게 이르기를 처방해준 약물을 마시자마자 복통이 시작되었다고 했다. 그러자 의사는 처방전을 가져오라고 해서 챙기고는, 병과 아직 찌꺼기가 남아 있던 잔을 가져오라고 했다. 의사는 병과 잔을 자세히 살펴보고 맛을 보고 하더니 놀라서 소리쳤다.

"환자에게 독약을 먹이다니, 이건 마그네슘이 아니라 비소요. 기름과 미지근한 물을 가져와요. 많이, 빨리!"

즉시 모든 것이 대령했다. 이렇게 저렇게 해서 겨우 환자는 회복되었다. 의사는 위기를 넘겼다 싶자 어느 약국에서 약을 사왔는지를 캐물었다. 사람들이 일러바쳤다. 의사는 의약 당국에 이 사실을 알리고 자신의 처방전, 약을 사러 갔던 하인, 병과 잔을 내 실수에 대한 믿을 만한 증인과 증거로 내세웠다.

판사들은 또 다른 의사에게 일을 위임했다. 의사는 서기와 함께 주인의 집을 방문했고, 주인은 그런 방문에 기절초풍했다.

담당 의사와 서기는 즉시 약식으로 재판을 진행시켰다. 나는 죄를 자백하고 유죄 판결을 받았다. 나는 감옥에 처넣어질 판이었다. 그러나 내가 정식 약사가 아닌 단지 신출내기 견습생에 불과했다는 사실이 밝혀져 나는 놓여날 수 있었다. 주인이 모든 책임을 뒤집어썼다. 주인은 그 책임으로 벌금을 200페소나 물게 되었다. 그것도 당장에. 당장 벌금을 물지 않으면 차압에 들어간다는 경고와 함께. 담당 의사는 법원의 결정을 주인에게 통고했다. 약국을 영업 정지시키지 않는 대신 다시는 견습생을 둘 수 없다, 이번 일이 처음이 아닐 뿐만 아니라 마지막도 아닐 것이기 때문이다, 자격 없는 자들의 실수로 인해 더 이상의 눈물 짜는 불행은 없어야 한다.

다른 수가 없었다. 가엾은 주인은 그 사람들과 함께 마차에 올랐다. 주인은 나를 잡아먹을 듯이 노려보았다. 주인은 나를 화가 잔뜩 난 눈초리로 째려보며 마부에게 집으로 가자고 했다. 벌금을 물려고. 나는 마차가 조금 멀어지자마자 가게 뒷방으로 뛰어들었다. 나는 망토와 모자를 집어 들고 고용 약사에게 말했다.

"호세 씨, 저 가야겠어요. 주인이 제가 여기 있는 걸 보면 절 잡아 죽일 거예요. 제 대신 그 동안 보살펴주신 것에 감사드린다고 전해주세요. 이런 소동을 일으킨 것에 대해 용서해달라고요. 정말 실수였어요."

고용 약사가 아무리 달래도 나를 잡아둘 수는 없었다. 나는 발걸음을 재촉했다. 재수 없는 운명이 서글펐지만, 적어도 찬파이나나 아구스틴 씨 집을 나올 때보다는 그래도 나은 편이라고 위안을 삼았다.

어쨌든 오늘의 운세는 결국 이랬다. 내일은 또 어떻게 될 것인가. 20일이 지났다. 망토가 날아가고 저고리가 사라졌다. 나는 더 이상 맨발로 다니고 싶지는 않았다. 더 험악한 꼴은 피하고 싶었다. 그래서 나는 설사약 의사를 어떻게든 섬겨보겠노라 결심했다. 설사약 의사는 나를 반갑게 맞아주었다. 어떻게 나를 반갑게 맞아주었는지는 제2부 첫 장에서 보게 될 것이다.